1밀리미터의 싸움

1밀리미터의 　　　　　　　　　　　　싸움

1　　　　　　　　　　　　밀리미터의 싸움

1밀리미터　　　　　　　　　　　의

　　　　　　　　　　　　싸움

1밀리미터의 싸움

세계적 신경외과 의사가 전하는
삶과 죽음의 경계

1밀리미터의 　　　　　　　　　　　　싸움

1　　　　　　　　　　　　밀리미터의 싸움

1밀리미터　　　　　　　　　　　의

　　　　　　　　　　　　싸움

• 페터 바이코치 지음 • 배진아 옮김 • 정연구 감수

흐름출판

미지의 우주와도 같은 한없이 복잡한 중추신경망이 인간의 몸속에서 어떻게 작동하는지, 손상이나 질환에 대해 적절히 치료했음에도 환자의 운명이 어떤 목적지에 도달할지 의사인 나조차도 잘 알지 못한다. 신경망의 구성은 오직 생명 유지만을 위해서 이루어진 것이 아니라 영혼의 세계까지도 연결되어 있는 듯하다. 신경외과 의사의 일이란 바로 이러한 미지의 공간을 탐험하고 개척해 나아가는 오디세우스의 모습을 닮아 있다.

수술방에서 삶과 죽음은 뒤엉키고 부딪힌다. 외과 의사들은 마치 공장의 표준 생산 라인에 서 있는 작업자들같이, 정형화된 수술대에서 정해진 수술 기법과 전 세계에서 공통적으로 쓰이는 수술 장비들을 가지고 환자의 몸속을 헤치고 들어간다. 환자가 마침내 살아서 중

환자실이나 회복실로 옮겨지고 나면, 나는 때때로 생명의 신비함을 생각했다. 중증 외상 환자들을 수술하는 경우 쏟아져 나온 핏물이 파도처럼 들이닥치는데, 출혈의 근본을 잡지 못할 때면 마취과의 장막 너머에서 보고를 기다리고 있을 사신을 느낀다.

중추신경계를 지배하는 영혼의 흐름을 나는 볼 수 없고, 신경계 다발을 관통하여 흐르는 미세한 화학 물질과 각종 이온의 상호 작용만이 어렴풋이 떠오른다. 신경외과 의사들은 아직까지도 대부분의 영역이 미지의 세계로 남아있는 중추신경계라는 은하계를 칼로 헤집으며, 단 1밀리미터의 수술적 간극을 통해 환자의 삶과 죽음 사이의 공간을 발라낸다.

독일 베를린의 자선병원에서 30여 명의 의사를 이끌고 2개의 신경외과 병동을 가득 채운 다양한 중증 환자를 끊임없이 수술하고 있는 저자는 자신들에 대한 오디세이 같은 신격화를 거부한다. 그 대신 과학의 발전을 토대로 환자들의 삶과 죽음 사이에서 있는 힘을 다 쏟아내는 자신과 동료들의 분투, 싸움을 끝내고 회복되고 있는 환자들을 지키는 자신들의 일상을 활자로 남기고자 하였다.

독일 베를린 자선병원의 신경외과 의국장이 독자 여러분을 참관인으로 초대합니다!

이국종, 의학박사, 외과 전문의, 『골든아워』 저자

목차

일러두기

- 인명이나 지명은 국립국어원의 외래어 표기법을 따랐으며, 일부 명칭은 일반적으로 널리 쓰이는 명칭을 따랐다.
- 도서명은 겹낫표(『』)로, 논문이나 영화 제목은 홑낫표(「」)로 표시했다.
- 본문에 언급된 도서 중 국내에 번역된 것은 국내 번역서의 제목을 따랐다.
- 국내에서 번역되지 않은 도서는 그 제목을 번역하고 원제를 병기했다.
- 한국어판에서 의학 용어를 감수해 주신 정연구 선생님께 감사드린다.

프롤로그

35세의 싱어송라이터 팸 레이놀즈(Pam Reynolds)는 몸에 심각한 이상이 생긴 것을 느꼈다. 현기증이 수시로 몰려왔고, 이따금씩은 말을 내뱉기도 힘들 정도로 몸이 굳었다. MRI 검사 결과, 그녀의 뇌에 커다란 동맥류(aneurysm)가 발견됐다. 동맥류란 동맥이 비정상적으로 부풀어 오르는 것인데, 그녀의 경우 뇌 깊숙한 곳에 위치한 뇌간 근처의 특히 중요한 동맥이 부풀어 올라 있었다. 부풀어 오른 동맥이 다른 민감한 영역들을 압박하고 있었기 때문에 여러 증상이 나타난 것이었다. 동맥류는 갑자기 파열될 수도 있었고, 만약 그렇게 된다면 그녀는 죽음을 맞이하게 될 것이었다. 하지만 더 비극적인 사실은 뇌동맥류 수술을 극복하고 살아남을 가능성이 거의 없었다는 것이다.

실낱같은 희망이 존재했지만, 그것을 붙잡는다는 것은 흡사 물에 빠져 죽지 않기 위해 물 위에 떠 있는 얇은 종이 한 장을 부여잡는 것과 마찬가지였다. 더구나 그 희망의 이름조차 쉽게 이해할 수 없었다. 저체온성 심장 정지(hypothermic cardiac standstill)는 극도로 드물게 시행되는 수술 기법으로, 환자의 체온을 떨어뜨려서 심장을 멈추게 한 다음 환자를 의학적으로 사망한 상태로 만든다. 수술을 진행하는 동안 호흡이나 뇌 활동이 전혀 일어나지 않을뿐더러 뇌에 혈액 공급도 되지 않는 절대적인 정지 상태가 된다. 말하자면 팸 레이놀즈는 살아남기 위해서 의학적인 사망 상태가 되어야만 했다. 레이놀즈를 살릴 방법은 이것뿐이었다. 수술이 성공적으로 마무리될 수만 있다면 레이놀즈에게는 다시 정상적인 삶을 살아갈 희망이 있었다.

그때가 1991년이었다. 팸 레이놀즈는 물 위에 떠 있는 그 얇은 종이를 꽉 부여잡았고 다행히도 수면 아래로 가라앉지 않았다. 그녀의 케이스는 또 다른 이유에서 전 세계적으로 대서특필되었는데, 수술을 받은 후 그녀가 죽음에 근접했던 자신의 체험을 상세하게 보고했기 때문이다. 그녀는 수술 당시 상황과 수술실에서 오갔던 대화를 똑같이 재현했으며 수술에 사용된 기구들까지 상세하게 묘사했다. 그런데 이 모든 것은 철저한 관리 감독하에 그녀의 뇌 활동이 완전히 멈춘 상태로 수술대 위에 누워있을 때 일어난 일이었다. 그녀의 두 귀는 차단되어 있었고, 눈도 가려져 있었다. 믿을 수 없을 만큼 놀라운 이 이야기는 과연 영혼이 실제로 존재하는가라는 의문에 불을 지폈다. 오늘날까지도 레이놀즈가 보고한 내용을 명확하게 설명할 길은 존재하지 않는다. 팸 레이놀즈는 이 수술을 받은 후 20년 동안 큰 문제 없이 살았다.

신경외과 전문의인 로버트 F. 슈페츨러(Robert F. Spetzler)가 이 수술을 집도했다. 그에게 그런 수술은 처음이 아니었다. 나는 신경외과 전문의 초창기 시절에 『치유의 칼날(The Healing Blade)』이라는 책을 읽고 그 내용에 완전히 압도당했다. 책은 피닉스 소재 베로우 신경학 연구소(Barrow Neurological Institute)에서 일했던 슈페츨러의 활동 내용을 담고 있다. 벌써 20년도 더 된 일이다. 당시에는 이런 수술을 집도한 경험이 있는 의사의 수가 전 세계를 통틀어 한 줌도 되지 않았고, 슈페츨러는 선구자들 중 한 사람이었다. 그는 저체온성 심장 정지 수술을 가장 많이 집도한 외과의였을 뿐만 아니라 수술 사망률도 가장 낮은 의사였다. 독일 뷔르츠부르크의 한 마을에서 태어난 슈페츨러는 1950년대 초에 11세의 나이로 가족과 함께 미국 이민 길에 올랐다. 그는 내가 만하임 대학병원에서 일하던 시절에 지금은 돌아가신 나의 상관과 좋은 친구 사이였다. 이런 인연으로 나 또한 그와 알게 되었고, 몇 번 피닉스를 방문하기도 했다. 그는 세계에서 가장 규모가 큰 신경 질환 연구 및 치료 시설 가운데 하나인 베로우 신경학 연구소 신경외과를 오랜 세월 동안 이끌었다. 그는 나의 친구이자 멘토로, 지금도 여전히 연락을 주고받는다.

오늘날에는 더 이상 심장 정지 수술이 시행되지 않는다. 심장 정지 기법이 수술에 큰 도움이 되는 것은 사실이지만, 그런 만큼 사후 관리도 매우 어렵고 까다롭다. 환자의 체온을 끌어올리고 신체를 각성시키는 과정은 언제나 모든 것을 건 위험천만한 도박이었고, 종종 환자에게 돌이킬 수 없는 손상을 남기기도 했다.

수술실이 현대화되면서 이제는 매우 세련된 영상 기법들과 컴퓨터에 기반을 둔 기술들, 그리고 최소 침습 수술법(minimal invasive operation technique)을 사용한다. 그 결과 예전에는 상상할 수 없었던 새로운 가능성들을 보게 되었고, 오랫동안 수술이 불가능한 것으로 여겨졌던 부분들까지도 완전한 심장 정지 없이 수술할 수 있게 되었다. 그럼에도 새로운 방법들에 대한 모색과 수술이 끝날 때마다 매번 밀려드는 걱정, 후유 장애가 남지나 않을까 하는 불안감은 지금도 변함없이 지속되고 있다. 지금도 우리 신경외과 전문의들은 수술이 끝날 때마다 환자 곁을 지키면서 환자가 깨어나기를, 그들이 움직이고 말할 수 있는지를 확인할 때까지 더디게 흐르는 시간을 초 단위로 세면서 초조하게 기다린다.

로버트 슈페츨러의 책을 읽으면서 나는 환자에게 일말의 희망이라도 남아 있다면 모든 방법을 남김없이 시도해 보는 그의 용기와 우리가 가지고 있는 지식의 한계를 지속적으로 확장하고, 모든 실패를 교훈으로 삼으려는 그의 의지에 크게 감동했다. 비록 책을 읽던 그당시에는 심각한 장애가 남거나 심지어 사망으로 귀결된 그 모든 불운이 한 인간을 얼마나 힘들게 하고 피폐하게 만드는지를 지금과 같은 강도로 공감할 수는 없었지만, 다른 사람을 돕기 위해 모든 것을 감수하는 누군가가 그곳에 있다는 사실만큼은 분명하게 알 수 있었다. 나는 바로 그런 태도를 오늘날까지 모범으로 삼는다.

인디애나 대학병원의 애런 코헨-가돌(A. Cohen-Gadol)은 "신경외과는 가장 아름다운 것과 가장 추악한 것 사이의 협정"이라고 말한 바 있다. 앞으로 나는 이 문장을 몇 번 더 인용할 텐데, 그 까닭은 기대했던 결과로 이어지지 않았던 수술들과 아무런 도움을 줄 수 없었던 환자들, 혹은 수술 후에 심각한 장애를 받아들여야만 했던 환자들에 대한 이야기를 일부러 들려줄 것이기 때문이다. 이따금씩은 단 몇 초 사이에 성공적인 수술에 대한 기쁨이 급작스럽게 발생한 사후 출혈로 인한 충격이나 경악과 교차된다. 이런 경우에는 가능한 한 신속하게 추가 수술을 실시하지만, 그럼에도 환자가 사망하거나 결국 장애를 입게 된다. 그처럼 불운한 사고들은 아무리 익숙해지려고 해도 쉽사리 떨쳐내지지 않는다. 걱정, 불안, 의심은 우리 직업의 영원한 동반자이다.

동시에 신경외과는 가장 아름다운 내용들이 담긴 협정이기도 하다. 암이나 위험한 혈관 변형, 또는 얼마 전까지만 해도 너무 복잡해서 수술이 불가능해 보였던 질병으로 고통받던 환자들에게 삶의 질을 되돌려 주는데 성공한 수많은 사례는 신경외과 팀 전체에게 커다란 선물인 동시에 자극제이다. 사람들은 종종 내 직업에 대해 묻는다. 신경외과 의사로서 여러 수술을 어떻게 경험하고 느끼는지, 한 사람의 인간으로서 도전과 패배에 어떻게 대응하는지, 혹은 환자들의 운명을 개인적으로 어떻게 받아들이는지를 궁금해한다. 나는 제각각 특별한 측면과 맞닿아있는 사례를 엄선하여 그것을 바탕으로 이런 질문에 답변하고자 한다.

인간의 뇌는 그 자체로 감탄을 자아내기에 충분하다. 유약함과 취약성에 반해 어이없을 정도로 놀라운 재생 능력은 그저 경이롭기만 하다. 살아있는 인간의 뇌를 들여다볼 수 있도록 허락받은 사람이라면 누구나 처음으로 뇌를 마주하는 순간에 감탄해 마지않는다. 복잡한 해부 구조를 지닌 채 흰색, 담홍색, 회색빛을 어슴푸레 내뿜는 뇌는 극도로 미학적인 동시에 피 한 방울 보이지 않는 평화로운 모습이다. 인간의 뇌는 수백만 년에 걸친 진화의 결과물로, 아주 작은 천억 개의 세포가 힘을 합쳐 한 개인을 관리하는 헤드쿼터를 만들어낸다. 건강한 뇌는 전부 비슷한 모양을 하고 있지만, 지문처럼 개개인마다 고유한 특징을 가지고 있다. 조직 구조와 극도로 섬세한 혈관들, 주요 혈관에서 뻗어나간 혈관 지류들, 그리고 그 모든 것의 조화로운 협력 방식이 하나의 의미를 만들어낸다. 사람들은 눈앞에서 고동치는 지극히 숭고한 창조의 산물 앞에서 매번 자신도 모르는 사이에 존경심을 느낀다. 나는 한 가지 사실만큼은 확신할 수 있다. 신경외과 수술실 안에 있는 사람 중에 이런 경이로움을 느끼지 않는 사람은 아무도 없다. 그리고 이 일을 특권으로 여기지 않는 사람 또한 **단 한 사람도** 없다.

아직까지 규명되지 않는 수많은 기능 덕분에 매우 흥미진진한 동시에 엄청난 도전 정신을 요구하는 이 매혹적인 구조물이 바로 우리의 일터다. 인간으로서의 우리 존재를 결정짓는 중추 신경계(뇌와 뇌의 '연장'인 척수)를 포괄하여 말초신경계, 그리고 그로부터 망처럼 전신으로 뻗어 있는 모든 신경 경로 중 어느 하나라도 없으면 다른 것도 존재할 수 없다. 신경계는 우리의 존재와 현존재(being and dasein)

를 규정한다. 신경계의 완전무결함은 우리가 팔과 다리를 움직이고, 말로써 의사소통을 하고, 감정적이면서도 절제된 상태를 유지하고, 생각하고, 느끼고, 정보를 저장하거나 망각하고, 사랑을 하고 행복을 느끼거나 혹은 그 반대의 감정을 느끼는 데 전제 조건이다.

따라서 이 책에서 내가 추구하는 가장 중요한 목표는 다음과 같다. 앞서 언급한 모든 매혹과 더불어 아직도 수많은 의문이 해명되지 않은 채 남겨져 있지만, 동시에 믿을 수 없을 만큼 빠른 속도로 발전을 거듭하면서 날이 갈수록 점점 더 인상적인 가능성들을 보여주는 한 분야에 대한 열정을 널리 전달하는 것이다. 나는 현재 우리가 가지고 있는 혁신적인 기술들에 대한 이야기를 들려줌으로써 가능한 한 많은 사람이 열광하도록 만들고 싶다. 이 책을 읽으면서 여러분은 각성 수술의 진행 방식과 그 수술이 만드는 가능성을 경험할 것이다. 또한 디지털 장비를 기반으로 한 '고성능 팀(high performance team)'이 다양한 보조 영상장비를 갖춘 다기능 수술실에서 행하는 수술이 어떤 가능성을 여는지 보게 될 것이다. 오랫동안 치유가 불가능하다고 여겨졌던 각종 희귀 질환들의 치료 성공 사례와 수술 후 합병증에 관해서도 알게 될 것이다. 그리고 이처럼 역동적인 분야에서 학자이자 스승, 멘토로 활동하고 있는 우리 신경외과 의사들이 어떤 과제와 도전에 직면해 있는지 이야기하려 한다. 더불어 코로나19 팬데믹이 우리의 활동과 수술에 미친 영향도 함께 이야기할 것이다.

뇌수술은 매우 복잡하다. 뇌수술을 하면서 사람들은 뇌가 어떻게 기능하는지, 뇌 속에서 어떤 과정이 진행되는지에 관해 많은 것을 알게 된다. 수많은 학자가 우리 수술실에서 그들의 지식을 넓힐 수 있는 기회를 얻고, 그것을 활용한다. 신경외과 수술실은 다가오는 미래에 신경과학 연구의 중심지가 될 것이다. 많은 사람이 신경과학에 관심을 가지고 있다. 나는 그들에게 그것을 이해할 수 있도록 설명해주는 것이 우리에게 주어진 과제의 일부라고 생각한다.

무엇보다도 나는 우리의 선임자들과는 달리 외과 의사의 역할을 탈영웅화 하고, 각각의 뇌수술 뒤에 얼마나 많은 팀워크가 숨겨져 있는지, 얼마나 많은 뛰어난 전문가가 협력하는지, 그 과정에 얼마나 고도로 발달한 기술이 도입되는지를 보여주고자 하는 신경외과 의사 세대의 일원이다. 혹자는 신경외과를 가리켜 의학의 기적이라고 말하기도 한다. 이 말은 신경외과 의사들은 마술사라고 하는 말만큼이나 잘못됐다. 제네바 의과대학의 카를 샬러(Karl Schaller) 박사의 말을 빌려 표현하자면 "비록 신경외과가 다루는 뇌라는 장기가 여전히 얼마간의 비밀을 간직하고 있는 것은 사실이지만, 그 장기를 다루는 일은 외과의의 아우라가 아니라 전적으로 물리학의 법칙을 따른다. 다른 한편으로, 전자가 환자와의 관계와 치유 과정에 영향을 미칠 수도 있다는 것은 반박할 수 없는 사실이다. 그것은 의사로서의 성공과 이 직업에 종사할 수 있도록 허용 받은 기쁨의 큰 부분을 차지한다."

신경외과는 아마도 모든 의학 분야 중에서도 최신 기술에 가장 강하게 바탕을 두고 있는 분야일 것이다. 그런 만큼 이 분야는 처음부터 끝까지 고도로 전문화된 인력에 의해서 운영된다. 예컨대 현미경 수술(microsurgery)만 하더라도 절대적인 정밀함이 필요하다. 하지만 그것은 우리 분야만의 특징은 아니다. 궁극적으로 우리는 완벽한 팀 워크를 수행하는 수공업자들이다. 아마도 무용수의 일이 신경외과 의사의 일과 좋은 비교가 될 수 있을 듯하다. 왜냐하면 무용수의 일도 여러 가지 요소가 조화를 이루어야 하기 때문이다. 무용수들은 신체가 건강해야 할 뿐만 아니라 안무 전체를 외워야 한다. 그들은 혼자 또는 다른 파트너들과 함께 동작들을 여러 번 반복해서 연습한다. 무용수들은 정해진 대로 아주 정확하게 움직여야 한다. 그들은 서로를 믿어야 하고, 춤을 추는 동안 오케스트라의 음악에도 집중해야 한다. 완벽을 향한 의지는 무용수들에게도 원동력이 된다. 예술을 향한 절대적인 사랑과 자기가 가진 재능을 온전히 표현함으로써 사람들을 행복하게 해 주어야 한다는 책임감이 그들을 움직이는 것이다. 완벽하지 않다면 결코 만족하지 못하고 매일 몇 시간씩 연습을 이어가는데 필요한 그칠 줄 모르는 에너지가 바로 여기에서 비롯된다. 하지만 결코 완벽에 다다를 수는 없다.

본인이 몸담고 있는 분야에 대한 사랑과 어마어마한 능력을 갖춘 인간의 뇌가 발산하는 매력이 신경외과 의사와 신경외과 팀을 나아가게 하는 동력이다. 그러나 그들은 무엇보다도 자신들의 능력을 이용하여 생명을 구하는 책임을 회피하지 않으려고 한다.

개인적으로 나는 좋은 신경외과 의사가 되기 위해서는 어쩌면 구식으로 여겨질 수도 있는 몇 가지 미덕이 필요하다고 생각한다. 스타의식 같은 것은 당연히 포함되지 않는다. 나는 겸손함과 책임 의식, 감사하는 마음과 확신, 신뢰와 성실함, 규율, 지구력과 학문에 대한 호기심이 우리가 하는 일의 근간을 이루고 있다고 생각한다.

저마다의 질병 히스토리나 생활환경을 지닌 환자들을 다루는 일은 감성의 영역이기도 하다. 신경외과 의사들이 도전에 맞닥뜨리거나 실패를 극복해야 하는 상황에 처했을 때 그들의 머릿속에서 무슨 일이 일어나는지 많은 사람이 궁금해한다. 그런 질문에 내가 할 수 있는 답은 그저 나와 내 전 세계 동료들의 경험을 이야기해 주는 것뿐이다. 매일같이 도전해야 하고 실패를 극복해야 하는 상황에 처한 사람이라면 누구나 이 책에서 자신의 모습을 발견하고 내 이야기에 크게 공감할 것이라고 확신한다. 그리고 우리가 모든 한계를 뛰어넘어 얼마나 가까이에서 서로 돕고, 가르치고 배우며, 새롭게 알게 된 정보를 공유하는지 보여줄 것이다.

또한 나는 이 책에서 뇌수술을 할 때 맞닥뜨리는 어렵고도 흥미진진한 윤리 문제들에 대해서도 이야기하고 싶다. 지나치게 감정적으로 굴 생각은 없다. 하지만 그런 질문들은 인간 존재의 근원을 이룬다.

혹시 영혼이 뇌 속에 있는지에 대해 (만약 그렇다면, 어느 지점에 있는지) 내가 답할 수 있을 것이라고 기대하는 사람이 있다면, 유감스럽지만 그 기대를 저버릴 수밖에 없을 것 같다. 이미 다수의 학자와 철학자가 그 물음에 매달려왔지만, 지금까지 누구도 결정적인 증거를 찾아내지 못했다. 나는 영혼이 있다고 믿는다. 그리고 영혼이 존재한다면 뇌 속에 있을 것이라고 생각한다. 비록 영혼이 정확하게 무엇인지 정의하기 어렵지만, 영혼은 우리의 정체성을 형성한다. 뇌가 더 이상 기능하지 않을 때 영혼에 무슨 일이 일어나는지 우리는 알 수 없다. 만약 영혼이 정말로 우리 머릿속 어딘가에 자리 잡고 있다면 그 장소를 알아내는 것은 매우 흥미로운 일이 될 것이다. 내 느낌에 영혼은 일차적으로 감정과 관련이 있을 것 같다. 만약 그렇다면 영혼은 변연계에 자리 잡고 있을 것이다. 발달사 측면에서 변연계는 뇌에서 가장 오래된 부분으로, 다른 무엇보다도 쾌락, 충동, 본능의 기원이다. 누가 알겠는가. 탐색은 앞으로도 계속될 것이다.

1.

머릿속에서

잠자는

괴물

어려운 결정을 내릴 때의 심리학

32세의 마리 길베르트(Marie Gilbert)는 한 소도시에 거주하며 고등학교 학생들에게 독일어와 스페인어를 가르치는 교사다. 3월 초의 어느 목요일 오전 10시 무렵, 마리는 조용한 집안에서 책상에 앉아 학생들의 숙제를 검사하고 있었다. 마리는 집중력을 발휘하여 일을 빠르게 처리해 나갔다. 그때 갑자기 극심한 두통이 몰려왔다. 지금까지 단 한 번도 느껴본 적이 없는 강도의 통증이었다. 나중에 마리가 나에게 이 순간을 떠올리며 말하기를, 마치 오른쪽 귀 부근에서 무언가가 폭발하는 것 같았다고 했다.

그 어떤 전조 증상도 없었고, 컨디션도 아주 좋았다. 통증은 예고 없이 찾아왔다. 통증이 얼마나 심했는지 소리를 질러 고통을 호소하거나 울 수조차 없었다. 마리는 심한 두통이 찾아오면 이렇게 되는구나 하고 생각하면서 소파에 몸을 누이고는 자신의 관자놀이에 몰아치는 고통의 토네이도가 잦아들기를 기다렸다. 마리는 지금껏 단 한 번도 이 정도로 심한 두통을 느끼거나 심각하게 아파본 적이 없었다.

마리는 약 두 시간 동안 통증을 견뎌내 보려고 씩씩하게 버텼다. 하지만 상태가 좀처럼 나아지지 않자 결국 마리는 어머니에게 전화를 걸었다. 마침 가까운 곳에 살고 있던 마리의 어머니는 곧장 진통제를 가져다주었다. 하지만 진통제를 복용한 후 오히려 먹은 것을 게 워내기만 했다. 통증은 목과 어깨로 번져나갔다. 마리는 물리치료사를 찾아가 볼까 하는 생각까지 했다. 능숙한 손놀림 두세 번이면 통증이 사라질 것 같았다. 돌이켜보면 너무나도 어처구니없는 생각이었지만 당시에는 실제로 그런 생각이 들었다고 말했다. 아마도 분명 큰일은 아닐 것이라는 절박한 염원에서 비롯됐을 것이다. 사람들은 마음의 상처나 고통을 몰아내기 위해 흔히 그런 강박적인 행동을 하곤 한다. 아마도 우리에게 끔찍한 일이 일어났을 때 우리의 영혼이 그에 대처하고 적절하게 반응할 시간을 벌기 위해서일 것이다.

하지만 곧 마리는 자신의 주치의를 찾아갔다. 주치의는 마리를 곧바로 가장 가까운 병원으로 이송했다. 같은 날 밤, 의료진은 만일의 경우를 대비하여 마리를 구급차에 태워 규모가 더 크고 시설이 더 우수한 병원으로 보냈다. 구급차는 사이렌을 울리며 꼬박 한 시간 정도 걸리는 거리를 달렸다. 그로부터 거의 일 년이 지난 시점에 마리는 나에게 그 당시의 상황을 이렇게 설명해 주었다.

처음에 의사들은 뇌막염일 것이라고 추측했지만, CT 검사를 통해 두통의 원인이 뇌출혈이라는 사실을 알았다. 그들은 뇌출혈의 원인을 탐색했다. 제일 먼저 혈관조영술(angiography)이 시행되었다. 혈관조영술은 혈관에 조영제를 주입한 다음 방사선을 이용하여 혈관을 확인하는 방법이다. 혈관조영술을 통해 극심한 통증을 유발한 원인이 밝혀졌다. 그녀의 우뇌 측두엽(temporal lobe) 부근에서, 그러니까 통증이 시작된 지점인 귀 근처에서 동정맥 기형(arteriovenous malformation)이 발견되었다.

동정맥 기형은 혈관 기형(vascular malformation)의 하나로 보통 뇌 발달 초기에 시작되어 시간이 흐르면서 점점 커져 몇 센티미터 크기까지 도달할 수 있다. 일반적으로 심장과 폐에서 만들어진 산소가 풍부한 피가 동맥을 통해 모세 혈관으로 흘러들었다가 정맥으로 넘어간다. 이어서 정맥은 '다 써서 낡은' 피를 다시 심장으로 운반한다. 동맥이 운반한 피는 촘촘한 모세 혈관 네트워크를 지나며 그 속도가 느려지는데, 이는 피 속에 함유된 영양소를 뇌에 전달하고, 뇌에 있는 부산물을 수거하여 운반하기 위함이다. 동정맥 기형이 발생한 부위에는 모세 혈관이 없다. 이 말은 곧 해당 부위에는 동맥과 정맥이 바로 이어져 있다는 것을 의미한다. 이렇게 형성된 혈관 시스템에서는 피가 사용되지 못한 채 뇌 조직을 그냥 스쳐 지나간다. 때문에 해당 영역은 영양 공급을 아예 받지 못하거나 아주 적게 받을 수밖에 없다.

여기서 상황을 더 위태롭게 만드는 것은 이런 시스템을 통해서 피가 거침없이 질주하는 고속 구간이 만들어진다는 것이다. 이때 고속 구간이라고 해서 곧게 쭉 뻗은 구간, 그러니까 호주의 끝없이 펼쳐진

오지를 가로지르는 고속도로 같은 것을 상상하면 안 된다. 오히려 독일 루르 지방에 있는 아주 복잡하게 연결된 고속도로 분기점을 떠올리는 편이 적절하다. 매우 협소한 공간 안에서 서로 복잡하게 뒤엉킨 혈관들의 모양은 양모 실뭉치와 유사하다. 피는 흘러가는 동안 수많은 커브를 통과하면서 수시로 방향 전환을 해야 한다. 이로 인해 혈관벽에 가해지는 압력이 점점 높아진다. 혈관벽은 높은 압력을 감당할 수 있을 만큼 특별히 내구성이 뛰어나지 않기 때문에 쉽게 파열되거나 찢어져 버린다.

혈관벽은 다양한 층으로 이루어져 있다. 기형 혈관은 대부분 이 층들이 완전하게 형성되어 있지 않다. 층 자체가 통째로 없거나, 혹시 있다 하더라도 그 두께가 매우 얇다. 양모처럼 엉켜있는 형태의 혈관 뭉치는 매우 부서지기 쉬워서 파열에 극도로 취약하다. 혈관이 파열될 가능성은 통계학적으로 연간 2퍼센트에서 4퍼센트 정도다. 따라서 나이가 들수록 혈관 파열 위험성이 높아진다. 동정맥 기형은 언제 터질지 모르는 시한폭탄과도 같다.

혈관 파열로 출혈이 발생하면 그 결과로 사망할 위험성이 약 20퍼센트에 이른다. 또한 그 같은 출혈을 견뎌내고 살아남은 나머지 80퍼센트도 영구적인 뇌 손상을 입게 될 가능성이 높다. 한 번 출혈이 발생하면 또 다른 출혈이 발생할 가능성이 약 15퍼센트 정도 높아진다. 물론 이 숫자들은 그저 통계일 뿐이다. 하지만 통계는 마리 길베르트처럼 위험한 상황을 한번이라도 경험한 사람이라면 평생 불안감을 안고 살아가야 한다는 사실을 분명하게 알려준다.

이런 시한폭탄을 제거할 수 있는 (혹은 최소한 제거를 시도해 볼 수 있는) 방법은 다양하다. 우리의 목표는 양모처럼 엉킨 혈관 뭉치를 완전히 제거하거나 봉쇄하는 것이다. 어떤 방법을 선택하건 간에 중요한 것은 반드시 완벽하게 마무리지어야 한다는 것이다. 절반쯤만 하고 그치는 것은 결코 확실한 치료 방법이 될 수 없다. 심지어는 폭탄 제거에 90퍼센트를 성공한다 하더라도 피가 조금이라도 해당 영역을 통과하여 흘러가는 한 출혈 위험성은 여전히 남아 있다. 심지어는 더 높아질 수도 있다.

방사선요법은 또 다른 치료 방법이 될 수 있다. 방사선 치료를 시행하면 혈관 세포들이 변형된다. 그 결과 혈관벽이 두꺼워져 관의 내부 공간, 즉 내강(lumen)이 언젠가는 막힌다. 하지만 그 과정이 매우 더디게 진행되기 때문에 경우에 따라서는 몇 년이 걸린다. 방사선 치료를 하는 동안에 출혈이 일어날 위험성이 여전히 존재하는 것이다. 그뿐만 아니라 혈관이 완전히 막혔는지도 결코 확신할 수 없다. 만약 2차 방사선 치료가 반드시 필요한 상황이 온다면 치명적인 부작용들이 나타날 위험성도 현저히 높아진다.

어떤 치료 방법을 선택할 것인지는 개인이 처한 상황과 당사자들이 어떤 종류의 치료를 받을 수 있는지를 고려하여 신중하게 고민하고 결정해야 한다. 또한 무엇보다도 이것은 의사들마다 인생관과 선호도에 따라 달라지기도 한다. 어떤 방법이든 각기 다른 기회와 위험성을 지니고 있다. 이런 이유로 요즘은 각 분야를 포괄하는 전문가 팀, 이른바 전문가 위원회에서 결정을 내린다. 위원회에는 신경방사선과 전문의, 방사선 종양학과 전문의, 신경외과 전문의가 속한다. 당연한 말이지만 위원회에 소속된 의사들은 무엇보다도 학문적인 근거에 입각하여 그들의 결정을 설명하는 한편 여러 연구를 근거로 제시하며 특정한 치료 전략의 탁월함을 강조한다. 그 밖에도 결정을 내리는 과정에 영향을 미치는 지극히 개인적인 생각들도 토론 거리가 된다.

마리 길베르트의 케이스에는 이른바 색전술(embolization)을 시행하기로 결정했다. 색전술을 시행할 때에는 신경방사선과 의사가 환자의 사타구니 혈관에 매우 가느다란 카테터를 삽입한 다음 그것을 머리에 있는 엉킨 혈관 뭉치까지 곧장 밀어 올린다. 이와 함께 풀과 비슷한 끈적끈적한 덩어리를 기형 혈관 속으로 주입하여 혈관을 막는다. 색전술은 규모만 다를 뿐 건축 공사를 할 때 밀폐용 물질로 거품을 내어 빈 공간을 채우는 것과 동일한 원리다. 그런데 색전술은 시술하는 동안 접착 물질이 피가 흘러나가는 혈관들 중 하나로 유입되어 혈관을 막아버릴 위험성이 있다. 이렇게 되면 피가 흘러나가지 못하고 정체되는 바람에 혈관에 가해지는 압력이 계속해서 높아지다가 혈관이 파열되어 뇌출혈이 발생할 수도 있다. 혹은 접착 물질이 미처 응고되기 전에 혈류를 타고 이동하여 인접한 뇌 부위에 영양을 공급하는 다른 혈관을 막아버릴 수도 있다. 이런 경우에도 그 결과로 뇌경색이 발생할 수 있다.

뇌수술 전에 이루어지는 수술 전 토론은 수술에 참여하는 의사들에게 높은 공감 능력을 요구한다. 왜냐하면 다른 어떤 경우보다도 이런 수술에서는 수술에 따른 합병증이 환자의 인생에 치명적인 결과를 가져올 수도 있기 때문이다. 마리 길베르트의 경우 수술 후 부작용으로 왼쪽 편마비가 오거나 언어능력을 상실할 위험성이 있었다. 최악의 경우 마취에서 깨어나지 못할 수도 있었다. 이런 일이 발생할 위험성은 어림잡아 각각 30퍼센트 정도로 추정되었다. 그녀의 머릿속에 있는 기형 혈관을 완전히 제거하기 위해서 신경방사선과 의사는 6주 간격으로 15회에 걸쳐 색전술을 시술할 계획이었다.

마리 길베르트는 낙관적이며 강인한 성격의 소유자였다. 적어도 이 시점에는 그랬다. 첫 번째 색전술을 받은 후 사타구니 부근의 통증으로 걷기가 힘들었을 때도 마리는 크게 신경 쓰지 않았다. 고통은 분명히 사라질 것이라고 생각했기 때문이었다. 마리는 병원을 빨리 떠날 수 있게 된 것에 기뻐하면서 주말에 찾아오겠다고 예고한 친구의 방문을 기쁜 마음으로 기다렸다. 주말이 되어 목덜미에 또다시 갑작스러운 통증이 찾아왔을 때 마리는 근육이 경직되어 그런 것이라고 생각했다. 하지만 통증이 줄어들기는커녕 더 이상 견딜 수 없을 정도로 심해지자 그제야 비로소 마리는 또 다른 출혈이 발생했을 수도 있다고 생각했다.

바로 그날 마리는 다시 병원으로 와야 했다. 의혹이 사실로 판명되었다. 그녀는 중환자실로 보내졌다. 며칠 후, 2차 색전술이 시행되었고, 뒤이어 짧은 간격을 두고 3차 색전술이 시행되었다. 3차 색전술을 시행하기 전에 새로운 출혈이 발생했다. 그녀의 머릿속에 잠자고 있던 괴물이 깜짝 놀라서 잠에서 깨어난 것 같아 보였다. 이렇게 된 상황에서 더 이상 평화는 없었다.

마리는 지나치다 싶을 정도로 낙관적 기질의 소유자였음에도 불구하고 의심과 두려움에 사로잡혔다. 색전술을 선택한 것이 옳았을까? 치료 방법을 바꾸어야 하지 않았을까? 그녀를 도울 수 있는 또 다른 방법이 있지 않았을까? 나중에 나는 마리의 아버지도 같은 질병을 앓고 있다는 사실을 알게 되었다. 마리의 아버지는 마리보다 1년 먼저 동정맥 기형을 진단받았다. 하지만 마리의 아버지는 머릿속에 있는 괴물을 깨우지 않고 그냥 조용히 잠자게 내버려둔 채 관찰만 하면서 1년에 한 번씩 MRI 검사를 받기로 결정했다. 아마도 고령의 나이 때문에 그런 결정을 내렸을 것이다.

마리는 색전술을 시행한 신경방사선과 의사에게 자신이 품고 있는 의심과 불안을 털어놓았다. 어느 날 아침 회진 시간에 마리는 의학 팀의 일원인 신경외과 과장에게 다른 대안은 없는지 물어보았다.

신경외과 과장은 기형 혈관을 제거하는 세 번째 방법을 제시했는데, 그것은 수술로 기형 혈관을 제거하는 방법이었다. 하지만 그녀가 만난 모든 의사가 그 방법을 반대했다. 복잡하게 엉킨 혈관 뭉치가 크기도 너무 큰 데다가 무엇보다 언어능력을 담당하는 영역과 지나치게 가까운 지점에 있기 때문이었다. 합병증이 발생할 가능성과 더불어 기형 혈관의 수술 가능성을 평가하는 데 사용되는 슈페츨러 마르틴 등급(Spetzler Martin Scale)에 따르면 마리의 혈관 기형은 약 6×4×2센티미터가 조금 넘는 크기로 규모 면에서 중간 등급에 해당했지만, 중간 등급 내에서는 상위권에 해당했다. 크기가 3센티미터만

되어도 이미 수술 난이도가 올라간다. 이런 크기의 혈관 기형을 수술할 때는 반드시 많은 양의 출혈로 인해 발생하는 합병증을 염두에 두어야만 한다. 수술을 마친 환자가 다시 병동으로 옮겨졌을 때 수술 부위에서 일어난 사후 출혈을 통해서도 합병증이 발생할 수 있다. 요컨대 그녀의 경우, 수술에 따른 위험성도 결코 적지 않았다.

게다가 혈관 기형의 위치가 언어 영역에 가까운 것도 문제였다. 사람들은 뇌를 주요 뇌 부위(eloquent area)와 그렇지 않은 부위로 구분한다. 주요 뇌 부위는 시각, 운동, 감정 혹은 언어 같은 특정 기능이 자리 잡고 있는 부위를 말한다. 이 기능들은 대부분 여러 영역에 걸쳐 존재한다. 언어기능을 예로 들자면, 오래전부터 우리 신경외과 의사들은 언어기능이 두 가지 중요한 부위에 기인한다고 생각해왔다. 일반적으로 그 부위들은 오른손잡이를 기준으로 했을 때, 왼쪽 뇌에 자리 잡고 있다. 고유한 의미에서의 발화 행위를 담당할 뿐만 아니라 언어 인지에도 관여하는 운동성언어중추(motor speech center)는 전두엽에 자리 잡고 있다. 그리고 언어 이해에 결정적인 역할을 담당하는 지각성언어중추(sensory speech center)는 측두엽에 자리 잡고 있다. 간단하게 설명하자면, 대략 다음과 같은 방식으로 돌아간다고 생각하면 된다. 귀로 들은 내용이 지각성언어중추로 들어간다. 그중에서 해독 및 이해가 된 내용들이 대뇌궁상섬유(fasciculus arcuatus)를 통해서 운동성언어중추로 전달된다. 대뇌궁상섬유는 두꺼운 섬유 다발로, 통신 케이블 같은 것을 떠올리면 된다. 마지막으로 운동성언어중추가 답변을 준비하고 혀를 자극하여 활성화한다. 이에 따라 혀가 움직이는데, 이 움직임을 통해서 말하고자 하는 단어가 만들어진다.

병원 동료인 토마스 피히트(Thomas Picht) 박사는 다양한 연구 활동을 통해 언어 상징 코딩 해독에 집중하고 있다. 피히트 박사와 함께 한 최근의 토론들에서 뇌에서 이루어지는 언어 조직 과정을 정확하게 알아내기가 어렵다는 사실이 밝혀졌다. 기본적인 언어 처리 방법이 존재한다는 것은 분명한 사실이다. 그러나 두 언어 영역이 모든 언어기능을 담당한다는 주장은 점점 더 받아들여지지 않고 있다. 연구자들은 두 언어 영역 외에도 비슷한 역할을 하는 다른 다양한 중추와 네트워크가 의미와 문장에 따라 그때그때 언어 조직 과정에 참여한다고 주장한다. 각각의 영역은 섬유 다발을 통해 서로 결합되어 있으며, 시각 중추나 청각 중추처럼 오직 상호 협력 하에서만 제 기능을 발휘한다.

마리 길베르트는 우리를 찾아오기 전에 4차와 5차 색전술을 받았다. 5차 색전술을 받던 도중에 또다시 출혈이 발생했다. 그로 인해 작게 뇌졸중을 앓았지만 다행히 경과가 좋아 후유증이 남지 않았다. 며칠 후 마리는 중환자실에서 일반 병실로 옮겨졌다. 그때 마리의 주치의가 더 이상 치료를 진행하지 않겠다고 전했다. 장점과 단점을 모두 고려하여 고심한 끝에 더 이상 어떤 시도도 하지 않는 것이 더 안전하다고 판단했기 때문이었다. 뒤이어 실시한 마지막 검사에서 그동안의 색전술로 해당 혈관의 고작 60퍼센트만이 차단된 사실을 확인했다. 괴물은 여전히 살아있었다. 치료를 더 해 볼 수는 있지만, 기대하는 경보 해제 효과를 얻기는 어려웠다. 의사는 최후의 수단인 수술의 위험성이 매우 높기 때문에 환자인 마리와 마리를 치료하는 의사 모두 매우 심각하게 고민해 보아야 할 문제라고 말했다. 그러면서 그는 본인이 의사들 중에서도 수술보다 다른 치료 방법을 찾는 부류에 속한다고 말했다.

몇 달 후 나는 마리 길베르트의 사례를 처음으로 듣게 되었다. 마리는 우리 병원에 전화를 한 다음 마지막 두부(頭部) CT 영상과 MRI 영상을 이메일로 보냈다. 나는 마리에게 우리 병원에서 추가 검사를 받을 것을 요청했다. 그녀가 보낸 영상에 담긴 엉킨 혈관 뭉치는 그야말로 탄탄하고 치밀해 보였고, 주변 조직들과 선명하게 경계를 이루고 있었다. 엉킨 혈관 뭉치 부위의 혈류는 사전 치료 덕분에 더 이상 그렇게까지 강력하지 않은 것으로 보였다. 새로운 치료를 시작하려는 시점에서 중요한 것은 언어 영역과 혈관 기형의 위치를 최대한 정확하게 확인하는 것이다. 최초 소견에 따라 판단을 했을 때, 적어도 수술을 완전히 배제해야 하는 상황으로 보이지는 않았다.

얼마 후 마리가 베를린 중심부에 위치한 베를린 자선병원 본관인 베텐호흐하우스 6층에 있는 내 진료실을 찾아왔다. 마리는 건강해 보였다. 겉모습만 보아서는 그 사이에 마리가 어떤 일을 겪었는지 전혀 짐작할 수 없었다. 하지만 대화를 나누는 동안 출구가 없어 보이는 막막한 상황에 처한 마리의 마음속이 얼마나 불안하고 절망적인 상태인지 고스란히 느낄 수 있었다.

우리 병원을 찾는 환자들은 대부분 전사(前史)를 가지고 있다. 그들은 이미 다른 의사들에게 자신의 질병과 관련하여 여러 의견을 듣고 왔다. 목숨을 잃을지도 모른다는 두려움에 사로잡힌 환자들은 더이상 할 수 있는 것이 아무것도 없다는 사실을 받아들이지 못한다. 환자들은 한편으로는 긍정적인 메시지를 기대하지만, 다른 한편으로는 회의적인 생각과 근심 걱정에 가득 차있다.

심각한 질병을 가지고 있는 상황에서 자신이 그것을 치료하는 사람들의 손에 무방비 상태로 내던져져 있는 것만 같은 느낌은 존재론적 한계를 시험한다. 그런 상황에 처한 사람을 대할 때에는 극도의 존경심을 갖추어야 한다. 중요한 것은 환자와 대화를 나누면서 궁극적으로 환자가 실제 마음속에 담고 있는 것을 알아내는 것이다. 왜냐하면 비록 뇌수술에 일말의 희망이 담겨 있기는 하지만, 결과는 어디까지나 불확실하기 때문이다. 예외는 없다. 마리 길베르트의 사례를 둘러싸고 동료들의 다양한 의견들이 이어졌고, 우리는 그 의견들 하나하나를 세심하게 심사숙고해야만 했다. 어떤 결론이 나와도 그럴만한 근거가 있었다. 모두에게 어려운 상황이었다. 마치 모래 늪에 빠진 것 같았다.

이런 단계에서 환자와 이야기를 나눌 때 나는 다시 한번 현재 상태를 정확하게 확인하고, 수술을 통해 얻을 수 있는 것과 수술 과정에서 어긋날 수 있는 일, 그리고 그것이 어떤 결과를 초래할 수 있는지를 설명한다. 나는 이것저것 따지다가 결국 아무런 시도도 하지 않는 것에 반대한다. 예측이 실제로 맞아떨어질지 아닐지는 아무도 알수 없기 때문이다. 결과와 관련해서는 통계에 의존할 수밖에 없다. 환자의 연령이 30세일 때는 출혈 가능성이 상당하다. 실제로 환자가 자신의 입장에서 위험성을 고려해 볼 수 있도록 모든 것을 남김없이 말해주어야 한다. 왜냐하면 결국 결정을 내리는 것도, 또 서류에 서명을 해야 하는 것도 환자 본인이기 때문이다.

수술의 장점과 단점을 설명하는 동안 나는 내 앞에 앉아 있는 사람이 어떤 사람인지, 어떤 불안감이 이 사람을 특별히 힘들게 하는지, 그리고 그가 감수하고자 하는 위험은 어떤 것인지 알아내려고 노력한다. 내 앞에 앉아 있는 사람은 자신의 머릿속에 도사리고 있는 무시무시한 괴물을 받아들이고 있는가? 그렇다면 괴물과 함께 어느 정도 걱정 없이 살아갈 수 있는 상태인가? 아니면 언제든 무슨 일이 일어날 수 있다는 지속적인 불안감 때문에 정상적인 삶을 살아가기가 불가능한 상태인가? 결정은 반드시 수술과 다른 치료 방법을 모두 꼼꼼하게 따져보고 이루어져야 한다. 또한 해당 케이스에 적절한 것이어야 한다. 이것은 너무나 당연한 일이다. 그 밖에도 환자의 성격과 환자가 처한 전체적인 상황에도 부합해야 한다. 20세기 초에 활동했던 위대한 신경외과 의사이자 의학의 개척자인 하비 쿠싱(Harvey Cushing)은 다음과 같은 말을 남겼다. "의사로서 우리는 병든 장기 그 이상의 것과 한 인간 그 자체를 넘어서서 훨씬 더 많은 것을 관찰해야 할 의무가 있다. (…) 개개인이 처해있는 환경을 감안하여 그 사람을 바라보아야만 하는 것이다."

그 누구에게서도 중대한 결정을 내릴 권한을 빼앗을 수는 없다. 다만 나는 내 환자들이 홀로 그 길을 걸어가도록 내버려두지 않는다. 누군가 나에게 "당신이 내 입장이라면 어떻게 하시겠습니까?" 혹은

"만약 제가 당신의 어머니라면 그래도 저에게 수술을 권하시겠습니까?"라고 물어올 때면, 나는 언제나 막중한 책임감을 느끼면서 정직하고 성실하게 답변을 한다.

나는 오로지 수천 건의 수술 경험과 양심에 의거하여 수술 가능성과 성공 여부를 평가한다. 물론 신경외과 수술에서 확신할 수 있는 것은 아무것도 없다. 언제든 다양한 합병증과 예기치 못한 나쁜 일들이 일어날 수 있기 때문이다. 개인적인 일에서는 통계학이 아무런 소용이 없다. 따라서 환자들은 수술에 따른 위험성보다는 뇌출혈이 발생할 지도 모른다는 불안감을 안고 갈 것인지, 아니면 정상적인 삶을 살아갈 수도 있다는 희망으로 수술에 따른 위험성을 감수할 것인지 신중히 고려하여 결정해야 한다. 많은 환자가 보여주는 용기와 확신을 볼 때마다 그들에게 깊은 존경심을 갖게 된다.

이 질병을 전문적으로 다루는 대형 병원에서 일하는 신경외과 의사들은 많은 사례를 접하면서 얻은 지식을 바탕으로 매우 위험하여 아무 곳에서나 시행할 수 없는 어려운 수술도 시도할 수 있다. 이런 병원에는 특이한 케이스의 환자들도 많이 찾아오고 치료하기 때문에 시간이 허락하는 한 충분한 경험을 쌓아 다른 곳에서는 치료하기 어려운 환자들에게 새로운 가능성을 열어준다. 그리고 선택지가 많아지는 만큼 많은 경우에 있어서 위험성을 따져보는 과정이 선택지가 적은 병원과 다르게 진행된다.

그럼에도 불구하고 나는 의학적인 결정을 내릴 때 가장 큰 영향력을 미치는 것은 개인의 성격이라고 생각한다. 무엇보다도 위험성이 적은 다른 대안을 찾을 수 없을 정도로 상황이 심각할 때 특히 그러하다. 전 세계 신경외과 의사 중 한 쪽은 신경외과 수술에 수반되는 위험성을 평가하는 문제에 있어서 근본적으로 소극적인 견해를 내놓는다. 그들은 환자들에게 해를 끼치지 않는 것을 원칙으로 한다. 환자들에게 해를 끼치는 위험을 감수하느니 차라리 아무것도 하지 않는 편을 선택하는 것이다. 이때 그들은 히포크라테스 선서, 그중에서도 특히 '**첫째, 해를 입히지 말라**(primum non nocere)'라는 문구를 의료 행위의 지상명령으로 삼는다.

환자가 수술을 받아도 나아지는 부분이 전혀 없을 것이라는데 모두가 동의하는 경우에 한해서 그것은 매우 이성적인 접근 방식이 될 수 있다. 하지만 이런 평가는 주관적이다. 그렇다면 수술로 무언가를 치료하는 것이 불가능한 때는 언제인가? 너무 위험할 때? 수술 결과가 염려되어 책임을 질 수 없을 때? 이런 태도는 균형 감각이 잘 갖추어져 있다는 전제하에 결정을 모색하는 과정에서 매우 훌륭한 접근 방식이 될 수 있다. 그러나 만약 균형이 어그러져 있는 상태라면 외과 의사는 통계 수치 뒤에 몸을 숨긴 채로 생명을 구할 수 있는 기회를 놓쳐버린다. 잊지 말아야 할 사실은 아무것도 하지 않는 선택도 환자에게 해를 입힐 수 있다는 것이다. 이곳 독일에서와는 달리 다수의 국가에서는 소극적인 태도가 성격의 문제가 아니라 보건 정책이 추구하는 지배적인 철학으로 자리 잡고 있다. 그런 나라에서는 히포크라테스 선서의 이 문구가 일체 타협의 여지없이 곧이곧대로 받아들여지며, 예방 차원의 수술이나 위험성이 지나치게 높은 것으로 추

1. 머릿속에서 잠자는 괴물

정되는 신경외과적 수술 역시 거부된다.

그러나 경계를 넘어서고, 규범을 거부하고, 도전에 응할 준비가 된 의사들도 있다. 피닉스의 로버트 슈페츨러가 바로 이런 외과 의사의 전형이다. 그는 환자들의 체온을 섭씨 28도로 낮춰 심정지 상태로 만든 다음 그들에게 미래를 선사하려고 시도했고, 그 과정에서 환자들과 함께 위험을 감수할 준비가 되어 있었다. 이런 성격의 소유자들은 환자들의 문제를 해결할 새로운 해법을 끊임없이 모색한다. 그들은 어려운 케이스를 감당할 수 있는 자신의 능력에 대한 확신을 원동력으로 삼는다. 절망적인 상황에 처한 환자에게 의사의 이런 태도는 당연히 큰 도움이 된다. 물론 이런 태도로 말미암아 외과 의사 본인은 매우 까다로운 상황에 처하게 된다. 왜냐하면 기대가 큰 만큼 능력과 그 기대에 부응할 수 있는 강인한 정신력이 필요하기 때문이다.

그렇다면 어떤 태도가 더 나은 것일까? 위험을 감수할 준비가 되어 있는 의사들은 자아가 비대하여 환자의 생명을 걸고 도박을 하는 걸까? 아니면 소극적인 태도를 취하는 의사들이 잘못된 것일까? 그들은 그저 책임지기가 꺼려져서, 그래서 생명을 구할 수 있는 모든 가능성을 외면하는 것일까?

앞서 이미 인용한 바 있는 제네바 출신의 신경외과 의사 카를 샬러는 다음과 같은 말로 핵심을 지적했다.

좀 더 자세히 들여다보면 상처를 남기지 않는 수술은 아예 존재하지 않는다. 아무것도 하지 않는다고 상처를 남기지 않는 것이 아니다! 중요한 것은 그저 최소한의 상처와 정신적 외상을 남기는 치료 방법과 어쩌면 마찬가지로 위험할 수도 있는 자연적인 (경과) 과정 사이에서 신중히 저울질을 하는 것뿐이다. 사람들은 그것을 가리켜 판단이라고 부른다. 그것은 외과 의사의 숙련도와 관련되어 있을 뿐만 아니라, 그 사람의 성격과도 관련되어 있다.

두 가지 성격 유형 중 어느 쪽에 속하건 간에 의사들은 그들이 내린 결정에 스스로 책임을 진다. 내 생각을 말하자면, 중증 환자들을 도울 때는 위험을 감수하는 쪽이 조금 더 합리적인 것 같다. 이 길을 가기 위해서는 용기가 필요하다. 왜냐하면 우리에게 익숙한 자연스럽고 편안한 사고방식과 행동 양식을 극복해야 하기 때문이다. 우리의 뇌는 용감하게 행동하는 것을 그다지 좋게 평가하지 않는다. 우리의 뇌는 그렇게 프로그래밍 되어 있지 않다. 여기에는 몇 가지 이유가 있다. 그중 하나는 환자의 상태를 호전시키기는커녕 오히려 악화시켰을 때, 그로 인해 우리가 괴로움에 시달리기 때문이다. 제아무리 전문성이 뛰어나다고 하더라도 감정 이입을 전혀 하지 않을 수는 없는 법이다. 아무리 개인적인 감정을 떨쳐버리려고 해도 어쩔 수 없이 다시 감정에 이끌리기 마련이다.

용감한 행동을 가로막는 또 다른 요인은 완벽주의다. 완벽주의는 신경외과 의사들의 직업병이다. 그들이 항상 최고를 추구한다는 사실은 환자들에게는 좋은 일이지만, 외과 의사 본인들에게는 너무나도 힘든 일이다. 마이애미 대학의 신경외과 의사 자크 모르코스

(Jacques Morcos)는 최근에 한 팟캐스트에서 이렇게 말했다. "자기비판을 함에 있어서 너무 사소한 일이란 존재하지 않는다. 우리는 우리가 하는 일에 결코 만족하지 못한다. 그리고 두려움에 순순히 굴복하지 않는 태도는 밤낮으로 우리와 함께 하는 동반자다." 경계를 넘어선다는 것은 미지의 영역에 발을 내딛고 새로운 해법들을 모색해야만 한다는 것을 의미한다. 이때 우리는 좌절하거나 비판받을 위험이 있다. 그 밖에도 용감한 행동을 저지하는 결코 무시할 수 없는 또 한 가지 이유가 있으니 바로 의학적인 맥락에서 내린 결정으로 인해 법적 처벌을 받게 되는 것에 대한 두려움이다. 안타깝게도 이런 두려움은 날이 갈수록 점점 더 커져가고 있다.

어떻게 하면 용기를 가지면서도 동시에 올바른 균형감각을 유지할 수 있을까? 나는 오래전부터 이 물음에 몰두해왔고 마침내 답을 찾았다. 내가 찾은 답은 분명 신경외과에만 유효한 것이 아니라 용감무쌍한 결정이 필요한 모든 분야에 적용될 수 있을 것이다. 나는 결정을 내리는 과정에서 내게 도움이 되고, 또 내 결정을 탄탄하게 뒷받침해 줄 수 있는 다섯 가지 전략을 찾아냈다.

제일 먼저 매우 기본적인 문제들에 답하는 것이다. 내 존재의 목적은 무엇인가? 어떻게 하면 내 재능을 활용할 수 있을까? 나는 내게 맞는 직업을 가지고 있는가? 이 질문들에 답하다 보면 좀 더 쉽게 용감해질 수 있다.

두 번째로 제기되는 질문은 어떤 가치들이 내 결정의 기초가 되느냐 하는 것이다. 나는 이미 서문에서 내가 어떤 가치들을 중요하게 생각하는지 상세하게 설명했다. (겸손함, 책임의식, 신뢰성, 지구력, 그리고 규율과 성실함) 실제로 그 가치들을 동료와 팀원들과 나누고 실천에 옮기는 행위는 내게 확신과 윤리적 안정성을 선사해 준다.

세 번째로 용감한 행동은 신뢰를 (단지 내 자신에 대한 신뢰만이 아니라 나의 팀과 나의 주변인들에 대한 신뢰) 창출한다. 신뢰는 낙관적인 태도로 이어지고, 이것은 다시 스트레스에 대한 저항성을 만들어낸다.

네 번째로 자신의 고유한 내적 동력을 이해하는 것과 경우에 따라서는 그 동력에 맞서는 것이 중요하다. 사실 때때로 내적 동력 때문에 괴로움을 겪을 수도 있다.

그리고 마지막으로 특별한 도전이 기다리고 있다. 합병증이 발생했을 때 내가 치료하는 사람들을 존중과 정직함으로 대해야 하는 것은 물론이고 (이것은 당연한 일이다) 나 역시 숨지 말고 나 자신에게 솔직해져야 한다. 이렇게 하기 위해서는 아마도 평생 노력을 기울여야 할 것이다.

이런 전략들을 갖추고 있으면 학문적인 발전과 혁신의 의미에서 모종의 책임감을 인식하기가 한결 쉬워진다. 그리고 그런 책임감은 상황이 개선되거나 치유 가능성이 보이는 즉시 강력한 동력으로 작용한다. 과감한 시도를 하지 않는다면, 또는 자신의 경험의 틀 안에서 책임감에 사로잡혀 본인의 한계를 넘어서려고 하지 않는다면, 해당 분야와 학문 그리고 도움을 줄 수 있는 가능성들 또한 더 이상 발전하지 않는다. 물론 과감한 시도를 할 때에는 자신의 능력을 현실적으로 평가했을 때 과제를 완수할 수 있는 능력이 있다는 사실을 전제로 한다. 피닉스 베로우 신경학 연구소에서 로버트 슈페츨러의 뒤를 이은 마이클 로턴(Michael Lawton)이 한 말이 이 질문들의 기본 원칙을 명확하게 보여준다. **한계를 넘어서라**(push limits), **그 어떤 것도 당연하게 받아들이지 말라**(take nothing for granted), **도전을 받아들여라** (accept challenge). 왜냐하면 궁극적으로 절망적인 상황에 처한 한 인간을 돕는 것보다 더 중요한 일은 없기 때문이다.

이제 마리 길베르트는 결정을 내려야 했다. 이때 그녀의 머릿속에 도사리고 있는 괴물은 그녀에게 아무런 영향력을 행사하지 못했다. 그녀는 그 어떤 불편함도 호소하지 않았다. 보아하니 마지막 출혈 이후에 괴물이 다시 잠에 빠져든 것 같았다. 그녀는 다시 학생들을 가르치기 위해 이미 학교에 복직 신청을 해 둔 상태였다. 수술은 예방 조치가 될 터였다. 동시에 나는 불확실성이 그녀를 얼마나 괴롭히고 있는지, 재출혈에 대한 불안감이 그녀의 일상에 얼마나 어두운 그림자를 드리우고 있는지 감지할 수 있었다. 그때까지 그녀는 모든 출혈을 큰 뇌손상 없이 이겨냈다. 하지만 단지 그렇다는 이유로 다음번에 출혈이 발생했을 때 또다시 무사히 빠져나올 수 있을까? 그렇지 못할 가능성이 더 높지 않을까?

처음 대화를 나누고 3주가 지난 시점에 마리 길베르트가 병원에 입원했다. 나는 수술이 가능하다고 생각했고, 그녀는 완치라는 희망을 품고서 거듭되는 재출혈로 인한 영구적 위험성보다 수술에 따른 위험성을 선택했다.

그녀의 기형 혈관은 측두엽에 자리 잡고 있었다. 이렇게 말하면 별것 아닌 것처럼 들리겠지만 정확하게 말하자면, 거의 측두엽 전체에 걸쳐 6센티미터 이상의 구간을 차지하고 있었다. 그것도 뇌의 오른쪽 부분을 말이다. 왼손잡이의 절반 정도는 언어 영역이 오른쪽에 자리 잡고 있는데, 마리 길베르트도 왼손잡이였다. 이제 우리는 그녀의 기형 혈관과 언어 영역 사이에 어떤 관계가 있는지 알아내어야만 했다. 지금까지의 경과를 고려했을 때 기형 혈관이 감각언어영역 가까이에 있다는 것을 알 수 있었다. 하지만 정확히 얼마나 가까이 있는 것일까? 그리고 언어 영역들을 서로 연결하는 언어 섬유들이 어떤 지점을 따라 뻗어 있을까? 큰 손상을 초래하지 않고 수술을 하는 것이 과연 가능할까? 그녀만의 특별한 언어 감수성을 잃지 않도록 수술을 하는 것이 가능할까?

뇌의 해부구조를 보여주는 통상적인 MRI 촬영은 이런 진단을 위한 충분한 근거가 되지 못한다. MRI 영상으로는 그저 대략적인 방향 설정 차원에서 언어 영역이 자리 잡고 있는 지점을 짐작할 수 있을 뿐이다. 그 지점을 보다 정확하게 알고자 한다면 (그리고 이런 종류의 수술을 권고하고 실제로 그에 착수하기 이전에는 무조건 그렇게 해야 한다) 반드시 추가적인 검사들을 실시해야 한다.

추가 검사 방법 중 하나는 기능적 자기공명영상(fMRI, functional Magnetic Resonance Imaging)이다. 환자가 자기공명영상 장치 안에 누워있는 상태에서 의료진이 환자에게 말을 걸며 환자에게 그 말을 따라 할 것을 부탁한다. 혹은 의료진이 환자에게 그림을 보여주면 환자는 그 물체의 이름을 말해야 한다. 이때 말을 따라 하는 행위와 물체의 이름을 말하는 행위는 각기 다른 기능이다. 이런 과정들이 진행되는 동안 뇌 속 산소 소모량을 측정한다. 산소 소모량이 가장 많은 곳이 바로 언어중추에 속하는 지점으로, 영상에서 노란색으로 빛을 발한다.

이 방법을 사용할 때 한 가지 문제점은 예컨대 환자가 '바나나'라는 말을 따라 할 때 바나나를 먹는 장면과 그 맛을 떠올리게 된다면 그런 생각이 활성화하는 영역들도 밝게 빛난다는 것이다. 가능한 한 다른 연상 작용을 불러일으키지 않는 단어들이 가장 이상적이지만, 안타깝게도 그런 단어는 존재하지 않는다. 이런 이유로 마련한 임시방편으로는 환자에게 알파벳 철자를 이야기하고 그 철자로 시작되는 단어들을 만들어 보라고 하는 것이다. 검사가 순조롭게 흘러간다면 언어 영역을 밀리미터 단위까지 정확히 찾아낼 수 있다.

하지만 동정맥 기형의 경우 이 방법이 제대로 먹히지 않는다. 왜냐하면 뒤엉킨 혈관 뭉치와 언어와 관련이 있는 것으로 추측되는 그 주변의 뇌 조직에서는 그곳을 통과하는 다량의 혈류로 말미암아 언어 영역의 산소 소모량을 측정하는 방법이 정확성을 발휘하지 못하기 때문이다. 따라서 그런 경우에는 경두개자기자극술(transcranial magnetic stimulation)을 사용한다. 원래 이 기술은 신경과학과 정신의학에서 사용하던 방법인데 우리는 뮌헨공과대학 및 헬싱키 알토대학과 더불어 세계 최초로 신경외과 질병의 진단을 위해 이 방법을 도입하였다. 이러한 사실에 대해서 우리는 약간의 자부심을 가지고 있다.

이 방법을 사용할 때에는 먼저 전자 코일을 이용하여 환자의 머리 위에 약한 전기장을 만들어야 한다. 이어서 생성된 전기가 두개골을 통과하여 뇌 조직까지 다다른다. 이때 정밀하게 전기장을 조절하면 몇몇 개별 신경 세포 그룹만을 자극하는 것도 가능하다. 환자는 아무것도 느끼지 못한다. 기껏해야 두피에 가벼운 가려움을 느끼는 데 그친다. 이렇게 하면 예컨대 운동 조절 중추인 운동피질(motor cortex) 중에서도 특정한 손가락이나 발가락을 움직이는데 관여하는 지점을 정확하게 찾아낼 수 있다. 당연한 말이지만 운동기능보다 언어기능이 훨씬 더 복잡하고 넓게 배열되어 있으며, 더 세분화되어 있다. 이 방법은 운동기능 영역을 찾을 때보다 적용하기가 조금 더 힘들지만 그럼에도 언어기능 영역을 탐색할 때에도 제 기능을 발휘한다.

전기의 강도를 높이면 뇌 안에서 뇌전증 발작이 일어날 때 관찰할 수 있는 것과 유사한 효과가 나타나면서 개개의 뉴런을 자극할 수 있는데, 이때 자극을 받은 뉴런들은 잠깐 마비 상태에 빠진다. 이때를 놓치지 않고 의료진이 환자에게 단어를 따라 말하게 한다. 만약 환자가 따라 말하지 못한다면, 바로 그 영역이 중요한 언어 영역이라는 것을 알 수 있다. 이어서 전기 자극을 중단하고 몇 초간 기다리면 평소의 언어능력이 회복된다. 의료진들은 이렇게 뇌 표면에 펼쳐진 산악과 협곡, 그리고 구불구불한 굴곡들을 센티미터 단위로 훑고 다니면서 일종의 지도를 제작한다. 지도에는 건드리면 안 되는 영역들이

표시되어 있다. 이런 식으로 소위 지도 제작(mapping) 작업이 이루어
진다.

간단하게 설명하고 넘어갔지만, 실제로 이 일은 시간이 오래 걸릴
뿐만 아니라, 섬세한 감각과 지구력, 인내심이 필요하다. 그리고 무
엇보다 전문적인 교육과정을 마치고 이 검사를 수행하는 기술 어시
스턴트의 경험이 특히 중요하다. 하지만 환자와 의사, 양쪽 모두를
위해 이런 번거로움은 충분히 감수할 만하다. 뇌는 사람마다 모두 다
르게 생겼다. 수술을 앞둔 환자들의 뇌 구조를 사전에 더 많이 알면
알수록 수술 진행 계획을 더 효과적으로 수립할 수 있고 위험도를 더
욱더 정확하게 평가하고 일어날 수 있는 모든 경우에 대비하여 만반
의 준비를 할 수가 있다. 알다시피 예기치 못한 일은 늘 일어나기 마
련이다.

마리 길베르트의 검사 결과는 좋지도 않았지만 잠을 이루지 못할
정도로 나쁘지도 않았다. 나 역시 비슷한 상황을 예상했지만, 그렇다
고 해서 긴장이 풀리지는 않았다. 마리 길베르트의 경우에는 감각언
어영역과 그와 관련된 섬유 다발이 기형 혈관 바로 뒤에서 시작해 그
곳으로부터 몇 밀리미터밖에 떨어지지 않은 건강한 뒤쪽 측두엽 안
에 빽빽이 들어차 있었다. 그 사이에 있는 공간이라고 해봐야 불과
몇 밀리미터밖에 되지 않아 안전거리가 매우 짧았다.

그렇다고 해서 나의 판단이 바뀌지는 않았다. 여전히 나는 수술이
가능하다고 생각했다. 마리 길베르트의 사례에서 나를 움직인 동력
은 무엇이었을까? 나는 이 젊은 여성이 정상적인 생활을 할 수 있도

록 도와주고 싶었다. 그것이 나의 가장 중요한 원동력이었다. 우리는 다음 날로 예정된 수술에 대비해 계획을 세웠다.

다음 날 아침, 병원으로 가기 위해서 차에 탔을 때 주변은 아직 어두컴컴했다. 이미 봄이었는데도 밤사이 집 앞의 땅 위에 하얗게 서리가 내려있었다. 라디오에서 서늘하지만 구름과 바람이 거의 없는 화창한 날씨가 될 것이라 예보했다.

나는 충분한 시간을 가지고 수술 과정을 다시 한번 면밀하게 점검하기 위해 시계 알람을 다섯 시에 맞추어 두었다. 나는 무용수들이 스텝 순서를 그려보듯이 각각의 단계를 눈앞에 그려보았다. 이 지점에서는 오른쪽 다리로 점프를 하고, 저쪽에서는 위험천만한 회전을 한 다음에 정확한 각도로 무대에 착지를 하고, 또 저곳에서는 파트너를 지탱할 수 있도록 팔을 움직인다. 이 모든 것을 올바른 호흡법을 유지하며 해내어야 한다. 머릿속에서 각각의 박자마다 거기에 맞는 움직임이 생생하게 재연된다. 이 방법은 복잡한 수술에 앞서서 믿고 사용할 수 있는 메커니즘이다. 약간의 긴장감이 동반되면 집중력이 더욱 상승한다. 이 또한 무대를 앞둔 무용수나 중요한 경기를 앞둔 운동선수의 심리 상태에 비할 수 있는 일이다. 이것이 바로 그 유명한 터널이다. 생각이 한 곳으로 집중되는 것이다.

신경외과의 필수 루틴에 적응하기 위해서는 다 년 간의 트레이닝과 많은 연습이 요구된다. 또한 신경외과 수술에서 결코 빠지지 않는 수많은 예기치 못한 상황에 창의적으로 대응하기 위해서는 많은 경험이 필수적이다. 훈련 과정은 천천히 조심스럽게 이루어진다. 처음에 하는 수술들은 비교적 난이도가 낮으며 이때에는 항상 다른 의사가 수술에 함께 참여한다. 그러다 조금씩 난이도가 높아진다. 이후에 이어지는 끝없는 트레이닝은 실력을 유지하는 데 도움이 된다. 모르기는 해도 언젠가 특정한 경지에 오르는데도 분명 도움이 될 것이다. 신경외과 의사의 수련은 운동선수와 무용수 혹은 피아니스트들이 하는 훈련과 조금도 다르지 않다. 일정한 과정들이 되풀이되고 자주 똑같은 손놀림을 반복해야 한다. 거듭하여 동일한 합병증에 대응하면서 창의적인 해법을 찾아내어야만 한다.

지금까지 수많은 수술을 해왔음에도 불구하고, 한 가지 일만큼은 도저히 익숙해지지 않는다. 바로 각각의 환자 케이스에 감정적이 되지 않는 것이다. 감정이 무뎌지까지 그저 시간의 문제라고 생각할 수도 있겠지만, 실제로는 그렇지 않다. 수술로 인한 합병증이 발생하여 환자에게 심각한 결과를 초래했을 때, 그리하여 좌절감을 느끼게 되었을 때, 혹은 수술 결과가 완벽하지 못해서 만족하지 못할 때, 그럴 때 이따금씩 나는 제발 언젠가는 그런 일들에 영향을 덜 받게 되기를 소망한다. 하지만 그런 일은 결코 일어나지 않는다. 적어도 정상적인 상태의 인간이라면 그렇다. 각종 연구가 보여주고 있듯이, 감정이 생성되고 제어되는 뇌 부위는 본인이 원하건 원치 않건 간에 외부의 자극에 반응한다. 그것도 매번, 지칠 줄 모르고 말이다. 설령 내가 병원을 벗어난다고 하더라도 감정의 버튼은 좀처럼 꺼지지 않는다. 어느새 나는 더 이상 그런 시도를 하지 않게 되었다. 마치 현실을 무시해 버리려는 것 같은 부적절한 느낌이 들기 때문이다.

사무실에 도착해 몇 통의 메일에 답한 뒤, 다른 과 동료들과 함께 하는 짧은 회의에 참석했다. 수술을 앞두고 다른 일을 하는 것은 전혀 잘못된 일이 아니다. 오히려 잠깐 동안 집중력을 떨어뜨렸다가 결정적인 순간에 필요한 수준으로 다시 끌어올리는 것이다. 이런 수술을 앞두고 있을 때는 잠깐 뒤로 미루어둘 수 없는 일이 아니라면 아무것도 시작하지 않는 것이 좋다. 신경외과 의사는 대여섯 시간씩 (그것도 멈추지 않고) 수술하는 일에 적응해야만 한다. 수술에 임할 때는 인내심과 침착함, 끈기, 그리고 수술 시간이 족히 10시간 아니 11시간이 될 수도 있다는 각오가 필요하다. 수술을 시작하기 전에는 끝날 때까지 시간이 얼마나 걸릴지 아무도 모른다.

수술 전에는 미리 주의를 기울여야 할 것들이 많다. 기술적인 준비와 물품 공급 준비, 그리고 최적의 조화를 이룬 우리 수술 팀에서 논의한 다른 모든 준비는 물론이고, 필요할 때 당장에 이용할 수 있도록 원내 혈액은행에 보존혈을 주문해두는 일에 이르기까지 해야 할 일이 아주 많다. 현미경을 통해 아주 예민한 부위에 있는 극도로 미세한 혈관들을 다루는 과정에서 항상 안정된 손놀림을 필요로 하는 신경외과 수술에서는 정신적인 준비 또한 매우 중요하다.

나는 기꺼이 우리 신경외과 의사들은 누구나 예외 없이 그런 수술에서 평정심을 유지할 수 있고, 또 언제나 정신적인 균형을 유지할 수 있다고 말하고 싶다. 그러나 솔직히 말해서, 과연 누가 그렇게 할 수 있을까? 수술이 진행되는 동안 정신적으로 균형 잡힌 상태를 유지하기 위한 비법은 의사 본인에게 부담을 줄 수 있는 모든 것에서 자유로워지는 것이다. 바로 그것이 환자를 위한 일이다.

8시가 조금 지나서 나는 4층에 있는 수술 구역으로 들어갔다. 마리 길베르트는 이미 1번 방 수술대 위에 누워있었다. 혈관 수술을 진행하는 1번 수술실은 복잡한 수술을 할 수 있도록 준비되어 있는 곳이다. 다른 모든 수술실이 그러하듯 수술실 바깥쪽 문 옆에 번호를 적은 작은 표지판이 붙어 있었다. 다른 수술실과는 달리 여기에는 이런 문구가 적혀있었다. '특수 장비 장착.' 이 수술실에서 이른바 하이브리드 수술이 시행된다는 뜻이다. 이곳에는 수술뿐만 아니라 수술 중에 이루어지는 수술 중 진단 검사를 시행하기 위한 디지털 네트워크와 최신 기술 장비가 구비되어 있다. 예컨대 수술대에서 손이 닿는 지점에 방사선을 이용하여 혈관 상태를 보여줄 수 있는 로봇 기반 혈관조영 장치가 설치되어 있다. 로봇 팔에는 그에 딸린 시암(C-Arm)이 조립되어 있어 필요한 엑스레이 영상을 보여줄 뿐만 아니라 위치를 옮기지 않아도 환자 주변의 모든 영역을 아우르며 신속하고 정확하면서도 유연하게 움직인다. 혈관조영술을 이용하여 우리는 열어두었던 두개골을 다시 닫기 전에 수술 결과를 검증할 수 있다. 경우에 따라 즉시 재수술을 실시할 수도 있다.

마리 길베르트는 상반신과 머리를 살짝 높인 상태로 등을 바닥에 대고 누워있었다. 그녀의 머리는 정상 포지션에 비해 약 60도 정도 왼쪽으로 돌려진 상태에서 일종의 죔쇠로 고정되었는데, 이 기구는 고안자인 미국 신경외과 의사의 이름을 따서 메이필드 클램프(mayfield clamp)로 불린다. 메이필드 클램프에는 세 개의 핀이 붙어 있는데, 두 개의 핀이 한쪽에 나란히 있고 다른 하나는 반대편에 있다. 세 개의 핀 모두가 두피를 통과하여 두개골에 단단하게 고정하기 때문에 머리는 단 1밀리미터도 움직이지 못하게 된다. 깨어있는 상태라면 매우 고통스러울 테지만, 마리 길베르트는 마취 상태였기 때문에 아무것도 느낄 수 없었다.

그녀의 오른쪽 두개골 관자놀이 부근과 귀 윗부분의 머리카락은 깨끗하게 면도가 되어 있었다. 면도에 이어 소독을 한 두피에 검은 펜으로 수술할 피부 절개 부위를 표시하는 반원이 그려져 있었다.

수술실에는 일곱 명의 스태프가 있었다. 고도의 전문성을 갖춘 스태프들이 나를 둘러싸고 서있었다. 우리는 서로 완벽하게 조화를 이룬 상태에서 일을 한다. 오직 그런 상태에서만 그처럼 위험한 수술을 감행할 수 있고, 또 수술에 따른 위험성을 합리적인 수준으로 낮출 수 있다. 최신 기술과 더불어 조화를 이룬 수술 팀은 성공적인 수술을 위한 기본 전제 조건들이다. 나는 확신에 찬 눈길로 짧게 팀원들과 눈을 맞춘 후 수술을 시작했다.

내 옆에 서 있던 레지던트 카타리나 파우스트(Katharina Faust)가 메스를 이용하여 검은 펜으로 그려진 선을 따라 두피와 그 아래에 있는 측두근을 절개했다. 이어서 길이와 너비가 약 12센티미터에 육박하는 늘어진 피부를 가로가 넓은 물음표 모양으로 옆으로 접어 고무 밴드가 부착된 고리로 고정하고 상처 가장자리의 출혈을 지혈하였다. 일반적으로 두개골 절개 면적은 환자를 위해 가급적 작게 하려고 노력한다. 여기에는 미관상의 이유도 있다. 반면 동정맥 기형의 경우

목적에 맞게 비교적 크기가 큰 진입로를 만드는데, 대부분 뇌 표면에 자리 잡은 엉킨 혈관에 효과적으로 접근하고 혈관과 그 주변부가더 잘 보이도록 시야를 확보하기 위해서이다. 어떤 것이 주요 정맥인가? 기형 부위 안으로 들어가지 않고 그 주변을 스쳐 지나가는 정맥은 어떤 것인가? 후자는 무조건 안전하게 보호해야만 한다.

카타리나 파우스트가 내 오른쪽에 자리를 잡았고, 수술 전문 간호사 주자네 레버(Susanne Leber)가 평소처럼 내 왼쪽에 자리를 잡았다. 수술을 하는 동안 여러 단계에 걸쳐 현미경을 통해 수술 부위를 보면서 수술을 하다 보면 마치 무대 위에서 스포트라이트를 받는 솔리스트처럼 느껴지기도 하지만, 수술 집도의 또한 팀의 일원임은 변함없는 사실이다. '솔로' 파트 역시 모두가 자신의 자리에서 조화롭게 협력하면서 최고의 능률을 발휘할 때 제 기능을 발휘할 수 있다. 레지던트 카타리나 파우스트가 모든 과정을 함께 수행했다. 작업이 이루어지는 그 협소한 영역에서는 집도의에게 방해가 되지 않도록 흡입기(aspirator)를 움직이는 일조차 결코 쉬운 일이 아니다. 이를 위해서는 다른 팀원들이 바로 다음 순간에 무슨 일을 할 것인지 정확하게 숙지한 상태에서 항상 동시에 작업해야만 한다. 그 밖에도 각각의 수술 단계에 대한 논평과 토론이 지속적으로 이루어져야 한다.

수술 전문 간호사 역시 극도로 집중력을 발휘하여 일을 해야만 한다. 그 또한 바로 다음 단계를 미리 예견하고 무슨 일을 해야 할지 정확하게 알고 있어야 한다. 그런 동시에 의사의 지시에 즉각 반응해야한다. 모든 기구가 가동 태세를 갖추고 있어야 하고, 모든 장치가 제

자리에 있어야 한다. 마취과 의사의 역할 또한 중요하다. 어려운 수술이 진행되는 동안 마취과 의사는 무엇보다도 심혈관계 상태와 호흡을 확인하고 환자의 뇌에 산소 공급이 원활히 이루어지도록 해야 한다. 또한 우리는 다른 팀원들의 반응이 무엇을 뜻하는지 알아야 한다. 오해의 여지없이 명료하게 의사소통을 할 수 있도록 단련된 우리들은 서로를 절대적으로 믿고 의지할 수 있다.

다음 단계로 나는 골 절단기가 드나들 공간을 확보하기 위해 두개골에 구멍을 뚫었다. 이어서 절단기로 지름 약 10센티미터 크기의 두개골을 잘라냈고, 수술 전문 간호사가 그것을 받아 멸균 처리된 금속 쟁반에 보관했다. 이제 뇌막이, 좀 더 정확하게 말하자면 경막(duramater)이 모습을 드러냈다. 경막은 뇌를 감싸고 있는 세 개의 층 가운데 가장 바깥쪽에 있는 층이다. 색깔이 희고 반투명인 경막은 뿌연 유리창과 비슷하며 통증에 극도로 민감한 반면 비교적 단단하고, 가죽과 비슷한 성질을 지녔다.

그 사이에 나는 수술용 현미경을 눈앞으로 가져왔다. 이 현미경을 통해서 수술 부위를 최대 40배까지 확대해서 볼 수 있다. 경막으로 덮여있음에도 불구하고 엉킨 혈관들을 분명하게 알아볼 수 있었다. 아직 세세한 부분까지는 보이지 않았지만, 희고 회색빛을 띤 다른 대뇌 회백질 속에서 그것은 좀 더 어두운 색깔을 띠었다.

경막에 이어서 푸르스름하게 빛나는 지주막(거미막, arachnoid mater)

이 보였다. 섬세한 콜라겐 결합조직 섬유가 입김처럼 얇고 연약한 이 막을 관통하고 있는 생김새가 마치 거미줄을 떠올리게 한다. 뇌신경과 수많은 혈관이 이 부위를 지나간다.

그다음으로 마지막 뇌막 층인 연질막(pia mater)이 나타났다. 섬세한 결합조직으로 이루어진 연질막 또한 지주막과 마찬가지로 연약하며 혈관을 포함하고 있다. 연질막은 쭈글쭈글하게 주름진 뇌에 가장 가깝다. 여기에서 우리는 뇌로 들어가기 이전 단계의 작은 말초 혈관들을 찾아볼 수 있다.

혈액이 흐르는 큰 혈관들 가운데 그 어떤 것도 손상시키지 않기 위해서 나는 특별한 주의를 기울여야 했다. 때문에 나는 기형 부위의 윗부분이 드러날 때까지 평소와는 다르게 가위가 아닌 섬세한 바늘을 사용하여 1-3밀리미터 두께의 혈관을 경막에서 떼어내고 엉킨 혈관 뭉치 구조를 파악하기 시작했다. 모든 것이 순조롭게 진행되었다.

시작 단계가 끝났다. 아직까지는 표면에서 (엉킨 혈관 뭉치 가장 자리를 잘 식별할 수 있는 부위에서) 움직인 것에 불과했기 때문에 비교적 쉬운 부분에 해당되었다. 이제 중요한 것은 엉킨 혈관 뭉치를 모든 방향에서 분석하기 위해 깊숙이 치고 들어가는 일이었다. 스태프들 또한 모든 것이 정상적으로 잘 진행되고 있다는 사인을 보냈다. 한 단계를 성공적으로 마무리했다는 사실에 새로운 에너지가 솟아났고, 의욕과 집중력이 고조되었다.

엉킨 혈관 뭉치 바닥까지 가기 위해서는 최대 200개에 이르는 작은 혈관들을 하나씩 일일이 위축시켜 폐쇄해야만 했다. 그 작업에 몇 시간이 소요되었다. 수술실에 있는 다른 사람들에게는 이 작업이 지극히 단조로운 일로 여겨질 수도 있다. 흡입기가 혈액을 빨아들이는 소리, 여기에 심박수와 맥박을 점검하는 통상적인 톤만 들리고 혈관 굵기가 입김처럼 얇거나 두껍게 바뀔 뿐 수술실 스크린은 같은 장면만 반복된다.

하지만 나는 그 모든 것을 완전히 다른 방식으로 체험한다. 마치 헤밍웨이처럼 보트를 타고 망망대해로 나아가는 것과 같다. 낚싯바늘을 던지면 커다랗고 두툼한 물고기 한 마리가 그것을 문다. 이어서 밀고 당기는 씨름이 시작된다. 크기가 정말로 큰 물고기의 몸통 한 부분을 물 밖으로 끌어낸다. 상황이 낙관적으로 보인다. 하지만 갑자기 물고기가 저항을 하면서 다시 깊은 물속으로 들어가 버린다. 이어서 물고기가 낚싯줄을 끌어당기는 바람에 낚시꾼은 거의 배에서 떨어져 물에 빠질 지경이 된다. 하지만 바로 그 순간 젖 먹던 힘까지 끌어모아 낚시꾼이 다시 우위를 점한다. 거대한 물고기가 손에 들어오기 직전이다. 그런데 물고기가 또다시 도약하면서 낚싯줄을 홱 끌어당겨 물속으로 사라져 버린다. 이번에는 낚시꾼이 물러설 수밖에 없다. 이런 식으로 밀고 당기는 과정이 이어진다. 대규모 동정맥 기형 수술을 할 때 나는 이런 느낌이 든다. 마지막에 누가 승자가 될지 도무지 알 수가 없다. 당연히 무조건 우리가 승자가 되기를 원한다. 그리하여 싸움은 계속된다.

수술실에서 내가 싸워야 하는 상대는 혈관 기형 부위로 흘러들어가는 혈관과 거기에서 빠져나오는 수많은 또 다른 혈관이다. 그 혈관들이 괴물의 생명을 지탱해주므로 그 혈관들을 모두 봉쇄해야 비로소 괴물을 제거할 수 있다.

대부분 혈관은 지름이 1밀리미터 이하이고 혈관벽이 매우 얇다. 그렇다고 그것이 약한 적수라는 말은 결코 아니다. 오히려 그 반대다. 그런 특징들이 상황을 예측 불가능하게 만들기 때문이다. 혈관들을 절단하기에 앞서서 출혈이 발생하는 것을 반드시 막아야만 한다. 그것이 최선이자 가장 안전한 방법이다. 때문에 이 단계에서는 출혈 방지가 가장 우선시 된다. 이를 위해서 나는 전기 소작기, 좀 더 정확하게 말하자면 양극 전기 소작기를 사용한다. 이때 양극이라 함은 전기가 흐를 수 있도록 전기 소작기 양쪽 끝에 전극을 장착하여 양극 사이에 열이 발생하도록 하는 것을 의미한다. 수술 집도의가 절단해야 할 혈관 지점으로 전기 소작기를 가져가 양쪽 끝을 함께 누르는 동시에 전기를 흘려보내면 짧게 지지직 소리가 나면서 극도로 작은 기포가 형성되어 응고된다. 조직이 갈색으로 물들고 혈액 유입이 중단되면 출혈 없이 혈관을 잘라낼 수 있다.

하지만 실제로는 상황이 다소 다르게 흘러갔다. 혈관벽이 너무 얇고 혈액이 빠른 속도로 흘러갔기 때문에 두 전극 사이에서 생성된 열기의 일부분이 혈액에 '실려가버렸다.' 나는 혈관을 누르면서 그 위에 전기를 흘려보냈다. 조직의 색이 달라졌고 나는 전기 소작기를 다시 내려놓았다. 혈관은 완벽하게 봉쇄되지 않았고 나는 모든 것을 처음부터 다시 시작해야 했다. 이번에는 조금 더 오랫동안 열을 가했다. 이윽고 혈관이 제대로 봉쇄되었다. 아마도 그랬을 것이다. 만약 그렇지 않았다면 세 번, 네 번 같은 과정을 되풀이해야만 했을 것이다.

운이 나쁘면 혈관벽이 전기 소작기에 달라붙어 찢어져 버리고 출혈이 발생한다. 때문에 나는 테플론 프라이팬처럼 논스틱 코팅 처리가 된 특수 전기 소작기를 사용한다. 특별히 질기고 강한 혈관을 다룰 때에는 안전한 처리를 위해서 이따금씩 전기 소작기를 수술 전문 간호사가 미리 준비해 둔 파라핀에 담근다. 이것은 테플론 프라이팬에 버터를 추가로 바르는 것이라고 보면 된다. 하지만 역시 '완전한 안전' 같은 것은 존재하지 않는다. 가장 성능이 뛰어난 전기 소작기에도 한 번씩 무언가가 달라붙기 때문이다. 때문에 동정맥 기형 수술을 할 때 전 세계 신경외과 의사들이 사용하는 여러 비법이 있다. 예를 들면 클립으로 혈관을 눌러 좀 더 효과적으로 위축시키기도 하고, 혈관이 다시 제자리로 끌려가지 않도록 긴 구간에 걸쳐 혈관을 위축시키거나 처음에는 혈관을 절반만 절제하는 방법 등이 있다.

그 순간 우려하던 일이 벌어지고 말았다. 수술 부위가 전대미문의 피바다를 이룬 것이다. 출혈을 즉시 지혈 하지 않으면 깊숙한 곳까지

　　　　　　　　　　　　1. 머릿속에서 잠자는 괴물

피가 흘러들어 뇌 일부를 파괴하고 뇌부종을 야기할 수도 있다.

나는 재빠르게 지혈용 솜뭉치 한두 조각을 출혈 부위에 던져 넣었다. 이것은 피를 흡수하고 출혈 부위를 찾아내어 전기 소작기로 손상된 혈관을 위축시키기 위함이었다. 한참의 시간이 걸렸다. 한 곳에서 피가 계속 솟아 나왔지만 결국 지혈에 성공했고 나는 다시 평정을 되찾았다.

나는 천천히 앞으로 나아가 깊숙한 지점으로 들어가며 이상적인 통로를 찾기 위해 노력했다. 자칫 잘못하여 어지럽게 엉킨 혈관 뭉치로 들어섰다가는 또다시 출혈을 불러일으킬 수 있었기 때문에 기형 혈관에 너무 가까운 통로는 피해야 했다. 게다가 통로 위치는 감각언어영역 및 그에 딸린 신경 경로에서 가능한 한 멀리 떨어져 있어야만 했는데 혈관 뭉치와 이 영역 사이에 남은 공간이라고는 고작해야 몇 밀리미터밖에 되지 않았다.

다시 사방이 피로 물들었다. 통로를 찾다가 내가 혈관 하나를 보지 못하고 놓쳐버린 게 분명했다. 다시 지혈용 솜을 던져 넣고, 출혈 지점을 찾아 낸 다음 전기 소작기를 집어 들고 혈관을 위축시켰다. 그런 식으로 점점 더 깊은 곳으로 들어갔다. 나는 순식간에 어딘가에서 출혈이 발생할 수 있다는 점을 늘 염두에 두었다. 아니나 다를까 고작 몇 밀리미터를 전진하기가 무섭게 곧바로 새로운 출혈이 발생했다.

출혈과 지혈이 계속 되풀이되었다. 물고기에게 끌려갔다가 다시 끌어당기는 과정이 반복적으로 이어졌다. 끝없는 긴장 속에서 1 대 1

대결이 펼쳐졌다. 이런 긴장감은 동정맥 기형 수술에서 전형적으로 발생하는 상황이다. 지속적으로 고도의 집중력을 유지해야 하는 수술은 사람을 지치게 한다. 몇 시간 동안 잠깐 쉬면서 한숨 돌리는 것은 고사하고 기지개 한번 켤 새도 없이 수술이 이어진다. 마치 모든 임무를 완수했을 때에야 비로소 문이 열리는 스페이스 캡슐에 갇힌 형국이다.

수술 시간이 길어질수록 어딘가에서 계속 출혈이 일어나고 있다는 느낌이 점점 더 강해진다. 이럴 때는 결승선에 도착할 때까지 환자가 실제로 다량의 혈액을 잃게 된다. 심하면 출혈량이 4~5리터에 이르는 경우도 있다. 참고로 평균 체구의 인간이 몸속에 가지고 있는 혈액량은 이보다 그리 많지 않다.

어떤 신경외과 의사도 심각한 출혈이 발생하는 경우에 대해 거론하는 것을 좋아하지 않는다. 학회에서 제시되는 수술 비디오를 보면 오히려 신속하고 깨끗한 인상을 전달하는 경우가 많다. 그런데 최근에 개최된 한 웹 세미나 토론에서 뭄바이 KEM 병원 소속의 신경외과의사 아툴 고엘(Atul Goel)이 동정맥 기형 수술의 핵심을 정확하게 지적했다. **"동정맥 기형 수술에서 중요한 것은 (뇌 손상 없이 이루어지는) 집중 지혈이다**(AVM surgery is primarily about focussed hemostases.)**"**

나는 그런 종류의 골치 아픈 수술을 겪고 신경이 온통 너덜너덜해진 날들을 가리켜 'Bad AVM Days'라고 부른다. AVM은 동정맥 기형(arteriovenous malformation)의 약자이고, 'Bad AVM Days'라는 표현은 우리가 익히 알고 있는 **'일진이 나쁜 날**(bad hair days)**'**이라는 표현

　　　　　　　　　　　　　　1. 머릿속에서 잠자는 괴물

에 빗댄 것이다. 따라서 동정맥 기형 수술을 진행할 때는 혈액 비축분을 넉넉히 준비해두는 것이 매우 중요하다. 마취과 의사들은 늘 그 부분에 유의하면서 혈액을 추가로 공급해 주어야 한다. 마리 길베르트의 경우 4리터 정도의 혈액을 수혈해야 했다.

예전에는 그런 수술을 하고 난 후에 악몽을 꾸곤 했다. 엄청난 양의 피가 나를 덮쳐 그 속에서 익사할 것 같은 생각에 한밤중에 깜짝 놀라 잠에서 깨어났다. 침몰 직전의 뗏목 위에 서 있거나, 아래로 한번 가라앉았다가 다시 위로 솟구쳐 올라왔을 때 사방이 온통 피바다인 광경을 목격한 적도 있다. 지금은 그처럼 끔찍한 시나리오가 펼쳐지는 일은 드물지만, 그래도 여전히 심심치 않게 일어난다.

어느 순간 조바심이 치솟는다. 여유롭게 앞으로 나아가고 싶지만 또다시 제동이 걸린다. 이렇게 되면 과연 괴물을 무찌르는 것이 가능하기나 한 것인지 스스로 되묻게 된다. 나는 다른 대안이 없다는 것을 아주 잘 알고 있다. 암 수술을 할 때는 중간에 수술을 중단하고 나머지는 그대로 남겨둘 수도 있다. 때때로 그렇게 해야만 할 때도 있다. 하지만 혈관 기형 수술은 그럴 수가 없다. 일단 한번 시작해 혈류가 바뀌면 괴물이 잠에서 깨어나므로 후퇴는 있을 수 없다. 끝까지 주어진 길을 걸어가야만 한다. 그렇지 않으면 환자의 생명이 위태로워진다.

인내는 성급함과 경제 논리를 바탕으로 하는 프로세스 최적화와 반대되는 개념이다. 이 수술에 발을 들여놓으면, 여유로운 마음가짐은 물론이고 혈관 하나하나를 헤치고 차근차근 아주 더딘 속도로 앞으로 나아갈 각오를 해야 한다는 것을 나는 잘 알고 있다. 이 수술은 가혹한 동시에 분명 아무나 할 수 있는 수술이 아니다. 수술을 하는 사람의 입장에서 이런 사실 또한 수술을 거부할 충분한 사유가 된다.

그 사이에 몇 시간이 흘렀다. 아직 가장 어려운 부분이 남아 있었다. 혈관 뭉치 주변은 깨끗하게 정리되어 있었고, 이제 드디어 혈관 기형 뿌리에 접근해야 했다. 혈관 기형은 대부분 곤봉 형태를 띤다. 윗부분이 좀 더 널찍하고 아래로 내려올수록 폭이 점점 좁아지는데, 어떤 것들은 거의 날카롭기까지 하다. 가장 깊숙한 영역에 이르면 혈관들이 다시 한번 켜켜이 쌓여있다. 이제 집중력을 유지하는 것이 한층 더 중요해진다. 깊은 곳에 더 많은 혈관이 쌓여있다는 것은 그만큼 더 위험하다는 뜻이기 때문이다. 매우 협소한 공간에서 많은 피가 흘러나와 시야를 가리게 될 위험, 혈관을 꼼꼼하고 세심하게 봉합하지 못해서 사후 출혈이 발생할 위험, 절단된 혈관들이 깊숙한 곳으로 끌려들어 가 그곳에 있는 건강한 조직에서 감지 불가능한 출혈이 발생할 위험 등 많은 위험이 도사리고 있었다. 마리 길베르트의 경우 곤봉 끝부분이 날카로운 대신 널찍한 평면을 이루고 있었기 때문에 혈관이 더 많았다.

우리는 목표물을 분명하게 알아볼 수 있었다. 그런데 예기치 못한 일이 벌어졌다. 널찍한 평면 위에서 길을 잃은 내가 전기 소작기를 가지고 곤봉 아래쪽 영역으로 살금살금 접근하는 대신 곧장 안으로 치고 들어간 것이다. 나는 크기가 비교적 큰 혈관 하나를 전기 소작기로 집었고, 곧바로 피가 솟구쳐 올랐다.

우리 팀 모두에게 힘겨운 상황이 펼쳐졌다. 몇 시간 동안 단조로운 수술실 안에서 화면을 지켜보고 있던 모두가 순식간에 정신을 바짝 차리게 되는 순간이었다.

"흡입 강도 상향!" 나는 수술 전문 간호사에게 부탁했다.

간호사가 흡입 강도를 높였다. 이전과는 확연히 다르게 흡입기 소리가 더 커졌다. 조금 전처럼 홀짝이는 소리가 아니었다.

"충분하지 않아요, 더 강하게!"

출혈이 어디에서 시작된 건지 알 수 없었다. 이제 흡입기는 혈액을 배출하는 호스가 가득 찰 정도로 많은 양의 피를 흡입하고 있었다. 소리가 끊임없이 이어졌다. 수술실 안에 동요가 일었다. 마취과 의사가 새로운 혈액 주머니를 연결했다. 혈전 때문에 혈소판 농축물(thrombocyte concentrate)을 추가로 투여했다. 단 몇 분 사이에 거의 1.5리터의 혈액이 환자의 몸에서 빠져나갔다.

이윽고 끔찍한 유령이 사라졌다. 손상된 혈관을 발견하고 내가 전기 소작기를 이용하여 그것을 위축시키자 피가 멈추었다. 그제야 안도감이 들었다. 모니터링 화면을 통해 환자 상태가 안정적임을 확인하고는 아무 일도 없었다는 듯이 다시 수술을 진행했다.

모든 유입 혈관(afferent vessel)을 잡아 처리할 때까지 몇 시간이 소요되었다. 엉킨 혈관 뭉치가 바람이 살짝 빠진 풍선처럼 느슨해졌다. 마지막으로 크기가 큰 유출 혈관(efferent vessel)들을 처리할 일만 남았다. 유출 혈관들은 지름이 약 5, 6밀리미터, 최대 10밀리미터였다. 그 혈관들에 접근하려면 우선 더 이상 혈관 안으로 혈액이 유입되지 않아야 한다. 이때 혈액이 혈관 속을 흐르는지 알아보려면 혈관 색깔을 보면 된다. 혈관 색깔이 밝은 적색에서 암적색이나 푸른색으로 바뀌면 혈액이 더 이상 유입되지 않는 것이다.

마침내 나는 마지막 행동에 돌입했다. 모든 혈관을 잘라내고, 엉킨 혈관 뭉치를 끄집어내어 신경병리학 파트에 넘겨주었다. 긴장이 풀렸다. 그러나 아직 처리해야 할 일이 한 가지 남아 있었다.

혈관 기형이 있던 부위를 철저하게 청소해야 했다. 만약 어딘가에 아직 작은 혈관 뭉치 찌꺼기가 남았거나 혹시 보지 못하고 지나치는 바람에 위축되지 않은 작은 혈관이 있다면 큰일이었다. 청소를 소홀히 하면 수술 성공이 통째로 위협받을 수도 있다. 제대로 확인하고 마무리하지 못하는 경우 사후 출혈이 발생할 위험이 있고, 나쁜 결과로 이어질 수 있기 때문이다.

이어서 접어두었던 뇌막을 뒤쪽으로 펼쳐 원래 자리로 봉합하기 전에 수술로 인해 생긴 대략 귤 크기 정도의 빈 공간에 식염수를 채웠다. 그런 다음 레지던트와 함께 잘라낸 뼈를 두개골에 끼워 넣고 작은 금속판을 대어 나사로 단단히 고정했다. 그리고 두피를 고정하고 있던 집게를 제거한 후 두피를 두개골 위로 펼쳐 봉합했다. 나는 아드레날린에 흠뻑 젖은 채, 지칠 대로 지친 상태이지만 홀가분한 마음으로 수술실을 떠났다.

수술을 시작한 후, 처음으로 몸을 일으키고 사지를 쭉 뻗어 볼 수 있었다. 길고 어려운 수술을 마친 직후의 상황을 묘사하기란 매우 어렵다. 긴 시간 동안 고도의 집중력을 유지하면서 팀과 혼연일체를 이루다가 수술이 끝나고 나면 한순간 모든 것이 비현실적으로 느껴진다. 나는 이 수술에 참여한 모든 이에게 감사를 전했다. 그들은 맡은 역할을 탁월하게 수행했을 뿐만 아니라 내 정신을 지탱해 주기도 했다. 그렇다고 해서 팬들이 도로에 늘어서서 선수들에게 응원을 보내는 투르 드 프랑스의 한 장면을 상상해서는 안 된다. 수술실에서는 조용한 지원과 응원이 이루어진다. 수술을 성공적으로 마무리하기 위해 모두 함께 노력하는 모습과 힘을 북돋아 주는 신뢰를 통해서 기운을 얻는다.

마리 길베르트는 2층 중환자실로 옮겨졌다. 일반적으로 환자의 상태를 살피고 이상이 있는지 여부를 알아보기 위해서 환자들을 가능한 한 빨리 마취에서 깨운다. 하지만 마리 길베르트의 경우에는 얼마간 기다려야만 했다. 새로운 피를 다량으로 수혈받았기 때문에 그녀의 체온이 섭씨 35도 정도로 떨어져 있었다. 저장혈액은 냉장 상태로 보관되고 수술실 온도 또한 약 섭씨 18도 정도로 늘 신선하고 서늘하게 유지된다. 온도가 낮으면 뇌 대사(cerebral metabolism)가 줄어드는데 이 상태가 환자들에게 도움이 되기 때문이다. 그녀의 체온을 높이기 위해서 따뜻한 식염수를 체내로 주입했다. 또 그녀의 체온이 지나치게 떨어지지 않도록 수술을 하는 동안 간호사들이 그녀에게 열 담요를 덮어주었다.

저녁이 되어 그녀가 다시 정상 체온을 되찾자 인공호흡기를 떼 내고 마취제를 중단했다. 나는 그때까지 병원에 머물렀다. 그녀가 깨어 났을 때의 상태를 내 눈으로 직접 확인하고 싶었다. 진실의 시간을 직접 대면하고 싶었다. 다른 사람들은 모르겠지만, 수술을 마친 환자 의 상태를 확인하러 갈 때마다 나는 긴장하고 걱정과 불안에 시달린 다. 그녀는 과연 움직일 수 있을까? 말은 할 수 있을까?

마리 길베르트가 깨어나자 일단 우리는 모두 안도했다. 그녀는 팔, 다리, 손, 발, 손가락, 발가락을 마음대로 움직였다. 하지만 나쁜 소식 도 있었다. 말을 하는데 문제가 생긴 것이다. 약간의 문제가 정도가 아니라 아예 단 한 음절도 입 밖으로 내뱉지 못했다. 게다가 그녀의 언어 이해 능력도 마비된 듯 보였다. 사람들이 뭔가 말을 하면 그 말 을 들을 수는 있었지만 단어의 의미를 이해하지는 못하는 것 같았다. 적어도 나는 그런 인상을 받았다. 하지만 어쩌면 그녀가 발음을 제대 로 하지 못했기 때문에 그런 것일 수도 있었다. 아직 판단을 내리기 에는 너무 이른 시점이었다.

집으로 돌아오는 길에 나는 혹시 밤사이 합병증이 발생하지는 않 을까 하고 나 자신에게 물었다. 사실 그것은 질문이라기보다 오히려 걱정에 가까웠고, 내게는 너무나 익숙한 감정이었다. 왜냐하면 수술 이 끝난 후에는 늘 그런 걱정이 나를 따라다녔기 때문이다. 우리는 항상 나쁜 소식이 전해질 수도 있다는 것을 염두에 둔다. 지금부터 몇 년 전의 일이다. 피닉스 베로우 신경학 연구소에서 로버트 슈페츨 러의 동료로 일했던 신경외과 의사 폴커 존탁(Volker Sonntag)에게 나 는 왕성한 커리어 활동을 끝낸 후에 뭔가 아쉬운 점은 없는지 물어본

적이 있다. 그러자 그는 내가 느끼는 감정을 정확하게 알고 있기라도 한 것처럼 이렇게 말했다. "거의 모든 것이 아쉽지. 수술, 팀, 성공 경험. 내가 유일하게 그리워하지 않는 건 복잡한 수술을 마치고 난 후 집으로 돌아오는 길에 엄습하는 환자에 대한 걱정뿐이라네."

신경외과 의사들은 최악의 시나리오를 염두에 두도록 훈련받는다. 특히 수술 전에 말이다. 이것은 원래 계획이 어떤 이유로든지 실행에 옮겨지지 못하는 경우를 대비하여 플랜 B, 플랜 C, 플랜 D를 마련해 두기 위해서이다. 따라서 이런 사고방식을 수술이 끝난 후에도 적용하는 것은 그리 놀라운 일이 아니다.

나는 집에 도착해서도 나쁜 소식이 전해질 수도 있다는 걱정에 사로잡혀 휴대전화에서 눈을 떼지 못했다. 전화는 오지 않았다. 밤 11시쯤 나는 중환자실 당직 의사에게 전화를 걸었다. 마리 길베르트는 변함없이 신체 모든 부위를 움직일 수 있었지만 언어 상황이 어떻게 될지는 여전히 가늠할 수 없었다.

언어기능 영역에서 수술을 진행하면 수술 직후에 언어기능 상실 증상이 매우 빈번하게 나타난다는 것을 잘 알고 있음에도 불구하고 좀처럼 긴장을 풀고 마음을 진정시킬 수 없었다. 환자에게는 너무나 많은 것이 달린 문제였다. 혈액이 빠른 속도로 흘러가는 수많은 혈관으로 이루어진 엉킨 혈관 뭉치가 머릿속에 버티고 있는 한 그것은 문자 그대로 진공 펌프처럼 혈액을 끌어들인다. 그 결과 주변에 있는 혈관들은 만성적인 영양 공급부족 상태에 빠져 늘 굶주린 채로 더 많은 혈액을 끌어오려고 한다. 굶주린 혈관들은 조금이라도 더 많은 혈액을 얻을 수 있을지 모른다는 희망에 부풀어 혈관 폭을 확장한다. 이런 상태에서 엉킨 혈관 뭉치, 그러니까 진공 펌프를 제거하면 혈관 뭉치로 향하던 혈액이 통째로 해당 영역의 다른 혈관들로 일시에 흘러들어간다. 순식간에 너무 많은 혈액이 공급되기 때문에 해당 영역은 그야말로 피의 홍수를 이룬다. 그 결과로 마리 길베르트에게서 나타난 그런 기능 상실 증상들이 초래될 수 있는데, 그중 대다수는 회복된다. 물론 나는 이런 사실도 잘 알고 있었다. 만약 마리 길베르트가 내 첫 번째 동정맥 기형 환자였더라면, 아마도 나는 이날 밤 편안하게 숙면을 취하기는커녕 아예 자려고 눈을 감지도 못했을 것이다. 하지만 아무리 경험이 많아도 쉽게 진정 할 수 없었다.

다음 날 아침, 나는 자동차 안에서 병원에 전화를 걸었다. 환자의 상태에는 조금도 변화가 없었다. 마치 밤사이에 시간이 그대로 멈춘 것 같았다. 회진 시간에 나는 직접 마리 길베르트의 상태를 확인했다. 마리 길베르트는 피와 소독제 때문에 머리카락이 아직 붉게 물든 채로 침대에 누워있었다. 수술 봉합 부위에는 스탬프가 찍힌 작은 반창고들이 붙어 있었다. 그녀는 슬픈 눈빛으로 나를 물끄러미 바라보았다. 그 눈빛은 그녀가 느끼는 당혹감을 말하고 있는 듯 보였다. 그녀의 눈은 마치 이렇게 말하려고 하는 것 같았다. 도대체 나에게 무슨 짓을 한 거죠? 잠깐 그녀는 말을 하려고 시도하는 것처럼 입술을 오므렸지만, 아무 말도 나오지 않았다.

혹시 이것이 그저 일시적인 기능 상실이 아니라, 내가 중요한 구조물들을 파괴해버린 것은 아닐까? 언제가 되었건 그녀가 다시 말을 할 수 있기는 한 것일까? 내가 이 수술로 그녀의 삶의 질을 다시 높이는 데 도움을 주기는커녕 그녀의 인생을 망가뜨려버린 것은 아닐까? 이런 의문들이 내 머릿속으로 살그머니 기어들어와 나의 생각을 온통 장악해버렸다. 이런 상황에서는 무조건 기다리는 것밖에 할 수 없기 때문에 환자 본인과 가족, 의사와 수술 팀 모두에게 특별히 힘든 시간이 찾아온다. 우리 직종에 종사하는 사람이라면 누구나 이 시간을 견뎌내어야만 한다.

우리는 컴퓨터 단층 촬영(CT)을 통해 사후 출혈이 발생했는지 확인했다. 사후 출혈은 없었다. 오후에 그녀의 머리를 촬영한 MRI 영상으로 확인한 바에 따르면 뇌졸중이 발생하지도 않았다. 따라서 우리는 향후 몇 주 동안 언어기능이 어떤 양상으로 전개될지 그저 지켜보면서 기다릴 수밖에 없었다. 나는 마리 길베르트의 불안감을 덜어주려고 노력하면서 그녀의 용기를 북돋웠다. 그녀 역시 불안했을 테지만 그녀는 자신의 감정을 말로 표현할 수 없었다.

나흘 후에 마리 길베르트는 수술 후 처음으로 단어들을 만들어 냈다. 언어 치료사가 그녀에게 먼저 단어를 말하고, 그녀가 그것을 이해하고 따라 하는 정도였다. 그러다 차츰 짧은 단어 그룹을 만들더니 마침내 온전한 문장을 만들 수 있게 되었다. 처음에 그녀가 만든 말 중에는 아무런 의미 없는 말이 많았다. 그녀는 왜 자신이 그런 말들을 했는지 지금까지 이해하지 못한다. 예컨대 '올리브'는 그녀가 스스로 만든 최초의 단어 중 하나였다. 그녀는 "나는 올리브가 먹고 싶어요"라는 문장을 만들어냈지만 이때 그녀는 전혀 올리브가 먹고 싶지 않았다. 사람들이 그녀에게 뭔가를 마시고 싶은지 물어보았을 때 그녀는 이렇게 대답했다. "올리브 주세요."

언어 치료사는 마리에게 문장들을 불러주고 받아쓰게 했다. '소녀가 정원에서 놀고 있다' 같은 간단한 문장들이었다. 이에 그녀는 연필을 들고 철자들을 단어처럼 보이도록 나열했다. 하지만 그것은 단어가 아니었다. 국어사전에는 그런 단어들이 없었다. 훈련을 마칠 때 언어 치료사가 그녀가 쓴 것을 다시 한번 꼼꼼히 살펴보라고 부탁하면서 이렇게 물었다. "자, 모두 제대로 되어 있습니까?"

마리 길베르트는 알아볼 수 없는 그 단어들을 한 번 바라보고는 결과에 만족한 듯 이렇게 말했다. "네, 맞는 것 같습니다."

마리 길베르트가 휴대전화로 왓츠앱(WhatsApp)에 입력한 최초의 메시지도 마찬가지였다. 한 단어도 무슨 뜻인지 알 수 없었다. 하지만 그녀의 상태는 매일 조금씩 나아졌다. 말도 마찬가지였다. 여전히 많은 단어를 떠올릴 수 없었지만, 언어 치료사나 병문안을 온 다른 사람들에게서 (그녀의 가족과 친구들) 어떤 단어를 들으면, 그 단어를 그대로 머릿속에 저장했다가 나중에 다시 소환해낼 수 있었다. 다만 그녀의 억양이 수술 전과 달라졌다. 그녀는 스스로 그 현상을 가리켜 '단조로운 억양으로 노래하기(singsang)'라고 불렀다. 그러면서 아마도 그런 변화 때문에 자신이 낯설게 보일 것이라고 말했다. 하지만 그 또한 시간이 흐르면서 조절이 가능해질 터였다.

마리 길베르트는 퇴원을 한 후에도 언어 치료사와 일주일에 세 번씩 훈련을 이어나갔다. 그녀의 삶이 완전히 거꾸로 뒤집혔다. 선생님

1. 머릿속에서 잠자는 괴물

이었던 그녀가 학생이 된 것이다. 그녀가 독일어 읽기와 쓰기, 말하기에 어느 정도 익숙해지기까지 약 석 달이 소요되었다. 스페인어에는 더 긴 시간이 필요했다. 많은 단어를 새롭게 배워야만 했기 때문이다.

마리 길베르트는 수술이 자신을 바꾸어 놓았다고 말한다. 수술 후 처음 몇 주 동안 그녀는 증오와 분노를 느꼈다. 전에는 미처 알지 못했던 감정들이었다. 과거에 긍정적인 성격의 소유자였던 그녀는 세상의 모든 것을 끔찍하게 여기게 되었다. 주변 사람들과 교류할 때도 더 이상 예전처럼 부드럽고 친절하게 행동하지 않았다. 하지만 이제는 자기 자신과 평화롭게 지낼 수 있게 되었다고 한다. 다시 삶을 사랑하고, 더 열심히 삶을 영위하게 되었으며, 모든 아름다운 순간에 더욱더 감사하게 되었다고 한다.

몇 달 전에 그녀는 의례적인 사후 검사 차원에서 우리 병원을 찾았다. 그녀의 머릿속을 촬영한 MRI 영상에서는 어떤 눈에 띄는 점도 발견되지 않았다. 그렇다면 성공한 것일까? 그렇다. 어떤 의미에서는 확실히 성공이라고 말할 수 있다. 마리 길베르트는 끝없는 죽음의 공포, 출혈과 복구 불가능한 손상에 대한 두려움에서 벗어났다. 그녀는 감사한 마음으로 다시금 자신의 삶을 즐길 수 있게 되었다. 전해 들은 바에 의하면, 얼마 전에 그녀가 딸을 출산했다고 한다.

하지만 성공 여부가 명확하지 않은 경우도 있다. 궁극적으로 성공

을 규정하는 것은 무엇인가? 이 질문은 동료들 사이에 열띤 토론의
대상이다. 우리 직업에서는 그런 질문을 결코 피해 갈 수가 없다. 그
런 질문을 외면한다는 건 의료 과실이라 할 수도 있는 일이다. 결국
에는 그런 질문이 수술 찬반에 대한 결정 과정을 크게 좌우한다. 마
지막에는 지극히 개인적인 사항들이 고려 대상이 된다. 하지만 한 가
지 사실만큼은 분명하다. 그 누구도 이런 종류의 질문 앞에서 무심할
수 없다.

2. 어긋나는 일상

암이 뇌신경을 누를 때

마크 웨스트(Mark West)를 보스턴 어린이 병원으로 이끈 그 비행은 불운한 비행이었다. 보스턴 어린이 병원은 미국에서 가장 규모가 큰 어린이 전문 병원 가운데 하나로 가장 왕성한 연구 활동이 이루어지는 병원이다. 그곳은 자녀가 심각한 질병에 시달리고 있는 수많은 가족에게 마지막 희망과도 같은 곳이다. 기장인 그는 아주 어린 여자 어린이 환자를 자신의 비행기에 태우고 그곳으로 향했다. 여덟 살의 멜라인은 희귀한 말기 신장암으로 고통받고 있었다. 소녀의 고향에서는 더 이상 소녀를 치료할 방법이 없었다. 보스턴 어린이 병원에서 받을 예정인 위험한 수술과 새로운 암 치료 요법 임상 연구에 참여하는 것은 그녀와 그녀의 부모가 붙잡을 수 있는 마지막 지푸라기였다. 멜라인의 상태는 걱정을 불러일으키기에 충분했다.

마크 웨스트는 그 비행을 맡기로 결심했다. 중환자들에게는 헬기 이송 서비스와 더불어 환자를 위해 모든 수단을 총동원할 준비가 되어 있는 비행 팀, 환자가 병원에 도착할 때까지 보살펴 줄 의사와 간호사가 필요하다. 최신 의료 수송기는 아주 짧은 시간 안에 중환자실로 변신하여 원활하게 제 기능을 수행할 수 있어야 한다. 그럼에도 불구하고 멜라인은 목적지에 도착할 때까지 버티지 못했다. 헬기에 장착된 최신 의료 기술 장비도 그녀를 돕지 못했다. 그녀는 병원에 착륙하기 20분 전에 사망하고 말았다.

마크 웨스트가 말하기를, 돌아오는 내내 소녀의 운명이 그의 머릿속에서 떠나지 않았다고 했다. 비행시간이 미리 설정되어 있었기 때문에 그는 속도를 높일 수가 없었다고 했다. 그렇지만 시간과의 경주에서 패배했다는 사실 때문에 묘하게 죄책감이 들었다고 했다. 그 비행이 있은지 반년 후, 그는 자신을 덮친 이 질병이 혹시 자신에게 내려진 형벌은 아닐까 하고 자문했다.

비행사인 마크 웨스트는 이성적인 편에 속하며 문제가 발생했을 때 현실적으로 접근하려고 노력한다. 그는 고심 끝에 문제를 해결할 계획을 세우고 패닉에 빠지는 일 없이 냉정하고 사무적으로 그것을 실행에 옮긴다. 공중에서 일어나는 비상 상황에 대비하기 위해서 그는 그런 훈련을 숱하게 했다. 하지만 며칠 전부터 합리적이고 이성적으로 생각하는 것이 더 이상 쉽지 않았다. 그는 자기 자신이 암에 걸렸다는 사실을 알게 되었다. 종양은 왼쪽 귀 뒤 아랫부분에 있는 두개골 안쪽, 즉 소뇌 근처에 자리 잡고 있었다. 직업상 모든 것을 항상 통제해야 하는 사람인 그에게 자기 자신의 운명에 대한 통제권이 사라졌다. 그리고 그때 위에서 말한 것과 같은 기묘하고 비현실적인 생각이 치솟아 올랐다.

팀원 전체가 이미 수술실에 도착해 있었다. 우리는 활기차게 "좋은 아침"이라고 말하면서 인사를 건넸다. 라디오에서 음악이 흘러나왔고, 헤르타 팀의 마지막 경기, 동료의 집에서 열린 파티, 부모님의 방문 등 개인적인 일들에 관한 이야기가 오갔다. 동시에 우리는 분주하게 움직이며 업무를 수행했다. 제일 먼저 환자의 사전검사 영상들을 스크린에 띄웠다. 내게는 이 일을 제일 먼저 하는 것이 매우 중요하다. 수술실 안의 모든 사람이 이곳에서 수술을 받게 될 사람이 누구인지, 수술 대상은 무엇인지, 그리고 수술 부위가 어디인지 반드시 정확하게 알고 있어야 하기 때문이다.

환자의 자세를 제대로 잡는 것도 중요하다. 수술 전 미팅에서 환자의 자세를 꼼꼼히 계획하고 수술할 부위에 맞게 확정한다. 실제로 신경외과 수술은 다른 외과 수술보다 환자의 신체와 머리 위치를 올바르게 하는 일이 수술 성공 여부의 핵심이다. 때문에 우리는 후진양성 과정에서 매우 이른 시기부터 이 내용을 강조해서 가르친다. 교육을 받는 학생들은 환자의 위치와 자세, 피부 절개 라인, 두개골 천공(trephination) 부위와 뇌막 절개 부위를 수술 전날 표시해 두었다가 수술 당일 아침 수술이 시작되기 전에 지워야 한다. 메이필드 클램프로 머리 위치를 고정할 때는 반드시 머리와 목의 각도가 정확하게 맞아떨어져야 한다. 이것은 아주 중요한데, 왜냐하면 뇌를 가능한 한 적게 건드리고 뇌에 대한 인위적인 조작을 최소화해야 하기 때문이다. 이 말은 곧 뇌 구조물들을 불필요하게 움직이거나 살짝 옆으로 밀치지 않고 수술 부위로 진입할 수 있어야 한다는 것을 의미한다. 이상적인 경우 중력 덕분에 수술할 부위가 숨겨진 곳 하나 없이 살짝 뒤로 밀려나 있다. 그 밖에도 수술 부위가 환자의 몸 전체에서 가장 높은 지점에 있어야 하며 목의 긴장도 풀려있어야 한다. 이런 상태가 유지될 때 뇌에서 아래쪽으로 향하는 혈액의 흐름이 최적화되고, 뇌의 긴장이 이완되어 뇌가 부어오르지 않는다. 수술 집도의가 편안한 자세로 앉아 두 팔을 수월하게 움직일 수 있도록 환자의 위치를 설정하는 것 또한 매우 중요하다. 왜냐하면 집도의는 몇 시간 동안 이 자세를 유지하면서 기구들을 조용히 움직이고 조작해야 하기 때문이다.

환자의 위치 및 자세와 관련해서 다양한 학설과 선호도가 존재한다. 의사마다 고집하는 자세가 있는 것 또한 사실이다. 예를 들어 유럽에서는 마크 웨스트처럼 종양 위치가 소뇌 부근에 있으면 환자에게 반쯤 앉은 자세를 취하게 한다. 이 자세의 장점은 피가 아래로 흐르기 때문에 혈액 흡입량을 줄이더라도 명확한 시야 확보가 가능하다는 것이다. 하지만 이 자세는 정교함이 요구될 뿐만 아니라 수술을 집도하는 의사에게 매우 힘들고 불편한 자세다. 왜냐하면 몇 시간 동안이나 팔을 90도 각도로 높이 치켜든 상태로 수술을 진행해야 하기 때문이다. 이를 위해서는 팔 지지대도 필요하다. 미국에서는 반쯤 앉은 자세를 취하게 하되, 조금 덜 복잡한 자세를 선호한다. 환자의 머리는 90도 각도로 고정하고, 상체는 30도 옆으로 돌린다. 그리고 어깨 아래에 쿠션을 대어 목이 너무 뒤틀리지 않도록 한다. 이렇게 하면 의사가 양팔을 보다 편하게 들고 지탱할 수 있으며 환자의 머리를 무릎 앞에 둔 상태로 덜 힘든 자세로 앉을 수 있다. 이 자세의 단점은 혈액 흡입량을 늘려야 하는 한편 종양을 확실하게 절제해낼 수 있는 전략을 찾아야 한다는 것이다. 우리는 소뇌 부근에 종양이 있는 환자를 수술할 때 환자가 옆으로 누운 자세를 선호한다. 준비 단계에서 마취를 하고 환자 자세를 설정하고 수술 중에 우리를 지원해 줄 수많은 최첨단 기기를 세팅하는데 보통 족히 한 시간 정도가 걸린다. 물론 상황에 따라서 더 오랜 시간이 소요될 때도 있다.

뉴욕 레녹스 병원의 신경외과 의사 데이비드 랭어(David Langer) 같은 사람은 이 모든 준비과정이 마무리되고 나면 팀원 전체와 함께 수술대 주변으로 빙 둘러선다. 그들은 모두 몇 초 동안 눈을 감고 그 순간에 온전히 집중한다. 경기 시작 전에 빙 둘러서서 서로를 얼싸안고 다짐을 주고받는 축구팀과 비슷하다. 흥미진진한 다큐멘터리 시리즈 「레녹스 힐(Lenox Hill)」을 보면 그런 장면을 볼 수 있다.

독일 사람들은 이런 일에 다소 냉정한 편이다. 우리에게는 그런 몸짓이 지나치게 감상적이고 과장되게 느껴지기 때문이다. 하지만 따지고 보면 우리도 비슷한 행동을 한다. 수술 준비가 끝나면 모든 팀원이 손에 들고 있던 기구를 옆에 내려놓는다. 소위 팀 타임아웃

(team time-out, 세계보건기구에 따르면 팀 타임아웃은 절개 직전에 수술 팀이 잠깐 시간을 가지고 환자의 인적 사항과 정확한 수술 부위를 확인하는 절차를 말한다-역자주) 시간을 갖고 세계 보건 기구가 확정한 체크리스트(환자 이름, 수술 종류, 수술 부위, 진단 영상 및 사진 비교, 발생 가능한 합병증)를 따라 모든 중요한 데이터에 대한 질의가 이루어진다. 우리 과에서는 이 리스트에 베를린 자선병원 신경외과의 위생 점검을 추가한다. 이와 관련된 한 연구에 따르면, 수술에 앞서 위생 기준을 다시 한번 점검하는 것만으로 감염률을 크게 낮출 수 있었고, 또 그런 절차를 통해서 실제로 환자들이 이익을 얻었다는 사실이 증명되었다. 우리 모두는 다시 한번 서로 눈을 맞추며 한목소리로 "모두 준비되었습니까?" "모두 준비되었습니다!"라고 외쳤다. 곧이어 수술이 시작되었다.

마크 웨스트는 경력 22년 차의 베테랑 조종사로, 주로 장거리 비행을 해왔다. 몇 년 전부터 그는 최신 기술 장비가 장착된 기종인 A380을 몰았다. 만약 그가 지금 자신이 누워 있는 최첨단 장비가 갖추어진 공간을 보게 된다면 분명 다른 환자들보다 그 공간이 훨씬 더 익숙하게 느껴질 것이다. 신경외과 학회에서는 이따금 조종사들이 연설을 하기도 한다. 우리는 서로에게 몇 가지 사안들을 배울 수 있는데 왜냐하면 이 두 직업 사이에 흥미로운 유사점들이 존재하기 때문이다. 특히 오류 방지와 오류 관리 방법이 그렇다. 앞서 언급한 체크리스트가 대표적인 예다. 체크리스트를 활용하면 오류 발생률을 낮출 수 있다. 또한 설비 자동화와 교육용 시뮬레이션 부분에 신경외과 의사들이 비행 영역의 경험을 활용할 수도 있다. 언젠가는 외과 수술을 위한 시뮬레이터 같은 것도 생기지 않을까? 미래에는 심각한 출혈이나 그와 유사한 합병증 등 수술 중에 발생하는 위급 상황을 실시간으로 촬영하여 수련 목적으로 시뮬레이션하게 될지도 모른다. 그러면 심각한 상황이 닥쳐오더라도 신속하게 옳은 결정을 내리고 패닉에 빠지지 않도록 훈련을 할 수 있을 것이다.

사실 뭔가 어긋나 있음을 암시하는 조짐들이 있었다. 처음에는 그저 막연한 느낌에 불과했다. 어느 날 마크 웨스트는 아내에게 "내가 점점 느려지고 있어"라고 말했다. 그는 자신의 머리가 예전만큼 빠르게 돌아가지 않는다고 느꼈다. 또한 시각 정보를 수용하는 데 있어서도 이전보다 시간이 오래 걸렸다. 조종사인 그는 일 년에 네 차례 비행 시뮬레이터 안에 들어가 훈련을 하고 시험을 보아야 했다. 그는 시험을 통과하기는 했지만, 그러기 위해서 평소보다 훨씬 더 많은 노력을 기울여야 했다.

또 다른 조짐들도 있었지만 그리 특별하게 여기지는 않았다. 한번은 기르는 개를 데리고 숲으로 산책을 나갔다. 복잡한 생각을 떨쳐버리고, 자연을 음미하고, 신선한 숲에서 뿜어져 나오는 향기를 들이마셨다. 그날 뭔가 이상한 일이 일어났다. 그의 머리 위에서 무언가에 소스라치게 놀란 새소리 같은 시끄러운 소음이 들렸기 때문에 그는 걸으면서 위를 올려다보았다. 무언가에 걸린 듯 몸이 비틀거렸기 때문에 그리 오래 쳐다보지는 못했다. 하지만 길 위에는 돌과 나뭇가지를 비롯하여 균형을 잃게 할 만한 어떤 장애물도 없었다.

다른 한 번은 그가 혼자 숲을 가로질러 조깅을 할 때 일어난 일이다. 잠깐 휴식을 취하고 있을 때 무슨 이유에서인지는 모르겠지만 문득 눈을 감고 몸을 회전해 보고 싶은 생각이 들었다. 이따금 어린아이들이 제자리에서 빙빙 돌면서 처음 시작했을 때와 같은 방향을 유지할 수 있는지 알아보려고 할 때처럼 말이다. 그는 자기도 그렇게 할 수 있는지 한번 시험해 보고 싶었다. 그는 제자리에서 몇 차례 빙그르르 돌았다. 회전 속도가 특별히 빠르지 않았는데도 간단한 테스트를 끝내기도 전에 그는 균형을 잃고 쓰러지고 말았다.

또 한 번은 어느 날 아침 매우 이른 시간에 자동차에 시동을 걸고 출발하려고 하는데 마치 현기증이 나기라도 한 것처럼 갑자기 사물이 선명하게 보이지 않기도 했다. 잠깐 동안 머리를 아래로 숙이고 있었더니 상태가 조금 나아졌다. 그는 피로해서 그런 것이라고 생각하면서 눈을 비볐다. 그로부터 몇 분이 지나지 않아 다시 시야가 맑아졌고, 그는 차를 몰고 출발했다. 그러고는 더 이상 그 일에 대해서 깊이 생각하지 않았다.

그가 이런 사소한 돌발 사건들의 원인을 알게 된 결정적인 계기는 치아 시술 때문이었다. 그 무렵 그는 왼쪽 윗니에 임플란트 시술을 했다. 이 때문에 치과 의사가 그에게 마취제를 주입하였는데, 보통은 몇 시간 후에, 늦어도 다음 날에는 마취가 풀린다. 하지만 그는 3주가 지나도록 얼굴 왼쪽 절반이 마치 조금 전에 마취 주사를 맞은 것처럼 감각이 없었다. 치과 의사는 그런 일이 간간이 일어날 수는 있지만 곧 사라질 것이라고 말했다. 그러나 1년이 지나도록 아무 변화가 없었다.

치과 의사는 그에게 임플란트를 제거할 것을 권했다. 제거 시술 날짜까지 정했지만, 마크 웨스트는 임플란트를 제거하는 대신 다른 치과 의사를 찾아갔다. 새로운 치과 의사는 그에게 신경과 의사를 찾아가 보라고 조언했고, 신경과 의사는 그를 방사선과로 보내 MRI 검사를 받게 했다.

MRI 검사가 시행되었고, 검사가 끝난 후에 방사선과 의사가 "뭔가가 발견되었습니다"라고 말했다. 의사가 '발견되었다'라고 말한 그것은 마크 웨스트 본인도 MRI 영상에서 분명하게 알아볼 수 있을 만큼 크기가 컸다. 후두개와(posterior cranial fossa), 뇌간(brain stem) 바로 옆에 밝은색 얼룩이 눈에 띄었다. 방사선과 의사가 이렇게 덧붙였다. "내년이면 당신의 모든 것이 달라질 것입니다."

50세의 마크 웨스트는 그때까지 생전 유언을 하거나 유언장을 작성하는 일을 늘 회피해왔다. 조종사들은 정기적으로 건강 검진을 받는데 지금까지 단 한 번도 건강 검진에서 심각한 질병의 징후가 나타난 적이 없었다. 하물며 암은 말할 것도 없다. 그러나 상황이 이렇게 되자 그와 그의 아내는 만약의 경우를 대비하여 모든 것을 정리하기로 했다. 그들은 신변 정리에 꼭 필요한 서류들을 준비했다. 이것은 아직 미성년자인 그들의 아들과 딸을 위한 것이기도 했다.

MRI 영상에서 본 밝은 얼룩은 뇌수막종(meningioma)이었다. 뇌수막종은 가장 흔한 뇌종양 가운데 하나다. 부부는 이 진단명을 받아들고 나를 찾아왔다. 뇌수막종은 뇌와 뼈 사이에 있는 뇌경막에서 비롯된다. 그것은 변형된 지주막 세포에서 생성되어 연간 1~4밀리미터 정도의 비교적 느린 속도로 자란다. 딱딱한 뇌경막과 연결되어 있는 뇌수막종은 크기가 커지면서 주변에 있는 뇌 조직을 압박하지만, 침투하거나 파괴하지는 않는다. 따라서 몸에 이상이 생기거나 성격 변화가 두드러지게 나타나기 전까지 몸집을 크게 불릴 수 있다. 이때 나타나는 증상들은 매우 다양하며, 뇌수막종의 위치에 따라 증상의 종류도 달라진다. 뇌는 부위마다 특정한 기능을 담당하기 때문에 증상 및 상실된 기능의 종류를 바탕으로 암이나 염증 혹은 혈관 변형이 뇌의 어느 부분에 생겼는지 추측할 수 있다.

　뇌수막종의 80~90퍼센트는 양성이다. 재발하지 않도록 완전히 제거하기만 하면 완치가 가능하지만 완벽하게 도려내는 일 자체가 큰 도전이다. 특히 뇌수막종이 접근하기 어렵고 중요한 기능들을 손상시킬 위험성이 큰 영역에 위치해 있으면 더 그렇다. 후두개와는 뇌간과 매우 인접한 영역이다. 발생학적 측면에서 보았을 때 뇌간은 뇌에서 가장 오래된 부분으로 예컨대 맥박, 혈압, 호흡, 음식물을 삼키는 행위, 기침, 땀 등 생명을 유지하는 데 있어서 중요한 기능들을 통제하고 조정한다. 협소한 공간 안에 수많은 동맥과 정맥굴(venous sinus), 그리고 전체 뇌신경 가운데 두 가지를 제외한 나머지 신경들이 둥글게 뭉쳐있다. 뇌신경은 모두 12가지 종류로 늘 쌍으로 존재하며, 각각 우뇌와 좌뇌에 하나씩 자리 잡고 있다.

뇌간은 대뇌와 척수를 연결하는 부분이다. 마치 촘촘하게 채워진 유리섬유 다발처럼 수많은 선로가 위에서 아래로, 또 아래에서 위로 흘러가는 철길을 상상하면 된다. 바로 이곳이 생명 유지에 중요한 기능들을 통제하는 영역이다. 뇌졸중이나 수술로 인해 뇌간이 조금만 손상되어도 혼수, 각성 혼수, 반신마비, 자가호흡 기능 상실, 심지어는 소위 말하는 잠금 증후군(locked-in syndrome) 같은 매우 심각한 기능 손실이 초래될 수 있다. 잠금 증후군을 앓는 환자들은 의식은 있지만, 신체가 거의 마비되어 말을 할 수조차 없다. 반면 청각은 완전히 정상적이다. 이런 상태에서 남아 있는 의사소통 수단이라고는 기껏해야 눈의 움직임뿐이다. 이마저도 불가능한 경우 동공 확장 정도를 통해서 의사소통을 한다. 잠금 증후군 환자들은 자기 자신 안에 완전히 '갇혀버리는' 것이다. 그들은 자기 자신을 표현할 수 있는 모든 수단을 빼앗겨버린다. 알렉상드르 뒤마(Alexandre Dumas)는 그의 소설 『몬테크리스토 백작』 등장인물 가운데 이 증후군에 시달리는 인물을 이렇게 묘사했다. "그는 살아있는 눈을 가진 시체였다."

이것이 마크 웨스트를 처음 만났을 때의 상태였다. 가장 너비가 넓은 지점이 4센티미터, 가장 좁은 부분이 3센티미터에 달하는 거대한 종양 크기 때문에 수술 외에 다른 대안이 없었다. 뇌수막종이 그의 머릿속에서 자라기 시작한 지 15년에서 20년 정도 되었을 것으로 추정되었다. 방사선요법으로 치료하기에는 크기가 너무 컸다. 만약 우리가 종양을 완전히 제거하지 못하고 조금이라도 남겨둔다면, 그것은 다시 자라날 수도 있었다. 우리는 그런 상황을 염두에 두고 출발하고 싶지는 않았다. 출발점에서 목표는 항상 최상의 것을 손에 넣는 것이다.

종양을 얼마나 깨끗하게 제거할 수 있는지의 여부는 종양의 위치 외에도 무엇보다 종양 조직이 딱딱한지 부드러운지의 여부와 그것이 뇌산 혹은 접근해서는 안 되는 다른 중요한 구조물과 유착되어 있는지의 여부에 달려있다. 전자보다는 후자가 더 중요하다. 이런 정보들을 사전에 미리 알 수 있다면 더할 나위 없이 좋겠지만 두 가지 모두 영상만 보고는 확실하게 알아볼 수가 없다. 따라서 이 수술에서는 늘 놀라운 일이 기다리고 있다.

우선 나는 수술 팀과 함께 수술대 끝부분, 즉 환자의 정수리 부근에 섰다. 내 앞에 있는 환자의 머리는 90도 각도로 꺾여 있었다. 환자의 머리는 내 배꼽 높이 정도에 있었고, 손바닥 크기의 면적을 제외하고는 천으로 덮여 있었다. 피부를 일직선으로 절개한 후 왼쪽 귀 뒤 가장자리를 따라 두개골을 열었다. 이때 우리는 더 많은 공간을 확보하기 위해 귀 바로 뒤의 볼록 튀어나온 뼈인 유양돌기(mastoid process) 한 조각을 절삭했다.

신경외과 수술 중에서도 두개저(cranial base) 수술과 관련해 로버트 슈페츨러의 '**뼈는 제거하고, 뇌만 남긴다**(Remove the bone, leave the brain alone)'라는 격언이 있다. 가능한 한 많은 뼈를 제거하여 뇌 조작을 최소화해야 한다는 말이다. 미국 사람들은 복잡한 사안을 인상적인 격언으로 포장하는 훌륭한 재주를 지녔다. 슈페츨러의 말은 종양에 접근하는 단계에서 큰 의미를 지닌다. 뼈를 너무 많이 남겨두면 나중에 돌출된 암벽에서 작업을 하는 것 같이 힘든 상황이 발생한다. 때문에 후두부(occiput) 뼈와 유양돌기 뼈는 후두개와 경계면이 잘 보이도록 고속 절삭기로 넉넉히 잘라내어야 한다. 두개골 구멍은 지름이 약 4센티미터 정도 되었다. 그런 다음 나는 환자의 정수리 쪽에서 수술대 끝 옆쪽으로 위치를 바꾸었다.

이제 나는 환자의 후두부를 앞에 둔 상태로 의자에 앉았다. 내 오른쪽에는 수술 전문 간호사인 미리암 비초레크(Miriam Wiezorek)가 서 있었고, 건너편에는 나를 어시스트해 줄 동료 아나 길리아 카르베(Anna Gilia Krabe)가 있었다. 그녀의 절개 부위 표시는 그야말로 탁월했다. 환자 머리 위에 있는 지브 암(jib arm)에 수술용 현미경이 달려 있었다. 내가 위치를 바꾸는 사이에 순환 간호사 역할을 하는 엔지 리치(Enxhi Lici)가 가져다 놓은 것이었다. 순환 간호사의 임무는 수술 팀이 무균 상태로 수행하지 못하는 모든 일을 처리하는 것이다. 현미경을 가까이 가져오고, 케이블을 연결하고, 흡입기를 조절하고, 필요한 물품들을 준비하고, 살균 시설에서 각종 기구를 가져오는 일 등을 한다. 현미경은 살균 처리된 비닐로 덮여 있었다. 수술을 준비하는 과정에서 수술 전문 간호사가 비닐 아래에 남아 있는 공기를 흡입기로 완전히 빨아들인다. 비닐을 현미경에 바싹 밀착시켜 혹시라도 호일이 살균 처리된 수술 부위 위로 축 늘어지는 것을 방지하기 위해서다. 나는 현미경 잠금장치를 풀고 손을 뻗어 내가 허리를 쭉 펴고 편안하게 앉을 수 있는 위치로 현미경을 끌어당겼다. 어떤 신경외과 의사들은 입으로 현미경을 움직이기도 하기 때문에 현미경 자체에 입을 대는 부분이 따로 마련되어 있다. 그런가 하면 페달을 사용하는 의사들도 있다. 현미경과 눈의 거리가 적절하게 조정되고 접안렌즈가 환자의 머리와 올바른 각도를 이루자 순환 간호사가 현미경 조명을 켰다. 원뿔 모양의 불빛이 두개골 구멍 위로 떨어졌다. 이어서 어시스턴트가 두 번째 접안렌즈를 같은 방식으로 설치했다. 이것은 그녀가 수술 과정을 정확하게 추적함으로써 우리 두 사람이 동시에 작업을 수행할 수 있도록 하기 위해서였다. 당장은 왼손을 사용할 필요가 없었기 때문에 비디오 녹화를 위한 카메라와 자동 초점 조절과 다양한 앱을 사용하는 것이 가능했다. 형광물질을 사용하고 싶을 경우에는 형광 필터를 교체할 수도 있었다. 수많은 기술 장비가 있는 수술실을 떠올릴 때는 수많은 기구와 장비를 갖춘 항공기 조종실을 상상해 보면 된다.

현미경을 통해서 동맥과 정맥들을 밀리미터 단위로 정확하게 볼 수 있었다. 산소가 풍부한 피를 운반하는 동맥은 붉은색을 띠고 있었고, 피를 다시 심장으로 운반하는 정맥은 암적색에서 푸르스름한 색깔을 띠고 있었다. 딱딱한 뇌막, 즉 경막이 뒤머리뼈우묵의 경계인 가로정맥굴(transverse sinus)과 구불정맥굴(sigmoid sinus)을 따라 열려 있었다. 경막에 둘러싸여 있는 정맥굴은 뇌에서 나온 피를 경정맥(juglar vein)을 통과하여 다시 심장으로 운반하는 정맥 혈관의 집합체이다. 이 혈관이 손상되면 심각한 출혈이 발생할 수 있다. 따라서 경막을 절개할 때는 반드시 안전거리를 확보해야 한다. 우선 혈관들을 손상시키지 않을 정도의 거리를 유지해야 하는 것은 물론이고, 나중에 경막을 다시 봉합할 수 있을 정도이면서 그다음 단계에서 현미경으로 소뇌를 깊숙이 들여다볼 수 있을 정도, 딱 그 정도의 거리를 남겨 두어야 한다. 나는 소뇌가 맥박에 맞추어 분당 60회에서 80회 정도 가볍게 1~2 밀리미터가량 위아래로 오르내리는 모양을 지켜보았다. 뇌 조직 100그램당 1분에 약 40~50밀리리터의 혈액이 흘러간다. 이 비율이 분당 10밀리리터 이하로 떨어지면 단 몇 분 안에 세포가 영구적으로 파괴된다. 뇌는 그만큼 복잡하면서도 연약한 구조물이다.

모니터링 준비를 마쳤다. 혈압, 산소포화도, 맥박과 같은 환자의 활력징후(vital parameter)에 대한 지속적인 관찰이 이루어졌다. 여기에 덧붙여 뇌 정맥과 신경 전도(nervous conduction)를 지속적으로 감시하는 전기생리학적 모니터링이 추가되었다. 또한 뼈를 통과하여 뇌 표면에 있는 운동신경세포들을 전기로 자극, 해당 근육의 반응을 측정할 수 있도록 두피에 전극판을 배치하였다. 그리고 팔과 다리에 가한 자극들을 선별해 내기 위해 대뇌 피질 가운데서 촉각 지각(haptic perception)을 처리하는 부분에 또 다른 한 쌍의 전극판을 부착했다. 전기 자극에 대한 운동 및 감각 반응을 통해서 뇌와 뇌간에 있는 신경 경로의 온전함과 전도 능력을 가늠할 수 있다. 요컨대 자극을 통해 유발된 신호가 얼마나 신속하게, 또 어떤 강도로 도달하느냐를 알 수 있는 것이다. 모니터링은 이른바 관제탑, 그러니까 항공 교통관제소라고 할 수 있다. 그것은 마치 지진계처럼 자극이 발생하면 그 즉시 해당 정보를 보내준다. 이때 자극은 터치 한 번이나 차가운 식염수로 세척을 하는 것만으로 충분하다.

절개 부위에서 그리 깊이 들어가지 않아 최초의 신경들을 만날 수 있었다. 나는 두개저와 소뇌 사이에 난 좁은 길을 찾으려고 했다. 그 과정에서 소뇌를 살짝 옆으로 밀쳐두었다. 하지만 신경은 그렇게 하면 안 된다. 신경은 건드리지 않고 지나가는 편이 더 좋다. 하지만 안타깝게도 늘 그렇게 할 수 있는 것은 아니다.

두개저를 통해 뇌로 향하는 이 신경들은 민감도가 모두 제각각이다. 예를 들어 5번 뇌신경인 삼차신경(nervus trigeminus)은 비교적 저항력이 있는 편이다. 삼차신경은 가장 큰 뇌신경으로, 두개골 외부에서 안면의 세 영역으로 뻗어나가 운동기능과 감각기능을 수행하는 세 개의 신경 가지를 하나로 묶는다. 삼차신경이 손상되면 마크 웨스트가 얼굴 왼쪽 부분에서 느낀 것과 같은 마비가 나타날 수 있다.

외전신경(nervus abducens)으로 불리는 6번 뇌신경은 한층 더 민감하다. 그것은 두 개의 다른 뇌신경, 즉 3번 및 4번 뇌신경과 분업 체제를 구축하여 그것들과 함께 안구의 움직임과 동공의 움직임을 조절한다. 이 신경이 손상되거나 혹은 단순히 기계적으로 혹사를 당해 늘어나기만 해도 복시 현상이 나타난다.

7번 뇌신경을 다룰 때는 각별히 주의를 기울여야 한다. 안면신경(nervus facialis)인 7번 뇌신경은 표정과 안면 근육의 움직임을 책임지고 있다. 또한 미각과 청각 미세조절에 이르기까지 몇 가지 임무를 수행한다. 안면신경이 손상되면 얼굴이 흉하게 일그러질 수 있고, 환자는 흔히 낙인이 찍히는 것 같은 느낌을 받게 된다. 입꼬리가 아래로 축 처지는 것이 안면신경 손상의 대표적인 증상이다. 이 증상은 뇌졸중을 겪은 후에도 자주 나타나지만, 감염이나 뇌신경 염증을 통해서도 유발될 수 있다. 또 안면신경 손상이 일어난 쪽의 눈이 감기지 않는 증상이 나타날 수도 있다.

하지만 민감도가 가장 높은 것은 뭐니 뭐니 해도 8번 뇌신경인 안뜰달팽이신경 혹은 내이신경(nervus vestibulocochlearis)이다. 이 뇌신경은 청력과 균형감각을 담당한다. 엄밀히 말하자면 이 뇌신경은 두 가지로 이루어져 있는데, 그중에서 청력을 담당하는 신경이 조금 더 까다롭다. 두 신경은 안면신경과 긴밀하게 결합된 상태로 뇌간에서 내이도(internal acoustic meatus)까지 길게 이어져 있다. 이 구간은 뼈로 이루어진 좁은 터널로 측두골 추체부(petrous temporal bone)에서 내이(inner ear)까지 이어져 있으며, 난원낭(untriculus)과 세 개의 반고리관으로 이루어진 평형기관이 그곳에 자리 잡고 있다. 반고리관은 머리의 모든 움직임을 감지하여 신경신호의 형태로 뇌에 전달한다. 뇌는 그 즉시 해당 정보를 눈과 관절, 그리고 팔다리 및 몸통 근육에 전달하여 우리가 균형을 유지할 수 있게 한다. 난원낭에서 비롯된 데이터들도 동일한 과정을 거친다. 난원낭은 자동차나 휠체어를 타고 갈 때 우리의 몸이 빨라지거나 느려지는 것을 극도로 섬세한 감각모(sensory hair)를 통해서 감지한다.

균형을 담당하는 전정신경(vestibular nerve)은 손상을 당하느니 차라리 파괴되어 버리는 편이 더 낫다. 왜냐하면 2, 3개월 정도 물리치료를 받고 균형잡기 훈련을 하면 다른 쪽에 있는 쌍둥이 신경이 과제를 넘겨받기 때문이다. 하지만 한쪽 전정신경이 손상된 채로 불완전한 신호를 전달할 경우 다른 한쪽이 이 문제를 해결할 수 없기 때문에 계속 현기증과 균형감각 장애에 시달리게 된다.

이제는 마크 웨스트가 호소한 증상들이 나타난 이유를 이해하기가 좀 더 수월해졌을 것이다. 왼쪽 귀의 청력이 서서히 떨어져 어느새 거의 40퍼센트나 줄어들었지만 그는 눈치채지 못했다. 뇌수막종이 팽창하면서 뇌간만 압박한 것이 아니라 내이도 속으로도 세력을 확장하고 있었다. 뇌를 향해 깔때기 모양으로 열려있는 길이 약 1센티미터에 지름 1~12밀리미터인 관을 두세 개의 신경과 함께 다수의 혈관들이 지나간다. 그 혈관들 가운데 내이와 그 안에 있는 기관을 담당하는 뇌저동맥(arteria basilaris)의 분지도 있다. 그곳의 뼈 표면은 뇌막으로 덮여 있다. 경막이 뼈에 곧바로 밀착되어 있는 것이다. 신경들이 지주막으로 둘러싸여 뇌척수액으로(전문용어로 liquor라고 한다) 가득 차 있는 공간, 소위 말하는 뇌바닥수조(basal cistern)로 이어져 있다.

수술 부위에 신경이 촘촘하게 자리 잡고 있었기 때문에 뇌신경 모니터링을 담당하는 팀 동료 막스 뮌히(Max Münch)의 역할이 평소보다 한층 더 중요했다. 종양 주변에 있는 모든 신경을 계속 감시해야 했다. 이를 위해 신호가 전달되는 모든 근육 영역에 (저작근, 이마, 입 주변, 표정근육 영역은 물론이고 구개와 혀까지) 작은 전극판을 마치 침처럼 찔러 넣었다. 모든 전극판은 전선으로 측정기와 연결되었고, 영역마다 전선 색깔이 모두 달랐다. 얼굴에서 온 전선들과 입에서 온 전선들이 한데 모이는 지점에 색색깔의 전선 다발이 만들어졌다.

내 위치에서 보았을 때 종양은 뇌신경 뒤쪽에 놓여있었다. 나는 5번 뇌신경과 7번, 8번 뇌신경 그룹 사이에 작은 틈을 만들어 종양의 한 부분에 도달했다. 그리고 다른 부분에 도달하기 위해서 7번, 8번 뇌신경 그룹과 9번, 11번 뇌신경 그룹 사이에 또다시 작은 틈을 만들었다. 9번 뇌신경은 설인신경(glossopharyngeal nerve)으로, 음식물을 삼키는 것을 가능하게 하는 신경이다. 11번 뇌신경은 머리를 돌리고, 어깨를 올렸다 내릴 수 있도록 해준다. 그곳에는 혈관도 몇 개 있었는데, 당연한 말이지만 그 혈관들도 소홀히 다루어서는 안 되었다. 한 번 잘못 움직였다가 이 혈관들 중 어느 하나에 상처를 내기라도 한다면 뇌졸중이 일어날 수도 있었다. 뇌간 영역에서 발생한 뇌졸중이 얼마나 치명적인 장애를 초래할 수 있는지는 앞에서 이미 설명하였다.

이 종양을 대할 때는 곧장 그것을 공격하고 싶은 유혹을 참아야 한다. 첫 번째 단계에서는 종양의 토대를 떼어내는 것이 중요하다. 뼈에 밀착되어 있는 뇌막 위에 넓게 자리 잡고 있는 종양을 뇌막과 분리하는 것이 먼저다. 뇌막에는 종양에 혈액을 공급하는 혈관들이 있고, 대부분 혈관은 뼈조직에서 비롯된다. 그 혈관들은 크기가 극도로 작을 뿐만 아니라 규모 면에서 중대급에 비할 수 있을 있을 만큼 숫자가 많다. 마크 웨스트의 경우에도 그런 혈관이 분명 족히 100개는 되어 보였다.

혈관을 절단하기에 앞서서 이 혈관들 하나하나를 일일이 응고 핀셋으로 폐쇄해야 한다. 이 일은 인내심 싸움으로, 도중에 결코 집중력을 잃어서는 안 된다. 이때 발생하는 열기로 인해 신경이 다칠 수도 있기 때문에 어시스턴트가 지속적으로 식염수를 뿌려 그 부위를 식혔다. 그렇다고 해서 식염수가 너무 차가워서도 안 된다. 자칫 신경이 놀랄 수도 있기 때문이다.

수술 성공 여부는 이어지는 수술 과정에서 종양 피막을 뇌 조직에서 얼마나 성공적으로 분리하느냐에 달려있었다. 종양을 살펴보니 다행히 종양 피막이 소뇌는 물론이고 뇌간과도 달라붙어 있지 않았다. 수술 팀 내부에 조용한 기쁨이 번져나갔다.

종양을 제거할 때 전체 혈액 공급을 막무가내로 차단해버려서는 안 된다. 왜냐하면 수술과정에서 언젠가는 두개골 내부의 신경이 두개골 구멍을 통해 밖으로 빠져나오는 지점에 접근해야 하는데 그 지점에서는 자칫 잘못하여 신경을 잘라버릴 위험성이 너무나도 크기 때문이다. 그렇게 했을 때의 결과는 앞서 설명한 것처럼 치명적이다. 때문에 우선 종양의 속을 비워 크기를 줄여야 한다. 이 작업은 종양 내부에서 수행하게 된다. 신경은 흔히 종양 피막에 아주 얇게 눌려 있다. 마지막 단계에서는 전체 상황을 조망하면서 신경을 구분해낼 수 있도록 남겨진 피막을 접어 올려야 한다.

나는 현미경을 다른 위치로 옮겼다. 수막종 조직이 비교적 단단하고 질겼기 때문에 떼어내기가 녹록지 않았다. 이따금 나는 초음파 흡입기를 사용했는데, 이것은 단단한 조직을 으깨는 동시에 빨아들일 수 있는 기구다. 하지만 대부분의 시간에는 가위로 조직을 한 조각씩 잘라내면서 핀셋을 이용하여 천천히 바깥쪽으로 나아갔다. 그렇게 세 시간이 지나갔다.

내부 작업을 끝낸 즉시 나는 별다른 어려움 없이 피막을 안쪽으로 포개듯 접어 넣은 다음 혈관 표면과 신경 표면을 손상시키지 않은 상태로 그것을 제거할 수 있었다.

수술 기법적 측면에서 종양 피막을 살짝 잡아당겨 약간 위로 끌어 올린 상태에서 수술용 현미경으로 지주막을 고배율로 확대한 다음 섬세한 핀셋으로 그것을 빼낼 수 있다는 것이 증명되었다. 지주막은 종종 맨눈으로 식별하기가 불가능하다. 하지만 이렇게 하면, 뇌간 표면과 지주막에 자리 잡고 있는 작은 혈관들과 뇌신경들을 손상 시키지 않을 수 있다. 물론 이 구조물들을 직접 손으로 잡거나 흡입기로 빨아들여서는 안 된다. 이때에도 모니터링이 다시금 도움이 된다. 집도의가 지나치게 대담하게 행동하는 즉시 피드백이 돌아오기 때문이다.

하지만 이것으로 과제가 모두 해결된 것은 아니었다. 내이도 안에 아직 종양 찌꺼기, 소위 말하는 잔여 종양(tumor process)이 박혀 있었다. 그런데 그곳은 청신경이 가까이 붙어 있는 곳이다. 심각한 고심의 순간이 다가왔다. 종양을 완전히 제거하고 싶다면 청신경을 희생할 수밖에 없었는데, 종양을 완전히 제거하는 대가치고는 너무 컸다. 특히 환자의 직업이 조종사라는 점을 고려한다면 더욱더 그러했다. 그런 만큼 이 영역을 최대한 온전하게 지켜내는 일이 매우 중요했다.

나는 수술 팀을 둘러보았다. 그들은 전문가였고 무수한 수술 경험을 지니고 있었다. "이렇게 생각합니까?" 내가 물었다. "저는 남은 부분을 끄집어낼 생각입니다. 그렇게 하지 않으면 종양이 계속해서 신경을 누를 겁니다." 어쩌면 시간이 흐르면서 종양이 새롭게 둥지를 틀고 계속 자라게 될지도 모른다는 말은 꺼낼 필요도 없었다. "저는 계속 수술하는데 찬성입니다." 울프 슈나이더(Ulf Schneider)가 말했다. 그때까지 그는 수술 팀 전체와 수술 청강생들(학생들과 외부 의사들)을 위해 마련된 4k 3D 모니터를 들여다보면서 수술 과정을 묵묵히 뒤쫓고 있었다. 모니터 화면에서는 실제 수술 현미경 영상이 생생하게 나오고 있었다. 다른 팀원들도 동의했다. 환자에게 닥칠 문제들을 알면서도 결정을 내리는 일은 결코 쉬운 일이 아니지만, 그럼에도 불구하고 이 경우는 답이 명확했다.

몇몇 사례에서는 종양 찌꺼기를 그 자리에 그대로 두고 나중에 방사선 치료를 하는 편이 더 나은 것이 아닌지 토론이 벌어지기도 한다. 이때 명확하게 결정을 내릴 수 있는 경우는 매우 드물다. 그런 결정을 하더라도 여전히 고민거리를 제공한다. 이때 중요한 것은 수명 연장과 환자의 삶의 질 사이에서 어떤 것을 선택할 것인지 저울질을 하는 것이다. 그런데 삶의 질에 대한 평가는 환자 개개인마다 천차만별이다. 게다가 환자가 깨어났을 때 실제 손상 정도가 어느 정도일지 수술 중에는 아무도 알 수가 없다는 점이 결정을 더 어렵게 만든다. 신경외과 의사들이 수술 후 환자가 깨어나는 순간을 항상, 정말이지 항상, 걱정하고 손꼽아 기다리는 이유가 바로 이것이다. 신체의 어떤 기능이 정상적으로 작동하지 않으면 어쩌나 하는 불안감이 우리를 몰아대기 때문이다.

방사선요법 및 방사선수술 발전 덕분에 신경외과의 철학이 크게 변화되었다. 과거에는 종양을 완벽히 제거하는 쪽을 선호했다. 그 과정에서 신체 기능 유지는 기껏해야 부차적 요소 정도로 여겼다. 왜냐하면 혹시라도 인접한 조직에 동일한 종양이 재발하면 그것을 수술로 제거하기는 더 어렵다는 사실을 잘 알고 있기 때문에 한 번의 수술로 모든 치료를 끝내기 위해서였다. 요컨대 과거에는 수명 연장을 무엇보다도 중요하게 여겼다.

오늘날 사람들은 삶의 질도 매우 중요하게 생각한다. 새로 도입된 방사선수술 덕분에 방사선을 특정 부위에 집중적으로 쬐는 것이 가능해졌다. 그 결과 방사선 종양학과 전문의가 환자 개개인의 필요에 알맞게 보다 적은 횟수로 훨씬 높은 용량의 방사선을 보다 더 정확하게 종양에 투사함으로써 주변 조직들을 안전하게 보호할 수 있게 되었다. 이를 통해서 수술 후에 남겨진 크기가 작은 종양 찌꺼기들을 관리하기가 한결 수월해졌다. 그럼에도 불구하고 5년 혹은 10년 후에 암이 재발하면 여전히 절망적인 상황이 된다. 그러나 종양을 완전히 제거하는 대가로 환자가 도저히 받아들일 수 없는 후유증을 안고 살아가야 하는 상황도 절망적이기는 마찬가지다.

제거할 뼈를 분명하게 볼 수 있도록 이제 현미경 배율을 최고 배율인 40배로 설정하였디. 하지만 이렇게 하면 뼈까지 이어지는 길에 있는 모든 것이 흐릿해지거나 시야에서 사라져버린다. 수술용 드릴은 분당 7만 회까지 회전이 가능하다. 만약 보호 장치가 없다면 덩굴처럼 뻗어 있는 혈관들이나 혹은 사용 후 바로 제거하지 않은 솜뭉치 조각 같은 것이 드릴에 쉽게 말려들 것이다. 수술용 드릴에 뭔가가 감겨서 올라가게 될 때면 그것은 마치 잔디 깎기 기계처럼 주변에 있는 모든 것을 끊어내 버린다. 이것은 대재앙이자 모든 신경외과 의사가 두려워하는 악몽이다. 때문에 나는 수술 전문 간호사에게 특수 드릴을 건네받았다. 그 드릴은 지름 3밀리미터의 절삭 헤드가 장착된 끝부분만 뾰족하게 돌출되어 있을 뿐, 드릴 나사 부분은 케이스 안에 들어 있다. 나는 이 드릴을 이용하여 뼈를 열고 통로를 만든 다음 그것을 5~6밀리미터 정도로 확장했다. 종양 돌기를 끄집어내는데 충분한 공간을 확보하기 위해서였다. 결과는 성공이었다. "좋아." 수술을 지켜보던 외부 의사들 사이에서 흥분 섞인 목소리가 들려왔다.

수술 후 처음 며칠 동안 마크 웨스트는 보행 보조 장치 없이는 걷지 못했다. 만약 보행 보조 장치가 없었다면 넘어졌을 것이다. 처음에 나는 균형감각을 담당하는 신경에 문제가 생겨서 그런 것이라고 생각했다. 그러나 MRI 검사 결과 그의 뇌간에 소규모 뇌졸중이 발생했다는 사실이 밝혀졌다. 그 때문에 몸 한쪽의 근력이 약해지는 결과가 나타난 것이다. 3개월에 걸친 재활 끝에 그는 다시 정상적인 상태로 회복되었다.

　그에게 수술 후의 시간들은 쓰라린 경험이었다. 운동을 좋아하고 활동적인 조종사인 그에게 수술 여파에 대처하는 일은 특히 힘들었다. 또한 그는 현기증을 비롯해 수술이 남긴 다양한 결과에 적응해야만 했다. 왼쪽을 바라볼 때면 사물이 비스듬하게 비틀려 이중으로 보였다. 왼쪽 귀의 청력도 고작 20퍼센트만 남아 있었다. 다행히 오른쪽은 정상이었다. 이마까지 왼쪽 얼굴 절반이 마비된 듯 무감각한 느낌 역시 조금도 나아지지 않았다. 오른쪽 몸 절반은 손으로 물통 뚜껑조차 열 수 없을 정도로 쇠약해졌다. 뿐만 아니라 그의 감각 인식도 변했다. 샤워할 때 나는 물소리, 커피 머신에서 나는 그르렁거리는 소리, 그리고 집 앞에서 들려오는 자동차 경적 소리 등 과거에는 거의 알아차리지 못했던 익숙한 일상의 소음이 갑자기 위협적일 정도로 시끄럽게 느껴졌다. 전체적으로 감각 자극의 홍수에 빠진 것 같은 느낌이 들었다. 한마디로 말해서 모든 것이 지나치게 과도하게 느껴졌다. 스트레스 대처 능력이 뛰어난 고도로 훈련된 조종사인 그에게도 이 모든 일은 경악할 만한 일이었다. 언젠가 다시 비행을 할 수 있을 것이라는 기대는 실현될 가능성이 없어 보였다.

마크 웨스트는 우리의 뇌가 외부 자극에 얼마나 민감하게 반응하는지 매우 고통스럽게 체험해야만 했다. 하지만 인간의 뇌는 뇌 유연성(brain plasticity)으로 불리는 환상적인 특징을 가지고 있다. 운 좋게도 마크 웨스트는 이런 특징 또한 앞으로 체험하게 될 터였다. 어떤 영역에 결손이 생기면 뇌는 그것을 복구하거나 새롭게 구성하는 능력을 지니고 있다. 소실된 기능은 재건되거나 다른 영역이 그 기능을 넘겨받는다. 뇌졸중을 앓은 후에 뇌가 다시 회복하는 능력 또한 뇌 유연성에 바탕을 두고 있다. 하지만 그러기 위해서는 시간이 필요하고 환자는 인내심을 가져야 한다. 그것도 아주 큰 인내심을 말이다.

신경 가까이에서 행해진 수술이 끝나고 난 후, 어떤 증상들은 불과 며칠 만에 호전된다. 하지만 모든 증상이 호전되려면 2,3개월의 시간이 필요하다. 그리고 증상 호전을 위해서는 무엇보다도 환자 스스로 노력해야 한다. 회복을 위해서 환자는 보통 재활시설에 들어간다. 마크 웨스트는 재활시설에서 6주 과정을 마쳤다. 그는 전문가의 지도하에 집에서 훈련을 이어나갔다. 지금 그의 모습을 본 사람들은 그가 과거에 무슨 일을 겪었는지 쉽게 알아차리지 못한다. 그는 정상적인 균형감각을 다시 되찾았고, 더 이상 물건이 이중으로 겹쳐 보이지도 않았다. 얼굴에 나타난 무감각한 느낌은 완전히 사라진 것은 아니었지만 정도가 많이 약해지고 면적도 줄어들었다. 뿐만 아니라 청력도 개선되었다. 조종사로 복귀하는 문제는 그 무렵 발생한 전 세계적인 유행병으로 말미암아 논의의 대상이 될 수 없었다. 그는 유행병이 종식된 후에 자신이 조종사 일을 다시 수행할 수 있을지 살펴볼 생각이다.

뇌수막종은 뇌와 척수를 비롯하여 뇌막이 있는 곳이면 어디에나 생길 수 있다. 뇌수막종이 생기는 원인은 아직 완전히 밝혀지지 않았다. 뇌에 고선량 방사선을 투사한 전력이 있는 경우가 한 가지 원인으로 받아들여지고 있다. 또 제2형 신경섬유종증(neurofibromatosis type II)을 앓고 있는 사람들에게서 뇌수막종이 발생할 위험성이 한층 높아지는 것으로 알려져 있는데, 이 질병은 유전병의 하나로 유전자 돌연변이를 통해 유발되는 것으로 추정된다. 뇌수막종이 불러일으키는 증상들은 앞에서 설명한 바와 같이 뇌수막종이 어떤 영역에 발생하는지에 따라 달라진다. 바꿔 말하면 뇌수막종 증상이 종양의 위치에 대한 최초의 단서인 것이다. 단서들은 가끔 매우 기괴한 형태로 나타나기도 한다.

얼마 전 내 환자들 가운데 뇌수막종을 앓는 여성 환자가 있었다. 그녀의 뇌수막종은 두개저 전방 중심부에 매우 가까운 지점인 코 높이 정도에 자라나 그곳을 기점으로 양쪽 전두엽으로 퍼져나가 뇌를 옆으로 밀쳤고, 이런 상태가 수년간 지속되면서 뇌가 뚜렷하게 부어올랐다. 종양은 볼품없는 눈 뭉치처럼 보였다. 종양의 폭이 가장 넓은 지점의 지름은 6.5센티미터였는데, 이는 대략 양쪽 눈 동공 사이의 거리에 해당한다.

환자의 이름은 샤를로테 폰 로젠에크(Charlotte von Rosenegg)였고, 북독일 출신의 60대 초반 여성이었다. 그녀는 남편, 그리고 그 당시에 베를린에 살고 있던 아들과 함께 나를 찾아왔다. 그녀는 우리의 논의 대상에 별로 관심이 없는 듯 대화에 무관심한 태도였다. 얼굴만 보아서는 그녀의 기분이 어떤지, 그녀가 어떤 생각을 하고 있는지 좀처럼 알 수가 없었다. '표정 변화가 거의 없음.' 당시에 나는 그렇게 메모했다.

아들은 어머니가 대략 2년쯤 전부터 얼마나 심하게 변해왔는지 이야기해 주었다. 예전에는 지나칠 정도로 꼼꼼하게 살림살이를 정돈하는 데 신경을 썼다고 했다. 매일 청소하는 것은 물론이고, 지저분한 식기가 널려 있는 법이 없었다. 얼마나 깨끗했는지 바닥에 떨어진 음식도 먹을 수 있을 정도였다. 모든 것이 제자리에 정돈되어 있었고, 그 상태가 바뀌는 것은 용납되지 않았다. 식사를 마치고 나면 식탁 의자를 다시 정확하게 제자리에 두었고, 저녁마다 거실 안락의자를 다시 양탄자에 남은 의자 다리 자국에 맞춰 가져다 놓았다. 잔디는 늘 깔끔하게 깎여 있었고 화단에서 잡초 한 포기 찾아볼 수 없었다.

그런데 그런 것들이 더 이상 어머니에게 그렇게 중요하지 않은 일이 된 것 같다고 아들은 말했다. 변화는 조금씩 천천히 찾아왔다고 했다. 처음에는 그저 사소한 일들에 불과했다. 식기를 싱크대에 그대로 방치해 두기도 하고, 과자 통을 부엌 찬장에 넣고 잊어버린 채 그대로 이삼일 씩 두기도 했다. 예전 같았으면 상상도 할 수 없는 일이었다.

처음에 남편은 아내가 드디어 조금 느슨해졌다고 생각하면서 그런 변화를 기분 좋게 받아들였다. 하지만 시간이 흐르면서 무엇이 이런 변화를 불러일으킨 건지 곰곰이 생각해 보게 되었다. 어느 날 밤에는 그녀가 냉장고 문을 열어 두는 바람에 밤사이에 냉장고의 내용물들이 완전히 녹아버렸다. 한 번은 세탁기 물이 넘쳐 지하실이 물에 잠긴 적도 있었다. 또 남편의 기억에 따르면 세금 계산서와 중요한 관청 우편물들을 개봉하지 않고 그대로 두기도 했고, 때때로 그날이 무슨 요일인지조차 모를 때도 있었다. 예전의 그녀라면 저녁마다 내일 할 일들을 미리 계획해두었겠지만 더 이상 그렇게 하지 않는다. 지금의 그녀는 종종 먼저 하던 일을 다 끝내지 않은 상태에서 다른 일을 시작하곤 하는데 이 또한 과거에는 상상조차 할 수 없었던 일이다.

눈에 띄는 변화는 또 있었다. 그녀는 더 이상 음식 맛을 느끼지 못했다. 어떤 요리를 하건, 어떤 재료를 사용하건, 간을 얼마나 강하게 하건 간에 맛을 느낄 수 없었다. 당시 그녀는 냄새를 맡을 수 없는 것과 다름없는 상태였는데, 미각상실의 원인이 이것을 통해서 설명되었다. 왜냐하면 미각과 후각은 서로 긴밀하게 연결되어 있기 때문에 냄새를 맡을 수 없으면 맛도 느낄 수 없다. 혀와 인두에 있는 맛 봉오리(미뢰, taste bud 혹은 gustatory bud)를 통해 단맛, 신맛, 짠맛, 쓴맛 혹은 감칠맛을 느끼더라도 냄새를 맡을 수 없으면 맛을 느끼지 못한다.

그녀의 후각이 상실되었다는 사실을 알게 된 주치의는 상황의 심각성을 깨닫고 그녀를 이비인후과 의사에게 보내 다양한 검사와 함께 MRI 검사를 받게 했다. 그 과정에서 종양이 발견되었고, 종양의 위치가 그녀에게 나타난 증상들을 설명해 주었다.

종양이 자라난 지점에 냄새를 맡는 기능을 담당하는 1번 뇌신경, 즉 후각신경(nervus olfactorius)이 지나가고 있었다. 연간 4밀리미터가 자란다고 가정하면 종양은 생긴 지 15년 이상 된 것으로 추정되었다. 후각신경은 코의 왼쪽과 오른쪽 방향으로 하나씩 존재한다. 후각신경은 코 점막에 있는 극도로 섬세한 수용체를 장착한 3000만 개의 후각세포가 보내온 신호를 대뇌로 전달한다. 대뇌로 전달된 신호는 그곳에 있는 후각신경구(olfactory bulb)에서 처리되어 여러 수취인들에게 보내진다. 사람들은 이 시스템에 문제가 생기더라도 처음에는 자신들이 더 이상 냄새를 맡지 못한다는 것을 알아차리지 못한다. 왜냐하면 후각세포는 음식의 향기와 냄새를 인지하는 역할을 하기 때문에 냄새를 맡지 못한다고 생각하지 않고 맛을 느낄 수 없게 되었다고 생각한다. 음식 냄새가 공기를 타고 인두를 경유하여 콧속으로 밀고 들어올 때 비로소 요리나 음료 특유의 맛을 인지하는 것이 가능해진다. 음식을 먹을 때 코를 막으면 거의 아무 맛도 느낄 수 없는 것도 바로 이런 이유 때문이다.

후각신경의 폭은 대략 2밀리미터 정도이고, 비교적 납작하게 눌린 형태를 취하고 있으며, 극도로 예민하다. 후각신경은 일단 기능을 한 번 상실하고 나면 다시 회복하기가 거의 불가능하다. 샤를로테 폰 로젠에크의 종양은 두 개의 후각신경 사이에 자라나 있었고, 두 신경을 서서히 바깥쪽으로, 그러니까 하나는 오른쪽으로 다른 하나는 왼쪽으로 밀어낼 정도로 크기가 컸다. 두 신경 모두 어느 정도까지는 종양이 팽창해도 견딜 수 있었겠지만, 결국 종양의 압박을 견디지 못하고 제 기능을 잃어버리게 된 것이다.

그렇다면 환자가 정리 정돈 감각을 잃어버린 이유는 도대체 무엇 때문일까? 또한 과거에 그녀의 인생을 규정해 왔던 많은 것이 더 이상 중요하지 않게 되어버린 이유는 무엇 때문일까?

그것 역시 전두엽까지 퍼져나간 종양에서 그 원인을 찾을 수 있다. 전두엽에는 운동과 관련된 많은 임무가 있다. 운동 조절 중추인 운동피질(motor cortex)이 전두엽의 큰 부분을 차지하고 있다. 운동피질은 다시 다양한 영역으로 구성되어 있다. 그중 하나가 뇌 상부 중심을 줄처럼 비스듬하게 가로지르는 일차 운동피질(primary motor cortex)이다. 일차 운동피질에는 각 신체부위를 담당하는 신경세포들이 있다. 이런 이유로 사람들은 운동피질에 라틴어에서 유래한 '호문쿨루스(homunculus)'라는 명칭을 부여하였는데, '작은 인간'이라는 뜻이다. 환자들을 대상으로 그들의 다양한 뇌기능을 담당하는 부위의 구체적인 위치를 찾아내어 지도를 제작할 때에도 우리는 운동피질을 활용한다.

대표적으로 의도적인 움직임들이 일차 운동피질을 통해 실행에 옮겨지고 통제된다. 일차 운동피질은 수많은 신경 경로를 통해 거의 신체의 전 영역과 연결되어 있다. 그 가운데 하나는 전두엽의 가장 앞부분에 가까이 이어져 있는데, 이마 바로 뒤, 안와 위쪽에 있는 이 부분은 전전두 피질(prefrontal cortex)이라고 부른다. 이곳에서 일어나는 일들이 우리의 성격을 형성한다.

주의력, 조직화된 사고, 결정, 문제 해결, 행동 계획 같은 범주들이 전전두 피질에 자리 잡고 있다. 뿐만 아니라 이성과 충동 조절도 이곳에서 이루어진다. 이를테면 분노가 치밀어 오를 때 자기 자신을 진정시키고 상대방과 맞붙어 싸우지 않는다거나 다이어트를 마음먹었을 때 음식의 유혹을 서부하는 등의 행동을 이곳에서 통제한다. 또한 마음을 다잡고 특정한 과제를 완수하는 행위도 이곳에서 제어한다. 이 모든 일을 원활하게 수행하기 위해서는 이 영역이 뇌 전체 부분과 긴밀하게 연결되어 빛처럼 빠른 속도로 정보를 교환할 수 있어야 한다.

전전두 피질이 손상되면 다양한 증상이 나타나는데, 이를 모두 한데 묶어 전두엽 장애(frontal lobe disorder) 증상이라고 부른다. 증상의 형태는 정확하게 어떤 지점이 손상되었느냐에 따라 환자마다 다르게 나타난다. 쉽게 말하면, 전두엽 장애 증상은 두 가지 상반된 방향으로 나타난다. 자기 회의, 식욕상실, 무관심, 우울증 등이 동반된 무기력증에 시달리거나 아니면 무절제한 태도를 취하거나 둘 중 하나다. 후자의 증상을 가진 사람들은 조증 환자, 공격적인 사람 혹은 과대망상증 환자로 치부될 수 있다.

샤를로테의 증상은 주로 무기력함의 형태로 나타났다. 어떤 날은 무기력함이 무관심으로 바뀌어 방향감각 상실을 동반하기도 했다. 그녀는 일을 더 이상 순서대로 계획할 수가 없게 되었다. 심지어는 간단한 활동조차도 마찬가지였다. 예를 들면 청소를 할 때 우선 청소기로 바닥을 밀고, 이어서 걸레질을 해야 하는 순서를 거꾸로 했다. 또 그녀는 상황 변화에 대처하는 능력도 잃어버렸다. 그 결과 잔디가 무릎에 닿을 정도로 자라지 않게 하려면 잔디를 깎아야 한다는 사실도 인식하지 못했다.

정작 그녀는 자신의 이런 천성적인 기질 변화를 전혀 알아차리지 못하는 것 같았다. 그녀의 남편은 이런 상황들이 너무나도 섬뜩하게 느껴졌다. 30년 넘게 결혼 생활을 해온 그는 다른 사람이 아내의 옷을 입고 자신의 인생으로 몰래 기어들어온 것은 아닐까 하는 생각까지 들었다.

수술로 종양을 완전히 제거한 후, 그녀는 과거의 습관을 전부는 아니지만 대부분 되찾았다. 물론 수술 후 깨어나자마자 그렇게 된 것은 아니었다. 통상적인 수술 여파를 극복하기까지 얼마간의 시간이 필요했다. 그녀의 경우, 양쪽 후각신경이 종양에 매우 가까웠지만 우리는 후각신경을 해부학적으로 온전하게 보존하는데 성공했다. 그럼에도 수술 후에 후각신경이 제 기능을 되찾지 못할 것이라는 우리의 예측은 맞아떨어졌다.

그로부터 몇 주 후, 뇌수막종을 앓는 44세의 남성 환자가 우리를 찾아왔다. 마찬가지로 두개저 전방에 종양이 자라나 있었지만, 종양이 유발한 증상들은 앞선 사례와 완전히 달랐다. 이런 사실은 종양의 크기와 위치에 있어서 불과 몇 밀리미터가 얼마나 엄청난 차이를 만들어내는지 여실히 보여준다.

은행 부지점장인 그 남성은 시력에 문제가 생겼다. 반년 사이에 왼쪽 눈 시력이 급격하게 떨어지다가 어느새 원래 시력의 고작 30퍼센트 밖에 시력이 나오지 않았다. 오른쪽 눈의 시력은 80퍼센트 이상이었다. 이 시기 동안 그는 두 번에 걸쳐 새 안경을 맞추었다. 이어서 그는 안과 의사를 찾아갔다. 의사는 한쪽 눈의 시력이 약화된 것 외에도 그의 시야가 제한되있다는 것을 알아냈다. 그는 양쪽 귀 부근, 그러니까 양쪽 관자놀이 부근까지만 볼 수 있었던 것이다. 일반적으로 인간의 시야 반경은 약 180도에 이른다. 물건이 아주 바깥쪽에 있을 때 비록 그것을 정확하게 알아볼 수는 없지만, 무언가가 움직이면 그것을 인지할 수는 있다. 덕분에 우리는 문틀에 부딪히는 일 없이 문을 통과할 수 있고, 사람이 많은 곳에서도 다른 사람들과 부딪히지 않고 길을 걸을 수 있다.

환자는 자신이 양쪽 바깥 가장자리에 있는 물체를 볼 수 없다는 사실을 전혀 알아차리지 못했다. 실제로 많은 사람이 그렇다. 왜냐하면 사람들은 무의식적으로 머리를 더 많이 움직임으로써 시야 제한을 상쇄하기 때문이다. 증상의 원인을 눈에서 찾을 수 없었기 때문에 안과 의사는 그를 신경과 전문의에게 보냈다. 신경과 전문의가 MRI

촬영을 했고, 환자가 그 영상을 가지고 우리를 찾아옴으로써 수수께끼가 풀렸다.

앞선 사례에서처럼 시력 저하의 원인이 눈의 손상이나 안과 질환이 아니라면 그 배후에 있는 구조물, 그러니까 시각적으로 인지한 내용을 신호로 바꿔서 시각중추로 전달하는 구조물에 문제가 생겼을 것이라 추측한다. 아마도 시각 경로 속에 끼어있는 시신경(nervus opticus)에 문제가 생겼을 가능성이 높다. 또 시야 제한은 무엇인가가 시각 경로를 압박하고 있는 등의 이유로 시각 경로에 장애가 발생했음을 암시하는 증상이다.

우리의 시야는 양쪽 각각 외부 사분면 두 개, 내부 사분면 두 개씩, 모두 네 개의 사분면(quadrant)으로 구성되어 있다. 이때 내부 사분면은 서로 겹쳐져 있다. 우리가 각각의 사분면에서 보는 것은 수정체를 통해 아래 위, 좌우가 바뀐 상태로 망막에 투사된다. 망막을 떠올릴 때는 심하게 휜 스크린을 떠올리면 된다. 망막에는 신경세포가 자리 잡고 있다. 신경세포는 입사 광선의 자극을 받아 세부적인 시각 자극들을 신호로 암호화한 다음 망막과 연결된 신경 경로를 통해 전달한다. 이 기능을 수행하는 신경 경로는 양쪽 눈에 두 개씩, 모두 네 개가 있다. 바깥쪽에 있는 두 개의 신경 경로는 우회로를 거치지 않고 곧장 뇌 뒷부분에 있는 시각중추로 이어진다. 원칙적으로는 내부에 있는 두 개의 신경 경로도 마찬가지다. 다만 중간 머리뼈우묵(middle cranial fossa)에 있는 시신경 교차지점에서 오른쪽 신경 경로가 왼편으로, 왼쪽 신경 경로가 오른쪽으로 위치가 바뀔 뿐이다. 서로 교차하는 신경 경로는 두 개의 외부 사분면의 자극을 전달하므로 외부 사분면에 무언가 제약이 발생하면, 특히 양쪽 모두에서 제약이 발생하면, 틀림없이 종양이 이 교차점에 자리 잡고 있는 것이다. 반면 시야 제한이 한쪽에서만 발생한다면 해당 신경 경로가 단독으로 지나가는 영역에서 종양을 찾으면 된다.

이 환자의 경우가 정확하게 그랬다. 지름 2.5센티미터의 수막종이 교차로를 압박하고 있었고, 종양의 일부가 두개골에서 왼쪽 안와로 이어지는 관을 통과해 자라나 있었다. 약 3밀리미터 두께의 시신경이 이미 심하게 혹사당한 상태라는 것은 자명한 사실이었다. 왜냐하면 시신경은 장애가 발생할 때까지 비교적 오랫동안 어느 정도의 장력을 견딜 수 있기 때문이다. 따라서 시신경이 더 이상 손상되지 않도록 가능한 한 빨리 수술을 시행해야 했다. 하지만 수술을 하더라도 환자의 시력과 시야가 개선될 것이라고 장담할 수 없었다. 수술 결과는 언제나 신경이 이미 얼만큼이나 망가졌는지, 그 손상 정도에 달려 있다.

일주일 후에 시행된 수술 과정은 마크 웨스트의 수술과 비슷하게 흘러갔다. 제일 먼저 종양 토대로 접근하여 혈액 공급을 차단하고, 이어서 위로 이동하여 종양 중심부로 진입, 종양을 감싸고 있던 피막만 남기고 종양을 적출한 다음 마지막으로 피막을 제거했다. 반면 접근 통로와 종양으로 향하는 길에 있는 구조물들, 그리고 종양에 바로 인접한 구조물들은 마크 웨스트의 수술과 달랐다.

이 환자의 경우 무엇보다도 적갈색의 비교적 단단한 종양을 시신경과의 교차점에서 분리해 내되, 시신경이 손상을 입지 않도록, 또 그것들이 더 이상 당겨지지 않도록 주의를 기울여야 했다. 또한 시신경과 교차점의 위치 변화를 최소화해야만 했다. 그 밖에 뇌에 혈액을 공급하는 동맥에서 시신경으로 이어지는 수많은 작은 혈관을 손상시키지 않는 것 또한 중요했다. 혹시라도 시신경에 혈액순환 장애가 발생한다면 그것은 곧 시신경이 더 이상 산소와 영양분을 충분히 공급받지 못하게 된다는 것을 의미하고 만약 그렇게 된다면, 기능성 신경조직이 죽어서 시력을 영원히 잃게 된다.

나는 시신경을 포위하면서 안와까지 뻗쳐있는 작은 종양 조각은 일단 내버려 두었다. 먼저 시신경 교차점 아래에 있는 종양의 주요 부분을 성공적으로 적출한 다음에 그것을 처리할 계획이었다.

시신경과 종양 돌기가 유난히 단단하게 달라붙어 있었기 때문에 나는 미세 가위(micro scissor)를 이용하여 그 둘을 분리했다. 안와로 이어지는 짧은 관 안으로 들어가기 위해서 우리는 드릴 나사 부분을 케이스로 감싼 특수 드릴을 사용했다. 다시금 극도로 주의를 기울이면서 식염수로 수술 부위를 식혔다. 시야를 충분히 확보해야 했기 때문에 식염수 양이 너무 많아서도 안 되었지만, 수술 부위가 너무 뜨거워져도 안 됐기 때문에 식염수의 양이 너무 적어서도 안 되었다. 어떤 경우에도 신경을 손상시키는 것은 금물이었다. 만약 신경이 손상된다면, 환자가 나머지 시력도 잃게 될 것이었기 때문이다.

수술 당일에 환자는 자신의 증상이 경미하게나마 호전되었음을 알아차렸다. 나는 환자의 상태가 그렇게 빨리 좋아질 것이라고 기대하지 않았기 때문에 더욱 기뻤다. 시신경이 회복되기까지는 1년이 걸릴 수도 있다. 수술을 받은 지 3개월 후에 환자가 처음으로 추가 검사를 받기 위해 병원을 방문했을 때, 시력 저하 비율이 30퍼센트밖에 되지 않는 것을 확인했다. 주변부 시야는 아직 완전하지 않았지만, 시야 범위는 확연히 넓어졌다. MRI 검사 결과 새로운 종양도 발견되지 않았다. 우리 수술 팀 모두 크게 기뻐했고, 이는 엄청난 동기부여가 되었다. 이런 결과가 환자에게 무엇을 의미하는지는 굳이 따로 설명하지 않아도 될 듯하다.

3. 메스 아래

환자와의   대화

각성상태에서 이루어지는 뇌수술

"존경하는 교수님, 저를 기억하십니까? 다시 교수님의 도움이 필요합니다." 어느 날 아침 나에게 온 메일 한 통은 이런 말과 함께 시작되었다. 지금부터 몇 년 전에 있었던 일이다. 그 당시에 나는 베를린 자선병원의 세 개 캠퍼스 가운데 하나인 베딩 피르호병원에 근무하고 있었다. 이 편지를 쓴 사람은 하이델베르크 근교에 사는 64세의 율리아 작스(Julia Sachs)였다.

솔직히 말하자면, 누구인지 잘 기억나지 않았다. 자료를 찾아본 끝에 나는 우리가 7년 반 전에 처음 만났다는 것을 어렵사리 알아냈다. 7년 반이면 바로 기억해 내지 못했어도 용서가 될 것 같았다.

당시에 나는 네카 강변에 위치한 만하임 대학병원에 근무하고 있었다. 그곳은 학업을 마친 나의 첫 근무지였다. 그곳에서 보낸 시간들이 오늘의 나를 만들었다. 만약 다른 근무지에서 일을 시작했다면 아마도 나는 지금 다른 의사, 다른 상관이 되어 있을 것이다. 의대에 다니는 동안 나는 오랫동안 내가 궁극적으로 어떤 과를 전공해야 할지 알지 못했다. 나는 외과, 특히 이식외과를 매우 매력적이라고 생각했다. 그것은 내가 면역학에 흠뻑 빠져있었기 때문이기도 했다. 내과와 신경과도 고려 대상이었다. 의대 마지막 해에 실습을 하기 위해 미국으로 떠날 무렵에는 언젠가 성공한 외상전문의가 되어 있을 내 모습을 상상했다.

나의 박사 논문 지도교수님이 뉴어크에 있는 뉴저지 의과 및 치과 대학에 자리를 하나 마련해 주었다. 교수님은 그곳 외상치료 전문 센터 책임자를 잘 알고 있었다. 그 사람은 의사이자 연구자로서 그 분야의 선도자였다. 그것이 내가 미국으로 건너간 이유 중 하나였다. 또 다른 이유는 응급실이 쉴 틈 없이 돌아가는 그런 병원에서 일해보고 싶기도했다.

안타깝게도 뉴어크는 그런 목적에 딱 맞아떨어지는 도시였다. 당시에 그 도시는 좌절한 사람과 절망적인 사람의 유배지 같은 곳이었다. 빈곤, 퇴폐, 알코올중독, 마약 거래, 조직들 간의 무력 충돌을 비롯해 총격 사건이 날마다 벌어졌다. 심지어 벌건 대낮에 사람들이 많이 다니는 대로변에서 그런 일이 벌어지기도 했다. 뉴어크의 살인사건 발생률은 전국 최고 수준이었다. 고속도로를 빠져나와 병원으로 꺾어지는 길에 통용되는 금언이 있었으니, 바로 가능한 한 신호등에서 멈추지 말라는 것이었다. 나는 그 금언을 충실히 따랐다. 모르긴

해도 내가 몰고 다니던 낡은 포드 렌터카가 나를 보호해 주었던 것 같다. 고철 상자나 다름없는 외관 때문인지 나를 뭔가 훔쳐 갈 거리가 있는 관광객으로 여기는 사람은 아무도 없었다. 다행히 위험한 돌발 사건들이 내게는 일어나지 않았다.

　나는 도시 외곽의 한 나이 든 여성의 셋집에 방 하나를 빌려 살았다. 내 방은 반지하에 있었다. 우리는 서로 만날 일이 거의 없었다. 아침에 내가 숙소를 떠날 때 그녀는 여전히 자고 있었고, 밤에는 너무 늦게 귀가해 그녀의 얼굴을 보지 못했다. 식사는 길모퉁이의 그럴싸한 목조 건물에 위치한 24시 중국집에서 사 와서 해결했다. 병원으로 갈 때 나는 가든 스테이트 파크웨이를 이용했다. 그 도로는 남쪽으로 대서양 연안의 온천 지대 케이프 메이까지 이어졌다. 나는 한 번도 러시아워에 출퇴근을 한 적이 없었기 때문에 20분이면 충분히 병원까지 갈 수 있었다.

　병원에서 나는 병원 밖에서 벌어지는 진짜 삶과 맞닥뜨렸다. 빈곤과 인종차별이 만들어낸 문제들을 마주하며 평화롭지 못한 지대에서 벌어지는 일들에 대한 생각이 매일 새롭게 바뀌었다. 실제로 칼에 찔리거나 총상을 입은 채로 실려 온 환자들을 돌보는 일이 일상이었다. 혹은 뼈가 부러지고 얼굴에 찰과상을 입은 아이들과 청소년들이 실려 왔다. 그들은 마약에 취한 상태로 곧잘 훔친 자동차를 타고 경주를 벌이다가 결정적인 순간에 너무 늦게 브레이크를 밟거나 아예 브레이크를 밟지 못해서 사고가 났다. 그들은 시간을 때우기 위해 이런 종류의 힘겨루기를 즐겼다. 한 번은 4명의 소년이 한꺼번에 실려

　　　　　　　　　　　　　　3.메스 아래 환자와의 대화

온 적이 있었다. 그들은 에어백이 어떻게 작동하는지 알아보고 싶어서 엄청난 속도로 어느 집 벽을 향해 정면으로 돌진했다.

이 병원에서 보낸 시간은 나에게 믿을 수 없을 정도로 많은 것을 가르쳐 주었고, 여러 가지 측면에서 흥미진진했던 시절이었다. 처음으로 나는 병원 팀에 소속되었다. 흔히들 말하곤 하는 팀 정신(team spirit)과 독일인의 입장에서는 다소 과장된 것처럼 여겨지는 열정이 그곳에도 만연해 있었다. 학생들과 젊은 의사들이 지식에 대한 갈증을 서로에게 전염시켰고, 한계에 이를 때까지 열정적으로 일을 했다. 그때를 돌이켜보면 나는 혹시 그런 열정의 소용돌이가 저 아면 높은 수면 부족을 불러오지 않았나 하는 의문을 품곤 한다. 그러나 만약 이런 팀 정신이 없었다면 아마도 그런 생활을 견뎌내기가 아예 불가능했을 것이다. 우리는 모두 한 팀이라고 느꼈고, 우리에게 주어진 일에만 오롯이 집중했다. 지금 생각해 보면 어떻게 그런 일이 가능했는지 의문이다. 분명히 수많은 미국인이 보여준 특별한 정신력을 필두로 하여 다른 많은 요인이 영향력을 미쳤을 것이다. 그 밖에도 그 시절을 생각하면 개개인에게 얼마나 많은 책임이 부여되었는지, 또 서열상 위치와 상관없이 직접 처리할 수 있도록 허용된 일이 얼마나 많았는지, 그리고 서로가 서로를 얼마나 인정하고 존중했는지 생생하게 떠올랐다.

　뉴어크에서 지낸 그 시간 동안에 나는 신경외과도 살펴보았다. 외상외과와 성형외과에서 일을 한 후 나에게는 한 달간 또 다른 과를 경험해 볼 수 있는 시간이 주어졌다. 당시에 뮌헨에 있던 친한 의대 시절 친구인 클라디우스 토메(Claudius Thomé)가 나에게 신경외과에 대해 곧잘 열변을 토하곤 했다. (그는 현재 인스브루크 대학병원에서 신경외과를 이끌고 있다.) 그로 인해 나도 신경외과에 관심이 생겼다. 따라서 내가 신경외과에 정착하게 된 것에 대해서 그에게 감사를 표해야 할 것 같다. 내가 참여했던 첫 번째 수술은 뇌종양 제거 수술이었다. 나는 이론적으로는 뇌와 신경계를 무수히 다루었다. 그런데 신경해부학은 내가 그다지 좋아하는 분야가 아니었다. 어디서부터 시작을 해야 할지 도무지 알 수 없을 정도로 복잡했기 때문이다. 그런데 막상 두개골이 열린 상태에서 뇌 전체가 어떻게 기능하는지, 그리고 중요한 기능들을 유지하려면 수술을 어떤 방식으로 진행해야 하는지를 직접 눈으로 보니 정말이지 무척이나 매혹적이었다.

신경외과의 광대한 범위 역시 매혹적이었다. 그때까지만 해도 나는 그 분야가 얼마나 넓은지 몰랐다. 한쪽에는 현미경을 이용한 미세수술과 수작업, 첨단기술이, 그리고 다른 한쪽에는 연구에 전념할 수 있는 다양한 방법과 가능성들이 존재한다. 인간의 뇌는 오늘날까지도 온통 비밀에 둘러싸여 있는 장기다. 뇌 속에서 어떤 일이 일어나며 그것이 어떤 식으로 일어나는지에 대해서 우리가 아는 것이라고 해봐야 고작 15~20퍼센트 정도에 불과하다. 그때 처음으로 나는 **뛰어난 의사이면서 탐구자인 동시에 훌륭한 학자**(surgeon scientist)들이 품고 있는 철학을 떠올렸다. 현재까지도 이와 같은 의사로서의 직업상이 나를 특징짓고 있다. 의사로서 직접 환자들을 다루고 수술을 집도하다 보면 설명할 수 없는 관계들과 계속해서 마주하게 된다. 특정한 질병과 합병증 혹은 수술 반응들이 우리에게 거듭 질문을 던지는 것이다. 그럴 때면 나는 이 질문들을 연구실로 가져가서 후배 학자들과 의사들, 기술 어시스턴트들로 구성된 우리 팀과 함께 해답을 찾으려고 노력한다. 무엇보다도 나는 외과 의사지만, 동시에 외과 의사라는 기능과 환자들을 돕는 것을 목적으로 하는 질병중심적 기초 연구 사이를 잇는 일종의 연결고리이기도 하다.

베를린 인젤 병원에서 일하고 있는 나의 동료 안드레아스 라베(Andreas Raabe)는 이렇게 표현한다. **도서관이 아닌 환자를 위해서**(For the patient, not for the library). 그는 이 분야에서 매우 활발한 활동을 펼치면서 무수한 아이디어로 최고의 성공 가도를 달리고 있는 의사다. 그는 앞으로 연구를 수행할 때 이런 원칙을 더욱더 지향해야 한다고 말한다. 또한 그는 이런 종류의 연구를 위해 더 많은 자금을 마련하는 한편 **연구하는 외과 의사들**(surgeon scientist)에게 더 많은 활동의 여지를 제공해야 한다고 경고한다.

외과 의사는 자신의 전문 분야는 물론이고, 수술실과 산업박람회, 자신의 대학과 다른 대학에서 의학과 완전히 다른 전문 분야에 자신을 노출시키고, 이곳저곳을 탐방하고, 주변을 둘러보아야 한다. 사람들은 곳곳에서 자기 자신이 더 잘할 수 있는 무언가를 찾아낼 수 있다. 나는 모범 실무(best practice)에 담긴 철학이 치료 방법을 계속 발전시키기 위한 가장 중요한 전제 조건 중 하나라고 생각한다.

궁극적으로 우리는 뛰어난 마술사가 필요한 게 아니다. 다른 대부분 의사가 할 수 없는 것을 자신의 재능을 이용하여 수술해 내는 수술실의 리오넬 메시가 필요한 것이 아니라는 말이다. 극도로 세밀한 바이패스 수술이나 가장 규모가 큰 척추 절제술, 가장 접근하기 힘든 통로를 이용한 수술, 이런 것들은 수술 기법의 새로움에 비해 그것을 시도해 볼 환자 수가 너무 적다. 대단하고 새로운 수술 기법보다는 간단하게 이용 가능한 수술 기법, 그래서 모든 신경외과 의사가 활용할 수 있는 그런 수술 기법을 통해서 훨씬 더 많은 환자가 이득을 볼 수 있다. 이때 중요한 것은 새로운 수술기법을 제안한 사람뿐만이 아니라 동료들도 그것을 긍정적으로 생각하는지의 여부다.

마지막으로 덧붙일 중요한 말이 있다. 시간. 아이디어는 거의 무한하다 해도 과언이 아니다. 반면 시간은 거의 없다. 다른 누구보다도 뛰어난 연구 성과 때문에 책임자로 발탁된 사람이 정작 그 후로는 더 이상 연구할 시간이 없다. 만약 국가가 이 사실을 알게 된다면 상황을 이해하지 못해 머리를 갸웃거릴 것이다. 오늘날 의대 시스템은 병자를 돌보는 기계로 그 기능이 바뀌어버렸다. 개인적, 구조적으로 밀려드는 경제적 압박으로 인해 최고 수준의 연구를 위해 최적의 환경을 구축하는 일이 요원해진 것이다.

아무튼 실습 연도 마지막에 가서 나는 정말로 내가 외상전문의가 되고자 하는 것인지 아니면 외과나 신경외과로 옮겨가야 하는 것인지 확실하게 알 수가 없었다. 분명하게 결정을 내릴 수 없었고, 일자리를 얻을 확률도 높이기 위해서 나는 각기 다른 세 분야의 일자리에 지원했다. 지원한 병원은 모두 달랐다.

자기소개와 면접, 그리고 필요한 모든 과정을 마친 후에 나는 두 곳의 병원에서 연락을 받았다. 큰 영광이라고 생각했지만, 안타깝게도 나의 고민은 여전했다.

나는 진퇴양난에 빠졌다. 옳은 결정을 내리고 싶었지만, 어느 한쪽으로 마음이 기울 때면 그 즉시 그것이 옳지 않은 길일 수도 있다는 의구심이 피어나면서 두려움이 임습했다. 급기야는 걱정이 신체 증상으로까지 나타날 정도가 되었다. 나는 하루 종일 고민에 고민을 거듭했고, 밤에도 절반쯤은 잠을 이루지 못하고 고민을 이어갔다. 그렇게 아침이 되어 잠에서 깨면 속이 메스꺼웠다.

계속 그런 식으로 살 수는 없었다. 결정을 내려야 할 최후의 날이 코앞으로 다가왔고, 나의 망설임이 자칫 무례함으로 해석될 수도 있는 지경이 되었다. 어떻게든 결정을 내려야만 했다. 그리하여 나는 전략을 변경했다. 나는 전공 분야가 아니라 사람, 미래의 상관을 판단기준으로 삼기로 마음먹었다. 누가 내 마음을 더 사로잡는가? 내가 인간적으로 더 끌리는 사람은 누구인가?

당시에는 잘 몰랐지만 돌이켜 생각해 보면 내가 이것을 결정적인 판단기준으로 삼게 된 것은 아버지의 죽음과도 관련이 있었던 것 같다. 아버지는 그로부터 한 해 전에 뇌 전이를 동반한 폐암으로 돌아가셨는데, 진단을 받은 후 비교적 빨리 돌아가셨다. 당시 나는 스물여섯 살이었다. 아버지와 나는 사이가 아주 좋았다. 내가 의학을 공부하고 의사가 되려는 이유에는 아버지의 영향이 컸다. 하지만 내가 의학을 공부한 것은 아버지의 소망 때문이 아니었다. 오히려 아버지는 내가 의사가 되는 것을 만류했다. 내 아버지도 의사였다. 아버지는 처음에는 한 병원에서 흉부외과 의사로 일하다가 나중에는 가정의학과 개원의로 일했다. 나는 아버지가 사람을 구하기 위해 한밤중에 일어나 응급 현장으로 달려가는 모습을 보면서 자랐다. 아버지의 갈색 왕진 가방은 언제나 잘 챙겨진 상태로 복도에 놓여있었다. 하지만 내가 의사가 되는 것은 또 다른 이야기였다.

내게는 아버지이자 친구이자 조언자였던 그의 존재가 결여된 이런 박탈감이 의식적이든 무의식적이든 간에 나를 만하임 대학 병원에서 신경외과를 이끌던 (그는 친근하다는 표현이 가장 잘 어울리는 방식으로 과를 이끌었다) 페터 슈미덱(Peter Schmiedek)에게로 데리고 간 것 같다. 나는 그의 감수성을 특히 높이 평가했다. 그는 사람들에게 그들이 의사로서, 또 인간으로서 중요한 존재라는 느낌을 심어주었다. 그는 자신의 팀 구성원들과 개인적인 관계를 쌓아갔다. 그런 위치에 있는 사람에게는 쉽지 않은 일이었다. 그는 친근했지만 그럼에도 권위가 있었다. 그는 우리를 후원하고, 독려하고, 그의 학생들인 우리가 무언가가 될 수 있도록 최선의 노력을 기울였다. 그리고 그의 이런 노력은 단지 직업적인 발전에만 국한되어 있지 않았다. 그는 우리가 올바른 인간이 되는 것도 똑같이 중요하게 여겼다. 얼마 전에 그는 내 아버지와 같은 질병으로 세상을 떠났다.

그가 나에 대해 가장 크게 걱정했던 부분은 행여나 내가 오만함의 함정에 빠져들지는 않을까 하는 것이었다. 그가 그런 걱정을 하게 된 데는 내 잘못도 아주 없지는 않다. 뮌헨 출신인 나는 한동안 카페 과대망상(Café Größenwahn), P1, Park Café 등 특정한 구역에 자주 출입했다. 아마도 그것이 내게 어느 정도 나쁜 영향을 미치기는 했을 것이다. 어쨌거나 그는 내가 허황된 생각과 행동을 할 것 같은 느낌을 받았고, 그럴 때면 내게 찬물을 끼얹어줄 필요가 있다고 생각하는 것 같았다.

처음에 만하임 팀은 규모가 작았다. 그런 만큼 클라우디우스 토메가 그곳으로 왔을 때 기쁨이 더 컸다. 우리의 상관은 후진들이 이른 시기에 비교적 중요한 과제를 수행하게 하는데 큰 가치를 두었다. 그는 우리가 전문의 교육을 받는 것 외에도 연구에 참여하는 것을 중요하게 생각했다. 나는 그 생각이 매우 의미 있다고 생각했다. 무엇보다도 나의 호기심과 야망에 부합하는 일이었다. 나는 박사 논문을 쓰기 위해 일 년 반을 그야말로 대학 연구실에 파묻혀 살았고, 마치 미친 사람처럼 공부했다. 새벽 세 시까지 책상 앞에 앉아 있는 일도 다반사였다. 연구를 하는 순간은 나의 의사 인생에서 가장 창조적인 순간이다. 그 시간은 내가 좀 더 나은 의사가 될 수 있도록 도와준다. 의학은 단지 심오한 전문 지식을 습득하는 하나의 분야에 불과한 것이 아니다. 그것은 어디까지나 학문이다. 때문에 끊임없는 변화와 잦은 논쟁을 특징으로 한다. 다른 어떤 분야에서도 최신 지식들이 이렇게 직접적이고 신속하게 실행에 옮겨지는 일은 없을 것이다.

슈미텍의 모토는 다음과 같았다. 소년이여, 앞으로 나아가라. 우리는 수술 같은 실제 업무에도 비교적 빨리 접근할 수 있었다. 물론 슈미텍이 우리에게 개인마다 명확하게 지정해 준 전문 분야에 한해서 그렇게 할 수 있었다. 예컨대 클라우디우스 토메에게는 뇌하수체(hypophysis)가 할당되었다. 뇌하수체 종양은 흔히 호르몬 분비 장애와 시각 장애를 초래한다. 내게는 동맥류가 주어졌다. 다른 병원에서는 7년에서 10년은 지나야 동맥류 제거수술을 배울 수 있었다. 하지만 나는 3년만에 동맥류 제거수술을 배웠다. 그리고 나의 첫 수술은 그것보다도 훨씬 더 빨랐다. 나의 첫 수술 환자는 78세의 여성 환자로, 경막하 혈종(subdural hematoma) 제거수술을 기다리고 있었다.

그때는 내가 만하임으로 온 지 대략 2개월쯤 되던 때였다. 여느 날과 마찬가지로 그날도 나는 아침 회의 테이블에 앉아 있었다. 막내였던 나는 뒤쪽 의자에, 내 앞에는 레지던트가, 그리고 테이블 앞쪽에는 슈미텍이 앉아 있었다. 우리는 신규 환자들의 케이스를 면밀하게 검토했다. 오버헤드 프로젝터를 이용해 CT 영상을 벽에 띄웠다. 영상에서 우리는 문제가 발생한지 좀 되었다는 것을 알 수 있었다. 환자인 노부인은 밤에 병원으로 실려 왔다. 그녀는 제대로 말을 할 수가 없었고, 왼팔에 마비가 생겼다. 때문에 처음에는 뇌졸중일 것이라고 추측했다. 하지만 CT 촬영 결과 그녀의 왼쪽 뇌에 혈종이 있으며, 이미 여러 차례 출혈이 발생했었다는 사실이 밝혀졌다.

　　　　　　　　　　　　　　　3.메스 아래 환자와의 대화

전형적인 사례였다. 경막하 혈종은 신경외과계의 맹장과도 같다. 어딘가에 머리를 세게 부딪치면 경막과 뇌 사이에 출혈이 발생한다. 경막하 혈종 그 자체는 그리 심각한 일이 아니다. 소위 말하는 경미한 외상에 불과하다. 그녀는 6주 전에 지하실 청소를 하다가 머리를 다쳤다. 그런 출혈은 처음에는 고작해야 두통 정도를 유발할 뿐이다. 때문에 곧바로 의사를 찾는 경우가 드물다. 하지만 그녀처럼 혈종이 사라지지 않고 다시 출혈이 발생하면 상황이 위험해진다. 이렇게 되면 혈종이 점점 더 커져 뇌를 압박한다. 그 결과 기능장애들이 처음으로 나타난다. 교과서에 나오는 그대로였다.

나의 상관도 그렇게 생각하는 것 같았다. 그는 계속 영상을 주시하면서 몸도 돌리지 않은 채 좌중을 향해 이렇게 외쳤다. "음, 이건 우리 막내를 위한 케이스군!"

나는 회의가 끝나기를 목이 빠져라 기다렸다가 재빨리 조용한 장소를 찾은 다음 교과서를 펼쳐들고 머리 위치, 피부 절개 등이 수술의 정확한 방법을 찾아보았다. 나는 미국에서 **『그린버그의 신경외과 편람**(Greenberg)』을 가지고 왔는데, 500쪽짜리 포켓북 형태로 제작된 그 책은 당시에 인턴들을 위한 가이드북이었다. 젊은 신경외과 의사라면 누구나 그 책을 가운 주머니에 넣고 다녔다.

수술은 정오 무렵에 시작되었다. 환자는 이미 마취가 된 상태로 수술실로 옮겨졌다. 그때까지 내가 몰랐던 사실이 있었으니 바로 레지던트 대신 슈미덱이 직접 감독관 자격으로 수술에 참여한다는 것이었다. 그가 수술실로 들어왔을 때 나는 막 수술 부위를 면도하고 있던 참이었다.

"자네 지금 뭐 하는 건가?" 그가 호통치듯 말했다. 내가 지나치게 넓은 부위를 횡하게 깎아버린 것을 발견한 것이다.

그런 다음 나는 수술 부위에 피부 절개선을 표시했다. 그는 만족한 듯 아무 말도 하지 않았다. 이어서 우리는 스크럽을 하기 위해 함께 준비실로 향했다. 손과 아래팔에서 팔꿈치에 이르는 부분을 소독하는 일을 가리켜 우리는 그렇게 부른다. 스크럽을 끝내기까지 약 5분이 걸렸는데, 그 시간이 평소보다 두 배는 길게 느껴졌다. 왜냐하면 단 한마디도 하지 않았기 때문이다. 스크럽을 끝내기 직전에 그가 나에게 물었다. "수술을 해 본 적이 있나?"

나는 말했다. "아니오. 수술 집도의로는 해 본 적이 없습니다. 지금까지는 수술 보조만 했습니다." 지금의 나라면 그런 상황에서 젊은 의사에게 해 줄 수 있는 말이 떠오를 것 같다. 아니면 그냥 조용히 침묵하면서 그저 짧은 헛기침만 할 수도 있다. 슈미텍은 짧은 헛기침만 했다. 그는 그렇게 하는 것이 옳은 일이라고 생각하는 것 같았다.

사실 나는 첫 수술에 경험이 풍부한 누군가가 곁에 서 있다는 사실이 기뻤다. 다만 내가 끔찍할 정도로 흥분해 있었다는 것이 문제였다. 그리고 슈미텍의 엄한 두 눈은 나의 아드레날린 수치를 정상으로 돌리는데 전혀 도움이 되지 않았다.

그날의 수술을 요약하자면 나는 온통 땀으로 뒤범벅이 되었다. 또 메스 조작법을 잘 알고 있음에도 불구하고 한순간 메스를 잘못 잡았다. 나는 주저하면서, 그리고 충분하지 않은 깊이로 피부를 절개했다.

　　　　　　　　　　　　3.메스 아래 환자와의 대화

또 드릴로 두개골을 파고들기 전에는 다소 지나치다 싶을 정도로 드릴을 공회전 시켰다. 그런 광경을 지켜보던 슈미텍은 내게 머릿속을 냄비 내용물을 젓듯 이리저리 마구 휘저어서는 안 된다고 짤막하게 말했다. 그래도 구멍을 제대로 뚫는 데는 성공했다. 그다음 나는 경막을 절개했다. 이어서 압력을 가하자 끈적끈적한 혈종이 밖으로 빠져나왔다. 마지막으로 절개 부위를 봉합했다. 모든 것이 순조롭게 진행되었다. 환자의 팔에 나타났던 마비는 사라졌고 시간이 걸리긴 했지만 말도 다시 할 수 있게 되었다.

나는 그 첫 번째 수술을 결코 잊지 못할 것이다. 아마 모든 외과 의사가 그들의 첫 번째 수술을 기억할 것이다. 그때 나를 지켜보던 내 싱관은 어떤 생각을 했을까? 그의 눈에 내가 너무 미숙해 보이지 않았을까? 지금 가르치는 입장이 된 나는 어떤 학생이 신경외과 의사에게 필요한 재능을 가지고 있는지, 또 충분할 정도로 능숙한 손재주를 보유하고 있는지 여부를 일찍 알아차리는 것이 과연 가능한지 종종 자문하곤 한다.

다시 율리아 작스 이야기로 되돌아가도록 하겠다. 우리가 만하임 병원에서 처음 만났을 때 나는 6년간의 전문의 교육을 마치고 어느새 수석 전문의가 되어 있었다. 당시 57세였던 율리아 작스는 길거리에서 쓰러져 잠깐 동안 의식을 잃은 채 누워 있었다. 누군가 응급의학과 의사에게 전화를 걸었고, 그녀는 응급 처치를 받은 후 병원으로 이송됐다. 그 병원에서 MRI 검사를 포함한 가능한 모든 검사가 시행되었다. MRI 검사 결과 그녀의 왼쪽 이마 부위에 종양이 있다는 사실이 밝혀졌다. 정확하게 말하자면, 그것은 미만성 성상세포종(diffuse astrocytoma)이었다. 미만성 성상세포종은 세계보건기구 분류기준에 따라 중증도 4등급 중 2등급으로 분류되는 종양이다. 1등급에 해당하는 종양은 대부분 어린아이에게 발병하여 완벽하게 제거했을 때 완치가 가능한 종양을 말한다. 2등급에서 4등급에 속하는 종양들은 주로 성인에게서 발병하고 거듭 재발하는 성질을 가졌다. 2등급 종양은 재발 속도가 매우 느리고, 3등급 종양은 약간 더 빠르며 4등급 종양은 매우 빨리 재발한다. 따라서 4등급에 속하는 종양은 대개 극도로 치명적인 종양으로 분류된다.

그녀는 미만성 성상세포종을 진단받고 우리 병원을 찾아왔다. 내가 수술을 담당했다. 그녀의 종양은 언어와 관련된 구조물들에서 비교적 멀찌감치 떨어져 있었기 때문에 나는 별다른 합병증 없이 종양을 제거할 수 있었다. 환자는 수술을 받고 얼마 지나지 않아 집으로 돌아갔다. 방사선요법이나 화학요법도 받을 필요가 없었다. 수술 후 건강을 회복한 그녀는 다시 일터로 복귀했다.

하지만 불안감은 가시지 않았다. 우리는 그녀에게 성상세포종이 지닌 반갑지 않은 특징을 알려주었다. 바로 재발하는 경향이 있다는 것이었다. 때문에 그녀는 검진을 빼먹지 않도록 꼼꼼하게 신경을 썼다. 검진은 처음에는 6개월에 한 번, 이후에는 1년에 한 번씩 이루어졌다. 3년, 4년, 5년, 그리고 6년이 흘렀다. 검진을 받을 때마다 아무런 증상도 나타나지 않았다. 그녀의 기억 속에서 수술은 저 먼 과거로 밀려나 있었다. 한때 자신의 머릿속에 종양이 있었다는 사실이 비현실적으로 느껴질 정도였다. 매일 아침 눈을 뜰 때마다 암을 무찌르고 영원한 승리를 거두는데 성공했을지도 모른다는 희망이 자라났다.

그러나 수술 후 7년째가 되던 해에 희망은 산산조각이 났다. 정기검진 MRI 영상에서 새로운 종양이 발견되었다. 왼쪽 전두엽에 발생한 종양은 과거에 다른 종양을 제거해낸 지점과 경계를 이루는 부위에 자리 잡고 있었는데, 무엇보다도 언어중추에 바싹 붙어 있었다. 뿐만 아니라 자라난 깊이도 더 깊어서 우리가 뇌섬엽(insula)이라고 부르는 부위끼지 뻗어 있었다. 이번에 재발한 종양은 성상세포종 중에서도 더 위험하고, 더 공격적이고, 더 치명적인 종류일 것으로 추측되었다. 암세포가 돌연변이를 일으키거나, 암이 재발하거나, 조직 안에 남아 있던 암 찌꺼기에서 새로운 암이 발생할 때 이런 경우가 매우 흔하게 발생한다. 조직검사 결과 그녀의 종양은 3등급으로 분류되었다. 3등급 종양은 빠른 시일 내에 더 악화되어 교모세포종(glioblastoma)으로 변종되는 경향이 있다. 교모세포종은 최악의 단계인 4등급에 해당하는 종양이다. 위에서 언급한 분류기준 상 4등급으로 분류되는 종양은 안타깝게도 성인들에게서 가장 빈번하게 발생하는 종양이기도 하다.

율리아 작스와 그녀의 남편이 다시 우리를 찾아와 진료실에 앉아 있었다. 그녀가 나를 따라 베를린까지 왔다는 것은 나에 대한 그녀의 특별한 신뢰를 보여주는 증거였다. 적어도 나는 그렇게 느꼈다. 나는 정말이지 그녀의 기대를 충족시켜주고 싶었다. 나는 마지막 정기검진 영상을 들여다보았다. 위험을 감수하지 않고 종양을 제거하는 것은 불가능해 보였다. 그러기에는 종양이 언어 영역에 지나치게 가까웠다. 결국 자주 그러하듯 위험성을 저울질해 보아야 하는 순간이 다가왔다. 종양이 자라게 내버려 두거나 아니면 제거하거나, 둘 중 하나를 선택해야 했다. 하지만 후자의 경우에는 언어능력을 상실할지도 모르는 위험성이 있었다. 부부는 가볍게 미소를 지어보려고 시도했지만 그들의 얼굴에는 실망감이 역력했다. "승산이 그렇게까지 없는 것은 아닙니다. 만약 원하신다면 저는 수술할 준비가 되어 있습니다." 내가 말했다.

두 사람은 말없이 고개를 끄덕이면서 기대에 찬 눈길로 나를 바라보았다. 구원의 손길과 긍정적인 메시지를 찾고 있던 그들에게 내 말은 그들의 기대를 충족시켜 주었다.

"아마도 종양을 완전히 제거할 수는 없을 것입니다. 하지만 대부분은 제거할 수 있습니다." 나는 얼마간 제한적으로 말했다. 왜냐하면 암과 언어 영역이 얼마나 가깝게 위치해 있는지 아직 정확하게 알 수 없었기 때문이다. 암 수술을 할 때 겪게 되는 영원한 딜레마가 있다. 암을 최대한 많이 제거하여 환자에게 가능한 한 많은 시간을 선사해 주고 싶은 마음, 심지어는 환자를 완치시키고 싶은 마음은 간절하다. 하지만 그것을 위해서 중요한 기능들, 언어나 운동능력을 상실하는 위험을 감수해야 한다면? 당사자들은 그것을 더 큰 손실로 느

3.메스 아래 환자와의 대화

끼지 않을까?

　나는 계속해서 말을 이어나갔다. "위험을 최소화하기 위해서는 특수한 방법을 선택해야 할 것 같습니다. 제 생각에 환자분의 경우에는 각성 수술이 의미가 있을 듯합니다. 이것은 수술을 할 때 환자분께서 의식을 유지하며 수술 시간 내내 누군가와 대화를 나누고, 환자분께 그림들을 보여주고 질문을 하게 되리라는 것을 의미합니다. 환자분께서는 거기에 반응을 하셔야 합니다. 그래야 저희가 언어 영역에 지나치게 가까이 다가갔을 때 즉시 그런 사실을 알아차리고 곧장 계획을 수정할 수 있기 때문입니다."

　율리아 작스는 눈을 크게 뜨면서 침을 꿀꺽 삼켰다. 마치 엄청나게 많은 양이 음식물을 억지로 삼켜야만 하는 것 같았다. 그녀는 옆에 앉아 있는 남편을 바라보았다. 팔을 뻗으면 충분히 닿고도 남을 거리에 앉은 그녀의 남편은 지금까지 거의 아무 말도 없었다. 그들의 시선이 서로 부딪혔다. 그 순간에도 남편은 그저 눈으로만 말을 하면서 그녀에게 고개를 끄덕여 보였다. 그러자 그녀가 다시 나를 바라보면서 말했다. "좋습니다. 그러면 그렇게 해야지요. 그저 그 덩어리를 머리 밖으로 끄집어내 주기만 하세요."

　누군가가 자신의 뇌를 수술하는 동안 의식이 있는 상태로 다른 사람과 대화를 나누는 모습을 상상해 보라. 상상만으로도 충분히 혼란스러울 것이다. 대부분 사람은 이런 이야기를 듣자마자 경악할 것이다. 하지만 많은 수술에서 이 방법은 일종의 안전망 같은 역할을 한다. 왜냐하면 환자가 깨어있어야만 언어기능과 관련된 지도 제작이 가능하고, 또 그 지도에 의거하여 언어장애가 발생하지 않도록 뇌를 가로질러 종양에 접근하는 길을 선택할 수 있기 때문이다. 그리고 종양을 제거하는 동안 저 깊은 곳에서 언어 영역과 연결된 길에 너무 가까이 접근하게 될 때면 그 즉시 그런 사실을 알아차릴 수 있기 때문이다. 좀 더 알기 쉽게 설명하자면, 전화기와 통신케이블이 망가지지 않도록 그 주변을 우회하여 빠져나가는 데 도움이 되는 내비게이션을 확보할 수 있는 것이다.

3주 후 율리아 작스가 입원했고, 도전이 시작되었다. 도전이라는 말이 기묘하게 들릴 수도 있겠지만, 신경외과에서는 모든 수술을 새로운 도전으로 간주한다고 해도 과언이 아니다. 신경외과에는 통상적인 의미의 루틴 같은 것이 거의 존재하지 않는다. 물론 이곳에서 사람들은 아주, 아주 많은 연습을 거치고 수년간의 트레이닝을 받는다. 하지만 루틴? 그런 것은 없다고 보는 것이 맞다. 루틴을 두기에는 개개인에게 닥치는 도전들이 너무나도 천차만별이고, 개개인의 조건을 고려했음에도 불구하고 발생 가능한 합병증의 결과들 또한 너무나도 천차만별이며 치명적이기에 루틴을 둘 수가 없다.

　아무튼 각성 수술은 우리 분과에서 매우 어려운 수술 중 하나로 손꼽는다. 각성 수술의 어려운 점은 수술의 복잡성보다 오히려 이것이 고도의 전문성을 갖춘 팀만이 수행할 수 있는 과제라는 사실에 있다. 각성 수술은 그런 과제의 극단적인 예라고 할 수 있다. 각성 수술을 시행할 때는 중요한 임무를 띤 아주 많은 분과가 수술에 관여한다. 신경심리학자를 필두로 하여 사전검사와 테스트 과정에 참여하는 수많은 전문가가 포함된다. 이들 모두는 각기 다른 임무를 수행하지만, 개개의 과정들이 톱니바퀴가 맞물려 돌아가듯이 정확하게 진행되어야 한다. 그리고 수술 과정에서 모두가 각자에게 주어진 역할을 동시에 수행해야 한다. 동시성은 이 수술에서 가장 중요한 요소다. 8인승 요트를 타고 노를 저을 때와도 같다. 한 사람이라도 박자를 놓치면 다같이 침몰하고 만다.

그런 특별한 수술이 진행되는 동안에는 최대 15명의 인원이 수술에 참여하여 각자 한 가지씩 맡은 임무를 수행해야 한다. 집도의 외에도 소위 말하는 컴퓨터 신경과학자(computational neuroscientist)와 디지털화(digitalization) 및 인공지능을 전공한 신경외과 의사가 현장에 참여하여 기능 지도(function map)를 미리 시각화하고 알고리즘을 이용하여 각각의 수술 전략에 따른 위험도를 평가한다. 마취과 의사는 두개골을 여는 고통스러운 과정 동안 마취 상태에 빠져있던 환자가 마취에서 깨어난 후에 아무런 문제 없이 각성 상태를 유지할 수 있도록 해야 한다. 그 밖에도 주요 뇌기능과 뇌신경을 감시하기 위해 전기생리학 전문가들이 필요하고, 환자의 언어를 매우 세분화해 평가하기 위해서 언어학자들이 필요하며, 예컨대 기억, 계획 수립 능력, 감수성 같은 신경 인지학적 능력들을 평가하기 위해 신경심리학자들이 필요하다. 그리고 특수 훈련을 받은 간호사들이 환자를 돌보는 일을 담당한다. 또한 수술실에서 환자가 깨어있을 때 의학 영상을 담당할 신경방사선과 전문의도 잊어서는 안 된다. 가끔 수술성 간질 진단을 위해 신경과 전문의도 함께 수술에 참여한다. 각성 수술을 시행할 때에는 이 모든 사람이 고도의 집중력을 발휘하여 손에 손을 맞잡고 긴밀하게 협력해야 한다. 여기에 덧붙여 수술이 진행되는 동안 환자가 깨어 있는 상태로 사람들이 하는 말 한마디 한마디를 다 듣기때문에 팀원들에게는 특별한 공감 능력이 요구된다.

전문가들로 구성된 고성능 팀은 지속적으로, 그리고 요구가 있을 때면 지체 없이 특별한 임무들을 수행해야 한다. 까다롭고 위험한 상황이 거듭하여 등장해도 팀원들은 성공적이고 효율적으로 대응해야 한다. 이 대목에서 저 유명한 실수 문화가 큰 역할을 한다. 실수 문화란 아무리 작은 실수라도 그것을 배움의 기회로 삼고 다같이 해결책을 모색하는 계기로 삼는 것이다. 우리는 그런 일들에 대해 논의하기위해 정기적으로 모임을 갖는다. 때로는 함께 스키를 타러 가거나 다른 스포츠 활동을 하기도 한다. 이런 활동들을 통해서도 팀 정신이만들어진다. 우리 팀은 서로 호흡이 잘 맞는 젊은 팀이다. 모든 팀원이 이곳에서 훌륭한 교육을 받을 수 있다는 것을 잘 알고 있다. 때문에 그들은 의욕에 불타올라 함께 땀을 흘리고 즐거움도 함께 느낀다. 이것은 좋은 분위기에서 성공적으로 작업을 수행하기 위해 꼭 필요한 요인으로, 결코 과소평가할 수 없는 요인이기도 하다.

팀 프로젝트에 항상 참여하는 사람들은 자신의 분야에 깊은 애정을 가지고 있으며 동기 의식도 남다르다. 하지만 그들은 결코 자기자신을 고독한 전사라고 생각하지 않는다. 모두가 단 하나의 목표를 바라보고 있다. 환자들에게 최상의 서비스를 제공하고 가능한 성공적으로 수술을 수행하는 것이 바로 그 목표다. 실제로 여러 연구에서 입증된 바에 따르면, 그런 고성능 팀에 소속된 사람들은 통계적 예상치보다 실수도 적게 한다.

나는 각성 수술이 지닌 또 한 가지 중요한 가치를 언급하고자 한다. 각성 수술에서는 두개골이 열린 환자가 의식이 명료한 상태에서 자신의 뇌를 수술하는 의사를 돕는다. 이에 의사는 어떤 영역도 손상을 입지 않도록 세심한 주의를 기울인다. 이런 점에서 각성 수술은 그야말로 매혹적인 수술 방법이라고 할 수 있다. 그뿐만이 아니다. 각성 수술은 다른 곳에서는 얻을 수 없는 학문적인 가능성을 보여주기도 한다. 각기 다른 분야의 의사들과 학사들이 열린 뇌가 있는 여기에 모여 뇌가 작동하는 방식을 이해하려고 시도한다. 그리고 기존에는 건강한 시험 대상자들의 상태를 측정하고 그 데이터를 이용해 자신들의 이론을 발전시키는 데 그쳤던 이론가들이 뇌가 열린 채 깨어있는 환자를 대상으로 그들의 패러다임을 직접 시험해 볼 기회를 얻는다.

예를 들어 자유의지 실험으로 대중들에게 널리 알려진 신경과학자 존 딜런 하인즈(John-Dylan Hynes)도 우리 수술실을 자주 찾는다. 뇌의 작동 방식에 대한 지식을 계속 넓혀갈 탁월한 기회를 우리는 반드시 활용해야 할 것이다. 제네바 대학병원에서 일하는 노르웨이 출신의 신경외과 전문의 토르스테인 멜링(Torstein Meling) 역시 이런 열정을 이야기한다. "이런 학문적인 여행의 한 부분으로 자리매김할 수 있다는 것은 우리 분과가 지닌 가장 멋진 측면 중 하나다. 신경외과는 우리 외과 의사들이 단지 근로자로서만 존재하는 분야가 아니다. 여기에서 우리는 뇌 기능에 대한 우리의 이해를 실제로 심화하는 연구도 함께 해나갈 수 있다."

각성 수술은 수술 전 단계부터 엄청나게 많은 검사와 테스트가 진행된다. 제일 먼저 환자가 각성 수술에 적합한지를 명확하게 밝혀야 한다. 모든 환자에게 이 수술을 시행할 수 있는 것은 아니다. 환자들 중에는 종양으로 인해 이미 언어기능이 너무 심하게 손상되어 테스트 결과를 신뢰할 수 없는 환자들도 있다. 이것을 알아내기 위해서 신경심리학적 프로필이 제작되고, 다양한 테스트들이 시행된다. 그중 하나가 아헨 실어 검사(aachen aphasia test)로, 이것은 율리아 작스처럼 종양 등으로 인해 언어 영역에 발생한 손상 때문에 유발된 언어장애를 진단하는 데 사용된다. 테스트 결과가 너무 나쁘면 각성 수술이 불가능하다. 왜냐하면 환자가 수술 과정에서 지시를 제대로 이해하지 못할 수 있고, 언어기능이 이미 너무 심각하게 파괴되어 있어 그런 수술이 더 이상 의미가 없기 때문이다.

언어장애의 종류는 매우 다양하다. 그중 하나가 운동성 실어증(motor aphasia)이다. 이 경우에는 말하고자 하는 단어를 알고 있지만 그것을 표현하지 못하고 대신 완전히 다른 단어를 말한다. 이를테면 원래 말하고자 하는 단어는 '약삭빠른'이지만, 정작 입에서 나오는 것은 '공'이라는 단어다. 이때에는 말만 못 하는 것이 아니라 그 단어를 쓸 수도 없다. 그 단어를 표현하고 다른 사람들에게 자신의 뜻을 이해시킬 수 있는 모든 방법이 먹통이 되어 버린다. 이런 일을 겪은 당사자는 너무나도 당혹스럽다. 왜냐하면 자신이 얼마나 엉뚱하고 어처구니없는 말을 하고 있는지 알고 있지만 도무지 그것을 고칠 수 없기 때문이다. 원인은 운동언어중추에 문제가 생겼기 때문인데, 대부분 사람에게 이 영역은 머리 왼쪽 앞부분, 전두엽 측면에 자리 잡고 있다. 이 영역의 크기는 각설탕 크기 정도다.

또 다른 언어장애로 감각성 실어증(sensory aphasia)이 있다. 이 증상의 원인은 감각언어영역에 있는데, 언어 이해에 문제가 생긴다. 이 증상은 동정맥기형을 앓았던 마리 길베르트가 맞서 싸워야 했던 증상이기도 하다. 감각성 실어증이 나타나면 다른 사람이 하는 말을 이해하지 못할 뿐만 아니라, 말을 따라 하지도 못하고 타인의 요구에 응하지도 못한다. 말은 할 수 있지만, 자기가 하는 말을 자기도 도무지 이해하지 못한다. 또한 그 말이 과연 맞는 말인지, 발화된 내용이 상황에 적합한지의 여부도 가늠하지 못한다.

이어서 전도성 실어증(conduction aphasia)이 있다. 이것은 감각언어영역과 운동언어중추 사이에 있는 특정 신경 경로, 예컨대 대뇌궁상섬유(arcuate fasciculus) 같은 것에 결함이 있을 때 나타나는 증상이다. 이 경우에는 언어이해와 언어 생산 기능은 정상적으로 작동한다. 다만 따라 말하기에 문제가 생긴다. 특히 환자에게 생소한 단어를 따라 말하는 기능장애가 발생한다. 현재 우리는 관련된 다수의 신경섬유 다발의 존재를 파악하여 한창 그와 관련된 연구들을 진행 중이다.

언어기능 전체에 장애가 발생하면, 이를 일컬어 완전 실어증(global aphasia)라고 부른다. 그야말로 최악의 케이스다. 완전 언어상실증이 나타나면 타인의 말을 전혀 이해하지 못할 뿐만 아니라 환자 역시 단 한마디도 내뱉을 수 없다. 이런 증상은 예컨대 환자가 대규모 뇌졸중을 겪으면서 감각언어영역뿐만 아니라 운동언어중추까지도 완전히 망가져버렸을 때 나타난다.

뇌 속의 언어 영역은 극도로 작은 공간까지 너무나 복잡하게 조직되어 있기 때문에 오늘날까지도 그 구조의 비밀이 완전히 밝혀지지 않았다. 지금까지 설명한 것 말고도 다양하고 특수한 형태를 띤 또 다른 종류의 언어장애가 존재한다.

율리아 작스를 대상으로 실시한 실어 검사에서 우리는 언어 이해, 의사소통 태도, 자유 발화, 발음, 따라 말하기, 사물 명칭 말하기, 읽기와 쓰기 같은 변수들을 검사했다. 복잡하게 들릴 수도 있겠지만, 그렇게 어려운 일은 아니다. 특정 언어기능들에 대한 검사는 비교적 간단하게 이루어진다. 예를 들어 수술 과정 중에 사물의 명칭을 말하는 기능을 검사할 때는 환자에게 사물의 사진을 보여주면서 그에 맞는 단어를 떠올리게 한다. 이때 환자는 그 단어를 알아들을 수 있게 말해야 한다. 이보다 한 단계 높은 테스트에서는 제시된 상황이나 행동을 한 문장으로 설명할 수 있어야 한다.

율리아 작스를 대상으로 한 테스트에서는 어떤 특이점도 발견되지 않았다. 종양이 그녀의 언어능력을 침해한 것 같지는 않았다. 다른 검사 결과들도 수술에 걸림돌이 될 만한 것은 없었다. 딱 한 가지만 제외하고는 말이다. 첫 번째 종양 수술을 받은 이후로 그녀는 이따금 간질 발작에 시달렸다. 이에 그녀는 간질 억제제를 복용하고 스트레스 상황을 최대한 피하려고 노력했다. 그런 그녀에게서 사람들은 질병의 흔적을 거의 찾아볼 수 없었다. 하지만 각성 수술이라는 특수한 상황에서 그녀의 뇌는 과연 어떤 반응을 보이게 될 것인가? 만약 경련이 일어난다면 어떻게 할 것인가? 수술 진행 중에 두개골을 열어 살균 처리된 커버로 그 위를 덮어 놓은 상태에서 그런 발작이 일어난다면 매우 까다롭고 힘든 상황이 펼쳐질 것이다.

다음 단계로 우리는 종양과의 관계를 고려했을 때 언어 영역이 정확하게 어디에 사리 잡고 있는지 알아내어야만 했다. 그리고 언어와 관련된 다른 영역들로 이어지는 섬유 다발이 흘러가는 지점도 찾아내어야 했다. 이것을 알아내려면 소위 말하는 신경 경로 추적기법(tractography)을 사용하면 된다. 이 방법은 자기공명영상법의 특수한 형태인 DTI(확산텐서영상, Diffusion Tensor Imaging)를 말하는 것으로, 신경섬유 다발의 공간적인 정렬 상태를 색깔로 부호화하여 보여준다. 신경섬유 다발을 따라 전자들이 마치 자석처럼 쭉 정렬하기 때문에 전자의 방향을 이용하여 신경섬유 다발의 경로를 시각적으로 표현할 수 있다. 그런데 뇌 속에는 무수하게 많은 신경섬유 다발이 존재하고, 그 모든 것이 동시에 복잡한 형태로 표현되기 때문에 언어와 관련된 신경섬유 다발만 골라내기 위해서는 특수한 사후 작업이 필요하다. 현재 우리가 진행하고 있는 연구의 주안점들 가운데 하나가 바로 신경섬유 다발들을 인공지능과 모델링 기법을 이용하여 지금까지 할 수 있었던 것보다 더 정확하고 개별적으로 표현해 내는 것이다. 이 분야에 토마스 피히트(Thomas Picht)와 루시우스 페콘야(Lucius Fekonja)가 탁월한 능력을 지니고 있다. 이런 과정을 통해 일종의 항공권이 만들어진다. 이때 언어 영역은 공항을 의미하고, 다양한 영역들을 서로 이어주는 신경섬유 다발들은 항로를 의미한다.

환자가 잠에 빠져있는 일반적인 수술에서는 검사 데이터들을 가지고 수술을 진행해야 한다. 하지만 각성 수술을 결정한 경우, 그런 항공권은 고작해야 첫 번째 단계, 그러니까 사전점검 정도에 지나지 않는다. 검사 결과를 확인하면 다음 단계로 모든 데이터를 내비게이션에 입력해야 한다. 이를 바탕으로 신경섬유들과 각종 기능들이 현미경에 나타난다. 마치 제트기를 배경으로 한 증강현실과도 같다.

준비 과정은 모두 끝났다. 이제 우리는 율리아 작스가 수술실 환경에 친숙해지도록 만들어야 했다. 환자가 수술실이 어떻게 생겼는지, 어디에 몸을 누이게 될 것인지, 자신의 주변에 놓이게 될 기계들이 어떤 것인지, 그 기계들의 용도가 무엇인지, 그리고 어떤 소음이 들리게 될 것인지를 아는 것은 매우 중요하다. 마취과 의사가 자신을 마취에서 깨울 때 누구를, 또 무엇을 보게 될 것인지에 대해서도 미리 마음의 준비를 해야 한다. 진부한 말처럼 들릴 수도 있겠지만, 조금만 환자의 입장이 되어 그 상황을 떠올려보면 이런 내용이 얼마나 중요한지 금방 깨닫게 될 것이다. 특히 각성 수술을 하는 경우에는 더 그러하다. 왜냐하면 환자가 깨어나 낯선 주변 환경과 이상한 옷을 입은 사람들을 보고 겁을 집어먹어 패닉에 빠진다면 정말이지 최악의 상황이 벌어지기 때문이다.

나는 마취에서 깨어난 후 도저히 통제가 불가능했던 한 환자를 기억한다. 흡사 마취가 그를 거친 짐승으로 바꾸어놓은 것 같았다. 심지어는 세 개의 나사로 단단하게 고정해둔 머리를 이리저리 마구 비트는 바람에 나사에 긁혀 상처를 입기도 했다. 그때 우리에게는 그를 다시 잠들게 하는 것 외에는 다른 방법이 없었다.

각성 수술을 앞둔 환자들을 괴롭히는 가장 큰 불안은 통증을 느끼는 것에 대한 두려움이다. 정말로 용감했던 율리아 작스도 그 점에서는 다르지 않았다. 의식이 또렷한 상태에서 자신의 두개골이 열려 있고, 그 상태에서 누군가 자신의 뇌를 수술하는 모습을 상상하면서 그녀는 몸서리를 쳤다. 어느 누가 그렇지 않겠는가?

"통증 걱정은 정말로 하실 필요가 없습니다." 나는 이렇게 말하면서 그녀를 진정시켰다. "뇌는 전혀 통증을 느끼지 못합니다. 다만 저희가 두개골을 열 때 좀 불쾌한 느낌이 있을 수는 있지만, 그때 환자분께서는 잠을 자고 있어서 아무것도 느끼지 못하실 겁니다."

그녀는 자신에게 수술실을 보여주고 수술 과정을 자세히 설명해준 레지던트로부터 이미 그 내용을 들었다. 하지만 그런 수술을 코앞에 두고 있으면 아무리 태연하게 행동하고 싶어도 그러기가 쉽지 않다. 쏟아져 들어오는 정보만 해도 감당하기가 벅찬데 익숙하지 않은 환경과 불안감, 그리고 불확실성까지 더해진다면 뇌가 이 모든 것을 따로 구분해서 받아들이기란 쉬운 일이 아니다. 따라서 설명 받은 내용의 약 10퍼센트 정도만 기억 속에 남는다.

실제로 뇌에서는 뇌막과 비교적 크기가 큰 혈관들만 통증 수용체(nociceptor)를 보유하고 있다. 설령 뇌를 직접 찌른다거나 효모 반죽처럼 주물러댄다고 하더라도 그것만으로는 절대 통증이 유발되지 않는다. 두통이 있을 때 통증을 느끼는 것은 뇌가 아니라 뇌막이나 크기가 큰 혈관들이다. (그렇게 추측하고 있다. 아직까지 100퍼센트 확실하게 밝혀내지는 못했다.)

어쩌면 다소 혼란스러운 이야기가 될 수도 있는데, 우리가 느끼는 고통의 결정적인 컨트롤센터는 다름 아닌 뇌다. 신체의 그 어떤 지점에 통증 자극이 입력되면 그것은 엄청나게 빠른 속도로 중간 경유지인 척수를 거쳐 뇌로 전송된다. 당사자가 의식 없이 수술대 위에 누워 있는 상태라고 하더라도 이 과정은 어김없이 진행된다. 하지만 뇌에 도달한 자극은 오직 뇌가 깨어 있을 때에만 의식적으로 감지된다. 전문용어로 이것을 가리켜 수용이라고 한다. 자극의 강도는 다른 무엇보다도 축적된 경험과 그 순간 당사자가 처해 있는 상황에 따라 조절된다. 이와 관련된 잘 알려진 예시를 한 가지 들자면 뜨거운 전기 레인지 열판에 손을 얹었을 때가 있다. 이때 사람들은 고통을 한 번 경험하고 난 후에야 비로소 그 결과가 아주 나쁠 수 있다는 것을 알게 된다. 반면 치과에 가서 드릴을 손에 든 치과의사를 마주했을 때에는 이것을 견딜 수 있고, 이 일이 곧 끝날 것이라는 것을 이미 축적된 경험으로 알고 있다.

수술 당일 아침에 나는 다시 한번 율리아 작스의 병실에 잠깐 들렀다. 그녀는 2인실에 입원해 있었다. 창문을 통해 나무와 작은 관목, 그리고 잔디밭이 갖추어진 중앙 가로수길이 내다보였다. 가로수길은 캠퍼스를 비스듬히 가로지르고 있었다. 당시는 늦봄 무렵으로, 밤나무 꽃이 피어 있었다. 율리아 작스는 그날 수술이 예정된 환자들 중 첫 번째로 수술을 받게 될 계획이었다. 그녀는 놀라울 정도로 잘 잤다고 말하면서 불안한 미소를 지어 보였다. 그러면서 아주 기대되고 흥분된다고 말했다. 나는 그녀에게 행운을 빌어주었다. 그것은 그녀와 나 그리고 팀원들, 우리 모두에게 하는 말이기도 했다.

잠시 후 그녀는 마취를 위해 이동했다. 나는 아직 남아있던 몇 가지 일을 처리하고 나서 수술 구역으로 들어갔다. 항상 같은 의식이 이어졌다. 옷을 갈아입고, 해적풍의 두건을 썼다. 왜냐하면 나는 턱 주변으로 아무것도 없는 것이 좋기 때문이다. 발에는 고무 재질의 크로그(clog)를 신었다. 이 수술을 할 때만 하더라도 내가 만하임에서 가지고 온 그 신발이 아직 있었다. 초록색으로, 내 행운의 신발이었다. 그리고 마지막으로 마스크를 썼다.

수술실에서 팀원 전체가 나를 맞이해주었다. 아주 조용하지만 활기찬 분위기가 수술실에 감돌았다. 우리는 서로에게 인사를 건네고, 미소를 짓고, 서로 친숙하게 고개를 끄덕였다. 모두가 주의 깊고 침착하게 행동했다.

이어서 옆방에서 마취과 의사에게 마취 유도를 받은 율리아 작스가 수술대에 누운 채로 수술실로 들어왔다. 우리는 팀 타임아웃을 끝으로 의식을 완료하고, 체크리스트를 점검했다. 각성 수술은 흔하게 하는 수술이 아닌 만큼 팀 전체에게 있어서도 하나의 도전이었다.

전체 준비 과정이 평소보다 훨씬 더 광범위했다. 율리아 작스를 올바른 위치로 옮겨 그녀의 머리를 메이필드 클램프로 고정하고 그것을 모니터에 연결했다. 이어서 우리는 종양이 자리 잡은 위치를 정확하게 찾아내기 위해 내비게이션을 설치하는 일에 착수했다. 관련 데이터들이 내 자리에서 볼 수 있는 모니터와 수술 현미경으로 전송되었다.

나는 만하임에서는 각성 수술을 접해보지 못했다. 각성 수술은 미국에서 발전된 수술 기법이었고, 당시만 하더라도 아직 초기 단계에 있었다. 독일에서는 나의 선임자인 마리오 브로크(Mario Brock)와 그의 팀이 활동하고 있던 베를린 자선병원이 이 분야의 선구자였다. 마리오 브로크의 수석 선임의였던 테오 콤보스(Theo Kombos) 또한 그 팀의 일원이었는데, 훗날 나는 그가 보유한 전문 지식과 기술의 덕을 톡톡히 보았다. 율리아 작스의 수술에서 그는 어시스턴트 자격으로 내 옆을 지켰다. 그리고 파트릭 게부어(Patrick Gebuhr)가 수술 전문 간호사로서 우리와 함께 했다.

왼쪽 두개골에 있는 수술 부위를 면도하고 소독하자 첫 번째 수술이 남긴 흉터가 드러났다. 외과용 메스를 갖다 대기 전에 우리는 그곳에 국소마취제를 뿌렸다. 이것은 과도한 출혈을 방지하고 환자가 아무것도 느끼지 못하게 하기 위해서였다. 각성 수술은 마취 강도가 다른 수술보다 상대적으로 얕다.

3.메스 아래 환자와의 대화

나는 미리 표시해 둔 선을 따라 이마 뒤부터 시작해서 귀 앞까지 둥근 아치를 그리며 두피를 절개해나갔다. 이어서 피하조직을 절개했다. 그런 다음 나는 외과용 메스를 전기 메스로 교체했다. 저작근을 그 아래에 있는 뼈에서 분리하기 위해서였다. 여기까지 모두 마무리되자 나는 피부와 근육을 함께 안와 가장자리까지 끌어내렸다.

이제 우리 앞에는 벌거벗은 두개골만이 놓여 있었다. 과거 만하임에서 수술을 할 때 내가 톱으로 잘라낸 골피판(bone flap)의 윤곽을 또렷하게 알아볼 수 있었다. 새로운 종양은 예전 종양보다 조금 더 측면에 자리 잡고 있었고 크기가 더 컸다. 때문에 우리는 더 큰 면적을 절개해야만 했다. 나는 드릴로 구멍을 뚫은 다음 톱을 갖다 대고 대략 손바닥 크기 정도의 뼛조각을 두개골에서 잘라냈다. 이때 잘라낸 조각의 모양은 원형이 아니라 타원형이었다.

뼈가 그 아래에 있는 뇌막과 유착되었기 때문에 우리는 골피를 간단하게 들어내어 제거해버릴 수가 없었다. 수술 전문 간호사가 내게 뇌경막 박리기구를 건네주었다. 이것은 끝이 무딘 기구로 폭이 좁은 끌과 비슷하게 생겼다. 나는 골피판을 조심스럽게 들어올려 좁은 틈이 생기도록 했다. 그런 다음 뇌경막 박리기구 앞부분을 뼈와 뇌막 사이로 밀어 넣어 조금씩 야금야금 둘을 분리했다.

가위를 이용하여 노출된 뇌막을 마찬가지로 둥근 아치 모양으로 절개하기에 앞서서 테오 콤보스가 해당 영역에 마취제 방울을 떨어뜨렸다. 경막은 고통에 극도로 민감하다. 나는 마취제가 효력을 발휘할 때까지 잠시 기다렸다가 가위가 들어갈 통로를 확보하기 위해서 뇌막의 한 지점에 상처를 낸 다음 가위로 경막을 절개했다. 그런 다음 늘어진 피부를 앞쪽에 있는 얼굴 위로 접어 올렸다. 당연히 이 때 눈 부위는 덮지 않았다. 그러자 투명한 뇌척수액에 둘러싸인 뇌가 드러났다. 우리는 표면에 있는 뇌 정맥들, 그러니까 라베 정맥(하문합정맥, labbé, inferior anastomotic vein), 트롤라드 정맥(상문합정맥, trolard, superior anastomotic vein), 그리고 수많은 혈관 분지를 보유한 실비우스 정맥(sylvian vein)의 일부를 알아볼 수 있었다.

이윽고 환자를 마취에서 깨워야 할 시간이 다가왔다. 환자가 깨어날 때까지 얼마간 시간이 걸린다는 것을 알고 있었지만, 나는 내 자리에 그대로 머물렀다. 그때까지 서 있었던 나는 의자에 앉아 환자가 깨어나기를 기다렸다. 기다림에 특기가 있는 것은 아니었지만, 나는 환자가 의식을 찾을 때 그 자리에 있고 싶었다.

각성 수술을 할 때는 늘 타협을 해야 한다. 뇌수술을 위해서는 뇌가 최대한 이완되어 있는 상태가 가장 좋다. 핀란드 헬싱키 대학병원의 신경외과 전문의 유하 헤르네스니미(Juha Hernesniemi)는 이를 **느슨하게 이완된 뇌**(slack brain)라고 명명했다. 이완된 상태의 뇌는 부드럽고 유연하다. 따라서 뇌를 움직이기가 용이하고, 뇌 구조물들을 헤치고 좀 더 쉽게 목적지에 이르는 길을 찾아낼 수 있다. 이런 이유로 수술을 할 때 뇌척수액도 제거한다. 이렇게 하면 두개골 안에서 좀 더 넓은 공간을 확보할 수 있다. 반대로 뇌가 부어 딱딱해져 있으면 다루기가 한층 더 어려울 뿐만 아니라, 종양에 도달하기 위해 우리가 사용하는 통로 역시 좁아진다. 종양이 있는 뇌는 종양이 공간을 차지하고 있기 때문에 이미 부어있는 경우가 흔하다. 이런 상황에서 환자가 수술 도중에 깨어나서 보고, 생각하고, 말하는 등의 과제를 수행하는 것은 뇌 속의 물질들이 긴장을 풀고 이완되는데 딱히 도움이 되지 않는다. 뿐만 아니라 환자가 갑자기 기침을 하거나 재채기를 하는 일이 발생할 수도 있다. 이렇게 되면 뇌 전체가 앞으로 살짝 불룩하게 튀어나올 것이다. 이처럼 섬세한 작업 중에 그런 일은 정말이지 하나도 도움이 되지 않는다.

어느 순간 레지던트 토마스 피히트(그는 우리 병원 디지털 신경외과 교수가 되었다)의 목소리가 들렸다. 수술대 옆에 서 있던 그가 눈을 뜨고 깜빡이는 환자의 손을 잡았다. "안녕하세요, 작스 부인. 기분이 어떠십니까? 깨어나셨습니까?"

그는 그녀가 수술에 동의하게끔 만들었던 바로 그 의사였다. 신체 접촉은 아마도 64세의 환자에게 신뢰감을 주었을 것이다. 그녀는 마취에서 깨어나자마자 자신을 걱정하는 누군가가 곁에 있다는 사실을 감지했다. 그녀는 알아들을 수 없는 웅얼거림으로 대답했다. 피히트는 그녀의 손을 쓰다듬으면서 다시 한번 말했다. "잘 주무셨습니까. 작스 부인?"

또다시 웅얼거림이 들려왔지만, 이번에는 알아들을 수 있는 말이 뒤를 이었다. "예, 그렇습니다. 잘 잤습니다."

그는 수술 전에 그녀에게 우리가 그녀의 말을 좀 더 잘 평가할 수 있도록 가급적이면 완성된 문장으로 대답을 해달라고 말해두었다.

우리는 언어 영역의 위치와 관련하여 지금까지 획득한 정보들을 다시 한번 점검하고 미세하게 조정하기 위해서 지도 제작 작업에 착수했다. 어떻게 보면 뇌가 드러나 있는 상태에서 그 과정을 시행하는 것이 가장 이상적이다. 그보다 더 정확할 수는 없기 때문이다.

나는 끝이 갈라진 양극 바늘 전극으로 수술 부위를 센티미터 단위로 구석구석 더듬었다. 그리고 뇌 표면의 특정 지점을 전극으로 건드리면서 3초 동안 5밀리암페어, 30헤르츠의 전류를 흘려보냈다. 그와 동시에 환자는 레지던트가 노트북 컴퓨터 화면에 띄운 사진을 보면서 그것의 이름을 말해야 했다.

"그것은 신호등입니다." 그녀가 말했다.

나는 끝이 갈라진 바늘 전극을 다음 지점으로 옮겨 다시 전류를 흘려보냈고, 동시에 환자에게 다른 사진을 보여주었다.

"그것은 오토바이입니다."

집, 개구리, 고양이 등등이 그 뒤를 이었다. 각각의 환자에게 적합한 전류 강도가 어느 정도인지는 사전에 미리 정확하게 검사를 해두어야 한다. 그렇게 하지 않았다가는 자칫 전기 쇼크가 일어나 간질성 발작이 일어날 수도 있기 때문이다.

환자가 대답을 할 때마다 비디오카메라로 녹화를 하고, 언어학자가 즉시 그것을 점검하였다. 사진에 걸맞은 단어인가? 문장을 올바르게 말했는가? 아니면 언어장애를 암시하는 징후가 보이는가? 모든 것이 정상적이면 테스트 지점을 기록, 저장하여 수술 모니터에 표시해서 보여준다. 추가로 나는 일련번호가 매겨진 살균 처리된 종잇조각을 해당 뇌 부위에 직접 부착하였다. 무언가가 조금이라도 어긋나게 되면, 그녀는 대답을 제대로 하지 못하고, 언어에 제약을 받게 된다. 이것은 우리가 언어 영역이나 그 어떤 신경섬유 다발에 지나치게 가깝게 다가갔다는 사실에 대한 암시다. 그런 경우에 나는 아무것도 적혀 있지 않은 백지를 사용했다. 이런 식의 과정을 통해서 내가 종양에 접근할 때 사용해야 할 길을 알려주는 지도가 만들어졌다. 일련번호가 매겨진 조각들은 내가 밟고 지나가도 좋은 보도블록에 해당했다. 번호가 없는 다른 조각들은 그 주변을 우회하여 빙 둘러 가야만 했다. 이렇게 지도 제작 작업을 하는 데에 일반적으로 30분에서 60분 정도가 소요된다.

지도 제작 작업이 모두 끝나면 수술 전에 모아놓은 데이터와 새롭게 획득한 데이터를 한데 모아 내비게이션 시스템에 입력한다. 이때 우리가 비행 시뮬레이터, 건축물의 시각화, 포켓몬 고 등 수많은 곳에서 이미 사용하고 있는 증강현실 기법이 도입된다. 실제로 눈에 보이는 것을 디지털 정보를 이용하여 보완한다. CT 영상과 MRI 영상, 혹은 지도 제작 작업을 통해서 만든 지도 등이 디지털 정보에 해당한다. 이때 나는 추가로 얻은 정보를 실제 영상 위에 바로 덧씌울 것인지, 아니면 화면 상단 한쪽 귀퉁이에 띄울 것인지 선택할 수 있다. 전자는 가끔 너무 정신이 어지러울 때가 있다. 지금까지 따로 독립된 모니터를 들여다보았다면, 이 시점부터는 현미경에서 눈을 떼지 않은 채로 완전히 '몰입하여' 화면을 처음부터 끝까지 쭉 훑으면서 '날아다녀야' 한다.

기술적인 장비들은 다른 신경외과 수술에서와 마찬가지로 컴퓨터에 기반을 둔 최신 기술들로 이루어져 있다. 그런 장비들 덕분에 과거에는 그저 꿈에 불과했던 일들이 실현 가능해졌다. 요컨대 환자 개개인의 뇌 속 상황을 들여다볼 수 있게 된 것이다. 이 분야와 관련된 기술은 지금도 지속적으로 발전을 거듭하면서 최적화되고 있다.

이제 다음 단계가 시작되었다. 종양으로 다가가는 길을 찾아 나는 왼손에는 흡입기를, 오른손에는 양극 전기 소작기를 들고 뇌를 채우고 있는 물질들을 가로질러 서서히 깊은 곳으로 들어갔다. 토마스 피히트는 계속 환자와 대화를 나누었다. 이제 사진에 대한 질문 대신 그는 가족이나 날씨 같은 것들을 주제로 소소한 대화를 이어나갔다. 그는 이런 상황에서 영리할 뿐만 아니라 매력적이면서도 재치 있게 행동할 줄 알았다. 그의 이런 면모는 환자뿐만 아니라 팀의 기분까지 유쾌하게 만들었고, 거듭 미소 짓게 했다.

마침내 나는 종양이 있는 곳에 도달했다. 육안으로는 뇌를 구성하고 있는 물질과 종양을 좀처럼 구분할 수가 없었다. 하지만 수술용 현미경으로는 뚜렷하게 구별할 수 있었다. 뇌는 흰색으로 빛났고 종양은 살짝 회색빛을 띠었으며 혈관의 디테일, 즉 구조가 달랐다.

종양은 병적으로 변한 세포들로 구성되어 있다. 정상적인 세포 결합체에서 떨어져 나온 그 세포들은 무절제하게 분열되어 빠르게 증식한다. 암세포를 기르는 혈관들은 무질서한 형태를 취하고 있는데, 그 까닭은 고도로 전문화된 뇌혈관들과는 달리 그것들에게는 기껏해야 자라나는 암 덩어리에 신속하게 영양을 공급하는 과제밖에 주어지지 않기 때문이다. 따라서 암 조직의 형태는 결코 건강한 뇌 조직처럼 깔끔하지도, 구조화되어 있지도 않다. 면역체계가 보유한 통제 기제가 종양을 저지하지 못하는 이유와 종양이 면역체계의 감시망을 피해가는 정확한 방법에 관한 궁금증이 커지고 있는데, 이는 매우 흥미진진한 주제로 현재 집중적인 연구 대상이 되고 있다. 그 사이에 우리는 종양이 면역체계를 회피하는 과정과 암세포들 사이에서 이루어지는 커뮤니케이션이 생각보다 훨씬 더 정돈되어 있다는 사실을 알게 되었다. 그것들은 새의 무리나 개미탑에서 이루어지는 과정들과 어느 정도 닮았다.

환자마다 종양의 모양은 제각각 다르게 생겼다. 어떤 환자의 종양은 상대적으로 실팍하고, 어떤 환자의 종양은 거의 액체에 가깝고 미끌미끌하다. 하지만 이런 지표 중 어느 것도 100퍼센트 신뢰할 수 없다. 그래서 오늘날에는 종양 부위를 구석구석 밝혀주는 형광 염료를 혈관에 주입한다. 형광 염료는 소위 말하는 혈액뇌장벽(blood cerebral barrier) 때문에 건강한 조직에서는 작동하지 않는다. 혈액뇌장벽은 뇌혈관을 가능한 한 완벽하게 봉쇄하여 오직 선별된 물질만 뇌혈관으로 들어갈 수 있게 함으로써 뇌를 '침입자들'로부터 보호하는 생리학적 장벽이다. 면역세포에도 통로가 없다. 그 때문에 우리의 뇌는 자체적으로 고유한 면역체계를 보유하고 있다. 그러나 변질된 종양 혈관은 염료가 쉽게 침투할 수 있다. 혈관에 형광 염료를 주입한 후 수술용 현미경에 부착된 형광등을 켜면 염료가 사방에 분산된 모습이 선명하게 보인다. 바로 이 영역이 종양의 범위라고 보면 된다.

나는 종양을 제거하기 시작했다. 일반 흡입기와 초음파 흡입기를 이용하여 종양 찌꺼기를 제거했다. 초음파 흡입기는 다재다능한 만능 플레이어다. 비교적 단단한 종양 조직을 흡입하여 분쇄한 다음 순식간에 삼켜 없애버린다. 마치 청소기처럼 분쇄한 내용물을 길쭉한 관을 통해 치워버리는 것이다. 액체 형태의 끈적끈적한 물질을 처리할 때는 일반 흡입기를 사용한다.

계속해서 혈액을 제거하고 식염수로 수술 부위를 세척해야 했기 때문에 나는 그 두 기구를 번갈아 가면서 사용했다. 나의 왼손에는 일반 흡입기를 오른손에는 초음파 흡입기나 양극 전기 소작기를 들고 있었다. 나는 이 기구들로 길을 만들고 소규모 출혈이 발생하면 열을 가해 해당 혈관을 위축시켜 지혈했다.

종양 조직을 흡입하여 제거하는 동안 나는 환자와 짤막한 대화를 나누기도 했다.

"괜찮으십니까, 작스 부인?"

"네, 모든 것이 좋아요."

"현재 비교적 안전한 영역에 있는 것 같아 보입니다."

"다행이군요. 그 덩어리를 없애주세요, 완전히 말이지요."

"네, 바로 그 때문에 저희가 여기에 있는 겁니다."

나는 그녀의 얼굴을 볼 수 없었다. 그녀는 머리가 옆으로 돌아가 있었기 때문에 오직 레지던트와만 눈빛을 교환할 수 있었다. 상황은 매우 기이했다. 내가 그녀의 머리, 그녀의 뇌 안에서 열심히 활동 중인 사이에 그녀가 말을 했고, 그 말이 내가 바로 직전에 흡입기를 가지고 움직이던 지점에서 단 몇 밀리미터밖에 떨어지지 않은 곳에서

3.메스 아래 환자와의 대화

만들어졌기 때문이다.

이보다 더한 일도 있었다. 직접 그 일을 겪기 전까지는 나 역시 그런 일이 가능할 것이라고 전혀 생각하지 못했다. 얼마 전 베를린 출신의 30대 초반의 청년 폴커 슈티판(Volker Stippan)이 MRI 사진을 가지고 찾아왔다. MRI 사진을 살펴보니 그의 오른쪽 뇌섬엽에 지름 약 1센티미터 정도의 소위 말하는 해면상 혈관종이 보였다. 해면상 혈관종은 혈관기형의 일종으로 출혈을 일으키기도 하며, 그 결과로 간질발작, 마비, 감각장애 등이 나타날 수 있다. 이런 증상들이 그에게서 되풀이되자 그는 여러 의사를 전전하다가 우리를 찾아왔다.

새롭게 MRI 검사를 한 후에 나는 그에게 수술을 권했다. 아직 젊은 데다 향후 출혈의 위험성이 줄어들지 않을 것이고, 수술이 충분히 가능해 보였기 때문이다. 일반적으로 뇌섬엽 부위의 수술은 어려운 편에 속하지만, 그의 해면상 혈관종은 위치가 상대적으로 좋았다. 표면에서 가까웠고, 중요한 신경 경로에서 비교적 멀찌감치 (약 1센티미터 정도) 떨어져 있었다. 그리고 무엇보다도 오른쪽에 있었다. 적어도 환자가 오른손잡이고 언어 영역이 뇌의 다른 쪽인 왼쪽 반구에 자리 잡은 경우, 그곳은 얼마간 안심할 수 있는 위치다. 그의 경우가 그랬다.

나는 그에게 전신마취 수술을 제안했지만, 각성 수술 가능성도 함께 언급했다. 그러면서 운동능력과 언어능력의 손상 여부를 수술실

장비들을 통해서 지속적으로 점검할 수 있는 것이 각성 수술의 장점이라고 말해주었다. 하지만 수술 과정이 한층 더 어렵고 경우에 따라서 그가 감당해야 할 위험성이 더 높아진다고도 말했다. 그럼에도 불구하고 그는 무조건 각성 수술을 고집했다. 나는 그를 설득하여 생각을 돌리려고 했지만, 그는 매우 완강했다. 그는 전신마취 때문에 통제력을 완전히 상실하는 것이 두렵다고 하면서 그의 할머니 이야기를 들려주었다. 그의 할머니는 늘 입버릇처럼 언젠가 죽음을 맞이하게 된다면 그저 잠을 자다가 다시 일어나지 않았으면 좋겠다고 말씀하셨다. 어린 소년이었던 그는 그 광경을 상상하는 것만으로도 너무 섬뜩하고 무서웠다. 그래서 그때부터 밤에 잠자러 가는 것이 두려워지기 시작했다. 그런 상태는 상당 기간 지속되었다. 그는 아마도 그때의 기억 때문인 것 같다고 말했다. 그러면서 서명을 비롯하여 각성 수술에 필요한 모든 법적인 사항에 책임질 준비가 되어 있다고 했다.

그리고 그는 기회를 포착해 두 번째 소망을 이야기했다. 그것은 수술 중에 카메라 팀이 그의 모습을 촬영했으면 하는 것이었다. 이 소망을 이해하려면 폴커 슈타판이 연출을 공부했고, 다양한 영화 프로젝트에, 그의 말을 빌자면, 정말이지 열정적으로 참여했다는 사실을 알아야만 한다.

그렇다면 우리가 왜 그의 요구를 받아들였는지 궁금할 것이다. 당연한 말이지만 그 어떤 상황에서도 수술이 성공리에 마무리될 것이라는 사실을 추호도 믿어 의심치 않을 때만 각성 수술을 결정할 수 있기 때문이다. 또 다른 이유는 영화 제작팀에게 수술 중 촬영을 허락한 것이 이번이 처음이 아니었다는 것이다. 굳이 말하자면, 그것은 우리가 표방하는 문호 개방 정책의 일환이다. 수많은 외부 의사와 학생이 우리를 찾는다. 우리는 그들이 우리의 작업 하나하나를 일일이 지켜보면서 많은 것을 보고 배우도록 해주고 싶다. 특히 의학에서는 본인의 경험을 타인에게 전달하는 것이 절대적으로 필요하다. 의사와 의학도뿐만 아니라 의학에 문외한인 사람들 또한 우리의 작업에 관심을 가지고 있다. 나는 그것이 좋은 일이라고 생각할 뿐만 아니라 우리가 하는 일과 인간의 뇌가 작동하는 방식을 이해하기 쉽게 설명하는 것이 우리에게 주어진 과제의 일부라고 생각한다.

그런데 이 수술은 내가 생각했던 것과는 현저하게 다른 양상으로 흘러갔다. 우리가 맡은 부분이나 의학적인 측면에서 그랬다는 것은 아니다. 왜냐하면 모든 것이 아무런 돌발 사건 없이 계획대로 진행되었으니까 말이다. 나는 해면상 혈관종을 완벽하게 제거할 수 있었다.

언어 테스트를 진행한 레지던트와 환자 간의 대화도 원활하게 이루어졌다. 우리를 놀라게 한 것은 그 젊은이가 다큐멘터리 촬영 과정에서 자기 자신을 위해 생각해 둔 역할이었다.

그는 두 명의 카메라맨을 배치했다. 그들은 세 대의 카메라를 조작하는 한편 촬영 인원을 줄이기 위해 음향까지 담당했다. 보아하니 환자 자신도 감독이자 주인공으로 두 가지 역할을 하는 것 같았다. 그는 두개골이 열린 상태로 수술대 위에 누워 내가 그의 머릿속에서 해면상 혈관종을 찾고 있는 사이에 카메라맨들에게 지시를 내렸다. 때로는 자신의 말을 영상에 담으려고 했고, 때로는 롱 샷 이외에 어떤 관점을 선택해야 할 것인지 결정했다. 그런 다음 그는 다시 언어 테스트 장면, 즉 그와 레지던트가 주고받는 대화를 영상으로 남기고 싶어 했다. 그 순간 벌어지고 있는 일과 그의 느낌을 설명하기 위해서 카메라를 향해 독백을 하기도 했다. 그러다 문득 지루해지기라도 한 듯 나에게 질문을 던지기 시작했다. 나는 세 가지 질문만 허용했다. 그렇게 하지 않았다면 아마도 질문 공세를 퍼부었을 것이다. 하지만 그에게는 세 가지 질문만으로는 충분하지 않은 것 같았다. 그는 더 많은 것을 알려고 했고, 무엇보다도 더 많은 것을 보려고 했다. 보통은 머리에 살균 처리된 천이 덮여 있어서 환자가 수술 모니터 화면을 볼 수 없는데 그는 머리에 덮인 천을 걷고 모니터를 자기 쪽으로 살짝 돌려달라고 부탁했다. 화면을 통해 그는 내가 현미경을 통해서 보는 것을 똑같이 볼 수 있었다. 내가 한창 작업 중이던 수술 부위 단면이 40배 확대되어 화면에 비쳤다. 수술이 진행되는 동안 자신의 두개골을 들여다보고 싶어 그처럼 안달이 난 환자는 난생 처음이었다.

몇 개월 후, 나는 그의 상태가 궁금하여 그와 통화를 했다. 그때 우리는 각성 수술을 체험하고 싶어 했던 그의 특이한 소망에 대해서 다시 이야기를 나누었다. 그리고 수술 중 그가 보여주었던 약간 독특했던 태도에 대해서 이야기하자 그는 병원에서 해면상 혈관종이 발견되었을 때 자신의 이야기로 영화 프로젝트를 만들어보자는 아이디어가 떠올랐다고 말했다. 처음에 의사들이 그의 머리에서 뭔가를 발견

            3.메스 아래 환자와의 대화

했다고 말했을 때 그는 최악의 상황을 예상했다. 진단을 받은 후 그가 처음으로 던진 질문 가운데 하나는 얼마나 더 살 수 있느냐는 것이었다. 나흘 동안 병원 침대에 누워있었던 그는 마치 자신이 생명에 대한 자율권을 박탈당한 희생자처럼 느껴졌는데 본인의 처지를 바탕으로 프로젝트 활동을 수행하면서 그는 자율권을 다시 되찾았다고 말했다. 그에게 처리해야 할 과제가 생겼고, 그는 거기에 전적으로 매달릴 수 있었다. 팀을 조직해야 했고, 어떤 화면을 골라 형상화할지 고민해야 했으며 제작 계획을 세우고, 인터뷰 일정을 잡고, 그 밖에 필요한 일들을 처리해야 했다. 이런 일들을 하면서 관심을 다른 곳으로 돌릴 수 있었고 어느 순간 해면상 혈관종은 더 이상 종양이 아니라 프로젝트기 되어 있었다. 그리고 그는 프로젝트를 어떻게 진행해야 하는지 잘 알고 있었다.

이렇게 사람은 누구나 자신의 길을 찾기 위해, 그리고 운명이 자신을 위해 준비해 둔 것이 무엇인지 파악하기 위해 노력한다. 율리아 작스 또한 종양이 완전히 제거될 수 있을 것이라는 희망을 붙잡았다. 우리는 그녀의 생각을 다른 곳으로 전환하기 위해서 나는 마음을 다치지 않을 만한 주제를 중심으로 그녀와 짧은 대화를 나누었다. 나는 그녀에게 어디에 사는지, 그녀와 남편이 집을 소유하고 있는지, 부지런한 슈바벤 지방 사람들을 두고 사람들이 어떤 험담을 하는지, 그리고 그 지역에서 특별히 그녀의 마음에 드는 것이 무엇인지 등을 물었다.

나는 그녀에게 그릇된 희망을 심어주고 싶지 않았다. 우리는 최선을 다했지만, 종양을 완전히 제거하는 것은 우리 능력 밖의 일이었다. 나는 90퍼센트, 어쩌면 95퍼센트 제거를 현실적인 목표치로 삼았고, 그것만 해도 매우 큰 성과였다. 굳이 말하자면 종양의 구조가 문제였다. 그녀의 종양은 피막에 둘러싸이지 않았고, 경계가 불분명했다. 종양 세포들이 나무뿌리처럼 가장자리에서부터 경계를 이루는 조직 안으로 자라나 있었다. 또 종양과 근접한 지점에 언어 및 운동 기능과 관련된 중요한 영역들이 자리 잡고 있는 것도 문제였다. 나는 무턱대고 종양 세포들을 따라갈 수 없었다. 자칫 뇌 손상을 유발할 수 있었기 때문이다.

종양 자체, 그러니까 우리가 단단한 부분이라고 부르는 영역에서는 그리 특별한 일이 일어나지 않았다. 하지만 바깥쪽으로 전진할수록 더욱더 주의 깊게 행동해야 했다. 그리고 그런 만큼 우리가 환자와 대화를 나눌 수 있다는 사실이 더 중요해졌다. 왜냐하면 그 대화가 우리의 안전망이었기 때문이다.

작업을 원활하게 수행하기 위해서 나는 지도 제작을 할 때 흡입기에 전류를 흘려보냈다. 전류 강도를 1밀리암페어로 하면 뇌에서 전류 작용 범위가 1밀리미터이므로, 핀셋에 10밀리암페어의 전류를 흘려보내면 앞에 놓인 조직을 관통하여 10밀리미터 반경으로 전류가 '발산된다.' 동시에 모니터링을 담당한 기술 어시스턴트가 전류로 인해 운동성 움직임 같은 모종의 반응이 생기는지 꼼꼼하게 관찰한고 언어장애가 발생하지는 않는지 점검한다. 그동안 토마스 피히트는 환자가 계속 말을 하도록 말을 걸었다. 그는 대화 사이사이에 그녀에게 그림들을 다시 보여주었다. 내가 보았을 때는 막 풍차 그림을 보여주던 참이었다.

자극 흡입기는 앞서서 이미 인용한 바 있는 베른 출신의 신경외과 전문의 안드레아스 라베의 발명품으로, 고안된 지 몇 년 밖에 안 되었지만 매우 빠른 속도로 전 세계에서 사용되고 있다. 이 발명품 덕분에 종양을 제거할 때 뇌에 영구적인 손상을 입힐 위험성이 현저하게 낮아졌으며 더 이상 흡입기와 전극판을 계속 번갈아 교체할 필요가 없어졌다. 이 기구를 이용하면 수술 흐름을 끊지 않고도 계속 자극을 주는 것이 가능하여 최적의 모니터링을 보장받을 수 있다.

단단한 부분의 경계로 추측되는 영역에 접근했을 때 갑지기 현지의 집중력이 떨어지는 것 같았다. 지금까지 그래온 것처럼 새로운 그림을 보고 인식한 내용을 말하는 대신 살짝 옆길로 샜다. "그건 제가 알고 있는 거예요. … 그런데도 … 지금은 제대로 말을 할 수가 없네요. … 사람 ……." 말하는 속도가 점점 느려졌고, 말과 말 사이에 주저하는 모습이 보였다. 그녀는 자신 없이 행동했고, 의도한 대로 발음을 할 수가 없어서 자기 자신에게 화가 난 것 같아 보였다.

이것은 우리에게 경고 신호였다. 전류가 언어와 관련된 영역까지 치고 들어간 것이 분명했다.

"걱정하지 마세요, 작스 부인. 이제 곧 괜찮아질 겁니다." 나는 이렇게 말하면서 대수롭지 않은 어조로 긴장된 상황을 풀어보려고 시도했다. 말이 생각대로 나오지 않을 때 환자들이 어떤 반응을 보일지는 좀처럼 예측할 수가 없다. 어떤 사람들은 패닉에 빠진다. 그나마 다행인 것은 보통 단계적으로 상황이 나빠진다는 것이다. 일순간에 신호가 차단되어 더 이상 아무것도 할 수 없는 지경이 되는 것은 아니다. 환자들은 불명확하게 말을 하거나, 말하고자 하는 단어가 바로 눈앞에서 어른거리는데도 그 단어를 입에 올리지 못한다. 이럴 때 환자들은 일단 말이라도 해볼 목적에서 임시방편으로 다른 단어를 사용하면서 다음 그림을 볼 때에는 꼭 맞는 개념이 다시 떠오르기를 소망한다.

그 밖에 이런 일도 일어날 수 있다. 사람들이 뭔가 마음에 들지 않는 행동을 할 때면 혈관들이 '깜짝 놀라서' '감정이 상한 듯한' 반응을 보일 수 있다. 이럴 때는 뇌 표면을 한 조각 떼어내거나 어떤 지점에서 1~2밀리미터 정도 위치를 옮겨 통과하는 것으로 충분할 때가 많다. '감정이 상했다'라는 말은 혈관이 수축했다는 것을 의미한다. 혈관이 수축하면 경련이 발생해 혈액순환 장애가 생길 수 있다. 혈관 속 공간이 좁아져 더 이상 충분한 양의 혈액이 흐르지 못하기 때문이다. 운이 나쁘면 수축한 혈관이 언어와 관련 있는 영역을 담당하는 혈관이거나 면적은 아주 작지만 언어 영역 중에서도 매우 중요한 부위를 담당하는 혈관일 수 있다. 이렇게 되면 즉시 언어장애가 나타난다. 이런 사태가 벌어지면 그 지점에 약품을 대량으로 투여하여 경련을 해소한 뒤에 몇 분 동안 불안한 마음으로 기다리면서 혈액순환이 다시 정상화되어 환자의 언어가 다시 돌아오기를 기대한다. 그러고는 계속 수술을 진행할 것인지 아니면 더 이상 운명에 도전하지 않는 편이 나을지 결정해야 한다.

　나는 전류 강도를 5밀리암페어로 제한하였다. 그리고 몇 분을 기다린 후에 새롭게 테스트를 실시하였다. 레지던트가 율리아 작스에게 다음 그림을 보여주었고 다행히 그녀가 다시 분명하고 또렷하게 말했다. "그것은 노란색 포르셰입니다. 우리도 그 차를 가지고 있었지요."

　이제 우리는 다시금 비교적 안전한 장소에 와 있었다. 나는 종양 겉껍질을 벗겨내고 흡입기로 조직을 건드리면서 곧장 전기를 흘려보냈다. 레지던트가 언어 테스트를 계속 이어나갔다. 나는 언어와 관련된 영역에서 약 5밀리미터 떨어진 지점에 접근할 때까지 모든 조직을 구석구석 건드리면서 꼼꼼하게 테스트했다. 이보다 더 가까이 다가가는 것은 금물이다. 어쨌거나 바로 그곳에 종양의 경계가, 단단한 부분의 경계가 자리 잡고 있었다.

　이제 중요한 것은 종양이 있는 구역을 적절하게 처리하고 청소하는 일이었다. 출혈을 잠재우고, 작은 혈관들을 폐쇄한 뒤 식염수로 모든 것을 깨끗하게 세척했다. 그러는 사이에 마취과 전문의 주잔네 쾨니히(Susanne König)가 율리아 작스를 다시 한번 마취시킬 준비를 했다. 그녀의 두개골을 다시 봉합하기 위해서였다.

　여기까지만 읽으면 성공담처럼 들릴 것이다. 율리아 작스는 중환자실로 보내졌다. 얼마 지나지 않아 마취에서 깨어난 그녀는 피곤하고 기운이 없고 두통을 호소했지만 말을 할 수 있었다. 또한 그녀는 수술실에서 오갔던 우리의 짧은 대화도 기억하고 있었다. 그녀가 내게 던진 첫 질문 중 하나는 모든 것을 깨끗하게 도려내었느냐 하는 것이었다. 나는 그녀에게 진실을 말해주었다. 그리고 나머지는 방사선요법과 화학요법으로 해결해야 한다고 설명했다.

사흘 후 그녀는 중환자실을 떠났고, 닷새 후에는 처음으로 병원 부지를 산책했다. 아직 약간 기우뚱거리기는 했지만 걸어서 산책을 나갔다. 그녀의 남편이 그녀의 곁을 지켰다. 병원 바로 근처에 있는 호텔에 묵고 있었던 그는 매일 그녀를 찾아 몇 시간씩 함께 시간을 보냈다. 그들은 손을 잡고 짧은 구간을 함께 걸었다. 그런 다음 그들은 벤치에 앉았다. 햇살이 쏟아졌다. 여름 느낌이 나는 온화한 날이었다. 율리아 작스는 상태가 좋아 보였다. 일주일 후면 퇴원을 할 예정이었다. 그녀는 집으로 돌아갈 계획을 세웠다.

하지만 모든 것이 달라졌다. 그날 저녁 그녀의 남편이 떠난 지 얼마 지나지 않아 간질 발작이 그녀를 덮쳤다. 짧은 간격을 두고 두 번째 발작이 찾아왔고, 이어서 또 한 번, 또 한 번. 연속으로 발작이 일어났다. 그녀는 즉시 중환자실로 옮겨졌다. 그곳에서 그녀에게 말을 거는 것은 더 이상 불가능했다. 몸에 경련이 일었고, 팔과 다리에 점차 마비가 나타났다. 다음 날 아침, 그녀의 상태를 확인한 남편은 깊은 충격에 빠졌다.

나도 마찬가지였다. 그에게 무슨 말을 할 수 있을까? 오직 진실밖에 말할 수 없었다. 며칠 동안 우리는 수술이 그처럼 성공리에 끝난 것을 기뻐했다. 우리는 종양의 95퍼센트를 제거했다. 어쩌면 더 많이 제거했을지도 모른다. 아침 회진을 돌 때마다 율리아 작스는 환하

게 빛나는 얼굴로 좋아진 점들을 자랑스럽게 보고했다. 그간의 고생
이 충분히 그럴 만한 가치가 있는 것으로 여겨졌다. 그런데 지금 이
런 사태가 벌어졌다. 나는 이루 말할 수 없이 큰 좌절감을 느꼈다. 안
타깝지만 이 또한 내가 감내해야 할 부분이었다. 환자들을 치료하다
보면 우리를 땅에 쓰러뜨리고 겸허함을 가르치는 상황들을 마주한
다. 제아무리 수술이 교과서에 나온 대로 성공적으로 진행되었다 하
더라도 여전히 위험천만한 도박은 남아 있다. 왜냐하면 우리 힘으로
도저히 통제할 수 없는 일들이 일어날 수 있기 때문이다.

율리아 작스의 상태는 시간이 지나면서 서서히 회복되었다. 우리는
약을 투여해 간질을 통제할 수 있었다. 팔과 다리에 나타났던 마비
도 사라졌다. 그녀는 다시 걸을 수 있게 되었고, 몇 주 후에는 평소처
럼 말도 할 수 있게 되었다. 그녀는 우리 병원에서 퇴원한 후에 재활
병원으로 향했다. 그 후에는 그녀의 고향에 있는 병원에서 방사선요
법과 화학요법 치료를 받을 예정이었다. 그 사이에 수년의 시간이 흘
러갔고, 율리아 작스는 그 모든 통계 수치와는 반대로 여전히 살아
있다.

4. 거인과

맞서

싸우다

장애물을 동반한 수술 마라톤

아침에 병원으로 향하는 길에 나는 늘 자동차 라디오를 켠다. 그런데 늘 하던 일을 하지 않고 그런 사실조차 알아차리지 못하는 때가 있다. 그것은 다른 수술보다 훨씬 더 복잡한 수술이 코앞에 닥쳐왔다는 명백한 신호다. 2018년 3월의 그 월요일처럼 말이다.

그날 수술받을 환자는 나흘 전부터 우리 병동에 입원해 있었다. 우리는 그를 대상으로 가능한 모든 검사와 테스트를 진행했지만 여전히 많은 것이 미지의 상태였다. 내 머릿속에서는 과연 우리가 정말로 모든 것을 고려하였는가라는 의문이 거듭하여 떠올랐다. 집에서 커피를 마시면서도 나는 수술 과정을 한 단계 한 단계 다시 면밀하게 점검했다. 이때 나는 극도로 세밀한 부분에 이르기까지 나에게 닥쳐올지도 모르는 상황들을 미리 체험하기 위해 다양한 그림을 그려보았다. 이번처럼 어려운 수술에서는 최악의 상황을 상정하고 플랜 A, 플랜 B, 플랜 C 등을 준비하는 것이 여느 수술에서와는 완전히 다른 차원의 중요성을 갖는다.

환자는 59세 건축가인 크리스토프 루키크(Kristof Lukic)로 동맥류를 앓고 있었다. 그는 20년 전에도 동맥류를 앓은 전력이 있었는데, 이것은 그리 흔치 않은 일이다. 그의 동맥류 역사는 1999년 여름에 시작되었다. 어느 주말, 뮌헨 남쪽에 위치한 한 소도시에서 그 이야기는 시작된다. 그는 아내와 아들, 딸, 두 자녀와 함께 그곳에 살고 있었다. 때는 아침 무렵, 그는 조깅을 하고 있었다. 그는 일주일에 보통 세 번, 적어도 두 번은 조깅을 했다. 그는 세 가지 루트를 번갈아 가면서 뛰었는데, 가장 짧은 루트가 5.5킬로미터, 가장 긴 루트가 8킬로미터였다. 세 루트 모두 이자르강 변을 따라 뛰는 구간을 포함하고 있었다. 크리스토프 루키크는 아침 조깅을 단기적인 오락 활동이라고 불렀다. 비교적 긴 시간 동안 즐거움을 누리고 싶을 때면 산악자전거를 타고 친구 몇 명과 함께 산을 가로질러 서너 시간 혹은 그 이상의 시간을 즐거운 마음으로 돌아다녔다. 산을 오를 때는 예전부터 나 있던 길로 비교적 편안하게 움직였지만 내려올 때는 가장 위험한 길, 그보다 더 가파를 수 없을 정도로 경사진 길을 찾아 헤맸다. 그중에서도 다른 사람들은 아예 길이라고 생각하지 못할 정도로 좁은 길이 단연 최고였다. 그룹 멤버 중 한 사람이 "더 험한 길도 있어"라고 말했다. 이 말을 들은 다른 사람들이 말했다. "가자, 그 길로 가보자!" 그들은 바퀴가 땅에 닿는 면적을 더 많이 확보할 수 있도록 자전거 바퀴에서 바람을 빼낸 다음 헬멧을 고쳐 쓰고 기차 대형으로 늘어서서 작은 동물들이 겁을 집어먹고 달아날 정도로 빠른 속력으로 내달렸다. 한마디로 말해서 크리스토프 루키크는 스포츠광이었다. 신선한 공기를 맡으면서 운동을 하는 즐거움이 빠진 삶을 그는 상상조차 할 수 없었다.

그해 여름 그 주말에 그는 단기 오락 활동으로 만족하기로 마음먹고 6.5킬로미터짜리 중간 루트를 골라 조깅을 하고 있었다. 하지만 코스의 절반 정도를 막 끝냈을 무렵에 조깅을 멈출 수밖에 없었다. 갑자기 눈앞에 아무것도 보이지 않았기 때문이다. 마치 누군가가 두꺼운 베일을 그의 눈앞에 드리워놓은 것처럼 그저 명암만 구분할 수 있었다. 그는 넘어지거나 무언가에 부딪히지 않기 위해서 그 자리에 주저앉았다. 기껏해야 열 걸음 정도 떨어진 거리에 이자르강이 흐르고 있었다. 강물이 흘러가는 소리가 들렸지만 물이 있어야 할 자리에는 그저 캄캄한 암흑뿐이었다. 그 위에 있는 하늘은 조금 더 밝게 느껴지기는 했지만 그가 앉아있던 길과 마찬가지로 어두운 회색빛이었다.

그는 10분, 어쩌면 15분 정도를 그렇게 앉아있었다. 구토가 나거나 어지럽지는 않았다. 휴대전화를 챙겨오지 않아서 누구에게도 도움을 청할 수 없었던 터라 자리에서 일어나 자신이 왔던 방향으로 몸을 돌린 다음 발아래에 펼쳐진 암회색 줄무늬를 따라 걸으면서 왔던 길을 다시 돌아가려고 시도했다. 처음에는 맹인처럼 하나씩 더듬으면서 자갈길을 걸어갔지만 서서히 윤곽들이 조금씩 선명해지기 시

4. 거인과 맞서 싸우다

작했고, 색깔도 다시 보이기 시작했다. 집에 돌아왔을 때는 이전과 다름없이 잘 보였다.

당연히 크리스토프 루키크는 조깅을 하던 도중에 자신이 겪은 일이 도대체 무엇인지 알고 싶었다. 월요일이 되자마자 그는 주치의를 찾아갔다. 그의 주치의는 그를 안과 의사와 다른 의사들에게 보내 MRI 검사를 받게 했다. 며칠 후 진단명이 확정되었다. 왼쪽 뇌의 중심 뇌동맥에 동맥류가 발생한 것이었다.

동맥류가 무엇인지 이해하기 위해서는 먼저 혈관이 어떻게 구성되어 있는지 자세히 알아야 한다. 일반적으로 혈관은 세 개의 층으로 이루어져 있다. 각각의 층은 또다시 여러 겹으로 구성되어 있다. 바깥에 있는 층인 외막(adventitia)은 모든 것을 한데 결합시키는 역할을 하는데, 주로 결합조직과 유연한 섬유로 이루어져 있다. 그런데 결합조직과 유연한 섬유는 외막뿐만 아니라 모든 층에 존재한다. 중간층인 중막(media)에서는 근육세포와 콜라겐이 근육층을 형성하여 혈관의 수축과 이완을 가능하게 해준다. 안쪽에 있는 층인 내막(intima)은 실질적으로 벽지에 해당한다. 제일 먼저 유연한 막(membrane)이 나타나고, 그다음으로 결합조직, 그리고 가장 안쪽에는 내피(endothelium)가 있다. 내피는 피가 응고되지 않고 혈관 속을 흘러가도록 해준다.

심혈관계의 모든 혈관이 그런 내피세포(endothelial cell)로 도배되어 있다. 우리는 몸속에 각자 약 10조 개의 내피세포를 보유하고 있다. 조직과 혈액 사이에 이루어지는 물질대사건, 혈압 조절이건, 아니면 혈관 확장이건 간에 어디에서나 내피세포가 끼어든다. 심지어는 염증 경과 과정에서도 내피세포가 활성화되어 반작용을 유발한다.

부상이나 염증 혹은 선천적으로 가지고 있거나 또 다른 이유로 말미암아 혈관벽에 결함이 생기면 동맥류가 발생할 수 있다. 동맥류는 주로 동맥에 생기는데, 그 까닭은 이곳에서 압력이 가장 높아지기 때문이다. 동맥 중에서도 특히 혈관이 둘로 갈라지는 부분이 가장 취약하다. 압력이 가해지면 손상된 혈관벽을 구성하는 층이 바깥쪽으로 밀려나 불룩하게 부풀어 오른다. 보통 내막이 그렇게 된다. 가죽 공의 실밥이 풀려 안쪽에 있는 고무주머니가 바깥으로 불룩하게 튀어나온 것을 본 적이 있다면 동맥류가 발생한 혈관벽의 모습이 어떨지 꽤 정확하게 떠올릴 수 있을 것이다. 튀어나온 혈관 주머니를 감싸고 있는 얇은 피부는 가죽 외피가 없는 이 고무주머니와 마찬가지로 거의 저항력이 없고 상처에 너무나도 취약하다. 동맥류가 그처럼 위험한 것도 바로 이런 이유 때문이다. 그 얇은 피부는 쉽게 찢어지거나 파열되기 쉽다. 그렇게 되면 심각한 출혈이 발생하여 뇌졸중으로 이어질 수 있다.

지금까지 설명한 것은 전통적인 형태의 동맥류다. 크리스토프 루키크의 동맥류는 이것보다 조금 더 복잡했다. 그의 동맥류는 혈관의 한 지점에만 발생한 것도 아니었고, 한 층만 그런 것도 아니었다. 혈관 한 부분 전체에 걸쳐서 모든 층에 문제가 생겼다. 그 결과 동맥 주변으로 둥그렇게 혈관이 불거졌고, 한쪽이 다른 한쪽보다 더 크게 튀어나와 있었다. 그런데 문제는 그 혈관이 이름 모를 임의의 동맥이 아니라, 중심 뇌동맥이라는 것이었다. 우리의 뇌에는 오른쪽과 왼쪽

4. 거인과 맞서 싸우다

에 각각 하나씩 모두 두 개의 뇌동맥이 있으며, 이 뇌동맥이 각각의 영역에 필요한 전체 혈액량의 3분의 2에서 4분의 3 정도를 공급한다. 뇌동맥은 가장 중요한 뇌혈관이다. 혈액 공급이 지속적으로 이루어지지 않으면 중심 뇌동맥의 서비스 구역에 분포한 다수의 기능 영역들 중 그 어느 것도 제대로 작동할 수가 없다. 그곳에서 뇌졸중이 발생하면 단지 그 영역만 복구 불가능하게 손상되고 마는 것이 아니다. 그런 종류의 뇌졸중이 일어나면 전체 사례의 70퍼센트 정도가 결국 사망한다. 왜냐하면 뇌부종이 발생하여 공간을 무절제하게 잠식해 들어가면서 건강한 뇌 부분을 밀어내기 때문이다. 이로 인해 뇌압이 상승하여 생존이 불가능해진다.

크리스토프 루키크는 한 병원으로 이송되었다. 의사가 그에게 동맥류 크기가 크지는 않지만 반드시 치료해야 한다고 설명해 주었다. 동맥류를 치료하기만 하면 문제 없다고 했다. 적어도 그는 그렇게 이해했다.

최소 침습 수술법으로는 코일 색전술이 있다. 코일 색전술을 할 때에는 전문의가 마이크로카테터를 통해 백금을 덧입힌 아주 가는 금속 코일을 넓적다리 동맥에서 동맥류로 밀어 올린다. 동맥류에 도달한 코일은 한데 뭉쳐져 덩어리를 이루면서 불룩한 동맥류 주머니를 가득 채운다. 그 안에 있던 피가 응고되어 혈전이 생성되고, 더 이상 새로운 피가 흘러들어가지 못한다. 새로운 피가 흘러들어가지 못한다는 것은 동맥류 벽에 더 이상 압력이 가해지지 않기 때문에 파열의 위험성이 사라진다는 것을 의미한다. 파열의 위험성이 사라진다는 것은 그 자체로도 좋은 일이지만 환자에게도 긍정적인 일이다. 다만 코일 색전술을 하기 위해서는 동맥류가 특정한 형태를 취하고 있어야 한다. 요컨대 혈관에서 삐져나온 부분이 (우리는 그 부분을 가리켜 목이라고 부른다) 그 뒤에 있는 영역, 그러니까 돔(dome)보다 폭이 좁아야 한다. 그렇지 않으면 개개의 코일이 밖으로 미끄러져 나와 혈관을 막아버리거나 손상시킬 수 있다. 그런 경우에는 심장 수술을 할 때처럼 동맥류가 있는 혈관에 추가로 스텐트를 삽입할 수 있다. 촘촘하게 짜인 그물망을 갖춘 스텐트를 동맥류가 위치한 모(母)혈관 안으로 밀어 넣어 코일이 밖으로 미끄러져 나오는 것을 방지하는 것이다. 또한 사람들은 이 방법을 사용하여 혈관벽을 내부로부터 강화함으로써 더욱 안정적으로 유지시키는 한편 해당 영역을 완벽하게 치료하려고 시도한다. 하지만 이 방법을 사용할 때에는 처치에 따른 위험성 또한 현저히 커진다. 자칫 혈관벽에 상처를 내어 출혈이 생길 수도 있고, 혈관을 막아버려 뇌경색을 유발할 수도 있기 때문이다.

그런데 크리스토프 루키크를 지속적으로 괴롭혔던 동맥류는 바로 이 목 부분이 좁지 않았기 때문에 의료진들은 그의 두개골을 열고 티타늄 클립으로 동맥류를 묶어 혈액 유입을 멈추기로 했다. 클리핑이라고 불리는 이 방법은 우리 신경외과 의사들이 시행한다.

여기에 사용되는 클립은 소형 금속 집게로 터키 출신의 신경외과 의사 가지 야사길(Gazi Yaşargil)이 개발한 것이다. 의사로 일하며 가장

긴 시간을 취리히 대학병원에서 보낸 그는 다른 무엇보다도 수술용 현미경을 신경외과에 도입하고 새로운 수술 기구와 수술 기법을 개발함으로써 신경외과에 급격한 변화를 가지고 왔다. 20세기 후반기에 신경외과 의사로 활동했던 그는 현재 96세라는 믿을 수 없는 나이에도 튀르키예에서 학생들을 가르치며 왕성하게 활동하고 있다. 정말이지 '획기적인'이라는 형용사가 딱 들어맞는 그의 발명품 덕분에 과거에는 수술이 불가능한 것으로 여겨졌던 질병에 시달리는 환자들을 수술할 수 있게 되었다. 한 가지 예를 들어보자면, 그는 뇌졸중을 치료하기 위해 미세 뇌혈관 문합술(바이패스, bypass)을 감행한 최초의 의사였다. 또 클립을 이야기할 때도 언제나 그의 이름을 언급하면서 경의를 표힐 수밖에 없다. 그 클립의 명칭 또한 그의 이름을 따서 야사길 동맥류 클립으로 불린다.

나는 레지던트 시절부터 그를 알았다. 당시에 나는 미국 리틀 록에 있는 그를 방문한 적이 있다. 리틀 록은 취리히 대학병원 신경외과 과장을 지낸 후 그가 향한 곳이었다. 그곳에서 그는 아칸서스 의과대학 교수로 재직했다. 그때부터 우리는 학회나 심포지엄에서 자주 만났다. 그와의 만남은 언제나 흥미진진했다. 몇 년 전에 나는 베를린 자선병원에서 열리는 '자선병원 초빙교수(visiting professor at the Charité)'라는 강의 시리즈를 마련하였다. 당시에 이미 80세를 훌쩍 넘긴 가지 야사길은 나의 초대에 응한 첫 번째 인물이었다.

이 강의 시리즈는 내게 있어서 매우 소중하다. 나는 매달 초빙교수를 초청해 강의를 듣고 이어서 함께 저녁 식사를 하는 미국의 초빙

교수 콘셉트를 우리 병원에도 도입하고 행사의 규모도 확장하고자 했다. 나의 계획은 세계적으로 가장 저명한 신경외과 의사들을 나흘 일정으로 베를린에 있는 우리 병원으로 초청하는 것이었다. 신경외과 팀에게 우리 분야에서 활동하는 유명한 스타들을 바로 가까이에서 경험하고 그들에게 직접 질문을 던질 수 있는 기회를 얻는 것보다 더 값진 동기부여와 격려는 존재하지 않는다. 그것은 그야말로 최고의 연수이다. 솔직히 나흘간에 걸쳐 진행되는 이 프로그램이 꽤 힘든 것은 사실이다. 하루 종일 강의, 수술 비디오, 그리고 토론이 논스톱으로 진행된다. 이어서 해부학 연구소에서 우리 과의 미래와 그에 대한 대비, 그리고 트레이닝에 대한 토론이 진행된다. 여기에 이런저런 공동 저녁 행사가 추가로 진행된다. 나는 손님들과 함께 하는 모든 저녁 시간이 아주 즐겁다. 그들의 가장 큰 팬인 나는 그들의 관심사에 부응하려고 노력한다. **Red Hot Chili Pepers** 콘서트와 AIDS 갈라 또한 그 행사의 일환이었다.

나는 젊은 신경외과 의사들을 키워내는 과정에서 롤 모델들이 차지하는 역할에 큰 의미를 부여한다. 이 점에 있어서는 앞서 이미 언급한 바 있는 노르웨이 출신의 동료 토르스테인 멜링도 나와 뜻을 같이 한다.

젊은 신경외과 의사들에게 동기를 불러일으키고 그들을 격려하기 위해서는 롤 모델이 필요하다. 롤 모델은 젊은 의사들이 그들의 고유한 목표를 추구하고 그것을 달성하도록 독려한다. 롤 모델들은 성공하기 위해서 필요한 자질을 우리에게 보여준다. 그것은 성공을 향한 열정, 반드시 필요한 시간과 노력을 투자하려는 자세와 목표를 위해 최선을 다하려는 마음가짐이다. 장애물과 마주했을 때 그런 자질들은 중요한 영감의 원천이 되고, 끈기를 길러주는 역할을 한다. 나의 롤 모델들은 특별한 기술적 노련미가 두드러지는 인물들이었다. 그들의 노련미는 정밀함과 단호함, 그리고 불필요한 조치들을 포기하는 행동에서 여실히 드러났다. 또 다른 롤 모델들은 뛰어난 의학 지식을 보유하고 있었다. 그들의 지식은 환자 선별과 수술 전략 선택 혹은 우월한 해부학 지식으로 모습을 드러냈다.

크리스토프 루키그는 수술을 받았다. 의료진들은 비교적 크기가 큰 클립 두 개를 사용하여 가장 크게 확장된 부위를 결찰하였다. 확장정도가 덜한 지점은 그 상태 그대로 남겨두었다. 클립 두 개를 최적의 위치에 배치하는 것만으로도 이미 충분히 복잡한 일이었다. 그것은 이 복잡한 동맥류를 치료함에 있어서 클리핑 기법으로 할 수 있는 최선이었다. 비록 문제를 완벽하게 제거하지는 못했지만, 그 정도로 충분한 경우도 적지 않다. 당연히 환자는 그것으로 문제가 완전히 해결되었다고 믿었다. 아니 그렇게 믿으려고 했다. 그는 수술 후 빠르게 회복했고, 재활센터에 가거나 별도로 약을 복용할 필요도 없었다. 그에게 있어서 동맥류는 이미 끝난 일이었다. 의사들의 허락을 받기가 무섭게 그는 다시 산악자전거를 타고 산을 가로질러 다녔다.

거의 10년의 세월이 그렇게 잘 흘러갔다. 그러던 중 다시 여름이

다가왔다. 어느 무더운 날이었다. 그는 정원 일을 하다가 막 휴식을 취하던 참이었다. 부엌에 앉아 있던 그의 컨디션이 갑자기 나빠졌다. 크리스토프 루키크는 기운이 없고 무기력한 느낌이 들었다. 마치 혈압이 바닥까지 떨어지기라도 한 것 같았다. 신선한 공기를 마시면 좋을 것 같다는 생각에 그는 일어서서 바깥으로 나가려고 했다. 하지만 고작 몇 걸음밖에 걷지 못했다. 그는 정신을 잃었다. 잠시 후 다시 정신이 들었을 때는 바닥에 쓰러져 있는 자신을 발견했다. 마침 집에 있었던 그의 아내가 최대한 빨리 그를 병원으로 데리고 갔다. 동맥류를 앓았던 그의 전력을 감안하여 곧장 MRI 검사가 시행되었다. 과거에 클리핑 처리를 하지 않았던 동맥류 부분이 눈에 띄게 커져 있었다.

과거에 클리핑 시술을 받았던 병원에서는 추가로 클리핑 시술을 하여 동맥류를 처리하는 방법도, 또 한 개 혹은 여러 개의 스텐트를 삽입하는 방법도 승산이 없다고 보았다. 의사는 그에게 이런 사실을 설명하면서 가능한 해결책으로 바이패스 수술을 제안했다. 크리스토프 루키크는 바이패스 수술을 받기 위해서 나를 찾아 왔다고 했다. 그렇게 해서 우리는 서로를 만나게 되었다.

하지만 만남은 짧았다. 동맥류는 크기가 상당히 컸다. 나는 그에게 만약 동맥류가 파열되면 죽을 수도 있다고 경고했다. 또한 나는 그에게 바이패스 수술이 결코 간단하고 쉬운 일이 아니라는 사실을 말해 주었다. 당시에는 합병증으로 환자들이 장애를 입게 되는 (혹은 더 심각한 일을 당하게 되는) 비율이 약 30퍼센트 정도에 이르렀다. 그는 이

4. 거인과 맞서 싸우다

런 위험을 감수하려 들지 않았다. "정말로 그것이 파열된다면, 그때는 끝이겠지요. 그렇다면 그렇게 되도록 두어야지요." 그는 그렇게 말했다.

또다시 10년의 세월이 흘렀고, 우리는 다시 만나게 되었다. 그 사이에 그의 생각이 바뀌어 있었다. 그가 마음을 바꾸게 된 이유는 동맥류 크기가 더 커졌고, 몇 달 전부터 그가 겪는 불편함과 고통이 점점 늘어났기 때문이다. 그는 지난번에 집에서 쓰러졌을 때 느꼈던 것과 비슷한 무기력감에 시달리는 일이 잦았다. 또 툭하면 구토를 할 정도로 속이 좋지 않았다. 그리고 그는 종종 냄새가 날만한 것이 전혀 없는데도 뭔가 냄새를 맡는다고 했다. 그 냄새는 그가 익히 알고 있는 냄새도 아니거니와 뭐라 정의할 수 있는 그런 냄새도 아니라고 했다. 이런 현상은 측두엽에서 비롯된 간질의 한 형태다. 간질이라고 해서 반드시 경련과 발작이 동반되는 것은 아니다. 간질의 증상과 관련해서 결정적인 역할을 하는 것은 간질을 유발한 원인이다. 아무튼 이 모든 일이 그를 두렵게 했고, 그는 증상이 점점 더 심해진다고 느꼈다.

대부분의 동맥류는 크기가 5~13밀리미터 사이다. 크기가 5밀리미터 미만이면 작은 동맥류에 속하고, 13밀리미터를 초과하면 큰 동맥류에 속한다. 25밀리미터부터는 거대 동맥류로 분류된다. 크리스토프 루키크의 동맥류는 그동안 55밀리미터 크기로 자랐다. 혈관벽이 부분적으로 딱딱하게 굳어 있었다. 불룩 튀어나온 주머니 안에는 작은 혈전들이 자리 잡고 있었는데, 간단하게 설명하자면 그것은 신체 거부반응의 결과로 형성된 것들이었다. 따라서 수술이 적절한 방법인지 아닌지를 두고 토론을 벌일 필요가 없었다. 이런 크기의 동맥류는 악성 뇌종양만큼이나 예후가 나쁘다. 1년 안에 환자가 사망할 가능성이 25퍼센트이고, 5년 안에 사망할 가능성이 80퍼센트에 이른다. 차이가 있다면 동맥류는 수술을 통해서 완치할 수 있지만, 뇌종양 수술의 목표는 수명을 몇 개월이나마 연장하는 것에 그친다는 점이다.

여기에 덧붙여 우리가 처음으로 면담을 한 이후로 수술 예후가 현저하게 개선되었다는 점도 고려되었다. 합병증 발생 위험성이 30퍼센트에서 15퍼센트 이하로 뚝 떨어졌다. 지난 10년간 신경외과의 기술은 발전에 발전을 거듭했고, 그처럼 거대한 동맥류에 대해서 더 잘 이해하게 되었다. 특히 바이패스 수술과 관련하여 더 많은 수술 경험을 보유하게 되었다. 바로 그 바이패스 수술이 크리스토프 루키크의 케이스의 핵심이었다.

나는 크리스토프 루키크에게 모든 것을 이야기해 주었다. 하지만 동맥류를 완전히 말려버리기 위해서 어느 지점에 어떻게 바이패스를 수술을 할 것인지에 관해서는 대략적으로만 설명해 주었다. 자세한 사항은 나중을 위해 남겨두었다. 그 순간을 이해하고 받아들이기 위해서는 충분한 시간이 필요할 것이기 때문이었다.

그로부터 꼭 두 달이 흘렀다. 음악이 빠진 아침 드라이브를 앞둔 나

날들이 흘러갔다. 나는 비스바덴에서 개최된 연수 교육 행사에서 돌아오는 길이었다. 나와 다른 병원에서 근무하는 세 명의 동료 의사들이 함께 그 행사를 주관했다. 우리는 가급적 많은 신경외과 의사에게 현재 우리 분야에서 통용되는 최신 지식을 전달하기 위해서 일 년에 한 번 그 행사를 개최한다. 우리 분야 전체에 걸쳐 기준이 되는 가장 중요한 간행물들과 의학 논문들이 그 자리에서 소개된다. 말하자면 그 행사는 신경외과 의사들을 위한 일종의 '올해의 연구(best of readers digest)'인 셈이다. 그런 행사들의 중요성은 이루 말할 수 없이 크다.

그 사이에 크리스토프 루키크의 사전 준비 검사 대부분이 완료되었다. 예컨대 새로운 MRI 검사와 혈관을 입체적으로 보여주기 위한 3D 혈관조영술 등이 시행되었다. 신경방사선과 동료들이 그 검사를 실시했다. 그들은 대퇴부 동맥을 통해 경동맥까지 카테터를 밀어 올린 다음 조영제를 주입했다. 그렇게 해서 촬영된 방사선 영상을 보면 플립북을 볼 때와 유사하게 조영제가 혈관을 통해 흘러가는 모습과 어떤 혈관들이 연결되어 있는지 알아볼 수 있다. 하지만 크리스토프 루키크처럼 넓은 부위가 동맥류로 가려져 있으면 혈관들이 잘 보이지 않는다. 현미경 수술에서 5센티미터면 어마어마하게 크기가 큰 것이다. 그런 거인은 상당히 많은 것을 숨기고 있을 수 있다.

따라서 많은 의문의 여지가 남아 있었을 뿐만 아니라, 계속해서 새로운 의문점이 생겨났다. 병원에 있을 때나 집으로 돌아가는 길에, 잠자리에 들기 전에, 한밤중과 다음 날 아침까지 계속해서 혼란스러운 생각들이 불쑥불쑥 떠올랐다.

두개골을 열고 동맥류에 가까이 다가갔을 때 과연 무엇이 나를 기다리고 있을까? 동맥류 주변의 혈관들이 또렷하게 보일까? 동맥류에서 빠져나오는 혈관들이 있는지, 그리고 그 혈관들의 위치가 어디인지 알아볼 수 있을까? 만약 알아보지 못한다면, 그다음에는 어떻게 대처해야 할까? 어떤 혈관을 바이패스를 위해 사용할 수 있을 것인가? 다리에서 하나, 팔에서 하나를 가져와 사용할 것인가 아니면 두피에 있는 작은 혈관 하나면 충분할 것인가? 아마도 그것으로는 부족할 것이다. 이 대목에서는 언제나 고도의 창의력이 요구된다. 왜냐하면 사람마다 동맥류의 형태와 특징이 모두 제각각이라 정확하게 분류를 하는 것도 불가능하고 명확한 치료 전략을 이끌어내는 것도 불가능하기 때문이다. 어떤 방법으로 동맥류를 폐쇄할 것인가? 이상적인 방법은 동맥류의 앞과 뒤를 막는 것이지만, 과연 내가 적절한 지점을 찾을 수 있을까? 동맥류를 폐쇄할 때 어떻게 하면 조금이라도 혈액이 흘러들어가는 것을 막을 수 있을까? 내가 제때에 미세한 혈액순환을 알아차리고 그에 대응하려면 모니터링은 어떻게 이루어져야 할 것인가? 부득이한 경우, 우리는 환자를 인위적인 코마 상태로 만들어야 한다. 하지만 그렇게 되면 환자의 뇌 기능을 더 이상 감시할 수가 없다. 이런 상황이 펼쳐진다면 나는 마치 어두운 상자 안에 있는 것 같은 환경에서 수술을 진행할 수밖에 없을 것이다. 극단적인 경우에는 이 책을 처음 시작할 때 소개한 1990년대의 사례에서 로버트 슈페츨러가 그랬던 것처럼 심정지를 유도하고 체온을 극단적으로 떨어뜨려야 할 것이다. 이런 조치를 취한다면 시간은 벌

수 있겠지만, 크리스토프 루키크가 뇌 손상을 입고 온전하게 수술을 이겨내지 못하게 될 위험성 또한 커질 것이다.

　너무나도 많은 의문점과 절차가 존재했고, 나는 팀원들과 그 모두를 하나하나 협의해야 했다. 수술 팀은 모두 두 팀이었다. 왜냐하면 적어도 일시적으로나마 두 개의 수술이 동시에 진행될 것이었기 때문이다. 한 팀은 뇌에 집중하고, 그와 동시에 다른 한 팀은 팔이나 다리에서 바이패스에 사용할 혈관들을 떼어낼 계획이었다. 두 오케스트라가 같은 홀에서 동시에 연주를 하는 셈이다. 따라서 수술 절차 또한 가장 작은 부분에 이르기까지 함께 생각하고, 계획하고, 조율해야 했다. 이상적인 경우에 수술이 어떻게 진행되어야 할 것인지, 만약 계획대로 흘러가지 않으면 이렇게 대응해야 할 것인지, 그리고 대안이 제대로 작동하지 않으면 어떻게 할 것인지 생각할 수 있는 모든 만일의 사태를 사전에 미리 세부적으로 논의해야만 했다. 그것도 두 번, 세 번에 걸쳐서 말이다. 심각한 경우가 발생했을 때 시간을 그냥 흘려보내서는 안 된다. 모든 시나리오에 대비하여 곧바로 사용할 수 있는 대안을 준비해 두어야만 한다. 그때까지만 하더라도 절차가 이보다 더 까다로운 수술을 나는 알지 못했다. 이 수술에서는 조그마한 실수 하나가 모든 것을 망쳐버릴 수도 있었다. 그럴 때면 우리는 늘 인간의 운명을 말하곤 한다.

　수술 전날 저녁에 나는 20층으로 올라갔다. 크리스토프 루키크는 2인실에 입원해 있었다. 도시 전망이 환상적인 병실이었지만, 그처럼 늦은 시간에는 그저 거대한 빛의 바다만이 일렁였다. 몇몇 고층

빌딩과 TV 송신탑의 실루엣이 가위로 오려 만든 거대한 조형물처럼 느껴졌다. 그 위로 드넓은 하늘이 다채로운 회색빛을 띤 채 펼쳐져 있었다. 베를린 자선병원은 이 나라에서 가장 유명한 병원이자 이 도시의 상징이다. 동독 시절에도 오늘날과 마찬가지로 4개의 주요 지점에 병원이 자리 잡고 있었다. 병원 역사를 다룬 대규모 TV 시리즈와 이곳에서 활동했던 수많은 노벨상 수상자와 유명 인사가 병원의 명성을 한층 드높였다. 당시는 자선병원의 미테 캠퍼스가 막 재개발을 마친 참이었다. 4개 지점을 모두 합쳐 3000개의 병상과 약 1만 6400명의 직원을 거느린 베를린 자선병원은 모든 혁신적인 기술과 최신 수단을 갖춘 병원이자 유럽에서 가장 규모가 크고 가장 현대적인 병원으로 발전했다. 이것은 환자들에게는 값진 선물이 되었고 이곳에서 일하는 사람들에게는 커다란 특권이 되었다. 병원 건물은 자선병원이라고 적힌 거대한 로고를 달고 빽빽하게 늘어선 집들 사이에서 우뚝 솟아 있었다.

나의 59세 환자는 장엄한 전경이나 하늘의 색조 따위에는 눈길도 주지 않았다. 다분히 이해가 가고도 남았다. 그는 우울해 보였다. 따지고 보면 그에게는 이 수술이 영원한 작별을 의미할 수도 있었기 때문이다. 주말 동안 그의 아들이 그를 방문했다. 그들은 잠깐 도시 이곳저곳을 돌아다니다가 오후에 한 음식점에 들어가 헤르타와 도르트문트의 경기를 지켜보았다. 그는 도시 전체가 검정과 노란색이 들어간 옷을 입은 팬들로 넘쳐났다고 바이에른 사투리로 나직하게 말하면서 짓궂게 미소 지었다. 그러면서 바이에른 팬인 자신이 마치 이

물질처럼 느껴졌다고 했다. 하지만 그런 소동 덕분에 그는 잠시 생각을 다른 곳으로 돌릴 수 있었다. 그러나 지금은 그 어떤 것도 그의 주의를 다른 곳으로 돌릴 수가 없었다.

이런 상황에서는 환자에게 많은 말을 할 필요가 없다. 하지만 나의 경험상, 다시 한번 환자를 방문하여 그가 혼자 내버려져 있는 것이 아니라는 사실을 알려주는 것이 중요하다. 제아무리 수술의 타당성을 뒷받침하는 훌륭한 이성적인 근거들이 있다고 하더라도 동맥류 파열을 두려워하는 마음과 어느 특정한 날짜에 자발적으로 수술을 받는 것은 별개의 문제. 수술을 받겠다는 결심은 많은 용기를 필요로 하는 일이다. 그리고 거듭 힘주어 말하지만, 나는 내 환자들이 두려움을 극복하는 모습을 지켜보면서 이루 말 할 수 없는 감탄과 존경의 마음을 느끼곤 한다.

그다음 날 우리 모두는 아침 일찍 하루 일과를 시작했다. 7시가 조금 지난 시간에 이미 크리스토프 루키크가 수술 구역으로 옮겨졌다. 수술 장소는 제1수술실이었다. 그곳은 로봇 지원 혈관조영 장치가 설치된 하이브리드 수술실이었다. 이 수술실에서는 카테터를 이용한 혈관 내 수술과 결합시켜 진행할 수 있다. 통상적인 준비 과정을 마친 후에 마취과 의사와 마취 전문 간호사가 마취를 유도하였다. 그들은 조심스럽게 주사를 위한 정맥 루트를 몇 개 만들었다. 정맥 루트의 숫자가 당장 필요한 것보다 조금 많았는데, 그것은 수술 도중에 환자에게 신속하게 새로운 혈액을 공급하거나 환자의 혈압 조절에 개입해야 할 경우를 대비하기 위한 것이었다. 삽관 통로를 확보하기 위해서는 일반적으로 제일 먼저 팔에 있는 정맥을 이용하지만, 크리스토프 루키크는 팔다리가 자유로워야 했기 때문에 사타구니와 오른쪽 목에 있는 혈관을 선택하였다.

사전에 고심을 거듭한 끝에 팔에 있는 동맥 하나를 바이패스 혈관으로 사용하기로 결정했다. 비록 그의 다리 정맥 한 곳에도 표시를 해두기는 했지만, 부디 그것을 사용해야 하는 일은 없기를 바랐다. 다리 정맥은 길이가 더 길고 지름이 4~5밀리미터 정도로 무엇보다도 우리가 접근하려는 혈관들보다 크기가 훨씬 더 컸다. 다리 정맥을 꿰매 붙여야 하는 일은 상당히 힘든 일이 될 터였다. 그 밖에도 정맥은 피가 오직 한 방향, 즉 심장 쪽으로만 흐르도록 내부에 판막(valve)이 있다. 때문에 피가 앞으로 가도록 따로 펌프질을 하지 않아도 피가 역류하는 일은 발생하지 않는다. 이런 판막이 고장이 나면 정맥류가 발생한다. 다리 정맥에는 판막이 유독 많다. 왜냐하면 하체에서는 피가 중력을 거슬러 올라가야 하기 때문이다. 원래 혈액을 위로 밀어 올리도록 설계된 정맥이 머리에서 다른 기능을 떠맡아야만 한다면, 가능은 하겠지만 이상적이지는 않을 것이다. 반면 팔 동맥은 지름 2~3밀리미터로 크기 면에서 더 적합하고 유입 혈관에 일반적으로 통용되는 혈압에 길들여져 있다. 머릿속 혈압은 평균 혈압이냐 최고 혈압이냐에 따라 130mmHg(수은주밀리미터)에서 최대 200mmHg까지 올라갈 수 있다.

무슨 이유에서인지 알 수는 없지만 사람은 팔뚝에 두 개의 동맥이 있는 채로 진화하였다. 비상시에 혈액순환을 확보하기 위해서는 하나만으로 충분한데도 말이다. 그중 하나는 척골동맥(arteria ulnaris)이고, 다른 하나는 요골동맥(arteria radialis), 혹은 노쪽곁동맥으로 불린다. 두 개의 동맥 모두 위쪽 팔을 담당하는 상완동맥(arteria brachialis)에서 비롯된다. 두 동맥은 팔꿈치 관절 바로 아래에서 시작되어 각각 약간의 우회로와 지류를 거느린 채 손바닥까지 서로 분리되어 흘러가다가 손바닥에서 다시 하나로 합쳐진다. 심박수를 측정하기 위해 손목관절 부근에서 우리가 손으로 짚고 느끼는 것이 바로 요골동맥이다. 요컨대 요골동맥은 우리가 아끼고 좋아하는 혈관이다.

우리의 환자 역시 원활하게 삭동하는 두 개의 동맥을 부여받는 온총을 누리고 있는지 확인하기 위해서 우리는 미리 모든 검사를 시행하였다. 양쪽 팔에 같은 검사를 시행하여 그 지점과 관련된 플랜 B를 마련해 두었다. 테스트는 손목관절에서 두 동맥을 동시에 눌러 더 이상 피가 흐르지 못하도록 하는 방식으로 진행된다. 이렇게 하면 손바닥 색깔이 창백하다 못해 거의 하얗게 바뀐다. 다음 단계로 두 개의 동맥 중 한 개만 개방한다. 혈류와 혈액 투과성이 정상이면 손바닥 색깔이 순식간에 정상적인 색깔을 되찾는다. 이어서 다른 동맥을 대상으로 같은 테스트를 반복한다. 크리스토프 루키크의 오른쪽 팔과 왼쪽 팔 동맥들 모두 마땅히 해야 할 업무를 충실하게 수행하고 있었다.

레지던트인 카타리나 파우스트가 나의 파트너로 수술에 참여했다. 그녀가 두 번째 팀을 이끌었다. 우리는 이미 다수의 까다로운 상황에서 효율적으로 일을 마친 적이 있었기 때문에 이번에도 탁월하게 협업을 수행했다.

우리는 동시에 수술을 시작했다. 카타리나 파우스트가 팔을, 내가 목을 맡았다. 우리는 환자의 왼쪽에 자리를 잡았다. 그녀는 앉아 있었고, 나는 서 있었다. 크리스토프 루키크처럼 오른손잡이 환자들의 경우에는 보통 주로 사용하는 팔이 아닌 왼쪽 팔에서 바이패스 혈관을 가져온다.

절개선이 미리 그려져 있었다. 절개선은 손목관절에서부터 팔꿈치 아래까지 팔뚝 안쪽 가운데로 쭉 이어져 있었다. 그녀는 이 방향으로 피부를 절개했다. 이어서 그녀는 수술 영역을 개방 상태로 유지하고, 시야를 충분히 확보한 상태에서 작업을 수행하기 위해서 상처 부위를 벌리는 기구인 리트렉터를 삽입하였다. 요골동맥에 접근하기에 앞서서 그녀는 혈관 전체를 거의 처음부터 끝까지 뒤덮고 있는 근육 하나를 옆으로 살짝 밀쳐두어야 했다. 그녀는 요골동맥을 따라 바로 가까이에서 흘러가는 피부 신경들 중 어느 하나라도 손상시키지 않도록 주의를 기울여야 했다.

팔에 있는 동맥은 그저 가느다란 관에 불과한 것이 아니다. 12개가 넘는 작은 혈관들이 그 동맥에서부터 시작된다. 그것들 모두를 하나하나 막고 분리해야 했다. 그것도 나중에 바이패스 기능을 넘겨받았을 때 혈관에 가해지는 압력을 그 지점들이 거뜬히 견뎌낼 수 있을 정도로 꼼꼼하고 완벽하게 말이다. 전문용어로는 이것을 가리켜 결찰(ligation)이라고 부른다. 비전문용어로 표현하자면, 찢어지지 않는 특수 실을 이용하여 혈관을 묶거나 작은 클립으로 꽉 누른 다음 해당 부위를 잘라내는 것이다.

같은 방식으로 실을 이용한 결찰법을 사용하여 동맥 자체를 분리해 내었다. 제일 먼저 팔꿈치 안쪽 동맥을 분리하고, 다음으로 손목 동맥을 분리했다. 근육 세포가 풍부한 혈관벽은 혈관 끝부분을 묶자마자 곧장 강하게 수축했다. 때문에 혈관 외부를 감싸고 있는 지방과 결합조직으로 이루어진 층을 그대로 남겨두었다. 추가로 경련을 예방하기 위해 항수축제 파파베린(papaverine)을 투여했다.

그럼에도 약간의 혈관수축이 발생했다. 하지만 혈관의 모든 지점이 촘촘하게 처리되었는지, 또 특정한 압력을 견뎌낼 수 있는지를 점검하는 사이에 수축 강도가 약해졌다. 점검을 위해 동맥 한쪽을 클립으로 봉쇄하고 다른 쪽으로 삽관을 통해 조심스럽게 액체를 주입했다. 이 과정에서 동맥이 다시 확장하여 원래 직경까지 팽창하였다.

그 사이에 나는 귀 아랫부분의 목을 직선으로 5센티미터 절개하여 더 깊은 층으로 들어가기 위한 길을 냈다. 나는 내경정맥의 위치를 옮긴 다음 그 아래쪽에 있는 경동맥을 찾았다. 이어서 그곳에서부터 내경동맥과 외경동맥이 갈라지는 지점까지 움직였다. 그 지점은 대략 목 중간쯤 되는 높이에 있다.

외경동맥은 후두, 갑상선, 인두, 얼굴 피부, 안면 근육, 두피와 경막에 혈액을 공급한다. 내경동맥은 두개저까지 이어져 뇌와 눈으로 혈액을 운반한다. 나의 목표는 외경동맥이었다. 나는 그곳에 바이패스를 연결하고자 했다. 외경동맥의 혈류는 잠깐 동안 중단시켜도 손상이 발생하지 않는다. 하지만 내경동맥은 쉽게 그렇게 할 수가 없다. 내경동맥의 혈류가 중단되면 뇌가 오래 견딜 수 없을 것이기 때문이다.

나는 외경동맥을 3~4센티미터 정도 노출시켜 혈관만 남기고 정리했다. 혈관벽을 감싸고 있던 모든 것을 제거하여 혈관 외부를 깨끗하게 만들었다는 말이다. 그리고 그 부위에서부터 얼굴과 갑상선으로 뻗어나간 작은 혈관들도 똑같은 방식으로 정리했다. 그때 나는 혀로 향하는 길에서 동맥과 교차하는 흰색 줄, 즉 12번 뇌신경인 설하신경(hyperglossal nerve)과 마주쳤다. 그것은 목 반대편에 대칭으로 자리 잡고 있는 쌍둥이와 함께 혀와 구강 기저의 근육을 조절하는 기능을 수행한다. 설하신경이 손상되면 혀가 마비되어 언어장애와 연하장애(dysphagia)가 발생한다. 둘 중 하나만 손상되면 혀 반쪽만 마비된다. 하지만 그것을 바랄 사람은 아무도 없을 것이다.

수술실이 흡입기 소리와 삐삐하는 기계 작동음만 들릴 뿐, 침묵과 고요가 지배하는 장소라고 생각한다면 오산이다. 우리 수술실에서는 거의 항상 음악이 흐른다. 심지어는 우리 어시스턴트가 즐겨든는 테크노 음악이 흘러나올 때도 있다. 아니면 나의 최애 밴드인 디페쉬모드(Depeche Mode)나 그린데이(Green Day)의 음악이 흐르기도 한다. 별다른 어려움이 없는 단계에서는 종종 라디오를 켜 놓기도 하는데, 나는 특히 베를린 록 방송인 스타 FM(Star FM)을 즐겨 듣는다. 수술실 분위기는 느긋하고 다소 경쾌한 편이다. 수술은 언제나 팀 작업이다. 따라서 우리는 지속적으로 서로에게 주의를 기울이면서 적절하게 반응을 해야 한다. 서로 간간히 농담을 주고받기도 한다. 이런 행동들은 중요한 단계에서 단 1초라도 집중력이 떨어지지 않도록 긴장을 적절히 이완하는 데 있어서 매우 중요한 역할을 한다.

수술을 집도하는 의사들은 오직 수술 현미경을 통해서 보는 것과 손에 잡은 기구를 통해서 느끼는 것만을 인지할 뿐 그 외의 다른 어떤 것도 인지하지 못하는 순간들이 있다. 이런 단계에서는 모든 것이 수술을 하는 의사와 그의 능력에 달려있다. 이때 의사는 일체의 시간 감각을 상실한 채 오직 자기 자신에게만 의지하게 된다. 그러니까 수술에 완전히 몰두하여 흐름(flow)에 자신을 맡기게 되는 것이다. 특별히 까다롭고 복잡한 수술에서는 이런 몰입 상태가 극도로 중요하다. 말하자면 그것은 수술대에서의 완벽함을 보장해 주는 보증서 같은 것이다.

나는 '흐름'이라는 주제를 앞서서 이미 언급한 바 있는 내 뉴욕 시절의 동료 데이비드 랭어와 연결하고 싶다. 당시에 그는 이 주제와 관련하여 내게 미하이 칙센트미하이(Mihály Csìkszentmihályi)의 책을 추천해 주었다. 흐름에 대한 그의 진술에서 추측할 수 있는 것처럼 데이비드에게 이 주제는 중요한 의미를 가지고 있다.

신경외과의 아름다움과 매력은 수술이라는 순수한 물리 행위와 환자 케어 영역을 크게 뛰어넘는다. 세월이 흐르면서 나는 신경외과 의사로서 내가 하는 일이 왜 그처럼 큰 기쁨을 선사하는지 알게 해준 몇 가지 이론과 모델을 마주치게 되었다. 우선 배움에는 여러 단계가 있다. 1. 무의식적인 무능력, 2. 의식적인 무능력, 3. 의식적인 능력, 3. 무의식적인 능력. 나를 매료시킨 것은 바로 이 네 번째 단계다. 왜냐하면 바로 여기에서 외과 의사는 '흐름'의 단계에 도달하기 때문이다. 나는 '흐름'이라는 개념을 미하이 칙센트미하이가 집필한 같은 이름의 책에서 처음으로 접했다. 칙센트미하이는 흐름을 자신이 하고 있는 일에 너무나도 깊이 몰두한 나머지 다른 그 어떤 것도 더 이상 의미를 가지지 못하게 되는 상태로 규정한다. 바로 이런 상태야말로 신경외과 의사로서 내가 지속적으로 추구하는 상태다. 흐름 상태에 도달하기 위해서는 무의식적인 능력이 필요하다. 흐름 상태에서 우리의 정신은 반응에서 행위로 옮겨간다. 시간의 흐름을 완전히 잊어버린 채 명료한 정신 상태로 수술실에 서서 초조함과 긴장을 모두 벗어던지는 동시에 담대한 마음가짐으로 최고의 능력을 발휘하여 움직임과 기술적인 요구가 하나로 매끄럽게 녹아들어 가는 모습을 지켜본다. 신경외과는 우리에게 무언가에 완전히 몰입할 수 있는 경험을 선사한다. 나는 수술을 사랑한다. 왜냐하면 흐름에 몸을 맡기는 것을 사랑하기 때문이다. 운동선수들과 음악가들 역시 이 상태에 도달한다. 우리 외과 의사들은 부단한 반복과 연습을 통해 이 무의식적인 능력에 도달하려고 노력해야 할 것이다. 그리하여 인류가 종사하는 다른 대부분의 직업과 우리의 환상적인 직업을 구분해 주는 것이 무엇인지

몸소 깨우쳐야 할 것이다. 타인의 삶을 개선할 수 있는 능력과 흐름의 체험은 진실로 값진 선물이다.

나는 데이비드 랭어의 생각에 전적으로, 그리고 진심으로 동의한다. 다만 여기에 추가로 타인을 도울 수 있는 능력과 흐름 체험, 이 두 가지 측면이 거대한 에너지원이 되어준다는 점을 덧붙이고 싶다. 외과 의사라는 직업에 내재된 혹독한 측면들을 극복하기 위해서는 에너지원이 꼭 필요하다. 만약 그런 에너지원이 없다면 결국에는 혹독한 측면들을 이겨내지 못하고 무너져버리고 말 것이다.

바이패스를 꿰매 붙일 수 있을 정도로 혈관 준비가 마무리되자 나는 목 작업을 중단했다. 우리는 상처가 열린 부위에 젖은 거즈를 얹어두었다. 상처 부위가 건조되는 것을 방지하고 박테리아가 들어가는 것을 막기 위해서였다. 그런 다음 나는 환자의 정수리 위쪽으로 위치를 옮겼다. 이에 맞게 수술 전문 간호사 카롤린 슈트링에 또한 조금 더 오른쪽으로 자리를 옮겼다. 나는 그녀를 향해 가볍게 고개를 끄덕였다. "어제 운 좋게도 야외 콘서트가 열렸지요? 좋았어요?" 내가 물었다. "오, 그럼요. 분위기가 끝내줬어요. 한마디로 다들 미쳤죠! 쿨한 사람들에다 쿨한 음악. 정말이지 굉장한 밤이었어요!" 그녀가 눈에 미소를 머금고 대답했다.

보통 두개골을 열 때는 어시스턴트가 거들어주지만, 이번에는 그럴 수가 없었다. 왜냐하면 프란치스카 뢰벨(Frankziska Löbel)과 레지던트 카타리나 파우스트가 여전히 팔 작업을 진행 중이었기 때문이다. 그래서 나는 20년 전의 수술 절개 자국을 따라 직접 피부를 절개해 나갔다. 피부와 저작근을 분리하여 뒤로 젖히자 곧장 예전에 삽입한 골피판 가장자리가 보였다. 그것은 다시 살을 파고 들어가 자라 있었다. 동맥류 크기가 거대했기 때문에 우리는 지름 약 10센티미터 정도의 비교적 큰 구멍을 내려고 계획해두었다. 그것은 길게 이어진 실비우스 열(sylvian fissur)을 가능한 한 완전하게 보기 위해서이기도 했다. 실비우스 열은 귀 위를 비스듬히 지나 두정엽(parietal lobe)과 측두엽으로 갈라지는 독특한 가로 주름이다. 중심 뇌동맥에서 뻗어나간 혈관 지류 전체와 섬엽 구역이 여기에 자리 잡고 있다. 그리고 동맥류 또한 그곳에 있었다.

뇌 겉피부인 경막에는 20년 전 수술을 마무리한 후에 절개된 경막을 다시 꿰매는데 사용되었던 실이 그대로 남아 있었다. 그 실의 원료는 자체적으로 용해되거나 분해되지 않는다.

그 사이에 팔을 담당한 팀이 두께가 약 2밀리미터 정도 되는 바이패스 혈관의 밀도와 상태를 점검했다. 결과는 매우 만족스러웠다. 붉은 장미색을 띤 혈관은 강도도 충분했고 석회화도 진행되지 않은 상태였다. 동료들이 팔의 피부 절개면을 다시 봉합했다. 여기까지는 모든 것이 계획대로 진행되었다. 시작이 좋으니 느낌도 좋았다. 첫 세트는 명백하게 우리의 승리였다. 오랫동안 테니스를 쳐온 사람이라면 여기서 내가 이런 장면을 연상하는 것을 너그러이 양해해 주리라고 생각한다.

그에 비해 2세트는 본격적인 도전과 함께 시작되었다. 과거의 수술로 많은 흔적이 뚜렷하게 남은 상태였다. 과거 수술 부위의 뇌막이 석고처럼 뇌 표면에 달라붙어 있었다. 하지만 그것이 전부가 아니었다. 뇌막이 뇌의 가장 바깥층과 완전히 유착되어 있었기 때문에 그 부분을 따라 지나가는 혈관들 역시 뇌막과 달라붙어 있었다. 일반적으로는 원하는 크기만큼 아치 모양으로 뇌막을 절개한 다음 간단하게 피부를 뒤로 젖히기만 하면 된다. 하지만 만약 여기서 그렇게 했다가는 뇌 표면의 한 부분도 함께 끄집어내게 될 것이고, 그 와중에 아마도 그곳에 있는 언어 영역을 손상시킬 가능성이 높았다. 혈관이 뜯겨져 나오면서 생기게 될 커다란 상처 부위는 말할 것도 없다.

이번 세트에서는 매끈하게 서브를 넣는 것이 불가능했다. 우리는 박자를 놓치고 허둥대기 시작했다. 때문에 나는 진행 속도를 늦추어야만 했다. 달팽이 걸음처럼 아주 느리게 수술을 진행해야 했다.

나는 수술 현미경의 배율을 극대화하고 핀셋과 미세 가위를 손에 쥐었다. 아주 조심스럽게 1밀리미터가 될까 말까 한 뇌막 한 부분을 들어 올리고 다시 조심스럽게 최소한으로 절개를 했다. 하지만 그것만으로는 중간에 혈관이 있는지의 여부를 알아볼 수 없었다. 나는 핀셋을 조금 더 움직여 뇌막을 조금 더 들어올리고 또다시 1밀리미터가 될까 말까 하게 절개를 했다. 이런 식으로 나는 절개선을 따라 직각으로 계속 절개를 진행해나갔다. 그런 다음에는 뇌막과 뇌 표면 사이를 수평으로 절개했다.

20분, 이어서 30분이 지나갔다. 약 45분 정도가 지나 가위 두 개가 무뎌질 정도가 되었을 때 마침내 경막을 뒤로 젖힐 수 있을 정도로 절개가 이루어졌다. 아무런 사고 없이 무사히 이루어진 일은 아니었다. 자잘한 상처들을 피할 수는 없었다. 언어 영역도 마찬가지였다. 전혀 상처를 입히지 않고 그 일을 해내는 것은 아마도 불가능한 일이었을 것이다. 그럼에도 불구하고 나는 화가 났다. 그렇지만 머릿속을 깨끗하게 비우고 집중력을 잃지 않기 위해서는 그런 감정적인 동요는 즉시 떨쳐버려야 했다.

이미 수술을 한 적이 있는 뇌를 다시 수술하는 것은 결코 쉬운 일이 아니다. 자연적으로 완벽하게 형성되어 있는 구조물에 인간이 손을 대면 그것은 더 이상 완벽함을 유지하지 못한다. 이런 논제를 뒷받침할 증거가 필요하기라도 한 듯 실비우스 열이 흉터로 완전히 뒤덮여 있었다. 특히 동맥류가 무성하게 증식해있는 부분이 가장 심했다. 한가운데 커다란 야사길 클립이 두 개 있었는데, 그것들은 그야말로 흉터 조직에 감싸 안겨있는 상태였다.

바이패스를 연결하기에 적합한 지점을 찾기 위해서는 동맥류의 구조가 얼마나 복잡한지 알아보고, 동맥류 앞과 뒤에 있는 뇌동맥 부분과 그곳으로부터 온 사방으로 뻗어 있는 모든 혈관을 살펴보아야만 했다. 따라서 나는 더 깊은 곳으로 들어가야 했다. 실비우스 열을 아직 건드리지 않은 경우에는, 측두엽과 전두엽을 마치 책처럼 양쪽으로 펼칠 수 있다. 그 상태에서는 신경을 집중하고 많은 에너지를 쏟아부어야만 하는 매우 어렵고 섬세한 작업이 요구된다. 그리고 무엇보다도 추가적인 위험이 발생할 수밖에 없다. 흉터 조직을 통과하는 과정에서 과거에 설치한 클립이 떨어져 나가는 일이 있어서는 절대로 안 된다. 만약 그랬다가는 심각한 출혈이 발생하게 될 것이고, 그 결과는 치명적일 것이다.

나는 조심스럽게 클립을 피하여 앞으로 나아갔고, 다행히 그 과정에서 다른 손상을 불러일으키지 않았다. 그럼에도 불구하고 나는 결코 이긴 것 같은 느낌이 들지 않았다.

나는 두개저를 따라 시신경과 시신경 교차점을 지나 동맥류를 향해 나아갔다. 안쪽에 있는 뇌동맥이 보였다. 그 지점은 뇌동맥이 머릿속으로 들어와 전대뇌동맥(anterior cerebral artery)과 중대뇌동맥(middle cerebral artery)으로 갈라지는 지점이었다. 우리는 미리 뇌척수액을 배출해두었는데, 그것은 뇌와 나를 위해, 아니 내 손에 들린 기구들을 위해 더 많은 공간을 확보하기 위해서였다.

제일 먼저 나는 혈액이 유입되는 쪽, 그러니까 동맥류 앞 혈액이 흘러가는 방향에 놓여있는 뇌동맥 부분을 향해 방향을 잡았다. 예닐곱 개의 천공지 혈관(perforator)이 그곳으로부터 뻗어나가고 있었다. 천공지 혈관은 지름이 1밀리미터도 채 되지 않는 아주 작은 미세혈관을 말한다. 그것들은 뇌동맥 같은 큰 혈관에서 시작되어 뇌 깊숙한 곳으로, 신경섬유 다발이 흘러가는 곳까지 이어져있다. 천공지 혈관은 뇌를 뚫고 뻗어 있어서 천공지라는 명칭이 붙었다.

천공지 혈관은 가장 말단 부분이기 때문에 다른 것으로 대체하거나 보충할 수 없다. 그것들은 손상을 입어서도 안 되고, 막히는 일이 있어서도 안 된다. 만약 그런 일이 일어나면 규모는 작지만 중요한 기능을 맡은 부분에 경색이 발생한다. 예컨대 간뇌(diencephalon)에서 가장 큰 부분을 차지하고 있는 시상이나, 크기는 몇 밀리미터에 불과 하지만 중요한 기능을 담당하고 있는 내포(internal capsule) 같은 곳에 경색이 발생하면 반신불수, 의식 저하, 혹은 다른 심각한 장애 등 무서운 결과가 초래될 수 있다.

아주 다행스럽게도 천공지 혈관뿐만 아니라 동맥 역시 매우 건강 해 보였다. 석회화 현상도 없었고, 흉터도 없었다. 마지막 천공지 혈 관이 동맥류에서 충분히 떨어져 있는 것을 확인했을 때 우리의 기쁨 은 한층 더 커졌다. 천공지 혈관들 중 어느 것에도 혈액 흐름을 차단 하는 일 없이 천공지 혈관과 동맥류 사이에 클립을 설치할 수 있게 되었기 때문이다. 그것은 우리가 계획한 그대로였다.

동맥류는 거대했다. 그때까지 나는 그것보다 더 큰 동맥류를 본 적이 없었다. 현미경으로 동맥류를 들여다보자 마치 거대한 고릴라 가 바로 내 앞에 서있는 것만 같았다. 어떻게 하면 이 거대한 덩어리 를 모두 둘러볼 수 있을까? 그렇게 하려면 뇌 조직들을 옆으로 멀찌 감치 밀쳐두어야만 했다. 이때 멀찌감치라는 표현은 미세수술의 차 원에서 그렇다는 말이다. 그리고 그렇게 하려고 시도하던 중에 나는 우연히 유출 혈관을 발견하는데 성공했다. 그것은 동맥류에서 바깥 으로 빠져나오는 혈관이었다. 거대 동맥류는 매우 경직되어 있고, 단 단하며, 부분적으로 석회화가 진행되어 있다고 생각해야 한다. 거대 동맥류를 움직이는 것은 매우 어렵기도 하지만, 혈관이 찢어지거나 혈관벽이 파열되는 위험을 방지하기 위해서는 아예 그럴 생각도 하지 말아야 한다.

그런데 내가 거기에서 본 상황은 나를 아주 당황시켰다. 처음에 우리는 동맥류 저편에서 건강한 다른 혈관 분지를 발견할 수 있을 거라고 추측했다. 만약 그랬다면 그것은 바이패스 수술을 할 제1선택지가 되었을 것이다. 하지만 실제 상황은 그렇지 못했다. 동맥류에서 빠져나온 두 번째 혈관 분지가 있기는 했지만, 그 장소가 우리가 생각했던 것과 달랐다.

그런 순간을 맞닥뜨리게 되면 시간적인 압박을 받지 않는 상태, 환자가 목과 두개골이 열린 채로 눈앞에 누워 있지 않은 상태에서 모든 것을 처음부터 다시 생각하고, 새로운 방법을 찾고, 다시금 개략적인 계획을 세워볼 수 있었으면 하는 마음이 든다.

나는 고심에 고심을 거듭했다. 그리고 그 과정에서 팀원들의 의견도 함께 고려했다. 첫 번째 유출 혈관에 바이패스 수술을 해야 할 것인가 아니면 동맥류 너머에 있는 두 번째 유출 혈관에 바이패스 수술을 해야 할 것인가? 만약 두 번째 유출 혈관을 사용한다면 그것은 타협안이 될 수는 있겠지만, 바람직한 일은 아니었다. 그것은 동맥류에 혈액이 유입되는 것을 완전히 차단한다는 우리의 목표를 포기하는 것을 의미할 뿐만 아니라 너무 위험하기도 했다.

몇 년 전에 있었던 다른 수술에서 우리는 그것이 얼마나 위험한 일인지를 고통스럽게 체험했다. 그 뼈아픈 경험이 내 마음속에 낙인처럼 또렷하게 새겨져 있다. 사람들은 성공에 대한 기억보다는 불운과 재앙에 대한 기억을 더 선명하게 떠올린다. 여기에 덧붙여, 어쩌면 당연한 일이지만, 신경외과 의사들은 다른 환자들을 위해 그런 불행한 사례에서 교훈을 얻으려고 시도한다. 방지해야 할 일은 무엇이고, 더 좋은 다른 해결 방안은 무엇인가? 그때 내 머릿속에 떠오른 사례의 주인공은 14세의 소녀 환자였다. 심지어 나는 그녀의 이름까지 생생하게 기억한다. 그녀의 이름은 나오미였다. 그 수술은 10시간에 걸쳐 진행되었고, 바람직하지 못한 타협안으로 끝을 맺을 수밖에 없었다. 우리는 두 개의 바이패스 수술을 했다. 하지만 동맥류를 완전히 차단하지는 못했다. 그다음 날 아침, 모든 것이 정상인 것처럼 보였다. 나오미에게서는 그 어떤 장애 증상도 나타나지 않았고, 바이패스도 정상적으로 작동했다. 하지만 그닐 밤 나는 전화벨 소리에 잠이 깼다. 나오미가 갑자기 혼수상태에 빠졌던 것이다. 나는 단 1초라도 허비하지 않기 위해서 미친 듯이 병원으로 달려갔다. 수술 상처를 다시 열었을 때 나는 동맥류가 파열되어 거기에서 뿜어져 나온 피가 뇌의 다른 부분을 흥건히 적시고 있는 광경을 목격했다. 나는 내가 할 수 있는 모든 것을 시도했다. 나오미는 그 일로 인해 가벼운 편마비를 겪었지만, 다행스럽게도 재활 훈련을 통해 그것을 말끔히 털어낼 수 있었다.

그때 나는 앞으로는 바이패스 수술을 할 때 그런 불행한 사태가 다시는 일어나지 않도록 동맥류의 앞과 뒤를 완전히 차단하도록 최대한 노력할 것이라고 맹세했다. 전문용어로는 그것을 가리켜 포착술(trapping)이라고 한다. 동맥류를 덫에 가두어 움직이지 못하게 한다는 뜻이다. 수술 중에 실수를 한다는 것은 곧 고통스러운 패배를 의미한다. 이때 의사들은 해내지 못했다는 생각 때문에 실망감에 사로잡히게 된다. 또한 신경외과 의사들의 특징인 완벽주의도 타격을 입는다. 그러나 신경외과 의사의 특징이 완벽주의라기보다는 오히려 그 반대로 혹독할 정도로 최고의 정밀함을 요구하는 신경외과라는 분야 자체가 다른 분야보다도 완벽주의자를 선호하는 것은 아닐까? 이 질문은 닭이 먼저냐 달걀이 먼저냐 하는 문제와도 같아 보인다. 이 문제에 대한 답을 지금 내놓을 수는 없다. 하지만 한 가지 사실만큼은 확실하다. 실패를 했을 때는 적어도 거기에서 무언가를 배우기라도 해야 한다. 그조차도 못한다면 실패를 견디기가 더욱 힘들어진다.

나는 동맥류의 다른 쪽 면을 좀 더 자세히 살펴보았다. 어쩌면 해결책이 떠오를지도 몰랐기 때문이다. 다른 쪽으로 접근하여 조금 더 상세히 살펴보기 위해서는 조금 더 절개를 해야만 했다. 그 과정에서 유출 혈관 하나가 걸림돌이 되었기 때문에 나는 그것을 아주 조금 옆으로 밀쳤다. 일반적으로 혈관은 유연하기 때문에 그런 특성을 이용하여 위치를 살짝 옮기는 것이 가능하다. 하지만 이 혈관은 유연한 것이 아니라 아주 약하고 물렀다. 얼마나 약하고 물렀던지 핀셋을 갖다 대고 살짝 누르기가 무섭게 파열되어 버렸다. 피가 쫙 쏟아져 나왔다. 채 1초도 지나지 않았는데 그 부위 전체가 피범벅이 되었다. 현미경 안이 온통 붉었다.

그처럼 엄청난 문제가 발생했을 때 사람들이 얼마나 침착하게 대응하는지 지켜보는 것은 아주 흥미로운 일이다. 경험이 없는 의사라면 충격에 빠져 정신없이 허둥댈 수밖에 없을 것이다. 학자들은 연구를 통해 이럴 때 일반적으로 인간의 심박수가 빠르게 고조된다는 사실을 알아내었다. 반면 경험이 풍부한 외과 의사들은 잠깐 멈칫하지만, 금세 냉정을 유지하고 문제를 해결한다. 그리고 문제를 해결하고 난 이후에야 비로소 심박수가 늘어난다.

다른 혈관을 찢거나 손상시키지 않기 위해서는 단 한순간도 부주의하게 행동해서는 안 되었다. 가까운 곳에 많은 것이 밀집해 있었다. 모든 것이 불과 몇 밀리미터밖에 떨어져 있지 않았다. 제일 먼저 내가 한 일은 출혈 지점에 솜을 대고 흡입기로 누르는 동시에 피를 빨아들이는 것이었다.

"흡입기 강도를 더 높여주세요!" 내가 부탁했다.

우리는 매우 위험한 상황에 처해 있었다. 굳이 큰 소리로 다른 사람들에게 그런 사실을 알릴 필요는 없었다. 그 공간의 모든 사람이 수술 모니터를 보면서 무슨 일이 일어나고 있는지 파악할 수 있었다. 나는 수술 전문 간호사에게 클립을 준비해달라고 부탁했다. "소형 임시 클립(temporary clip), 중간 길이로!" 클립의 종류는 매우 다양하다. 가능한 모든 크기와 형태의 클립이 존재하며, 체내에 머무는 시기에 따라 임시 클립과 영구 클립으로 나뉜다. 임시 클립으로도 혈관을 폐쇄할 수는 있지만 영구 클립만큼 단단하게 폐쇄할 수는 없다. 하지만

4. 거인과 맞서 싸우다

임시 클립을 사용할 경우에는 나중에 클립을 다시 제거했을 때 혈관 벽에 아무런 손상도 남지 않는다.

나는 계속해서 왼손에 흡입기를 들고 솜을 눌렀다. 수술 전문 간호사가 내 오른손에 클립 설치용 집게를 쥐여주었다. 손이 세 개라도 모자랄 지경이었다. 현미경을 다른 위치로 옮겨야만 했다. 그 순간에는 출혈 부위에 솜뭉치를 들이박고 흡입기로 피를 빨아들이는 것 외에는 할 수 있는 일이 없었다. 출혈을 멈추려면 중대뇌동맥이 시작되는 지점으로 접근하여 동맥류 앞에서 출혈이 발생한 혈관을 폐쇄해야만 했다. 이 작업을 수행하기 위해서 클립이 필요했다.

불과 몇 초 만에 이 모든 일이 일어났다. 하려고만 하면 숨을 쉬지 않고 참을 수 있을 정도로 짧은 시간이었다. 그런 만큼 클립을 설치하고 출혈이 잦아들자 그 즉시 시곗바늘이 아주 천천히 돌아가는 것 같이 느껴졌다. 이제 두 개의 혈관 분지에서는 더 이상 출혈이 일어나지 않았다. 그렇다고 해서 출혈이 완전히 멈춘 것도 아니었는데, 그 까닭은 측부순환(곁순환, collateral circulation) 때문이었다. 측부순환을 통해 파열 지점으로 거슬러 올라가는 혈액이 있었던 것이다. 다행히 양이 그렇게 많지 않아 흡입기로 충분히 통제할 수 있었다.

나는 현미경을 다시 원래 있던 위치로 옮기고 손상 부위를 들여다보았다. 혈관 분지가 동맥류에서 빠져나오는 바로 그 지점에서 혈관 벽이 찢어져 있었다. 나는 클립 두 개를 건네받아 균열 부위를 봉쇄했다. 클립 하나는 균열 부위 앞쪽, 그러니까 동맥류에서 빠져나오는 지점 가까이에 설치했고, 다른 클립은 균열 부위 뒤쪽에 설치했다. Y

자 모양으로 폐쇄된 혈관에는 더 이상 피가 통하지 않았다. 그런 다음 나는 제일 먼저 설치했던 클립을 제거하여 피가 다시 동맥류를 통과하여 다른 유출 혈관으로 전달될 수 있도록 했다.

하지만 이렇게 되자 다른 하나가 막혀버렸다. 운동중추와 감각중추가 자리 잡고 있는 중앙지역 등 중요한 영역을 담당하는 중대뇌동맥, 그중에서도 특히 중대뇌동맥의 뒷부분에 더 이상 충분한 혈액 공급이 이루어지지 않게 된 것이다.

서둘러서 문제를 해결해야만 했다. 모니터링을 하고 있던 기술 어시스턴트 막스 뮌히가 벌써 스톱워치로 시간을 재기 시작했다. 내게 주어진 시간은 20분이었다. 높은 위험을 감수한다면 최대 30분까지 쓸 수 있었지만, 이 경우 자칫 뇌졸중이 발생할 수도 있었다. 중단된 혈액순환을 대체하기 위해서는 미리 준비해둔 동맥을 이용하여 재빨리 바이패스 수술을 해야만 했다.

내가 원래 원했던 혈관은 바이패스 수술을 할 여건이 되지 않았다. 때문에 어쩔 수 없이 다른 혈관을 선택할 수밖에 없었다. 계획을 변경하고 새로운 방안을 마련해야 했다. 얼마간 시간이 흐른 후에 환자의 모든 중요한 신체 기능을 지켜보고 있던 모니터링 어시스턴트가 처음으로 좋은 소식을 전했다. 모니터링 결과에 따르면 위에서 설명한 영역에서 아직 혈액순환이 이루어지고 있고, 이와 함께 해당 영역과 관련된 기능들도 정상적으로 유지되고 있는 것으로 보인다고 했다. 이를 통해 내가 쓸 수 있는 시간이 추가로 생겨났다. 이제 쓸 수 있는 시간이 30분에서 최대 45분 정도로 예상되었다. 추측건대 그

정도의 시간은 필요할 것 같았다. 왜냐하면 수술을 계속 진행하기에
앞서서 목에 있는 동맥부터 먼저 연결해야 했기 때문이었다.

그런 상황에서 나는 이따금씩 짤막하게 욕설을 내뱉기도 했고, 수술
전문 간호사에게 지시를 내리거나 기구를 달라고 요구할 때 조금 더
날카롭고 공격적인 목소리를 내기도 했다. 하지만 두 손은 침착함을
유지했다. 또한 내적으로도 전혀 흥분하지 않았다. 다만 긴장했을 뿐
이다. 앞서 이야기했던 경험이 훌륭한 조절기가 되어 주었다. 하지만
자제력을 잃지 않도록 훈련도 되어 있어야 한다. 우리 외과 의사들은
자제력을 상실하는 것이 환자에게 얼마나 위험한 일인지 잘 알고 있
다. 부정적인 결과를 초래할 가능성이 있는 문제들은 즉시 해결해야
한다. 위기 상황이 발생했을 때 인간의 뇌는 극복할 수 있었거나 혹
은 그렇지 못했던 비슷한 경우들을 아주 빠른 속도로 기억 속으로 불
러온다. 그 결과 사람들은 할 수 있는 일과 포기해야 할 일을 구분할
줄 알게 된다.
　나는 얇은 플라스틱 관을 머리 측면 피부 아래로 삽입하여 귀 앞
부분을 따라 목 외경동맥을 노출시켜놓은 지점까지 밀어 넣었다. 이
어서 관을 통해 팔에서 가져온 바이패스용 혈관을 밀어 넣은 다음 플
라스틱 관을 다시 제거하고 남겨진 혈관을 식염수로 씻어냈다. 이것
은 혈관이 관을 통과하는 동안 비틀어져 막히는 일이 없도록 하기 위
해서였다. 관을 사용하면 전체 구간을 절개할 필요 없이 피부 아래로

터널을 뚫으면 된다는 장점이 있다.

나는 바이패스를 꿰매 붙이려고 하는 지점이 보이도록 현미경 위치를 잡았다. 그러고는 젖은 천을 끄집어내고, 현미경을 다시 조정하고, 접안렌즈 초점을 맞추었다.

다음 과제를 수행하기 위해 간호사가 살균 처리된 밤색 수술용 장갑에서 작은 조각을 하나 잘라내었다. 나는 핀셋으로 그것을 집어 동맥 아래로 밀어 넣었다. 이렇게 하면 수술용 실이 더 잘 보일 뿐만 아니라 실이 그 아래에 있는 조직 안으로 얽혀 들어가지 않는다. 실을 꿰어놓은 바늘이 이미 준비되어 있었다. 대체용 실을 꿰어놓은 바늘도 마찬가지로 준비되어 있었다. 바느질을 할 수 있도록 임시 클립을 이용하여 동맥을 폐쇄했다.

나는 미세 천공기를 이용하여 동맥 벽 윗부분에 4밀리미터 크기의 구멍을 냈다. 바이패스용 혈관 끝을 생선 주둥이 모양으로 잘라 구멍이 최대한 커지도록 했다. 나는 그것을 동맥에 낸 구멍으로 가져가 첫 땀을 떴다. 바늘은 움직임의 반경을 줄이기 위해서 살짝 휘어져 있었다. 실의 굵기는 7-0으로 두께가 약 0.05밀리미터 정도였다. 시간을 절약하기 위해서 나는 시간이 오래 걸리는 단순봉합(simple interrupted suture)을 하는 대신 연속봉합을 시행했다. 그때 나는 나일론 실이 제발 끊어지지 않기를 소망했다. 만약 실이 끊어지면 처음부터 다시 시작을 해야만 할 것이고, 그렇게 되면 손상 없이 수술을 끝낼 수 있는 시간이 훌쩍 지나가 버릴 것이기 때문이었다.

나는 한 땀 한 땀 바느질을 이어갔다.

시계가 재깍재깍 소리를 냈다.

나는 계속 바느질을 했다.

몇 땀을 뜬 후에 나는 "아스피린 300밀리그램 준비해 주세요"라고 부탁했다. 아스피린은 봉합을 모두 마친 후에 사용하게 될 것이지만, 미리 준비를 해두어야 했다. 나는 마취과 전문의 클라우스 아르덴 (Klaus Arden)이 자리에서 일어나 서랍을 열고 앰플을 꺼내 주사기에 주입하는 소리를 들었다.

모니터링을 하던 동료의 목소리가 들려왔다. "10분!"

그것은 지금까지 소요된 시간을 말하는 것이었다.

나는 바느질을 멈추지 않고 되물었다. "유발전위는 어때요?"

나는 운동신경세포와 감각신경세포의 작동이 원활한지 알고 싶었다. 수술을 하는 내내 그에 대한 감시가 이루어지고 있었다.

모니터링을 담당한 동료가 대답했다. "정상입니다."

나는 그 사실을 확인하고 안심했다.

나는 계속해서 바느질을 이어갔다.

실이 끊어지지 않고 견뎌주었다.

시계가 째깍째깍 소리를 냈다.

바느질을 시작한 지 15분 후에 나는 마지막 한 땀을 뜨고 양쪽 혈관 벽을 통과하여 실을 끄집어 낸 다음 매듭을 지었다. 15분이 길게 느껴질 수도 있겠지만, 실제로는 오히려 빠른 편에 속한다. 혈관을 이어 붙이는 일은 고도의 정밀함과 인내심을 요구한다.

나는 봉합 부위에서 위쪽으로 넉넉히 떨어진 지점에 클립을 설치하여 바이패스 혈관을 폐쇄했다. 이 클립은 나중에 다시 제거할 생각이었다. 혈액 유입은 바이패스 연결 작업이 모두 끝난 후에 허용해야 한다. 사실 바느질이 촘촘한지 점검하기 위해서는 당장 혈관에 혈액을 유입시킬 필요가 있었다. 하지만 나는 신속하게 수술을 진행하고 싶었다. 계속 수술을 진행하기에 앞서서 우선 바이패스 혈관에 헤파린을 투여했다. 헤파린은 잠깐 동안 바이패스 혈관 안에 머무르게 될 혈액이 응고하는 것을 방지한다.

이제 꼭 30분 정도가 남았다. 나는 다시 재빨리 위치를 변경했다. 현미경을 회전시켜 다시 두개골 위로 옮겼다. 나는 내 의자를 환자의 머리 위쪽에 위치시켰다. 그 사이에 어시스턴트 역할을 넘겨받은 레지던트가 내 왼쪽에 앉아서 현미경의 측면에 붙어 있는 어시스턴트용 접안렌즈를 통해서 수술 과정을 추적했다. 그녀의 임무는 수술 부위에 식염수를 한 방울씩 떨어뜨려 세척하면서 그 부위를 축축하게 유지하는 것이었다. 더불어 그녀는 흡입기를 조작했다. 흡입기는 피나 뇌척수액을 흡입할 목적으로 늘 가동 중이었는데, 대부분 이 둘의 혼합물을 흡입했다.

목에서 이루어졌던 것과 동일한 절차가 진행되었다. 나는 찢어진 유출 혈관을 클립 두 개로 폐쇄하고, 바이패스 수술을 할 혈관 아래에 작은 파란색 고무 토막을 놓고, 바이패스 혈관을 약 1센티미터 정도 잘라냈다. 바이패스 혈관 끝을 또 다시 생선 주둥이 모양으로 만들었다. 바이패스 수술을 할 혈관에 구멍을 뚫기 위해 나는 아주 작은 칼날이 장착된 섬세한 가위를 사용했다. 이번에는 혈관벽을 2밀

4. 거인과 맞서 싸우다

리미터 정도만 절개했다.

레지던트가 헤파린과 식염수 혼합물로 절개 부위를 세척하자마자 모니터링을 담당한 동료가 "20분!"이라고 알려왔다.

"유발전위는 어때요?" 나는 곧바로 물었다.

"모든 것이 정상입니다."

유출 혈관벽이 더 얇고, 구멍의 크기도 더 작았기 때문에 나는 조금 더 얇은 실을 선택했다. 사이즈 8-0인 그 실은 두께가 0.04밀리미터 정도였다. 사이즈와 관계없이 모든 실에는 오차범위가 존재하기 때문에 실 두께를 정확하게 이야기하기란 불가능하다. 오차범위는 플러스-마이너스 0.009밀리미터다. 육안으로는 절대 차이를 알아차릴 수 없다. 심지어는 현미경으로도 차이를 일아차리기가 아주 어렵다.

내가 사용하는 바늘은 조금 전에 사용했던 바늘보다 훨씬 더 많이 휘어 있었다. 따라서 작업 반경도 훨씬 줄어들었다. 봉합 장소 여건상 더 큰 바늘은 허용되지 않았다.

그리고 이번에 나는 실의 양 끝을 한 땀 한 땀 묶는 단순봉합을 사용했다. 매듭을 묶지 않고 쭉 이어서 봉합을 하는 것이 너무 위험해 보였기 때문이다. 연속봉합을 시행하는 경우에는 실이 끊어지면 처음부터 다시 시작해야 하는데, 그렇게 될 위험성이 너무 클 것 같았다. 뿐만 아니라 단순봉합 기법을 사용하면 혈관 가장자리를 짜 맞출 때의 정확성도 훨씬 더 높아진다. 첫 땀을 홀딩 스티치로 시작한 나는 바로 맞은편에 두 번째 스티치를 배치했다. 시계를 떠올려 보면 각각의 바늘땀이 열두 시와 여섯 시에 자리 잡고 있는 셈이었다. 나는 이어지는 두 번의 바늘땀을 각각 세 시와 아홉 시 자리에 배치했다. 이제 그 사이사이로 바늘땀이 이어졌다. 나는 서둘러야 했지만, 그런 동시에 안정된 손놀림으로 바늘을 움직이기 위해서는 내적 평정을 유지해야 했다.

미세수술에서의 혈관 봉합은 가지 야사길이 신경외과에 수술용 현미경을 도입한 때인 1960년대 말 이후부터야 비로소 가능해졌다. 그 이후로 봉합 재료와 기구가 지속적으로 발전 및 개량되었고, 그 결과 오늘날에는 지름이 1밀리미터 미만의 혈관도 봉합할 수 있게 되었다. 이번 수술에서 바이패스 수술을 할 혈관은 지름이 약 1-2밀리미터 정도로 최소한 14땀의 바느질이 필요했다. 궁극적으로 봉합선이 동맥에 가해지는 압력을 견뎌내어야 했기 때문이다.

갑자기 "30분!"이라는 소리가 들렸다. 그때 나는 여섯 번째 혹은 일곱 번째 바늘땀을 뜨고 있었다.

채 질문을 던지기도 전에, 곧장 "유발전위가 점점 나빠지고 있습니다!"라는 말이 이어서 들려왔다. 나빠졌다는 것은 근육 파생 신호 진폭이 절반 이상 줄어들었다는 뜻이다. 근육 활성도 저하는 가벼운 마비가 발생했다는 것을 의미한다. 근육 활성도가 100퍼센트 상실되면 완전한 마비 상태, 대부분 영속적인 마비 상태에 빠졌다는 것을 의미한다.

이 말이 떨어지자마자 마취 팀이 번개처럼 빠른 속도로 환자의 혈압을 높이는 일에 착수했다. 그들은 심장이 더 강하게 뛰도록 만드는

　　　　　　　　　　　　　　4. 거인과 맞서 싸우다

약품을 환자에게 주입하였다. 동시에 그들은 환자를 더 깊은 마취 상태로 이끌었다. 환자를 인공적인 코마 상태에 빠뜨릴 때에도 이 방법이 사용된다. 이것은 코마 상태에 이르는 첫 번째 단계다. 아직 여섯 땀, 어쩌면 일곱 땀 정도가 남아 있었고, 나는 침착함을 잃어선 안 됐다. 내게 남겨진 시간은 10분이었다. 그 시간으로 충분해야만 했다. 유발전위가 저하되면 뇌는 더 이상 충분한 혈액을 공급받지 못한다. 그 상태로 10분에서 15분 정도가 흐르고 나면 뇌졸중이 발생하여 돌이킬 수 없는 손상을 입을 위험성이 있다. 조금만 더 신속하게 조치를 취한다면, 모든 기능이 아무런 손상 없이 다시 돌아오게 될 것이다.

실제로도 시간은 충분했다. 모두 14땀으로 작업이 마무리되었다. 나는 목에서 했던 것처럼 바이패스 혈관을 클립으로 집고, 바이패스 수술을 한 혈관에서 클립을 제거하였다. 봉합선이 그대로 유지되었고, 간격도 촘촘했다. 따라서 이제 목과 머리에서 바이패스를 집어 두었던 클립을 제거할 수 있게 되었다. 새로운 연결 통로가 순식간에 피로 가득 채워졌다. 5분 후, 막스 뮌히가 유발전위가 다시 정상이라고 알렸다.

아슬아슬한 승리였다. 말하자면 타이브레이크 상황에서 승리를 거둔 것이었다. 우리가 이길 수 있었던 것은 어디까지나 처음에 예상했던 것보다 훨씬 더 많은 45분이라는 시간을 확보할 수 있었기 때문이다. 어쨌거나 이번 세트는 우리의 것이 되었고, 이로써 우리는 앞 세트에서 저질렀던 실수를 만회할 수 있었다. 그 사이에 4시간이 흘렀다. 하지만 이것으로 경기가 끝난 것은 아니었다. 여전히 승부는 나지 않았다.

바이패스를 이용하여 찢어진 유출 혈관에 혈액을 공급함으로써 우선 위험을 제거하였다. 하지만 동맥류는 아직 제거되지 않았다. 따라서 나는 다른 유출 혈관을 정리하고 그것을 우회시켜 동맥류에서 떨어져 나오도록 해야 했다. 나는 동맥류에 붙어있는 Y자 혈관의 두 번째 팔을 잘라내어 끄트머리를 이미 바이패스 수술을 한 Y자의 다른 팔에 연결했다. 목적은 바이패스가 Y자의 양쪽 팔에 모두 혈액을 공급하도록 만드는 것이었다. 당연히 이것은 상응하는 클립을 미리 설치해두지 않고서는 불가능한 일이었다. 하지만 혈관의 지름이 고작해야 1밀리미터 정도에 불과했다. 앞에서 사용했던 것과 같은 미세가위로 나는 조금 더 굵은 유출 혈관에 구멍을 냈다. 이제 바늘이 더 작아졌고, 나일론 실도 더 가늘어졌다. 사이즈 10-0, 실 두께 0.02밀리미터로 거의 눈에 보이지 않을 정도였다. 그것은 보통 두께가 0.06~0.1밀리미터 사이인 머리카락보다 더 가늘었다. 절개가 시작되자마자 다시 스톱워치가 돌아갔다.

유발전위는 정상이었다. 나는 다시 단순단속봉합 기법을 사용했다. 이 방법을 사용하면 신속하고 확실하게 봉합을 할 수 있다. 전문용어로는 이것을 가리켜 문합(anastomsis)이라고 한다. 하지만 섬세하고 얇은 바늘을 핀셋으로 잡고 바느질을 이어 가기란 여간 어려운 일이 아니었다. 더해서 우리는 협소한 공간을 봉합 기구들과 나눠 쓰고 있는 흡입기 속으로 실이 사라져버리지 않도록 주의를 기울여야 했다.

그 과정에서 어시스턴트가 극도로 어려운 과제를 처리해야만 했다. 그녀는 흡입기를 이용하여 뇌척수액이 쉼 없이 흘러내리는 수술 영역을 깨끗하고 건조한 상태로 유지해야만 했다. 물속에서 바느질을 해야 한다고 상상해 보라. 그것은 불가능한 일이다. 그것도 그처럼 얇은 실로는 아예 생각조차 하지 못할 일이다. 실이 봉합에 방해가 되어서도 안 된다. 수술 영역은 깊이 5~7센티미터, 너비 2~3센티미터인 아주 좁은 광산 수직갱도와도 같다. 혈관의 지름은 고작해야 1~2밀리미터에 불과하고, 봉합 길이는 3~4밀리미터가 넘는다.

그런 조건에서 봉합에 방해가 되지 않도록 흡입을 하는 일은 고도의 집중력이 요구되는 일이며, 서로 손발이 잘 맞아야만 가능한 일이다. 매듭을 지을 때나 실을 찔러 넣을 때는 흡입을 할 수 없다. 따라서 그녀에게 주어지는 시간은 내가 바늘을 다시 집어 드는 사이에 생기는 짧은 순간뿐이다. 시간을 허비하지 않기 위해서 바늘은 늘 수술 영역에 머물러 있어야 하는데 만약 흡입기가 바늘에 지나치게 가깝게 접근하면 실이 흡입기 속으로 빨려 들어가 사라져버리게 된다. 그것은 매우 짜증이 나는 일인 데다가 새로운 실을 건네받을 때까지 2분여의 시간을 잃게 된다는 것을 의미하기도 한다.

봉합을 시작하고 세 땀을 완료했다. 그런데 네 번째 땀을 뜨고 매듭을 묶기 전에 흡입기가 게걸스럽게 실을 삼켜버렸다. 7센티미터 길이의 새로운 실이 필요했다. 실 길이는 이 정도가 딱 적당하다. 왜냐하면 실 길이가 너무 짧으면 금방 새로운 실이 필요하고, 반대로 너무 길면 바늘로 실을 높이 끌어올려야 하기 때문이다. 이때 실이 현미경 시야 밖으로 나가서는 안 된다. 또한 실을 높이 끌어올리려면 손을 거치대에서 들어 올려야 하는데, 이렇게 되면 자칫 당황하여 계획이 틀어질 수도 있다.

10분 후에 모니터링 담당자가 시간을 알렸다. 유발전위는 안정적이었다. 15분이 흘렀을 때 두 혈관을 서로 연결했다. 클립을 제거해도 좋았다. 봉합선을 촘촘했다. 바이패스 혈관을 통해 혈액이 흐르자 새로 연결된 혈관이 가득 채워졌다.

이 시점에서 승리를 거두었다고 생각하는 것은 너무 성급한 생각이다. 바이패스가 개방되고 뇌에 충분한 혈액이 공급되고 있었지만, 여전히 동맥류를 처리해야 할 일이 남아 있었다. 그것도 수많은 미세혈관을 손상시키지 않고서 말이다.

우리는 우선 바이패스를 통해 중요한 모든 혈관에 혈액이 공급되는지부터 점검하였다. 이를 위해서 혈관 촬영이 필요한데, 우리 하이브리드 수술실에서는 두 가지 방법을 사용할 수 있다. 신경방사선과 전문의가 카테터 혈관조영술을 시행하는 것이 한 가지 방법이다. 이 방법은 가장 뛰어난 정보를 제공해 준다. 왜냐하면 바이패스가 제대로 기능하고 있는지 여부와 뇌 절반에 혈액이 원활하게 공급되고 있는지 여부를 명확하게 보여주기 때문이다. 하지만 이 검사 방법은 시간도 오래 걸리고 절차도 매우 번거롭다. 그런데 앞서서 특수 흡입기와 함께 이미 언급한 바 있는 전설적인 발명가 안드레아스 라베 덕분에 시간을 크게 절약할 수 있는 또 다른 방법이 생겼다. 소위 말하는

4. 거인과 맞서 싸우다

형광혈관조영술이 그것이다. 이것은 검사 과정을 획기적으로 바꾸어 놓은 혁신적인 방법이다.

형광혈관조영술을 실시할 때는 먼저 마취과 전문의가 형광물질 인도시아닌 그린(ICG, IndoCyanine Green)을 환자의 체내에 주입한다. 이어서 현미경 자외선필터로 들여다 보면 염료가 보인다. 흑백 영상에 혈관이 흰색으로 나타나 있는 상태에서 염료가 흘러가는 모습을 지켜보면 바이패스 및 그와 연결된 혈관들이 개방되어 있는지 여부를 알 수 있다. 물론 혈류량을 정확하게 산출할 수는 없지만, 신체 기능들이 정상적으로 유지되고 있는지를 알려주는 모니터링 정보를 함께 활용하면 대부분의 경우에는 바이패스를 통해 충분한 양의 혈액이 흐르는지의 여부를 판단할 수 있다.

우리가 연결한 바이패스가 제 역할을 하고 있는지 검사한 결과 일단은 양호한 것으로 나타났다. 이어서 우리는 도플러 초음파검사(doppler sonography)를 통해 바이패스 기능이 얼마나 뛰어난지, 그리고 바이패스를 통해 흘러가는 혈액양은 얼만큼인지를 측정했다. 도플러 초음파검사에서는 발송된 음파와 되돌아온 음파의 주파수 차이를 바탕으로 혈관 내에서 혈액이 흐르는 속도를 계산한다.

결과는 실망스러웠다. 바이패스를 통과하여 흐르는 혈액량이 분당 30~40밀리리터에 불과했다. 나는 좌뇌와 우뇌, 양쪽 모두에 혈액을 공급하는 두 개의 혈관에 바이패스 수술을 하고 나면 약 70~100밀리리터 정도의 혈액이 흐를 것이라고 예상했었다. 이런 결과를 미루어 짐작해볼 때, 동맥류를 통과하여 뇌에 적지 않은 양의 혈액을 공급하는 제3의 혈관이 존재하는 것이 분명했다. 이제 제3의 혈관을 반드시 찾아내야만 했다. 결코 쉽지 않은 시도였다. 왜냐하면 여전히 동맥류가 바위처럼 길을 가로막고 버티면서 시야를 방해하고 있었기 때문이다. 다시 한번 적에게 밀려났다는 사실을 인정할 수밖에 없었다. 바이패스가 필요한 제3의 혈관이 존재한다는 사실을 지금에야 알아차린 것은 테니스 경기로 치자면 아마도 서브 실점을 당한 것과도 같은 일일 것이다. 다시 타이브레이크 상황이 펼쳐졌다. 마치 달리기를 하면서 다음 모퉁이만 돌면 끝이라고 생각하고 있었는데 갑자기 누군가가 나타나 고소하다는 듯 웃으면서 아직 더 달려야 할 킬로미터 수가 적힌 표지판을 높이 치켜든 것 같은 기분이었다. 이제 필요한 것은 지구력이었다. 벌써 수술을 시작한 지 다섯 시간 반이나 흘렀다! 아주 잠깐 동안 나는 부분 폐색이 더 낫지 않을까 고민했다. 하지만 활기찬 눈빛으로 짧게 주위를 둘러보자 모두가 고개를 끄덕였다. 수술 전문 간호사 카롤린 슈트링에가 말했다. "자 해냅시다! 뭐든 삼세판이 좋지요!" 너무나도 진부했지만, 그래도 이런 종류의 농담이 분위기를 바꾸는 데 도움이 되었다. 이 순간 그녀의 말은 동기부여 주사 같은 효과를 발휘했다. 이런 팀과 함께 일할 수 있다니, 그 얼마나 큰 축복인가!

　모든 것이 처음부터 다시 시작되었다.

우리에게는 새로운 바이패스 혈관이 필요했다. 레지던트가 오른

팔 요골동맥을 끄집어내어 잘라내려고 마음먹었다. 이번에는 우선 18센티미터를 잘라내고 나중에 15센티미터로 줄일 생각이었다. 이 두 번째 바이패스 혈관을 새로 발견할 세 번째 혈관 위에서 첫 번째 바이패스와 Y자 모양으로 새롭게 연결할 계획이었다. 소위 말하는 도약 이식(jump graft), 즉 짧은 구간을 점프할 계획이었다. 그녀가 그 작업을 하는 동안 나는 유출 혈관을 정리하여 바이패스를 봉합할 준비를 시작했다. 그런데 까다로운 문제가 하나 있었다. 바로 그 유출 혈관이 언어 영역으로 향하고 있었던 것이다. 바이패스 수술을 하려면 혈류를 중단시킬 수밖에 없었는데, 그렇게 하면 언어 영역에 모니터링으로도 파악할 수 없는 은밀한 경색이 발생할 수도 있었다. 모니터링으로 커버할 수 있는 부분은 운동영역과 감각영역뿐이었다. 마취 상태에서는 언어 영역에 대한 감시가 불가능했다.

하지만 다른 대안이 없었다. 환자를 마취에서 깨워 각성 수술 방식으로 수술을 진행하면서 언어 영역에 문제가 없는지 지속적으로 테스트할 수는 없는 일이었다. 상황은 오히려 그 반대였다. 이미 수술을 시작한 지 오랜 시간이 흘렀다. 그리고 새로운 바이패스 수술을 하기 위해서는 이미 뇌의 반쪽에 혈액을 공급하고 있는 바이패스 내 혈류를 다시금 중단시킬 수밖에 없었다. 이런 사실들을 감안한다면 어쩔 수 없이 환자를 인위적으로 코마 상태에 빠뜨려놓을 수밖에 없었다. 뇌의 산소부족 허용 범위는 매우 협소하다. 이 수술에서도 모니터링 결과 유발전위가 감소하는 모습에서 그 사실이 다시금 입증되었다. 조금 시간을 두고 앞의 과정을 되풀이한다 하더라도 뇌의 허용 범위가 딱히 개선되지는 않을 것이었다. 때문에 우리는 환자를 깨우지 않기로 결정했다.

클라우스 아르덴을 중심으로 한 마취 팀이 약품을 이용하여 마취 강도를 더욱 높이고 환자의 체온을 34~35도 정도로 떨어뜨렸다. 체온이 1도 내려갈 때마다 뇌의 산소 요구량이 6퍼센트, 7퍼센트 감소한다. 하지만 체온을 무작정 낮출 수는 없다. 체온이 30도 이하로 떨어지면 심장이 거의 뛰지 않는다. 그리고 28도가 되면 심장 박동이 완전히 정지한다.

슈페슐러가 경험한 극적인 사례에 관한 책을 읽은 지 25년이 지난 지금 나 자신이 그런 상황에 맞닥뜨려 비슷한 결정을 내리게 되었다는 사실이 내게는 큰 영광이었다. 물론 수술을 진행하던 중에는 상황의 특별함을 전혀 의식하지 못했다. 수술이 끝난 후에야 비로소 그런 생각이 들었고, 나 자신에게 그런 감정을 허용할 수 있었다.

나는 새로운 혈관 끝부분을 첫 번째 바이패스에 연결하여 Y자 모양을 만들었다. 그 밖에는 동일한 과정이 진행되었다. 미세 천공기로 구멍을 뚫고, 두께 0.04밀리미터의 실로 연속봉합을 시행했다. 그렇게 하는 데에 12분이 소요되었다. 이어서 나는 첫 번째 바이패스에 설치한 클립을 제거하고 바이패스를 다시 개방하였다. 이전과 차이점이 있다면 환자가 인공적인 코마 상태에 있었기 때문에 모니터링의 정보를 신뢰하기 어렵다는 것이었다. 모니터링 화면에 나타나는 신호가 현저히 줄어들었지만, 영점(flat line)을 기록하지는 않았다.

나는 마지막 봉합 과정으로 두 번째 바이패스의 다른 쪽을 유출

4. 거인과 맞서 싸우다

혈관과 연결하였다. 이번에는 단순봉합을 시행하였는데, 바늘땀 수
는 모두 14땀으로 15분이 걸렸다. 점검 결과 아주 미세하게 촘촘하
지 않은 부분이 있는 것으로 밝혀져서 나중에 한 땀을 덧붙였다.

마지막으로 다시 형광혈관조영술을 실시하였다. 첫 번째 조영술
을 마친 다음 몇 분을 기다린 후에 두 번째 형광혈관조영술을 실시하
였다. 모든 것을 안전하고 확실하게 해 두기 위해서였다. 이어서 도
플러검사를 시행하였다. 이번에도 두 번에 걸쳐서 검사를 실시했다.
처음에는 분당 약 70밀리리터, 두 번째는 73밀리리터의 혈액이 흐르
는 것으로 나타났다. 모두 긍정적인 수치였다. 이것은 바이패스를 통
해 전체 영역에 혈액이 안정적으로 공급되고 있다는 사실과 더 이상
유출 혈관의 혈액이 동맥류를 경유하지 않는다는 사실을 알려주는
기쁜 소식이었다.

이제 동맥류를 공략할 차례였다. 유출 혈관들이 폐쇄되었지만, 여
전히 유입 혈관을 통해 혈액이 동맥류로 소용돌이쳐 들어가고 있었
다. 따라서 동맥류가 파열될 위험성이 여전히 남아 있었다. 제일 먼
저 나는 동맥류 벽과 천공지 혈관 사이에 약간의 간격을 두고 유입
혈관에 마지막 클립을 설치했다. 더 이상 혈액이 유입되지 않았고,
중심 혈관 지류는 천공지 혈관에서 끝이 났다.

모니터링 결과, 환자의 혈액순환이 원활하게 유지되는 것으로 나
타났다. 이제 수술을 계속 진행하기 위해서는 마취 강도를 약간 줄이
면서 환자의 체온을 올려야 했다. 우리는 환자의 체온을 올리는 시간
을 이용하여 오른쪽 팔과 목을 봉합했다. 30분 뒤 봉합이 마무리되었

고 모니터링 수치들도 다시 믿을 수 있게 되었다. 좁은 혈관 지류들을 소형 영구 클립으로 차단하여 그것들이 천공지 혈관 내의 혈류를 방해하지 않도록 했다. 수술을 시작하고 긴 시간이 흐른 후에야 비로소 동맥류가 맥박에 맞추어 나란히 고동치기를 멈추었다. 처음으로 수술이 성공리에 끝을 맺을 수 있을 것 같다는 느낌이 들었다.

하지만 아직 한 가지 결정이 남아 있었다. 이제 동맥류를 어떻게 할 것인가? 성공과 실패의 여부가 이 결정에 달려있었다. 파열의 위험이 사라졌다면 동맥류를 그 자리에 그대로 둘 수도 있었다. 하지만 우리가 상대하고 있는 대상은 지름이 55밀리미터인 '돌'이었고, 그것이 뇌 속에서 차지하는 공간은 결코 적지 않았다. 만약 동맥류를 그대로 둔다면, 지속적으로 간질 발작이 발생할 수도 있었다. 혹시라도 사후 출혈이 발생한다면, 뇌압 조절이 일반적인 경우처럼 원활하게 이루어지지 못할 것이다. 조금만 압력이 높아져도 가볍게 한계를 넘어설 것이 뻔했다. 환자에게 있어서 이것은 죽음을 의미할 수도 있었다. 대안은 동맥류를 끄집어내는 것이었다. 하지만 이렇게 하면 동맥류 외벽에 달라붙어 있는 미세혈관이 손상을 입을 수밖에 없었다. 이 경우 뇌졸중이 발생하여 평생 장애를 안고 살아가야 할 위험성이 커진다.

나는 불안을 안고 세 번째 방법을 선택하기로 결정했다. 나는 동맥류를 절개하였다. 동맥류를 절개했을 때 피가 난다면, 그것은 내가 동맥류에 혈액을 공급하는 또 다른 중요한 혈관을 못 보고 지나쳤다는 의미였다. 긴장감이 어마어마했다. 다행히 출혈은 없었다. 나의 목표는 동맥류에서 혈전을 빼내는 것이었다. 동맥류 크기를 내부에서부터 축소한 다음 그 자리에 그대로 두려고 했던 것이다. 종양을 제거할 때와 마찬가지로 여기에서도 초음파 흡입기가 사용되었다. 그런데 석회화된 혈전은 그 밀도가 완전히 달라서 특수한 부가 장치와 최고 단계의 초음파 에너지가 필요했다. 그 정도 에너지면 뼈도 부술 수 있을 정도였다. 한 제작업체는 이 특수 장치를 가리켜 '바라쿠다(창꼬치고기, barracuda)'라고 명명하였는데, 왜 그렇게 부르는지 충분히 공감이 갔다. 이 장치를 사용하면서부터 수술이 극단적일 만큼 공격적이 됐다. 두께 0.02밀리미터의 실을 이용하여 몇 밀리미터에 불과한 작은 혈관들을 봉합했던 내가 갑자기 맹수 같은 장치를 손에 들고 쌩쌩했던 동맥류 벽이 흐물흐물해질 때까지, 마침내는 동맥류가 주저앉을 때까지 족히 80세제곱센티미터가 넘는 석회를 분쇄하는 작업에 돌입하였다. 그리고 결국 성공리에 그 일을 해 냈다! 모두가 안도의 한숨을 내쉬었다. 우리의 모니터링 장인(그 사이에 그도 의학을 공부하고 있다)이 모든 시그널이 정상이라는 기쁜 소식을 다시 전했다. 이렇듯 각고의 노력을 기울여 역작을 완성해낸 나는 선 채로 녹아웃이 되어버렸다. 하지만 성급하게 기뻐하는 것은 여전히 금물이었다. 지난 몇 년간 이 지점에서 우리가 골라인을 넘어섰다고 착각하고 있을 때, 생물학이 우리의 계획을 망친 일이 허다했기 때문이다. 때문에 우리는 20분을 기다리면서 바이패스가 제 역할을 믿음직하게 수행하는지, 그리고 모든 것이 정상적으로 유지되는지 살펴보았다. 시간이 흐르면서 팽팽한 긴장감이 어느 정도 누그러졌다. 하지만 그저 멸균 커버로 덮어놓았을 뿐 두개골에는 여전히 구멍이 벌어져 있었다. 이것은 문제가 발생했을 때 다시 한번 혈관에 접근해야 하는 경우를 대비하기 위한 것이었다.

목에서 두개골로 삽입된 바이패스의 첫 부분이 피부 바로 아래에서 뼈 가장자리를 따라 이어졌기 때문에 벌어진 부분을 특별히 세심하게 봉합해야만 했다. 나는 뇌막을 뒤로 접어 봉합할 때 바이패스의 어느 한 부분도 좁아지거나 눌리지 않도록 주의를 기울였다. 두개골에서 빠져나오는 통로를 확보하기 위해 골피판을 절삭하여 작은 여백을 남겨두었다. 마지막으로 안전 확인 차원에서 봉합을 끝낸 부분마다 초음파를 이용하여 뇌혈류의 흐름을 점검하였다.

그때까지 내가 했던 일에 비하면 그것은 어린아이 장난이나 마찬가지였다. 마치 경기를 마친 후에 옆에 있는 빈 공간을 향해 공을 치면서 마음을 가라앉히고 아드레날린 수치를 떨어뜨리는 것과도 같았다. 하지만 경기와 수술에는 큰 차이점이 존재한다. 집중을 하지 않으면 이 단계에서도 엄청난 손상을 초래할 수 있다.

나는 골피판을 끼우고 작은 금속판을 덧대어 나사로 단단히 고정한 후 처음에 절개하여 피부 주름으로 감싸두었던 근육을 다시 봉합했다. 바이패스가 근육과 피부 아래를 통과하여 저 아래쪽 목까지 이어져 있었다. 그런데 봉합을 하다가 내가 어쩌다 바이패스에 지나치게 가까이 접근한 것 같았다. 갑자기 혈액의 흐름이 절반 정도로 줄어들었는데, 다행히 초음파 덕분에 신속하게 그 사실을 알아차릴 수 있었다.

그럼에도 불구하고 처음에는 나의 맥박이 조금 빨라졌다. 나는 즉시 봉합선을 절개하여 바이패스가 놓인 공간이 충분한지 확인하고는 다시 봉합을 시작했다. 우리는 재차 초음파를 이용하여 점검을 했다. 혈류속도가 정상을 되찾았다. 마지막으로 나는 두피를 원래 자리로 되돌려놓은 다음 그것을 꿰맸다. 드디어 수술이 진짜로 끝이 났다. 정말로 수술이 성공적으로 마무리되었는지의 여부는 앞으로 살펴보아야 할 문제였다. 왜냐하면 인간의 생명을 둘러싼 싸움에서 승리는 쉽게 확신할 수 없는 일이었기 때문이다. 환자가 회복하여 병원을 떠날 때, 바이패스가 원활하고 봉합선이 견고하게 닫혀있을 때, 감염이 발생하지 않았을 때, 그리고 수술 도중에 모니터링으로 미처 파악하지 못했던 뇌졸중이 일어나지 않았을 때, 그럴 때에 비로소 승리를 이야기할 수 있다.

나의 동료 애런 코헨-가돌이 나의 강연에 대한 토론을 진행하던 중에 정확하게 핵심을 지적하는 말을 한 적이 있다. 나는 이 말을 앞에서도 이미 인용하였다. "신경외과는 가장 아름다운 것과 가장 추악한 것 사이의 협정이다." 성공과 실패 사이에 난 길이 이토록 좁은 곳은 다른 어디에서도 찾아볼 수 없다. 일의 결과가 이토록 숙명적이고 결정적인 곳도 좀처럼 찾아볼 수 없다. 한순간 지극히 아름답고 미학적인 해부학과 마주한다. 그리고 그런 질병을 다룰 수 있는 특권을 누린다. 그러나 바로 다음 순간 갑자기 지옥이 펼쳐질 수도 있다. 이런 상황에 대처할 수 있는 능력을 갖추는 것은 우리 분과가 극복해야 할 거대한 도전이다.

중환자실로 옮겨진 크리스토프 루키크는 그날 밤늦게 서서히 마취에서 깨어났다. 그 사이에 그의 몸은 정상 체온을 되찾았다. 내가 그를 찾았을 때 그는 이미 눈을 뜨고 있었다. 하지만 의식은 완전하지 않았다. 그는 팔과 다리를 움직일 수 있었다. 그러나 말은 제대로 할 수 없었다. 나는 피부를 통해 바이패스를 더듬어보았다. 힘차고 균일한 맥박이 느껴졌다.

이틀 후 크리스토프 루키크는 처음으로 말을 했고, 사흘 후에는 일반 병실로 옮겨졌다. 그곳에서 그는 일주일을 머물렀는데, 그 사이에 그의 언어능력은 완전히 정상으로 되돌아왔다. 그 후 그는 매일같이 그의 곁을 지켰던 아내와 함께 기차를 타고 집으로 돌아갔다. 두 사람이 열차 객실에 앉아 창밖으로 시선을 던지면서 언덕과 산이 차례대로 스쳐 지나가는 풍경을 바라보는 모습은 아마도 멋진 해피엔딩이었을 것이다.

그러나 이야기는 그것으로 끝나지 않았다. 크리스토프 루키크는 집에서 2주 동안 기력을 회복한 후에 재활센터로 갔다. 그것은 흔한 일이었고, 처음부터 그렇게 하기로 계획이 되어 있었다. 그가 재활센터에 도착했을 때는 아직 머리에 있는 수술 상처가 완전히 아물지 않은 상태였다. 상처 표면에는 딱지가 앉아 있었다. 밤에 그가 누워있는 사이에 상처에서 액체가 흘러나왔다. 그는 액체가 흘러나오는 것이 정상이라고 생각했다. 치료를 하는 사람들 가운데 그 누구도 그 모습을 보고 불안해하는 사람이 없었던 만큼 더 그렇게 생각했다.

그가 재활센터에 일주일쯤 머물렀을 때 한 물리치료사가 그의 머리에 있는 축축한 상처 흉터를 치료해 주었다. 치료 과정이 그리 편안하지는 않았지만, 그래도 견딜 만했다. 그날 저녁 그는 TV로 축구 경기를 시청했다. TV 시청을 마친 후 침대에 몸을 뉘었을 때 갑자기 오한이 났다. 그리고 수술한 머리 왼쪽 부위가 부어오르는 것을 느꼈다. 그는 간호사를 불렀다. 간호사는 그에게 오한 증상을 완화시키는 무언가를 주었다. 아침까지 머리가 계속 부풀어 올라 급기야 왼쪽 눈꺼풀이 위아래로 완전히 붙어버릴 지경이 되었다.

그로부터 하루 반나절이 지난 후에 그는 구급차에 실려 우리 병원으로 옮겨졌다. 그날 지녁에 우리는 그의 두개골을 다시 열었다. 수술 후 발생하는 가장 흔한 합병증 중 하나인 상처치유 장애였다. 그것 때문에 묽은 피고름이 쌓여 염증이 발생하면서 뇌를 짓누르고 있었다. 바이패스는 정상적으로 기능하고 있었다. 2주 후 그는 퇴원하여 다시 재활센터로 갈 수 있었다. 이번에는 상처가 말끔히 치유되어 있었다.

5. 솟구치는 피의 소용돌이

시간과의 싸움

피아 슈타르케(Pia Starke)가 두통으로 우리 병원 응급실을 찾았다. 출근을 하던 길에 그녀는 전차에 앉아 있다가 다음 정거장에서 내리기 위해 자리에서 막 일어선 참이었다. 갑자기 두통이 엄습했다. 두통은 목덜미에서부터 시작되었다. 마치 그 부위가 말 그대로 번개를 맞은 것 같았다. 그런 상황을 가리켜 우리는 죽을 것 같은 고통이라는 표현을 사용하는데, 왜냐하면 순간적으로 당사자가 완전한 무기력감 혹은 죽음의 공포를 느끼기 때문이다. 겪어보지 못한 강도의 고통. 그 순간 29세의 그 여성이 반사적으로 빈자리를 찾아 앉지 않았더라면, 아마도 그녀는 바닥에 쓰러졌을 것이다. 그녀는 전차 바깥, 정류장 벤치에 앉아 있었다. 목덜미가 마비된 것 같았다. 통증은 계속되었다. 잠시 후 통증이 살짝 약해지기는 했지만, 정도는 미미했다. 그래도 어찌어찌 그녀는 자신이 생물학 연구원으로 일하고 있는 연구실에 전화를 걸어 몸이 아프다는 것을 알렸다. 그런 다음 그녀는 택시를 타고 우리 병원으로 왔다.

이처럼 격렬한 강도의 두통이 갑작스럽게 나타났을 때는 출혈로 인해 야기된 두통이 의심된다. 비록 통증의 강도는 뇌막에 염증이 생겼을 때와 비슷하지만, 그런 경우에는 통증이 서서히 발생한다. 때문에 우리는 응급으로 CT 검사를 실시했다. 검사 결과, 대량 출혈의 흔적은 찾을 수 없었다. 하지만 내가 나중에 받은 CT 영상을 들여다보니 출혈 부위가 흰색으로 뚜렷하게 식별되었다. 오른쪽 뇌 반쪽과 실비우스 열이 있는 영역, 그리고 그곳에 있는 전대뇌동맥과 후대뇌동맥 주변부에 흰색 면이 보였다.

바로 지주막하출혈이었다. 거미막으로도 불리는 지주막과 연질막 사이에 있는 주름 모양의 공간인 지주막하강(subarachnoid cavity)에서 발생한 출혈을 가리켜 지주막하출혈이라고 부른다. 뇌척수액으로 가득 채워진 그 공간에는 뇌바닥수조(basal cistern)가 자리 잡고 있다. 뇌바닥수조 안에서 동맥과 정맥, 신경이 흘러간다. 지주막하강에서 출혈이 발견될 때면 대부분 동맥류 파열이 그 원인이다. 그런 출혈은 생명을 위협할 수도 있다. 지주막하출혈 환자의 3분의 1이 그로 인해 목숨을 잃는다. 다른 3분의 1은 심각한 장애를 입고 평생 보호가 필요한 상태가 된다. 나머지 3분의 1만이 혼자 생활이 가능할 정도로 회복하여 다시 일을 할 수 있게 되지만, 가끔은 과거와 같은 강도의 일을 더 이상 견디지 못하는 사람도 있다.

진단은 출혈의 심각성 정도에 달려있다. 심각성을 평가하기 위해서는 1960년대에 두 명의 미국 신경외과 의사에 의해 개발되어 훗날 그들의 이름을 딴 분류법인 헌트 헤스 등급(hunt and hess scale)이 사용된다. 출혈이 일어난 후 환자가 의식이 있고 방향감각을 유지할 수 있으며 뒷목 통증과 두통이 경미하면 가장 낮은 등급인 1등급으로 정의된다. 1등급 환자들은 완전하게 회복할 가능성이 매우 높다. 반면 환자가 깊은 코마 상태에 빠지게 되면 가장 심각한 단계인 5등급으로 분류되어 더 이상 손을 쓸 수가 없다. 5등급 환자들은 장애를 입거나 사망할 가능성이 높다.

피아 슈타르케의 출혈은 2등급으로 분류되었다. 중간 내지 심각한 정도의 두통과 뒷목 경직이 있었고, 신경학적 기능장애나 의식 변화는 없었다.

아마도 출혈 시간이 짧았기 때문으로 추정되었다. 적은 출혈량이 해당 혈관에 생긴 균열이 크지 않음을 말해주었다. 출혈은 외부에서 혈관벽에 작용하는 압력 때문에 멈추어 있었다. 피가 더 이상 외부로 흐르지 않으면 곧장 작은 혈전이 만들어져 마치 마개처럼 혈관벽을 메워서 아주 잠시 동안은 그 상태가 유지된다. 어쨌거나 환자는 그냥 내버려 두어서는 안 되는 극도로 불안한 상황에 처해 있었다. 혈전이 용해될 수도 있었다. 그렇게 되면 새롭게 출혈이 발생하여 더 큰 손상을 불러일으키거나 심지어는 사망에 이를 수도 있었다. 출혈이 일어난 후 최초 24시간 동안 재출혈이 발생할 위험성은 4퍼센트 정도 된다. 그 후 하루가 지날 때마다 재출혈 위험성이 1퍼센트씩 증가

한다.

우리는 이 부위에서 일어나는 출혈 중에 동맥류가 원인이 아닌 출혈도 있다는 사실을 함께 고려해야 했다. 통계에 의하면 이 부위에서 발생하는 출혈 중 10~15퍼센트 정도가 비교적 위험성이 덜한 다른 원인에 의해 발생한다. 예컨대 정맥에서 기인한 특수한 출혈이 있는데, 사람들은 그 원인을 동맥압의 부재 때문이라고 믿고 있다. 이 경우에는 혈액이 살짝 밖으로 새어 나오는데서 그친다. 참기 힘든 강한 두통 때문에 깜짝 놀라기는 하지만 이런 출혈은 다른 문제를 일으키는 일은 잘 없다. 사후 출혈도 거의 일어나지 않는다. 환자는 아무런 고통이나 불편함 없이 퇴원하여 다시 건강하게 살아갈 수 있다.

따라서 우리는 제일 먼저 피아 슈타르케의 두통이 동맥류 때문인지 밝혀내야 했다. 어느 목요일, 그 젊은 여성은 응급실에서 우리 신경외과로 옮겨졌다. 벌써 몇 년 전 일이지만 정확하게 기억이 난다. 나는 그날과 그 후 며칠간의 날들을 결코 잊지 못할 것이다.

우리는 지체하지 않고 혈관조영술을 실시했다. 우리는 항상 최악의 경우를 가정한다. 출혈을 일으킨 원인이 무엇이건 간에 또 출혈이 발생할 수 있었다. 이때 흔히 타이머가 부착된 폭탄 그림이 사용된다.

우리의 환자가 건강한 삶을 살아왔다는 사실은 명백했다. 그녀는 흡연을 하지 않았고, 술도 마시지 않았다. 체격이 날씬하고, 운동을 즐겼으며, 혈압도 정상 범위에 있었다. 그녀의 머릿속 혈관들도 건강해 보였다. 나중에 수술을 하던 중에 비로소 우리는 그녀의 양쪽 뇌 사이에 있는 혈관들이 얼마나 가늘고 연약한지, 그리고 혈관의 지름이 다른 사람보다 좁다는 것을 알게 되었다. 하지만 우리는 먼저 원인을 찾고 그 다음에 적합한 수술 전략을 결정해야 했다.

우리는 왼쪽에 있는 혈관부터 시작해서 하나씩 혈관조영술을 해 나가기로 계획했다. 신경방사선과 전문의가 조영제를 투여하였다. 우리는 조영제의 진행 경로를 추적하였다. 왼쪽에서는 특별하게 눈에 띄는 변형을 확인할 수 없었다. 하지만 반대쪽에서 우리는 대뇌후교통동맥(posterior communicanicating artery)에 아주 작은 소낭이 형성되어 있는 것을 발견했다. 대뇌후교통동맥은 내경동맥의 혈관 분지로서 내경동맥과 후대뇌동맥을 연결한다. 두개저에 위치한 이 혈관은 경동맥이 뼈를 통과하여 두개골로 진입하는 지점 바로 위에 자리 잡고 있다.

동맥류는 지름이 2밀리미터였고 높이보다 폭이 더 넓었다. 그리고 눈에 곧바로 들어오지 않았다. 하마터면 그것을 못 보고 지나칠 뻔했다.

이제 우리는 어떻게 하면 그처럼 작은 폭탄의 뇌관을 제거할 수 있을지, 의문에 맞닥뜨렸다. 아무런 시도도 하지 않는 것은 방치나 다름없었다. 나는 혈관조영술을 시행한 신경방사선과 전문의와 상의를 했다. 코일 색전술은 배제되었다. 코일 색전술이란 백금을 덧입힌 금속 코일을 카테터를 이용하여 혈관 속으로 삽입하는 방법이다. 코일 색전술을 하기에는 동맥류의 크기가 너무 작았다. 게다가 동맥류의 목이 그 위에 있는 부분인 돔보다 더 넓었기 때문에 코일이 다시 미끄러져 나와 동맥을 막아버릴 위험도 감수해야 했다.

요즘이라면 틈이 촘촘한 혈류 전환 스텐트(flow diverter)라는 특수한 종류의 스텐트를 이용하여 코일 색전술을 시도해 볼 수 있을 것이다. 혈류 전환 스텐트는 유입되는 혈액을 소용돌이치는 것을 줄여주어 동맥류가 새롭게 파열되는 것을 저지한다. 이 기술을 활용하는 문제에 대해서는 오늘날에도 여전히 논란이 분분하다. 하물며 그 당시에는 이 기술이 아직 제대로 정립되어 있지도 않았다. 당시에는 벽이 막힌 스텐트밖에 존재하지 않았다. 이 케이스에 그것은 아예 고려 대상도 될 수 없었다. 왜냐하면 자칫 밖으로 향하는 작은 혈관들을 막아버릴 수도 있었기 때문이었다. 그렇게 되면 뇌졸중이 발생할 것이다. 동맥의 길이가 불과 몇 센티미터에 불과한데 비해 동맥에서 외부로 뻗어나가는 혈관 지류들의 수는 상대적으로 많다.

고심에 고심을 거듭했지만 결국 동맥류를 클립으로 결찰하는 방법밖에 없었다. 하지만 별로 좋은 생각 같지는 않았다. 그처럼 작은 동맥류는 클립으로 폐쇄하기가 힘들다. 첫 번째 이유는 동맥류 크기가 너무 작고 뚜렷한 형태를 갖추고 있지 않기 때문이다. 여기에 덧붙여 그런 동맥류는 대부분 작은 상처들로 인해 만들어지는데, 그 과정에서 내부 혈관벽에 무슨 일이 일어났는지, 그리고 상처가 나면서 혈관벽이 얼마나 약해져 있는지 정확하게 알 수 없기 때문이다.

나는 그날 오후에 서둘러서 병원으로 달려온 피아 슈타르케의 부모에게도 이런 생각을 전달했다. 나는 그들을 상담실로 이끌었다. 우리는 그들에게 딸의 진단명과 그녀를 돕기 위해 우리가 생각하고 있는 방법을 정확하게 설명했다. 나는 수술이 어렵기만 한 것이 아니라 위험하기도 하다는 사실을 숨길 수 없었다. 클립을 설치할 때 혈관벽이 찢어져 버릴 수도 있다고 설명할 때는 나 자신도 속이 거북해졌다.

나는 환자와도 비슷한 대화를 나누었다. 우리는 그녀를 중환자실로 옮겼다. 그녀의 활력징후, 그중에서도 특히 혈압을 집중적으로 감시했다. 우리는 그녀에게 두통을 완화시키는 약품을 투여했다. 나는 그녀의 미소를 기억한다. 그녀는 놀라울 정도로 긍정적이었다. 마치 상황의 심각성을 모르는 것처럼 말이다. 나중에 그녀의 부모님에게 전해 들은 바에 따르면, 그때 그녀는 그저 나를 믿었을 뿐이었다고 한다. 그녀는 가장 뛰어난 의사의 치료를 받고 있다고 확신했다. "그에게 수술을 받는다면 아무 걱정 할 필요가 없어요." 저녁에 부모님과 작별하면서 그녀는 이렇게 말했다.

환자 본인과 가장 가까운 가족들이 동의했기 때문에 우리는 곧바로 수술 일정을 잡았다. 우리는 그녀의 수술을 다음 날 첫 번째 수술로 계획했다. 아침 콘퍼런스 전에 나는 다시금 피아 슈타르케를 찾았다. 그녀는 잠을 잘 잤고, 전날과 다름없이 긍정적으로 보였다. 내 경험에 비추어 보았을 때, 긍정적인 마음가짐으로 수술실로 향하는 환자들은 나쁜 일이 일어날 확률이 가장 적다. 수치로 그것을 증명할 수는 없지만, 어쨌거나 느낌은 그렇다. 그녀의 병실을 떠나기 전에 나는 이렇게 말했다. "오늘 오후에 다시 와서 수술이 어떻게 진행되었는지 설명드리겠습니다."

오전 7시 30분에 피아 슈타르케가 수술실로 옮겨졌다. 우선 마취가 이루어졌고, 이어서 그녀를 수술대에 눕혔다. 머리를 메이필드 클램프로 고정하고 왼쪽으로 30도 돌렸다. 그러자 오른쪽 뺨이 가장 위로 올라왔다. 여느 때와 다름없이 순서대로 면도를 하고 소독을 했다. 눈 위의 피부를 아치형으로 절개하고, 직경 8센티미터 크기로 두개골을 열었다.

지주막 바로 아래에서 출혈 흔적이 보였다. 평소 같았으면 흰색, 담홍색, 회색을 띠는 뇌 표면이 불그스름하게 물들어 있었다. 깔끔한 구조에서 우러나오는 아름다움은 사라지고 이제는 위협적으로 펄떡이고 있었다. 위협적인 느낌이 들었던 것은 이미 일어난 출혈때문에 뇌가 이미 부어올라 있있기 때문이기도 했다.

내 앞에 놓인 뇌를 바라보면서 나는 내가 경험해 보지 못한 일이 일어나지는 않을 것이라고 생각했다. 앞으로 우리가 해나가야 할 단계들을 머릿속으로 하나씩 훑었다. 수술 전에 모든 방법을 동원하여 동맥류의 위치를 정확하게 확인했지만, 그렇다고 해서 지금 바로 동맥류로 달려드는 것은 금물이었다. 우회로를 거쳐 접근하면서 주변을 꼼꼼히 탐색해야만 했다. 뇌바닥수조와 뇌실(ventricle)에서 뇌척수액을 빼내어 두개골 내부의 압력을 낮추는 것도 그 일환이었다. 그리고 동맥류 전방과 후방에 있는 혈관들도 노출시켜 두어야 했다. 이것은 응급 상황이 발생했을 때, 그러니까 무언가 일이 어긋났을 때 이 혈관들에 클립을 설치하여 동맥류 전방과 후방에 있는 다른 혈관을 통제하기 위해서였다. 이런 작업들이 모두 마무리된 후에야 비로소 동맥류에 접근해야 한다.

나는 정확하게 그런 절차를 밟았다. 아니 그런 절차를 밟아가려고 마음먹고 있었다. 왜냐하면 아직까지 나는 전두엽 아래에서 두개저를 따라 목표 지점으로 향하는 중이었기 때문이다. 목표까지는 아직 한참이나 남은 상태였다. 진입로를 확보하기 위해서는 뇌를 아주 살짝, 대략 0.5센티미터 정도 들어올려야 했다. 그 이상은 금물이었다. 나는 왼손에는 흡입기를, 오른손에는 핀셋을 들고 앞으로 나아갔다.

갑자기 피가 위로 솟구치는 소용돌이처럼 빙빙 돌면서 나를 향해 다가왔다. 현미경으로 보면 그 소용돌이의 크기는 몇 배나 더 컸다. 나는 크게 당황했다. 1×2센티미터인 나의 작업 통로(working channel)가 순식간에 피로 가득 차 버렸다.

물론 동맥류가 파열될 수 있다는 사실을 늘 염두에 두어야 하기는 하지만, 이렇게 빨리 파열되어버리자 놀라지 않을 수 없었다. 그때 나는 흡입기와 핀셋을 손에 들고 기껏해야 동맥류에 4~5센티미터밖에 접근하지 못한 상태였다. 그것 때문에 출혈이 발생했을 가능성은 거의 없었다. 그렇다면 도대체 무슨 일이 일어난 것일까? 뇌막 절개로 인해 두개골 내부의 압력이 변한 것만으로, 또는 뇌척수액을 흡입한 것만으로 출혈이 발생하는 결과가 초래되었을까?

눈에 보이는 것이라고는 온통 피밖에 없었다. 나는 이런 상황에서 자칫 잘못 움직였다가는 상황이 더 악화될 수 있다는 것을 잘 알고 있었다. 혈관이나 신경을 다치게 할 수도 있기 때문이다. 가뜩이나 그 주변으로는 신경과 혈관이 넘치도록 자리 잡고 있었다. 그리고 그

5. 솟구치는 피의 소용돌이

중에는 시신경도 있었다.

제일 먼저 든 생각은 조금이라도 무언가를 볼 수 있어야 한다는 것이었다. "흡입기 강도 올려주세요!"

때마침 다른 일을 하고 있던 수술 전문 간호사가 제어판 쪽으로 서둘러 달려왔다.

"더 강하게, 최고 강도로!"

출혈이 일어나면 피가 바깥으로만 뿜어져 나오는 것이 아니라 안으로 흘러 들어가기도 한다. 뇌가 점점 더 부어올랐다. 나의 작업 통로가 되어주어야 할 주름이 문자 그대로 납작 눌려서 찌그러져버렸다.

피가 끊임없이 솟아났다. 나는 출혈이 어디에서 시작되있는지, 파열된 동맥류가 정확하게 어디에 위치해 있는지 여전히 알 수가 없었다.

"더 큰 흡입기 가지고 오세요!"

나는 관이 가는 흡입기를 사용하고 있었는데, 그것으로 충분하지 않았다. 더 큰 흡입기로 교체하기 위해서는 사용하던 흡입기를 두개골 절제 부위 바깥으로 끄집어내야 했고, 그 순간에는 흡입이 중단될 수밖에 없다. 그 시간이 기껏해야 2~3초 밖에 되지 않았지만, 어느새 피가 촥 쏟아지면서 내 가운에 핏방울이 튀었다.

감시 모니터링 수치에 대한 보고가 이루어졌다. 혈압이 120/80에서 90/60으로 급격하게 떨어졌다. 맥박이 60회에서 80회로, 곧 120회로 증가하였다. 일정한 간격을 두고 단조롭게 삐삐거리던 모니터 소리가 갑자기 경고 시그널처럼 울려대기 시작했다. 마취과 간호사가 저장혈액을 가져오기 위해서 옆방으로 뛰어갔다. 수많은 다른 종류의 조치가 동시에 이루어졌다. 모두가 자신이 해야 할 일을 정확하게 알고 있었다. 마치 톱니바퀴처럼 모든 것이 긴밀하게 맞물려 돌아갔다.

새로운 흡입기를 이용하여 마침내 출혈의 원천을 식별할 수 있을 정도로 피를 흡입하는데 성공했다. 실제로 동맥류가 출혈 원인이었다. 그것은 전문용어로 **수포형 동맥류**(blister-like aneurysm)라고 불리는 동맥류로 밝혀졌다. 수포형 동맥류는 유별나게 섬세한 블라우스를 연상시킨다. 그것은 얇은 껍질만 있을 뿐, 뚜렷한 벽이 없는 매우 유약한 동맥류다. 그런 종류의 동맥류는 출혈 위험성이 매우 높다. 나는 탈지면을 찢어진 부위에 대고 누른 다음 그 위치를 그대로 유지하면서 흡입기를 이용하여 계속 피를 흡입했다. 그런 다음 두 번째 흡입기를 오른손에 들고 그 주변을 깨끗이 청소했다.

내가 흡입기 두 대를 동시에 사용한 것은 시신경과 내경동맥의 일부를 다듬어 정리하기 위해서이기도 했다. 신경을 정리한 이유는 신경이 흘러가는 위치를 정확하게 알고 있어야 그것을 손상시키지 않을 수 있기 때문이다. 경동맥을 정리한 이유는 동맥과 동맥류가 분리되는 지점을 찾아내기 위해서였다. 일반적으로는 가위를 이용하여 지주막과 유착 부분을 절개하여 둘을 조심스럽게 분리해낸다. 하지만 그 상황에서 나는 한 손밖에 사용할 수 없었다. 그런 조건 하에서 주변을 서둘러서 정리해야만 했다. 나는 동맥류 앞에 조금 거리를 두고 첫 번째 클립을 설치하여 경동맥을 폐쇄하였다. 이어서 동맥류 뒤쪽에 두 번째 클립을 설치하여 출혈을 중지시켰다.

모두가 아주 잠깐 동안 하던 일을 멈추고 숨을 돌렸다.

이제 전방에 위치한 연결지점인 전교통동맥(ramus communicans anterior)을 통해서 반대쪽 뇌에서 출혈이 발생한 뇌로 혈액을 공급하는 것이 과연 가능한지, 가능하다면 그 방법은 무엇인지가 관건으로 떠올랐다. 자연은 만약의 경우를 대비하여 양쪽 뇌의 혈관 시스템 사이에 연결 체계를 마련해 두었다. 하지만 안타깝게도 이 연결 체계만으로는 양쪽 뇌 모두에 충분한 혈액을 공급하기에 마땅치 않았다. 기껏해야 50~70퍼센트 정도에 그칠 뿐이었다. 이런 경우에는 경동맥을 활용하여 양쪽 뇌에 혈액을 공급하는 방법도 생각해 볼 수 있다. 이를 위하여 우리는 신속하게 형광혈관조영술을 시행하였다. 당혹스럽게도 전교통동맥이 그저 실처럼 아주 가늘게 형성되어 있을 뿐이었다. 따라서 이 우회로를 거쳐서 반대쪽에서 이쪽으로 건너오는 혈액은 거의 없는 것이나 마찬가지였다. 그 결과 당장 그녀의 뇌 절반에 충분한 혈액 공급이 이루어지지 않고 있었다.

시간이 흐르고 있었다. 우리는 원하는 시간만큼 마음대로 경동맥의 혈류를 중단시킬 수가 없었다. 상황을 수습하는데 우리가 쓸 수 있는 시간은 고작해야 20분, 최대 30분에 불과했다. 그 시간이 경과하고 나면 해당 영역의 뇌세포가 사멸하기 시작할 것이었다.

"인공호흡기, 산소 100퍼센트!" 나는 마취과 전문의에게 지시했다. 인공호흡기 산소량은 보통 30~40퍼센트이고, 대기 중 산소량은

21퍼센트다.

내 옆에 있던 수술 전문 간호사가 수술 도구가 들어있는 탁자를 정리하면서 새로운 클립을 준비해 두었다. 마취과 전문의가 혈압을 안정시켰다. 짧은 시간 동안 환자가 잃은 혈액량이 지금까지 약 1리터 정도 되었다. 두 번째 수술 전문 간호사가 흡입기 강도를 낮추었다.

나는 동맥류를 볼 수 있었다. 정확하게 말하자면 동맥류 중에서 남은 부분을 보았다고 하는 것이 더 적당할 것이다. 동맥류가 파열될 때는 일반적으로 둥근 천장 부분, 즉 돔이 개방된다. 하지만 이 환자의 경우에는 혈관이 모두 손상되어 있는 상태였다. 동맥류가 있던 자리에는 혈관벽 내부만 보였다. 그만큼 구멍이 컸던 것이다.

클립으로 내가 할 수 있는 일은 아무것도 없었다. 때문에 나는 혈관을 봉합하려고 시도했다. 하지만 제대로 되지 않았다. 벽이 너무 물러서 실이 자꾸 빠져나왔다. 나는 합성 재질의 경막 대용품, 그러니까 인공 뇌막을 가지고 두 번째 시도를 했다. 나는 가장자리가 너덜너덜해진 부분을 인공 뇌막 조각으로 감싸고 클립으로 고정시키려고 시도했다. 하지만 이번에도 실패였다. 그러기에는 구멍이 너무 컸다. 도무지 구멍을 메울 수 있는 방법이 없었다. 마지막으로 나는 근육 조각을 가지고 시도를 해보았다. 근육으로 혈관 주변을 감싸보았지만 한층 더 심하게 찢어져 버렸다.

언제 사람들은 패배했다는 것을 알게 되는 것일까? 패배를 예감하는 순간은 언제일까?

5. 솟구치는 피의 소용돌이

나의 시도가 하나씩 실패로 돌아가는 동안 나는 기억을 헤집으며 지금과 같은 문제 혹은 비슷한 문제에 맞닥뜨린 상황에서 그것을 성공적으로 해결해낸 케이스를 찾아내려고 열을 올렸다. 하지만 그런 케이스는 존재하지 않았다.

나는 혹사당한 동맥을 구해낼 수 없다는 것을 시인할 수밖에 없었다. 그 동맥에 혈액을 충분히 공급해 줄 수 있을 만한 적절한 측부순환도 존재하지 않았다. 따라서 이제 한 가지 해결책 밖에 남지 않았다. 바이패스 수술을 할 수밖에 없었다. 하지만 우리는 그럴 준비가 되어 있지 않았다. 그것은 두 배로 비극적인 일이었다. 왜냐하면 바이패스는 나의 전문 분야였기 때문이다. 수술 전에 나는 모든 가능한 시나리오를 떠올려보았지만 이런 상황은 미처 생각하지 못했다.

잠깐 동안 나는 다리에서 바이패스용 혈관을 가져올까 고민했다. 아마도 크기는 더 적당하겠지만, 그러기에는 시간이 너무 오래 걸릴 것 같았다. 시간은 이미 우리의 아군이 아니었다.

나는 측두동맥(temporal artery)을 사용하기로 결정하고, 그것이 흘러가는 경로를 피부에 표시한 다음 피부를 절개하여 그것을 끄집어 내었다.

그것은 부질없는 싸움이었다. 하지만 나는 그렇게 생각하지 않으려 했다. 나는 계속 수술을 진행했고, 처절하게 싸웠다. 마치 현실을 보지 않으려는 듯이, 패배를 받아들이지 않으려는 듯이 말이다.

나는 바이패스를 연결할 혈관을 찾아 헤맸다. 중대뇌동맥의 표면에 있는 혈관 지류, 그러니까 그렇게 깊지 않은 곳에 있는 혈관이 가장 적합해 보였다. 혈관을 노출하여 정리하는 동안 나는 수술 전문 간호사에게 봉합에 필요한 모든 것을 미리 준비시켰다. 봉합사의 두께는 10-0으로 결정했다. 나는 가장 안전한 방법인 단순봉합을 시행하려고 마음먹었다.

시간에 맞서서 14번 바늘을 찔러 14번 봉합을 했다. 그것은 생물학에 맞서는 일이기도 했다.

그 사이에 뇌는 널빤지처럼 딱딱해져 있었고, 외부 층인 대뇌 피질은 북에 씌워진 가죽처럼 팽팽하게 잡아당겨져 있었다.

바이패스 수술을 하는 데 30분이 걸렸다. 이윽고 모든 작업이 완료되었다. 하지만 그것으로는 뇌졸중을 막지 못했다. 혈액 공급이 너무 오랫동안 중단되어 있었다. 뇌가 더 크게 부풀어 올랐다. 두개골 내부가 구석구석 꽉 차올라 뇌 한 부분이 마치 혹처럼 두개골 절제 부위를 비집고 삐져나와 있었다. 그것은 모든 신경외과 의사에게 있어서 공포 그 자체였다.

상황이 이렇게 되자 나는 무언가를 해야만 했다. 그런 상황은 그 순간뿐만 아니라 영원히 지속될 겸손함을 가르쳐 준다. 그런 일은 결코 잊을 수가 없기 때문이다. 뇌가 부어오를 공간을 마련해 주기 위해서 나는 다시 한번 메스를 집어 들고 머리 중심부까지 뒤쪽과 위쪽으로 두피를 절개해 나갔다. 이어서 다시 피부 주름을 접어 올려 옆으로 치워두고 두개골 절제 부위를 피부 절제 부위만큼 확장하기 위해서 톱을 갖다 댔다. 작업을 마무리하고 나자 오른쪽 두개골의 3분이 2가 제거되었다. 그처럼 공격적인 방법들을 동원해야만 한다는

5. 솟구치는 피의 소용돌이

것은 너무나도 고통스러운 파산 선고와도 같은 일이다.

마지막으로 나는 부어오른 뇌를 두피로 덮고 봉합하였다. 크기가 맞지 않아 더 이상 사용할 수 없는 골피판은 영하 80도로 급속 냉동 처리하였다. 만약 두개골 절제 부위를 확장하지 않았더라면 그녀에게는 단 한 가닥의 희망도 없었을 것이다.

그녀의 케이스는 악순환의 연속이었다. 이미 최초의 출혈이 뇌부종을 유발하였다. 그것은 늘 일어나는 일이었다. 왜냐하면 혈액뇌장벽이 손상되면 뇌 안의 수분함유량이 높아지기 때문이다. 뇌가 부어오르면서 결과적으로 두개골 내부의 압력이 높아졌다. 그러자 뇌가 더 많은 공간을 요구하기에 이르렀다. 피아 슈타르케는 그것을 두통의 형태로 느꼈다. 이어서 동맥류가 새롭게 파열되면서 혈관이 막혀버렸다. 또다시 출혈이 발생했고, 뇌에 혈액 공급이 충분히 이루어지지 않았다. 뇌가 더 심하게 부풀어 오르면서 뇌압이 계속 상승했다. 정상적인 상태에서는 뇌압이 혈압보다 낮다. 뇌압이 높아지면 관류압(perfusion pressure)이 떨어져 혈압이 뇌압보다 낮아진다. 동시에 이것은 뇌의 혈액순환이 더 이상 원활하게 진행되지 못한다는 것을 의미한다. 이와 함께 뇌에 공급되는 산소와 영양분이 줄어든다. 이렇게되면 이미 악순환의 소용돌이에 진입한 것과 다름없다. 뇌에 공급되는 혈액이 줄어들수록 뇌는 더 크게 부풀어 오른다. 그 결과 관류압이 바닥을 향해 치닫고 뇌압이 새로운 고점을 경신한다. 그러면 뇌는 더욱더 강력하게 부풀어 오른다. 이런 악순환의 소용돌이는 늦어도 뇌압이 혈압을 능가하는 순간이 되면 말 그대로 끝이다. 이렇게 되면 뇌에 더 이상 혈액이 공급되지 않는다. 혈액 공급이 중단되고 몇 초가 지나지 않아 뇌는 기능을 멈추고 곧 죽어버린다.

건강한 성인의 뇌압은 8~10 mmHg다. 피아 슈타르케가 수술실에서 나왔을 때 그녀의 뇌압은 29 mmHg였다. 우리는 그런 사실을 알고 있었다. 왜냐하면 수술을 끝낼 때 뇌압을 감시하는 한편 또 다른 치료를 시행할 목적에서 뇌 속에 센서를 남겨두었기 때문이다. 마취과 전문의가 뇌를 보호하기 위해서 수술 도중에 이미 마취 강도를 높여두었다. 환자의 혈압을 가능한 한 높게 유지시켜 줄 약품과 뇌에서 수분을 배출하여 부기를 가라앉히는 약품을 링거를 통해 투여했다. 그녀는 신속하게 중환자실로 옮겨졌다.

나는 절망했고, 분노했으며, 좌절했다. 모든 감정이 한꺼번에 밀려왔다. 그보다 더 참담할 수는 없었을 것이다. 나는 수술 과정이 그렇게 흘러간 데 대해서 부끄러움을 느꼈다. 모두의 시선이 내게 향해 있는 것이 느껴졌다. 그런 순간에는 다양한 감정들이 나를 덮친다. 도와주지 못했다는 환멸감, 환자에 대한 연민, 그녀의 운명에 대한 공포감과 더불어 나르시시즘적인 감정이 내 안에서 들끓어 오른다. 또 노여움과 해내지 못해다는 부끄러움도 엄습한다. 이 또한 침묵 속에 묻어 두어서는 안 될 엄연한 사실이다.

이날 나는 더 이상 수술을 하지 않아도 되었다. 그러나 진료 대기실은 꽉 차있었다. 그 많은 사람을 보았을 때 나는 심지어 감사한 마음마저 들었다. 일이 바쁘다면 고민에 빠져있을 틈이 없기 때문이다. 검사실 한 곳의 문을 닫고 새로운 검사실 문을 열었다. 그리고 다시 왔던 길을 되돌아갔다. 일단 이렇게 일을 시작하여 계속 이어나가면서 다른 환자들을 진료했다.

하지만 늦은 오후가 되자 더 이상은 그 일을 피할 수 없었다. 반드시 그래야만 했기 때문이 아니라 내가 그것을 원했기 때문에, 그리고 그것이 내게 주어진 과제라고 생각했기 때문이었다. 그 사이에 피아 슈타르케의 부모가 병원에 도착해 있었다. 그들도 이미 수술 과정이 순탄치 않았다는 것을 알고 있었다. 나는 전날 저녁에 우리가 앉아 있었던 방으로 그들을 이끌었다. 그녀의 어머니는 운 것 같았다. 나는 그들에게 수술 과정을 보고했다. 출혈 때문에 내가 얼마나 놀랐는지, 상황을 호전시키기 위해서 내가 얼마나 노력했는지, 그럼에도 불구하고 성공하지 못했다는 사실을 숨김없이 이야기했다.

내가 말을 마쳤을 때 두 사람 모두 아무 말도 하지 않았다. 침묵이 흘렀다. 어색한 침묵이라는 표현이 가장 적합할 듯하다. 이윽고 그녀의 아버지가 질문을 던졌다. 나는 혈관이 왜 찢어졌는지, 혹시 우리가 무언가를 잘못해서 그렇게 된 것은 아닌지 다시 한번 설명해야 했다. 바로 하루 전날 아침에 쾌활하고 아주 건강한 모습으로 집을 떠났던 딸이 지금 옆에 있는 중환자실에 여러 개의 호스와 전선줄에 연결된 상태로 인공호흡기를 달고 누워있었다. 예후 역시 최악이었다.

나는 저녁 회진까지 모두 마쳤다. 그런 다음 연구실로 돌아가 문을 닫았다. 평소에는 문을 열어둔다. 나는 책상에 앉아 녹음기를 손에 들고 거기에 대고 수술 과정을 보고했다. 과거에는 수술 보고를 끝까지 마무리한 적이 없었다. 하지만 지금은 모든 단계를 하나씩 면밀하게 점검했다. 소견 설명서 때문이기도 했지만 나를 위해서이기도 했다. 내 스스로 확신을 얻기 위해서였다. 어느 한 지점에서 뭔가 다르게 할 수 있지 않았을까? 혹은 다르게 해야만 하지 않았을까? 혹시 동맥을 봉합할 수 있지는 않았을까? 혹시 내가 어떤 한 가지 가능성을 간과해 버린 것은 아닐까? 바이패스를 했다면 어땠을까? 만약 팔이나 다리에서 바이패스 혈관을 채취하여 준비할 수 있었다면 그래도 무언가 상황을 호전시킬 수 있지 않았을까?

나는 고심을 거듭하며 머리를 쥐어짰다. 하지만 나는 이미 대답을 알고 있었고, 그것을 받아들일 수밖에 없었다. 동맥류와 더불어 혈관이 파열되던 순간에 이미 모든 것이 끝나 버렸다. 이 젊은 여성과 가족들의 운명, 그리고 극적인 수술 과정이 내 머릿속에 각인되었다. 피아 슈타르케의 케이스는 의사 생활을 하면서 내가 겪은 가장 쓰라린 경험들 가운데 하나다. 그 일이 일어나고 몇 년의 세월이 흘렀다. 지금도 나는 그녀의 가족과 연락을 하고 있다.

뇌압 상승을 저지하기 위해서 모든 수단을 총동원했음에도 불구하고 수술 당일 밤에 그녀의 뇌압이 40mmHg까지 상승했다. 이틀 후 그녀는 뇌사 상태에 빠져들었다. 그러나 각종 기구의 전원은 차단하지 않았다. 피아 슈타르케가 이미 오래전에 장기기증 서약을 해 두었기 때문이다. 분명히 그녀의 직업이 그 같은 결심을 더욱 확고하게 하는데 일조했을 것이다. 그녀의 젊고 건강한 장기는 일곱 명의 목숨

을 살렸다. 독일 장기이식 재단은 현재까지도 피아 슈타르케의 유족
들과 관계를 유지하고 있다.

6. 허리에

자리 잡은

거인

삶의 질이냐, 생명연장이냐

엘리자베트 호프만(Elisabeth Hoffmann)은 5년 전부터 등 통증에 시달려왔다. 어쩌면 6년 전부터였는지도 모르겠다. 그녀는 통증이 시작된 시점을 정확하게 알지 못했다. 45세의 그 여성은 등 통증이 느껴지자 처음에는 디스크라고 추측했다. 정원에서 일하기를 즐겼던 그녀는 자주 정원 일을 하곤 했다. 약 2000평방미터 규모를 자랑하는 그녀의 정원에는 소일거리 삼아 할 일이 넘쳐났다. 갖가지 장비를 이용하여 크고 작은 나뭇조각을 예술 작품으로 가공하는 그녀의 두 번째 취미 역시 등에 좋은 일이라고는 말할 수 없었다. 통증이 불편하기는 했지만, 그래도 참을 수 없을 정도는 아니었다. 거의 모든 사람이 허리에 뭔가 문제가 있는걸, 그녀는 이렇게 생각하면서 통증을 참았다. 그녀는 그 문제 때문에 수고롭게 의사를 찾아갈 이유를 찾지

6. 허리에 자리 잡은 거인

못했다. 하지만 척추를 따라 발생하는 통증이 6주가 지나도 사라지지 않거나 오히려 더 심해진다면 MRI 검사를 받아보는 것이 바람직하다. 물론 아주 드문 일이기는 하지만 느린 속도로 성장하는 암이 통증의 배후에 숨어있을 수도 있기 때문이다. 이런 암은 빨리 발견할수록 치료하기가 더 수월하다.

그녀는 딱 한 번 산부인과 의사에게 등 아랫부분, 그러니까 천골과 미골이 서로 만나는 지점에서 통증이 발생하여 하반신 전체로 퍼져나가는 양상을 상세하게 설명한 적이 있었다. 산부인과적인 문제점을 발견하지 못했던 의사는 그녀 같은 여성들에게서 그런 통증이 나타나는 것은 지극히 정상적이라고 말했다. 그녀는 아이를 다섯이나 출산했던 것이다. 그렇게 몇 년의 세월이 흘러갔다. 어떤 때는 통증이 좀 나아졌다가 또 어떤 때는 심해지기를 반복했다. 하지만 통증이 사라진 적은 단 한 번도 없었다.

엘리자베트 호프만은 인생의 기복을 잘 알고 있는 사람이었다. 19세에 처음 엄마가 된 그녀는 마치 하늘을 날 것처럼 행복했다. 그 당시 그녀는 슐레스비히홀슈타인 지방에 있는 한 작은 마을에 살고 있었다. 그로부터 5년이 흐른 후 그녀는 세 아이의 엄마가 되어 있었지만, 제대로 된 인연을 만나지 못했다. 하지만 그 이후에 그녀는 꿈에 그리던 왕자님을 만나게 되었다. 비록 멋진 성도 없고 부유하지도 않았지만, 대신 넓은 가슴을 지닌 남자였다. 그는 그녀의 아이들을 자신의 아이처럼 받아들였다. 그가 다니던 작은 무역회사에서 칠레에 있는 일자리를 제안받자 그들 다섯 가족은 모두 함께 산티아고 교외로 이주하였다. 두 사람이 만난 지 채 1년이 되지 않은 시점이었다. 그들은 칠레 예술가들이 과거에 조성해 놓은 생태 공동체(comunidad ecológica) 안에 있는 집을 빌려 살면서 낯선 곳에 정착하였다. 그곳에서 그들은 두 명의 자녀를 더 얻었다. 그는 일을 하러 가고 그녀는 아이들과 집, 정원을 돌보았다. 긴장되고, 또 종종 고되기도 했지만 그래도 멋진 삶이었다.

그녀의 등 통증이 시작되던 무렵 즈음이었다. 어느 날 청천벽력 같은 일이 벌어졌다. 16살이던 그녀의 맞아들 제바스티안이 감자튀김을 해먹으려고 부엌 가스레인지에 기름 냄비를 올려놓고 불을 켰다. 전에도 자주 하던 일이었다. 따라서 그는 무엇을 주의해야 하는지 잘 알고 있었다. 하지만 이번에는 뭔가 일이 잘못됐다. 누구도 정확한 사건 경위를 알지 못했다. 아마도 뜨겁게 달구어진 기름방울이 가스레인지 불꽃에 튀었을 것이다. 어찌해야 할 바를 모르고 허둥대고 있던 사이에 냄비가 화염에 휩싸였다. 냄비 위에 켜져 있던 레인지 후드가 굴뚝같은 작용을 했다. 다음 순간 부엌 가구가 불길에 휩싸였다. 이어서 부엌 전체가, 그다음에는 집 전체가 불타올랐다. 집은 나무로 지어져 있었다. 강아지 한 마리가 불타 죽었고, 그들이 기르던 고양이 가운데 한 마리가 연기에 질식해서 죽었다. 혼자 집에 있었던 아들에게는 아무 일도 일어나지 않았다. 재빠르게 집 밖으로 뛰어나온 덕분이었다.

2년 전 두 번째 불행이 찾아왔다. 이번에는 그녀의 둘째 딸인 사브리나였다. 당시 그녀는 18살이었다. 그녀는 친구 4명과 함께 자동차를 타고 산타크루스 근교의 국도를 달리고 있었다. 때는 한밤중, 혹은 이미 새벽이었고, 그들은 파티에서 돌아오는 길이었다. 한쪽 앞바퀴에 펑크가 나면서 운전자가 차를 통제하지 못해 차가 뒤집혀 버렸다. 사브리나의 친구들은 찰과상과 타박상을 입었다. 사브리나만 차 밖으로 튕겨져 나가 공중을 가로질러 땅에 내동댕이쳐졌다. 그나마 딱딱한 시멘트 도로가 아니라 길 옆 초원으로 떨어진 것이 천만다행이었다. 만약 도로에 떨어졌다면 죽었을 수도 있다. 하지만 추락 여파로 그녀의 오른쪽 얼굴이 이마에서 입언저리까지 말 그대로 가죽이 벗겨져버렸다. 피부와 피부 아래에 있는 층들이 두꺼운 헝겊 조각처럼 아래로 축 늘어져 있었고, 근섬유와 신경가지들이 찢어져 있었나. 어떤 것은 완전히 파괴된 것도 있었다. 두 번의 긴 수술 끝에 의사들은 그녀의 얼굴 반쪽을 재건하는데 성공했다. 그러나 모든 기능이 복구된 것은 아니었다. 사브리나는 더 이상 오른쪽 눈을 감을 수 없었다. 그리고 웃을 때 왼쪽 얼굴에만 표정이 드러났다.

엘리자베트 호프만은 어쩌면 이 모든 걱정거리 때문에 자신의 고통에 주의를 기울일 겨를이 없었을 것이다. 그 사이에 직장을 잃은 그녀의 배우자는 다른 직장을 찾아야만 했다. 그것은 쉬운 일이 아니었다. 그사이 그녀의 등 통증이 더 이상 견딜 수 없을 정도로 악화되었다. 그녀는 몸을 질질 끌면서 의사를 찾아갔다. 의사는 그녀에게 코르티손을 처방해 주었다. 통증이 완화되었지만, 그것도 잠시뿐이었다. 결국 의사가 그녀를 큰 병원으로 보내 등 MRI 검사를 받게 했다. 검사는 전신마취를 한 상태에서만 가능했다. 깨어있는 상태에서는 숨을 쉴 수 없을 정도의 통증 때문에 단 2분도 등을 바닥에 두고 누워있지 못했기 때문이다.

병원을 떠나기 전에 직원이 MRI 영상과 함께 진단서가 저장된 CD를 그녀의 손에 쥐여주었다. 그녀의 두 눈이 스페인어로 적힌 텍스트를 훑고 지나갔다. 진단명을 쓰는 난에 도무지 알아볼 수 없는 단어가 적혀 있었다. Chordoma. 누구도 그녀에게 등 아랫부분에서 무엇을 발견했는지 설명해 주지 않았다. 그런데 '발견했다'라는 표현은 이 경우에 알맞은 단어가 아닌 것 같다. MRI 영상 속의 이물질은 누가 보아도 눈에 확 띌 정도로 크기가 컸다.

집에 도착하자마자 그녀는 컴퓨터를 켰다. 종이에 적힌 것이 무슨 뜻인지 알아보기 위해서였다. 아직 마취의 여파가 가시지 않았음에도 불구하고 그녀는 한껏 격앙되어 있었다. 사브리나가 그녀의 옆에 앉아 단어를 입력했다. 오타가 나서 다시 한번 모든 철자를 신중히 입력하였다. 그들은 결과를 찾아 읽었다. 원래는 그렇게 읽을 생각이 아니었다.

"엄마, 엄마가 암에 걸렸어요!" 딸이 말했다.

척삭종은 100만 명 중 1명이 걸리는 드문 병이다. 그리고 걸린 사람은 애초에 암 조직으로 발전하게 될 세포를 몸속에 가지고 태어난다. 이런 암을 가리켜 배아성 종양(embryonal tumour)이라고 부른다. 척삭종은 일종의 척추 전단계라고 할 수 있는 척삭(corda dorsalis)의 잔여물에서 생성된다. 척삭은 태아의 성장 과정에서 척추로 대체된다. 척삭종은 코 후방에 있는 부위인 두개저에 자리 잡는 것을 좋아하지만 척추에 자리 잡는 경우가 더 흔하다. 엘리자베트 호프만의 경우에는 종양이 척추 끝에 있는 움직이지 않는 부분, 그러니까 척추에서 골반으로 넘어가는 부위인 천골과 미골에 눌러앉아 있었다. 어느 부위에 자리 잡든지 이 종양의 특징은 성장은 더디지만 매우 파괴적이라는 것이다. 뼈도 이 종양 앞에서는 결코 안전할 수 없다.

척삭종은 또 한 가지 좋지 못한 특징을 지니고 있다. 척삭종은 조직학적 측면에서 성질이 온순하기 때문에 세계보건기구 분류에 의거하여 1등급으로 분류되지만, 그럼에도 불구하고 침투하면서 성장하는 특징 때문에 완전히 제거하기가 쉽지 않다. 설령 보이는 종양을 (여기서 보이는 종양이란 MRI 영상에서 보인다는 뜻이다) 완벽하게 제거했다고 하더라도 병든 세포기 뼈니 조직 등 경계를 이루는 구조물들을 이미 덮쳤을 가능성을 염두에 두어야 한다. 혹은 수술을 하는 동안 암세포가 인접한 조직으로 확산되어 그곳에서 새로운 종양성 병변이 발달할 수도 있다.

요컨대 엘리자베트 호프만의 몸속에 이 희귀하고 특수한 종양의 표본이 자리 잡고 있었던 것이다. 그것은 지름이 10센티미터 정도로 아기 머리만 한 크기의 종양이었다. 종양은 천골과 미골이 있는 지점과 자궁 사이의 공간에서 무성하게 증식해 있었다. 그것은 뼈가 없는 부위에 퍼져있는 것은 물론이고 뼈조직도 침범하고 있었다.

엘리자베트 호프만은 우리에게 연락을 해왔다. 그녀는 자신의 케이스를 상세하게 설명하면서 MRI 보고서를 함께 보내왔다. 때는 12월 초였다. 나는 그녀에게 최종적인 평가를 위해서는 반드시 영상을 보아야만 하며, 종양의 종류와 크기로 볼 때 수술을 피할 수 없을 것으로 추정된다고 답했다. 덧붙여서 나는 그녀에게 그 일을 더 이상 미루어두지 말고 가급적 빨리 베를린으로 오라고 간곡하게 당부했다.

그녀의 MRI 영상이 담긴 CD가 택배로 산티아고에서 우리 병원으로 배달되었다. 분과별 전문가들로 이루어진 종양 팀 회의에서 그녀의 MRI 영상에 관해 논의하였다. 우리는 그녀가 도대체 어떻게 그 오랜 시간 동안 몸속에 있는 이처럼 거대한 종양을 견뎌낼 수 있었는지 의문이었다. 그러면서 그때까지 메일을 통해서만 알고 있었던 그 여성이 어떤 사람인지 상상해 보려고 시도했다.

크리스마스이브를 일주일 앞두고 그녀가 나의 진료실에 모습을 드러냈다. 오전 8시가 막 지난 시간이었다. 그녀가 그날의 첫 번째 환자였다. 내가 그녀의 이름을 부르자 수줍은 미소를 띤 한 여성이 내게로 다가왔다. 어깨까지 내려오는 갈색 머리에 키가 대략 160센티미터 정도 되어 보였다. 그녀의 모습에서는 통증의 기색이 전혀 느껴지지 않았다. 하지만 그녀의 얼굴에 남겨진 흔적들과 그녀의 눈빛으로 보아 그녀의 인생이 순탄하지 않았다는 것을 짐작할 수 있었다.

다음 날 그녀는 병원에 입원을 했다. 하지만 수술 때문은 아니었다. 우리는 진단 근거를 뒷받침하고 종양 조직의 특징과 세포의 특징에 대해 더 많은 것을 알아내기 위해서 먼저 조직검사(biopsy)를 실시할 생각이었다. 어떤 조직에서 종양 세포가 생성되었는가? 기원이 같은 다른 건강한 세포와 종양 세포 사이에 얼마나 큰 차이가 있는

가? 양성인가 악성인가? 우리는 검사를 통해 그런 것들을 알아내려고 했다. 모든 것이 우리가 다루고 있는 그 종양이 척삭종이 확실하다는 사실을 말해주고 있었다. 나는 칠레에 있는 의사가 내린 진단을 의심하지 않았다. 그럼에도 불구하고 조직검사를 통해서야 비로소 최종적으로 확신을 가질 수 있었다. 그리고 검사 결과에 따라 이후의 처치 방식이 결정될 예정이었다. 척삭종 수술은 아주 공격적으로 처치해야 한다. 다른 종양과 비교했을 때 처치의 규모와 강도가 무척이나 세다. 그런 만큼 부작용도 크다.

나는 직접 조직을 떼어냈다. 이런 경우에는 주변에 있는 조직이 종양 세포에 오염되는 위험성을 최소화하기 위해서 개방생검(open biopsy)이 요구된다. 척삭종 조직검사의 경우, 일반적인 조직검사 때처럼 영상 데이터를 바탕으로 바늘을 이용하여 조직을 떼어내는 것이 아니라, 피부를 절개하여 조직을 직접 눈으로 보면서 떼어내야 한다. 환자는 마취 상태로 배를 바닥에 대고 수술대 위에 누워있었다. 나는 둔부간선(natal cleft, 양쪽 엉덩이 사이를 가르는 선) 윗부분을 수직으로 조금 절개한 다음 얇은 관을 이용하여 종양으로 향하는 길을 내었다. 종양은 극도로 얇은 막으로 둘러싸여 있었다.

피부 표면에서 고작 18밀리미터 아래에 있는 지점에서 나는 종양과 마주쳤다. 종양이 그만큼 광범위하게 증식하여 확산되어 있었던 것이다. 나는 종양을 둘러싼 막을 미세하게 절개한 다음 병든 조직을 아주 조금 떼어내고는 터널을 통과하듯 관을 통해 퇴각했다. 종양 조직 및 그 주변의 피부 층과 차단된 상태였다.

다음 단계로 나는 종양을 둘러싼 막을 다시 꿰매어 붙이고 피부 절개 부위를 봉합했다. 물론 나는 나중에 종양을 제거하는 과정에서 진입로를 둘러싼 조직 역시 반드시 완벽하게 절제해야만 한다는 사실을 잘 알고 있었다. 제아무리 주의를 기울인다고 하더라도 암세포가 건강한 조직과 절대 접촉하지 않았으리라고 100퍼센트 장담할 수는 없기 때문이다. 건강한 조직과 접촉한 세포가 단 하나라도 있다면 (비록 눈에 보이지 않을 정도로 작더라도) 거기에서 새로운 암이 생길 수도 있다.

신경병리학과에서 검사 결과가 나왔다. 나의 친구이자 동료인 신경병리학과 과장 프랑크 헤프너(Frank Heppner)가 직접 전화를 걸어왔다. 엘리자베트 호프만은 그 사이에 크리스마스를 지내려고 독일 북부에 있는 친척 집으로 떠나고 없었다. 조직 표본 분석 결과는 칠레에서 온 의심 소견이 사실임을 증명해 주었다. 이제부터 우리가 대부분의 신경외과 종양을 다룰 때와는 다른 길을 걸어가야 한다는 사실이 분명해졌다. 신경외과 종양을 수술할 때는 대부분 종양으로 접근한 다음 건강한 조직의 가장자리에 도달할 때까지 종양을 안에서 바깥쪽으로 피스 밀 기법(piece meal technique)으로 제거한다. 아주 조금씩 한 조각씩 제거하는 것이다. 아니면 언어 영역이나 운동영역처럼 중요한 기능이 있는 영역을 침해하는 위험을 피하기 위해 건강한 조직의 가장자리에 최대한 가깝게 접근하는 선에서 마무리한다. 이때 남겨진 종양의 잔재는 추후에 방사선을 이용하여 완전히 파괴하거나 최소한 더 이상 자라지 못하도록 막는다. 따라서 대부분의 경우에는 국소종양억제(local tumour control)를 통해 종양을 통제할 수 있다.

그러나 척삭종을 다룰 때는 이런 방식으로 할 수 없다. 척삭종은 방사선요법과 화학요법에 대한 저항성이 강한 것으로 알려져 있다. 때문에 우리는 종양을 주변의 건강한 조직과 함께 덩어리째로 완전히 제거하는 방법을 시도할 수밖에 없었다. 그렇게 해야만 완치 가능성이 있었다. 하지만 그러기 위해서는 경우에 따라 신경 훼손이나 장, 방광 같은 인접 장기들의 기능 손상을 감수해야만 했다. 때문에 여기에서도 역시 매번 맞닥뜨리는 고민의 과정이 이어진다. 환자의 생명을 연장하기 위해 삶의 질을 대가로 과연 어떤 형태의 기능장애를 감수해야 할 것인가? 다리 마비 같은 기능장애, 아니면 장과 방광의 기능 장애? 아니면 반대로 중이온이나 양성자를 이용한 새로운 방사선요법에 희망을 걸고 삶의 질을 양호하게 유지하기를 기대해야 하는 것일까?

이 문제와 관련하여 내 머릿속에 이 경우와 전혀 다른 환자의 케이스가 떠올랐다. 그는 전립선암에 걸린 60대 중반의 환자로 아직 은퇴 전이었다. 그는 엘리자베트 호프만이 우리를 방문하기 6개월 전인 여름에 응급실로 실려 왔다. 암은 이미 전이된 상태였고, 알다시피 그것은 좋지 못한 신호였다. 요추 가장 아래에 암이 전이되어 뼈

조직이 부분적으로 파괴되어 있었다. 뼈 한 조각이 부러져 있었던 것이다. 암 자체가 척추관(spinal canal) 안으로 증식하여 척수와 그곳을 지나가는 신경을 압박하고 있었다. 그 결과 그 남성의 두 발에 마비가 나타나 발을 들거나 내리는 것이 거의 불가능했다. 그는 걸을 수가 없었다. 더 이상은 혼자서 소변을 보러 갈 수도 없었다. 자그마치 1리터의 소변이 그의 방광에 모여 있었다. 그 절반이 채 되지 않아도 이미 강력한 요의를 느끼기에 충분하다. 방광 내부와 외부의 괄약근을 통제하는 신경들이 암에 밀려 마비되어 있었고, 발의 움직임을 담당하는 신경 역시 마찬가지였다.

그런 신경들은 12시간에서 24시간 이상 압박을 당하면 죽어버릴 수도 있다. 그런 이유로 우리는 이런 환자들이 실려 오면 가능한 한 신속하게 수술을 시행한다. 한밤중이라도 상관없다. 이때 수술 목표는 신경에 가해지는 부담을 덜어주고 신경이 필요로 하는 공간을 다시 마련해 줌으로써 신경의 기능을 정상적으로 유지하는 것이다. 전립선암 같은 종양을 수술할 때는 우선 안으로 들어가 암세포가 덮친 조직을 하나씩 천천히, 앞서 언급한 피스 밀 기법으로 벗겨낸다. 하지만 그 남성 환자는 이미 몸 전체에 암이 전이되어 있었기 때문에 합병증이 발생하는 것을 방지하기 위해 최소한으로 조치를 취했다. 요컨대 종양을 과감하게 제거하는 것이 목표가 아니었던 것이다. 이런 처치의 99퍼센트는 임시방편에 불과하다. 비록 사람들은 다른 것을 기대하겠지만 말이다.

우리는 환자의 신경 주변을 둘러싸고 있는 종양을 가능한 범위 내에서 제거하고, 뼈조직이 파괴된 부위에 뼈 대신 케이지(cage) 두 개와 여러 개의 나사를 박아 척추를 안정화하였다. 병원에서 퇴원할 때 그는 다시 걸을 수 있게 되었다. 비록 완벽할 정도는 아니었지만 배뇨관이 필요하지는 않을 정도로 방광의 괄약근도 다시 제 기능을 했다. 그렇다고 해서 그가 치유된 것은 아니었다. 방사선요법과 화학요법, 그리고 상당히 큰 불확실성이 그를 기다리고 있었다.

내가 차이가 난다고 말한 것은 바로 이 점이다. 60대 중반인 그 남성의 경우에는 남은 시간 동안 괜찮은 삶의 질을 영위할 수 있도록 하는 것이 중요했다. 반면 엘리자베트 호프만의 케이스는 달랐다. 우리는 치유의 가능성을 엿보았기 때문에 삶의 질이 악화되는 것을 다분히 의도적으로 감수하고자 하였다. 그 사이에 5년의 세월이 흘렀고, 그와 유사한 사례들을 놓고 한층 더 뜨거운 논쟁이 벌어지고 있다. 현재는 그 당시보다 환자의 개인적인 결정에 따르는 경향이 크게 늘어났다. 엘리자베트 호프만의 사례에서는 암이 천골 중간과 아래쪽에 자리 잡고 있었기 때문에 암을 공격적으로 제거한다고 하더라도 다리에 마비가 발생하지는 않을 것이었다. 다만 방광과 직장의 기능이 문제였다. 그리고 중요한 신경의 대부분이 암 바깥쪽으로 뻗어 있었다.

크리스마스 전날 나는 일반외과 및 성형외과 과장들과 한데 모여 수술 과정을 논의했다. 우리는 팀 체제로 수술을 진행할 계획이었다. 나는 그들에게 MRI 영상을 보여주면서 조직검사 결과를 포함하여 해당 케이스를 짤막하게 설명하였다. 우리는 무엇이 최상의 방법인지 함께 상의하였다.

암이 장과 골반에 있는 큰 혈관들을 장악한 상태인 데다가 그렇게 크기가 큰 암을 제거한 후에 상처 봉합을 성공적으로 마무리하려면 근육의 위치를 옮기고 피부를 아무 손상 없이 그에 맞게 적응시키는 것이 필요했기 때문에 여러 분야 전문가들로 이루어진 고성능 팀이 필요했다. 이때 신경외과 의사들에게 주어진 임무는 신경을 보호하면서 암을 척추 바깥으로 끄집어내는 일과 필요한 경우에 척추를 견고하게 만드는 일이었다.

그때까지는 척추에 생긴 이런 종류의 암을 수술할 때 척추 주변에 있는 장기들, 예컨대 장 같은 장기를 직접 눈으로 보고 그곳에 상처가 나는 것을 방지하기 위해서 먼저 몸 앞쪽에 통로를 하나 만들었다. 이어서 천을 보호막처럼 암 조직 앞에 가져다 놓을 수 있도록 조치했다. 그런 다음 환자의 몸을 돌려 배가 아래쪽으로 향하도록 하고 뒤에 있는 두 번째 통로를 통해서 암으로 접근했다. 두 과정 사이에는 적절한 중간 단계가 있었다. 당연한 말이지만, 환자의 몸 앞쪽을 개방된 상태로 그대로 방치하면 안 되기 때문이다. 이 전체 과정은 이틀에 걸쳐서 이루어졌다. 첫날 4~5시간이 필요했고, 둘째 날에도 4~5시간이 필요했다.

그러나 이번 수술에서 우리의 생각은 달랐다. 우리는 처음부터 이미 다른 생각을 품고 있었다. 그 사이에 우리가 활용할 수 있는 기술

6. 허리에 자리 잡은 거인

적인 가능성들이 늘어났고, 덕분에 그런 생각을 떠올리게 되었다. 우리는 단 하나의 통로를 이용하여 수술을 진행할 생각이었다. 통로의 위치는 몸 뒤쪽, 생검을 할 때 내가 만들었던 바로 그 통로였다. 통로 크기만 더 클 뿐, 위치는 동일했다. 통로를 하나만 만드는 대신 수술 전체를 내비게이션에 의거하여 진행하기로 했다. 전적으로 내비게이션에 기초한 수술을 시행할 때는 눈에 보이지 않는 구조물들이 수술 전과 수술을 하는 동안 생성된 데이터를 바탕으로 3D 형태로 가시화된다. 그 결과 우리는 손상의 위험을 무릅쓰고 해당 부위를 노출시킬 필요 없이 자세한 해부학 정보를 손에 넣을 수 있게 된다. 이 기술은 원래 뇌수술을 위해 개발된 것으로서 종양의 위치를 확정하고 수술을 할 때 종양의 위치와 경계를 눈으로 볼 수 있도록 헤준다. 몇 년 전부터는 척추 수술에도 이 기술이 사용되고 있다. 다만 나사를 보다 정확하게 배치하는 용도로만 사용되었을 뿐, 종양의 가장자리를 특정하고 종양 제거 범위를 보다 효과적으로 조절하는 용도로는 사용되지 않았다. 따라서 우리의 계획은 새로운 시도였다.

그런데 지금 이 수술의 성패는 종양을 제거하되, 정확하게 건강한 조직에 둘러싸인 상태로 제거할 수 있느냐의 여부에 달려있었다. 수술 성공을 위해서는 내비게이션 수술이 운명적으로 정해진 것처럼 보였다. 이 수술의 장점은 명백했다. 한 번만 수술을 하면 되고, 수술 시간도 현저하게 짧아질 것이며, 환자가 감당해야 할 부담도 감소할 것이다. 그리고 무엇보다도 그녀와 우리가 감수해야 할 위험이 줄어들 것이다.

우리는 크리스마스 연휴가 끝나자마자 엘리자베트 호프만을 병원으로 불렀다. 나는 그녀에게 우리가 수술을 어떤 방식으로 진행하려고 하는지를 설명했다. 그리고 우리가 새로운 접근방식을 사용하기로 결정했다는 사실도 함께 알려주었다. 나는 두 명의 동료 의사들과 협의하여 만약 나의 계획이 미처 예상치 못했던 그 어떤 이유로 말미암아 실행에 옮겨지지 못한다면 전통적인 수술 방식대로 몸 앞쪽에 두 번째 통로를 만들기로 합의하였다.

어느새 섣달그믐을 사흘 앞둔 시점이 되었다. 나는 특별한 긴장감을 가지고 이 수술을 바라보았다. 만약 우리가 새로운 방식을 사용하여 성공을 거두게 된다면, 그것은 척추 수술 환자들에게 있어서 발전을 의미하는 일이 될 터였다. 수술은 4층에서 진행되었다. 이번에는 11번 수술실이었다. 그곳에는 이동식 컴퓨터단층촬영 장치(CT)가 구비되어 있었다. 그것은 수술 중 사용이 가능하도록 특별하게 고안된 장치로, 별도의 번거로운 절차 없이 신속하게 A에서 B로 이동이 가능하기 때문에 환자의 자세를 수술에 필요한 상태로 잡을 수 있다. 심지어는 환자가 반쯤 앉은 자세에서도 촬영할 수 있다.

족히 5년쯤 전에 그 기계를 피르호 병원에 처음 설치하였을 당시 베를린 자선병원은 유럽에서 이동식 CT를 사용하는 첫 번째 병원이 되었다. 과거에는 환자를 CT 기계로 데리고 가야 했기 때문에 수술이 잘됐는지를 확인하기 위해서는 반드시 수술을 먼저 끝내야만 했다. 목표 달성에 실패한 경우에는 두 번째 수술을 통해 수정해야 했다. 이것은 환자에게도, 또 수술 팀에게도 바람직한 일이 아니었다. 수술실에서 스캐너를 이용하여 곧바로 수술 결과를 확인할 수 있게 되면서부터 추가 수술을 해야 하는 경우를 대비하여 수술 부위를 열어둘 수 있게 되었다. 이동식 CT 영상은 뼈 구조물과 뼈가 없는 연조직을 3D 형태로 정확하게 보여준다. 단 한 번의 스캔으로 척추 전체를 볼 수 있다. 그리고 전체 데이터를 즉석에서 다른 수술 시스템으로 전송하여 그 데이터를 바탕으로 우리의 계획을 실행하는데 특별히 중요한 것이 무엇인지 산출해낼 수 있다. 우리는 그때까지 그 기술을 활용한 적이 없었던 영역에 처음으로 그 기술을 도입하여 활용하고자 헸다.

우리는 이미 잠들어 있는 엘리자베트 호프만이 다리를 쭉 뻗은 채 수술대에 배를 대고 누운 상태가 되도록 자세를 잡고 두 팔도 마찬가지로 쭉 펴서 몸통에 가깝게 밀착시켰다. 그런 다음 가슴과 골반 아래에 쿠션을 밀어 넣어 배가 지나치게 눌리지 않도록 더 많은 공간을 확보했다. 머리에는 특수한 젤 쿠션을 댔다. 그리고 다른 모든 신체 부위 아래에도 부드러운 깔개를 깔아 압박으로 인한 손상이 발생하지 않도록 했다. 긴 시간이 소요되는 수술에서는 이런 준비에 소홀해서는 안 된다. 우리의 수술 전문 간호사 알렉산드라 미하일로비치(Alexandra Mihajlovic)가 수술에 필요한 모든 것을 이미 정리해두었다.

그녀는 모든 경우에 대비하여 갖가지 수술 기구들을 준비해두었다. 그녀는 앞으로 진행될 수술의 모든 측면, 그러니까 현미경 수술, 척추 수술, 복부 수술, 성형수술의 측면을 모두 염두에 두었다.

이어서 등 중간에서부터 허벅지까지 수술 부위에 대한 소독이 이루어졌다. 우리가 수술 부위를 그렇게 넓게 잡은 것은 나중에 성형외과 전문의가 상처 봉합에 사용할 조직을 충분히 확보할 수 있도록 하기 위해서였다.

나는 레지던트 마르쿠스 차반카(Marcus Czabanka), 그리고 베른에서 온 요하네스 골트베르크(Johannes Goldberg)와 함께 종양을 노출시키는 첫 단계를 시행했다. 요하네스 골트베르크는 안드레아스 라베의 병원에서 근무하다가 1년 동안 우리 병원에서 근무하게 되었는데, 이것은 우리 신경외과 의사들 사이의 밀접한 연대를 잘 보여주는 사례다. 나는 조직검사 때 절개했던 지점 조금 아래에 메스를 대고 지난번 통로로 사용했던 부위에서 얼마간 거리를 둔 채 그 주변을 빙 둘러서 절개를 하여 다시 가운데로 돌아왔다. 그런 다음 거기부터 위쪽으로 약 30센티미터가량 수직으로 절개를 이어갔다. 상처 부위를 열어젖히자 척추가 드러났다. 특히 아래쪽에 있는 요추 두 개가 드러났다. 종양은 거기에서 다리 쪽으로 훨씬 멀리 떨어진 천골 부위에 있었다. 우리가 요추 부위까지 절개한 것은 길을 잃고 헤매서 그런 것이 아니었다. 우리는 건강한 조직에서 시작하여 그곳을 기점으로 아주 조심스럽게 종양 방향으로 가는 길을 만들 작정이었다.

대부분의 척추 뒤쪽에는 가시 모양의 돌기가 있다. 특히 요추 부위는 모든 척추가 그렇다. 외부에서 손으로 더듬어 보면 작은 마디를 감지할 수 있다. 이 가시모양의 돌기는 척추에 안정성과 유동성을 제공하는 근육과 인대의 결합 지점이다. 인대 하나가 경추에서부터 천골까지 그 사이에 있는 모든 돌기의 정점을 거쳐 쭉 이어져 있는데, 이것은 사람들 사이에 차이는 있지만 비교적 곧은 자세로 생활하는 데 기여한다.

우리의 첫 번째 목표는 5번 요추에 있는 가시모양의 돌기였다. 우리는 그곳에 내비게이션 시스템에 사용될 레퍼런스(reference clamp)를 부착했다. 이때 클램프 부착 위치를 수술 부위에 최대한 가깝게 선정하고, 수술을 하는 동안 그 위치를 바꾸지 않는 것이 중요하다. 내비게이션 시스템은 클램프에 설치된 마커(reference star)를 통해 환자의 위치를 자동적으로 기록한 다음 수술 기구 위치와 환자의 위치를 서로 관련시킨다. 따라서 수술 기구에도 참조 표지가 장착되어 있어야 한다.

카메라가 클램프와 수술 기구, 이 둘의 위치를 파악하여 해당 데이터를 내비게이션 컴퓨터로 전달한다. 데이터를 넘겨받은 컴퓨터는 실시간으로 수술 기구의 위치를 계산하여 3차원 영상으로 표현한다. 그러니까 수술 기구가 몸속 어디에 있는지 보여주는 것이다. 이 작업을 원활하게 수행하기 위해서는 환자의 해부 구조와 중요한 신체 구조물 및 병리학적 과정들에 대한 영상 데이터들이 컴퓨터에 미리 저장되어 있어야 한다. 이런 데이터들을 확보하기 위해서 수술실에 CT 스캐너가 있는 것이다. 데이터를 확보하기 위해서 우리는 수술 전에도 이미 MRI와 CT 촬영을 했지만, 지금 환자가 취하고 있는 자세에서 촬영한 것은 아니었다.

모든 정보 입력이 완료되고 나면 컴퓨터가 환자의 실제 좌표계와 영상 데이터의 가상 좌표계를 대조하는데, 실질적으로는 두 가지 데이터를 서로 겹쳐놓는다. 그 결과 3차원 영상이 생성된다. 이것은 수술을 하는 동안 내비게이션의 기초 자료가 된다. 의사가 수술 기구를 환자의 몸에 갖다 대면 시스템이 매우 정확한 위치 데이터를 제공한다. 따라서 건너편 천장에 달려 있는 화면을 보면 수술 기구에서 종양이나 중요한 구조물들까지의 간격이 얼마나 되는지, 무엇보다도 인접한 곳에 있는 신경이나 장기와의 간격이 얼마나 되는지 알 수 있다.

나는 내비게이션에 의지하여 건강한 영역에서 출발하여 조금씩 종양으로 접근해갔다. 나는 종양을 둘러싸고 있는 지방 조직과 근육 조직을 정리했다. 지방 조직은 희미한 노란색이었다. 근육은 붉은색을 띠고 있었다. 이때에는 항상 안전거리를 유지하는 것이 중요하다. 수술 전에 우리는 2~3센티미터 정도를 안전거리로 정해두었다. 이렇게 하는 목적은 어떤 경우에도 종양에 지나치게 가까이 접근하거나 종양에 휩쓸려 들어가는 것을 방지하는 데 있다.

통제되지 않은 상태에서 종양을 둘러싼 막이 열려버리면 흐물흐물한 내용물이 밖으로 쏟아져 나와 수백만 개의 병든 세포가 건강한 조직을 침범하고 그 결과 전이가 일어날 수도 있다. 안전거리가 중요한 또 다른 이유는 그처럼 오랫동안 자란 종양의 경우에는 종양 막을 둘러싸고 있는 조직 외피에 이미 종양세포가 침투해 있을 수 있기 때문이다. 요컨대 가장 외부에 있는 종양세포가 어디까지 흩어져 있을 지는 아무도 알 수 없기 때문에 안전거리 유지가 중요한 것이다.

마침내 우리는 평평한 골반 부근에 도달했고, 척삭종은 거기에 있는 천골에 자리 잡고 있었다. 여기에서도 역시 나는 안전거리를 주의해야 했다. 내비게이션 화면이 방향을 잡을 수 있도록 도와주었다. 그것은 건강한 뼈조직 부위와 종양이 침범한 뼈조직 부위 사이의 경계를 보여주었다. 병든 부분의 뼈 영상은 골다공증에 걸린 뼈와 비슷했고, 표면은 비바람에 훼손된 낡은 석회처럼 보였다.

나는 천골관(sacral canal)을 열고 보호할 수 있는 신경과 희생할 수밖에 없는 신경을 찾아내이 분류해야 했다. 그러기 위해서는 천골궁 (sacral arch)을 제거해야만 했다. 그것은 종양이 없는 영역에 있었다. 천골 가장 위쪽 부위를 제거하자 길쭉한 주머니, 즉 내부를 감싸고 있는 경질막 주머니가 보였다.

천골관은 척추관의 연속체로, 척추관 안으로는 뇌의 연장인 척수가 지나간다. 하지만 이 부분에는 더 이상 척수가 없다. 척수는 첫 번째나 두 번째 요추 높이에서 끝이 난다. 그 대신 척수 아래쪽 끝부분에서 신경근 다발이 아래를 향해 자라 있다. 척추관 구멍으로 모든 신경근이 쌍을 이루어 오른쪽, 왼쪽으로 한 개씩 밖으로 빠져나와 있다.

천골 부위에는 다섯 개의 신경쌍이 있다. 천골관 외부에서 그것들은 요추 아래쪽에서 비롯된 신경들과 신경총, 즉 허리엉치신경얼기

(요신경총, plexus lumbosacralis)를 형성한다. 그리고 이 신경총에서 분열과 가지치기를 통해서 또다시 새로운 신경들이 생성된다. 새롭게 생성된 신경들은 주로 다리를 담당하며, 다리에 해당되는 자극들을 전달한다. 허리엉치신경얼기는 인간의 신체 내부에서 가장 강력한 신경총으로 간주된다. 이 신경총의 주요 가지들 중 하나가 바로 좌골신경(nervus ischiadicus)이다. 횡단면의 너비가 1×1.5센티미터인 좌골신경은 우리 몸에 있는 신경 가운데 두께가 가장 두껍다. 나는 이 복잡한 미로 속에서 제대로 길을 찾으려고 시도했다. 다시 내비게이션 시스템이 도움을 주었다. 종양 같은 다른 구조물들이 시야를 가리는 바람에 수술 공간에서 눈으로 직접 볼 수 없는 것들이 우리 앞에 있는 화면에 표시되어 나타난다. 종양 내부로 들어가는 신경은 어떤 것이고, 그 옆을 스쳐 지나가는 신경은 어떤 것인가?

나는 제1천추신경에서 제5천추신경까지 다섯 개의 천골 신경 쌍에 주목했다. 제1천추신경은 발을 평평하게 뻗은 상태에서 올리거나 내릴 수 있게 해준다. 그 덕분에 우리는 엄지발가락 끝으로 설 수 있고, 운동을 할 때 점프를 할 수 있으며, 자동차 운전을 할 때 페달을 밟을 수도 있다. 이 신경은 종양을 한참 비켜갔다. 이어서 제2천추신경에서 제5천추신경가 다가왔다. 관련 기능들을 감안할 때 제4천추신경과 제5천추신경은 무시할 수 있었지만, 신경근 제2천추신경과 제3천추신경은 이 수술에서 각별히 신경을 써야 했다. 방광과 직장, 그리고 괄약근을 조절할 때 이 신경들이 핵심적이기 때문이다. 이 신경섬유들이 얼마나 남아 있느냐에 따라 수술 후의 환자의 삶의 질이 어느 정도로 유지되느냐가 결정된다. 만약 이 신경섬유들이 없다면 엘리자베트 호프만은 영구 도뇨관(dwelling catheter)을 몸속에 지니고 다녀야만 할 뿐만 아니라 배변 조절을 하지 못하게 된다. 만약 제1천추신경에서 제3천추신경까지 양쪽 신경을 모두 유지하는데 성공한다면 기능이 원활하게 유지될 가능성이 90퍼센트에 달한다. 만약 제3천추신경 두 개가 소실되어 버린다면 그 가능성은 대략 70~60퍼센트 정도로 떨어진다. 그리고 제2천추신경 두 개가 모두 소실되면 가능성이 15퍼센트 이하로 떨어진다. 종양이 침범한 신경들은 희생시킬 수밖에 없다. 그것은 어쩔 수 없다. 요컨대 중요한 것은 최소한 종양에서 가까운 지점을 지나가는 신경들이라도 구하는 것이다. 수술을 할 때 신경섬유들은 흰색 스파게티 같은 느낌을 자아낸다. 이것들을 다룰 때는 수술 전에 신경이 진행하는 경로를 미리 파악해둔 다음 수술을 할 때 1센티미터씩 조심스럽게 구출해야 한다. 이때에는 내비게이션 시스템이 매우 큰 장점으로 작용한다. 왜냐하면 개개인의 상황을 세부적으로 보여주기 때문이다. 개개인의 상황을 파악하는 것은 매우 중요하다. 왜냐하면 경우에 따라서는 종양이 정상적인 신체 구조를 크게 바꾸어놓기 때문이다.

이어서 뼈를 처리할 차례가 되었다. 우리는 다시 건강한 부위에서부터 접근했다. 이번 수술에서 우리가 사용하는 다른 모든 기구들과 마찬가지로 이번에는 의료용 끌에 마커가 설치되어 있었다. 화면을 쳐다보자 뼈의 어떤 지점에 끌을 갖다 대야 하는지, 그리고 끌을 어떤 각도로 유지해야 하는지 알 수 있었다. 나는 폭이 5밀리미터인 끌의 끝부분을 뼈 가까이 가져간 다음에 내가 제대로 하고 있다는 것을 확인하기 위해서 두 명의 어시스턴트와 함께 3D로 구현된 화면을 들여다보았다. 그러고는 뼈 표면과 끌 사이의 각도를 수정하고 뼈를 내려치기 시작했다.

뼈는 두께가 고작 1센티미터 정도에 불과했고 상대적으로 구멍이 많았다. 우리는 그것을 20센티미터 길이로 절단해야만 했다. 끌이 무절제하게 뼈를 관통하여 그 뒤를 지나가는 혈관이나 신경 줄기를 다치게 하는 사태를 방지하기 위해서 아주 조심스럽게 움직여야 했다. 그 부위에는 다른 무엇보다도 바로 옆에 붙어 있는 장을 담당하는 혈관들이 자리 잡고 있었다. 그 혈관들 중 어느 하나라도 다치면 출혈이 발생할 수 있었고, 장을 훼손하면 그것은 곧 감염으로 이어질 수 있었다. 자칫 잘못하면 감염으로 인해 생명이 위태로워질 수도 있었다. 감염이 초래하는 또 다른 결과로서 환자에게 인공 직장을 설치해야만 하는 사태가 벌어질 수도 있었다. 이런 이유 때문에 지금까지 우리는 환자의 몸 앞쪽에서 첫 번째 수술을 시행하여 우선 장부터 보호했던 것이다. 내비게이션의 도움 없이 뒤에서 끌을 사용하는 것은 너무 위험한 일이다.

때문에 끌을 다룰 때는 아주 조심스럽게 움직일 것을 권고한다. 섬세한 망치질을 위해서 우리는 나무망치를 사용한다. 사실 어떤 망치를 사용하느냐는 그다지 중요한 문제가 아니다. 그저 느낌상의 문제일 뿐이다. 나는 종양 주변으로 270도 부위에 걸쳐 끌질을 하여 천골과 골반에서 종양과 함께 종양이 침범한 뼈와 건강한 뼈의 가장 자리를 분리해냈다. 이를 위해서는 골반으로 이어지는 부분을 절단하고 천골의 위쪽 가장자리를 절단해야만 했다. 이것은 '건강한' 신경을 '손상당한' 신경과 분리한 다음 신경 통로를 관통하여 끌질을 해야 했다는 것을 의미한다. 손상당한 신경은 잘라 내었다.

또다시 내비게이션이 방향을 잃지 않는데 큰 도움을 주었다. 그다음에 이어진 중요한 수술 단계는 절개된 경질막 주머니를 꼼꼼하게 봉합하는 것이었다. 경질막은 뇌척수액으로 가득 차 있었다. 뇌척수액은 비록 뇌에서 생성되지만, 뇌에서부터 경질막을 거쳐 천골까지 끊어지지 않고 쭉 흐르다가 천골에서 다시 뇌 바깥쪽으로 돌아와 흡수된다. 경질막에 균열이 생기면 누공이 생성되어 뇌척수액이 상처 위로 누출될 수 있는데, 이것은 이후 상처치유에 치명적이다. 그런 수술을 시작하기 전에는 반드시 상처를 어떻게 봉합할 것인지 확실하게 계획을 세워두어야 한다. 우리는 성형외과 전문의와 함께 그 계획을 마련해 두었다. 뇌척수액이 누출된다면 성형외과 전문의가 뛰어난 솜씨를 발휘하여 수행한 놀라운 작업이 모두 수포로 돌아가 버릴 것이다. 뼈가 모두 절제되자, 종양과 뼈 가장자리가 앞쪽에 있는 복벽 후방과 혈관, 그리고 장에 매달려 있게 되었다.

일반외과 동료인 펠릭스 아이그너(Fleix Aigner)가 바통을 넘겨받았다. 처음에 피부를 절개할 때부터 수술 과정에 함께 했던 그는 내비게이션을 이용한 수술이 얼마나 안전한지를 지켜보면서 상당히 들뜨고 흥분한 것 같아 보였다. 그때까지 그는 수술 기구를 든 자신의 손이 환자의 몸속 어느 지점에 있는지 그처럼 정확하게 본 적이 단

한 번도 없었다. 나를 포함한 모두가 마찬가지였다.

그의 과제는 종양을 최종적으로 정리하여, 전면에, 그러니까 배 쪽을 향해 드러내는 것이었다. 척삭종이 거의 직장까지 증식한데다가 여기에서도 안전거리를 포기해서는 안 되었기 때문에, 그에게 남겨진 공간이라고 해봐야 극도로 비좁은 통로 하나뿐이었다. 그는 마지막 조직 결합 부위를 잘라내어 종양을 들어올린 다음 장에 바싹 접근하였다. 그러자 붉게 빛나는 장 외벽의 일부가 드러났다. 우리는 장의 수축을 지켜보았고, 장이 손상되지 않았다는 것을 확인할 수 있었다.

장과 직장은 섬세한 혈관망(vascular plexus)과 신경총의 보살핌을 받는다. 지방과 인대 조직이 풍부한 혈관망과 신경총이 장까지 도달하여 그것을 에워싸고 있다. 긴 구간에 걸쳐 장을 정리하다 보면 자칫 혈액과 신경 구조물을 손상시켜 좋지 않은 결과가 초래될 수 있다. 나는 펠릭스 아이그너가 외벽의 기능을 조금도 훼손하지 않고 종양을 완벽하게 제거할 때 보여준 그 우아함과 정밀함에 깊은 인상을 받았다.

그의 탁월한 작전이 종료되자 건강한 근육과 뼈, 그리고 복부 지방에 둘러싸인 상태로 종양을 들어내는 작업이 완료되었다. 종양 막도 온전한 상태였다. 우리는 어린아이 머리 크기만 한 결과물을 수확할 수 있었다.

이제 그처럼 큰 종양을 제거하고 난 후에 척추가 과연 안정적으로 유지될 수 있을 것인가라는 의문이 제기되었다. 이런 의문이 들 수밖에 없다. 왜냐하면 뼈로 이루어진 구조물에 그처럼 큰 손상이 생기면 나사와 케이지를 이용하여 안정성을 보강하는 작업이 필수이기 때문이다. 엘리자베트 호프만은 이런 작업이 필요하지 않았다. 한 덩어리로 종양을 제거하면서 비록 천골에 큰 결손이 발생하기는 했지만, 천골 결손 범위가 3분의 2에 불과했고 척추와 골반 연결 부위가 아직 온전하게 남아 있었기 때문이다. 이것은 엘리자베트 호프만에게 좋은 소식이었다. 왜냐하면 이런 수술에서는 척추를 재건하는 것이 힘든 도전이 되는 일이 허다하기 때문이다.

그 사이에 성형외과 과장인 크리스디안 비첼(Christian Witzel)이 우리 옆으로 다가왔다. 이제부터 그가 수술로 인해 생성된 빈 공간을 환자의 신체조직으로 메꾸고 수술 상처를 봉합하는 일에 세 시간 정도 걸릴 예정이었다. 여기서 관건은 피하조직과 근육층을 서로 분리시키고 그 위치를 옮겨 새롭게 생성된 공간을 메꾸는 한편 이후로도 계속해서 충분한 혈액이 공급되도록 하는 것이었다. 나는 그가 위대한 걸작을 (엘리자베트 호프만은 나중에 결과에 매우 만족해하면서 그의 작업을 이렇게 불렀다) 완성해나가는 모습을 지켜볼 수 있는 기회를 놓치지 않았다. 그가 이처럼 거대한 상처를 매우 세련되고 우아한 솜씨로 다루는 모습을 지켜보는 것은 매우 인상적이었다. 신체 깊숙한 곳에서 이루어지는 수술을 훌륭하게 해내는 것은 충분히 가능한 일이지만, 결과적으로 상처 봉합이 훌륭하게 이루어지지 않는다면 아무리 수술을 잘 한다고 하더라도 별로 소용이 없다.

그 후 몇 분 동안은 척삭종이 수술실의 스타로 떠올랐다. 우리는 후속 연구를 할 때 조금 더 효과적으로 방향을 설정할 수 있도록 종양에 위치를 표시해 주는 실을 설치하였다. 이어서 보기 드문 견본에 대한 사진 촬영이 모든 방향에서 이루어졌다. 우선 전체적인 규모와 형태를 확인하기 위해서 조금 거리를 두고 촬영을 했고, 그런 다음에는 수술을 하면서 남겨둔 지방조직과 근육조직 구조, 생검 진입통로, 그리고 모든 작고 세밀한 부분을 가까운 거리에서 꼼꼼히 촬영했다.

이런 순간에 나는 늘 앞서서 이미 소개한 바 있는 핀란드 출신의 신경외과 전문의 유하 헤르네스니미를 떠올리게 된다. 나는 레지던트 과정을 마친 직후 4주간 그의 곁에서 머물렀다. 당시 그의 병원 의사들이 모두 한 달간 이어진 파업에 참가한 상태였기 때문에 나는 24시간 내내 그의 개인적인 조수이자 열성적인 학생으로서 함께 일했다. 그의 전문 분야는 뇌혈관 신경외과로, 이 분야에서 그는 세계적인 명성을 떨치고 있었다. 나는 동맥류 분야에서 수많은 전문 지식을 그에게서 배울 수 있었다. 그 외에도 다른 일반적인 지식들과 지혜 또한 주워들을 수 있었다. 언젠가 그가 두개저 전방에 위치한 크기가 큰 뇌수막종을 제거했을 때의 일이다. 그는 그 커다란 암 덩어리를 좁은 두개골 구멍을 통해 끄집어내고는 내 쪽으로 몸을 돌린 다음 암 덩어리를 높이 들어올렸다. 그러면서 눈을 가늘게 뜨고 나를 바라보며 이렇게 물었다. "자네, 제거한 암 덩어리를 낚시 대회에서 받은 트로피나 되는 것처럼 몇 분 동안 가만히 들여다보면서 '과연 이것이 크기가 가장 큰 것일까?' 하고 생각하는 신경외과 의사를 알고 있나?" 나는 고개를 끄덕였고, 우리는 말없이 서로를 이해했다.

엘리자베트 호프만의 몸에서 떼어낸 암 덩어리는 병리과로 넘겨져 컴퓨터 확대경을 이용하여 좀 더 자세하게 관찰을 할 예정이었다. 단, 검사 시기는 수술을 한 그 주가 아니라 조금 시간이 지난 후로 잡았다. 왜냐하면 뼈에 발생한 종양을 분석하는 일은 비교적 시간이 오래 걸리는 과정이기 때문이다. 이를 위해서는 우선 뼈를 분리해 내야 한다. 검사를 통해 아래쪽 조직에는 암세포가 퍼져있는 반면 암 덩어리의 바깥쪽 가장지리에는 암세포가 없다는 사실이 밝혀졌다. 이에 따라 우리가 선택한 안전거리가 적절했음이 입증되었다.

그날 저녁 중환자실에서 마취에서 깨어난 엘리자베트 호프만은 방광기능도, 또 장기능도 전혀 감지할 수 없었다. 그 후 며칠이 지나는 동안 그 두 가지 기능과 관련해서는 아무런 변화도 일어나지 않았다. 그녀는 우리가 수술을 위해 그녀의 방광에 설치해둔 카테터를 계속 지니고 있을 수밖에 없었다. 직장의 내용물 또한 주기적으로 관장을 해주어야만 했다. 설령 그녀가 규칙적으로 배변을 보는 것이 가능했다고 하더라도 변기에 앉는 것은 금물이었다. 왜냐하면 수술 상처가 먼저 아물어야 했기 때문이다.

그것은 좋은 소식도 아니었지만 그렇다고 해서 나쁜 소식도 아니었다. 우리가 기대했던 것은 그 이상도 이하도 아니었다. 다른 것을 기대하기에는 이 민감한 영역은 수술 자체가 너무나도 어려웠기 때문이다. 수술을 하는 과정에서 우리는 몇몇 신경가지를 희생해야 했는데, 그 중에 장과 방광에 중요한 신경도 하나 있었다. 때문에 아무런 후유증이 남지 않는 것은 불가능한 일이었다. 관건은 그녀가 앞으로 이런 제약들을 안고 살아가야 할 것인지, 아니면 조금이라도 상황이 개선될 것인지의 여부였다.

좋은 소식도 있었다. 우리는 양쪽 제1천추신경근을 온전하게 보호해냈다. 제1천추신경 가지는 종아리 뒤쪽을 경유하여 발꿈치까지 뻗어나가 거기에서 다시 발 측면으로 이어지면서 해당 신체 부위를 제어한다. 제1천추신경근이 무사한 덕분에 엘리자베트 호프만은 다리와 발을 움직일 수 있었다. 그녀가 의식을 되찾았을 때 우리는 그녀의 운동기능부터 테스트했다. 그녀의 운동기능은 모두 정상적으로 유지되었다.

제2천추신경근 또한 양쪽 모두 온전하게 남아 있었다. 이 신경은 우리가 지켜내지 못한 다른 신경과 함께 무엇보다도 방광과 장의 괄약근 기능을 조절한다. 그 신경을 손상 없이 지켜낼 수 있었다는 사실이 우리에게 희망을 심어 주었다. 얼마간 인내심을 가지고 훈련을 한다면 어쩌면 향후에 이 신경이 혼자서도 주어진 임무를 수행할 수 있을지도 몰랐기 때문이다.

내비게이션은 수술의 모든 과정에서 큰 도움이 된 것으로 입증되

　　　　　　　　　　　6. 허리에 자리 잡은 거인

었다. 우리는 내비게이션의 도움으로 이처럼 복잡한 수술을 훨씬 더 정확하고 안전하게 수행할 수 있었다. 우리가 직접 체험한 이 긍정적인 경험을 널리 전달하기 위해서 나중에 우리는 상세한 수술 과정에 대한 묘사와 함께 전적으로 내비게이션에 의거하여 척삭종을 일괄 절제하는 방법을 한 전문 학술지에 공동으로 발표하였다.

엘리자베트 호프만은 수술 후 3주간 우리 병원에 머물렀다. 우리는 다양한 사후검사들을 시행하면서 그녀의 회복 과정을 관찰하였다. 수술 상처는 일반적으로 감염에 취약한데, 이런 크기의 상처는 더 그렇다. 퇴원하던 날 그녀의 방광에 연결되어 있던 카테터를 제거했다. 그녀의 괄약근이 다시 정상적으로 기능하기 시작했다. 뿐만 아니라 그녀는 화장실에 가야할 때가 언제인지도 다시 감지할 수 있게 되었다. 하지만 변실금(anal incontinence)은 다른 문제였다. 그것은 그녀가 앞으로 계속 노력하며 해결해야 할 문제였다.

엘리자베트 호프만은 우리 병원을 떠나 (여전히 앉는 것이 허용되지 않았기 때문에 구급차에 누운 상태로) 자동차로 족히 한 시간 거리에 있는 베를린 남동쪽의 재활센터로 향했다. 3주가 지나서야 비로소 엉덩이가 하중에 익숙해지도록 조심스럽게 앉는 연습을 하기 시작했다. 배변 문제는 여전했다. 그녀는 아직 몇 달 더 그 문제와 씨름을 해야만 했다. 정신적, 육체적으로 성가신 일인 것은 분명했지만, 안타깝게도 피할 수 없는 일이었다. 행운이라는 단어를 지나치게 남발해서는 안 될 테지만, 그래도 상황은 달라질 수 있었다. 나는 나중에 사후 진료를 받으러 온 엘리자베트 호프만이 '저기 아래쪽'이 다시 완전히 정상이 되었다고 말하면서 얼마나 홀가분해 했는지 아직도 생생하게 기억한다.

재활 치료에 이어서 그녀는 하이델베르크에서 방사선치료를 받았다. 그녀가 받은 방사선 치료는 중이온요법(heavy ion irradiation)으로 이것은 암세포에 대항한 가장 강력한 무기다. 전통적인 방사선요법에서는 전자기 방사선의 구성 성분인 광양자를 종양에 투사하는데 반해 중이온 요법을 시행할 때에는 탄소 이온이 사용된다.

중이온 요법은 투사 범위가 더 넓은데, 이는 목표물을 밀리미터 단위로 정확하게 공격하기 위해서다. 광양자를 가지고는 그렇게 하는 것이 불가능하다. 무엇보다도 광양자는 조직에 침투할 때 이미 에너지의 대부분을 방출하는데, 때문에 건강한 부위까지 손상을 입는다. 반면 중이온 투사 요법은 암 조직에 도달했을 때에야 비로소 중이온이 가장 큰 효과를 발휘하도록 설계되고 조정된다. 이 방법은 환자에게는 조금 더 안전한 방법인 동시에 적을 물리치는 데는 한층 더 효과적인 방법이다.

엘리자베트 호프만의 경우에는 한때 종양 기저(tumor bed)가 있던 자리에 집중포화가 이루어졌다. 척삭종을 완전히 적출한 마당에 왜 그렇게까지 했는지 궁금할 수도 있을 것이다. 답은 아주 간단하다. 결코 확신할 수 없기 때문이다. 치료를 하지 않았다가 나중에 후회하는 것보다는 오히려 약간 과한 편이 더 낫다.

중이온 요법은 통원 치료 형태로 4주에 걸쳐 시행되었다. 수술 후 거의 석 달의 시간이 이렇게 흘러갔다. 어느새 재검진과 함께 새롭게 MRI 촬영을 해야 할 시기가 다가왔다. 검진 결과 종양이 남아 있음을 암시하는 그 어떤 것도 발견되지 않았다.

석 달이 흐른 후에 다시 한번 같은 검사가 반복되었다. 결과는 지난번과 같았다. 그 후 엘리자베트 호프만은 칠레에 있는 남편과 아이들 곁으로 돌아갔다. 우리가 마지막으로 만났을 때 그녀는 칠레에서도 정기적으로 계속 검진을 받겠노라고 약속했다. 그리고 6개월 전에, 그러니까 척삭종 제거 수술을 한 지 거의 2년이 지난 시점에 이례적으로 원래 종양이 있던 곳에서 멀리 떨어진 지점인 엉덩이 근육에 소규모 전이가 빌생하였고, 우리는 개별 화학요법을 이용하여 그것을 치료했다. 개별 화학요법은 최근 몇 년 사이에 큰 발전을 이룩했다. 화학요법이 얼만큼이나 효과가 있을지는 향후 몇 년 안에 밝혀질 것이다. 그때가 기대된다.

7. 배려와 존중

나쁜 소식을 전하는 일

최악의 일은 환자에게서 희망을 빼앗아버리는 것이다.

우리를 처음 찾아왔을 때 발터 도르만(Walter Dorman)의 머릿속에는 성상세포종이 자리 잡고 있었다. 그로부터 어느새 7년, 거의 8년의 세월이 흘렀다. 처음 찾아왔을 때 그는 47세였다. 성상세포종은 뇌에 발생하는 가장 흔한 종양 가운데 하나다. 내가 각성 수술을 시행했던 율리아 작스 또한 성상세포종 환자였다. 성상세포종은 거미 모양으로 가지가 뻗어나가 있는 성상세포(astrocyte)에 그 기원을 두고 있다. 성상세포는 다른 세포들과 함께 뉴런과 혈관을 보호하는 일종의 지지대를 형성한다.

발터 도르만의 성상세포종은 40×20밀리미터의 크기를 가지고 있었다. 당시 그것은 비교적 낮은 등급인 2등급으로 분류되었다. 그렇다고 해서 그것이 온순하다는 의미는 아니다. 사실 성상세포종은 결코 온순하지 않다. 장기적인 관점에서 보자면 그렇다. 일반적으로 성상세포종은 시간이 흐르면서 성질이 변한다. 전문용어로 표현하자면, 통제 가능한 범위에서 성장하던 세포가 무절제하게 증식하는 악성 세포로 바뀐다. 2등급 성상세포종의 경우에는 평균 생존 기간이 7년에서 10년으로 보고되고 있다.

발터 도르만의 종양은 두개골 중앙, 그러니까 대상회(gyrus cinguli)에 자리 잡고 있었다. 대상회는 가로로 흘러가는 신경섬유 체계를 통해 우뇌와 좌뇌를 연결하는 뇌량(corpus collosum) 위쪽에 위치한 종뇌(endbrain 혹은 telencephalon)의 한 부분이다. 뇌 속에 있는 대부분의 조직이 그러하듯 대상회 또한 쌍으로 존재하는데, 종양은 왼쪽 대상회에 자리 잡고 있었다. 그런데 두 개의 대상회는 서로 매우 가까이 위치해 있기 때문에 외형상 한데 붙어있는 경우가 허다하다. 둘을 떼어놓으면 곧장 그 아래에 있는 혈관들과 마주치게 되는데, 그 가운데 전대뇌동맥이 가장 중요한 혈관이다. 전대뇌동맥은 뇌의 대부분을 돌보는 혈관이다. 붉은빛을 띤 그 혈관은 약 2억 개의 신경섬유로 구성되어 흰색의 뇌량과 확연하게 대조를 이룬다.

수술을 할 때 까다로운 이웃은 잠재적인 위험 요소로 작용한다. 발터 도르만의 사례와 관련하여 내가 아직 언급하지 않은 사실이 하나 있는데, 그것은 종양에서 약 1센티미터 정도밖에 떨어지지 않은 지점에서 또 다른 위험한 영역이 시작된다는 사실이다. 운동조절중 추인 운동피질의 한 영역이 그 주인공으로, 그것은 다른 무엇보다도 다리와 관련이 있다. 그 밖에도 이곳에는 소위 말하는 보조운동영역 (supplementary motor area)이 위치하고 있는데, 이 영역이 손상되면 이른바 SMA 증후군, 즉 편마비가 발생할 수 있다. 그런데 편마비는 시간이 흐르면서 서서히 회복된다. 편마비에 대해서는 나중에 다시 살펴볼 것이다.

나를 찾아오기 1년 전에 발터 도르만을 수술했던 의사들이 종양을 일부만 제거했던 이유도 아마 종양과 주요 구조물들이 인접해 있었기 때문일 것이다. MRI 촬영 영상을 살펴보면 이런 사실을 확인할 수 있었다. 종양의 절반 이상이 그대로 남아 있었다.

따라서 이런 종류의 종양에 맞서서 할 수 있는 일은 그리 많지 않다. 수술을 결정할 경우, 환자의 기대 수명을 얼마간이라도 늘리려면 최소한 눈에 보이는 종양 조직의 90퍼센트 이상을 제거해야만 한다. 이렇게 하면 추후에 방사선요법과 화학요법을 시행했을 때 그 효과도 더 좋아진다. 하지만 수술 중에 MRI 없이 종양의 가장자리를 알아보기란 여간 힘든 일이 아니다. 또 종양의 경계까지 접근하는 일 자체가 매우 위험한 일이기도 하다.

발터 도르만은 키가 약 2미터 정도이고, 운동으로 단련된 탄탄한 몸을 가졌다. 그는 아내, 그리고 세 자녀와 함께 단독주택에 살고 있었다. 막내가 그 사이에 여덟 살이 되었고, 집 뒤로는 널찍한 정원이 펼쳐져 있었다. 그의 직업은 교사다. 그의 아내 또한 교사로, 그녀는 그를 극진히 보살피는 동시에 그의 곁에서 암에 맞서 싸우겠다는 단호한 의지를 불태웠다.

암이 마른하늘에 날벼락처럼 그들의 삶을 침입했을 때는 막내딸이 태어나고 얼마 지나지 않은 때였다. 2월의 어느 날 오후였다. 매분, 매초가 그의 기억 속에 또렷이 남아 있었다. 그는 지하실에 있는 그의 책상에 앉아 메일을 쓰고 있었다. 위층에서 출입문이 열리는 소리와 목소리들이 들려왔다. 아내와 큰딸이 함께 쇼핑에서 돌아오는 길이었다. 그들은 책가방을 구입했다. 딸은 새로 산 책가방을 곧장 아빠에게 보여주려고 했다.

딸이 아래층으로 향하는 계단을 내려오는 동안 그의 머릿속에서 무슨 일인가가 일어났다. 그는 그것이 무엇을 의미하는지 알 수 없었다. 너무 순식간에 일어난 일이라 맑은 정신으로 생각을 할 수가 없기도 했다. 경련이 일어난 것처럼 그의 온몸이 마비되면서 움직임을 통제하고 조정할 수 있는 능력이 사라져버렸다. 그는 균형을 잃고 의자에서 굴러떨어졌고, 그 와중에 책상 모서리에 머리를 부딪치는 바람에 왼쪽 눈 주변의 피부가 찢어졌다. 바로 그 순간에 딸이 방에 들어온 것 같았다. 나중에 그는 쓰러진 채로 딸에게 "엄마를 불러와, 빨리!"라고 외쳤던 것을 기억해 냈다.

그는 바닥에 누운 채로 의식을 잃었다. 머리에 난 상처에서 피가 흘렀다. 나중에 병원 의사들이 그가 간질 발작을 일으켰다고 말해주었다. 그의 머리를 촬영한 CT 영상이 그 이유를 설명해주었다. 그에게 검사 결과를 전한 의사가 '종양'을 언급하면서, 진단학적으로 원인은 조금 더 상세하게 규명해야 한다고 말했다. 발터 도르만은 이렇게 해서 자신의 암에 대해 알게 되었다. 간질 발작은 성상세포종에 걸렸을 때 나타나는 전형적인 최초 증상이다.

수술을 받은 후 (그 결과는 앞서 설명한 바와 같다) 그는 거의 2주에 한 번꼴로 간질 발작에 시달렸다. 그의 작업실에서 겪었던 것과 같은 정도로 심한 발작은 아니었다. 그는 의식을 잃지도 않았고, 대부분 오른쪽 팔과 손에만 마비가 왔다. 그리고 갑자기 찾아왔던 첫 번째 발작과는 달리 이제는 발작을 예고하는 증상들이 나타났다. 발작이 일어나기 약 20초 전에 그는 머릿속에서 짧게 당기는 것 같은 느낌을 감지했다. 그것은 전기 쇼크로 인해 유발되는 충격과 비슷한 느낌이었다. 이 느낌은 번개처럼 빠른 속도로 목덜미를 거쳐 오른쪽 엉덩이와 팔까지 전달되었다가 저 아래쪽 발가락 끝까지 이동했다. 증상이 나타나고 20초가 지나면 손가락이 경직되어 오그라들면서 거의 주먹을 쥔 모양이 되었다. 손가락은 이 상태로 30초간 뻣뻣하게 경직되었다. 하지만 그 후에 그는 다시 손을 펴고 손가락을 정상적으로 움직일 수 있었다.

비록 그것이 소위 말하는 부분 발작으로, 제한된 뇌 영역에서 발생하여 비교적 해롭지 않은 종류이기는 했지만, 그래도 발터 도르만은 불안감을 떨쳐버릴 수 없었다. 만약 다음 번 발작이 일어났을 때 다시 의식을 잃고 쓰러져 머리를 부딪치기라도 하면 어떻게 할 것인가? 수술을 받은 후 병원에 있을 때 그는 감히 병실을 떠날 엄두조차 내지 못했다. 또 그의 방 창문에서 내다보이는 공원으로 나가는 일은

7. 배려와 존중

그야말로 전쟁이나 다름 없었다. 신선한 공기를 맡으며 움직이고 싶은 열망이 그토록 강했음에도 불구하고 말이다. 그것은 자기 자신과의 싸움, 그가 느끼는 불확실성과의 싸움이었다.

수술을 받고 반년이 흐른 후에 최초의 추적 검사가 시행되었다. 새로운 MRI 촬영이 이루어졌다. 의사가 말하기를 종양 상태가 변하지는 않았다고 했다. 다시 반년이 흐른 후에 시행된 다음 번 정기 검사에서는 더 이상 같은 말을 들을 수 없었다. 예상할 수 있었던, 아니 예상할 수밖에 없었던 일이 일어났다. 종양이 커져 있었던 것이다.

그 후 몇 주 동안 발터 도르만과 그의 아내는 온 나라를 돌아다니면서 다른 의사들의 의견을 구했다. 수술을 하는 방법이 남아 있었지만 암이 운동중추에 지나치게 가깝기 때문에 수술이 너무 위험하다며 방사선요법과 화학요법을 시도하는 편이 더 나을 것이라는 의견도 있었다. 그들은 우리에게도 찾아왔다. 그들이 우리를 찾은 것은 우연에 가까운 일이었다. 왜냐하면 발터 도르만이 채널을 이리저리 돌리던 중에 「자선병원의 의사들」이라는 TV 시리즈를 마주하게 되었기 때문이다. 때마침 화면에는 신경외과와 관련된 장면이 흐르고 있었다.

나는 그에게 수술을 권고했다. 물론 그들의 우려대로 종양이 운동중추와 지나치게 가까운 것은 사실이었지만, 그래도 나는 그로 인한 위험성이 성공 가능성보다는 낮다고 평가했다. 이 맥락에서 성공이라는 것은 보이는 부분을 제거함으로써 환자의 수명을 연장하는 것을 의미할 뿐이다. 그들은 깊이 생각해 보겠다고 하면서 집으로 돌아갔다. 마침내 그들이 다시 연락을 해왔고, 우리는 수술 날짜를 협의하였다. 발터 도르만은 사전검사를 받기 위해서 아내와 함께 수술 이틀 전에 병원으로 왔다.

발터 도르만의 수술이 예정되어 있던 날, 그는 아침에 수술 준비를 모두 마쳤다. 하지만 그는 수술실로 이송되지 않았다. 지정된 시간이 되었지만 그는 나타나지 않았다. 그는 그날 아침에 가장 먼저 수술을 받기로 한 환자들 중 하나였다. 정오가 되어도 그는 움직이지 않았다. 그의 흥분 상태가 점점 고조되었고, 머릿속에서는 온갖 상상이 끊임없이 이어졌다. 중간중간 간호사가 그를 위로하며 달랬다. 오후 세시 반쯤 수술에 참여하기로 한 의사들 중 한 사람이 수술을 미뤄야 할 것 같다는 소식을 전했다. 이유는 정확하게 기억나지 않는다. 아마도 다른 수술이 너무 복잡하게 흘러가는 바람에 당초 계획했던 것보다 더 많은 시간이 필요했거나 아니면 응급 상황이 발생했기 때문이었을 것이다. 수술을 기다리고 있는 환자들의 입장에서 보자면 앞에서 발생한 응급 상황이 당연히 극도로 긴장되고 끔찍하게 부담스러울 수밖에 없다. 이런 상황이 발생해서는 안 된다. 그리고 누구도 이런 상황이 발생하기를 원하지 않는다. 하지만 신경외과에서는 최대 30퍼센트의 비율로 응급 상황이 발생하기 때문에 이런 경우를 완벽하게 피해 갈 수는 없다.

우리는 수술을 이틀 후로 연기해야만 했다. 발터 도르만과 그의 아내는 시내 관광을 하면서 기분 전환을 시도했다. 그들은 겐다르멘마르크트(gendarmenmarkt, 베를린에 있는 광장-역자주)를 산책하고, 대

7. 배려와 존중

성당을 관람하는가 하면 브란덴부르크 성문 앞에서 관광객들과 어울렸다. 아마도 사람들은 그들을 평범한 관광객으로 생각했을 것이다. 저녁이 되자 지하철을 타고 쿠담으로 향한 그들은 카이저 빌헬름 교회까지 걸어갔다가 교회 안으로 들어가 기도를 했다.

그 이후 실시된 발터 도르만의 수술은 성공적이었고, 수술도 순조롭게 흘러갔다. 수술 후 이삼일 지나서 실시한 MRI 검사 결과 수술 전에 보였던 종양을 모두 제거한 사실을 알 수 있었다. 우리는 이런 수술 방식을 가리켜 'gross total resection'이라고 부르는데, 굳이 의미를 따지자면 대략적인 완전 절제술 정도로 생각하면 될 듯하다. 이 용어는 그 자체로 모순이기는 하지만, 그래도 수술 결과를 정확하게 설명해 준다. 겉보기에는 모든 것이 없어진 것 같지만, 실제로는 모두 사라진 것이 아니다. 비록 눈으로 볼 수는 없어도 그 어디에선가 종양이 조용히 숨어있다는 사실을 모두가 알고 있다.

마취에서 깨어났을 때 환자는 거의 말을 할 수가 없었다. 그리고 그의 신체 오른쪽이 첫 번째 수술을 받았을 때와 비슷하게 약해져 있었다. 그는 오른쪽 팔과 다리를 고작 몇 센티미터 밖에 들어올리지 못했다. 나는 두 가지 증상 모두를 예상하고 있었고, 수술 전 상담 시간에 그에게 미리 알려주었다. 시간이 지나면서 언어뿐만 아니라 신체적인 제약도 다시 정상을 되찾을 것이라고 나는 생각했다. 그리고 실제로도 그렇게 되었다.

발터 도르만이 편마비로 여겼던 신체 약화 증상은 4, 5일이 지나자 거의 사라졌다. 언어장애는 조금 더 지속되었다. 소리를 낼 수는 있었지만, 다수의 단어들을 입 밖으로 끄집어 낼 수 없었다. 마치 혀가 그의 뜻에 고분고분 따르지 않으려는 것 같았다. 반년이 넘는 기간 동안 그는 인내심을 발휘해야만 했다. 아니, 그보다는 열심히 연습을 해야 했다는 표현이 더 적절할 것 같다.

수술을 받고 그날 낮에 그는 간질 발작에 시달렸다. 그는 정신적인 스트레스가 원인이라고 생각했다. 이번 발작은 비교적 강도가 심한 대발작(grand mal seizure)이었다. 긴장성 발작과 간헐성 발작이 모두 나타났을 뿐만 아니라, 처음에 짧은 의식 소실과 근육강직이 발생했고 이어서 근육경련이 나타났다. 하지만 내가 아는 한 그것이 그를 공격한 마지막 간질 발작이었다. 과거에 그가 겪었던 부분 발작도 두 번째 수술을 받은 후에는 더 이상 출현하지 않았다. 어쨌거나 수술을 받은 이후로 그는 항간질 약품을 지속적으로 복용하고 있다. 이따금 발작을 예고하는 것 같은 혼란스러운 느낌이 기억 속에서 떠오르는 빛바랜 추억처럼 그를 찾아오는 순간이 있었다. 하지만 발작은 일어나지 않았다.

발터 도르만은 자신의 삶을 재정비했다. 그는 자신의 머리 위에서 지속적으로 떠다니는 다모클레스의 검에 대한 우울한 생각을 가능한한 떨쳐내 버리려고 했다. 그는 아이들이 성장하는 모습과 차례대로 학교에 입학하는 모습을 지켜보면서 기쁨을 느꼈다. 주말에 날씨가 좋으면 아이들과 함께 정원을 마구 뛰어다니며 떠들썩하게 시간을 보냈다. 때문에 아이들은 아버지가 얼마나 아픈지 까맣게 잊어버리릴 정도였다. 아이들의 눈에는 아버지의 머리에 있는 수술 흉터가 조금도 눈에 띄지 않았다. 그는 다시 학교에서 일을 하기 시작했다. 처음에는 파트 타임으로 일을 하다가 나중에는 종일 근무를 모두 감당했다. 6개월마다 그는 재검을 받기 위해 베를린으로 왔다. 재검 결과 6년 동안은 별다른 의학적인 소견이 없었다. 하지만 칠 년 째 되던 해에는 더 이상 그렇지 않았다. 그 사이에 그는 54세가 되어 있었다.

나에게는 그에게 이 소식을 알려야 할 의무가 있었다. "안타깝게도 암이 다시 활동을 시작했습니다." MRI 분석 결과를 듣기 위해 그가 아내와 함께 나타났을 때 나는 그에게 이렇게 말했다. 이런 비보를 완곡하게 전달할 수 있는 표현은 존재하지 않는다. 그 방안에 있던 모든 사람이 이 말이 의미하는 바를 분명하게 알고 있었다. 문외한들조차도 영상에서 그것을 분명하게 알아볼 수 있었다. 그것은 나에게도 충격이었다. 아주 빈번하게 그런 상황을 경험하고, 또 최대한 전문적으로 그에 대응하려고 노력하지만, 그런 상황은 매번 내 마음을 건드리고 나를 괴롭힌다. 내가 그 말을 내뱉기가 무섭게 도르만 부인이 울음을 터뜨렸다. 반면 그는 매우 침착하고, 태연한 자세였다. 위기 모드가 발동한 것이었다.

의사들에게 있어서 나쁜 소식을 전달하는 일은 매우 민감한 주제다. 하지만 그것 또한 의사에게 주어진 과제의 일부다. 그 일이 아무리 힘들게 느껴진다 하더라도, 또 때로는 회피해버리고 싶을지라도, 그 또한 의사로서 수행해야 할 중요한 과제 가운데 하나다. 어쩌면 가장 숭고한 과제일지도 모르겠다. 어떤 경우든 그 일은 환자가 자신의 운명에 얼마나 훌륭하게 대처할 수 있을 것인지를 결정하는 데 영향을 미친다. 또한 우리는 환자들이 질병에 대처하는 방식과 그들이 주변의 지지를 받고 있다고 느끼는지의 여부가 의학적인 측면에서 향후 예후에도 차이를 만들어낸다는 사실을 잘 알고 있다.

자신이 죽을 지도 모르는 질병에 걸렸다는 사실을 알게 되었을 때 사람들이 보이는 반응은 유형에 따라 천차만별이다. 또한 환자 본인이 얼마나 상세하고 완전하게 설명을 듣기를 원하는지 (그리고 얼만큼의 시간이 남았는지) 알아차리는 것은 그리 쉬운 일이 아니다. 많은 사람이 시간을 필요로 한다. 그들은 한참 후에, 그러니까 처음에 받은 충격을 어느 정도 해소했을 때에야 비로소 보다 상세한 내용을 알고 싶어 한다. 그처럼 예외적인 상황에 처한 환자들의 욕구에 부응하고, 무엇보다도 마주 앉은 사람에게서 완전히 희망을 빼앗아버리지 않는 것, 그리고 가능한 범위 내에서 가능성을 제공하는 것은 매우 중요한 일이다.

생명을 위협하는 심각한 진단명을 전달할 때의 비결은 각각의 상황에서 상대방이 필요로 하는 것이 무엇인지 감지해 내는 것이다. 무엇보다도 대화를 할 때에는 사실을 일방적으로 전달하는 것이 아니라 두 사람이 대화를 해야 한다. 이것은 배려와 존중의 문제다. 환자들은 본인이 이해와 존중을 받고 있다고 느껴야 한다. 나의 친구이자 동료인 자선병원 산부인과 과장 잘리드 세홀리(Jalid Sehouli)는 그의 저서 『나쁜 소식을 전달하는 기술에 관하여(The Art of Breaking Bad

News Well)』에서 "생명을 위협하는 질병에 걸린 환자들에게는 의사와의 솔직하고 열정적인 의사소통이 질병과 맞서 싸울 때 가장 큰 도움이 되는 요인들 중 하나다"라고 말한다.

나는 그의 의견에 전적으로 동의한다. 이것은 의사에게 주어진 중요한 과제다. 하지만 현대 의학에서는 이처럼 중요한 과제를 수행할 시간이 거의 주어지지 않는다. 교육과정은 물론이고 실습이나 실제 병원 생활에서도 마찬가지다. 유감스러운 일이지만, 철저하게 경제 논리를 따르는 우리의 의료 현실에서는 채 몇 분도 되지 않는 단 한 번의 면담 시간으로 모든 것을 해치워야만 경우가 허다하다. 이런 상황은 인간성 상실과 공감 능력 상실로 이어져 모두에게 고통스러운 결과를 초래할 수 있다. 최악의 경우에 환자는 절망 속에 혼자 내버려져 있다는 느낌에 빠져 의사의 도움을 점차 거부하게 된다. 나는 가끔 그 이유가 무엇이건 간에 내가 원래의 역할에서 벗어난 것을 알아차리게 될 때면 곧장 나 자신을 향해 의무를 제대로 수행할 것을 경고하곤 한다. 사실 이것은 본인의 직업적인 만족도 측면에서 보았을 때도 매우 실망스러운 상황으로, 우리는 이런 상황에 의식적으로 저항해야 한다. 이런 이유로 나는 젊은 의사들에게 일찍부터 이 문제를 치열하게 고민하여 자기 자신만의 방법을 찾을 것을 강조한다.

새로 생긴 종양은 예전 종양과 가까운 곳에 자라나 있었다. 예전 종양보다 약간 높으면서 살짝 뒤로 들어간 자리였지만, 여전히 중심부에 위치하고 있었다. 그리고 이미 이야기한 바 있는 전두엽 상부 뒤쪽의 운동보조(SMA)영역에 극도로 가까웠다. 말하는 것을 포함하여 우리가 습득한 동작들을 수행하는 데 필요한 신호가 그곳에서 비롯된다. 이때에는 특정한 운동을 상상하거나 계획하기만 해도 세포가 활성화된다. 예를 들면, 오후 늦게 자전거를 타고 쇼핑을 갈 생각을 한다거나 달이나 요일을 열거하는 것처럼 습득한 단어들을 차례대로 입에 올리는 것만으로도 관련 세포가 활성화되는 것이다.

운동 보조 영역의 특별한 점은 여기서 수행되는 기능이 좌우대칭을 이룬다는 점이다. 요컨대 이 영역은 오른쪽 신체와 왼쪽 신체의 움직임을 조화롭게 조절하는 기능을 수행한다. 또한 이 영역은 동작의 유형과 지식을 무의식적이고 유희적으로 습득하는 암시적 학습에도 상당 부분 관여한다. 자전거 타기는 여기에서도 좋은 예시가 될 수 있다. 자전거 타는 법을 배울 때는 자리에 가만히 앉아서 그 방법을 설명하는 책을 읽는 대신 거듭된 시도를 통해서 코가 깨져가며 방법을 익히고 체득한다. 이런 과정을 통해 사람들은 팔과 다리를 어떻게 움직여야 하는지, 어떻게 균형을 잡아야 하는지를 머릿속에 새긴다. 이런 과정을 거치지 않고 자전거 타는 방법 자체를 의식적인 학습 과정으로 인식하는 것은 바람직하지 않다. 본인이 아무리 자전거 타는 법을 완벽하게 습득했다고 하더라도 다른 사람들에게 동작의 진행 과정과 순서를 정확하게 설명할 수 없는 것 또한 그것이 무의식의 영역에 해당되기 때문이다.

운동 보조 영역과 관련된 기능들은 이것 말고도 더 있지만 지금 언급한 기능들만으로도 이 영역이 얼마나 중요한 영역인지 충분히 알았을 것이다. 만약 이곳이 손상된다면, 운동기능과 언어기능에 제약이 발생하는 결과가 초래될 것이다. 어떤 하나의 동작이 그에 상응하는 자극을 통해 준비되고 개시되지 않는다면 우리는 그 동작을 수행할 수가 없다.

손상되지 않은 다른 한쪽이 손상된 쪽의 역할을 넘겨받는다면 기능이 회복될 가능성이 90퍼센트 이상이라는 것은 자명한 사실이다. 그럼에도 불구하고 우리는 운동 보조 영역이 손상되지 않도록 노력을 기울인다. 왜냐하면 이 영역에는 아직 우리가 풀지 못한 수수께끼가 여럿 존재하기 때문이다. 안타깝게도 부정적인 의미에서의 놀라움이 우리를 찾아오기도 하는데, 그 결과로 환자는 평생 장애를 안고 살아가야만 한다.

문제는 운동 보조 영역에서는 모니터링이 통하지 않는다는 것이다. 때문에 우리는 각성 수술을 할 때마다 운동 보조 영역이 자극을 받는 방식을 알아내려고 시도한다. 만약 우리가 그것을 알아내는데 성공한다면 운동 보조 영역의 지도를 제작하여 미래에는 이 영역에 대한 수술을 시행할 때 모니터링을 할 수 있을 것이다. 뿐만 아니라 이 영역을 더 잘 이해하는 법도 배우게 될 것이다. 어쨌거나 운동 보조 영역에 대한 수술은 최첨단 신경외과 수술을 시행할 때 의사들과 신경학자들이 어떻게 협업을 수행할 수 있는지, 그리고 어떻게 수술실이 뇌 연구의 핵심 장소가 될 수 있는지를 보여주는 좋은 예라고 할 수 있다.

이번에 우리가 상대해야 할 적수가 어떤 것인지 제대로 평가하기 위해서 발터 도르만은 MRI 검사와 연계하여 PET 검사로 더 잘 알려져 있는 양전자 방출 단층촬영(Positron Emission Tomography) 검사를 받아야 했다. PET 검사를 시행하면 체내 물질대사 과정을 들여다볼 수 있다. 검사를 위해서 우선 환자의 팔 정맥에 방사능 표지물질을 주입해야 한다. 트레이서(tracer)라고 불리는 이 물질은 팔 정맥을 기점으로 몸 전체를 가로지른다. 이 물질이 전신에 고르게 퍼질 수 있도록 환자는 약 한 시간 정도를 가만히 누워있어야 한다. 이어서 환자가 '튜브' 속으로 옮겨진다. 측정기구가 체내에 있는 방사능 표지물질에서 방출되는 방사선 양을 측정하여 기록한다. 그와 동시에 MRI가 함께 작동하면서 이미지를 생성한다. 그 이미지를 보면서 사람들은 방사선 방출 강도가 가장 높은 지점을 파악한다. 바로 그 지점에서 세포들의 물질대사가 가장 왕성하게 이루어지고 있는 것이다.

건강한 조직에서 이루어지는 물질대사는 암이나 암이 전이된 조직에서와는 다른 양상을 보인다. 암세포는 더 강력한 식탐을 가지고 있다. 암세포는 분열 빈도가 더 높을뿐더러 증식 속도도 더 빠르다. 때문에 더 많은 에너지를 요구한다. 따라서 암의 물질대사 활동성이 높으면 높을수록, 그것은 더욱더 공격적으로 성장한다. 암에 대한 대처가 더 단호하고 철저하게 이루어져야 하는 이유다.

발터 도르만의 머릿속에 자리 잡고 있는 적수는 활동성이 최대치에 달해 있었다. 그 사이에 암은 폭이 가장 넓은 지점이 약 3.5센티미터 정도의 크기로 자라 있었다. 이런 정보들로 보아 재수술은 당연한 일이었다. 나는 환자에게 재수술을 받아야 한다는 사실을 따로 설득할 필요가 없었다. 우리는 시간을 낭비하지 않았다. PET 검사 영상을 가지고 나를 찾아온 그는 즉시 우리 병원에 입원을 했다.

수술에 착수하기에 앞서서 우리는 먼저 지도를 제작해야 했다. 마리 길베르트의 언어 기능을 파악할 때 그랬던 것처럼 이번에도 경두개 자기 자극술(TMS, Transcranial Magnetic Stlmulation)이 도입되었다. 종양은 어디 있는가? 운동영역의 위치는 어디인가? 팔과 다리의 근육을 활성화하는 신경 그룹은 어디에 자리 잡고 있으며, 척수로 이어지는 신경 경로들은 어디를 따라 흘러가고 있는가? 종양은 수술이 가능한 상태인가? 그렇다면 가장 효과적인 방법은 무엇이며, 어떤 지점에서 특별히 주의를 기울여야 하는가? 테스트 과정은 언어 테스트를 할 때와 동일하게 이루어진다. 다만 이번에는 목표 부위에서 나타난 자극 반응들을 전극으로 측정해야 한다는 차이점이 있었다. 왜냐하면 알다시피 근육은 말을 하지 못하기 때문이다. 그리고 이 방법이 정확도가 더 높다. 이 방법을 사용하면 어떤 신경세포 그룹이 어떤 근육을 담당하는지 아주 세밀하게 위치를 확인할 수 있다.

다음 날 우리는 테스트를 통해서 만들어진 지도를 더 정밀하게 가다듬었다. 그때 발터 도르만은 전신 마취에 빠진 상태로 두개골이 열린 채 수술대 위에 누워있었다. 우리는 운동영역으로 분류되는 지점들을 지정하여 하나씩 뇌 표면을 직접 자극하였는데, 전극을 이용하여 해당 지점을 건드리면서 순간적으로 약한 전기충격을 가하는 방식을 사용했다. 이렇게 하면 전기충격이 뇌에서 출발하여 신경을 거쳐 특정한 근육으로 전달된다. 단순하게 설명하자면 그것은 목표 근육에 도달하여 수축을 야기한다. 이어서 침처럼 근육에 박혀있는 바늘 전극이 수축 정도를 측정하고 기록한다.

뇌를 자극하는 과정에서 중요한 부위에 접근한 것이 확인되면 뇌 기능을 유지하기 위해 반드시 그 지점에서 멈추어야만 한다. 운이 좋다면 종양 가장자리가 중요 영역의 바깥쪽에 자리 잡고 있을 것이다. 이때부터는 모든 민감한 영역을 모니터링을 통해 감시하고 보호해야 한다. 이 과정을 가리켜 운동 유발 전위(MEP, Motor Evoked Potential)라고 부른다.

환자의 머리를 0도 각도로 메이필드 클램프에 끼워 넣어 어느 한쪽으로도 기울어지지 않게 고정했다. 코는 위쪽을 향하게 하고 턱은 가슴을 향하게 하였다. 고개를 과장되게 숙여 인사할 때처럼 경추를 살짝 꺾어 그 자세를 유지하였다. 턱 끝이 거의 목에 닿았다. 지난번 수술 자국을 따라 두피를 절개했다. 지난번에 뚫어 둔 두개골 구멍을 사용하되, 이번에는 그것을 뒤쪽으로 약간 확장했다. 이제 지름 6센티미터가 된 두개골 구멍이 머리 앞부분, 그러니까 전두엽에서 측두엽으로 이어지는 부위에 뚫려 있었다.

뇌막을 반원 모양으로 절개하여 중심을 향해 가로 방향으로 접어 팽팽하게 잡아당겼다. 이때에는 시상정맥동(sinus sagittalis superior)이 절개의 경계선이 된다. 그 이상으로 절개하는 것은 금물이다. 그 부위가 손상되면 대량 출혈이 발생할 수 있기 때문이다. 시상정맥동은 뇌에서 가장 규모가 큰 정맥동(sinus durae matris)이다. 뇌에서 빠져나온 피가 여기에 모였다가 심장으로 다시 운반된다. 시상정맥동은 뇌경막이 머리덮개뼈에서부터 아래쪽을 향해 돌출부위, 즉 대뇌겸(falx cerebri)을 형성하는 지점까지 이어진다. 대뇌겸은 대뇌를 양쪽으로 가르는 반구간열(interhemispheric fissure) 안으로 돌출되어 있다.

표면에 있는 여러 개의 연결정맥(bridging vein)이 시상정맥동으로 흘러들어간다. 그 외에도 뇌척수액이 시상정맥동을 경유하여 운반된다. 이만하면 이 혈관을 극도로 조심스럽게 다루어야 하는 이유가 충분히 설명되었을 듯하다. 연결정맥을 다룰 때도 마찬가지로 극도의 조심성을 발휘해야 한다. 연결정맥은 반드시 온전하게 유지되어야 하고 눌려서도 안 된다. 그렇게 하지 않았다가는 자칫 출혈이 발생할 수 있다.

두께가 두꺼운 정맥들이 2, 3센티미터 간격을 두고 뇌에서 시상정맥동으로 이어져 있었는데, 나는 그중 하나를 지주막에서 끄집어냈다. 이를 통해서 몇 밀리미터의 공간을 더 확보할 수 있었다. 그런 다음 뇌막을 양쪽으로 젖혀 올렸다. 그러자 양쪽 대뇌 사이에 있는 세로 주름에 도달할 수 있었고, 이제 그곳을 기점으로 뇌 깊숙한 곳으로 들어갈 수 있게 되었다. 몇 센티미터 가지 않아 나는 양쪽 대상회에 도달했는데, 계속해서 앞으로 나아가기 위해서는 그 둘을 갈라놓아야만 했다.

이렇게 해서 뇌량에 있는 뇌수조에 도달한 나는 공간을 조금이라도 더 확보하기 위해서 그곳의 뇌척수액을 약간 빨아들였다. 그런 다음 나는 조금 뒤로 후퇴하여 한 단계 높은 지점으로 옮겨갔다. 왼쪽 대상회로 향하는 통로를 찾아 종양에 접근하기 위해서였다.

여느 때라면 다른 길을 선택하여 맞은편에서 대각선으로 조금 더 안전하게 수술을 진행했을 것이다. 하지만 이번에 종양에 접근하기 위해서는 실질적으로 모서리를 돌아가야 했고, 또 뇌를 상당히 강하게 끌어당겨야만 했다. 사실 이런 방법은 우리 신경외과 의사들이 그리 선호하지 않는 방식이다. 그럼에도 불구하고 내가 이 통로를 사용하기로 결정한 이유는 단순했다. 바로 지난번 수술에서 이미 그 통로를 만들어 놓았기 때문이다.

이번 수술 역시 내비게이션에 의거하여 진행되었다. 나는 제트기 조종사처럼 활주로를 향해 키를 돌렸다. 내비게이션에 의거하여 수술을 할 때는 수술실이 살짝 어두워지는데, 이것은 현미경에 로딩되는 영상 데이터들과 더불어 무엇보다도 종양을 좀 더 선명하게 알아볼 수 있도록 하기 위해서이다. 제대로 된 종양 피막이 없는 데다가 경계도 불분명하고, 색깔 측면에서도 종양 조직과 건강한 조직이 조금밖에 차이가 나지 않았기 때문에 (종양 조직은 조금 더 어둡고 회색빛을 띠었다) 우리는 수술 전에 환자에게 형광물질을 주입해 두었다.

수술용 현미경에는 형광 광원이 장착되어 있다. 버튼을 누르기만 하면 일반적인 백색 빛을 형광 빛으로 전환하여 종양을 명확하게 보여준다. 하지만 유감스럽게도 이 모든 기술이 저절로 알아서 제때에 제 기능을 수행하는 것은 아니다. 모든 것이 한 치의 오차도 없이 정확하게 작동하기 위해서는 많은 전문가와 극도의 꼼꼼함, 그리고 좌절에 대한 높은 저항력이 필요하다. 다른 많은 병원에서는 인턴, 레지던트들과 간호사들이 그들의 고유한 업무에 덧붙여 추가로 이런 일들을 처리하면서 그들은 곧잘 투덜대며 불만을 토로하곤 한다. 따라서 이 업무를 수행하면서 기쁨과 만족감을 느끼는 사람들이 같은 팀원이라는 사실만으로도 우리 팀은 정말이지 행운이라고 할 수 있다. 우리 팀의 얀 슈나이더(Jan Schneider)도 그런 사람들 중 하나다. 미국 보건 시스템은 수술실과 병동에서 이루어지는 이런 비간호 업무와 비의료 업무를 수행하기 위해서 의료보조원(PA, Physician Assistant)이라는 직책을 마련해 두었다. 이것은 무엇보다도 첨단 기술이 적용된 영역에서 보다 효율적으로 업무를 분배하기 위해 마련된 새롭고 긍정적인 아이디어다. 앞으로 우리도 이런 방향으로 계속해서 발전을 꾀할 생각이다.

종양의 중심부에 도달한 나는 흡입기로 병든 조직을 빨아들이기 시작했다. 그러면서 너무 가까이 다가가서는 안 되는 중요한 신경 경로들이 흘러가는 위치를 눈에서 놓치지 않았다. 현미경에 장착된 내 비게이션이 그 신경 경로들의 위치를 내게 보여주었다. 만약의 경우를 대비하여 나는 자극 흡입기로 작업을 수행하였다. 어시스턴트가 모니터를 주시하면서 전기 자극을 통해 무언가 특별한 일어나는지의 여부를 감시하였다.

나는 우선 15밀리암페어로 시작을 했다. 아무 반응도 없었다. 종양을 조금씩 제거해나가자 이윽고 첫 번째 신호가 왔다. 종양은 아직 많이 남아 있는 상태였다. 나는 10밀리암페어로 강도를 낮추었다. 자극 강도를 어디까지 낮출 수 있을까? 몇 밀리미터가 환자의 남은 수명을 결정할 수도 있는 상황이었다.

나는 자극 강도를 5밀리암페어로 낮추고 형광색을 띠는 조직을 도려내어 흡입기로 빨아들였다. 이렇게 우리는 서서히 종양의 가장 자리로 접근해갔다. 색깔이 연해지면서 다른 톤을 띤다는 점에서 우리는 그곳이 가장자리임을 알아차릴 수 있었다. 그것은 눈에 잘 보였다. 왜냐하면 이 영역도 밝게 형광색을 띠고 있었기 때문이다. 건강한 조직은 그런 식으로 빛을 발산하지 않는다.

이번에 우리는 12번 수술실에서 수술을 진행했는데, 이곳은 아직까지 내가 언급하지 않은 곳이다. 이 수술실 또한 특수 장비들을 구비하고 있다. 이중 소음방지 문 뒤에 마련된 부속실에는 MRI 스캐너가 있다. 다른 수술실에는 CT 스캐너가 구비되어 있다. 두개골을 다시 닫기 전에 수술 결과를 점검할 수 있는 것이 얼마나 유익한지는 아무리 강조해도 지나치지 않다. 수술을 할 때 MRI, PET, CT 장비를 이용하여 영상을 촬영하는 것은 매우 중요한 일이다. 이는 단언컨대 신경외과가 수행하는 다기능 수술의 미래다.

환자를 이송 테이블에 실어 부속실에 있는 MRI 장비로 보내기에 앞서서 우리는 수술 부위에 생긴 구멍을 식염수로 채웠다. 구멍에 공기만 남아 있으면 MRI 촬영을 했을 때 명암이 생성되지 않는다. 이어서 접어두었던 두피를 펼쳐 구멍 위로 내린 다음 임시로 몇 땀 꿰맸다. 그 위에 멸균 거즈를 덮어 박테리아를 차단하고 감염이 발생하지 않도록 했다.

이송 테이블을 이용하면 환자를 건드릴 필요 없이 곧장 MRI 장비로 연결하는 것이 가능하다. 이때 금속 조각이 통 속으로 쓸려 들어가는 일이 없도록 단단히 주의를 기울여야 한다. 아주 작은 바늘 하나라도 안 된다. 표준화 과정에 의거, 최고의 집중력을 발휘하여 그에 대한 점검이 이루어진다. 환자를 수술실 밖으로 내보내기 전에 잠시 타임아웃 시간이 주어지는데, 이때 체크리스트를 하나씩 세심하게 점검한다. 수술을 마친 후에 이런 일까지 하려면 너무 힘이 들지도 모르겠지만, 그래도 모든 팀원이 여기에 참여한다.

그런 다음 우리는 조그마한 방 크기의 두 번째 부속실인 제어실에 모여 잔뜩 긴장한 상태로 MRI 촬영 영상을 보여주는 스크린을 응시했다. 종양을 모두 찾아내어 제거했는지 확인하기 위해서다. 영상 하나가 생성될 때까지 보통 5~10분 정도가 걸리므로 검사를 모두 마치는 데는 약 30분 정도 소요되었다.

이 단계에서 MRI 검사를 시행하면 수술 결과를 점검할 수 있다는 것 말고도 또 다른 장점이 있다. 종양 역시 자랄 공간이 필요하기 때문에 뇌 속의 건강한 물질들이 압박을 당하거나 옆으로 밀려나게 된다. 이런 상황에서 종양이 제거되고 나면 머릿속의 물질들이 자기 자리를 찾아가는 뇌 이동(brain shift)이 진행된다. 또 수술을 하다 보면 달리 종양에 도달할 방법이 없어 머릿속의 물질들을 밀어 위치를 옮기기도 한다. 그러면 내비게이션이 더 이상 정확하지 못하게 될 수도 있다. 왜냐하면 내비게이션은 종양이 아직 자리를 차지하고 있을 때, 그리고 머릿속 물질들을 건드리지 않았을 때 생성된 영상에 의존하기 때문이다. 새롭게 MRI 촬영을 하면 데이터가 업데이트되고 수정된다. 그 결과 내비게이션이 다시 정상적으로 작동한다.

검사 결과 실제로 새로운 정보들이 업데이트 됐다. 우리는 MRI 영상에서 작은 종양 찌꺼기를 발견했다. 모두가 다시 자신의 자리로 돌아가야 했다. 수술 팀과 이송 테이블에 실린 환자가 다시 수술실로 모이기 전에 간호사 멜리사 튀켈러(Melissa Tükeler)와 알리스 파케(Alice Pake)가 수술 테이블을 완전히 새롭게 준비했다. 수고를 조금이라도 덜어보겠다는 생각 따위는 아예 하지 말아야 한다. 이처럼 위협적인 종양을 마주했을 때는 제거할 수 있는 1밀리미터 1밀리미터를 둘러싸고 치열하게 싸워야 한다.

새롭게 조정된 내비게이션을 통해 내가 다시 접근해야 할 지점의 위치가 정확하게 특정되었다. 나는 조심스럽게 주변을 더듬으며 그곳으로 나아갔다. 내 눈을 피해 용케도 숨어있던 작은 종양 찌꺼기는 빨아낸 종양의 아랫부분에 속하는 것이었다. 그것은 운동기능과 관련해서는 그다지 중요하지 않은 지점에 있었다. 만약 우리가 점검을 하지 않았더라면, 그래서 종양 조각이 몸속에 그대로 남아 있었더라면 아마 더욱 짜증 나고 언짢은 상황이 되었을 것이다.

언제나처럼 수술을 마친 환자는 중환자실로 들어갔고, 이른 오후 즈음에 마취에서 깨어났다. MRI 검사와 사후 수술을 포함하여 수술을 하는데 다섯 시간 정도가 걸렸다. 언제나처럼 두려운 마음으로 우리는 이 순간을 맞이했다.

그의 신체 오른쪽에 다시 힘이 빠졌다. 이것은 예상했던 일이었다. 팔은 어느 정도 움직일 수 있었지만 다리는 고작해야 몇 센티미터 밖에 움직이지 못했다. 가슴과 어깨는 아예 꼼짝도 하지 않았다. 최대한 신속하게 물리치료를 실시하여 기능을 다시 되찾을 생각이기는 했지만, 그럼에도 처음에는 겁이 날 수밖에 없다. 하지만 이번 케이스는 낙관적으로 생각할 만한 근거가 충분히 있었고, 우리는 발터 도르만에게 희망을 심어줄 수 있었다.

수술을 마무리하면서 두개골을 닫기 전에 우리는 뇌 표면에 표시해 두었던 지점을 다시 한번 자극하여 신호가 통과하는지, 신호가 어느 지점을 통과하는지 확인했다. 우리가 측정한 결과가 옳다면 (나는 그것을 믿어 의심치 않았다) 1차 운동 시스템과 척수로 이어지는 섬유 다발이 온전한 상태로 남아 있을 것이었다. 만약 그렇지 않다면, 손상이 영구적으로 남는 상황을 염려해야만 했을 것이다. 반면 우리가 애를 먹었던 영역은 (이미 언급한 바 있는 운동보조영역) 다시 회복이 될 예정이었다. 마땅히 그리 되어야만 했다. 하지만 실제로 회복이 될 때까지는 아무도 장담할 수 없는 일이었다. 그때까지는 불안을 안고 살아갈 수밖에 없었다.

발터 도르만은 놀라울 정도로 빠르게 회복했다. 수술 바로 다음 날 아침에 그는 일반 병동으로 옮겨졌다. 이튿날에는 처음으로 두 다리로 일어섰다. 비록 약간 불안정한 상태에서 물리치료사의 도움을 받기는 했지만 그래도 절뚝거리면서 복도를 몇 미터 걷는데 성공했다.

닷새 후에는 사소한 소근육 장애만 남았다. 다른 사람들은 그렇게 되는데 보통 석 달이 걸린다. 신체 오른쪽은 여전히 힘이 없었지만, 그것은 훈련을 통해서 극복할 수 있는 일이었다. 수술 후 8일째가 되던 날 그는 퇴원하여 집으로 돌아갔다.

발터 도르만은 외래 물리치료를 시작했고, 방사선요법과 화학요법이 그 뒤를 이었다. 처음에 받았던 두 번의 수술 후에는 불필요해 보이는 일들이었지만, 지금은 더 이상 이런 힘든 일들을 피할 수 없었다. 우리가 떼어낸 조직을 검사한 결과, 그가 최악의 적과 함께하고 있다는 사실이 드러났다. 그의 종양은 세계보건기구 분류기준 4등급이자 치유가 불가능한 교모세포종이었다.

통계를 아무리 들여다봐도 교모세포종 환자들에게 희망을 심어주기에 적절한 수치들은 좀처럼 찾아낼 수가 없다. 치료를 받지 않는다면 교모세포종 환자의 남은 수명은 불과 몇 개월 밖에 되지 않는다. 3개월에서 최대 12개월까지, 경우에 따라서 각기 다르다. 발터 도르만이 했던 것처럼 적어도 90퍼센트 이상을 수술로 제거한 후에 방사선요법과 화학요법을 시행한다면, 생존 기간이 약 2년 정도에 이른다. 치료에 최대한 노력을 기울인다고 가정했을 때, 약 25퍼센트 정도가 4년 이상 생존한다. 5년 이상 생존하는 사람은 매우 드물고, 10년 이상 생존하는 경우는 희귀 현상에 해당한다.

교모세포종은 항상 재발한다. 그 시기는 흔히 치료가 끝난 지 1년 후, 심지어는 더 빠른 시점이 될 때도 있다. 그래도 이런 소식을 전할 때에는 항상 희망을 심어주어야 한다. 신경외과 전문의 자크 모르코스는 이것을 다음과 같이 표현한다. "환자와 그 가족들을 위로하려 애쓸 때 나는 결코 그들에게서 모든 희망을 빼앗아버리지 않는다. 아무리 예후가 암울하더라도 저 멀리 지평선에는 한 줄기 어슴푸레한 빛이 존재한다. 나는 그들도 이런 사실을 알게끔 한다."

요컨대 2009년 8월에 내가 응급 수술을 시행했던 청년의 사례 같은 경우도 존재한다. 당시 19세였던 그는 고등학교 졸업시험을 막 치르고 부모님과 함께 관광차 베를린을 찾은 참이었다. 그는 출발을 할 때부터 (그들은 비행기를 타고 왔다) 이미 컨디션이 좋지 않았다. 몸 상태가 점점 나빠졌고, 두통을 호소했다. 최근 들어 그는 두통을 자주 앓았는데, 대부분 두통과 메스꺼움이 한꺼번에 찾아왔다. 또 그럴 때면 그의 눈이 빛에 극도로 민감해졌다. 햇빛이 비치거나 비치지 않거나 상관없었다. 그는 그것이 아버지로부터 물려받은 편두통일 것이라고 생각했다. 그의 아버지는 오래전부터 편두통으로 고생을 해왔다.

비행기는 오후에 테겔 공항에 착륙했다. 택시를 타고 호텔로 향한 그들은 두 시간 동안 그 주변을 돌아다니다가 저녁 식사를 하기 위해 다시 호텔로 돌아갔다. 잠자리에 들었을 때 컨디션은 그럭저럭 괜찮았다. 하지만 새벽 4시쯤 그는 머리에서 느껴지는 후려치는 것 같은 통증 때문에 잠에서 깼다. 통증은 이마 뒤쪽 양 측면에서 느껴졌는데, 그곳은 전에도 통증이 있던 자리였다. 진통제를 집어삼키자 통증이 조금 나아졌다.

다음 날 오전에 그는 부모님과 함께 시내 관광에 나섰다. 정오가 지나서 그들은 돔에서 멀지 않은 곳에 있는 미술관을 찾았다. 그곳에서 다시 두통이 그를 엄습했다. 이제는 물체가 두 개로 보였다. 그것은 새로운 증상이었다. 정면을 주시하면서 눈앞에 있는 물체를 보았을 때 그 물체가 두 개로 보였다. 대상의 측면이 비틀려 보이고, 가운데가 겹쳐져 보였다.

이런 증상을 가리켜 복시(diplopia) 현상이라고 부른다. 이것은 양안시(binocular vision) 장애로 인해 유발되는데, 양안시란 오른쪽 눈과 왼쪽 눈으로 동시에 물체를 보는 것을 말한다.

양안시 장애가 없다고 하더라도 물체를 볼 때 처음에는 미세하게 차이가 나는 두 개의 상이 생성된다. 왜냐하면 각각의 눈이 살짝 다른 각도에서 물체를 포착하기 때문이다. 두 개의 상에 관한 데이터가 망막에 있는 시세포에 의해 신호로 바뀌어 뇌를 종축으로 가로지르는 각각의 시신경을 거쳐 시각중추로 보내진다. 망막은 아주 크기가 작은 일종의 스크린이라고 상상하면 된다. 시각중추는 대뇌의 가장 뒤쪽에 있는 후두엽에 자리 잡고 있다. 그곳에서 두 개의 상이 하나로, 그것도 입체적으로 보이도록 조립된다. 이 모든 것이 극도로 빠른 속도로 진행되기 때문에 우리는 그 사이의 시간차를 눈곱만큼도 알아차리지 못한다. 우리가 눈을 뜨고 있는 매초마다 눈은 1000만 개가 넘는 정보들을 수용해 그것들을 뇌로 보내 처리한다.

두 눈이 병렬적으로 움직이지 않을 때, 그러니까 회전축과 각도가 정상적으로 동시에 똑같이 회전하지 않을 때 청년에게서 나타난 것과 같은 복시 현상이 나타난다. 두 개의 상이 너무 차이가 나버리면 시각중추가 그것들을 하나로 조합하지 못하게 된다.

눈 근육을 담당하는 뇌 신경이 제대로 작동하지 않으면 이런 일이 일어난다. 특히 눈의 움직임에 관여하는 3번 뇌 신경이 이 일에 책임이 있다. 3번 뇌 신경 또한 다른 모든 뇌 신경처럼 양쪽 뇌에 각각 하나씩 존재한다. 3번 뇌 신경은 6개의 외부 눈 근육 중 4개와 내부 눈 근육 2개의 움직임을 유발한다.

청년의 가족은 관광 프로그램을 중단하고 호텔로 돌아왔다. 복시 현상은 사라지지 않았다. 저녁 7시쯤 청년이 우리 병원 응급실을 찾았다. 그가 설명한 증상들을 바탕으로 청년은 처음에는 신경과로 배정되었지만 MRI 검사를 시행한 후에는 우리가 개입하게 되었다.

MRI 영상은 간뇌의 중앙에 위치한 왼쪽 시상 영역, 그러니까 뇌의 아주 깊숙한 지점에 무언가가 자리 잡고 있음을 보여주었다. 이곳은 수술이 매우 어려운 구역으로 간주된다. 이 구역을 수술할 때는 매우 심각한 합병증들을 고려해야만 한다.

모든 감각 자극이 시상으로 모여든다. 수많은 정보 가운데 어떤 정보를 대뇌로 전달해 우리의 의식에 도달하게 할지가 이곳에서 결정된다. 이 필터가 우리가 보고, 듣고, 느끼고, 맛보는 모든 것과 집중력과 수면을 책임진다.

시상은 제3뇌실과 경계를 마주하고 있다. 복시를 야기한 문제가 바로 그곳에서 발생했다. 뇌실은 뇌척수액으로 채워져 있는 빈 공간으로, 뇌척수액이 만들어지기도 한다. 분당 0.3~0.4밀리미터, 하루에 500~700밀리미터 사이의 액체가 만들어진다. 그런데 우리의 두개골에는 신체 크기에 따라 120~200밀리미터의 뇌척수액을 수용할 공간밖에 없다. 이 말은 곧 액체의 대부분이 외부로 유출되어야 한다는 것을 의미로, 그렇지 않으면 뇌 속 압력이 계속 증가한다.

우리의 머릿속에는 모두 4개의 뇌실이 존재한다. 외측뇌실이 양쪽 뇌에 각각 한 개씩 있고, 제3뇌실이 이미 언급한 것처럼 간뇌에, 그리고 제4뇌실이 뇌간과 소뇌 사이에 자리 잡고 있는데, 이 공간은 척수까지 쭉 이어져 있다. 네 개의 뇌실은 작은 관을 통해 서로 연결되어 있다. 두 개의 외측뇌실에서 흘러나온 뇌척수액이 제3뇌실로, 거기에서 다시 제4뇌실로 이동했다가 두개골과 척추관에 있는 바깥쪽 지주막하강으로 흘러 들어간다. 뇌척수액은 이 연합체 안에서 계속 순환한다. 뇌척수액이 새롭게 만들어지는 만큼 같은 양의 액체가 뇌 표면에서 재흡수된다.

공간을 요구했던 장본인이 악성 종양이라는 사실이 나중에 밝혀졌다. 그것은 발터 도르만의 머릿속에 생긴 것과 같은 종류의 종양으로, 수개월 전부터 증식해 온 것임에 분명했다. 그 사이에 그것은 제3뇌실에서 제4뇌실로 이어지는 수로를 옆에서 압박할 정도로 커져 있었다. 그 때문에 뇌척수액이 제대로 흐르지 못하게 되었다. 뇌척수액이 고이면서 단지 뇌실에서만이 아니라 두개골 내부 전체의 압력이 증가했다.

뇌신경들은 압력에 민감하게 반응한다. 그중에서도 후대뇌동맥과 상부 소뇌동맥 사이를 지나가는 3번 뇌신경이 특히 민감한 반응을 보인다. 이 신경은 압박을 받으면 기능이 마비되어 버린다. 눈 근육에 전달되는 신호가 줄어들어 복시 현상이 나타나고 동공이 확장되고, 동공이 확장되면 빛에 대한 민감도가 고조된다.

MRI 영상을 모두 확인했을 때, 시계가 밤 11시를 가리키고 있었다. 복잡한 수술을 진행하기에는 너무 늦은 시간이었다. 따라서 우리는 다음 날 아침까지 수술을 기다려야 했다. 조금이라도 상태가 나빠지는 즉시 알아차려야 했기 때문에 환자는 중환자실로 보내졌다. 수술 전에 '지도'를 제작했고, 수술 중에는 지속적으로 수술 경로와 기능에 대한 감시가 이루어졌다. 이것은 당시에도 이미 일반적인 기준으로 자리 잡고 있었다. 교모세포종의 크기는 4.5×4센티미터였다. 종양 주변으로 수많은 새로운 혈관이 생성되어 있었는데 이처럼 치명적인 질병이 가지고 있는 전형적인 특징이다. 제대로 발달한 혈관은 단 하나도 없었다. 종양은 쉽게 문드러지는 부드러운 회색 덩어리를 이루고 있었다.

그래도 긍정적인 점을 말하자면, 종양의 경계가 건강한 뇌조직과 어느 정도 분명하게 구분되었다는 점이다. 하지만 언제나 그렇듯이 정확한 예측은 할 수 없었다. 마찬가지로 암을 주변 조직에서 떼어내는 것이 얼마나 복잡한 일이 될지도 미리 말할 수 없었다. 그것은 종양의 경계를 얼마나 명확하게 확정할 수 있는지, 혈액순환 정도가 얼마나 강한지, 그리고 종양의 밀도가 얼마나 견고한지에 달려 있었다.

수술은 순조롭게 진행되었다. 운 좋게도 모든 변수가 호의적이었다. 수술 이후에 청년에게는 기능장애도, 마비도 나타나지 않았다. 수술 다음 날 우리는 MRI 검사를 시행했다. 그 당시만 하더라도 아직 수술 중에 MRI 검사를 하는 것이 불가능했다. 검사 결과 행운이 우리 편이라는 것이 확인되었다. 종양을 전혀 찾아볼 수 없었다.

3주 후 그는 베를린에 머무르고 있던 부모님과 함께 고향으로 돌아가 방사선요법과 화학요법을 시행하고 일반적으로 행해지는 사후 검진을 받았다. 검진은 처음에는 3개월 간격으로, 그런 다음에는 6개월, 나중에는 1년 간격으로 이어졌다.

우리가 그를 수술한 지 정확하게 1년째 되던 날, 나는 그의 어머니로부터 편지 한 통을 받았다. 편지에서 그녀는 나에게 다시 한번 감사를 표하고 아들이 모든 것을 얼마나 훌륭하게 극복해냈는지를 상세하게 묘사했다. 여름이 지나면 아들이 대학 공부를 시작하려 한다고 했다. 또 평소에는 시간이 될 때마다 자주 산행을 즐긴다고 했다. 그녀는 아들이 예전처럼 활동적이고 쾌활하게 생활한다고 했다.

그 다음 해 같은 날 그의 어머니가 다시 내게 소식을 전했고, 편지에는 온통 즐거운 이야기밖에 없었다. 가족들이 그날을 아들의 두 번째 생일처럼 축하할 예정이라고 했다. 수술 후 삼년째 되던 해에 그 다음 편지가 왔고, 네 번째 해에도, 다섯 번째 해에도, 여섯 번째, 일곱 번째 해에도 편지가 왔다. 그녀는 단 한 번도 잊어버리지 않고 8월의 그날에 소식을 전했다.

그리고 2019년에도 편지가 도착했다. 이번에는 아들이 직접 편지

7. 배려와 존중

를 썼다. "안녕하세요, 교수님. 오늘 저는 저의 특별한 열 번째 생일을 축하하고 있습니다. 그렇습니다. 교수님께서 수술로 제 머리에서 교모세포종을 제거하신지가 어느덧 10년이 되었습니다. 이 기념일을 계기로 교수님께 진심으로 감사한 마음을 전하고 싶습니다. 저는 아주 잘 지냅니다. 교수님 덕분에 삶을 마음껏 즐기고 있습니다." 그리고 그는 감격에 찬 자신의 말을 증명하듯 사진 두 장을 함께 보내왔다. 한 장은 야생화가 가득 핀 들판에 세 명의 친구와 함께 있는 그의 모습을 담고 있었다. 그들은 서로 농담을 주고받고 있는 것처럼 보였고, 모두 얼굴을 찌푸리고 있었다. 다른 사진은 셀프 카메라로 찍은 것이었는데, 그의 뒤로 저 멀리 눈 덮인 산봉우리가 펼쳐져 있었다. 그는 행복해 보였고, 카메라를 향해 기쁨을 표출하고 있었다. 그 모습을 보자 내 얼굴에도 저절로 미소가 떠올랐다.

10년, 아니, 어느새 11년이 되었다. 2020년에도 똑같은 근사한 소식이 내게 전해졌다. 이 청년의 이야기가 이례적인 것은 바로 그 때문이다. 그는 통계 수치에 전혀 들어맞지 않는다. 수술이 성공적이었음에도 불구하고 당시 그의 예후는 초라함 그 이상이었다. 그토록 젊은 나이에 가장 악랄한 뇌종양에 걸린 그는 가망이 없는 것으로 여겨졌다. 그에게 방사선요법과 화학요법을 시행한 병원의 의사들은 우리가 그를 수술했다는 사실 자체에 놀라움을 금치 못했다.

발터 도르만 역시 수술을 받은 지 2년이 지난 지금까지 아직 생존해 있다. 여전히 새로운 종양은 발견되지 않았다.

8.

모든 것을

건

도박

예후가 나쁜 수술

얼마 전 우리는 앞장에 나왔던 청년과 유사한 환자를 다룬 적이 있다. 그 환자는 40대 후반의 남성으로 오른쪽 시상 영역에 신경교육종 (gliosarcoma)을 가지고 있었는데 이미 재발된 것이었다. 신경교육종은 교모세포종의 변종이다. 이것은 변형된 성상세포와 마찬가지로 세포 변형이 일어난 결합조직을 지니고 있다. 이루 말할 수 없을 정도로 공격적인 이 종양은 세계보건기구 분류기준으로 4등급에 해당한다. 이 종양은 짧은 시간 안에 맹렬한 속도로 성장하는데, 대부분 무질서한 성장 양상을 보인다. 신경교육종 또한 교모세포종처럼 종양 피막이 없고, 이리저리 돌아다니기를 즐기는 특징을 가지고 있다. 때문에 이 종양은 어디로 움직일지 도무지 예측하기가 힘들다. 신경교육종은 산소를 거의 필요로 하지 않은 데다 방사선요법으로 치료하기가 매우 어렵다. 한마디로 예후가 매우 암울하다.

상황이 이렇기 때문에 환자가 신경교육종 진단을 받았을 때 그 사람을 수술하는 것이 과연 옳은 일인가라는 의문이 생긴다. 만약 수술을 시행하기로 결정했다면 그 까닭은 무엇일까? 수술을 하지 않을 경우, 환자에게 남은 시간은 3개월에서 4개월 정도, 어쩌면 5개월 정도에 불과하다. 만약 수술을 통해서 암 덩어리의 90퍼센트 혹은 그 이상을 제거하는데 성공한다면, 나머지 남은 부분을 방사선요법과 화학요법을 통해 추가로 치료할 수 있다. 통계에 따른 평균 생존 기간을 고려하면, 이 경우 환자는 아마도 1년에서 2년 정도 살 수 있을 것이다.

하지만 남은 시간이 이렇게 짧은 상황에서 환자가 그토록 어려운 수술을 감당하려고 들 것인가? 또 수술에 항상 뒤따르기 마련인 위험성을 이런 경우에도 과연 정당화할 수 있을 것인가? 만약 수술이 조금이라도 어긋난다면 아마도 환자는 신체가 마비되어 남은 날을 휠체어에서 보내야 할 것이다. 혹은 더 이상 말을 하지 못하게 될 수도 있다. 이런 식의 수명 연장이 환자에게 어떤 의미가 있을까? 통계적인 예외가 될 수 있는 희망이 얼마나 될까? 자녀가 있는가? 만약 있다면 아이들의 나이는 어떻게 되는가? 첫째 아이가 학교를 졸업하는 것만큼은 보고 싶지 않을까? 아니면 딸의 결혼식이나 첫 손주의 돌잔치를 보고 싶지는 않을까? 물론 조그마한 가능성도 존재하기는 한다. 모든 수단을 총동원하여 맞서 싸운다면 어쩌면 예상했던 것보다 더 효과적으로 암을 관리할 수 있을지도 모른다.

남성 환자의 이름은 요쉬 브레커(Josh Breker)였다. 그는 나를 찾아오기 7개월 전 고향에 있는 한 병원에서 수술을 받은 상태였다. 상태가 너무 심각했기 때문에 당시 의사들은 암의 종류를 알아보기 위해 확장 생검 정도밖에 실시하지 못했다. 담당 의사의 소견서에서 딱히 다른 방법이 없기도 했다는 것을 추정할 수 있었다.

그의 암이 신경교육종이라는 사실을 알게 된 담당 의사들은 방사선요법과 화학요법을 병행하기로 결정했다. 하지만 그에게는 그 처치가 아무 효과가 없어 보였다. 마지막 사후 검사에서 암이 더 커졌다는 것이 밝혀졌다. 그래도 아직까지는 모든 통계수치를 거짓말로 만들어버린 장본인, 앞장에서 소개한 청년보다는 크기가 작았다. 하지만 이 남성 환자의 케이스에서는 암이 시상 전체를 거의 완전히 채우고 있었다.

브레커의 담당 의사들은 수술이 너무 위험하다고 판단했다. 의사 소견서와 함께 내게 보낸 메일에서 브레커는 마비가 발생할 것이 뻔했기 때문에 수술을 포기했다고 밝히면서 그의 병력을 짧게 소개했다. 몇 줄 아래에서 그는 뇌종양에 맞서 대담한 도전을 선언한 우리 팀의 이야기가 실린 신문 기사를 기억해 냈다고 했다. 그의 말대로 기사에서 나는 오늘날에는 중증도에 상관없이 모든 신경교육종의 90퍼센트를 심각한 합병증 없이 수술하는 것이 가능하다고 이야기했다. 의사는 바로 그런 이유 때문에 내가 그를 도와줄 수 있으리라는 희망을 품고 내게 편지를 쓴 것이라고 했다.

내가 만하임에 있는 대학병원에서 레지던트로 일하던 시절에 방사선요법과 화학요법이 아무런 효과도 발휘하지 못할 때, 그런 치료법에 저항하는 암을 수술하는 것이 과연 의미가 있는지를 둘러싸고 논쟁이 벌어진 적이 있다. 나는 그 논쟁을 또렷이 기억한다. 그런 상황이라면 환자가 남은 시간을 가능한 한 편안하게 보내도록 위험성을 낮추고 환자의 통증을 줄여주는 치료만 시행할 수도 있다는 이야기가 오갔다. 하지만 이후에 암을 얼만큼이나 제거하느냐에 따라 예후가 크게 달라진다는 사실이 밝혀졌다. 90퍼센트 혹은 그 이상을 제거하는 경우 수명 연장이 가능하다는 것이 입증됐다. 그것은 오래전부터 하나의 가설로서 존재했다. 다만 당시에는 신뢰할 수 있는 데이터가 없었다. 그런 사실을 입증할 만한 제대로 된 평가 사례가 충분하지 않았던 것이다. 하지만 그런 사실이 입증된 때를 기점으로 하여 수술을 하는 쪽으로 추세가 바뀌었다. 물론 이때에는 환자에게 추가로 손상을 입혀서도 안 되고, 수술로 인해 환자의 상태가 나빠져서도 안 된다는 단서가 붙는다.

종양이 재발했을 때 과감하게 조치를 취해도 될 것인가라는 문제 또한 오랫동안 논쟁의 대상이었다. 일단 종양이 재발하면 가뜩이나 좋지 못한 생존 예후가 더욱더 나빠진다. 과감한 조치를 취했다가 환자에게 남은 마지막 몇 달을 빼앗는 것은 아닐까? 그런 조치를 통해서 환자에게 얼만큼의 수명을 선물할 수 있는지는 아무도 예측할 수 없었다. 그 점은 지금도 마찬가지다. 10년 전만 하더라도 신경교육종 재수술은 금기시되었다. 하지만 그 사이에 수많은 병원에서 신경교육종 재수술이 일상적으로 이루어지게 되었다. 특히 환자의 연령이 낮을수록, 비교적 장기간에 걸쳐서 종양이 자라지 않았을 때, 그리고 재발 부위가 수술로 쉽게 접근할 수 있는 위치에 있을 때 재수술이 행해진다.

그렇다고 해서 모든 신경외과 전문의가 재수술을 바람직하고 좋은 방법으로 여긴다는 말은 아니다. 게다가 재수술의 유익함에 관한 데이터 상황도 아직까지는 명확하지 않다. 재수술 후에 종양을 보다 효과적으로 관리할 수 있는지도 아직 입증되지 않았다. 중요한 것은 의사가 단독으로 그런 결정을 내리는 것이 아니라, 항상 각 분야 전문가들로 구성된 종양 콘퍼런스에서 그 사안을 논의하고 함께 결정을 내린다는 점이다. 결론은 매우 다양한 생각이 존재한다. 신경외과 전문의들 모두가 저마다의 고유한 경험과 특별한 성향을 지니고 있고, 자기만의 방식으로 연구 논문을 읽는다. 똑같은 사고와 똑같은 경향을 지닌 사람은 결코 존재하지 않는다. 그리고 설령 진단명이 동일하다 하더라도, 그래서 하나의 틀에 끼워 넣을 수 있다고 하더라도, 그 질병에 걸린 사람들 역시 모두 다르다. 그들의 생활환경이 다르고, 살아온 삶의 여정이 다르고, 다른 소망을 가지고 있고, 운명에 대처하는 방식이 다르다.

결혼을 하여 18살과 16살짜리 아들을 둔 요쉬 브레커는 다른 무엇보다도 두려움에 사로잡혀 완전히 절망에 빠져있었다. 그런 모습이 그의 외적인 모습과 전혀 어울리지 않았음에도 불구하고 그는 자신의 불안 상태를 굳이 숨기지도 않았다. 종양으로 인해 그가 겪게 된 상황을 생각하면, 마치 자신의 몸이 아니라 엉뚱한 사람의 몸에 들어가 있는 것만 같았다. 그는 체격이 건장하고 근육질에 속하는 유형이었다. 강인한 양쪽 상박에는 문신이 새겨져 있었고, 양손에는 숙련공 특유의 굳은살이 박여있었다. 그는 난방장치 설치 기사로 일했다.

그가 그토록 두려움을 갖게 된 까닭은 종양으로 인해 유발된 최초의 증상 때문이기도 했다. 왼쪽 팔에 마비가 발생하여 점점 퍼져나가고 있어서 더 이상 손으로 문 손잡이조차 돌릴 수 없었다.

그가 말하기를 메일을 보낼 때까지만 하더라도 그 정도는 아니었다고 했다. 그가 나를 찾아온 것은 메일을 보낸 날로부터 15일이 흐른 후였다. 그의 표현에 따르자면, 마치 악마가 그의 생명을 앗아가기 위해서 온 힘을 다해 발톱으로 자신의 팔을 꽉 움켜쥐고 있는 것 같다고 했다. 이 말을 통해 그가 무슨 말을 하고 싶어 하는지 분명하게 알 수 있었다. 그는 아직 진실을 마주할 수 있는 상황이 아니었다. 많은 사람에게 있어서 죽음이 지나치게 추상적인 개념인 것도 사실이다. 하지만 그는 자신의 상태를 알고 있었다. 고향에 있는 의사들이 요쉬 브레커에게 신경교육종이 얼마나 공격적인지와 그것을 치료하는 것이 불가능하다는 것을 분명하게 알려주었다. 나 역시 그에게 더 좋은 소식을 전할 수는 없었다. 내가 할 수 있는 일이라고는 불가피한 일을 얼마간 뒤로 미룰 수 있는 방법을 제시하는 것뿐이었다.

그의 종양이 자리 잡고 있는 곳은 회복 불가능한 기능장애를 초래하는 심각한 합병증들을 염두에 둘 수밖에 없는 영역이었다.

나는 수술을 할 용의가 있다는 말을 제외하고, 내가 그에게 한 말은 다른 의사들의 말과 조금도 다르지 않았다. 그에게 수술 이야기를 꺼낸 까닭은 내가 수술에 따른 위험성을 낮게 평가했기 때문이다. 나는 수술로 인해 그가 영구적으로 손상을 입게 될 위험성을 10~20퍼센트 정도로 보았다. 나는 손상시켜서는 안 될 구조물들의 위치를 수술 전에 미리 파악한다는 점부터 수술을 하는 동안 그 구조물들의 기능에 대한 지속적인 감시가 이루어진다는 점, 수술에 내비게이션이 도입된다는 점, 그리고 사후 교정을 위해 수술 중 MRI 검사가 이루어진다는 점에 이르기까지 우리가 수술을 위해서 마련하게 될 '안전망'에 대해서도 상세하게 설명했다.

모든 사항을 협의한 후에 그가 진료실에서 원망 섞인 말을 뱉어내던 모습이 아직도 눈에 선하다.

"지금 당장 결정하지 않으셔도 됩니다." 내가 말했다. "집으로 돌아가 가족들과 상의하십시오."

그는 목을 비비고는 손을 꽉 감고 있던 두 눈 위로 가져갔다. 그는 다시 눈을 뜨고 잠깐 동안 나를 응시했다. 그리고 아무 말도 하지 않았다.

내가 침묵을 깨뜨렸다. 나는 그에게 다시 한번 누군가와 상의해볼 것을, 그리고 시간을 두고 결정할 것을 권했다.

그는 신중하게 고개를 끄덕였다. 마치 슬로모션을 보는 것 같았다. 그는 내 책상 뒤에 있는 창문을 바라보았다. 그러고는 다시 나에게 시선을 돌렸다. 그가 무슨 생각을 하는지 도무지 짐작할 수가 없었다. 그가 자리에서 일어나 바닥에 세워두었던 가방을 집어 들면서 내게 감사의 말을 전했다. 그러고는 돌아서서 발걸음을 뗐다. 문에 도달하기 전에 그는 잠시 멈추어 서서 몸을 돌리고는 마치 무슨 말이라도 하려는 듯 내 눈을 바라보았다. 하지만 그는 아무 말도 하지 않았다. 이어서 그의 모습이 문밖으로 사라졌다.

다음 날 저녁에 그가 메일 한 통을 보내왔다. "교수님의 노고에 감사드립니다. 당신의 제안을 기꺼이 받아들이고 싶습니다."

그로부터 열흘 후 수술이 진행되었다.

이전의 의사들과 다른 결정을 내리고 대부분의 의사가 말리는 수술을 제안한다는 것은 매우 까다로운 과제임이 틀림없다. 자칫하면 시건방진 행동 혹은 무모한 짓으로 치부되기 쉽다. 병원이 지향하는 방향과 가용 가능한 자원이 환자 상담에 영향을 미치는 것은 분명한 사실이다. 그리고 당연히 의료 행위를 수행하는 사람들의 다양한 철학적인 견해와 성격 또한 거기에 한몫을 차지한다. 어떤 방향으로 결정이 내려지건 간에, 그 결정이 잘못된 결정인지 아닌지 미리 알 수는 없다.

시상은 전체 크기가 고작해야 3×1.5센티미터에 불과하다. 그럼에도 불구하고 우리는 종양의 근원이 시상의 중간 가장자리에 있는지 아니면 측면 가장자리, 혹은 뒤나 앞에 자리 잡고 있는지를 구분한다. 종양의 근원의 위치는 가장 안전하게 종양에 접근할 수 있는 최상의 진입로를 찾아내는 데 결정적인 역할을 한다. 뇌 깊숙한 곳에 위치한 이 협소한 영역은 원래 외과의 진입이 금기시되던 지대였다. 하지만 지난 수십 년의 세월이 흐르는 동안 그곳은 적어도 각기 다른 다섯 가지 진입 전략을 적용할 수 있는 영역으로 바뀌었다. 정말이지 경탄할 만한 일이다. 이것은 오늘날 미세수술 분야에서도 단시간 안에 급격한 패러다임 변화가 일어날 수 있음을 보여주는 좋은 예다.

요쉬 브레커의 종양은 오른쪽 시상의 후방, 그중에서도 위쪽 중간 부위에 있었다. 때문에 우리는 맞은편인 왼쪽에서 출발하여 후두엽 시각중추 윗부분에 있는 후두골을 경유하여 대뇌겸을 따라 이어지는 길을 선택했다. 두개골 절개 부위는 반드시 한가운데에 있어야 했다. 왜냐하면 나는 그 지점에서 대뇌겸을 통해 서로 분리되어 있는 좌우 반구 사이에 난 길을 따라갈 생각이었기 때문이다. 뇌경막에서 시작된 대뇌겸은 머리덮개뼈 아래쪽에서부터 뇌량 바로 앞에 있는 대뇌열까지 이어진다. 나는 3×3센티미터 크기로 창 모양의 구멍을 뚫어 맞은편에 있는 대상회까지 전진하였다. 나는 인접한 섬유 다발들에 너무 가까이 다가가지 않도록 주의를 기울이면서 전기 소작기와 자극 흡입기를 이용하여 약 7, 8센티미터 정도 나아갔다. 모니터링 담당자가 언제나처럼 주의 깊게 신호를 관찰했다. 폭이 좁은 길을 지날 때는 내비게이션이 방향을 잡는 데 도움을 주었다.

대상회 아래에서 가로로 뻗어 있는 섬유 다발, 즉 뇌량이 서로 연결되어 있었다. 하지만 목표 지점은 그곳이 아니었다. 나는 그 지점에 머무르는 대신 오른쪽으로 방향을 틀어 그쪽에 있는 대상회에 외측뇌실로 진입할 통로를 만들었다.

뇌실로 향하는 통로를 유지하기 위해 양극 전기 소작기가 도입되었다. 전기 소작기를 이용하여 표면에 있는 미세한 혈관들을 위축시켜 출혈을 방지했다. 이어서 뇌실의 막을 약간 절개했다. 막이 양쪽으로 갈라지면서 곧장 뇌척수액이 뿜어져 나왔고, 흡입기가 그것을 빨아들였다.

종양이 뇌척수액의 유출을 방해했기 때문에 뇌척수액이 쌓이면서 뇌가 부어올랐다. 흡입기로 액체를 빨아들여 압력을 낮추었다. 그러자 순식간에 공간이 넓어졌다. 그다지 많이 넓어진 것은 아니었지만, 1밀리미터씩 늘어날 때마다 큰 도움이 되었다.

뇌실에 들어서자 신경교육종이 눈에 들어왔다. 시상이 바로 그 아래에 놓여 있었다. 종양은 시상에서부터 아치를 그리며 뇌실 안으로 불룩하게 솟아 있었다. 대부분의 종양이 그러하듯 섬뜩한 모습을 하고 있었다. 종양은 매우 딱딱하고 실팍한 것으로 드러났고, 덕분에 나는 종양과 주변 조직을 선명하게 구분할 수 있었다.

이웃한 건강한 조직과 명확하게 경계를 이루고 있다는 점은 장점이었지만, 거칠고 실팍한 특징은 오히려 단점으로 작용했다. 종양은 내부에 섬유질이 많을 때 거칠고 실팍해진다. 이런 특징은 종양 적출을 한층 더 어렵게 만든다. 종양 덩어리가 연하고 쉽게 풀어져야 종양 조직을 흡입하는 것이 가능하다. 조직을 분쇄하여 흡입하는 데 탁월한 초음파 흡입기도 이런 경우에는 전혀 도움이 되지 못한다. 이 기계가 섬유질을 통과하지 못하기 때문이다.

이번 케이스에서는 종양 조직을 조각조각 분리하여 핀셋으로 끄집어내는 수밖에 없었다. 핀셋을 넣고 빼기를 반복하면서 종양 조각을 끄집어내는 작업이 이어졌다.

이때 두개골 구멍에서 종양으로 이어지는 수직 통로를 아무 문제 없이 자유롭게 왕래가 가능한 통로로 생각해서는 안 된다. 통로는 매우 좁은 간격으로 앞뒤로 연이어 걸려있는 두 개의 무거운 커튼과도 같았다. 수술 기구로 커튼이 세로 방향으로 갈라져 있었다. 갈라진 부분의 폭은 고작해야 좁은 터널 딱 하나가 만들어질 정도에 불과했다. 뇌 속에 있는 물질들을 마음대로 옆으로 밀치는 것은 금물이다. 조금만 세게 밀어도 조직이 파열되어 출혈이 발생할 수 있기 때문이다. 수술 기구를 터널 밖으로 끄집어내는 즉시 커튼이 닫히면서 서로 휘감겼다.

내가 종양을 공략하기 시작했을 때 운 나쁘게도 종양에서 비교적 심한 출혈이 발생했다. 출혈을 발견하고 그 즉시 빨아들이면 어느 정도 안전하게 수술을 진행할 수 있다. 하지만 알아차리지 못한 사이에 출혈이 발생하여 그 어딘가에 고이거나 뇌실에 피가 가득 차 넘칠 정도가 되면 상황이 복잡해지는 것은 물론이고 매우 위험해진다. 뇌가 붓기 시작하면 두개골 안에 충분한 공간이 남아 있지 않게 된다. 이런 상황에서는 아무것도 할 수가 없다.

나는 인내심을 가지고 천천히 앞으로 나아갔다. 출혈에 유의하면서 지속적으로 피를 빨아들이는 한편 종양 내부를 한 조각 한 조각씩 파내어 마침내 종양 표면까지 다다랐다. 그곳에서 나는 반드시 지켜야 할 섬유 다발에 매우 가깝게 다가가게 되었다. 모니터링 담당자가 흡입기 전극을 통해 내가 보내는 신호와 반응을 주시했다. 신호는 특정 부위에서 약해질 때도 있었지만 완전히 끊기지는 않았다.

종양 조직이 정상적인 조직과 분명하게 경계를 이루고 있었기 때문에 나는 마지막 1밀리미터까지 치고 나가 종양을 모조리 제거했다. 그 결과 수술 현미경으로도, 또 조영제를 이용하여 시행한 수술 중 MRI 검사 상으로도 종양의 흔적은 조금도 보이지 않았다.

정오 무렵에 시작된 수술은 초저녁까지 이어졌다. 요쉬 브레커는 한밤중에 깨어났다. 그 시간에 나는 병원에 있지 않았지만, 언제나처럼 문자 메시지로 소식을 전해줄 것을 부탁했다. 모든 것이 순조롭다는 소식이 들려오면 큰 부담을 떨쳐버리고 잠자리에 들 수 있지만, 만약 그렇지 않다면 한밤중에 가능한 한 신속하게 병원에 도착할 수 있도록 준비를 하고 있어야 한다. 요쉬 브레커는 왼쪽 다리를 마음대로 움직일 수 있었다. 하지만 팔 상태는 더 나빠졌다. 그는 팔을 들어올리는 것까지는 할 수 있었지만 그 상태를 유지하지는 못했다.

그는 중환자실에서 하루를 머물렀다가 상태가 호전되어 일반 병실로 옮겨졌다. 그런 수술을 받고 나면 아마 누구라도 그렇겠지만 그는 쇠약해져 있었다. 하지만 그렇다고 해서 그것이 불행의 시작을 암시하는 것은 아니었다.

수술 후 나흘째 되던 날 요쉬 브레커는 처음으로 침대에서 벗어났다. 하지만 혼자서 움직이기에는 다리가 아직 불안정했다. 간병인과 물리치료사가 그를 부축해 주었다. 그는 몇 걸음을 걸어 욕실로 갔다가 다시 돌아오는데 성공했다. 하지만 그의 다리는 여전히 힘이 없었다. 스스로 걸었다기보다는 오히려 두 사람에게 들려 옮겨졌다고 하는 편이 더 옳았다.

닷새째 되던 날 그는 호흡 곤란을 호소했다. 그에게 산소를 공급하고 폐 엑스레이를 찍었다. 왼쪽 폐에 어두운 그림자가 보였다. 폐렴이 의심되었다. 폐색전증(pulmonary embolism)일 가능성도 있었다. 암 환자들은 다른 환자들보다 더 빈번하게 혈전이 발생하는 경향이 있다. 특히 다리 정맥에 혈전이 발생하는 경우가 많다. 때문에 수술 후에 온종일 누워있지만 말고 가능한 한 신속하게 다시 몸을 움직이도록 노력해야 한다. 아울러 그런 환자들에게는 예방 차원에서 헤파린을 투여한다. 헤파린은 혈액응고를 억제하고 특정 혈액 구성 성분의 유착을 방지한다. 헤파린은 많은 환자에게 도움을 주지만, 그럼에도 불구하고 혈전이 발생하기도 한다.

요쉬 브레커는 그날 다시 중환자실로 옮겨졌다. 폐 CT 촬영과 심장 초음파검사가 시행되었다. 초음파검사 결과 왼쪽 심실이 과부하 상태라는 것이 밝혀졌다. '사용된' 혈액이 그곳으로 모였다가 폐동맥을 통해 폐로 펌프질 되어 보내진다. 그런데 이때 무언가가 폐동맥을 막고 있으면 압력이 증가하면서 심장에 부담이 늘어나고, 심장은 더욱 강력하게 펌프질을 해야하므로 혹사당하게 된다.

CT 영상에서 요쉬 브레커가 가장 위험한 유형인 전격성 폐색전증을 앓고 있다는 것을 분명하게 알아볼 수 있었다. 그의 오른쪽 폐에 혈액이 공급되지 않았고, 크기가 비교적 큰 혈관 한 곳에 혈전이 자리 잡고 있었다. 추측건대 다리 정맥이나 골반 정맥에서 그곳으로 흘러들어온 것 같았다.

연이어 이상 증세가 발생했다. 폐렴이 생기고, 패혈증이 발생했다. 그에게 주입된 약물들로 인해 심장에 더 큰 부담이 가해졌다. 이어서 신장 기능이 멈추었다. 아주 짧은 시간 안에 그의 상태가 급속도로 나빠졌다. 모든 수단을 총동원했지만 백약이 무효였다.

수술을 위해 남편과 함께 베를린으로 온 브레커의 아내와 상담을 진행한 후에 그에게 연결되어 있던 기계들을 제거하였다. 그로부터 채 몇 시간도 지나지 않아 그는 심부전으로 사망했다. 수술 후 7일째 되던 날이었다.

그를 수술한 것이 과연 옳은 일이었을까? 그렇게 끝날 것을 미리 알 수는 없었을까? 어쩌면 카드 한 장에 모든 것을 거는 도박을 감행한 것이 그에게는 차라리 좋은 일이 아니었을까? 그 일이 그의 고통을 덜어준 것은 아닐까? 나는 잘 모르겠다. 나는 이런 질문들에 대한 답을 가지고 있지 않다. 만약 폐색전증이 발생하지 않았다면 아마도 그 케이스에 대해서 다른 말을 하고 있을 것이다. 하지만 합병증들을 함께 고려하는 것은 결정 과정의 한 부분이기도 하다. 합병증은 당연히 수술에 수반되는 요소이고, 내가 책임져야 할 부분이다.

일이 그렇게 끝이 날 때면 나는 늘 죄책감에 시달린다. 그런 결과를 떨쳐버리기란 여간 어려운 일이 아니다. 신경외과 의사로 일하면서 위대한 순간들을 경험하기도 하지만, 이런 상황에서는 자기 자신이 매우 보잘것없이 느껴진다. 이런 이유로 신경외과를 가리켜 가장 아름다운 것과 가장 추악한 것 사이의 협정이라고 하는 것 같다. 나는 절망감에 빠져 나 자신을 원망하고 나의 능력에 의문을 제기한다. 이런 일은 오랫동안 주변을 맴돌면서 사람을 괴롭힌다. 그리고 언젠가는 차곡차곡 정리되어 기억의 꾸러미 속에 영원히 정장된다.

그러다가 발병 위치가 비슷한 환자가 찾아와 새로운 케이스에 어떻게 대응할 것인지 다시금 고민을 시작하는 순간 과거의 기억이 다시 생생하게 떠오른다. 중요한 것은 패배와 실수, 오류를 직시하고 그것을 철저하게 파고들어 결론을 도출하는 것이다. 이렇게 할 때 비로소 실수와 오류들은 의미를 갖는다.

안 좋은 일이 일어났을 때 배움을 얻을 수 있는 전통적인 방법은 일어난 일을 되짚으면서 분석하고 해당 사례에서 교훈을 얻는 것이다. 이런 행동이 같은 실수를 반복하지 않는데 조금이라도 기여할 수 있다면 더 바랄 것이 없다. 오늘날에는 오류에 대처하는 문화가 크게 발전하였다. 실수를 곰곰이 돌이켜보고 자기 자신을 철저하게 되돌아보는 문화가 유지되고 있다. 또는 팀원들이 한데 모여 실수를 주제로 토론을 벌이기도 한다. 모든 팀원이 한 사람씩 호명되어 실수를 분석하고 어떤 부분이 실수였는지, 그리고 어떻게 하면 그 실수를 막을 수 있었는지에 대해 본인의 의견을 말한다. 현재 모든 병원에서 의료 서비스 품질 향상의 일환으로 이환율 혹은 사망률 콘퍼런스로 불리는 이런 형태의 토론이 2~4주 간격으로 열리고 있다. 비공개로 진행되는 이 토론은 조롱이나 처벌에 대한 두려움 없이 합병증과 실수에 관해 거리낌 없이 말하고 그로부터 교훈을 얻을 수 있는 안전한 공간을 제공한다. 이때 가장 중요한 것은 각각의 팀원들이 다른 사람들이 저지른 실수를 바탕으로 교훈을 얻는 것이다. 실수에서 얻을 수 있는 교훈이 혼자만의 비밀로 남겨지지 않는다.

일반적으로 젊은 의사들은 우리 일에서 자주 마주치는 실패에 제대로 대응할 때 겸손이 얼마나 중요한지 (그리고 감사한 마음이 얼마나 결정적인 역할을 하는지) 아직 잘 알지 못한다. 우리 직업에서 실패란 한 인간의 운명을 의미한다. 의사가 되면 처음에는 자신의 성과에 자부심을 느끼면서 그것을 오롯이 자신의 공으로 돌린다. 학업을 모두 마쳤고, 직장도 찾았을 뿐만 아니라, 어쩌면 자신에게서 특정 분야에 대한 특별한 재능을 발견했을 지도 모른다. 이때 사람들은 쉽게 오만의 덫에 빠져든다. 이 덫은 다른 누구보다도 신경외과 의사들을 특히 사악하게 유혹한다. 왜냐하면 그들은 다른 분과 의사들보다 자기 자신의 능력을 더 강력하게 신뢰해야 하기 때문이다.

당연한 말이지만, 자신감을 갖는다는 것이 자신의 약점을 감춘다는 것을 의미하지는 않는다. 오히려 그 반대다. 사람들은 고통스러운 인식 과정을 거치면서 비로소 많은 것을 배운다. 오만의 덫에 걸려들지 않도록 보호해 주는 훌륭한 스승이 있으면 가장 좋다. 이 대목에서 겸손이 등장한다. 겸손은 우리가 생각하는 것보다 자신감과 더 큰 관계를 맺고 있다. 겸손은 굴종을 의미하지 않는다. 『의학을 위한 가치들(Werte für die Medizin)』을 집필한 프라이부르크 대학의 의료 윤리학자 지오반니 마이오(Giovanni Maio)는 '신중함과 겸손함'이라는 부제를 덧붙인 장에서 그런 사실을 상세하게 설명하였다. 그는 겸손의 특징이 "자기 자신의 현실을 흔들림 없이 정확하게 바라보는 것"이라고 했다. 그리고 "현실을 있는 그대로 인정하는 행위를 통해서" 겸손은 미덕으로 자리매김하며, "그 현실에는 자기 자신이 지닌 능력의 현실도 포함된다"라고 말했다. 그의 주장에 따르면, 바로 그런 현실이야말로 겸손을 가능하게 한다. 사람들은 본인의 능력을 현실적으로 바라보아야 하는 동시에 자신들이 언제나 자신들의 힘으로는 통제할 수 없는 수많은 요인과 상황에 의존하고 있다는 사실을 알아야 한다. 성공과 실패는 너무나도 많은 것에 의해서 좌우된다. 그것은 결코 개인의 의지나 능력에 의해서만 결정되는 것이 아니다. 결론적으로 우리가 보유한 지식과 능력의 한계는 우리에게 자기 자신을 전지전능하다고 여기는 것이 얼마나 어처구니없는 일인지를 분명하게 가르쳐 준다.

물론 객관적인 거리를 유지한 채로 자신의 능력을 평가하는 것은 결코 쉬운 일이 아니다. 경우에 따라서는 그 자체가 오만함으로 잘못 해석될 수도 있다. 한마디로 말하자면 누군가가 자기 자신을 과대평가하는 상황과 실제로 현실적으로 평가하는 상황을 구분하기란 결코 쉽지 않다. 바로 이것이 오만의 덫을 그처럼 위험하게 만들기도 한다. 이미 여러 번 언급한 바 있는 로버트 슈페츨러는 언젠가 이

딜레마의 핵심을 지적하면서 내게도 너무나 소중한 팀워크를 강조한 바 있다. "신경외과 의사는 반드시 자기 자신과 자신의 능력을 완전히 신뢰해야 한다. 한순간이라도 의심이나 주저하는 모습을 보이게 되면 팀 전체에 그 영향이 있다. 부디 이것이 팀 전체가 완벽한 정밀함으로 무장해 함께 협력해야 하는 팀 활동이라는 사실을 잊지 말라. 어쩌면 가끔은 이런 자신감이 오만함과 혼동을 일으킬 때도 있을 것이다." 이 대목에서 로버트 슈페츨러가 오늘날보다 훨씬 더 견고한 위계질서가 자리 잡고 있었던 신경외과 의사 세대의 일원이라는 점을 추가로 언급하고 넘어가야 할 것 같다. 다행스럽게도 그 사이에 위계질서 문화에 변화가 일었다. 어쨌거나 나 역시 아무리 복잡한 위기 상황이 발생하더라도 자신감이 있으면 냉정을 유지할 수 있다는 사실만큼은 힘주어 강조하고 싶다.

어떤 수술을 할 것인지, 그리고 언제 도움을 요청할 것인지를 결정하기 위해서는 당연히 현실적으로 상황을 평가할 수 있어야 하는 것은 물론이고 자기 자신의 한계를 알고 있어야 한다. 우리가 하는 결정 하나하나가 사람들의 운명에 영향을 미치므로 자기 자신을 과대평가했다가는 자칫 환자의 생명을 위태롭게 할 수 있다. 자기 자신을 의심하거나 자신감이 결여되어 있을 때도 상황은 다르지 않다. 팀이 그토록 엄청나게 중요한 의미를 갖는 것은 바로 이런 이유 때문이다. 팀을 이루어 일할 때 사람들은 위험천만한 오만의 덫에 맞서서 공격적이고 개방적인 실수 문화로 대응할 수 있다.

지오반니 마이오가 그의 책에서 진술한 바에 따르면, 겸손은 최대한 객관적인 자기 평가와 더불어 본인의 능력으로 다른 사람들에게 깊은 인상을 심어주려 한다거나 우쭐대면서 무대 앞으로 나서지 않고 주어진 사안에 집중하는 능력도 함께 포함한다. 이것은 자기 PR과 반대되는 개념이다. 철저하게 경제 논리로 점철된 세상에서는 시대에 뒤떨어진 특징일 수도 있겠지만, 나는 적어도 의학에서만큼은 이것이 중요하다고 생각한다. 지오반니 마이오는 여기에도 역시 도사리고 있는 위험한 덫도 함께 언급한다. 칸트는 허영심에서 비롯된 그릇된 겸손함을 가리켜 '비굴함에서 나온 겸손함(kriechmut)'으로 명명하였다. 나는 지오반니 마이오의 의견에 전적으로 동의한다. 만약 의사로서의 우리를 앞으로 밀고 나가는 원동력이 세간을 떠들썩하게 하는 성공에 대한 자극적인 욕망뿐이라면 (병원이 하나의 기업으로 간주되고, 그런 의미에서 자기 홍보를 위해 광고를 해야만 한다는 점에서 본다면 사실 이것도 그리 꼴사나운 일만은 아니다) 우리는 본연의 중요하고도 의미 있는 동기를 놓쳐버릴 것이다. 중요한 동기란 바로 병든 사람들을 돕는 것이다.

그러므로 겸손함, 책임 의식, 신뢰감, 지구력, 자기 단련, 성실함은 그저 갖추면 좋은 이론적인 가치에 그치는 것이 아니라, 환자들을 위한 성공을 지속적으로 이어가기 위해서 (동시에 우리가 우리 직업에서 진정한 만족감을 얻기 위해) 꼭 필요한 우리 직업의 근간을 이루는 요소라고 할 수 있다.

나는 병원을 가족처럼 이끈다. 만하임에 있는 내 스승으로부터 보고 배운 것이다. 만하임에서 우리는 한눈에 파악할 수 있는 군대와 비슷한 체계를 갖추고 있었다. 현재 나는 자선병원에서 신경외과 병동 세 곳을 관리하고 있는데, 30명이 넘는 전문의와 인턴, 레지던트들이 일하고 있다. 그 밖에도 간호 인력과 행정 직원들 그리고 연구원들이 근무한다. 아주 근사하고 규모가 큰 대가족인 셈이다.

나는 내가 팀으로 영입한 구성원 모두를 매우 소중하게 여긴다. 나는 그들이 어떻게 발전해 왔는지, 그리고 또 우리가 제공할 수 있는 환경 속에서 그들이 어떻게 발전해 나갈 수 있을지 관심 있게 지켜본다. 우리에게는 아픈 사람들을 돕고 학문의 발전을 촉진하고자 하는 공동의 목표가 있다. 나는 그 목표를 이루어나가는 과정에서 그들에게 날개를 달아주고 내가 가진 열정을 그들에게도 심어주려고 노력한다. 거창히게 들릴 수도 있겠지만, 사실 이것은 일상적으로 이루어지는 (뇌수술 등등의) 작은 일들로 이루어져 있다.

신경외과 의사가 되기 위해서 시험에서 반드시 A+를 받을 필요는 없다. 내게 성적은 의사로 채용되기 위한 조건이 아니다. 그보다는 설득력 있는 내용의 박사학위와 약간의 세상 경험이 더 많은 것을 말해준다. 신경외과 생활은 때때로 가혹하다. 나는 그런 사실을 숨길 생각이 없다. 전문의가 되는데는 6, 7년의 세월이 필수적으로 소요된다. 이론적으로는 6년이지만, 많은 사람이 연구를 위해 1년을 추가로 공부한다. 팀원을 뽑을 때에는 나의 본능적인 직감이 결정적인 역할을 한다. 지원자가 우리 팀에 어울리는 사람인가? 지원자가 괜찮은 사람 같아 보이는가? 다른 모든 것은 배워서 익힐 수 있지만, 앞에서 말한 것만큼은 본인이 내면에 지니고 있어야 하는 요소다.

내 부모님은 헝가리 출신이다. 그들은 1967년 2주짜리 비자를 발급받아 뮌헨에 거주하는 삼촌 집을 방문했다가 그곳에 정착했다. 그들의 아들인 나는 젖먹이 시절부터 삶이 얼마나 헤아리기 힘든 것인지, 확실하다고 믿었던 것이 얼마나 빠르게 변할 수 있는지 보고 배우면서 자랐다. 내 부모님은 엥글샬킹에 있는 한 건물 6층으로 이사하셨는데, 나중에 그 집 발코니에서 툭하면 한밤중에 몽유병자처럼 돌아다니는 내 모습을 보고 기겁을 하곤 하셨다. 나는 그곳에서 내 인생의 10년을 보냈다.

내 아버지 아코슈(Ákos)는 헝가리에서 유명한 흉부외과 전문의였다. 그는 과거에 부다페스트 대학병원에서 근무했다. 나의 어머니 유디트(Judith) 역시 의학 기술 어시스턴트이자 간호사였다. 아버지는 뮌헨에서 폐 수술 전문의로 일하고 싶어 했지만 자리가 거의 나지 않았다. 뛰어난 자질을 갖추고 있었음에도 그는 어디에서도 일자리를 구할 수 없었기 때문에 그는 실험실을 운영하면서 조직 업무를 처리하던 어머니와 함께 그 당시 막 건설 공사가 시작되던 올림픽 주경기장에서 그리 멀지 않은 곳에 일반 의원을 개업했다. 병원이 있던 곳은 소위 슬럼가로 불리던 지역이었다. 아버지는 종종 환자 케이스에 깊이 몰두한 나머지 집에 와서도 밤늦게까지 진단명이나 환자를 도울 방법을 찾느라 골머리를 앓았다. 나는 아버지가 한밤중에 응급 상황으로 걸려 온 전화를 받고 불려나갈 때 투덜대는 모습을 단 한 번도 본 적이 없다. 잠을 자다가도 곧장 집어 들고나갈 수 있도록 늘 복도 같은 자리에 놓여있던 아버지의 갈색 왕진 가방이 그런 아버지의

　　　　　　　　　　　8. 모든 것을 건 도박

모습을 매우 인상적이고 상징적으로 보여주었다.

여섯 살이 되었을 때 나는 테니스를 배우기 시작했다. 곁들여서 축구도 배우기 시작했지만, 축구 쪽으로는 영 재능이 없었다. 자그마한 펠트 공을 훨씬 더 능숙하게 다룰 줄 안다는 사실을 알아차리게 되었을 때 나는 제대로 테니스에 빠져들었다. 거의 하루도 테니스 코트에 나가지 않는 날이 없었다. 한번 코트에 나가면 최소 세 시간이 기본이었다.

종목을 막론하고 진지하게 대하는 운동이 모두 그렇듯이, 사람들은 테니스를 하면서 단련하는 법을 제대로 배운다. 정상에 오르려면 자기 자신을 괴롭힐 준비가 되어 있어야 한다. 해야만 한다면 매일같이 말이다. 정규 훈련 시간에 혹사당한 것만으로는 모자라기라도 하듯 나는 자발적으로 일주일에 한 번, 두 번, 세 번에 걸쳐 혼자서 추가 훈련을 했다.

테니스는 팀 스포츠가 아니다. 오직 자기 자신에게 의존해야 한다. 설령 시합에서 질 것처럼 보인다고 하더라도 자신이 이길 것이라고 굳게 믿어야만 한다. 테니스와 현재 내가 하고 있는 일 사이에는 비슷한 점이 많다. 신경외과 의사들은 운동선수와 마찬가지로 가슴속에 열정을 품고 있는 전문가들이다. 비록 팀을 이루어 일을 하기는 하지만, 수술 부위와 수술 기구를 다루는 일에 몰두하는 순간 그들은 종종 자신이 각개 전투병인 것처럼 느껴진다.

9살 때 나는 처음으로 시합에 출전했다. 13살이 될 때까지 경기 성적은 점점 더 향상되었다. 내가 가야 할 길이 미리 정해진 것처럼 보였다. 그 당시에 나는 프로 테니스 선수가 되려고 했다.

나의 우상은 비에른 보리(Björn Borg)였다. 하지만 코트에서 나는 오히려 존 매켄로(John McEnroe)처럼 행동했다. 나는 경기가 잘 풀리지 않을 때면 화가 나서 라켓을 땅에 내동댕이치거나 내가 받은 교육 따위는 아랑곳하지 않고 욕설을 내뱉었다. 하지만 15살, 16살이 되자 경쟁자들 대부분이 나를 추월했다는 사실을 더 이상 외면할 수 없었다. 꿈에서 깨어날 수밖에 없었던 것이다! 프로 선수가 되기는 글렀다. 지금은 그런 일은 감내할 수밖에 없다고 말할 수 있지만, 그 당시에는 세상이 무너지는 것만 같았다.

모든 사람에게는 맞서 싸워야만 하는 내면의 몰이꾼들이 있다. 그것들은 평소에는 종적을 감추었다가 스트레스 상황이 벌어지면 어김없이 모습을 드러낸다. 몰이꾼에는 모두 다섯 가지 종류가 있다. 완벽하라, 친절하라, 너 자신에게 엄격하라, 강해져라, 서둘러라. 그것들 모두가 모든 사람에게서 똑같은 정도로 나타나지는 않는다. 사람마다 자주 나타나는 주된 몰이꾼들이 한두 개 있다. 그것이 무엇인지 찾아내려고 굳이 애쓰지 않아도 된다. 타고난 기질과 교육, 그리고 그 밖에 모든 것이 영향을 미치기 때문이다.

얼마 전에 나는 코칭을 받은 적이 있다. 그때 나는 몇 가지 직업적인 문제들을 명확히 하고 일상의 빠듯한 시간이 허락하는 것보다 그 문제를 더 깊이 파고들어야 할 것 같은 생각이 들었다. 어떻게 하면 우리가 지금껏 이룩한 것을 더 발전시킬 수 있을까? 나를 앞으로 나아가게 하는 동력은 무엇인가? 어떤 방향으로 나아가야 할 것인가?

다음 목표들은 무엇인가? 이런 질문들 혹은 이것과 유사한 질문들은 12년 동안 신경외과 과장으로 일해 온 한 사람이 자기 자신의 위치를 새롭게 점검하고 매너리즘에 빠져들지 않기 위해서 한 번쯤은 꼭 제기해야 할 질문들이다.

아무튼 코칭의 한 부분은 본인의 삶을 지배하는 내면의 몰이꾼들을 의식적으로 인지하는 것인데 내 경우에는 완벽하라, 서둘러라가 그것이었다. 환자들에게는 분명히 좋은 일이겠지만, 당사자에게는 늘 좋은 일만은 아니다. 왜냐하면 거기에는 뭔가가 실패하면 어쩌나, 자신의 한계가 드러나면 어쩌나, 완벽하지 못하면 어쩌나 하는 불안이 한데 결부되어 있기 때문이다. 또한 불안에는 늘 불만이 함께 따라붙는다. 불만은 내가 고민하는 또 다른 사안이다. 만족을 할 수 있고, 당연히 만족해야 하는 상황에서 결코 만족하지 못하는 것이 나의 문제다. 하지만 겸손에서 (겸손은 체념하지 않고 해결책을 모색하여 한 걸음 더 앞으로 나아가도록 격려해 준다) 우러나와 그렇게 하는 것이 아니라 늘 무언가가 결여되어 있고, 끊임없이 사다리를 더 높은 곳으로 올려놓아 항상 쫓기는 듯한 상황에서 어떻게 만족을 할 수 있겠는가? 하지만 어떻게 보면 이런 사실을 깨닫는 것만으로도 크나큰 발전이라고 할 수 있다. 지금 나는 이 일에 몰두하고 있다.

9.

오직

환자에 대한

의무

환자가 지인일 때

한 가지 사안을 다시 짚고 넘어가고 싶다. 특정한 수술을 감행하는 것이 과연 옳은 일인가? 이 질문과 관련하여 의학적인 지표들과는 아무런 관계도 없는 한 가지 예외가 존재한다. 친구와 지인 혹은 친척이 신경외과 치료가 필요한 질병을 진단받으면 어떻게 할 것인가? 나는 그 사람을 수술해야 할까? 그 사람과 감정적으로 너무 친밀한 나머지 위험성을 고려하거나 다른 요소들을 평가할 때 객관적이지 못할 수 있기 때문에 오히려 수술을 하지 말아야 하는 것은 아닐까? 일이 잘못될 경우에 우정이 깨지거나 가족들의 불화를 책임져야 할 상황이 발생할 수 있기 때문에 수술을 피하는 것이 좋지 않을까?

2년 전 9월, 나는 이런 의문과 정면으로 마주하게 되었다. 아내의 친한 친구가 내게 연락을 해왔다. 그녀의 사촌인 키아라의 머릿속에서 양성혈관종이 발견되었다고 했다. 아마도 비교적 오랫동안 양성 혈관종을 지닌 채 생활해 온 것으로 보이는데, 최근 들어 거기에서 출혈이 발생했다고 했다. 키아라는 몇 주 전에 두통과 신체 오른쪽에 가벼운 마비가 나타나 병원으로 이송되었다. 마비는 특히 오른손에서 심하게 나타났다. 뇌졸중이 의심되었지만, 확인되지는 않았다.

언젠가 연출을 공부하던 학생이 본인의 각성 수술을 무조건 영상으로 기록하겠다고 나선 적이 있었는데, 그 학생도 마찬가지로 양성 혈관종 환자였다. 그의 혈관종은 다른 쪽 뇌섬엽에 자리 잡고 있어서 키아라보다 위치가 조금 더 좋았다. 비교적 안전한 위치였고, 키아라의 혈관종만큼 깊지도 않았거니와 중요한 신경 경로에도 그렇게 가깝게 붙어있지 않았다. 키아라의 양성혈관종은 좌뇌 반구의 뇌섬엽 깊숙한 곳, 내부 피막(capsular interna) 안에 있었다. 피막 안으로는 척수로 내려가는 감각신경섬유 다발과 자발운동 신경섬유 다발이 빈틈없이 매우 촘촘하게 지나가고 있다. 따라서 아주 미세한 출혈이나 소규모 뇌졸중만 발생해도, 혹은 주변에 종양이 있어도 각종 기능장애가 나타난다.

이 영역은 다루기가 매우 까다롭다. 단지 신경 경로들과 가까워서 그런 것만은 아니다. 뇌섬엽은 뇌 깊숙한 곳에 자리 잡고 있고, 전두엽과 측두엽이 그 위에 놓여 있다. 열구(세로로 난 홈, sulcus), 그러니까 실비우스 열이 전두엽과 측두엽을 분리한다. 실비우스 열을 개방할 때에는 미세현미경을 고배율로 조정한 상태에서 시행해야 한다. 실비우스 열을 통과하여 뇌섬엽으로 향하는 길에서 우리는 중대뇌동맥의 지류들을 스쳐 지나가야 하는데, 작은 천공지 혈관들이 거기에서 뻗어 나와 있다. 그 혈관들은 반드시 안전하게 보호되어야만 한다. 그런 혈관이 하나라도 손상되면 이 중요한 영역에서 소규모 뇌졸중이 발생할 수 있기 때문에 일반적으로 이 영역에 대한 수술을 매우 꺼리는 편이다. 키아라 역시 처음에는 양성혈관종을 우선 지켜보자고 권유받았다.

그런데 키아라의 혈관종은 이미 여러 차례 출혈을 일으킨 것으로 보였고 다시 출혈이 발생할 가능성도 상대적으로 높았다. 뇌 깊숙한 곳에 자리 잡고 있는 양성혈관종에 관한 대규모 연구 데이터에 따르면 그처럼 깊은 곳에 위치한 양성혈관종의 경우에는 출혈의 위험성이 연간 15~20퍼센트에 이르는 것으로 추정된다. 그리고 출혈 위험성이 증가함에 따라 실제로 뇌졸중이 발생하거나 뇌졸중과 유사한 증상들이 나타날 위험성도 함께 증가한다. 키아라도 이런 증상들 때문에 병원을 찾았다가 양성혈관종을 진단받았다. 그녀는 신체의 오른쪽, 특히 손과 다리에 살짝 힘이 빠지는 증상을 겪었지만, 시간이 흐르면서 다시 좋아졌다.

양성혈관종은 생김새가 산딸기를 연상시킨다. 색깔이 붉고 산딸기 모양의 구조를 지닌 양성혈관종은 모두 유사한 형태이다. 양성혈관종은 혈관벽이 매우 얇은 기형 혈관들로 이루어져 있기 때문에 출혈 위험성이 높다. 출혈이 일어나면 대부분 안쪽으로 피가 흘러들어간다. 이렇게 되면 양성혈관종이 마치 스펀지처럼 흘러나온 혈액을 완전히 흡수하고 이로 인해 크기가 더 커진다. 출혈이 일어날 때마다 종양의 크기가 더욱 커지면서 원래 다른 구조물들에게 할당된 공간을 차지한다. 이따금씩은 흘러나온 혈액의 일부가 인접한 정상적인 뇌 조직 안으로 바로 흘러들어가 돌이킬 수 없는 손상을 야기하기도 한다.

최근 연구결과에 따르면 유전자 변이가 양성혈관종 생성과 연관이 있는 것으로 밝혀졌다. 이와 더불어 혈관 성장을 담당하는 유전자들이 계속 활성화되는 것도 문제다. 현재 양성혈관종을 약물로 안정시키는 것이 가능한지에 관한 논의가 진행 중이지만 아직은 연구 초기 단계에 머물러 있다.

키아라가 진료를 위해 병원을 찾았을 때 나는 그녀의 상태와 관련하여 이런 사실들을 알고 있었다. 우리는 서로를 개인적으로 알지 못했다. 하지만 나는 그녀의 사촌을 몇 년 전부터 알고 있었기 때문에 키아라를 처음 만나도 알아볼 수 있는 특징을 알고 있었다. 바로 그녀가 가장 즐기는 취미가 운동이라는 것이었다. 여가시간에 그녀는 자전거를 타거나 아니면 그녀가 살던 포츠담의 조깅 코스를 쉬지 않고 걸어서 정복했다.

그녀에게 수술을 권한 것은 옳은 행동이었다고 나는 확신한다. 나보다 몇 살 어린 그녀가 앞으로 새로운 출혈이 발생할 위험성을 지속적으로 안고 살아가야 하는 것이 과연 옳은 일일까? 어쩌면 수술로 인해 요양 보호를 받아야 하는 처지가 될지도 모르는 마당에? 만약 내가 양성혈관종을 완벽하게 제거하는데 성공한다면, 그녀는 완치될 수 있었다. 나는 무엇보다도 그 점을 최우선으로 고려했다.

두 번째 고려 사항은 수술에 매우 유리한 외적 구조였다. 그녀의 양성혈관종은 캡슐처럼 주변 조직들로부터 분리되어 건강한 영역과의 경계가 뚜렷했다. 때문에 쉽게 적출이 가능했다. 혈관종이 신경 경로에 인접해 있음에도 불구하고 내가 그것을 제거할 수 있다고 믿었다는 점도 한몫 했다. 그리고 무엇보다도 나는 수술에 따른 위험성이 새로운 출혈의 위험성보다 적다고 생각했다.

마지막으로 세 번째 고려 사항은 이 장의 서두에 제기했던 질문과 관련이 있었다. 친구나 친구의 가족에게 수술이 필요할 때 그 수술을 직접 할 것인가 아니면 하지 않을 것인가? 내 생각에는 그 질문에 대한 답을 찾기가 그리 어렵지만은 않은 것 같다. 그저 질문을 한 번 뒤집어 보기만 하면 된다. 무언가 좋은 일을 한다고 가정해 보자. 그리고 더 나아가서 극소수만 섭렵하고 있는 방법을 가지고 누군가를 도울 수 있다고 가정해 보자. 그 누군가가 친구이거나 혹은 다른 방식으로 가까운 사람이라는 이유로 그 사람에게 도움을 주기를 거부해도 되는 것일까? 그런 측면을 제외하더라도, 만약 아무것도 시도하지 않아서 언젠가 최악의 케이스가 발생한다면 그때도 분명 책임감을 느끼게 될 것이다.

또 다른 의문점은 지인이나 나와 어떤 식으로든 관계가 있는 사람이 수술대 위에 누워있을 때 과연 내가 가지고 있는 모든 능력을 충분히 활용할 수 있을 것인가다. 특별히 잘 해내기 위해서 루틴에서 벗어날 위험성이 있지 있을까? 그래서 더 불안하고, 전문성이 떨어지게 행동하는 것은 아닐까? 이 사례에서 나는 환자를 결코 개인적으로 알지는 못했다. 하지만 내 가족과 인연이 있었고, 만약 합병증이 발생한다면 내 가족 역시 간접적으로 영향을 받게 될 것이었다. 개인적으로 가까운 관계일수록 이런 질문들이 분명 더 빠르게 꼬리에 꼬리를 물 것이고, 답변 또한 아마도 개인적인 차원에서 이루어질 것이다. 하지만 분명한 사실은 바로 이 대목에서 신경외과에서 이루어지는 특별한 트레이닝, 즉 특별하게 단련된 집중력과 (이와 관련해서는 앞서서 이미 '흐름'이라는 주제에 대해 다룬 바 있다) 수천 번에 걸쳐서 스트레스 상황에 전문적으로 대처해온 경험이 제 역할을 한다는 점이다. 스트레스 상황에 대한 대응능력은 앞에서 비행기 조종사와의 유사성을 바탕으로 설명하였다. 신경외과 의사들은 언제나, 어떤 상황에서도 능숙하게 본인의 최고 능력을 발휘하는 방법을 완벽하게 체득하였다. 바로 그런 이유로 친구들이나 지인들이 그들을 치료할 의사로서 우리를 선택하고 찾아오는 것이다. 가장 중요한 것은 여기에서 내려지는 결론이 나를 위한 것이 아니라는 사실이다. 그것은 어디까지나 나의 도움을 필요로 하는 사람을 위한 것이다.

동시에 신경외과 수술에는 추상적인 '사례'나 사적이지 않은 '사례'는 아예 없다고 해도 과언이 아니다. 왜냐하면 수술을 결정하는 과정에서 늘 환자들과 진지한 논의 절차를 거치기 때문이다. 의사는 특정한 방식으로 환자들 및 보호자들에게 가깝게 다가가 그들과 인간적인 관계를 형성한다. 신경외과 수술대에 오르는 모든 사람은 자신의 운명도 함께 그 위에 올려놓는다. 확신하건대, 이 순간에 모든 외과적 규율에 대한 재인식이 이루어진다. 그럼에도 의사들은 수술을 하는 순간에는 철저히 수술용 미세현미경을 통해서 보이는 것에만 집중하고 다른 모든 것은 서서히 시야에서 사라진다. 만약 그렇지 않다면 예컨대 의사 본인에게도 자녀가 있는 상황에서 어떻게 어린아이의 뇌를 수술할 수 있겠는가?

나는 수술을 할 준비가 되어 있었다. 환자와 나는 수술과 수술을 위해 우리 의료진이 제공해야 할 모든 조치를 함께 결정했다. 가장 최근 데이터를 확보하기 위한 MRI 검사, 지도를 제작하기 위한 자기자극장치 설치, 수술이 이루어지는 동안 실시될 전기생리학적 모니터링, 내비게이션, 증강현실 기법 등 모든 것에 대한 논의가 이루어졌다.

우리는 왼쪽 귀 위로 6센티미터 정도 되는 지점에서 두개골을 절개했다. 그곳에서부터 나는 실비우스 열을 향해 나아갔다. 나는 여느 때처럼 환자 머리 위쪽에 자리를 잡고 앉았고, 내 위치에서 보았을 때 왼쪽에는 측두엽이, 오른쪽에는 전두엽이 놓여 있었다. 그 사이로 지주막과 실비우스 정맥이 자리 잡고 있었다. 두께가 상당히 두꺼운 실비우스 정맥은 뇌 대부분의 영역에서 비롯된 혈액을 빼내는 역할을 한다. 그것은 일종의 중앙 배수관으로 수많은 혈관이 그곳으로 합류한다. 그것은 첫 번째 장애물이었고, 나는 그 주변을 우회해서 돌아가야 했다. 혹시라도 이 정맥을 봉쇄하게 되면 피가 역류되어 정체되고, 그 결과 뇌가 부어오르면서 갈 길을 방해하고, 가뜩이나 좁은 통로가 한층 더 좁아질 뿐만 아니라 어쩌면 출혈이 발생할 수도 있다.

앞에서 말한 것처럼 **느슨하게 이완된 뇌**는 이루 말할 수 없이 중요하다. 심지어 그것이 성공과 실패를 결정할 수도 있다. 때문에 우리는 피부를 절개하기 직전에 뇌에서 수분을 제거하는 약품을 환자에게 주입했다. 당알코올의 하나인 만니톨(mannitol)은 이 방면으로 효과가 입증된 약품이다. 아울러 실비우스 열 표면을 열 때 솟아나는 뇌척수액을 빨아들여 공간을 추가로 확보했다.

약 6센티미터 정도 되는 실비우스 열 전체에 걸쳐서 이 작업을 수행했다. 실비우스 열은 사람마다 배열 상태가 천차만별이다. 비교적 나이가 든 환자는 실비우스 열이 넓게 펼쳐져 있다. 이것은 뇌 위축 때문에 그런 것이기도 하다. 반면 젊은 환자의 실비우스 열은 매우 **촘촘한** 간격으로 서로 달라붙어 있기도 하다. 이 케이스에서 그랬던 것처럼 말이다. 판개(operculum) 표면을 손상시키지 않고 뇌섬엽으로 이어지는 올바른 층을 찾기 위해서 나는 현미경을 고배율로 유지한 상태로 인내심을 발휘하여 절개를 해나가야 했다.

내가 아직 젊은 선임 레지던트였던 시절에 안드레아스 라베 교수가 당시 뮌헨 공대 신경외과 과장이었던 베른하르트 마이어(Bernhard Meyer) 교수와 2021년까지 잘츠부르크 대학병원 신경외과 과장을 지낸 페터 빙클러(Peter Winkler) 교수, 그리고 나와 더불어 젊은 인턴, 레지던트들을 위해 처음으로 강좌를 개설하였다. 오늘날 그 강좌는 전설이 되었다. 나중에 제네바의 카를 샬러가 이 대열에 합류했다. 그 사이에 이 강좌를 바탕으로 한 책이 발간되어 중국어로도 번역이 이루어졌다. 이 강좌에서는 매년 베른하르트 마이어가 실비우스 열을 단계적으로 절개하는 기술에 대한 강의를 한다. 강의를 할 때 그는 해부도와 수술 비디오를 활용한다. 2004년 당시와 마찬가지로 오늘 날에도 이 강좌의 정점은 후속 토론에 참여해 미묘한 차이점들과 변화, 그리고 강좌 참석자들이 쌓아온 경험에 대해 의견을 나누는 것이다.

목표는 전두엽과 측두엽을 서로 갈라놓되, 최대한 그 표면을 손상시키지 않는 데 있었다. 나는 혹시 건드리더라도 폐쇄하면 전혀 문제될 것이 없는 그런 정맥들조차 건드리지 않으려고 노력했다.

마침내 둘을 갈라놓는 데 성공한 나는 뇌섬엽 방향으로 더 깊이 들어갈 수 있었다. 뇌섬엽은 발생학적으로 보았을 때 뇌에서 가장 오래된 부분 가운데 하나로, 2.5센티미터보다 클까 말까 한 크기에 여러 겹의 신경세포 층을 지닌 회색 뇌 물질로 구성되어 있다.

뇌섬엽은 그 기능과 관련하여 매우 흥미진진한 영역이지만, 아직까지 자세한 연구가 이루어지지 않았다. 뇌섬엽이 없다면 우리는 냄새를 맡을 수도 없고 맛을 느낄 수도 없을 것이다. 왜냐하면 감각기관에서 비롯된 자극들이 이곳에서 처리되기 때문이다. 또한 여러 감각을 우리의 기호에 따라 정리하고 분류할 수도 없을 것이다. 그러니까 우리가 그것을 좋아하는지 아니면 오히려 반감, 불쾌감, 혐오감 등을 느끼는지 분류할 수 없을 것이라는 말이다. 또 뇌섬엽은 내부 장기의 신호를 전달하는 중개자 역할도 한다. 예컨대 위장 기능의 신호 역시 뇌섬엽을 통해서 전달된다. 그 밖에도 뇌섬엽은 우리의 의식과 감정에 영향을 미친다. 우리가 특정한 상황을 감정적으로 느끼고 평가하는 방식에 영향을 미치는 것이다. 여기에는 자기 자신과 타인이 느끼는 고통에 대한 감각도 포함된다. 따라서 타인의 고통을 지켜보는 사람의 내면에서 유발되는 감정도 뇌섬엽의 영향을 받는다. 이때 뇌섬엽은 감정의 종류만 제어하는 것이 아니라 감정의 강도도 함께 제어한다.

이윽고 뇌섬엽이 우리 눈앞에 모습을 드러냈다. 뇌섬엽 표면으로 혈관들이 지나가고 있었다. 혈관들을 지나치거나 혹은 혈관들 사이를 통과하기 위해서는 반드시 그 혈관들을 노출시켜야 했다. 뇌섬엽을 지나는 혈관 중 가장 큰 혈관은 중대뇌동맥으로, 이것은 뇌에 필요한 요소들을 공급하기 위한 중앙 파이프라인에 해당하는 혈관이다. 중대뇌동맥은 뇌섬엽 초입에서 두 개의 분지로 나뉘는데, 각각의 분지는 다시금 여러 개의 분지로 나뉜다. 일단 이 혈관들을 노출시키고 나면 그때부터는 반드시 파파베린 용액을 혈관에 지속적으로 뿌려주어야 한다. 왜냐하면 노출된 혈관들은 매우 민감하게 반응할 뿐만 아니라 쉽게 경련을 일으켜 수축하기 때문이다. 중대뇌동맥에서 혈액 흐름이 중단되면 뇌졸중이 발생한다.

나는 뇌섬엽 안으로 들어가야 했다. 나는 내비게이션의 도움을 받아 양성혈관종에 이르는 최단거리 통로를 확보하기 위한 최적의 진입 지점을 모색했다. 이때 혈관종의 중심 지점과 뇌의 피질과 가장 가까운 지점을 잇는 직선 부위를 진입 지점으로 삼는 방법을 사용했다. 나는 해당 지점의 혈관들을 위축시켜 출혈이 발생하지 않도록 한 다음 조직을 절개해 들어갔다. 이어서 밀리미터 단위로 조금씩 깊은 곳으로 들어갔다. 4밀리미터를 전진했을 때 우리가 제대로 하고 있음을 암시하는 첫 번째 징후가 나타났다. 다른 곳에서는 대체로 흰색을 띠고 있던 조직이 노르스름하게 물들어 있었다. 이는 그 뒤쪽 영역에 과거에 흘러나온 피가 퍼져있음을 알려주는 신호였다. 가끔은 실수를 하지 않는 것이 곧 성공을 의미하는 경우도 있다.

2밀리미터를 더 전진했을 때 우리는 오래된 혈액과 맞닥뜨렸고 공간을 확보하고 앞으로 더 나아가기 위해서 흡입기로 혈액을 빨아들였다. 그때 우리 눈에 '산딸기'가 들어왔다. 나는 가까이 다가가 뇌 조직에서 그것을 분리하기 시작했다. 양성혈관종은 이따금 돌처럼 딱딱하기도 하고 인접한 조직에 달라붙어 흉터를 만들기도 한다. 하지만 이번 경우는 그렇지 않았다. 나는 혈관종에 달린 수포를 포도송이처럼 하나씩 뜯어낼 수 있었다.

모니터링 기계에서는 아무런 경고음도 들려오지 않았다. 그것은 짧은 간격으로 운동 유발 전위를 발생시켜 운동 신경이 온전한지 알려주었다. 내 쪽에서 보았을 때 신경 경로들이 양성혈관종 뒤쪽에 놓여 있었는데, 혈관종과 충분한 거리를 유지하고 있었다. 측면으로도 아무런 문제점이 없었다. 이제 나는 뒤쪽에 있는 영역으로 들어가야 했다.

그곳에서 뜻밖의 장애물이 출현했다. 대략 지름 0.3밀리미터 정도 되는 천공지 동맥이 나타났던 것이다. 비록 크기는 아주 작았지만 어떤 특정 영역에 영양을 공급하는 유일한 혈관인 경우가 흔하기 때문에 결코 무시해서는 안 되는 혈관이었다. 그런 혈관은 다른 혈관으로 대체하는 것이 불가능하다.

나는 그 혈관을 응시했다. 지금도 내 눈앞에 그것을 선명하게 떠올릴 수 있다. 나는 무슨 일이 있어도 그것을 손상시켜서는 안 된다는 것을 잘 알고 있었다. 그 사이에 양성혈관종을 떼어내는 과정이 마무리되었다. 이제 이 혈관 하나를 거기서 분리하기만 하면 혈관종을 적출할 수 있었다. 그렇게 하는 것이 불가능해 보이지 않았다. 그래서 나는 계획했던 대로 계속 수술을 진행했다.

양성혈관종 한 조각을 혈관에 붙여두고 나머지만 제거하는 것도 대안이 될 수는 있었겠지만, 만약 그랬다면 수술을 성공적으로 마무리할 수 없었을 것이다. 양성혈관종을 완전하게 제거하지 않으면 다시 자라나 나중에 같은 악행을 저지를 수 있었다.

갑자기 출혈이 발생했다. 그때 내가 건드린 것은 이 혈관밖에 없었기 때문에, 출혈의 원인도 그것 하나밖에 없었다. 순간 심장이 그대로 멎는 것 같았다. 하지만 나는 그 어떤 감정도 드러내지 않은 채로 계속 수술을 진행해야만 했다.

출혈은 멈추었지만 이번에는 모니터링 기계에서 경고음이 울려댔다. 자극이 가해진 팔 근육과 다리 근육에서 더 이상 아무런 신호도 수신되지 않았다. 마치 누군가가 기계를 꺼버리기라도 한 것처럼 잠복기(latency)와 진폭(amplitude)이 순식간에 사라져버렸다.

그것이 무엇을 의미하는지 수술실 안의 모든 사람이 알고 있었다. 수술실에 정적이 감돌았다. 나는 미세현미경에서 눈을 떼지 않은 채 동료들이 눈길을 피하는 광경을 떠올렸다. 다른 사람들은 내 표정에서 답을 찾으려고 했다. 나는 내 앞에 누워있는 사람이 누구인지 생각했다. 이런 순간보다 더 고독한 순간이 있을 수 있을까?

어쩌면 그저 측정 오류 때문에 그런 것인지도 몰랐다. 나는 제발 그러기만을 바랐다. 전원 연결이 끊어지거나 어떤 다른 기술적인 문제가 발생했을 수도 있었다. 신호가 완전히 사라지는 때는 혈관이 막히거나 뇌졸중이 발생했을 때다. 신경 경로에 지나치게 가까이 다가가 섬유 다발을 크게 손상시켰을 때는 신호가 서서히 사라진다. 그렇게 일순간에 사라지지는 않는다. 나는 그저 측정 오류이기를 바랐다.

나의 소망은 이루어지지 않았다. 수술을 끝까지 진행해 양성혈관종을 완전히 제거하고 난 후에 나는 모니터링을 담당한 동료에게 전체 수치를 보여 달라고 부탁했다. 수치들은 명료했다. 기술적인 오류는 아니었다. 결론적으로 말하자면, 출혈로 인해 소규모 뇌졸중이 일어난 것이 틀림없었다.

그때 나의 감정을 어떤 말로 묘사할 수 있을까? 참담하고 비참하고 죄책감이 들었다.

키아라에게 수술을 권하지 말았어야 하지 않을까? 물론 우리는 다른 모든 환자에게 그렇게 하듯이 그녀에게도 수술에 따른 위험성을 설명해 주었다. 하지만 지금 그게 다 무슨 소용인가? 나는 위험성을 10퍼센트로 책정했었다. 결과적으로 지금은 위험성이 100퍼센트가 되어버렸다. 손상은 이미 발생했다. 비록 아직은 손상의 규모와 그것

9. 오직 환자에 대한 의무

이 그녀의 삶을 얼마나 바꾸어놓을지 알 수 없었지만 말이다.

나는 수술 합병증을 세 가지 종류로 나눈다. 첫 번째 종류의 합병증은 하지 않는 편이 더 나은 수술을 진행할 때 발생한다. 젊고 경험이 부족한 신경외과 의사들은 수술을 선호하는 경향이 있다. 왜냐하면 도전 욕구가 그들을 자극하기 때문이다. 위험한 순간을 직접 경험하지 못한 사람들은 위험성을 제대로 알아채지 못할뿐더러 일이 잘못되었을 때 초래될 결과를 미리 내다보지 못한다. 하지만 경험이 많은 의사라고 하더라도 그런 일로부터 완전히 안전하지는 않다. 예를 들면 새로운 수술 기법이 지닌 성공 가능성을 과대평가할 수도 있고, 어쩌면 환자가 너무 쇠약하거나 다른 심각한 질병을 가지고 있을 수도 있기 때문이다.

두 번째 종류의 합병증은 예상할 수 없는 합병증이다. 그것은 요쉬 브레커의 사례에서 그랬던 것처럼 우리의 계획을 완전히 무너뜨린다. 모든 것이 순조롭게 진행되었음에도 수술 후에 혈관 폐색, 뇌졸중, 사후 출혈, 감염 등 수술 합병증이 발생한다. 마지막에 가서 수술을 담당한 의사와 그의 팀은 그들의 노력이 물거품이 되어버린 현실을 마주하게 된다. 모든 것을 쏟아부었지만, 결국 패배하고 마는 것이다.

세 번째 종류의 합병증은 수술 자체에서 일어난 실수 때문에 발생한다. 실수는 수술을 집도하는 의사를 무력하게 만든다. 수술을 하는 신경외과 의사들 중 실수에서 자유로운 사람은 아무도 없다. 여기서 내가 말하는 실수란 결코 저질러서는 안 되는 실수를 말하는 것이 아니라, 사람이 하는 일이기 때문에 일어나는 실수를 말한다. 사람은 누구나 한 번쯤 실수를 하기 마련이니까 말이다. 우리 신경외과 의사들에게는 이런 종류의 합병증이 최악이자 가장 뼈아프다. 첫 번째 경우에는 수술을 결정할 때 환자와 함께 철저하게 고심에 고심을 거듭한다. 두 번째 경우 비록 발생 가능한 위험을 포함하여 예측할 수 있는 합병증이 몇 가지 있다는 것을 이미 알고 있기는 하지만, 그래도 그것은 의사가 어떻게 할 수 있는 일이 아니다. 그러나 세 번째 종류의 합병증은 전적으로 의사 본인에게 책임이 있다. 의사 외에는 그 누구에게도, 환자나 또 다른 수술 팀원에게도 책임이 없다.

세 번째 종류의 합병증은 내가 가장 오랫동안, 가장 집중적으로 물고 늘어지는 합병증이기도 하다. 그런 합병증은 정말이지 나를 힘들게 한다. 나는 실수를 저질렀을 때, 제일 먼저 수술 과정을 머릿속에서 면밀하게 점검한다. 특히 그릇된 결정을 내린 순간과 이어서 끝내 잘못을 저지르고만 순간을 곱씹어 생각한다. 이때 수술 과정을 미세현미경을 통해 비디오로 녹화해두면 도움이 된다. 이렇게 하면 전체 과정을 다시 한번 들여다보면서 본인이 저지른 실수를 조금 더 잘 이해할 수 있는 여지가 생긴다. 그리고 어쩌면 그때까지 의식하지 못했고, 별다른 여파도 없었던 또 다른 실수를 발견하게 될지도 모른다.

무엇보다도 중요한 것은 (추측건대 많은 사람에게 있어서 가장 어려운

9. 오직 환자에 대한 의무

일이기도 할 터인데) 조용하고 비좁은 방 안에서 혼자 결론을 내릴 것이 아니라 앞서 언급한 바 있는 이환율 혹은 사망률 콘퍼런스에서 자신이 저지른 실수에 대해서 이야기하고, 다른 사람들에게 그 실수를 보여주고 함께 분석하는 것이다. 이렇게 해야만 같은 실수의 반복을 방지할 수 있고, 또 수술 기법을 개선하고 더욱 정교하게 만들 수 있다.

오래전부터 뇌 깊숙이 자리 잡은 구조물에 접근하는 최적의 통로를 둘러싸고 토론이 벌어졌다. 그것은 지금 내 사례에 해당되는 토론이기도 하다. 뇌섬엽으로 향하는 과정에서 내가 한 것처럼 손상시키면 안 되는 혈관들을 한데 모은 다음 그것들을 눈으로 보면서 우회하는 것이 옳을까? 아니면 처음부터 실비우스 열을 건드리지 않고 뇌, 즉 판개를 통과하는 대신 건강한 뇌 조직을 손상시킬 위험성과 언어 장애를 유발할 가능성이 있는 루트를 선택하는 것이 나을까? 나의 동료 카를 샬러와 베른하르트 마이어는 그들이 아직 독일본에서 레지던트로 일하고 있던 시절인 2002년에 이미 한 논문에서 이런 의문을 제기하였다. 그들은 실비우스 열을 통과하는 통로를 가리켜 비록 침습 부위를 최소화할 수 있기는 하지만 '손상이 전혀 없는(atraumatic)' 방법은 아니라고 명명하면서 다른 대안을 연구할 것을 촉구했다. 반면 앞서 언급한 바 있는 가지 야사길 같은 사람은 절대로 뇌를 가로지르는 길을 선택하지는 않을 것이다. 어떤 사람은 이렇게 말하고, 또 다른 사람은 저렇게 말을 한다. 이런 상황에서 과연 옳고 그름이 존재할까?

일련의 과정들이 나를 힘들게 하지만 한 가지 좋은 점은 그럼에도 불구하고 주어진 일은 반드시 수행해야 한다는 것이다. 고민에 빠질 시간이 조금도 남아 있지 않았다. 그럴 때는 루틴이 무엇보다도 도움이 된다. 루틴은 관심을 다른 곳으로 돌려주고, 든든한 방패막이가 되어준다. 키아라의 일은 일단 한 번 기다려보아야 했다. 아직은 기능장애가 발생했는지, 혹시 그렇다면 얼마나 상태가 나쁜지 알 수 없었다. 알다시피 긍정적인 의미에서 놀라게 되는 일도 종종 발생하는 법이다.

수술실을 떠날 때 나는 잔뜩 풀이 죽어 있었다. 문을 나서기 전에 나는 가운에서 녹음기를 꺼내 복도를 걸어가면서 수술 보고를 하기 시작했다. 나는 늘 그렇게 한다. 하루에 여러 건의 수술을 하는 나로서는 이 과제를 저녁이나 주말로 미루면 처리하기가 한더 힘들었다. 나는 오른쪽으로 시선을 돌려 다른 수술실들을 들여다보았다. 수술실마다 각기 다른 수술이 이루어지고 있었다. 그런 다음 나는 반드시 처리해야 할 두어 건의 통화를 해치웠다.

모든 일을 해치우는데 약 15분의 시간이 걸렸다. 나는 다시 수술실로 돌아갔다. 키아라가 아직 그곳에 누워있었다. 호흡관(breathing tube)이 제거된 후에야 비로소 환자는 병동으로 옮겨졌다. 원래 키아라는 곧바로 일반 병동으로 옮겨질 예정이었다. 당연히 지금은 불가능한 일이었다. 응급 상황이 벌어진 이후이니 만큼 그녀의 상태를 세심하게 감시해야 했다. 따라서 그녀는 중환자실로 보내졌다. 그녀가 의식을 잃고 깊은 잠에 빠져들거나 다시 인공호흡을 해야 하는 상황에 대비하기 위해서였다. 무엇보다도 그녀의 혈압이 떨어지지 않도록 주의해야 했다. 뇌졸중을 겪은 후에는 이런 조치가 매우 중요하다.

그녀가 수술이 끝난 후 곧바로 깨어났으면 가장 좋았을 것이다. 그랬다면 손상 정도를 바로 점검할 수 있었을 것이다. 하지만 나는 언제나처럼 참고 기다려야만 했다. 다른 수술도 계획되어 있었다. 지금 중요한 것은 오직 한 가지뿐이었다. 내 도움을 필요로 하는 다음 환자를 위해서 머리를 비우고 잠깐이라도 쉬는 것. 이전에 진행된 수술이 최상의 상태로 흘러가지 않았다는 사실 때문에 그 누구도 피해를 당해서는 안 된다. 그렇게 되도록 하지도 않을 것이다. 다음 과제에 온전히 집중하고, 새로운 환자에게 100퍼센트 몰입하기 위해서 그런 상황을 통제할 수 있는 전략을 마련하는 것 또한 수술 과정에서 이루어지는 전문적인 작업의 한 부분이다. 다음 수술이 별로 특별할 것 없어 보이는 추간판 탈출증 수술인지 아니면 복잡한 뇌종양 수술인지의 여부는 중요하지 않다. 행동력과 집중력을 다시 끌어올리기 위해서는 자신의 능력을 의식적으로 상기하는 것이 도움이 된다. 팀 내에서도 서로가 서로의 버팀목이 되어주고 상호 간에 확신을 심어주어야 한다. 한 번 실패했다고 해서 지금까지 이룩해 온 수많은 성공 사례가 무용지물이 되지는 않는다. 무엇보다도 사람들은 그들이 실패를 직시하고 세밀하게 분석하여 지속적으로 앞으로 나갈 것이라는 사실을 잘 알고 있다. 또는 문제를 잠시 옆으로 밀쳐둘 수 있다면 그것도 도움이 된다.

수술을 성공적으로 이끌기 위해서는 확신을 가지고 자신감 있게 수술에 접근해야 한다. 그 어떤 것도, 또 그 누구도 나에게 해를 끼칠 수 없다. 우리에게는 이런 자기 확신이 필요하다. 주어진 과제를 완벽하게 수행해낼 수 있을 뿐만 아니라 합병증에도 침착하게 대처할 수 있다는 자기 자신에 대한 신뢰, 이것은 수술을 할 때 반드시 필요한 가장 중요한 형태의 신뢰다.

신경외과 전문의 자크 모르코스는 이 주제와 관련하여 또 다른 측면을 제시하며 다음과 같이 말한다.

나로 인해서 합병증이 유발된 이후에 내가 행하는 자기 성찰은 그 과정이 어떻건 간에 반드시 내면의 평화로 귀결되어야 한다. 하지만 "자유는 공짜가 아니다"라는 말과 비슷하게 평화를 얻는 과정은 결코 평화롭지 않다. 머릿속에서 치열하게 벌어지는 내면의 '법정 심리'는 결코 그릇된 정당화를 용인하지 않는다. 또한 그 법정은 누군가를 구금하는 법도 없다. 이때 사람들은 진실, 또는 적어도 맹세코 진실이라고 생각하는 것과 맞붙어 치열하게 씨름을 해야 한다. 왜냐하면 자신의 내적 강인함이 거짓을 기반으로 하고 있다면, 그것은 사상누각처럼 곧장 허물어질 것이기 때문이다. 어떤 외과 의사도 이것을 견디지 못한다.

의사소통의 기술은 합병증에 대처하는 과정에서 중요한 부분을 차지한다. 인간은 흔히 반사적으로 불쾌한 상황을 회피하려고 한다. 안전한 갑옷 속으로 머리를 집어넣는 거북이나 모래 속으로 머리를 처박는 타조처럼 말이다. 환자들은 다른 어떤 때보다도 수술 합병증이 나타난 바로 그 순간에 우리를 가장 많이 필요로 한다. 그럴 때 환자의 모습을 보는 것이 괴롭다는 이유로, 우리의 자아가 상처받았다는 이유로, 수술 트로피를 받지 못했다는 이유로, 또 우리가 실수를 저지르는 인간이라는 사실을 상기하게 된다는 이유로 환자를 자주 찾지 않는다면, 그것은 결코 옳지 않은 일이다. 우리 직업은 스포츠 종목이 아니다. 의사는 소명 의식을 바탕으로 하는 직업이다. 우리가 받는 트로피는 금이 아닌 미소로 만들어져 있다. 만약 신체가 손상된 환자에 대한 의무를 회피한다면, 그것은 참을 수 없는 거만함과 명백한 이기주의나 마찬가지다. 중요한 것은 우리가 아니라 환자들이다. 환자 곁에 있는 시간을 자신을 변호하고 자신의 잘못을 다른 곳으로 돌리는 정교한 시나리오를 구상하면서 탕진해서는 안 될 것이다. 환자와 그 가족들은 의사의 불성실과 부정직함을 직감적으로 알아차린다. 그들은 의사의 눈빛과 쌀쌀맞은 태도, 그리고 몸짓에서 그것을 감지한다. 침상에 누워있는 환자 곁에 앉아서 환자의 손을 잡고 위로를 건네고, 진실한 공감을 표현하기에 적절한 순간이 있다면, 바로 이 순간이다. 환자들은 우리에게 그들의 뇌를 절개하도록 허락하였다. 따라서 그들은 우리가 그들의 마음을 향해 말을 거는 것도 허락할 것이다. 지금 환자와 가족들에게 필요한 것은 구닥다리처럼 여겨지는 정직함과 투명함과 공감이다. 우리의 자질과 능력 못지않게 공감 능력 또한 우리 직업의 존재 이유로 자리매김해야 할 것이다. 그렇지 않다면

도대체 왜 의사가 되어야 하는 것일까?

그날 나는 또 다른 패배를 겪지는 않았다. 하지만 패배는 한 번으로도 충분했다. 그 사이에 키아라가 마취에서 깨어났다. 그녀의 오른쪽입 언저리가 아래로 처져 있었다. 그녀의 오른쪽 얼굴 반쪽 또한 마비되어 있었다. 또한 그녀는 오른쪽 팔과 다리를 움직일 수 없었다.

나는 수술 후에 곧장 그녀의 상태가 나아지기를 기대했었다. 그렇게만 된다면 좋은 예후를 바랄 수 있었다. 반대로 아무 일도 일어나지 않는다면 오히려 좋지 못한 신호였다. 이런 경우에는 장애 증상이 시간을 두고 아주 천천히 사라지거나 혹은 아예 사라지지 않는 상황을 가정해야 했다. 그런데 그녀의 상황은 조금도 나아지지 않았다.

발걸음이 무거웠다. 자크 모르코스가 묘사한 꼭 그대로였다. 첫 번째 반응으로 사람들은 자신이 저지른 실수나 실패를 회피하려고 한다. 자신의 실패, 자신이 유발한 고통을 다시금 눈앞에 떠올리고 싶지 않은 것이다. 하지만 바로 그런 환자들일수록 더 세심하게 신경을 써야 한다. 무슨 일이 일어났는지 그들에게 설명하고, 그들을 혼자 내버려 두지 않고, 어쩌면 그들에게 희망을 심어주어야 할지도 모른다. 이런 과정은 나중에 환자들이 상황을 받아들이는 데 있어서 매우 중요한 역할을 한다. 이때 환자가 지인인지, 친구인지, 아니면 낯선 사람인지는 전혀 중요하지 않다. 환자가 친구라면 오히려 상황이 더 힘들어질 것이다.

9. 오직 환자에 대한 의무

나는 밤늦게 집으로 돌아갔다. 차라리 보지 않는 것이 좋았을 법한 장면들이 머릿속에 떠올랐다. 키아라의 일그러진 얼굴, 그리고 아내의 친구인 브리기트의 얼굴. 키아라의 침대 옆에 앉아 있던 그녀는 눈물을 꾹 참으면서 무언가를 묻는 듯한 표정으로 몸을 돌려 나를 바라보았다. 나는 익숙한 길을 따라 기계적으로 차를 몰았다. 하노버 슈트라세, 인발리덴 슈트라세, 함부르거 반호프, 터널을 통과하여 동물원 방향으로, 대사관 건물들을 지나 뤼초프 광장, 이어서 도시 외곽으로 차를 달렸다. 마치 먼 거리가 불행을, 실망감을, 혹은 그 어떤 다른 감정을 완화시켜 줄 수 있기라도 한 것처럼 말이다. 하지만 그런 일은 일어나지 않았다. 그런 일은 결코 일어나지 않는다.

흰지의 고통에 공감하는 것 외에 실패하고 말았다는 느낌 또한 고통스럽기는 마찬가지다. 완벽주의는 최고의 성과를 내는 데 도움이 된다. 하지만 목표를 달성하지 못한다면 어떻게 될까? 목표를 완수하지 못했다는 굴욕감은 또 하나의 혹독하고 쓰라린 타격이다. 도움을 주지 못했을 뿐만 아니라 환자의 상태를 더욱 악화시켰다. 경험이 많을수록 실수를 시인하려 하지 않는 사람들을 보면 경험이 많다고 해서 더 침착하고 냉정해지는 것은 아닌 것 같다. 오히려 그 반대다. 실수를 방지하는 법을 더 많이 배우면 배울수록 어쩌다 한번 실수를 했을 때 자기 자신에게 더 가차 없이 반응하게 된다. 과거에 나는 나이가 들면, 경험이 많아지면 더 침착하고 냉정해질 것이라고 기대했다. 하지만 그것은 나의 착각이었다. 현실은 오히려 그 반대였다.

다음 날 아침 똑같은 생각과 똑같은 장면을 머릿속에 담고 똑같은 길을 되짚어갔다. 밤은 짧았다. 나는 그 일에 대해 아내와 오랫동안 대화를 나누었다. 그런 상황에서 아내는 최고의 심리치료사가 되어 준다. 병원에서 뭔가 일이 틀어졌을 때 아내는 내 기분을 곧바로 알아차린다. 그녀는 질문 공세를 퍼붓는 대신 내가 절망을 토로할 준비가 될 때까지 기다려준다. 그럴 때면 보통 나는 이런 말로 말문을 연다. "오늘은 그다지 일이 잘 풀리지 않았어." 아주 일진이 사나운 날에는 이렇게 말한다. "오늘은 완전히 엉망진창이었어."

아마도 그날 밤 내가 어떤 말문을 선택했는지 짐작할 수 있을 것이다. 그녀는 인내심을 발휘하여 내 말에 귀를 기울이며, 수술 단계 하나하나를 들어주었다. 그중에는 아주 세부적인 디테일도 포함되어 있었다. 그런 다음 그녀는 환자의 가족들이 환자의 버팀목이 되어 주는지 물었다. 이윽고 그녀가 말했다. 만하임에 살던 시절에 아내는 마취과 의사로 일했고, 우리는 많은 수술을 함께 진행했다. 그녀는 본인의 전문 지식을 바탕으로 실수를 분석하고, 참담한 심정에 빠진 내가 잊고 있던 사실, 그러니까 어쩌다 한 번쯤 실수가 일어나기는 하지만 그래도 우리가 함께 한 수술 대부분이 성공적으로 흘러갔다는 사실을 상기시킴으로써 나의 어긋난 생각을 바로잡아 주었다. 완벽주의를 감당하려면 이런 방법밖에 없다. 겸손한 자세로 실수는 일어날 수밖에 없는 일이지만 보통은 일이 순조롭게 진행된다는 사실과 그동안 본인의 손으로 이룬 수많은 긍정적인 일을 떠올리며 대응해야 한다. 성공을 거둔 순간에도 우리는 실패할 준비가 되어 있어야 한다.

다음 날 아침 병원에 도착한 나는 제일 먼저 키아라의 상태를 알아보았다. 당직 의사의 보고에서는 새로운 점을 찾아볼 수 없었다. 나빠지지도 않았지만, 아쉽게도 좋아진 부분도 전혀 없었다. 나중에 실시한 두부 MRI에서 뇌경색이 발견되었다. 해당 부위는 18×17밀리미터로 면적은 비교적 작은 편이었지만 전략적으로 불리한 위치, 즉 척수로 이어지는 운동신경 경로 한가운데에 자리를 잡고 있었다. 충격적인 결과가 발생한 것도 바로 그 때문이었다. 패배감이 다시 고개를 들고 환자를 실망시켰다는 생각 때문에 좌절감이 밀려들었다.

뒤이어 며칠 동안 우리는 여러 가지 검사를 실시하였고, 검사를 할 때마다 나는 애타는 마음으로 회복을 암시하는 아주 작은 단서라도 얻을 수 있기를 희망했다. 무슨 일이 일어나고 있다는 아주 작은 표시 말이다. 복잡한 수술을 할 때에는 수술 직후에 결함이 발생하더라도 며칠, 몇 주, 혹은 몇 달이 흐른 후에는 거의 완전하게 회복되는 경우가 드물지 않다. 하지만 이번에는 나의 애타는 기도도 무용지물이었다. 아무 일도, 정말 아무 일도 일어나지 않았다.

키아라는 좌절했다. 아니, 그 이상이었다. 그녀의 마음은 충분히 이해할 수 있었다. 그녀는 나를 신뢰했고 그녀 역시 다른 결과를 상상했었다. 나는 그녀가 힘든 상황에 맞서는 방식을 지켜보며 크나큰 존경심을 느꼈다. 나는 날마다 그녀의 병실에 들렀다. 그저 회진을 돈 것이 아니었다. 그녀는 항상 친절하게 나를 맞이했고, 약간 과장된 몸짓으로 자신의 실망감을 감추려고 애썼다. 나는 단 한 번도 그녀의 입에서 비난 섞인 말이 나오는 것을 들은 적이 없다. 그녀의 사촌도 마찬가지였다. 내가 그들을 걱정하는 것이 아니라, 오히려 그들이 나를 걱정하는 것 같은 느낌이었다. 정말이지 서로의 입장이 뒤바뀌어 있었다.

수술을 받은 지 열흘 후에 그녀는 재활병원으로 옮겨졌다. 그곳에서 그녀는 잠시도 시간을 허투루 쓰지 않고 다시 걷는 법을 배우는 데 전념했다. 누구나 그녀가 스포츠맨의 가슴을 가졌다는 것을 알아차릴 수 있었다. 포기란 없었다. 아무리 힘들어도 포기는커녕 차라리 훈련 시간을 한 타임 추가하는 편을 선택했다.

5주가 지나자 그녀의 상태가 많이 호전되었다는 소식을 접할 수 있었다. 그녀가 내게 걷는 모습이 담긴 짧은 비디오 영상을 보내왔기 때문이다. 처음에는 목발을 짚고 복도를 걷는 모습, 그다음에는 목발 없이 걷는 모습, 또 그다음에는 계단을 올라가는 모습이 담겨 있었다. 6개월 후에 그녀가 사후 점검을 받으러 왔을 때 나는 소견서에 다음과 같이 적었다. '여성 환자. 독립적으로 거동 가능. (…) 얼굴 마비도 마찬가지로 완화됨.'

이 수술이 시행된 당시만 하더라도 우리에게 남은 방법은 물리치료와 재활병원뿐이었다. 그 사이에 우리 팀은 토마스 피히트를 추축으로 하여 뮌헨 공대 동료들과 공동으로 경두개 자기 자극술을 개발하고, 연구를 통해 그것을 테스트하였다. 경두개 자기 자극술의 작동 방식은 수술 전 지도 제작 방식과 동일하다.

우리는 수술 여파로 운동장애가 발생했을 때 자극을 통해 그 회복을 촉진할 수 있을 것이라는 가설을 세웠다. 뇌졸중을 겪은 후 뇌의 재생 능력에는 한계가 있다. 설령 새로운 신경세포가 생성되어 낡은 세포가 그랬던 것과 같은 방식으로 서로 연결된다고 하더라도 그 숫자 자체가 매우 미미하다. 재활은 새로운 신경세포를 기반으로 하기보다는 기존에 있던 인접한 세포들과 신경 경로가 새로운 네트워크를 형성하여 추가로 부과된 과제를 함께 넘겨받는 뇌의 능력을 기반으로 한다. 경우에 따라서는 인접한 세포가 아니라 반대쪽에 있는 세포와 신경 경로가 이 일을 감당할 수도 있다. 이것을 가리켜 이른바 신경 가소성(neural plasticity)이라고 한다. 신경 가소성을 촉진하기 위해서 우리는 매일 양쪽 뇌에 자극을 가한다. 우리 연구팀이 얻은 첫 번째 결과물은 매우 희망적이다. 나는 뇌가 스스로 결함을 복구하는 일이야말로 미래의 신경외과 의사들을 위한 중요한 활동의 장이자 연구의 장이 될 것이라고 생각한다.

10.

수수께끼를

푸는

의사들

새로운 해법을 찾다

때로는 치료와 수술 자체가 이목을 끌기보다 진단 과정이 탐정 소설을 방불케 할 때가 있다. 루이스 보헬로(Luis Bohelo)의 경우가 그랬다. 아침의 첫 소리가 그의 귀를 뚫고 들어오자마자 그는 잠에서 깨어났다. 그와 그의 아내는 창문을 열어둔 채 잠자리에 들었다. 그들은 베를린 같은 대도시에 비하면 거의 시골에 가까운 조용한 지역에 살고 있었다. 때문에 아침에 들려오는 첫 소리는 대부분 새의 지저귐이었다. 추운 겨울에도 마찬가지였다. 이 시간에는 보통 자동차도 다니지 않았다. 그 부근을 통과하는 차량도 없었고, 이웃들은 아직 잠에 빠져 있었다. 일주일에 두 번씩 둥근 자갈이 깔린 집 앞 도로를 느릿느릿 움직이면서 쓰레기통을 비우는 쓰레기차가 다니기에도 너무 이른 시간이었다. 쓰레기 차가 내는 쉭 하는 유압 장치 소리와 덜커덩

거리는 소리는 아침의 목가적인 풍경을 들쑤셔 놓곤 했다.

　루이스 보헬로는 잠을 더 잘 수도 있었지만 마치 그때만을 기다렸다는 듯이 벌떡 일어나 활기차게 침대에서 내려왔다. 아내는 계속 자게 내버려 두었다. 그는 지하실로 내려가 늘 그래 왔듯 조깅 복으로 갈아 입고 집을 나섰다. 그리고 매일 아침 달리는 익숙한 길로 접어들었다. 한 시간 반이 지난 후 그는 집으로 돌아왔지만 아직 같은 코스를 몇 번은 더 달릴 수 있을 것 같이 지친 기색이 전혀 없었다. 하지만 이제 그만 출근 준비를 해야 할 시간이었다.

　루이스 보헬로는 경제법을 전공한 법률가였다. 현재 43세가 된 그는 당시에 어느 대형 물류회사에서 근무하고 있었다. 그의 회사는 도시 외곽에 있는 산업 지대에 위치하고 있었다. 회사까지의 거리는 약 20킬로미터가 넘었는데, 그는 날씨가 웬만큼 나쁘지 않으면 늘 자전거를 타고 출근했다. 그를 멈출 수 있는 것은 폭설과 사나운 바람뿐이었다. 오후 늦게 그는 자전거를 타고 같은 길을 돌아왔다. 집에 도착했한 후에도 여전히 기운이 넘쳤다. 그래서 그는 저녁에 두 번째로 조깅을 했다. 아침과 마찬가지로 한 시간 반을 달렸고, 거의 매일 그렇게 했다. 그의 에너지는 이렇게 조금도 고갈될 줄 모르는 것처럼 보였다. 때문에 그의 아내는 혹시 그가 운동중독은 아닌지 하는 의구심이 일었다. 운동 말고는 다른 어떤 것도 생각하지 못하는 사람들이 있다는 것을 어디선가 읽은 적이 있기 때문이었다.

　열정적인 달리기 주자였던 루이스 보헬로는 정신적으로도, 육체적으로도 아픈 곳이 없었다. 이따금 그는 망령이 난 아침형 인간이 되기에는 자신이 아직 너무 젊다는 농담을 던지기도 했다. 그 당시에 그는 막 30대 중반을 넘어선 참이었고, 실제로 자신이 그런 인간 발전기인 것이 기뻤다. 그는 아침 닭이 울기 전에 일어나 신선한 공기를 즐기는 것이 좋았다. 일찍 일어나면 운동할 시간이 더 늘어나기도 했다.

그는 바로 그런 운동욕구 때문에 훗날 자신이 의사를 찾게 될 것이라고는 꿈에도 생각하지 못했을 것이다. 만약 그때 그가 의사를 찾았더라면, 의사는 그에게 어떤 말을 해주어야 했을까? 날아갈 것처럼 컨디션이 좋고, 비염도 재발하지 않았고, 피부도 아기 피부처럼 분홍빛이었다. 뽀루지도 없었다. 그리고 6개월 만에 체중을 거의 20킬로그램 정도 감량하기도 했다. 강한 운동욕구에 사로잡히기 전에 그의 체중은 90킬로그램에 육박했다. 심지어는 때때로 그것보다 더 나갈 때도 있었다.

약 1년 6개월 정도 그는 운동에 미쳐 살았다. 그러자 그의 관절이 좋지 않은 신호를 보내기 시작했다. 뼈가 아픈 빈도도 점점 늘어났다. 어쩌면 통증은 그보다 훨씬 이전에 시작되었을 지도 모른다. 행복에 젖어 있던 그가 그것을 무시한 것일 수도 있었다. 그는 운동 시간을 줄이고 달리는 거리도 줄였다. 그리고 머지않아 매일 운동하는 것을 그만두었다. 이제 직장에 출근할 때도 대부분 자동차를 이용했다.

1년에 걸쳐 그는 운동량을 점점 줄여나갔다. 운동량이 줄어들수록 다시 체중이 점점 늘어났다. 이 때문에 달리기가 점점 더 힘들어졌고

10. 수수께끼를 푸는 의사들

조금만 힘을 써도 금세 땀범벅이 되었다. 결국 그는 운동을 완전히 중단했다.

이때와 맞물려 직업적으로도 변화가 생겼다. 그와 그의 아내는 그 사이에 태어난 두 아들과 함께 영국 리버풀 인근으로 향했다. 그곳에서 그는 모든 에너지를 일에만 쏟아부었다. 여전히 아침 일찍 일어났지만, 운동할 시간은 없었다. 엉덩이 살이 점점 더 불어났지만, 그는 그것을 음식 탓으로 돌렸다. 그는 주로 마요네즈를 듬뿍 뿌린 빵을 먹었고, 점심때는 감자칩 한 봉지를 아주 게걸스럽게 순식간에 먹어 치우곤 했다. 그를 덮친 엄청난 식탐에 그는 너무 손쉽게 굴복했다. 아내가 그의 비정상적인 식습관을 언급하자 그제야 비로소 그런 사실을 깨달았다.

3년 후 그들이 다시 독일로 돌아왔을 때 루이스 보헬로는 거의 알아볼 수 없을 정도로 변해 있었다. 그의 몸통, 특히 배와 엉덩이에 어마어마하게 살이 쪘다. 팔과 다리는 정상적인 모습을 하고 있었음에도 불구하고, 몸통에 비하면 거의 영양실조에 걸린 것 같아 보였다. 그의 얼굴은 다소 길쭉한 편이었지만 지금은 둥그스름하게 부풀어 올라 있었다. 특히 불그스름한 빰 부위가 그랬다. 마치 지속적으로 과로에 시달린 나머지 숨이 턱에 닿아 있는 것 같은 모습이었다. 여기에다 목이 심하게 부어오른 것 같다는 느낌이 들 정도로 이중 턱이 뚜렷했다. 앞부분만 그런 것이 아니라 목 전체가 그런 모습이었다. 뒷목에도 눈에 띄게 두꺼운 지방조직이 들어차 있었다. 하지만 이런 것들은 그저 겉으로 보았을 때 보이는 변화에 불과했다.

그의 가족 중에는 그에게 이렇게 정돈되지 않은 얼굴 윤곽과 맞지 않는 신체 비율을 물려줄 만한 사람이 없었다. 그의 아버지는 키가 크고 마른 체형이었고, 그의 할아버지는 강건한 체격에 근육질이었지만, 결코 뚱뚱하지는 않았다. 그가 아는 한 어머니 쪽으로도 그와 비슷한 체격의 소유자는 아무도 없었다.

어느 시점이 되자 그는 더 이상 거울을 들여다보고 싶지 않았다. 아침마다 깊은 턱 주름을 따라서 면도를 하는 것만으로도 기분이 엉망이 되었다. "그렇게 많이 먹지 마. 너도 알잖니. 복부 비만이 얼마나 위험한지"라는 어머니의 경고처럼 좋은 의도로 한 말들도 달갑게 들리지 않았다.

영국에 있을 때 그는 다양한 종류의 다이어트를 시도해 보았다. 매번 힘들게 몇 파운드를 빼도 금방 다시 뺀 만큼 살이 쪘다. 독일로 돌아온 후에 그는 다이어트에 좀 더 열심이었다. 강력한 효과를 기대하면서 이틀에 한 번씩 수영을 하는 한편 탄수화물 섭취를 완전히 중단했다. 그는 몇 시간 동안 수 킬로미터를 헤엄쳤다. 하지만 효과는 미미했고, 그는 의기소침해졌다. 몇 주가 흐른 후에 마침내 6, 7킬로그램을 겨우 감량했지만, 배나 얼굴에서 변화를 전혀 찾아볼 수 없었다. 게다가 그것을 끝으로 체중은 더 이상 줄어들지 않았다.

여러 다이어트를 전전하던 그는 다이어트 중간중간 과거의 패턴으로 빠졌다. 튀긴 감자와 튀긴 돼지고기 커틀릿은 매일 먹어도 순식간에 해치울 수 있었다. 디저트로 다양한 종류의 초콜릿을 먹고 잠깐 쉬었다가 곧바로 땅콩 과자 한 봉지를 먹었다. 그리고 저녁에 다시 초콜릿을 먹으면 그보다 좋을 수 없었다. 초콜릿은 아무리 먹어도 부족했다. 한꺼번에 두 판을 먹으면 안 될 이유가 무엇이란 말인가? 엄청난 식탐은 한밤중에도 그를 침대 밖으로 나가게 했다. 적당한 음식을 찾지 못할 때면 그는 집 밖으로 나가 가장 가까운 주유소 편의점으로 향했다.

자다가 일어나는 것은 전혀 힘들지 않았다. 오히려 그렇게 하지 않는 것이 더 힘들었다. 주유소 편의점을 찾은 그는 또다시 한밤중에 차를 몰아야 할 일이 없도록 음식을 충분히 구매했다. 편의점에서 집으로 돌아와 한바탕 음식을 먹어치웠다. 그리고 얼마 지나지 않아 또다시 음식에 손을 댔다. 만족하기 전에는 도저히 멈출 수가 없었다.

식탐에 맞서는 데 도움이 되는 방법은 딱 한 가지 밖에 없었다. 침대에서 일어나지 않고, 아무것도 사지 않는 것이었다. 하지만 몸이 끊임없이 '더, 더, 더!' 하고 절규할 때면 음식을 사지 않고는 도저히 배길 수가 없었다.

그러던 중 작은 불운이 모든 것을 바꾸어 놓았다. 어느 날 루이스 보헬로는 잠자리에 들면서 침대 탁자에 물을 한 컵 올려놓는 것을 잊어버렸다. 그것은 평소에 늘 하던 일이었다. 왜냐하면 이따금 잠에서 깨어나 갈증을 느낄 때도 있었고, 코골이 때문에 입안이 바싹 마르기도 했기 때문이다. 코골이는 체중이 급격히 늘기 시작하면서부터 시작되었다. 한밤중에 잠에서 깬 그는 여느 때처럼 물잔을 집으려고 했지만 아무것도 손에 잡히지 않았다. 그때 물잔을 거실 탁자에 올려둔 것이 생각났다. 잠깐 동안 신선한 공기를 마시러 발코니로 나가던 길에 그곳에 놓아두었던 것이다.

그는 침대에서 일어나 잠에 취한 상태로 두 눈을 크게 뜨고 어둠 속에서 길을 찾으면서 거실을 향해 걸어갔다. 거실 탁자에 도달한 그는 물잔을 잡기 위해 몸을 앞으로 숙였다. 하지만 그의 손이 물잔에 채 닿기 전에 갑자기 현기증이 나면서 균형을 잃고 쓰러졌다. 쓰러지면서 그는 탁자 모서리를 움켜쥐려고 시도했지만 손이 미끄러졌고 그는 쿵 소리를 내며 바닥으로 넘어지고 말았다.

추락 자체만 놓고 보자면 그리 대단한 일이 아니었다. 더구나 그의 나이를 생각하면 그것은 정말이지 아무것도 아니었다. 기껏해야 멍이나 혈종 정도, 아니 대부분은 그조차도 생기지 않을 일이었다. 그러나 그는 그 일로 인해 요추가 부러졌다. 좀 더 정확히 말하자면 허리에 있는 다섯 개의 척추체 가운데 세 번째 척추체가 부러졌다. 그는 마치 등을 칼로 찌르는 것 같은 통증을 느꼈다.

복합골절은 아니었다. 그는 수술을 받았고, 해당 요추 부위를 막대 두 개와 나사 여섯 개로 견고하게 고정했다. 나사와 막대는 1년 동안 그 자리에 있을 예정이었다. 회복은 순조롭게 진행되었다. 그런데 뭔가 평범하지 않은 것이 그를 치료한 의사의 눈에 띄었다. 갓 40대에 들어선 남성에게 있어서 그것은 매우 이례적인 일이었다.

엑스레이 사진에서도, 또 수술을 할 때에도 그가 골다공증에 걸린 것처럼 보였던 것이다. 골다공증이라면 그의 척추체가 상대적으로 경미한 충돌을 이기지 못하고 부러진 이유가 설명될 수 있었다. 그러나 골다공증을 앓기에는 환자의 나이가 너무 젊었기 때문에 의사는 그의 호르몬 조절에 뭔가 문제가 있을지도 모른다고 추측했다. 남성들 사이에서 흔하게 나타나는 만성 테스토스테론 결핍 증상이 조기 골다공증을 초래할 수 있기 때문이다.

이렇게 해서 그는 호르몬 대사와 신진대사 문제를 전문적으로 다루는 내분비내과 전문의를 찾게 되었다. 처음에 그는 다른 의사에게 갔다가, 마침내 자선병원의 크리스티안 슈트라스부르거(Christian Strasburger)를 찾아가게 되었다. 나중에 밝혀진 것처럼 그의 테스토스테론 수치는 실제로 지나치게 낮았다. 그런 결과는 거의 사라져버린 성욕을 비롯하여 몇 가지 현상을 설명해 주었다. 그는 과도한 업무량과 어리고 활발한 두 아이가 아내와 자신을 너무 힘들게 해서 그런 것이라고만 생각했다. 그러나 낮은 테스토스테론 수치만으로는 모든 것을 설명하기에 역부족이었다. 달덩이 같은 얼굴과 이중 턱, 그리고 비대한 몸통 역시 테스토스테론 수치만으로는 설명이 되지 않았다. 루이스 보헬로처럼 어깨와 팔다리는 제외하고 흉곽과 골반 사이에만 살이 찐 것을 가리켜 복부비만이라고 한다.

처음 만나자마자 두드러지는 그의 신체적 특징들이 크리스티안 슈트라스부르거의 눈에 띄었다고 했다. 키가 크고 마른 것에 비해 복부가 너무 두꺼웠기 때문이었다. 그는 보헬로의 식습관에 대해 물었고 보헬로가 최근에 휴가를 다녀왔는지도 알고 싶어 했다. 그 까닭은 발그스레한 얼굴 때문이었다. 나중에 그는 자신이 품고 있는 의심을 털어놓았다. "그런 신체 변화들을 동반하는 질병이 몇 가지 있습니다. 그것을 조금 더 자세히 알아보아야 할 것 같습니다"라고 그는 말했다.

그들은 여러 가지 다양한 검사를 시행했는데, 그중에는 코르티솔 대사 상태를 알아보기 위한 소위 말하는 억제실험(suppression test)도 끼어있었다. 이 검사를 시행하기 위해서는 환자에게 합성 코르티솔 유도체를 투여하는데, 보헬로의 경우에는 알약을 제공하였다. 인공 호르몬이 혈액순환에 합류하는 즉시 체내 호르몬 생산을 통제하는 기관이 해당 호르몬의 수요량이 줄어들었다는 신호를 수신한다. 이에 따라 그 기관은 호르몬 균형을 맞추기 위해서 해당 호르몬의 생산을 억제한다. 속임수를 써서 호르몬 조절 기관을 속이는 것이다. 인공 호르몬을 투여하고 얼마간 시간이 흐르고 나면 혈액 내 코르티솔 농도가 낮아진다. 왜냐하면 체내 후속 생산량이 줄어들기 때문이다. 건강한 신체조직에서는 경과 과정이 이런 식으로 진행된다. 만약 코르티솔 농도가 줄어들지 않는다면 특정 질병이 그 원인일 수 있다. 그 질병은 내분비과 전문의가 루이스 보헬로의 상태에서 추정한 바로 그 질병, 쿠싱증후군(morbus cushing)이다.

이 질병의 명칭은 앞서 인용한 바 있는 하비 윌리엄스 쿠싱에게로 거슬러 올라간다. 1869년에 태어난 쿠싱은 1930년대 초에 최초로 그 명칭을 사용하였다. 미국인인 그는 현대 신경외과 창시자들 중 한 사람으로 여겨진다. 그렇기 때문에 그를 언급하지 않고 넘어갈 수는 없다. 쿠싱은 그는 그 당시에 상완부 수술 기법을 개선하였고, 마취 상태를 감시하기 위해 활력징후(vital parameter)를 측정 및 기록하는 방식을 도입하였으며, 새로운 수술 기구들을 개발하였다. 양극 전기 소작기의 원리 또한 그의 발명품에 기반을 두고 있다. 그 밖에도 그는 다수의 뇌종양이 지닌 특징을 기록하고 분류하였다. 무엇보다도 그는 그가 직접 집도한 수술에서 뇌수술 치사율을 90퍼센트에서 6, 7퍼센트로 낮추었다. 이를 통해서 그는 미래에 어떤 일이 가능한지 그 당시에 이미 분명하게 보여주었다.

하지만 그의 진단은 아직까지는 그저 추측에 불과했다. 왜냐하면 코르티솔 과잉 분비는 부신 질환 때문일 수도 있기 때문이었다. 따라서 매우 까다로운 추가 검사들이 필요했다. 하나의 실마리를 찾아 증상을 끝까지 속속들이 파헤쳐야 했다.

쿠싱증후군을 추측하게 하는 증상들 중 몇 가지는 대사증후군에 시달리는 환자들에게서도 나타난다. 그들에게서는 고혈압, 비만, 당과 지방 대사장애 같은 다양한 증상이 결합되어 나타나는데, 이 증상들은 심혈관질환을 유발하는 가장 큰 위험 요인으로 간주된다. 통계에 따르면 쿠싱증후군은 인구 100만 명 당 연간 두 명 꼴로 발생한다고 한다. 반면, 영어로 **죽음의 사중주**(deadly quartet)라고 불리는 대사증후군은 복지가 좋은 서구 세계에서 흔하게 볼 수 있는데, 어린아이들에게서도 발생빈도가 증가하고 있다.

이틀, 사흘이 지나 후속 결과들이 나오자 의사가 보헬로에게 전화를 걸어 이렇게 말했다. "지금 당장 만나야 합니다!" 그는 마지막 한 점의 의혹도 남기지 않기 위해 루이스 보헬로를 대상으로 MRI 검사를 시행하였다. 의사의 추측이 사실로 입증되었다. 환자의 머릿속에 미세선종(microadenoma)이 있었다. 뇌하수체에 7×6×5밀리미터 크기의 선종이 있었는데, 상대적으로 크기가 작은 편이었다. 경우에 따라서는 이것보다 크기가 더 작은 것들도 있는데, 어떤 것들은 거의 눈에 보이지도 않는다. 그럼에도 불구하고 이런 미세선종은 모든 것을 엉망으로 만든다. 아무튼 미세선종은 쿠싱증후군을 유발하는 동시에 그 자체가 질병의 한 부분이다.

이 진단명으로 지난 몇 년 동안 루이스 보헬로를 괴롭혔던 모든 증상이 상당 부분 설명되었다. 우선 뇌하수체에서부터 시작해 보도록 하겠다. 뇌하수체는 크기가 고작해야 버찌씨보다 클까 말까 하고 무게도 약 1그램 정도로 아주 가벼움에도 불구하고 체내에서 이루어지는 수많은 과정에 영향을 미친다. 만약 그 과정들이 없다면 우리는 생존할 수 없을 것이다. 뇌하수체를 뜻하는 'hyphophysis'라는 단어는 그리스어에서 파생된 것으로, '아래쪽에 매달려 자라난 것'이라는 의미를 가지고 있다. 이것은 뇌하수체의 위치를 정확하게 설명해 준다. 뇌하수체는 뇌의 아래쪽인 두개저에 자리 잡고 있다. 뇌하수체는 다른 단단한 결합조직에 둘러싸인 채 소위 말하는 안장(sella turcica)에 속하는 움푹 파인 뼈 안에서 안전하게 보호를 받으며 마치 물방울처럼 그곳에 매달려있다. 뇌하수체는 두개저 중간 부위를 두 부분으로 나눈다. 외부에서 보았을 때 그것은 코 뿌리(radix nasi) 높이에 있다.

뇌하수체에는 전엽과 후엽이 포함되어 있는데, 이 둘은 달라도 너무 다른 남매와도 같다. 후엽보다 크기가 세 배인 전엽은 각종 호르몬을 부지런히 생산한다. 반면 후엽은 저장고 역할을 수행하지만, 이 곳에 저장되는 호르몬은 이웃한 시상하부에서 비롯된 두 가지 호르 몬뿐이다. 시상하부는 간뇌의 한 부분이다. 뇌하수체와 시상하부는 뇌하수체줄기를 통해서 연결되어 있다.

시상하부는 무게가 15그램을 넘지 않지만, 체내에서 이루어지는 거의 모든 자율신경계 활동과 호르몬 활동을 조절하는 가장 상위 규제 기관이다. 뇌하수체는 시상하부의 명령을 전달하는 역할을 한다. 이 두 기관은 이렇게 팀워크를 이뤄 호흡, 혈압, 소화, 신진대사, 체온, 수면, 각성-수면 리듬, 수분 섭취를 포함한 영양 섭취, 성행위 등을 조절한다.

루이스 보헬로의 진단명을 확정하기 위해서는 뇌하수체 전엽에서 생성되는 호르몬 중 한 가지가 특별히 중요하다. 부신피질자극호르 몬(adrenocorticotropic hormone), 줄여서 ACTH가 바로 그것이다. 육체적, 정신적으로 심하게 혹사를 당할 때면 언제나 전엽에서 ACTH가 대량 생산되어 쏟아져 나온다. 이런 이유로 ACTH를 가리켜 스트레스 호르몬이라고도 부른다. 스트레스 상황이 발생하면 시상하부가 즉시 그것을 인지한다. 시상하부는 늘 혈중 ACTH를 비롯하여 여러 호르몬의 함량을 측정하는데, 그중에서도 특히 코르티손의 함량이 중요하다.

ACTH와 코르티손이 더 많이 필요하다는 신호가 시상하부에 전달되면 신호를 전달받은 시상하부는 뇌하수체에 특정한 신호 화학물질(semiochemical)을 전송한다. 신호 화학물질을 통해서 내용을 전달받은 뇌하수체는 생산을 촉진하여 더 많은 양의 ACTH가 혈액 속으로 흘러가도록 만든다. 혈액을 통해 운반되는 ACTH는 부신피질로 향해 소식을 전달하고 코르티손과 코르티솔 보급량을 증대시킨다. 부신에서 만들어지는 다른 모든 호르몬이 그러하듯 코르티손과 코르티솔 역시 콜레스테롤이 여러 단계를 거쳐 변형된 것들이다.

코르티솔은 가장 중요한 항스트레스 호르몬 가운데 하나다. 그것은 비축된 에너지를 활성화하여 우리가 스트레스 상황을 극복할 수 있도록 만들어준다. 하지만 정상적인 상태에서도 코르티솔이 없다면 우리는 결코 살아갈 수 없을 것이다. 왜냐하면 코르티솔은 체내에서 이루어지는 거의 모든 물질대사 과정에 영향을 미칠 뿐만 아니라 무엇보다도 우리의 심혈관계가 제 기능을 발휘할 수 있도록 보장해주기 때문이다. 이 슈퍼 호르몬이 부족해지면 생명이 위태로운 결과가 초래될 수 있다.

하지만 코르티솔이 지나치게 많아도 좋지 않다. 건강한 사람이라면 얼마 동안은 코르티솔 과잉 상태를 견딜 수 있을 것이다. 하지만 이런 상태가 지속되면 더 이상은 견디지 못한다. 혈압 상승이 코르티솔 과잉으로 인해 빚어지는 한 가지 결과라면, 다른 한 가지 결과는 당뇨병이다. 그 밖에도 골다공증, 면역 약화, 복부비만, 근육 소실, 성욕 결핍 증상들이 나타날 수 있다. 이것들은 모두 루이스 보헬로가 맞서 싸워야만 했던 증상들이다.

원인은 뇌하수체 전엽에 자리 잡은 선세포(glandular cell)로 구성된 미세선종 때문이었다. 미세선종이 양성 종양으로 간주되기는 하지

만, 그것이 저지르는 일 역시 착하다고 말할 수는 없다. 선종의 주요
활동은 특정한 단백질을 분비하는 것인데, 그 단백질에서 다른 무엇
보다도 ACTH가 분리되어 나온다. 이렇게 선종으로 인해 생산되는
호르몬이 바로 옆에 있는 건강한 선조직(glandular tissue)에서 규칙적
으로 생산되는 ACTH와 같은 정도로 조절이 가능하다면 아마도 그
자체만으로는 아무런 문제가 되지 않을 것이다. 하지만 그것은 불가
능한 일이다. 종양은 그 어떤 규칙도 지키지 않는다.

　지나치게 많은 양의 ACTH가 혈액 속으로 분비되면 시상하부는
생산을 감량하라는 신호를 수신하게 된다. 그러면 시상하부는 뇌하
수체에 신호 내용을 전달한다. '멈춰, 이미 양이 충분하니 더 이상 보
내지 마!' 뇌하수체는 신호에 반응하여 해당 호르몬의 생산을 중지한
다. 하지만 종양은 신호를 무시할 뿐더러 시상하부가 보내는 메시지
자체가 선종에 도달하지도 않는다. 선종은 멈추지 않고 계속해서 호
르몬을 생산하여 그것을 혈액에 흘려보낸다. 이렇게 되면 목적지인
부신이 그야말로 호르몬의 집중포화를 받게 된다. 그러면 그에 상응
하여 부신 또한 최고조로 활성화되어 신체조직이 필요로 하는 것보
다 훨씬 더 많은 양의 코르티솔을 쏟아내기에 이른다.

　그 결과 고코르티솔혈증(hypercortisolism)이 초래된다. 정리하자면,
종양에 의한 지속적인 ACTH 분비로 인해 신체가 만성 스트레스 상
황인 것처럼 만들어진다. 이에 부신은 응급 구호 모드에 돌입하여 쉬
지 않고 일하면서 코르티솔을 생산해낸다. 문자 그대로 과유불급의
상황이 펼쳐지는 것이다. 과잉 생산된 코르티솔 때문에 지나치게 많

은 양의 지방이 방출되어 간과 복부에 과잉으로 저장되고, 지나치게 많은 양의 당이 분리되어 혈액 속으로 흘러들며, 근육과 뼈가 지나치게 많은 양의 단백질을 빼앗긴다. 종양은 밤이 되어도 휴식을 취할 줄 모르기 때문에 밤에도 코르티솔 농도가 지나치게 높은 상태로 유지된다. 그리고 아침이 되면 그 농도가 더욱더 높아진다. 때문에 일찍 잠에서 깨어나게 된다. 처음에는 남아도는 에너지를 '태워버리기' 위해서 주체할 수 없는 운동욕구가 솟구친다. 그러나 루이스 보헬로처럼 과한 스포츠 활동은 더 많은 코르티솔 분비로 이어질 뿐이다. 왜냐하면 신체가 운동으로 인한 부담을 추가적인 스트레스로 인식하기 때문이다. 이런 식으로 악순환의 고리가 시작된다.

쿠싱증후군을 치료하지 않으면 환자는 일반적으로 5년을 넘기지 못하고 사망한다. 이때 대부분 감염으로 인해 사망하는데, 넘쳐흐르는 코르티솔이 면역체계를 무력화시키기 때문이다. 또 다른 사망원인은 심혈관계 질환이다. 쿠싱증후군의 경우 불행하게도 질병에 대한 진단이 뒤늦게 이루어지는 바람에 병을 발견했을 땐 신체 조직이 이미 영구 손상된 사례가 많다. 이런 이유로 루이스 보헬로의 케이스는 불행 중 다행이라고 말할 수 있다. 만약 한밤중에 넘어지지 않았더라면, 또 그를 주의 깊게 진찰한 외과 의사가 없었더라면 무슨 일이 일어났을지 누가 알겠는가. 루이스 보헬로 본인이 말한 것처럼, 혼자서는 절대로 그렇게 빨리 의사를 찾아가는 일이 없었을 것이다.

결론은 종양의 활동을 반드시 멈추게 해야 한다는 것이었다. 바로 이 지점에서 우리가 개입하게 되었다. 크리스티안 슈트라스부르거가 내게 연락하여 상황을 상세하게 설명해 주었다. 나는 상호 신뢰를 바탕으로 하여 그와 매우 긴밀하게 협력하였다. 우리는 두 분야의 전문가들이 참여하는 뇌하수체 종양 센터를 공동으로 건립한 바 있다. 뇌하수체 종양은 믿을 만한 약물 치료법이 존재하지 않는다. 때문에 유일한 치료 방법은 수술로 선종을 제거하는 것뿐이었다.

뇌하수체로 접근하는 방법은 두 가지다. 하나는 두개골을 가로지르는 방법이다. 이를 위해서는 전두골(frontal bone)을 절개하고 안와천장을 거쳐 전두엽 아래로 내려가 두개저 전방을 따라 목표 지점으로 향해야 한다. 하지만 이 루트는 종양의 크기가 아주 크고 종양이 두개골 내부에 마구 퍼져있을 때 선택하는 길이다.

루이스 보헬로는 다른 대부분의 환자와 마찬가지로 코를 통해 접근하는 최소침습적 수술 방식으로 충분했다. 이 수술 방식을 적용할 때는 세부적인 시행 방식과 관련하여 두 가지 견해가 존재한다. 어떤 동료들은 들여다보기 힘든 구역을 가시화하고 마지막 종양 찌꺼기까지 찾아내어 완벽하게 제거하기 위해서는 내시경 수술을 시행하는 편이 더 낫다고 이야기한다. 그런가 하면 다른 동료들은 현미경 수술을 더 선호한다. 연구에 따르면 수술 성공률은 두 방법 모두 90퍼센트 정도로 동일하다고 한다. 나머지 10퍼센트는 종양이 측면으로 팽창되어 있어 아예 제거 자체가 불가능하거나 완벽하게 제거하는 것이 불가능한 경우다.

내시경 수술을 시행하면 필요한 통로 크기가 더 작다고 생각할 수도 있을 것이다. 하지만 실제로는 그렇지 않다. 내시경을 삽입하기 위해서는 수술 기구가 차지하는 공간 외에 추가 공간을 확보해야만 한다. 따라서 보통 두 개의 통로가 필요하다. 현미경 수술을 시행할 때는 양손을 수술 고유의 작업을 수행하는 데 사용할 수 있는 반면 내시경 수술을 할 때는 내시경을 붙잡고 있을 세 번째 손이 필요하다. 이런 이유로 내시경 수술에는 두 사람이 필요하다. 그리고 그들은 좁아터진 공간에서 동시에 움직여야만 한다.

내 생각에 내시경 수술은 또 한 가지 사안이 상황을 더 복잡하게 만드는 것 같다. 수술 부위에서 출혈이 발생하면 피 때문에 렌즈가 더러워지기 때문에 시야가 나빠진다. 이렇게 되면 중간중간 세척을 해야 한다. 이것은 전체적으로 보았을 때 현미경 수술이 더 효율적이라고 말할 수 있는 한 가지 근거가 된다. 물론 그렇다고 해서 이것이 유일한 근거는 아니다.

이런 이유로 나는 개인적으로 현미경 수술을 더 선호한다. 내시경 수술은 그것이 지닌 장점들이 빛을 발할 수 있는 순간을 위해서 남겨 둔다. 루이스 보헬로의 사례에서도 마찬가지였다. 코를 통해 뇌하수체로 접근하는 통로는 결코 새롭게 고안해낸 방법이 아니다. 하비 쿠싱도 이미 그 방법에 관해 상세하게 설명한 바 있다. 다만 우리 선배들은 처음에는 코가 아니라 상악을 통과했다는 차이점이 있다. 그들은 입술을 살짝 치켜 올리고 그곳을 절개하여 나비굴(sphenoid sinus)로 전진했다. 나비굴은 코곁굴(paranasal sinus) 중에서 크기가 다소 작

10. 수수께끼를 푸는 의사들

은 부분이다.

루이스 보헬로의 수술을 위해 수술실로 가기 전에 나는 2주에 한 번
씩 정기적으로 열리는 랩 미팅에 참석했다. 이 자리에서 나는 한 시
간에 걸쳐 내가 참여하고 있는 연구 프로젝트의 최신 진행 상황을 전
달받았다. 박사 후 과정 및 박사 과정을 밟고 있는 사람들, 의학 기술
어시스턴트, 인턴, 레지던트로 구성된 각각의 팀에서 연구가 최적의
상태로 진척되고 있는 것 같아 보였다. 적어도 그들의 발표를 듣고
있으면 은연중에 그런 생각이 든다. 대부분의 미팅이 이런 식이었다.
그런데 바로 그런 점이 나를 점점 더 깐깐하게 만들었다. 도대체 왜
문제가 하나도 없는 것일까? 혹시 어딘가에 문제가 있는데도 그것을
나에게 숨기고 있는 것은 아닐까? 회의에서 토론이 거의 이루어지지
않는 이유는 무엇일까? 정말로 모든 사람이 똑같은 의견을 가지고
있는 것일까? 나는 다른 사람들에게는 그런 속내를 털어놓지 않은
채로 앞으로는 조금 더 세심하게 살펴보아야겠다고 마음먹었다. 어
쩌면 그저 내가 너무 비판적이어서 그런 것인지도 몰랐다.
　하지만 내가 착각한 것이 아니었다. 이후 몇 달의 시간이 흐르면
서 내 생각이 옳았다는 것이 확인되었다. 프레젠테이션을 할 때 실제
로 많은 사항이 미화되어 소개되었고, 어딘지 맥이 빠진 것 같아 보
였다. 때로는 불편한 길도 걸어가 보고, 치열하게 논쟁도 벌이고, 과
제 수행을 위해 건설적인 태도를 취하면서 나를 상대로 제대로 한판

붙어보려고 하는 그런 각오를 찾아볼 수 없었다. 연구를 수행할 때는 이런 마찰과 문제 제기가 필수적이다. 그리고 문제의 해결책을 모색하는 과정에서 결코 포기하지 않는 자세도 마찬가지로 필요하다. 루이스 보헬로의 진단명을 찾아낼 때 그랬던 것처럼 말이다. 만약 그때 계속해서 비판적으로 의문을 제기하지 않았다면 아마도 질병에 대한 진단이 너무 늦어졌을 것이다. 뭔가 변화가 필요했다. 그래서 나는 대규모 미팅을 없애고 대신 각각의 연구 그룹과 개별적으로 만남을 가졌다. 우리는 매주 수요일 아침 여섯 시에 만나기 시작했고, 상황은 개선되었다. 소규모 그룹 미팅을 통해서 질문들이 훨씬 더 심도 있게 다루어졌다. 접근 방식 또한 시험대에 오르게 되었고, 연구팀의 동기 의식도 새로운 동력을 얻게 되었다.

직접 수술하는 것과 더불어 연구가 내게 얼마나 중요한 의미를 갖고 있는지는 앞선 장들에서 이미 분명하게 드러났으리라 생각한다. 외과 의사인 동시에 열정적인 학자로서 연구 결과를 최대한 빨리 환자를 위해 적용하는 것이 내게 얼마나 중요한 일인지는 아무리 강조해도 충분하지 않다. 역으로 내가 일상적으로 수행하는 일들을 가만히 관찰하다 보면 그 과정에서 학문적 연구의 필요성을 느끼기도 한다. 나는 다가오는 외과 의사 세대에게 이런 태도를 전달하는 것 또한 나의 역할이라고 생각한다. 때문에 나는 연구 팀 내부에 바람직한 정신이 깃들어 있는지에 큰 관심을 둔다. 그러나 수술이 기다리고 있는 아침에는 나의 의구심을 일단 옆으로 미루어둘 수밖에 없다.

환자는 등을 바닥에 대고 수술대 위에 누워있었다. 머리는 외부 안각 (outer canthus)과 외이도 사이에 있는 가상의 선이 바닥과 수직을 이루도록 0도 각도 포지션으로 살짝 뒤로 기울어져 있었다. 환자의 머리를 메이필드 클램프에 끼워 넣을 필요는 없었다. 그저 머리 받침대에 가만히 놓아두는 것만으로도 충분했다. 그 위치를 그대로 유지하기 위해서 접착테이프로 머리를 받침대에 단단히 붙여서 고정했다. 환자는 이미 잠에 빠져있었다.

제일 먼저 나는 검경(speculum), 즉 수술용 스프레더를 오른쪽 콧구멍으로 삽입했다. 오른쪽을 선택한 이유는 내가 오른손잡이이기 때문이다. 왼손잡이였더라면 다른 쪽을 선택했을 것이다. 나는 더 넓은 공간을 눈으로 보면서 좀 더 정확하게 방향을 설정하기 위해 현미경을 사용했다. 내 쪽에서 보았을 때 오른쪽 측면에 중비갑개(middle turbinate)가 놓여있었다. 나는 콧속을 수직으로 들여다보았다.

중비갑개는 앞으로 살짝 불룩하게 나와 있었고, 두꺼운 점막층이 그 위를 덮고 있었다. 더 깊은 곳으로 들어가기 위해서 나는 검경을 벌렸다. 이와 함께 중비갑개가 납작하게 눌려 옆으로 밀쳐지면서 더 많은 공간이 확보되었다. 나는 그 아래에서 나비굴 앞쪽 벽에 있는 작은 구멍인 나비굴 입구(ostium sphenoidal)를 찾으려고 했다. 이것은 일종의 수문으로서 나비굴에서 코로 흘러들어가는 분비물이 이 구멍을 통과한다. 이때 이후의 다른 모든 단계에서와 마찬가지로 중앙선에 머물러 있도록 유의해야 한다. 경로를 이탈하여 바깥쪽으로 크게 치우치게 되면 순식간에 경동맥에 너무 가까워져버린다.

이어서 딱 하고 부러지는 소리가 났지만, 그것은 의도된 것이었다. 골질의 비중격(nasal septum) 기저를 부러뜨린 것이다. 비중격 앞부분은 연골로 이루어져 있다. 중앙으로 향하는 길을 트기 위해서 나는 연골과 뼈를 왼쪽으로 밀쳐두었다. 이와 함께 중앙선을 따라 뻗은 통로가 확보되었고 나는 검경을 잠금 기능이 가능한 모델로 교체한 다음 그것을 팽팽하게 넓혀 고정했다.

이어서 펀치 겸자(punch forceps)로 골질의 나비굴 기저를 제거했다. 오른쪽에 외부 경동맥에서 발원한 동맥이 기다리고 있었다. 이 동맥 말단에 있는 혈관 분지들은 인두 근육과 후부 경막에 양분을 공급한다. 이 동맥은 크기가 크지는 않지만 상대적으로 강한 출혈을 일으킬 수 있다. 그럼에도 불구하고 충분한 공간과 시야를 확보하려면 그 동맥을 손상시키지 않을 도리가 없었다.

따라서 나는 다가올 출혈을 대비하였다. 양극 전기 소작기를 이용하여 혈관을 위축시킴으로써 나는 신속하게 출혈을 차단할 수 있었다. 이때에는 아주 세심하게 주의를 기울여야 한다. 왜냐하면 수술 후 며칠이 지나서 압력으로 인해 동맥이 다시 활짝 열리는 바람에 갑자기 심한 코피가 터져 환자가 응급실로 실려 올 수도 있기 때문이다.

나비굴 기저를 처리할 때는 그저 작은 구멍 하나를 뚫는데 그치지 않고 그 부분을 통째로 제거하여 내부 공간 전체를 들여다볼 수 있도록 하는 것이 중요하다. 나비굴 기저는 점막으로 덮여 있는데, 나는 통로 건너편에서부터 그것을 제거하여 뼈와 분리하였다. 이 뼈는 안장 하부를 구성한다. 점막을 제거할 때는 불가피하게 피부와 뼈조직에서 출혈이 발생하게 된다. 하지만 나비굴 안으로 혈관을 수축시켜 출혈이 멈추게 하는 약물을 떨어뜨린 다음 몇 분 정도 기다리면 아무 문제 없이 해결된다. 그리고 뼈에서 발생한 출혈은 뼈 가장자리에 왁스를 바른 다음 섬세한 기구나 뇌수술용 탈지면으로 살짝 문질러주면 통제 가능하다.

이윽고 나는 뇌하수체 및 종양과 벽 하나를 사이에 둔 거리까지 접근하게 되었다. 그와 함께 뇌, 시신경, 경동맥, 내부 경동맥과도 벽 하나를 사이에 두게 되었다. 큰 혈관 두 개가 안장 바닥 옆에서, 그러니까 바로 가까이에서 측면으로 흘러가고 있었다. 뼈가 안쪽으로 둥글게 돌출되어 있었고, 두 개의 돌기기 눈에 들어왔다. 내부 동맥이 뇌하수체 바로 옆에서 바깥으로 나와 있었다. 따라서 이 시점에서 중앙선을 벗어나지 않도록 다시 한번 방향을 정확하게 설정하는 것이 중요했다. 이때 중앙선은 나침반 역할을 한다.

나비굴이 이제 완전히 개방되었다. 나는 안장의 바닥을 훤히 볼 수 있었다. 뼈가 확연하게 앞으로 돌출된 것만 보아도 종양이 크고 자라난 지 오래된 사실을 알아차릴 수 있다. 그런 경우, 대부분 이 위치의 뼈가 가늘어져 있어서 쉽게 부러진다. 우리가 마주한 선종은 크기가 작았는데, 뼈가 둥글게 튀어나온 부분이 보이기는 했지만 그 정도가 그렇게 심하지 않았고, 뼈도 가늘어져 있지 않았다.

펀치 겸자를 가지고는 뼈를 정복할 수 없었다. 그래서 나는 폭 3밀리미터짜리 절삭기를 이용하여 바닥을 개방했다. 우리가 사용하는 모든 기구가 그렇듯이 그것 역시 손잡이가 휘어져 있었다. 나는 손을 옆으로 비스듬히 한 상태로 수술을 진행했다. 그렇게 하지 않으면 손으로 현미경이 가려졌기 때문이다.

절삭기로 구멍을 만든 다음 우리는 펀치 겸자로 작업을 이어나가면서 약 1센티미터 너비의 뼈를 제거했다. 그 이상의 공간을 확보하는 것은 불가능했다. 양쪽에서 해면정맥동(sinus cavernosus)으로 이어지는 정맥동이 모습을 드러내었다. 이것은 뇌에서 피가 빠져나갈 때 사용되는 비교적 큰 혈관들 중 하나다. 그런데 이 혈관의 모양을 파이프 모양일 것이라고 상상해서는 안 된다. 해면정맥동은 오히려 속이 텅 비어있는 공동 시스템(cavity system)에 가까우며, 좌뇌와 우뇌에 각각 하나씩 존재한다. 그것은 뇌하수체 오른쪽과 왼쪽에 하나씩 자리 잡고 있다. 그리고 그 사이에는 뇌막밖에 없다. 정맥동 측면에 있는 벽을 따라 열두 개의 뇌신경 중에서 세 개의 뇌신경이 지나간다. 그리고 또 다른 뇌신경이 정맥동 한가운데를 지나간다. 마찬가지로 내경동맥도 정맥동을 지나간다. 내가 이런 이야기를 하는 이유는 이 지대가 극도로 예민한 지대이기 때문에 펀치 겸자를 가지고 움직일 때 매우 주의를 기울여야 한다는 말을 하기 위해서다.

이어서 우리는 뼈를 제거했다. 그런 다음 나는 마지막 경계인 뇌막을 올려다보았다. 나는 손에 들고 있던 펀치 겸자를 양극 전기 소작기로 교체한 다음 그것으로 조직을 두 개의 짧은 선으로 위축시켜 로또 복권에 표시하는 x자 모양으로 만들었다. 두 개의 선을 따라 가위로 뇌막을 절개했다. 이어서 다시 전기 소작기를 집어 들고 뇌막

10. 수수께끼를 푸는 의사들

가장자리를 따라가면서 그것이 쪼그라들 때까지 전류를 흘려보냈다.

드디어 우리는 뇌하수체, 구체적으로는 뇌하수체 전엽에 도달했다. 그것은 노란빛을 띠고 있었는데, 그 색깔과 밀도가 표면이 매끄러운 세몰리나 푸딩을 연상시켰다. 아직 선종은 보이지 않았다.

작업을 이어나가기 전에 나는 잠깐 동안 현미경에서 눈을 떼고 수술실 스크린에 올라와 있는 MRI 영상을 다시 한번 바라보았다. 그것은 종양이 어느 쪽에 있는지 내게 알려주었다. 종양은 오른쪽에 있었다. 가위로 살짝 절개를 하자 목적지에 도달했다. 더 깊이 들어갈 필요도 없이 딱 1밀리미터만 더 들어가면 목표물이 있었다.

선종은 쉽게 알아볼 수 있었다. 그것은 눈부시게 희지는 않았지만, 그래도 흰색을 띠고 있었고 뇌하수체 조직보다 부드럽고 흐물흐물했다. 가끔 건강한 주변 조직과 선종이 쉽게 구별되지 않는 경우도 있다. 구조가 지나치게 복잡하여 확신이 들지 않을 때면 종양이 확실하게 제거되었음을 보장하기 위해서 뇌하수체의 일부분을 함께 들어내기도 한다. 뇌하수체는 70퍼센트에서 최대 80퍼센트까지 제거한다고 하더라도 호르몬 문제가 발생하지 않는다.

의학 기술이 발전하면서 현재에는 뇌하수체 선종을 뇌종양과 비슷하게 형광물질로 염색하여 보다 효과적으로 제거하는 방법이 시도되고 있다. 그런데 뇌하수체는 혈액뇌장벽이 없기 때문에 종양과 마찬가지로 형광물질을 흡수하게 된다. 이렇게 되면 종양이 그다지 선명하게 대비되어 보이지 않는다. 그렇지만 그보다 활력이 달라지기 때문에 이 방법도 나름대로 도움이 된다. 이것은 크리스티안 슈트라스부르거와 나의 공동연구에서 이미 도출된 학문적 결과물 중 하나다.

이 수술에서는 종양 적출이 가장 쉬운 부분이었다. 나는 그저 큐렛(curette)으로 종양 조직을 긁어내어 적출하기만 하면 되었다. 종양 크기에 비해서 작업은 그리 오래 걸리지 않았다. 그 과정에서 불가피하게 소규모 출혈이 발생할 수밖에 없었는데, 그것마저도 식염수를 투여하자 별문제 없이 신속하게 멈추었다.

종양을 적출한 다음 우리는 부러진 안장 기저를 셀룰로오스로 된 뇌경막 대체물을 이용하여 재건하고 퇴각했다. 나는 검경 잠금장치를 풀고 그것을 끄집어 낸 다음 일반 검경으로 비중격을 원래 위치로 되돌려놓았다. 이렇게 해두면 부러진 자리가 아물면서 다시 붙는다. 마지막으로 나는 환자가 깨어나면서 피를 삼키거나 피가 기도로 넘어가지 않도록 비인두에 모여 있는 피를 빨아들이고 양쪽 콧구멍에 지혈용 탐폰을 삽입하였다. 그것은 수술 다음 날 제거할 예정이었다.

루이스 보헬로는 감시 병동으로 보내졌다. 그의 신체조직은 코르티솔 과잉 상태에 익숙해져 있었기 때문에 그가 새로운 상황에 제대로 적응하는지 지켜보는 것이 필요했다. 무엇보다도 수술이 뇌하수체와 시상하부에서 이루어지는 호르몬 생산에 어떤 영향을 미쳤는지 관찰해야 했다. 만약 호르몬 생산 기능이 제대로 작동하지 않으면 머지않아 심각한 합병증이 유발될 수 있었다. 이곳에서 생산되는 호르몬 중 항이뇨호르몬(ADH)은 체내 체액 평형(fluid balance)과 전해질 평형(electrolyte balance) 상태를 조절한다. 이 호르몬은 시상하부에서 만들어져 뇌하수체 후엽에 저장되었다가 필요할 때 혈액으로 분비된다. 이 호르몬이 부족하면 대규모 체액 고갈 상태에 이를 수 있고, 과잉으로 공급되면 전해질 평형 상태가 심각하게 교란되는 결과가 초래된다. 두 가지 모두 일어나서는 안 되는 일이지만, 상황이 어떻게 될지 미리 알 수는 없다.

루이스 보헬로의 뇌하수체가 종양으로 인해 ACTH 생산을 거의 멈춘 상태였기 때문에, 그는 대용품으로 알약 형태로 된 코르티손을 복용했다. 수술 후 일 년 반 동안 그는 그 알약을 복용해야 했다. 용량은 약간의 결핍상태기 조성되도록 조절했다. 그것은 신체의 자체적 생산 활동이 다시 활기를 띨 수 있도록 하기 위함이었다. 그렇게 될 때까지 그는 만성 피로와 무기력감에 시달려야 했다. 아침이면 침대에서 빠져나오기가 힘들었다. 하지만 예전에 정상 범위를 훌쩍 뛰어넘었던 혈압이 낮은 수준을 오가다가 정착하였다. 초콜릿을 비롯한 설탕 폭탄들이 더 이상 유혹적이지 않았다. 루이스 보헬로 또한 그런 것들을 보아도 전혀 구미가 당기지 않았다. 운동을 많이 하지 않고서도 그는 20킬로그램을 감량할 수 있었다. 당뇨병이 치료되었다. 성욕도 돌아왔다. 그는 다시 좋은 컨디션을 되찾았다.

11.

안개 낀

머릿속

희귀 질병의 실마리를 찾아서

잠에서 깨어났을 때 눈부시게 빛나는 햇살이 기내로 쏟아져 들어왔다. 창문 덮개가 열린 것이 틀림없었다. 나는 무릎 위에 노트북 컴퓨터를 올려둔 채 그대로 잠이 들었다. 최신 데이터를 바탕으로 강연 원고를 수정하던 중이었다. 내 옆에 서 있던 스튜어디스가 미소 띤 얼굴로 콘티넨탈 조식과 일본식 조식 중 어느 것을 가져다 주면 좋을지 물어왔다. 나는 콘티넨탈 조식을 선택했다. 스튜어디스는 한 시간 후에 도쿄 하네다 공항에 착륙하게 될 것이라고 알려주었다. 때는 2019년 3월이었다. 나는 요코하마에서 개최되는 일본 신경외과 학회에서 우리가 경험한 극도로 희귀한 질병 케이스에 대해 강연을 하기로 예정되어 있었다. 모야모야병이라는 일본식 명칭을 가지고 있는 이 질병의 원인에 대해서 우리는 아직도 아는 것이 거의 없다. 왜냐하면 이 질병이 유럽보다 아시아 지역, 특히 일본, 한국, 중국에서 훨씬 더 빈번하게 출현하기 때문이기도 하고, 1950년대 말에 일본인 학자에 의해 최초로 질병에 관한 상세한 설명이 이루어졌기 때문이기도 하다.

한 시간 후에 나는 내 물건들을 한데 정리하여 비행기에서 내렸다. 세관 구역을 나오자 검은 정장에 흰 장갑을 낀 신사가 나를 기다리고 있었다. 일본인들의 손님 환대 문화는 그냥 소문에 불과한 것이 아니었다. 과거에 일본을 방문했을 때 나는 일본인들의 친절하고 싹싹한 배려를 직접 경험했다. 아무튼 그 남성은 나를 요코하마로 데려다줄 운전기사였다. 그가 한껏 친절한 태도로 열어준 리무진의 좌석 위에는 뜨개질로 뜬 기비가 씌어 있었디. 또 하나의 뜨개질 커버가 운전석과 뒷좌석을 구분하고 있었다.

요코하마로 향하는 길에서 나는 나의 첫 번째 일본 여행을 회상했다. 때는 14년 전으로 거슬러 올라간다. 당시에 전문의 자격을 취득한 젊은 의사였던 나는 한 강연에 초대를 받았다. 이와테 대학 소속의 신경외과 전문의 아키라 오가와(Akira Ogawa)가 당시에 일본 북부에 위치한 모리오카에서 뇌졸중 학회를 개최하였다. 그때 임신 6개월이었던 아내가 나와 동행했다. 도쿄에 도착했을 때 아키라 오가와가 보낸 레지던트 두 사람이 우리를 맞아주었다. 아키라 오가와는 순전히 우리를 맞이하기 위해서 그 두 사람을 특별히 도쿄로 보낸 것이었다. 감동적일 만큼 우리에게 신경을 써주었던 그들은 우선 우리를 호텔로 데려다준 다음 함께 식사하러 갔다. 매우 정중했던 그들은 늘 우리보다 두 발자국 뒤에 머물러 있었다. 심지어는 화장실에 갈 때에도 우리가 길을 잃고 헤매지 않도록 티나지 않게 우리를 따라왔다. 다음 날 우리는 함께 유명한 일본의 고속철도 신칸센을 타고 북쪽으로 향했다. 벚꽃으로 가득한 풍경이 스쳐 지나갔다. 아내와 나에게는 잊을 수 없는 경험이었다. 그 후 사흘 동안 우리는 귀빈 대접을 받았다. 나의 강연은 지주막하출혈 후에 발생한 혈관경련(vasospasm)의 진단과 치료에 관한 것이었다. 나를 초대한 사람은 도쿄 출신의 신경외과 전문의 히데토시 가츠야(Hidetoshi Kasuya)였다. 나는 그와 공동으로 혈관경련을 방지하기 위한 연구를 수행한 적이 있었다. 지금까지도 우리는 깊은 우정을 나누고 있다.

저녁이 되자 모리오카에 있는 대형 연회장에서 약 250명의 손님이 참석한 가운데 귀빈 만찬이 개최되었다. 우리는 8인용 테이블에 앉았다. 해외에서 온 참석자들이 여러 개의 테이블에 나뉘어 앉아 있었는데, 각자 이름이 호명되면 자기소개를 하고 그곳에 참석할 수 있어 기쁘다는 인사말을 전했다. 해외 참석자들 가운데 가장 연장자가 우리의 대변인 역할을 했다. 이것은 그가 감사의 말을 다른 사람보다 조금 더 길게 했다는 것을 의미한다. 참석자들은 모두 학회 회장을 역임한 사람들이었다. 그 밖에 가장 두각을 드러내는 전문의들이 그 자리에 참석했다. 여덟 가지 메뉴로 구성된 코스 요리 가운데 첫 번째 요리는 익히지 않은 성게 요리였다. 서구 사회에서 자라온 사람들에게는 미각적인 적응이 필요한 음식이기는 했지만, 진미임에는 틀림없었다. 아내는 임신 중이었기 때문에 날생선을 먹을 수 없었다.

하지만 다음 요리가 나오려면 성게를 먹어치워야만 했다. 따라서 성게 2인분을 내가 모두 먹는 것 말고는 달리 방법이 없었다. 그때를 떠올리니 저절로 미소가 지어졌다.

이번에는 비행기가 연착되었다. 그래서 요코하마에도 늦게 도착했다. 나는 방으로 달려가 검은 정작을 입고 그 사이에 친숙해진 귀빈 만찬에 마지막 손님들 중 하나로 참석했다.

다음 날 나의 강연이 예정되어 있었다. 거대한 회의장에서 통상적인 산업박람회가 열리고 있었다. 당연히 모든 것이 일본어로 표기되어 있었다. 일본에서 신경외과는 최고의 의학 분과로 간주되고, 신경외과 의사들은 높은 존경을 받는다. 신경외과 내에서도 최고의 분과는 단연 뇌혈관 신경외과다. 그에 걸맞게 이곳에는 세밀함에 대한 지극한 애정으로부터 탄생한 가장 멋지고 가장 우수한 기구들이 전시되어 있었다. 그 기구들을 사용하면 극도로 정밀한 절개와 수술이 가능했다. 그 밖에도 이곳에서는 여러 번의 연마 작업으로 사무라이 검에서 느껴지는 분위기가 풍겨 나오는 극도로 정밀한 미세 기구들과 핀셋을 찾아볼 수 있었다.

강연에서 나는 유럽에서 발병한 모야모야병과 관련된 우리의 경험에 대해 보고했다. 바이패스 수술을 한 임산부들에게 혈전용해제를 투여하는 것을 중단해야 할 것인지의 여부 혹은 임신 상태에서 처음으로 증상이 나타난 여성 환자들을 어떻게 치료하는지 등에 관한 내용이었다. 또 우리가 실시한 학문적 실험 또한 강연 주제에 포함되었다. 실험에서 우리는 한 가지 특정한 성장인자, 즉 안지오포이에틴-2(angiopoietin-2)가 이 질병에서 차지하는 역할을 최초로 언급했다. 현재까지도 우리는 안지오포이에틴-2가 이 질병이 지닌 전형적인 증상들의 원인이라는 사실을 증명하기 위해서 노력하고 있다. 이 연구는 우리에게 매우 중대하고도 흥미진진한 사안이다. 왜냐하면 지금까지 규명해 내지 못했던 질병의 원인을 분자에서 찾은 최초의 사례가 될 것이기 때문이다.

다음 날 나는 히데토시 가츠야를 다시 만났다. 그는 점심 식사를 하기 위해 나를 허름한 술집으로 이끌었는데, 알고 보니 그곳은 아는 사람들만 아는 초밥과 회를 파는 음식점이었다. 우리는 사람들이 부산하게 움직이는 북새통 속에서 과거의 시간과 미래에 함께 할 공동 프로젝트에 관한 이야기를 나누었다. 우리는 그 프로젝트를 통해 뇌졸중에 대처할 또 다른 전략들을 시험해 볼 생각이었다.

학회장으로 다시 돌아온 나는 도야마 대학의 신경외과 전문의 사토시 구로다(Satoshi Kuroda)를 만났다. 그는 일본 모야모야병 연구의 권위자였다. 우리의 연구에 대한 그의 피드백은 언제나 큰 도움이 되었다. 바로 얼마 전에 우리는 유럽과 일본의 모야모야병 혈관망의 차이점을 연구한 논문을 발표한 참이었다. 이 책을 집필하면서 나는 모야모야병이 그에게 있어서 갖는 의미에 대해 몇 마디 해달라고 청했다. 사토시 구로다는 나의 부탁에 다음과 같이 일본 특유의 분위기가 물씬 풍겨 나오는 답변을 제시했다.

모야모야병에 걸린 환자, 특히 어린아이들의 경우 바이패스 수술의 수여 혈관으로 고려되는 뇌 표면 동맥의 지름이 고작해야 0.5~1밀리미터 밖에 되지 않는 경우가 흔하다. 게다가 모야모야병 환자들은 이런 동맥의 혈관벽 두께가 일반적인 경우보다 약간 더 얇다. 이런 이유로 모야모야병 환자들에게 바이패스 수술을 할 때에는 특별히 뛰어난 능력이 요구된다. 내 경우에는 바이패스 수술에 12땀에서 16땀 정도가 필요한데, 이때 단 한 치의 실수도 용납되지 않는다. 혹시라도 실수를 하게 되면 수술 후에 혈관 문합 부위가 막혀버린다. 따라서 모야모야병 환자들을 대상으로 한 바이패스 수술은 그야말로 예술의 최고 경지라고 할 수 있다. 그리고 영화에 비유하자면 이 수술은 뇌혈관 수술의 「탑건(Top Guns)」에 해당하는데, 이 말은 결코 과장이 아니다.

모야모야병 환자 수는 일본에서도 그리 많지 않다. 그럼에도 이 미스터리한 질병은 우리의 탐구 정신에 불을 지핀다. 일본에는 여전히 사무라이의 후예들이 많다. 그리고 모야모야병 환자들을 대상으로 한 바이패스 수술은 우리의 사무라이 정신을 순수한 열정으로 가득 채워주는 과제다. 아마 다른 나라에서도 마찬가지일 것이다. 나는 독자 여러분이 이 미스터리한 질병을 정복하기 위해 노력하는 신경외과 의사들의 사명과 그들의 노력을 이해하게 되기를 바란다.

열 살 소년 마티야스(Matyas)의 사례가 사토시 구로다가 한 말의 의미를 잘 설명해 줄 수 있을 듯하다. 소년의 부모는 미국 심장병 전문의의 추천으로 우리에게 연락을 해왔다. 그는 오래전부터 치료하기 힘든 복잡한 혈관 질환을 앓고 있었지만 도무지 그 원인을 알 수가 없었다.

증상은 다리, 특히 종아리에 발생한 경련성 통증과 함께 시작되었다. 길을 걸어가다가 갑자기 격렬한 통증이 나타나면 소년은 더 이상 걸을 수가 없었다. 걸음을 멈추면 신속하게 통증이 잦아들었다. 이것은 샤르코 증후군(charcot syndrome) 환자에게서 찾아볼 수 있는 증상이다. 샤르코 증후군은 일명 쇼윈도 병으로 불리기도 한다. 그들은 지독한 통증 때문에 지속적으로 걸음을 멈추고 정지할 수밖에 없는 사실을 다른 사람들에게 감추기 위해서 마치 진열품에 관심이 있는 것처럼, 그래서 열심히 그것을 관찰하는 것처럼 행동하며 상황을 모면한다. 이 질병에 걸린 많은 환자가 채 100걸음도 못 가서 황급히 멈춰 선다.

소년이 이런 증상을 앓게 된 원인은 진행성 혈관수축(progressive vasoconstriction)으로 인한 혈액순환 장애 때문이었다. 혈관수축이 나타난 곳은 장골동맥(iliac artery)이었다. 장골동맥은 왼쪽과 오른쪽에 하나씩 있고, 각각 내장골동맥과 외장골동맥으로 나누어진다. 복부대동맥(abdominal artery)에서 비롯된 장골동맥의 연장인 내장골동맥과 외장골동맥은 다시 대퇴동맥(femoral artery)으로 연장되어 다리에 혈액을 공급한다. 때문에 혈액 공급량이 지나치게 적어지거나 잠깐 동안 아예 혈액이 공급되지 않으면 걸음에 문제가 발생한다.

11. 안개 낀 머릿속

마티야스의 부모는 고향에서는 아들을 도와줄 수 있는 의사를 찾지 못했다. 그들이 만난 의사들은 이 질병에 걸린 마티야스가 오래 살 수 있는 가능성이 희박하다고 말했다. 그들은 동맥경화증을 기반으로 하는 혈관수축에는 익숙했지만, 마티야스가 앓는 질병의 기전과 치료 방법은 명확하게 알지 못했다. 이에 마티야스의 부모는 미국에 있는 한 의사에게 아들이 치료받을 수 있게 하기 위해서 교회와 인터넷을 통해 모금 활동을 벌였다. 그 의사는 미국 중서부에 있는 한 대학병원에서 오랫동안 심장내과를 이끌고 있었다.

처음 치료를 받기 시작한 시점에 마티야스의 나이는 일곱 살이었다. 오른쪽과 왼쪽 사타구니를 통해 혈관이 수축된 지점까지 연속적으로 풍선 카테터(balloon catheter)를 삽입하여 압착공기로 카테터를 확장한 다음 스텐트로 견고하게 고정하였다. 이때 사용된 스텐트는 약물 용출 스텐트(durg eluting stent)였다. 스텐트에는 혈관 내벽에 작용하는 약물이 덧입혀져 있었다. 혈관벽 세포가 증식하면서 스텐트를 막아버리는 상황을 방지하는 약물이었다. 만약 스텐트가 막힌다면 원점으로 돌아가는 것과 마찬가지였다. 스텐트는 일정한 시간이 흐른 후에 저절로 용해된다. 수년 전부터 새로운 스텐트에 대한 연구가 진행 중이다. 이미 오래전에 젖산 분자로 이루어진 스텐트가 개발되었는데, 이것은 나중에 이산화탄소와 물로 분해된다.

현재 독일에서는 특히 아연을 재료로 하는 스텐트가 테스트 단계에 있다. 내구성이 강한 스텐트, 즉 비흡수성 스텐트는 어린아이들에게 사용하기에 적합하지 않은데, 어린 나이에는 아직 혈관이 성장을 하고 있기 때문이다.

수술은 별다른 합병증 없이 진행되었다. 하지만 약 9개월 정도가 흐른 후에 통증이 재발했다. 혈관이 또다시 좁아진 것이다. 마티야스 가족은 두 번째로 미국을 방문하여 같은 의사를 찾아갔다. 그는 다른 종류의 스텐트를 이용하여 다시 한번 같은 방법을 시도하였다. 이번 에도 거의 1년 정도는 별문제가 없었다. 하지만 과거의 증상들이 또 나타났다. 마티야스는 같은 병원에서 세 번째로 치료를 받았다. 그것 이 지난여름의 일이다.

스텐트삽입술을 받은 환자들은 특정 기간 동안 피를 묽게 하는 약 물을 복용해야만 한다. 그런데 그 약물은 실제로 피를 묽게 하는 것 이 아니라 혈액응고 능력을 떨어뜨리는 작용을 한다. 마티야스의 경 우도 다르지 않았다. 이 약의 부작용으로는 출혈이 나타날 수 있다. 이것은 이미 널리 알려져 있는 사실이다. 결국 우려하던 일이 일어났 다. 새로운 스텐트를 삽입한 지 5개월이 지나서 마티야스에게 뇌출 혈이 발생했다. 천만다행으로 심각한 후유증은 없었다.

출혈의 위치와 규모를 확인하고 치료 방법을 결정하기 위해서 MRI 검사가 이루어졌다. 그때 일반적으로는 존재하지 않는 수많은 작은 혈관이 소년의 머릿속에 생성되어 있는 것을 보았다. 이 연약한 혈관들 중 한 곳에서 출혈이 발생한 것이 틀림없었다.

부모는 모야모야병이라는 진단명을 받아들고 마티야스와 함께 우리를 찾아왔다. 우리를 추천한 미국의 심장내과 전문의는 우리가 오래 전부터 그런 비정상적인 혈관 생성을 특징으로 하는 질병을 다루어 왔으며, 이 분야의 연구도 함께 진행하고 있다는 사실을 알고 있었다. 유럽에서는 연간 100만 명 당 한 명 꼴로 신규 환자가 발생하는 반면, 일본에서는 그 비율이 10만 명당 한 명꼴이다. 왜 그런지는 아무도 모른다. 어쩌면 이 질병이 실제로는 더 빈번하게 나타나지만 유럽인들이 제대로 알아차리지 못하는 것일지도 모른다. 모야모야라는 명칭은 일본어로 '담배 연기' 혹은 '안개가 낀' 등의 뜻을 가지고 있다. 이 단어는 조영제를 이용하여 혈관 촬영을 했을 때 보이는 혈관 뭉치, 즉 수많은 작은 혈관이 실뭉치처럼 엉켜있는 모습을 묘사하고 있다.

앞서 말한 것처럼 질병의 원인은 아직 제대로 규명되지 않았다. 어쩌면 이미 우리가 뭔가를 알아내었는지도 모르지만 말이다. 연구자들은 아시아인의 경우에 특수한 유전자 변이를 통해서 이 질병이 발생하고 유전되는 것일 수 있다고 추정한다. 이 질병은 뇌 안에 있는 중요한 동맥에서 발생하는데, 대부분 내경동맥이나 그 혈관 분지들이 발병 지점이 된다. 그리고 거의 언제나 양쪽 뇌 모두에서 발생한다. 설령 처음에는 그렇지 않다 하더라도 일정한 시간이 흐른 후에는 그렇게 된다. 혈관벽에 생긴 염증으로 인해 뇌에 영양을 공급하는 혈관벽의 특정한 지점에서 결합조직이 병적으로 증식하게 된다. 그 결과 혈관에 흉터가 생긴다. 이를 통해 혈관이 서서히 막힌다. 이런 과정이 진행되면서 환자는 거듭하여 혈액순환 장애에 시달리게 된다. 이것은 신경학적 후유증을 유발하지만, 후유증은 대부분 단시간 동안만 나타난다. 시간이 흐르면서 혈관을 통과하는 혈액량이 점점 줄어들다가 급기야는 혈관이 완전히 막혀버린다. 이렇게 되면 뇌졸중이 발생하게 된다.

그러나 상황이 그렇게까지 치닫기 전에 뇌가 어떤 방식으로든 위협적인 전개 상황을 인지하고 경계 모드를 작동하면서 새로운 혈관을 만드는 일에 착수한다. 새로운 혈관들은 기존 혈관으로부터 분리되어 나오거나 나뭇가지에서 새싹이 돋아나듯 기존 혈관에서 발아하여(sprouting) 생성된다. 이렇게 해서 측부혈관들로 이루어진 측부순환 체계가 만들어진다. 측부혈관은 동맥 폐쇄로 인해 방치된 영역에 혈액을 공급해야 할 임무를 띤다.

생물학적 차원에서 보자면 이런 과정을 구제책의 일환으로서 긍정적으로 생각할 수도 있을 것이다. 하지만 질병을 앓는 당사자에게 있어서 이것은 새로운 문제가 된다. 왜냐하면 혈관 형성이 날림으로 이루어지기 때문이다. 시간도 촉박하고 상황도 계속 변하기 때문에 혈관이 엉성한 수준으로밖에 만들어지지 못한다. 이렇게 만들어진 혈관은 벽이 얇고, 정상적인 혈관만큼 신축성이 뛰어나지도 않고, 불안정하고, 연약하다. 우리는 이런 상태를 가리켜 가소성이 좋다(plastic)라고 표현한다. 지속적으로 변하고, 제대로 완성되지도 않을 뿐더러 건강한 혈관처럼 완전히 성숙되지도 않는다.

정상적인 상황에서는 뇌혈관 체계가 그처럼 자가 동력을 발전시켜 혈액 공급부족을 보충해 줄 새로운 혈관을 만들어내지 못한다. 수

11. 안개 낀 머릿속

십만 명에 달하는 동맥경화 환자들이 뇌졸중으로 고통받는 것도 바로 이런 이유 때문이다. 동맥경화 환자들의 경우 석회 침전물과 지방 침전물이 점점 증가하면서 큰 혈관들이 막혀도 측부순환이 이루어지지 않는다. 그 결과 해당 뇌 영역에 더 이상 충분한 혈액이 공급되지 않는다.

우리가 수행하는 연구 프로젝트의 틀 안에서 우리는 앞서 언급한 전달물질 안지오포이에틴-2가 모야모야병 발병 원인들 중 하나라는 사실을 확인할 수 있었다. 신호의 형태로 한 세포에서 다른 세포로 정보를 전달하는 특정한 단백질이 문제가 된다. 이 단백질은 불완전한 구조의 새로운 혈관들이 무수히 생성되면서 증식하는 종양에서도 발견된다. 모야모야병에 걸리면 이 단백질이 혈관 내피세포 간의 결합 상태에 영향을 미친다. 내피세포는 혈관벽의 가장 안쪽 층을 형성하는 세포다. 새로운 혈관이 생성되기 위해서는 반드시 내피세포들이 활성화되어야 한다. 내피세포들은 활성화되면서 빽빽하게 배열되어 지지대에 둘러싸여 있던 상태에서 벗어나 촘촘한 혈액뇌장벽을 만들어낸다. 그런데 문제의 단백질이 조직 전체를 느슨하게 한다. 이를 통해서 내피세포들이 증식할 공간을 얻게 되고, 이와 동시에 혈관은 내구성과 밀도를 잃게 된다.

새롭게 생성된 혈관들은 스트레스를 최대치로 받는다. 많은 양의 혈액이 새로운 혈관을 통과하여 흐르게 되는데, 이 혈관들의 지름은 기존 혈관의 지름에 비해서 매우 작다. 따라서 가뜩이나 불안정한 혈관벽이 지속적으로 상당한 압력에 노출될 수밖에 없다. 건강한 동맥도 이런 상황에서는 손상을 입고 작은 상처들이 생긴다. 다만 건강한 동맥의 상처들은 자연 치유 기제를 통해서 복구가 된다. 그러나 연약하고 허술한 이런 미니 동맥에서는 그런 작용이 일어나지 않는다. 소년의 경우 추측건대 혈관 결함과 제 기능을 발휘하지 못하는 혈관 벽이 동시에 원인으로 작용하여 출혈을 불러일으킨 것으로 보였다. 여기에 소년이 복용해야 했던 혈액응고방지제가 부채질을 한 것 같았다.

아마 또 다른 요인이 추가로 작용했을 것이다. 어린아이들은 성인보다 체내 혈류속도가 더 빠르다. 때문에 혈관 어딘가에 좁아진 지점이 있으면 압력이 한층 더 거세진다. 이것은 일반적으로 어린아이들에게서 증상들이 더 빨리 나타나고, 증세도 더 심각한 이유가 될 수 있다. 반면 모야모야병이 주로 두 개의 연령 그룹에서 나타나는 이유는 아직까지 밝혀지지 않았다. 한 그룹은 18세 미만의 아동들로, 2세에서 10세 사이에 정점을 이룬다. 다른 그룹은 30세에서 50세 사이의 성인들이다.

사람들은 모야모야병과 모야모야 증후군을 서로 구분한다. 모야모야병에서는 이렇다 할 원인 없이 경동맥 협착 및 폐색 증상이 발생하고 신생 혈관이 형성되는 반면, 모야모야 증후군은 다른 질병과 연계되어 나타난다. 모야모야 증후군은 다른 질병이 유발하는 것으로 추정된다. 예들 들자면 동맥경화, 혈액응고장애, 혈관 염증, 다운증후군, 신경섬유종, 두개골 방사선요법에 따른 부작용 같은 질병들이 있다.

11. 안개 낀 머릿속

모야모야병이 아주 드물게 나타나는 질병이기는 하지만, 그래도 연구 대상으로 삼기에 매우 흥미로운 질병이다. 왜냐하면 그것은 뇌 혈관 시스템의 생물학적 특성에 관한 새로운 인식을 우리에게 심어 주기 때문이다. 동맥경화증과는 대조적으로 모야모야병 환자들의 혈관은 소위 영구 수선 모드에 있다고 할 수 있을 정도로 가소성이 매우 뛰어나다. 이 질병과 더불어 이처럼 뛰어난 혈관 가소성의 메커니즘을 보다 잘 이해한다면 경우에 따라서 동맥경화증에 시달리는 수많은 환자를 치료할 수 있는 새로운 방법을 알아낼 수도 있을 것이다. 무엇보다도 우리가 알고 싶은 사항은 바로 이것이다. 도대체 무엇이 모야모야병 환자들의 뇌에 새로운 혈관을 만드는가? 그것은 최초에 어떻게 시작되는가? 이때의 과정은 어떻게 진행되며, 어떤 뇌 구조물이 참여하는가? 만약 원인 물질이 무엇이고 그것이 어떤 방식으로 작동하는지 알아낼 수만 있다면, 대체 혈관이 생성되지 않은 채로 혈관이 석회화되는 환자들을 도울 수 있을지도 모른다. 대체 혈관 생성은 오직 모야모야병에서만 찾아볼 수 있는 현상이다.

이 질병을 집중적으로 파고드는 또 다른 이유는 질병이 조기에 발견된다면 많은 경우에 있어서 치료 가능성이 상대적으로 크다는 데 있다. 이런 전제하에 현 단계에서 효과를 기대할 수 있는 치료법은 바이패스 수술이 유일하다. 그리고 우리는 그 수술을 목전에 두고 있었다.

우리는 하이브리드 수술실에서 여섯 개의 혈관을 대상으로 혈관 조영술을 실시하였다. 왜냐하면 뒤이어서 곧장 그 혈관들에 대한 수술에 돌입해야 했기 때문이다. 뇌에는 좌뇌와 우뇌에 각각 하나씩 두 개의 경동맥이 있고, 그것들은 또다시 내경동맥과 외경동맥으로 갈라진다. 이것을 합치면 모두 네 개다. 여기에 빗장밑동맥(쇄골하동맥, subclavian artery)에서 갈라져 나온 척추동맥(vertebral artery) 두 개가 추가된다. 척추동맥은 머리 뒷부분에 자리 잡고 있다. 이렇게 해서 혈관의 수가 모두 여섯 개가 된다.

어린 환자들은 늘 특별하다. 하지만 마티야스가 특별한 또 다른 이유가 있었다. 왜냐하면 수술을 며칠 앞두고 다시 다리에 문제가 생기는 바람에 힘든 결정을 내려야 했기 때문이다. 아이는 주변의 도움을 받지 않고서는 10미터도 걷지 못했다. 그의 골반 동맥 중 하나가 거의 완전히 막혀버렸다. 마티아스의 부모는 뭔가 신속하게 조치를 취하지 않으면 아들이 다리를 잃을 지도 모른다는 두려움에 사로잡혔다. 나는 그들의 두려움을 충분히 이해했다. 하지만 만약 다리부터 치료를 한다면, 소년이 혈액응고방지제를 다시 복용할 수밖에 없었다. 그렇게 된다면 어쩌면 새로운 출혈이나 뇌졸중이 발생할 수도 있었다. 다리를 잃게 되는 것과 출혈이 발생하는 것, 둘 중 어떤 것이 더 위험할까?

우리는 머리를 먼저 수술하기로 결정하고 만반의 준비를 하였다. 어린아이들의 뇌에 바이패스 수술을 하는 것은 흔한 일이 아니다. 혈관과 관련된 문제는 개개인마다 모두 다르다. 따라서 항상 맞춤 해법을 준비하고 있어야 한다. 우리는 정교한 계획을 세운 다음 충분히 완성되었다고 생각될 때까지 여러 번에 걸쳐 계획을 면밀하게 점검

11. 안개 낀 머릿속

하면서 세부적인 사항을 손본다. 모야모야병 환자들은 통상적으로 내경동맥이 막혀있기 때문에 우리는 제일 먼저 한쪽 측두동맥을 바이패스용 혈관으로 사용할 수 있도록 절개할 계획이었다. 외경동맥에서 분리되어 나온 측두동맥은 귀 앞쪽을 경유하여 관자놀이로 올라가 머리 윗부분에 영양을 공급한다. 우리는 귀 높이에서, 그러니까 대략 측두동맥의 중간 지점쯤에서 맥박을 감지할 수 있다. 우리는 두개골을 열고 측두동맥을 중대뇌동맥과 연결할 작정이었다. 내경동맥의 말단 분지인 중대뇌동맥은 뇌에 필요한 영양소를 공급하는 가장 큰 파이프라인으로서 시상하부, 내부 피막, 뇌섬엽 부분 등 주요 통제 구역에 혈액과 함께 그 안에 포함된 영양소들을 전달한다. 우선 우리는 오른쪽에 비이패스 수술을 히려고 했다. 이어서 6주가 흐른 후에 왼쪽에 두 번째 바이패스 수술을 할 계획이었다.

우리는 제1 수술실에 딸린 작은 조정실에 서서 유리창을 통해 신경방사선과 전문의가 혈관조영술을 시작하는 모습을 지켜보았다. 수술 며칠 전에 미리 검사를 하고 결과 영상을 바탕으로 찬찬히 수술 계획을 수립할 수도 있었을 텐데 왜 그렇게 하지 않았느냐고? 안타깝게도 어린아이들의 치료는 그렇게 간단하지 않다. 혈관조영술을 시행하는 동안 움직이지 않고 가만히 있게 하려면 부득이하게 아이들에게 마취를 할 수밖에 없다. 이렇게 되면 수술에서의 마취까지 총 두 번의 마취가 필요한데, 어린 환자들에게는 부담이 되는 일이다.

한 번의 마취로 모든 일을 처리하는 편이 훨씬 더 안전하다. 혈관조영술과 수술, 두 가지 모두가 가능한 하이브리드 수술실에서는 그 일을 한 번에 처리할 수 있다. 뿐만 아니라 수술이 끝난 후에 곧바로 수술 결과를 점검할 수도 있다.

우리의 어린 환자는 이미 수술대 위에 누워있었다. 신경방사선과 전문의가 소년의 혈관 속으로 조영제가 확산되는 모습을 스크린을 통해 관찰했다. 우리도 앞에 놓인 모니터를 통해 동일한 영상을 보고 있었다. 방안에는 나 말고도 신경외과 전문의 가운데 하나인 울프 슈나이더와 일본에서 온 젊은 객원 의사 시게키 나카노(Shigeki Nakano), 그리고 모니터링을 담당한 기술 어시스턴트 막스 뮌허가 있었다. 그는 수술을 하는 동안 우리가 알아차리지 못한 사이에 불안정한 혈압으로 인해 뇌졸중이 발생하지 않도록 뇌기능을 감시했다.

신경방사선과 전문의는 앞쪽에 있는 동맥부터 시작했다. 나는 모야모야병에서 볼 수 있는 전형적인 영상이 우리 눈앞에 나타나기를 기대했다. 약간 휘어있는 극도로 섬세한 동맥들로 이루어진 그물 모양 조직, 즉 담배 연기의 출현을 기다리고 있었다. 조영제는 성실하게 제 갈 길을 찾아갔다. 제일 먼저 비교적 두께가 두꺼운 혈관 영역을 통과한 다음 지름이 좁은 혈관 지류들을 거쳐 가장 말단에 있는 혈관 지류 끝까지 도달했다.

"흠, 이건 이례적인데." 잠시 후에 내가 나지막한 목소리로 혼잣말을 하듯 말했다. "혈관들이 꽤 정상적으로 보이는군."

울프 슈나이더도 비슷한 반응을 보였다. "제 눈에도 막히거나 좁

11. 안개 낀 머릿속

아진 부분이 보이지 않습니다. 또 구름 모양으로 엉켜있는 혈관들도 보이지 않습니다."

우리는 이마를 찌푸리고 다시 한번 모니터에 올라와 있는 혈관 영상을 들여다보았다. 우리는 뭔가 놓친 것이 없는지 확인하기 위해서 플립북을 보듯이 영상들을 처음부터 다시 꼼꼼하게 살폈다. 그런 다음 나는 마이크 버튼을 누르고 신경방사선과 전문의에게 뒤쪽에 있는 혈관들을 볼 수 있게 해달라고 부탁했다.

그는 신중하게 혈관들을 더듬어 새롭게 조영제를 투여하였고, 우리는 다시 기다렸다. 이번에는 방금 전보다 훨씬 더 긴장되었다. 정말로 소년의 후방 동맥에 문제가 생긴 것일까? 그런 경우는 극도로 드물게 발생한다. 만하임에서 일하던 시절에 처음으로 이 질병을 접한 이후로 지금까지 나는 400명의 환자를 수술했다. 그들 중 다수는 동유럽, 이탈리아, 스칸디나비아, 이스라엘 등 외국에서 온 환자들이었다. 후방 동맥 및 거기에서 갈라져 나온 혈관에 협착이 발생한 경우는 그 중 15퍼센트에 불과했다.

이윽고 나는 우리가 보게 된 광경을 처음에는 도저히 믿을 수가 없었다. 실제로 소년의 두개골 뒤쪽 혈관 하나에 문제가 있었는데, 그것은 그저 좁아진 정도가 아니라 완전히 막혀 있었다. 조영제가 그곳을 통과하지 못했다. 다시 말하자면 혈액도 그곳을 통과하지 못했다. 다른 환자들에게서도 혈관이 그렇게 막혀 있는 경우를 단 한 건도 보지 못했다.

"푸!" 하는 소리가 내 입에서 불쑥 새어 나왔다. "이제 어떻게 하지?"

그 질문은 울프 슈나이더를 향한 것이었다. 그는 대답을 하지 못했고, 우리는 의문스러운 표정으로 서로를 바라보았다.

"우리가 세워 둔 계획은 이제 잊어버려야 할 것 같아." 내가 말했다. "어떻게 하는 것이 좋을까?"

"어쨌거나 이 경우에는 일반적인 바이패스로는 안 될 것 같습니다."

맞는 말이었다. 바이패스를 하려면 측두동맥을 사용해야 했다. 하지만 뒤쪽에 있는 혈관에 그것을 꿰매 붙이기에는 길이가 충분하지 못했다.

사실 우리 눈앞의 상황은 아예 있을 수 없는 일이었다. 왜냐하면 막혀 있는 혈관이 바로 뇌기저동맥(arteria basilaris)이었기 때문이다. 이 혈관은 심장기능 및 순환기능에 핵심적인 역할을 하는 혈관이자 무엇보다도 뇌에 산소가 풍부한 혈액을 공급하는 역할을 한다. 뇌기저동맥은 두 개의 척추동맥이 하나로 결합되어 만들어진다. 지름이 3~4밀리미터인 이 부분은 이후 두 개의 후대뇌동맥으로 나누어진다. 이 부분이 막히면 신체에 치명적인 결과가 초래된다. 뇌기저동맥 폐색은 후유증이 특별히 심각한 뇌졸중인 뇌간 경색을 유발할 수 있다. 이때 가장 심각한 후유증의 형태는 각성혼수(coma vigil)다. 하지만 가장 고약한 후유증은 아마도 앞서서 이미 언급한 바 있는 잠금 증후군일 것이다.

소년에게서 그런 일이 나타나지 않았다는 것은 소년의 뇌 속에 수많은 측부순환이 생성되어 후대뇌동맥에 혈액을 공급하는 일을 넘겨받았다는 것을 의미한다. 그것도 뇌기저동맥에 혈액이 더 이상 흐르지 않게 되기 전에 말이다.

뇌간 전체에 걸쳐 새롭게 생성된 혈관들이 그야말로 무성하게 우거져 있었다. 모니터에 비친 그 모습은 구름이나 담배연기보다 오히려 빽빽한 덤불숲을 연상케 했다. 이 새로운 혈관들 중 하나에서 출혈이 발생했던 것이다. 우리는 이제 그것을 알 수 있었다.

우리 환자는 단지 특수한 질병을 앓고 있는 것만이 아니라, 이 질병을 앓고 있는 환자들 중에서도 특수한 케이스였다. 우리는 이번 사례와 비교할 수 있을 만한 케이스를 지금까지 단 한 번도 본 적이 없었다. 그저 놀랐다는 말만으로는 그 상황을 설명하기에 역부족이었다. 각기 다른 특징을 지닌 모야모야병 환자 400명을 수술했다는 것은 매우 특별한 이 수술에 평균 이상으로 연습이 되어 있다는 것을 의미한다. 하지만 지금은 예기치 못했던 상황에 유연하게 대처하는 것이 무엇보다도 중요했다. 모든 환자의 케이스는 저마다 특수하고 개별적이다. 그것들을 익히 잘 알려진 몇 개의 틀에 구겨 넣는 것은 불가능한 일이다. 이제 이 질병에 대한 우리의 경험을 바탕으로 지금의 상황에 유연하게 대처해야만 했다. 지금까지 우리가 봤던 수많은 사례가 이 케이스의 특이점을 인식하고 그에 상응하여 생각을 전환하는 데 도움을 주었다.

그 사이에 혈관조영술이 마무리되었다. 30분 후에 수술이 시작될 예정이었다. 그 시간 안에 나는 계획을 완전히 수정해야만 했다. 마치 공연을 하기 위해 무대로 향하던 도중에 완전히 새로운 안무를 받아 든 무용수가 된 것 같은 기분이 들었다.

우리는 기술실에 모여 앉아 빽빽한 덤불숲과 정상적인 혈관들이 찍힌 영상을 들여다보면서 적절한 전략을 세우기 위해 고심을 거듭했다. 마티야스에게 바이패스가 필요하다는 것은 분명했다. 목표는 혈액의 흐름을 개선함으로써 혈관 덤불에 가해지는 압력을 줄여주는 것이었다. 왜냐하면 덤불을 이루고 있는 혈관들은 미성숙했고, 따라서 장기간 혈압을 견뎌내는 것이 불가능했기 때문이다. 바이패스가 없으면 새로운 출혈이 발생할 위험성이 있었다. 바이패스를 설치하면 이 혈관들이 부담을 덜 수 있을 뿐만 아니라 심지어 부분적으로는 퇴화될 가능성도 있었다. 우리에게는 바이패스로 사용할 새로운 혈관이 필요했고, 나는 어떤 동맥을 이어 붙일 건지 결정해야만 했다. 우리는 환자의 배가 바닥으로 가도록 환자의 위치도 바꾸어야 했는데, 왜냐하면 원래 계획했던 대로 측면에서 귀 윗부분을 절개하는 대신 후두부를 절개해야 했기 때문이다. 배를 바닥에 댄 상태로 누워 있는 환자를 수술하는 일은 결코 간단한 일이 아니다. 배에 압력이 가해지면 혈액의 흐름이 나빠져 혈액순환이 정상적으로 이루어지지 않을 수 있다. 이렇게 되면 머릿속에 피가 정체되어 뇌부종이 유발될 위험성이 있다.

수술 팀이 준비를 마치고, 어린 환자의 자세를 바로잡아 수술대 위에 눕히고, 마취과 전문의 마라이케 쾨르버(Mareike Körber)가 수술을 시작해도 좋다는 사인을 주었다. 나도 준비를 마쳤다. 새롭고 독특한 외과적인 해결책을 찾아내야만 하는 수술을 할 준비 말이다. 내가 새롭게 계획한 방법은 어린아이에게도, 또 성인에게도 아직 한 번도 시도해 본 적이 없는 방법이었다.

이 질병 자체가 너무나도 드물기 때문에 여러 수술 방법 또한 연구가 이루어지지 않고 있다. 현재에는 전문가들의 의견을 기초로 하여 수술 방법을 선택하거나 수술 집도의가 선호하는 특정한 기법에 의거하여 수술이 진행되고 있다. 이런 이유로 우리는 얼마 전에 이 수술에 대한 『Art OP-매뉴얼』을 발간했다. 유럽, 아시아, 미국 출신의 저자들이 그들이 사용하는 방법과 특별한 케이스에 대한 해결책을 소개한 이 책은 다양한 수술 기법의 장단점을 보여줄 뿐만 아니라 사후 수술에 대한 일종의 단계적 입문서이기도 하다.

마티야스의 수술에는 미국 팰로앨토에 있는 스탠퍼드 대학의 마리오 테오(Mario Theo)와 게리 스타인버그(Gary Steinberg)가 설명한 바이패스 방법이 적용되었다. 스타인버그는 다양한 아이디어와 혁신적인 방법들을 통해서 모야모야병 분야에 지대한 영향을 끼치고 신경외과를 현저하게 발전시킨 인물이다.

첫 번째 목표는 후두동맥(arteria occipitalis)이었다. 나는 그것을 바이패스 혈관으로 선택했다. 그렇다고 해서 선택의 폭이 넓은 것은 아니었다. 나는 길이가 어느 정도 되는 혈관이 필요했다. 또한 가급적 많은 양의 혈액을 운반하는 혈관인 동시에 평소 그 혈관이 담당하는 영역을 포기한다고 하더라도 아무 문제가 없는 혈관이어야 했다. 후두동맥은 귀 뒤에서 시작되는 외경동맥의 혈관 분지다. 후두동맥은 귀 뒤에서 출발하여 근육조직에 파묻힌 채로 구불구불한 산길처럼 후두부까지 굽이쳐 올라간다. 후두동맥은 후두부와 목 근육에 영양을 공급한다. 이 영역에는 후두동맥과 같이 영양 공급을 하는 혈관들이 비교적 많기 때문에 이 혈관을 바이패스용 혈관으로 사용한다고 하더라도 기능 상실을 두려워할 필요가 없다.

측두동맥과 달리 후두동맥은 외부에서 볼 수도 없거니와 손으로 더듬어 찾아낼 수도 없다. 우리는 후두동맥을 찾기 위해 CT 혈관조영술 영상이 탑재된 내비게이션 시스템을 이용했다. 가상의 이미지 속에서 우리가 찾는 혈관이 뚜렷한 색깔로 강조되어 나타났다. 그것은 마커의 도움을 받아 현재 머리 위치와 일치하도록 위치가 조정되어 있었다. 이어서 내비게이션 영상이 수술용 현미경에 탑재되었다. 나는 버튼을 눌러 가상의 혈관 경로를 실제 수술 부위 화면에 덮어씌웠다. 이제 나는 현미경을 통해 깨끗하게 면도된 소년의 후두부를 보는 동시에 가상의 이미지로 표현된 후두동맥도 함께 볼 수 있었다. 내가 노출시키려고 마음먹은 부분에서 그 혈관은 처음에 빨간색으로 구불구불하게 굽이치다가 이후에 조금 반듯해졌다. 나는 검은색 펜으로 두피 위에다 그 선을 따라 그렸다.

수술 부위를 소독한 후에 나는 후두동맥 위를 덮고 있는 피부 한 가운데를 위에서부터 아래쪽으로, 그러니까 목 방향으로 약 10센티미터 정도 절개했다. 나는 환자의 정수리 부분에 앉아 있었다. 나는 가장 바깥쪽에 있는 피부 층을 먼저 절개한 다음 그것을 옆으로 밀쳐 양쪽에 단단히 고정시켜 서로 떨어뜨려 놓았다. 그런 다음 피하조직으로 들어가기 위해서 두 번째 절개에 착수했다. 피부 표면에서 아래로 2~3밀리미터 정도 내려가자 혈관이 나타났다. 적어도 머리 윗부분에서는 그랬다. 하지만 목으로 가까이 다가갈수록 혈관을 노출시키기 위해서 점점 더 깊이 절개를 해야 했다.

일반적으로 혈관은 극도로 예민하다. 특히 어린아이들의 혈관은 더욱더 그러하다. 왜냐하면 성인들의 혈관보다 더 작고, 더 연약하고, 혈관벽도 더 얇기 때문이다. 소년의 후두동맥은 지름이 약 1밀리미터 정도였다. 혈관벽은 마치 입김처럼 얇았다. 나는 혈관이 맥박의 리듬에 맞추어 진동하는 모습을 볼 수 있었다. 아이들은 성인보다 맥박이 빠르다. 혈관이 경련 반응을 일으키거나 지나치게 경직되지 않도록 나는 혈관 주변을 소매 주름 장식처럼 감싸고 있는 조직 층을 건드리지 않고 그대로 두었다.

한 시간 반이 지난 후 우리는 목이 시작되는 지점까지 전진하여 후두동맥 15센티미터를 노출시켰다. 이렇게 하기 위해서 나는 그 구간에 있는 후두동맥 혈관 분지들도 함께 클립으로 집어 결찰시켜야 했다. 마지막으로 노출된 후두동맥 위쪽 끝 지점을 클립으로 봉쇄하고 그 뒤를 잘라 바이패스로 사용하려는 부분을 두께가 얇은 댕기머리처럼 아래쪽으로 감아 두었다.

그때까지 수술실에는 음악이 흐르고 있었다. 왜냐하면 그 작업이 너무 단조로운 작업이었기 때문이다. 오늘 수술 팀이 고른 음악은 카페 델 마르(Café del Mar)의 곡이었다. 시간은 오래 걸리지만 많은 일이 일어나지 않는 단계에서는 나도 배경음악이 있는 편을 선호한다.

그러나 상황이 심각해지고 집중력을 높이 끌어올려야 하는 단계가 다가오는 즉시 음악을 멈춘다.

잠깐 숨을 돌리고 현미경에서 눈을 들어올렸다가 곧장 다시 수술을 진행했다. 두개골 절개를 할 차례였다. 우리는 구멍을 세 개 뚫는 일부터 시작했다. 구멍 두 개는 가상의 머리 중심선 오른쪽에 약 4센티미터 간격을 두고 위아래로 나란히 배치했다. 세 번째 구멍은 아래쪽 구멍에서 오른쪽 방향으로 동일한 간격을 두고 뚫었다. 이 세 지점을 연결하면 L자 혹은 이등변 삼각형이 만들어진다. 아래쪽에 위치한 구멍 두 개는 시각피질(visual cortex) 바로 위에 놓여있었다. 시각피질은 절대로 손상시켜서는 안 되었다. 왜냐하면 시각피질이 손상되면 소년의 왼쪽 시야가 사라져버릴 수 있었기 때문이다.

나는 톱을 구멍에 끼워 넣어 머리덮개뼈에서 4×4센티미터 크기의 사각형을 잘라냈다. 수술을 보조하던 울프 슈나이더가 톱날이 뜨거워지지 않도록 쉬지 않고 작업 부위를 씻어 내렸다. 이어서 우리는 골피판을 제거했다. 그러자 뇌막이 모습을 드러냈다. 나는 미리 계획해둔 절개선을 따라 뇌막을 위축시키고 두 개의 삼각형으로 잘라서 나눈 다음 뒤집어 두었다.

연약한 어린아이의 뇌가 우리 눈앞에 나타났다. 뇌 표면에는 새롭게 형성된 혈관들이 사방으로 구불구불 뻗어 있었다. 그것들은 불처럼 빨갛고 마치 누군가가 대뇌 회백질 위에 섬세한 필치로 그려놓은 듯 너무나 귀엽고 사랑스러웠다.

이제 바이패스를 연결할 혈관을 찾는 과정이 시작되었다. 나는 어

11. 안개 낀 머릿속

떤 동맥이 적절할지 미리 생각해 둔 것이 있었다. 하지만 혈관을 직접 눈으로 보기 전에는 그것이 올바른 선택인지 알 수 없었다. 바이패스를 연결할 혈관은 바이패스 공여 혈관과 지름이 어느 정도 같아야 하고 거리도 너무 멀리 떨어져 있으면 안 된다. 또한 후대뇌동맥에 가급적 가까워야 했다. 가까우면 가까울수록 더 좋았다. 피가 그곳에 도착하면 바이패스를 통과하여 흐르게 될 것이었기 때문이다. 따라서 최종적으로 수술 성공을 확정 짓고 어린 마티야스를 돕기 위해서는 꽤 많은 것이 맞아떨어져야만 했다.

나는 대뇌의 가장 뒷부분이자 시각중추가 자리 잡고 있는 시각피질 아래쪽에 나 있는 좁은 길을 찾으려고 했다. 잠시 후 마침내 그것을 찾아냈다.

목표물은 후대뇌동맥의 말초분지혈관이었다. 그것은 그리 깊은 곳에 자리 잡고 있지 않았다. 반구 사이에 갈라진 틈, 즉 좌뇌와 우뇌 사이에 있는 공간에서 빠져나와 표면으로 이어져 있는 그 혈관은 비교적 접근하기가 수월했다.

그곳까지 가는 길을 열어 두기 위해서 둥글게 만 솜 조각 두 개를 시각피질과 대뇌겸 사이에 끼워두었다. 내가 통과한 그 틈새는 너비가 1.5센티미터였다. 혈관은 거기에서 약 2센티미터쯤 더 깊이 들어간 곳에 놓여 있었다.

우선 나는 피가 흐르고 있는 바이패스 혈관으로 다시 눈을 돌렸다. 나는 그것을 조심스럽게 집어 올려 두 혈관을 한데 봉합하려고 하는 영역으로 가지고 왔다. 혈관 길이를 약간 줄여야 했지만, 그러는 편이 좀 더 나았다. 나는 다른 혈관으로 최대한 많은 양의 혈액이 주입될 수 있도록 평소처럼 혈관 끝부분을 생선 주둥이 모양으로 잘라 혈관 지름을 최대한 넓게 만들었다.

이어서 나는 시각피질 아래에 있는 동맥 분지로 향했다. 앞서서 나는 그 부분을 노출시키고 클립 두 개를 봉합 부위 앞뒤에 설치하여 혈액이 흐르지 않도록 미리 조치해두었다. 나는 혈관 뒤에 있는 뇌 조직들을 가리고 혈관을 좀 더 분명하게 식별하기 위해서 작은 파란색 고무판 하나를 혈관 아래로 밀어 넣었다. 그 상태에서 혈관벽 앞쪽을 2밀리미터 정도 절개했다 그 사이에 수술전문 간호사가 봉합 도구들을 준비해 두었다. 실 사이즈 10-0, 두께는 0.02밀리미터였다.

환자의 머리 위쪽에 앉아 있던 나는 환자 얼굴 위로 거의 몸을 굽힌 자세로 봉합을 해야 했다. 나는 단순봉합을 시행했다. 그 순간에는 어떤 것도 어긋나서는 안 되었다. 우리가 사용할 수 있는 혈관이 오직 그것 하나밖에 없었기 때문이다. 그런데 이때 잊어서는 안 되는 사실이 있었으니, 그것은 바로 내가 이 동맥을 바이패스 수술을 할 혈관으로 사용하는 것이 이번이 처음이라는 것이었다. 모야모야병의 또 다른 특이점은 혈관벽이 동맥경화 환자보다 훨씬 더 얇고 섬세하다는 것이다. 그 결과 혈관벽이 위축되어 잘 보이지 않는 데다가 피가 바이패스 혈관을 통과하여 흐르는 즉시 봉합 부분이 더 쉽게 찢어져 버린다. 그 원인은 바로 혈관 내부에 근육층이 없기 때문이다. 한마디로 말해서 그것들은 미성숙한 혈관들이다.

사람들은 나에게 그토록 미세한 혈관을 어떻게 봉합하는지, 그리

11. 안개 낀 머릿속

고 실제로 환자에게 처음 적용할 때까지 그런 미세혈관봉합(전문용어로는 문합, anastomosis) 기술을 어떻게 전수받는지 자주 물어오곤 한다. 만하임에서 일하던 시절에 처음으로 바이패스 봉합을 할 수 있게 되기까지 나는 당시 가지 야사길의 기술 어시스턴트였던 로스마리 프릭(Rosmarie Frick)의 강좌를 수강했다. 그녀는 취리히 대학병원에 작은 연구실을 가지고 있었는데, 그곳에서 신경외과 전문의 1~4명을 상대로 주중 강좌를 열어 미세혈관 문합술을 가르쳤다. 전 세계의 신경외과 전문의들이 그녀를 찾았다. 그 숫자는 오늘날까지 4000명에 이른다. 그녀는 이 분야의 슈퍼스타였고, 지금도 그 사실에는 변함이 없다. 몇 년 전 스위스의 한 TV 방송이 '외과 의사들을 가르치는 로스마리'라는 세목으로 스위스 뷔렌 출신의 시골 소녀였던 그녀의 삶을 조명했다. 지금부터 60년도 더 전에 신경외과 간호조무사로 일을 시작한 그녀는 얼마 지나지 않아 연구와 미세수술에 완전히 매료되었다. 끝없는 노력과 훈련을 거듭한 끝에 마침내 그녀는 자신의 연구실에서 독학으로 당시로서는 획기적이었던 미세수술 방법을 완성했다. 내가 강좌를 수강하는 동안 그녀는 높은 연구실 의자에 앉아 네 대의 수술 현미경 화면을 영상으로 전송하는 원칙을 철저하게 지켰다. 먼저 그녀가 시범을 보여주고 나서 학생들의 차례가 되었다. 그녀의 움직임은 아주 가벼우면서도 우아해 보였다. 하지만 우리는 금세 그 일이 생각보다 훨씬 더 어렵다는 것을 알게 되었다. 그녀의 동작이 그렇게 간단하게 느껴졌던 것은 순전히 그녀가 쌓아온 믿을 수 없을 정도로 많은 경험과 숙련된 손재주 때문이라는 것을 깨닫게 되었다.

우리는 먼저 얇은 플라스틱 튜브로 연습을 하고 이어서 인조혈관으로 연습을 했다. 처음에는 우리 모두 바늘을 구부러뜨리고, 실을 끊어 먹고, 혈관벽을 거칠게 다루는가 하면 실을 엉뚱한 곳에 꿰는 바람에 혈관벽 반대편까지 함께 꿰매 버렸다. 그 강좌는 내게 다시없는 소중한 경험이었다. 그 후로 나와 로스마리 사이에는 아주 큰 존경심을 바탕으로 한 우정이 싹텄다.

만하임 연구실에서 나는 부지런히 연습을 이어나갔다. 상관이 나에게 처음으로 환자의 혈관 봉합을 허락할 때까지 50회에 걸쳐 문합 연습을 했다. 물론 그렇다고 해서 즉시 단독으로 바이패스 수술 전체를 도맡아 진행할 수 있는 것은 아니었다. 이때도 마찬가지로 조금씩 천천히 접근했다. 처음에는 마지막 남은 4분의 1을 봉합하도록 허락받았다. 나머지 4분의 3은 상관이 이미 봉합해 두었기 때문에, 나는 큰 위험을 감수하지 않고 나의 첫 번째 혈관 봉합을 시도할 수 있었다. 보통 이런 식으로 수 년 간에 걸쳐 혈관 수술을 보조하면서 조금씩 발전한다. 문합에서 가장 어려운 부분은 여기에서 설명한 것과 같이 고정되지 않은 채 늘어져 있는 혈관 끝부분을 제 자리에 고정하여 서로 봉합하는 일이다.

언젠가 혈관 문합을 처음부터 끝까지 시행해야 할 때가 있었다. 그때 나는 오전 6시에 첫 번째 고정 봉합을 시행했고, 12시에 두 번째 고정 봉합을 시행했다. 실을 간호사에게 넘겨주려고 했을 때 피로 끈적끈적 해진 핀셋이 실과 바이패스 혈관에 달라붙어 버렸다. 정말이지 눈 깜박할 사이였다. 아무 생각 없이 살짝 움직였을 뿐인데 바이패스 수술을 할 혈관과 바이패스 혈관이 함께 찢어져 버렸다. 출혈이 발생했고, 봉합 부위와 혈관이 사라져버렸다. 그 일 이후, 그 지점을 수술할 때마다 매번 (정말로 매번) 당시의 상황을 떠올리게 될 정도로 그 실수는 내 뇌리에 깊이 각인되었다. 당시 내 뒤에 앉아있던 상관이 깊이 심호흡을 하면서 일어나 나를 옆으로 밀치고는 환자와 나를 구했다. 너무 창피했던 나는 저녁이 되어서야 비로소 그의 사무실로 쭈뼛대며 찾아가 용서를 구했다. 그는 나를 흘끗 올려다보고는 쯧, 쯧, 쯧 하면서 머리를 절레절레 흔들었다. 그리고 이틀 후 나에게 또다시 문합을 하도록 했다. 처음부터 끝까지 말이다. 이번에는 실수하지 않았다.

마티야스의 혈관을 고정 봉합하는 일은 한 번에 끝이 났다. 좋은 출발은 항상 최고의 동기부여가 되어준다. 건너편에 시행한 두 번째 봉합도 마찬가지로 성공리에 끝이 났다. 세 번째 봉합 과정에서 실이 끊어졌다. 나는 실을 빼내고 바늘을 새롭게 갖다 댔다. 이번에도 실이 끊어져 버렸다. 세 번째 시도는 원활하게 진행되었다.

　나의 왼쪽 손에는 소위 말하는 시계 수리공 핀셋이 들려 있었다. 오른손은 홀더를 이용하여 바늘을 움직이고 있었다. 이 두 가지 기구만으로도 이미 공간이 부족했다. 하지만 여기에 덧붙여 잠시 후에 울프 슈나이더가 두개골 구멍을 통해 봉합 지점까지 관을 삽입하여 헤파린으로 혈관을 씻어 내려야 했다. 이렇게 하는 이유는 혈관의 유연성을 유지하고 수축을 방지하기 위해서다. 이 일에는 섬세한 감각이 요구된다. 왜냐하면 혈관벽이 늘 습기를 머금은 상태로 유지되어야 하는 것은 맞지만 그렇다고 해서 흘러넘칠 정도로 수분이 많아도 안 되기 때문이다. 필요한 양보다 두세 방울만 더 떨어뜨려도 금방 흘러넘치는 지경이 되어버린다.

모두 12바늘을 꿰맬 예정이었다. 봉합 과정에서 실이 다섯 번 끊어졌다. 족히 30분이 흐른 후에야 봉합이 마무리되었다.

혹시 아직 끝나지 않은 것일까?

나는 바이패스를 연결한 혈관 끝부분에 설치해 두었던 클립 두 개와 후두동맥을 폐쇄할 때 사용했던 클립 한 개를 제거했다. 그 즉시 혈액이 제 갈 길을 찾아갔다. 그런데 보아하니 좁아지는 부분이 있는 것 같았다. 그 지점은 내가 봉합을 시행한 부분이었다. 좁아진 이유는 금방 밝혀졌다. 내가 두 번에 걸쳐 뒤쪽 혈관벽까지 꿰매버렸기 때문이었다.

다시 혈관에 클립을 설치했다. 나는 잘못 뜬 두 땀을 제거하고 새로 두 땀을 떴다.

만전을 기하기 위해서 나는 곧바로 형광혈관조영술을 실시하였다. 마취과 전문의 마라이케 쾨르버가 소년의 정맥 속으로 형광물질을 주입했다. 나는 그에 맞추어 현미경 필터를 삽입했다. 나는 다음과 같은 사실을 확인할 수 있었다. 바느질은 촘촘했고, 바이패스는 활짝 개방되어 있었으며, 혈액이 바이패스를 관통하여 거침없이 흐르고 있었다.

수술을 시작한 지 네 시간이 흐른 후에 소년은 수술실을 떠나 어린이 중환자실로 옮겨졌다. 수술 중 시행한 혈관조영술은 사전에 미리 계획해 둔 것이 아니었다. 소년이 마취에서 깨어났을 때 소년의 부모가 침대 가에 앉아있었다. 병동 책임자가 내게 어린 환자의 상태가 좋다고 알려주었다. 나는 확인이 가능한 즉시 그런 사실을 내 눈으로 직접 확인했다. 소년은 마취제의 여파로 아직 약간 졸린 상태였지만 신체를 모두 움직일 수 있었다. 말도 할 수 있었고, 시야도 좁아지지 않았다.

소년의 부모는 수술이 어떻게 진행되었는지, 그리고 아들이 이제는 더 이상 뇌졸중에 시달릴 일이 없는 것인지 알고 싶어 했다. 그들에게 지금부터는 아무 일도 없을 것이라고 말해주고 싶은 마음이 굴뚝같았지만, 그런 예측을 하기에는 아직 너무 일렀다. 우리는 바이패스가 정상적으로 작동할 수 있는 전제 조건을 마련한 것이었고, 이제 혈관들이 할당받은 과제를 제대로 넘겨받았는지 지켜보아야 할 차례였다. 모야모야병이 만들어낸 혈관 덤불이 더 이상 필요하지 않게 되면 미성숙한 혈관들은 퇴화되어 사멸할 터였다. 그렇게 되려면 얼마간 시간이 흘러야 했다.

마티야스는 수술을 받은 지 11일 만에 퇴원했다. 그의 소식을 다시 들은 것은 그로부터 꼭 두 달이 지난 시점이었다. 그때 마티야스와 그의 부모는 다시 미국에 가 있었다. 미국에 있는 심장내과 전문의가 소년의 장골동맥 폐쇄를 방지하기 위해서 새로운 시도에 착수했던 것이다. 소년이 혈액응고방지제를 복용하고 있음에도 불구하고 그의 뇌에서는 새로운 출혈이 발생하지 않았다. 바이패스가 주어진 과제를 제대로 넘겨받은 것 같아 보였다. 이제 이 작은 소년이 그의 다리 문제와 관련해서도 해결책을 찾게 되기를 바랄 뿐이다.

몇 년 전에 우리는 하노버 근교에서 온 라일라(Leyla)라는 어린아이를 수술한 적이 있다. 당시에 그녀는 태어난 지 18개월 밖에 되지 않은 아기였다. 아기는 신체 오른쪽에 반복해서 마비가 나타났는데, 그것은 혈액순환 장애를 암시하는 것이었다. 그녀의 부모는 아기를 소아과 의사에게 데리고 갔고, 의사는 지체 없이 그녀를 큰 병원으로 보내 두부 MRI 검사를 받게 했다. 그 나이 또래 아이들이 MRI 검사를 받게 하려면 부득이하게 수면제를 처방할 수밖에 없다. 그렇게 하지 않으면 잠시도 가만히 있지 않기 때문이다. MRI 검사 결과 그녀의 왼쪽 뇌에 소규모 뇌졸중이 발생했다는 것이 밝혀졌다. 소위 말하는 경계 영역 뇌경색(border zone infarct)이었다. 각기 다른 두 개의 대뇌동맥이 돌보는 구역들 가운데 서로 겹치는 영역에서 발생한 경색을 가리켜 경계 영역 뇌경색이라고 부른다.

그로부터 몇 주 후 라일라는 우리 병원 어린이 병동에 입원했다. 당시에 나는 아직 피르호 병원에서 근무하고 있었다. 아이는 그 사이에 마비가 많이 호전된 것처럼 보였다. 신체적인 제약도 없었고, 발달 상태도 나이에 걸맞았다. 이미 뛰어다닐 수 있었던 그녀는 민첩하

　　　　　　　　　　　　　　　11. 안개 낀 머릿속

고 활발한 인상을 풍겼다.

마티야스 때와 마찬가지로 우리는 이번에도 수술 직전에 혈관조
영술을 실시했다. 이번에는 모든 것이 마티야스 때보다 조금 더 작을
뿐이었다. 소녀는 키가 83센티미터였고, 몸무게가 10킬로그램도 되
지 않았다. 이런 이유로 경험이 매우 풍부한 소아마취과 전문의가 투
입되었다. 소녀에게는 특수한 카테터와 폭이 더 좁은 호흡관이 필요
했다. 당연히 약품 용량도 다르게 조절해야 했다.

우리는 라일라의 뇌혈관 다수가 좁아져 있거나 거의 폐쇄되어 있
는 것을 볼 수 있었다. 그것도 양쪽 뇌 모두에서 그랬다. 이것은 모야
모야병의 특징이었다. 그녀의 케이스는 그보다 더 전형적일 수 없을
정도로 모야모야병의 특징을 그대로 보여주고 있었다. 왜냐하면 병
증이 발생한 혈관들이 이 질병의 대다수 케이스에서 찾아볼 수 있는
바로 그 혈관들이었기 때문이다. 내경동맥 끝부분과 전대뇌동맥 및
중대뇌동맥의 시작 부분이 좁아져 있거나 폐쇄되어 있었다. 만약 측
부순환이 없었다면, 그러니까 담배연기 모양으로 뒤엉킨 혈관들이
없었다면, 아마도 소녀의 상태가 그처럼 좋지 못했을 것이다. 다수의
혈관이 새롭게 생성되어 있었고, 부분적으로는 혈관들이 꼬여 하나
로 합쳐져 있었다.

분명한 사실은 새로운 혈관들이 해당 영역에 확실하고 믿음직스
럽게 혈액공급을 하지 못한다는 것이었다. 만약 혈액공급이 원활하
게 이루어졌더라면 일시적인 마비와 가벼운 뇌졸중이 발생하지 않
았을 것이다. 귀엽고 사랑스러운 대체 혈관들은 입김처럼 얇고 불완

전한 혈관벽이 찢어져 버리거나 파열되어버릴 위험성을 늘 숨기고 있기 때문에 출혈이 발생할 위험성이 상존한다. 마티야스의 혈관도 크기가 아주 작지만 라일라의 혈관은 그보다 지름이 더 작았다. 거의 미세하다고 할 수 있을 정도였다.

수술실 온도는 보통 섭씨 18도로 서늘하게 설정되지만, 어린아이들을 수술할 때는 여름 온도로 설정하는 것이 일반적이다. 섭씨 27도, 경우에 따라서는 30도로 설정하기도 한다. 비록 아이들의 체온이 성인보다 높은 것이 사실이지만, 몸무게에 비해 신체 표면적이 더 넓어서 더 많은 열을 주변으로 방출하기 때문에 성인보다 체온이 더 빨리 떨어진다. 체온을 조절하는 신체 고유의 온도조절장치는 우리 몸속 최상위 통제센터라고 할 수 있는 시상하부에 있다. 시상하부는 체온을 지속적으로 관리하면서 목표 온도인 37도로 맞춘다. 체온이 지나치게 낮아질 때면 시상하부는 다양한 신진대사 활동을 유발하는 호르몬을 방출하여 열을 생성시킨다. 체온이 지나치게 높을 때도 같은 일이 일어난다. 다만 이때에는 다른 전달물질들이 방출되어 몸을 식힌다. 예컨대 땀을 흘리는 것이 그 대표적인 예다.

어린아이들의 머리를 고정할 때는 메이필드 클램프를 사용하지 않는다. 두개골이 아직 너무 연약해서 뾰족한 나사를 감당할 수 없기 때문이다. 혹은 두개골 판이 비틀어질 수도 있다. 이 나이에는 숨골이 아직 충분히 단단해지지 않았기 때문에 압력이 가해졌을 때 버티지 못한다. 이런 경우에 우리는 젤 쿠션 접시를 일종의 바이스(vice)에 팽팽히 고정시킨 다음 그곳에 아이의 머리를 올려둔다. 어린아이들의 머리를 다룰 때는 날달걀 다루듯이 해야 한다. 아니, 그것보다도 더 조심스럽게 행동해야 한다. 머리카락을 면도할 때만 하더라도 그렇다. 피부에 아주 작은 상처 하나라도 생기지 않도록 세심하게 주의를 기울여야 한다.

또한 그처럼 어린 환자들을 수술할 때는 처음부터 혈압을 주시해야 한다. 지속적으로 혈압 관리가 이루어져야 한다. 혈압이 충분할 정도로 높이 유지될 때에 한해서만 뇌에 충분한 혈액이 공급된다. 그렇지 않으면 뇌졸중이 발생할 위험성이 있다. 출혈로 인해서 혈압이 떨어지면 수혈을 실시하여 신속하게 혈액을 보충하고 혈압을 높여야 한다. 신체 크기가 라일라 정도인 어린아이들은 체내에 약 0.8리디의 혈액을 보유하고 있다. 만약 혈관이 손상되어 단 50밀리리터의 출혈만 생겨도 어른으로 치자면 0.5리터의 혈액이 소실된 것과 마찬가지다.

어린아이의 연약한 뇌 속에 있는 작고 섬세한 혈관을 봉합하는 일은 극도로 까다로운 과제들 중 하나다. 음악을 끄고, 휴대전화도 가능한 한 울리지 않도록 해야 한다. 아마도 다른 사람들은 잘 알아차리지 못할 테지만, 이런 상황에서 나는 극도의 긴장감에 빠진다. 털끝만 한 작은 실수도 용납되지 않는다. 수술을 마무리한 후에 혈관조영술을 실시하여 혈액순환이 원활하게 이루어지고 있다는 것과 바이패스가 활짝 열려 있다는 것을 확인하면 큰 기쁨이 찾아온다. 그리고 마음도 홀가분해진다.

내가 수술한 가장 어린 모야모야병 환자는 막 생후 6개월이 된 여자 아기였다. 비록 바이패스를 성공하기는 했지만, 아기의 뇌는 이미 심하게 손상되어 있었다. 뿐만 아니라 혈관 폐쇄로 인해 아기의 자궁에 이미 첫 번째 경색이 발생한 상태였다. 이 질병은 1세 미만의 어린아이들에게서 특히 공격적인 양상을 띠는 것으로 보인다. 안타깝게도 우리는 그 아이를 도울 수가 없었다. 수술에 따른 부담으로 인해 계속해서 뇌졸중이 발생했고, 결국 아기는 며칠 뒤에 사망하고 말았다.

어린아이들을 수술할 때는 성인을 수술할 때와 또 다른 차이점이 있다. 성인을 수술할 때는 일반적으로 혈관 연결, 즉 직접적인 바이패스만을 고려한다. 그러나 어린아이들에게는 간접적인 바이패스도 추가로 제안된다. 이렇게 하는 까닭은 미래에 혈관이 폐쇄되더라도 뇌에 충분한 혈액을 공급할 수 있는 가능성을 높이기 위해서다. 예를 들면 두개골 절개 영역에서 뇌막의 바깥층인 경막을 접어 지주막 위에 놓아둠으로써 혈관이 자리를 잡고 건강한 혈관들로 이루어진 측부순환이 생성되게 하는 것도 한 가지 방법이다. 혹은 동일한 목적을 달성하기 위해서 근막을 뇌 위에 놓아두는 방법도 있다. 아니면 두 가지 방법을 모두 동원할 수도 있다.

이런 간접적인 바이패스는 오직 모야모야병 환자들에게서만 제 기능을 발휘한다. 왜냐하면 이식조직에서 생성된 신생 혈관들이 뇌 속으로 자라나 혈액공급에 기여하는 것이 가능할 정도로 모야모야병 환자들의 혈관 시스템이 유연하고 가소성이 뛰어나기 때문이다. 이 방법은 직접적인 바이패스와 병행했을 때 큰 성과를 거둘 수 있는 매우 효율적인 방법이다.

성인들에게도 그런 간접적인 바이패스 수술이 가능하기는 하지만, 성공 확률이 크게 떨어진다. 성인들은 성공 확률이 40~50퍼센트 정도이고, 어린아이들의 경우에는 90퍼센트 정도다. 하지만 새롭게 생성된 혈관을 통해서 충분한 양의 혈액이 공급될 수 있다고 장담할 수는 없다. 따라서 결정적인 역할을 하는 것은 직접적인 바이패스다.

수술이 끝난 후 라일라가 어린이 병동으로 돌아갔을 때 어머니가 그녀를 기다리고 있었다. 라일라의 어머니 역시 딸과 함께 그곳에 머무르고 있었다. 어린아이들이나 아기들은 마취에서 깨어났을 때 심심치 않게 소리를 지르며 울기 시작한다. 라일라에게는 가능한 한 그런 일이 일어나지 말아야 했다. 뇌혈관이 좁아져 있는 상태에서 과호흡성 발작이 일어나면 뇌졸중을 불러일으킬 수도 있었기 때문이다. 다행히 모든 일이 순조롭게 진행되었다. 라일라가 깨어나자마자 어머니가 즉시 그녀를 달래주었다.

수술 다음 날 그녀는 다시 이리저리 뛰어다닐 수 있을 정도로 회복되었다. 그 어떤 장애 현상도 나타나지 않았다. 그리고 또 하루가 지나 MRI 검사를 했을 때, 새로운 뇌졸중이 발생하지 않았다는 것과 바이패스 혈관의 혈류 흐름이 유지되는 것을 확인할 수 있었다. 그녀의 뇌는 상태가 좋아 보였다.

3개월이 지나 라일라가 다시 한번 우리를 찾아왔다. 원래 그렇게 계획이 되어 있었다. 우리는 똑같은 증상이 나타난 그녀의 오른쪽 뇌에 저번과 같은 수술을 시행했다. 그 사이에 첫 번째 바이패스가 주어진 과제를 정상적으로 수행하면서 왼쪽 뇌에 충분한 혈액을 공급하고 있었기 때문에 두 번째 수술은 위험도가 줄어들었다. 두 번째 수술 또한 순조롭게 진행되었다.

1년이 흐른 후에 나는 라일라를 다시 만났다. 점검 차원의 혈관조영술이 예정되어 있었기 때문이다. 그 사이에 양쪽 뇌에 있는 근육에서 작은 혈관 몇 가닥이 뇌 속으로 자라나 있었다. 혈관이 그 정도로 자라나기까지 보통 6개월에서 12개월이 걸리기 때문에 이때는 언제나 약간의 인내심이 필요하다. 그런데 그보다 더 기쁜 일은 양쪽 바이패스가 정상적으로 작동하고 있었다는 사실과 아이의 발달이 원활하게 이루어지고 있었다는 것이다. 아이는 아주 쾌활해 보였다. 누구에게나 방긋 웃어 보였고, 신이 나는지 혼자서 계속 재잘거렸다.

12. 두 번의

반신마비

소녀는 포기하지 않았다

응급실로 실려 왔을 때 소피아는 여덟 살이었다. 소피아는 의식이 없었다. 때는 여름이었고, 소피아는 짧은 운동복 차림이었다. 소피아 반 아이들은 체육 시간을 맞아 축구를 하고 있었다. 그런데 그때 소피아가 갑자기 바닥에 푹 쓰러졌다. 다른 아이와 거칠게 부딪히거나 누군가 소피아를 밀치지도 않았는데 그냥 그렇게 쓰러져 버렸다. 응급의가 도착했을 때 소피아는 여전히 바닥에 누워있었다. 의식이 없었고, 구토를 한 상태로 온몸이 흠뻑 젖어있었다. 교사는 아이가 그 전에 두통을 호소했다고 말했다.

응급실에 도착하자마자 두부 CT를 촬영했다. 그러자 뇌에서 척수로 넘어가는 부분에 피가 고여 있는 모습과 뇌실이 뇌척수액으로 가득 찬 상태로 확장되어 있는 것이 보였다. 뇌실과 연결되어 있는 지주막하에 발생한 출혈이 한 가지 원인일 수 있었다. 건강하고 정상적인 상태에서는 남는 뇌척수액이 뇌실 표면에 흡수되어 뇌실의 수분 상태가 균형을 유지한다. 하지만 출혈이 발생하면 혈액이 뇌실 표면에 끈적끈적하게 달라붙는다. 이렇게 되면 뇌척수액이 정상적으로 순환하지 않는 것은 시간문제다. 수분 증가는 곧장 뇌실 확장으로 이어진다. 이로 인해 뇌에 압력이 가해지고 두통이 동반된다. 이런 상태가 장시간 지속되면 뇌의 혈액순환이 원활하게 이루어지지 않으면서 의식을 잃게 된다. 혼수상태에 빠지는 것이다.

높은 뇌압이 일차적으로 두통을 야기했고, 이어서 혼수상태를 불러왔다. 뇌압을 낮추기 위해서 소아과 전문의가 즉각 요추천자를 실시하여 뇌척수액을 빼냈다. 잠시 후 소녀가 의식을 되찾았다. 그녀가 출혈을 겪었을 것이라는 의심이 사실로 확인되었다. 문제는 출혈 지점이 어디인가 하는 것이었다. 지주막하에서 출혈이 발생했다는 것만큼은 확실한 사실이었다. 하지만 정확하게 어느 지점인지 알 수 없었다.

동맥류 파열이 그런 출혈의 가장 흔한 원인이었기 때문에 응급실에서는 MRA 검사를 실시하여 혈관이 불룩하게 돌출된 부위를 찾았다. 그러나 소녀의 머릿속에서는 아무것도 찾을 수 없었다. 반면 경추를 따라 뭔가 눈에 띄는 것이 발견되었다. 혈관기형이었다. 그리고 그것의 정체는 동정맥 기형으로 밝혀졌다.

그녀 또래의 어린아이에게서 지주막하출혈이 발생하는 경우는 극도로 드물다. 하지만 혈관기형은 그보다 더 찾아보기가 힘들다. 뿐만 아니라 나는 그전에는 단 한 번도 이 지점에 혈관기형이 발생한 것을 보지 못했다. 그것은 척수에 자리 잡고 있었다. 모두 일곱 개의 경추 가운데 여섯 번째 경추와 가장 상부에 있는 흉추 사이에 있는 영역이었다. 그리고 마치 그것만으로는 충분하지 못하다는 듯 기형 혈관의 혈관벽에 작은 동맥류가 형성되어 있었고, 그것이 출혈을 일으킨 것이었다.

나는 이 영역에 생긴 혈관기형을 수술하는 것이 과연 가능한 일인지 혹은 수술하는 것이 옳은 일인지 확신할 수 없었다. 조영제를 투여하여 재차 혈관조영술을 실시한 후에 우리는 혈관기형이 단순히 척수까지 이어져 있기만 한 것이 아니라 척수 안으로 뻗어나가 척수 조직과 얽혀 있다는 것을 알게 되었다. 그런 상황은 수술이 불가능한 상황으로 볼 수밖에 없었다. 왜냐하면 수술 과정에서 척수가 손상되어 편마비가 초래될 위험성이 매우 높았기 때문이다. 하지만 아무것도 하지 않는 것 역시 매우 위험하기는 마찬가지였다. 생명을 위협하는 치명적이고 새로운 출혈이 발생할 수도 있었기 때문이다.

나는 신경방사선과 동료 토마스 리비(Thomas Liebig)에게 자문을 구했는데, 그도 상황을 비슷하게 회의적으로 보았다. 그는 색전술을 시행하는 것이 지나치게 위험하다고 생각했다. 색전술을 시행하면 자칫 척수의 한 부분에 혈액을 공급하는 동맥이 폐쇄되어 버릴 수도 있었다. 이렇게 되면 척수경색이 발생하여 십중팔구 편마비로 귀결될 것이었다. 최종적으로 우리는 두 가지 방법을 조합해 보기로 하는데 동의했다. 그가 부분적으로 색전술을 시행하고, 내가 수술로 혈관

기형을 제거하기로 했다.

우리는 소피아의 부모에게 그 방안을 제안하였다. 그런데 그들은 수술을 거부했다. 아마도 그 사이에 딸의 상태가 훨씬 더 좋아졌기 때문이기도 했을 것이다. 그녀는 이리저리 뛰어다닐 수 있었고, 아무런 불편함도 호소하지 않았다. 하지만 입원한 지 열흘이 지난 후에 그녀의 왼손에 가벼운 마비가 나타났다. 우리는 혈액순환 장애 때문에 그런 것이라고 추측했다. 그녀는 정맥주사로 혈압을 상승시켜주는 약품을 투여 받았고, 마비는 사라졌다.

그로부터 사흘 후에 새로운 경고 신호가 나타났다. 마른하늘에 날벼락처럼 어느 순간 갑자기 극심한 두통이 그녀를 덮쳤다. 통증은 목덜미까지 뻗쳤다. 어떻게 해 볼 사이도 없이 그녀의 왼쪽 눈꺼풀이 아래로 축 처졌다. 정상적인 상태에서는 좁아져 있어야 할 동공이 넓게 확장되었다. 그녀가 뭐라고 말을 했지만 발음이 너무 어눌하고 또렷하지 않아서 도무지 알아들을 수가 없었다. 그녀의 발화 기관, 특히 혀의 운동성이 떨어졌다.

우리는 새롭게 MRI 검사를 실시했다. 이 모든 증상의 원인은 동맥류였다. 그녀의 동맥류가 두 번째로 출혈을 일으켰다. 그 짧은 시간 동안에 동맥류가 마치 풍선처럼 부풀어 올라 있었다. 그것은 결코 좋은 신호가 아니었다. 우리는 그녀의 부모에게 재차 수술을 권유했다. 하지만 이번에도 그들은 수술을 거부했다.

나는 그들의 두려움을 잘 이해할 수 있었다. 나도 비슷한 또래의 딸이 있기 때문이다. 상황이 정말로 절망적이지 않고서는 도저히 자기 자식에게 그런 위험한 수술을 요구할 수가 없다. 하지만 내가 보기에는 수술 말고는 그들의 딸을 도울 수 있는 방법이 전혀 없었다. 우리는 코르티손을 사용하여 출혈과 출혈이 야기한 부기를 치료했다. 우리가 그녀에게 주입한 코르티손 제제는 혈관의 빈틈을 촘촘하게 메워주는 동시에 염증을 방지하는 효과를 발휘한다. 소녀의 상태는 점차 안정되었다.

그러나 눈과 손의 마비가 조금도 나아지지 않았기 때문에 우리는 다시금 혈관조영술을 실시하였다. 동맥류가 한층 더 커져 있었다. 동맥류는 척수와 경추 가장 아랫부분에 있는 신경근을 누르고 있었다. 손에 힘이 없는 것은 신경근이 눌려 있기 때문이었다. 그것을 본 우리의 걱정은 더 커졌다. 만약 동맥류가 파열되면 어떻게 할 것인가? 우리는 그녀의 부모에게 간절하게 수술을 권유했다. 마침내 그들은 수술에 동의했다.

그렇다면 수술을 어떤 방식으로 진행할 것인가? 평소에 나는 언제나 가능한 한 혈관기형 부위를 완전히 제거하려고 노력한다. 하지만 이 케이스에서는 그럴 수 없었다. 동맥류만 치료하는 방법을 시도할 수도 있었지만, 만약 그렇게 한다면 언젠가 기형 혈관의 약한 혈관벽이 더 이상 압력을 견디지 못하고 파열되거나 새로운 동맥류가 형성될 수도 있었다.

다양한 방법을 고심하던 중에 나는 몇 주 전 일본 삿포로에서 개최된 일본 신경외과학회 연례 회의에서 들었던 강의가 떠올랐다. 그것은 이 책에서 이미 여러 번 인용한 바 있는 미국 신경외과 전문의 로버트 슈페츨러의 강의였다. 이 강의에서 그는 척수를 침범한 혈관기형을 치료하는 방법에 대해 보고했다. 그는 수술 비디오를 보여주면서 척수에 생긴 혈관기형이 뇌에 생긴 혈관기형보다 출혈 빈도가 낮다고 설명했다. 그러면서 혈관기형 부위에 혈액을 공급하는 유입 혈관들의 크기가 더 작은 것이 그 이유로 추측된다고 했다. 때문에 그의 경험에 따르자면 척수 바깥에 있는 혈관기형 부분을 제거하는 것만으로도 충분하다고 했다. 그리고 바깥 부분을 제거하고 나면 척수 안에 있는 나머지 부분이 더 이상 혈액을 공급받지 못하게 되어 결과적으로 바싹 말라버린다고 했다.

나는 그에게 소녀의 검사 영상을 보내고 어떻게 생각하는지 의견을 구했다. 그가 답을 보내오기까지 그리 오래 걸리지 않았다. 그가 보낸 SMS에는 나를 격려하는 문구가 담겨 있었다. "할 수 있는 일이네. 자네는 해낼 수 있어(It can be done. You can do it.)" 우리는 전화 통화로 어떻게 하는 것이 가장 좋은 방법인지에 대해 의견을 나누었다.

수술은 소피아가 배를 바닥에 대고 누운 자세에서 진행되었다. 그날은 신경외과 수석 전문의 마르쿠스 차반카와 율리아 하이제(Julia Heise)가 수술 팀에 합류했다. 우리는 메이필드 클램프로 소피아의 머리를 고정했다. 얼굴은 아래쪽을 향해 있었다. 경추 한가운데를 따라 피부를 절개하고 양쪽으로 잡아당겨 5번 경추와 2번 흉추 사이가 드러나게 했다. 척추체로 전진하기 위해서는 그 위를 덮고 있는 근육

층을 분리시켜야 했는데, 어린아이들은 비교적 그렇게 하기가 수월하다. 이어서 나는 폭 3밀리미터짜리 절삭기와 미세 천공기를 이용하여 다섯 개의 척추궁(척추뼈고리, vertebral arch)을 나머지 척추체로부터 한 번에 분리시켰다. 나는 현미경을 통해 수술 부위를 보면서 수술을 진행했다. 극도로 작은 구조물까지도 정확하게 눈으로 보면서 신경과 혈관을 손상시키지 않기 위해서였다.

그런 다음 우리는 길쭉한 덮개처럼 연결되어 있는 척추궁을 제거하였다. 그러자 폭이 약 18밀리미터 정도인 척추관이 눈앞에 나타났다. 척추관 안에는 경막낭(dural sac)에 둘러싸인 척수가 자리 잡고 있다. 척수를 보호하는 역할을 하는 경막낭은 연한 청회색을 띠고 있으며 표면이 매끈하고 윤기가 흐른다. 우리는 경막낭도 제거하였다. 그러자 척수가 무방비 상태로 모습을 드러냈다. 이때 나는 지주막과 연질막 사이에 있는 좁은 틈을 통과해야만 했다. 뇌 안에 있는 외부 지주막하강과 구조가 동일한 그 틈은 뇌척수액으로 가득 채워져 있었다. 우리는 뇌척수액을 흡입기로 빨아들였다.

척수는 지름 약 1센티미터 정도의 외가닥 줄로서 노란색과 흰색을 띠고 있다. 척수 표면으로 코르크 마개 따개처럼 생긴 비교적 두꺼운 혈관들이 구불구불 흘러가고 있었다. 그 안에서 심장 박동에 맞추어 피가 고동치는 모습을 볼 수 있었다. 경막낭 내부에서는 쌍으로 배치된 섬유 줄기가 척수를 지탱하는데, 그것들은 척수 전방과 후방에서 경막과 연질막 사이를 통과하여 이어져 있다. 소피아의 혈관기형과 동맥류가 앞쪽에 위치하고 있었기 때문에 나는 해당 부위의 척

12. 두 번의 반신마비

수를 측면에서 고정하고 있는 치상인대를 절단하여 섬유 줄기를 살짝 비틀었다.

본질적인 문제에 착수하기에 앞서서 우리는 먼저 혈관기형과 동맥류를 먹여 살리는 작은 유입동맥들이 척수에 혈액과 영양을 공급하는데 필수불가결한 것들인지 시험해 보았다. 다행스럽게도 그렇지 않다는 사실이 알려지자 수술실 안에 안도감이 퍼져나갔다.

척수에 혈액과 영양을 공급하는 주요 공급원은 한 개의 전방 척수동맥과 두 개의 후방 척수동맥이다. 척추동맥에서 발원한 이 세 개의 혈관에서 무수히 많은 분지가 갈라져 나와 척수 위로, 그리고 척수를 통과하여 뻗어 있다. 다 쓴 혈액을 다시 심장으로 실어 나르는 정맥도 비슷한 모습으로 펼쳐져 있다. 전체적인 구조는 뇌에 있는 구조와 비슷하다. 다만 여기에서는 배치되어 있는 공간이 다르고, 일반적으로 혈류량이 그렇게 많지 않다는 차이점이 있다.

이제 우리는 혈관기형의 정맥 부분에 형성되어 있는 동맥류로 향했다. 혈액이 유입되는 동맥과 빠져나가는 정맥이 곧바로 연결되어 있었다. 그 결과 건강한 혈관이라면 혈액이 다소 여유롭고 편안하게 흘러가는 지점에서도 비교적 높은 압력이 형성되어 있었다. 왜냐하면 정상적인 상황이라면 모세혈관을 통해 속도가 줄어들었어야 할 혈액이 브레이크 없이 곧장 그곳까지 달려왔기 때문이다. 동맥류가 생성된 원인도 그 때문일 수 있었다. 보아하니 그 사이에 동맥류가 더 커진 것 같았다. 그것은 혈관벽이 결코 안정적이지 않다는 사실을 암시하는 경고 사인이었다. 소녀의 생명이 위태로운 상황이었다.

나는 동맥류가 있는 동정맥 기형 부위에 클립을 결찰했다. 이 작은 혈관이 반드시 필요한 것이 아니었기 때문에 불룩 튀어나온 부분을 완전하게 제거하고 그 혈관을 폐쇄했다.

다음 단계는 로버트 슈페츨러가 일본에서 발표한 방법 그대로 시행했다. 나는 척수 바로 위에 있는 연질막을 쭉 따라가면서 양극 전기 소작기를 이용하여 혈관기형 부위로 혈액을 공급하는 수많은 작은 유입 혈관을 위축시켰다. 위축시켜야 할 혈관들은 수십 개에 달했다. 나는 혈관기형의 바깥쪽 부분을 척수 안으로 이어진 부분과 분리시켰다. 이 과정을 가리켜 연질막 분리(pial disconnection)라고 부른다. 뇌에서는 이 방법을 사용할 수가 없다. 뇌에 형성된 혈관기형에 이런 방법으로 접근했다가는 그 부위가 파열될 것이기 때문이다. 그리고 그렇게 되면 대규모 출혈이 발생할 것이다.

우리는 밀리미터 단위로 전진했다. 내가 혈관 하나를 '푹 끓여서 요리하면' 마르쿠스 차반카가 바로 그 부위를 세척하여 열기를 식혔다. 그 뒤를 이어서 내가 다음번 혈관 요리에 착수했다. 이때에는 척수에 있는 크기가 크고 건강한 혈관에 전기 소작기로 상처를 내거나 어느 하나라도 폐쇄해버리는 일이 없도록 주의를 기울여야 한다. 만약 상처가 나거나 혈관이 폐쇄되는 일이 발생하면 그 결과로 뇌졸중이 초래될 수 있기 때문이다. 소피아의 경우에는 편마비가 발생할 수 있었다. 수술 전에 항상 위험성을 세심하게 따져보는 나는 당연히 그런 사실을 잘 알고 있었다. 그럼에도 수술을 하는 동안에는 그런 생각이 자취를 감추었다. 그런 생각들은 집중을 하는데 방해가 될 뿐이다.

어느새 혈관기형을 구성하고 있던 모든 혈관을 분리해낸 나는 그 것들을 그물망처럼 밖으로 끄집어낼 수 있었다. 이어서 수술 구역을 평소처럼 처리했다. 그런 다음 나는 뇌막을 봉합하고 척추궁을 다시 끼워 넣은 후 그것들을 안정적으로 고정하였다. 근육을 원래 있던 자리에 가져다 놓고 피부 절개부위를 봉합하였다.

꼭 6시간 정도가 흐른 후에 수술은 끝이 났다. 나는 계획을 정확하게 실행에 옮겼다. 돌발 상황은 일어나지 않았다. 그럼에도 나는 여느 때와는 달리 잔뜩 긴장해 있었다. 걱정과 불안의 시간이 좀처럼 끝날 것 같지 않았다. 아이는 어떤 상태로 잠에서 깨어나게 될 것인가?

마침내 소피아가 깨어났다. 하지만 마음이 홀가분해지기는커녕 온전한 실망감만이 몰려왔다. 아이의 두 다리에서 마비가 나타났다. 소피아는 아주 미미한 정도로만 왼쪽 다리를 들 수 있었다. 오른쪽 다리로는 그마저도 할 수가 없었다. 오른쪽 팔도 마찬가지로 들어올릴 수가 없었다. 왼쪽 손 역시 조금도 좋아지지 않았다. 눈꺼풀도 여전히 아래로 처져 있었다. 그런 그녀의 모습을 보자 주체할 수 없는 슬픔이 나를 덮쳤다.

나는 좌절했고, 나 자신에게 화가 났다. 수술 전략에 대한 의구심이 밀려왔다. 그것은 명백하게 옳은 결정이 아니었다. 수술 결과가 이렇게 나쁠 바에는 차라리 척수로 진입하여 혈관기형을 완전히 제거할 수도 있었을 것이다.

우리는 또다시 MRI 검사를 시행하여 혹시 출혈 때문에 이처럼 실망스러운 결과가 초래된 것은 아닌지 살펴보았다. 그러나 출혈은 발견되지 않았다. 출혈이 없었다는 것은 그나마 들려온 기쁜 소식이었다. 하지만 그마저도 곧 퇴색되어 버리고 말았다. 우리가 수술한 척수 부위에서 부종이 발견되었기 때문이다. 그런 종류의 부종은 과거에 있었던 출혈의 결과로 볼 수도 있었지만, 지금은 확연히 더 두드러져 보였다. 인내심이 필요한 순간이었다. 부종은 다시 가라앉는다. 당시로서는 그것이 나의 유일한 희망이었다.

실제로 수술 이틀 후에는 세상이 훨씬 더 나아진 것처럼 보였다. 내가 소피아의 방으로 들어갔을 때 우리의 어린 환자가 나를 향해 수줍게 미소를 지어 보였다. 그러고는 의기양양하게 자신의 팔과 다리가 얼마나 잘 움직이는지 보여주었다. 왼쪽 다리는 거의 이전의 기능을 되찾은 듯 보였고, 오른쪽 다리도 어쨌거나 지금은 들어올릴 수 있었다. 이어서 그녀는 크게 힘들이지 않고 오른쪽 팔을 위로 쭉 뻗었고, 왼쪽 손도 움직일 수 있었다. 아직 힘이 부족하기는 했지만, 그래도 뭔가 좋아진 것이 있다는 것은 좋은 신호였다.

그 사이에 우리는 새롭게 혈관조영술을 실시하였고, 슈페츨러의 경험이 사실임을 확인할 수 있었다. 척수 안에 남아 있던 혈관기형 혈관들이 실제로 완전히 말라버렸다. 더 이상은 그것들로 인해 위험이 발생할 일은 없었다.

열흘 후에 재활병원으로 옮겨갈 때 소피아는 다시 걸을 수 있게 되었다. 아직 약간 불안정한 상태로 어머니에게 살짝 기대어야 했지만, 그래도 소피아는 자신이 걷는 모습을 어떻게든 내게 보여주려고 했다. 다른 기능들도 훨씬 더 좋아졌다. 그녀의 부모가 몇 달 후에 메일로 내게 알려준 바에 따르면, 그날 이후 그녀의 상태가 날로 좋아졌다고 했다. 소피아는 다시 학교로 돌아갔다.

그로부터 5년의 세월이 흘렀다. 소피아는 내가 로버트 슈페츨러의 방법을 이용하여 수술한 첫 번째 환자였다. 그 사이에 나는 같은 문제를 가진 환자들을 여섯 명 더 치료했다. 그중 두 명은 12살과 14살의 어린아이였고, 나머지 네 명은 성인이었다. 그들을 대할 때마다 나는 매번 소피아를 떠올렸다.

하지만 그 후에 소피아와 우리는 훨씬 더 큰 도전에 직면하게 되었다. 소피아는 퇴원 후에 놀라울 정도로 건강을 회복했다. 다만 오른손 힘이 약한 증상은 완전히 사라지지 않았다. 나는 그녀가 다시 테니스를 치게 되었다는 것 말고는 오랫동안 그녀 소식을 듣지 못했다. 그것을 알게 된 것은 내 둘째 딸과 소피아의 언니가 테니스 토너먼트에서 서로 맞붙어 경기를 치렀기 때문이다.

2019년 가을에 나는 18살이 된 그녀가 테니스 리그에 출전하여 복식 경기를 하는 모습을 볼 수 있었다. 민첩하게 움직이면서 재빠르게 달리는 그녀의 모습을 보는 것은 큰 기쁨이었다. 손에 힘이 약해서

포핸드와 백핸드를 할 때 양손을 사용하는 것 말고는 달리 눈에 띄는 점이 없었다. 그때에 이미 그녀는 뛰는 것이 힘들어지기 시작했지만 나는 그런 사실을 알지 못했다. 이제 그녀는 더 이상 그렇게 빠르게 움직이지 못했고, 시합에서 지는 일이 잦아졌다. 저 멀리 바깥쪽으로 날아가는 공을 따라잡지 못했다.

소피아가 자신의 문제점을 알아차리게 되었을 때, 그녀는 정규 훈련이 시작되기 전 30분간 전력 질주 연습을 하기 시작했다. 왜냐하면 그렇게 연습을 하고 나면 더 빨리 뛸 수 있다는 것을 발견했기 때문이다. 그녀는 엄청난 의지력과 끈기를 발휘하여 그 누구에게도 말하지 않고 문제를 조용히 해결했다. 그녀의 달리기 속도가 약간 느려졌다는 것이 트레이너의 눈에도 띄었지만, 과거에 그녀가 받은 수술을 감안하면 그리 놀라운 일도 아니라고 생각했다. 하지만 그녀의 자세가 나빠졌다는 것과 어깨 부근이 약간 굽었다는 것은 그 누구도 알아차리지 못했다.

2020년 2월, 정기 검진 차 소피아의 MRI 검사를 시행했던 방사선과 개원의가 나에게 전화를 걸어왔을 때 나는 막 프랑크푸르트에 있던 참이었다. 그날은 내게 큰 의미가 있는 날이었다. 왜냐하면 지난 12월에 독일 척추학회 회장단의 일원으로 선출되었기 때문이다. 그것은 내게 있어서 매우 영광스러운 일이었다. 2월의 그날은 첫 번째 회장단 회의가 있는 날이었다. 나는 그 자리에서 나의 임기를 어떻게 보낼 것인지 내 생각을 발표했다. 나는 내가 착수하려고 하는 프로젝트 및 목표와 함께 우리 과를 어떻게 발전시키려고 하는지, 어떻게 하면 젊은 연구자들을 독려하여 척추 연구 분야에서 더 경쟁력 있고, 더 큰 성공을 거두도록 할 수 있을 것인지, 그리고 어떻게 하면 척추 의학 분야의 연구 활동을 근본적으로 촉진할 수 있을지에 관한 강연을 준비했다. 회의가 열리기 직전에 전화벨이 울렸다.

방사선과 개원의가 말하기를 MRI 검사를 실시한 후에 소피아를 곧장 응급실로 보냈다고 했다. 그는 MRI 결과를 보고 섬뜩한 느낌이 들었다고 하면서 그때까지 단 한 번도 그런 것을 본 적이 없다고 말했다. 경추에서 흉추로 넘어가는 부분에서 경추와 흉추의 첫 번째 척추체가 나머지 척추 위에 나란히 배열되어 있는 것이 아니라, 앞으로 꺾어져 나와 아래쪽으로 미끄러져 있었다고 했다. 경추와 흉추의 위치가 서로 뒤바뀌어 경추가 흉추 앞에 놓여있다는 것이다. 또 척수가 지그재그 모양으로 팽팽하게 펼쳐져 있었다고 했다. 그러면서 영상을 보면 누구든지 하반신마비(paraplegia)를 추측할 수밖에 없을 것이라고 말했다.

그런 종류의 위치 전도를 가리켜 하수증(optosis)이라고 부른다. 척추 표면적의 4분의 1 혹은 절반 정도가 서로 마주 보고 미끄러져 있는 형태를 가리켜 척추전위증(관절 미끄러짐, olisthy)이라고 한다. 관절 전위는 대부분 요추에서 골반으로 넘어가는 부위에서 발생한다. 그보다 훨씬 위쪽에서 관절 전위가 발생하는 경우는 매우 드문 편이다. 그런데 경추에서 관절 전위가 발생했다고? 경추가 그다음 척추체 위로 완전히 미끄러져 내려가 있었다. 그것은 아래쪽으로 위치가 옮겨진 상태에서 세로로 세워져 있었다. 뼈는 완전히 파괴되어 있었다. 더 이상 뼈의 형체를 전혀 알아볼 수 없었고, 오직 혈관만이 눈에 들어왔다. 소피아의 척수 안에 있었던 혈관기형이 뻗어 나와 뼈 위를 뒤덮고 있었다. 그것은 극도로 드문 일이었다. 혈관이 뼈를 관통하여 과도하게 증식하면서 뼈를 완전히 부순 것이었다. 보아하니 빠른 속도로 진행된 일은 아닌 것 같았다. 만약 그 일이 빠르게 진행되었다면 소피아는 엄청나게 심각한 장애 증상들에 직면했을 것이다. 하지만 그녀의 어깨 부위가 그처럼 굽어있는 이유와 그녀의 다리가 더 이상 그렇게 민첩하게 움직이지 않는 이유를 설명할 수는 있었다. 그녀는 하반신마비 초기 증상과 싸우고 있었던 것이다. 과거에 우리는 그 소녀에게 매우 큰 도움을 줄 수 있었지만 지금 또다시 매우 위협적인 진단이 떨어지고 말았다.

나는 이런 심란한 뉴스를 머릿속에 담은 채로 회장단 회의에 참석했다. 그래도 회의석상에서는 다시 약간 설레고 흥분된 상태로 강연을 할 수 있었다. 하지만 그 후에는 온통 소피아 생각뿐이었다. 그 사이에 병원에서 소피아를 맞이했던 신경외과 당직의가 나에게 MRI 영상을 보내왔다. 나 또한 아직 그런 것을 본 적이 없었다. 영상을 처음 보았던 순간 어떻게 하면 하반신마비 없이 수술로 그것을 교정할 수 있을까 하는 의문이 떠올랐다. 서로 위치가 어긋난 척추와 쐐기처럼 박혀있는 (아직 남아 있는) 뼈들을 다시 원래의 위치로 옮겨 놓는다는 것은 도무지 정답을 상상할 수조차 없는 수수께끼였다.

순간 나의 친구 데죄 예셴스키(Dezsö Jeszenszky)가 떠올랐다. 헝가리 출신인 그는 유럽 내에서 가장 복잡한 척추 종양 전문가로 평가

받는 인물이다. 특히 그는 여러 수술을 한 경험으로 누구도 수술을 감행할 엄두를 내지 못하는 그런 케이스를 다루는데 익숙하다. 그의 전문 분야는 가장 심각한 단계의 척추측만증, 그중에서도 아동 척추 측만증이다. 타고난 정형외과 의사인 데죄는 취리히에 있는 슐테스 (schulthess) 병원에서 일하고 있었다. 그로부터 1년 전에 나는 취리히를 방문하여 그의 집에 머물렀었다. 당시에 그는 경추 부상 관리에 관한 강연을 위해서 나를 취리히로 초대했다. 그는 훌륭한 전통과 전문성을 갖춘 척추외과 시설에 나를 초대하여 아주 후한 대접을 해주었다. 나는 이틀 동안 그와 함께 수술을 하면서 많은 수술 기법을 보고 배울 수 있었다. 예전에 부모님과 함께 살 때 그랬던 것처럼 그는 헝가리어로 나에게 말을 건넸고, 나는 독일어로 대답했다. 늦은 오후 무렵 회장단과 함께 저녁 식사를 하러 가기 조금 전에 나는 그에게 전화를 걸어 의견을 물었다. 영상은 이미 그에게 전달해 둔 상태였다.

데죄 예센스키는 우선 할로 견인술(halo traction)을 시도해볼 것을 제안했다. 할로 견인술은 머리에 링을 끼운 다음 그것을 네 개의 나사로 두피를 뚫고 뼈에 고정하는 기계적인 치료 방법을 말한다. 이것을 설치하면 머리 주변으로 일종의 새장이 달린 것 같은 모양이 된다. 이어서 여기에 추를 매달아 아래로 늘어뜨린다. 추는 롤러를 통해 움직이도록 설계되어 있다. 이 치료의 목적은 추의 무게를 조금씩 늘림으로써 경추와 머리를 지속적으로 위로 끌어당겨 척추를 서서히 제 자리로 가져다 놓는 것이다.

나는 잠시 멈칫했다. 왜냐하면 요즘은 그런 치료 방법을 거의 사용하지 않기 때문이다. 과거에는 경추 부상을 당했을 때 할로 견인술을 사용했다. 수술을 하지 않고 6주가 흐른 후에 손상 부위를 회복시키기 위해서 이 방법을 동원했는데, 이를 위해서는 환자를 한자리에 고정하여 움직이지 못하도록 해야 했다. 요즘 이 방법은 기껏해야 심각한 척추측만증을 앓는 청소년들을 치료하기 위한 목적으로 사용된다.

나는 종양 수술을 준비하는 단계에서도 할로 견인술을 시도한 적이 없었다. 어린아이에게 사용한 적은 더더군다나 없었다. 할로 견인술을 시행하기 위해서는 우선 추의 무게를 어떤 무게에서 시작해서 어느 만큼이나 올려야 하는지 알아야 했다. 데죄 예센스키는 목표 무게를 몸무게의 약 절반 정도로 이야기했다. 그러면서 서서히 목표 무게에 접근해야 한다고 했다. 처음에는 3~4킬로그램 정도로 시작해서 이틀마다 0.5킬로그램을 올리는 것이 좋다고 했다.

다시 베를린으로 돌아온 나는 우리 병원 정형외과 테크니션을 통해서 할로 견인장치를 마련했다. 자선병원에는 그런 기구가 없었다. 때문에 먼저 그 기구를 구한 다음에 부분적으로 자체 조립을 해야 했다. 우리는 수술실에서 잠들어 있는 소피아의 머리에 나사로 장치를 고정하고 그녀의 시야에 막힘이 없도록, 또 장치가 최대한 좌우대칭을 이루도록 '새장'의 위치를 조정했다. 동시에 우리는 모든 것을 적절하게 배치하여 피부에 추가로 눌린 자국이 생기지 않도록 최선의 노력을 기울였다. 1킬로그램짜리 추를 처음 설치하기까지 약간의 시간이 걸렸다.

우리는 당기는 힘이 지나치게 커지지 않도록, 그리고 신경학적인 손상이 일어나지 않도록 소피아를 세심하게 관찰했다. 그녀가 다리를 움직일 수 있는지, 그리고 다리에 감각이 있는지의 여부를 지속적으로 점검했다. 입원을 했을 때 이미 그녀는 두 다리에 감각장애 증상과 마비가 나타난 상태였다. 한쪽 다리가 다른 한쪽보다 힘이 약했지만, 그래도 아직까지는 침대 깔개에서 다리를 들어올릴 수 있었고, 걸을 수도 있었다. 하지만 걸을 때 발밑에 있는 땅을 제대로 느끼지 못하는 상태였기 때문에 걸음걸이가 매우 불안정했다.

치료 과정은 누운 자세에서부터 시작되었다. 소피아가 할로 견인술을 잘 견뎌낼 수 있게 되었을 때 비로소 그녀를 휠체어에 앉히고 추 무게를 적절하게 조절할 수 있을 터였다. 추의 무게가 몸무게의 절반에 다다르기까지 몇 주가 흘러갔다. 이 시기 동안 우리는 척추에 자리 잡은 쐐기가 풀려 뼈들이 최소한 동일 선상에 자리 잡게 되기를 기대하면서 거듭 엑스레이 촬영을 실시했다. 그런 상태가 되면 뼈를 아래쪽으로 끌어당기기만 하면 되었다.

소피아는 혹독한 몇 주를 눈앞에 두고 있었다. 나는 그녀가 그 시간을 정신적으로 어떻게 버텨낼지 걱정스러웠다. 관심을 다른 곳으로 돌리지도 못한 채로 어쩌면 곧 하반신이 마비되어버릴지도 모른다는 두려움을 품고서 몇 주 동안 거의 움직이지 못하고 한자리에 가만히 누워있어야 한다는 것은 실로 어마어마한 부담이 아닐 수 없다. 나는 가장 친절하고 가장 공감능력이 뛰어난 직원들에게 규칙적으로 그녀를 방문하여 힘을 불어넣어 달라고 부탁했다. 하지만 시간이 흐르면서 모든 사람 가운데 가장 강인하고 가장 투지에 불타오르는 사람이 바로 소피아라는 사실이 드러났다.

일주일이 흐른 후에 우리는 그녀를 휠체어에 앉혀 조금이나마 부담을 줄여주려고 했다. 하지만 휠체어에 앉은 상태에서 추의 무게가 그녀의 머리를 끌어당기자 증상들이 갑자기 악화되었다. 앉은 상태에서 그녀는 다리를 거의 움직이지 못했다. 부분적으로 다리를 들어 올리거나 뻗지도 못했다. 그녀는 곧장 침대로 다시 돌아와야만 했다. 그녀는 한 번이라도 이렇게 몸을 똑바로 세울 수 있다는 사실에 너무나 기뻐했다. 하지만 그녀의 증상이 갑작스럽게 악화되자 우리는 숨이 멎을 것만 같았다. 예기치 못하게 찾아온 증상 악화는 우리가 처해있는 상황이 얼마나 불안정한지 똑똑히 보여주었다. 척수와 그것을 감싸고 있는 골질 덮개가 한계상황에 도달해 있었다.

다행스럽게도 소피아는 얼마 지나지 않아 다시 다리를 들어올릴 수 있었다. 그럼에도 불구하고 그녀의 상황은 약간 더 나빠졌다. 추무게가 몸무게의 절반에 도달할 때까지 앞으로 몇 주 동안 오로지 누워서 시간을 보내야 했기 때문이다. 우리가 조금이나마 도와줄 수 있는 유일한 방법은 언젠가 상태가 좋아지면 침대를 살짝 비스듬하게 세워줄 수 있다는 것이었다. 물론 고작해야 상체를 최대 30도 각도로 세우고 추의 무게를 그에 알맞게 더 늘리는데 불과하겠지만 말이다. 추의 무게가 몸무게의 절반에 도달하자 소피아는 점점 더 견디기가 힘들어졌다. 왜냐하면 무거운 추가 그녀를 침대 머리맡 끝으로 끌어당겼기 때문이다. 이런 상태에서 누운 자세를 유지한다는 것 자체가 하나의 도전이었다. 똑같은 자세로 누워서 영원처럼 느껴지는 몇 주의 시간을 보내고 점점 더 강하게 위로 끌어당기는 힘을 견디며 이 모든 것이 정말로 도움이 될 것인가 하는 불확실성에 소피아는 믿기지 않을 정도로 훌륭하고 용감하게 맞섰다. 그녀의 강한 의지와 투지는 모든 의료진에게 깊은 인상을 심어주었고, 모든 사람이 그녀에게 존경을 표했다.

소피아가 할로 견인기를 장착하고 병원에 누워있는 동안 그녀의 어머니도 그녀의 곁에서 함께 잠을 잤다. 몇 주가 흐르는 동안 두 사람은 병실을 집처럼 꾸며놓았다. 같은 반 친구들이 소피아에게 학용품을 보내주었고, 그녀는 어머니에게 숙제를 받아쓰게 했다. 또 그녀는 정기 구독한 테니스 잡지를 읽는 등 병상 위에서도 삶을 이어나갔다. 그러던 중 2020년 3월 말이 되었다. 소피아가 할로 견인기를 착용해야 하는 기간의 절반 정도를 채운 시점이었다. 병실 바깥세상이 멈췄다. 코로나19 팬데믹으로 바깥세상의 활동이 전면 봉쇄된 것이다. 병실에 있는 소피아에게는 바뀐 것이 아무것도 없었다. 병원 밖에서 코로나19 1차 유행이 시작되었고, 사람들은 공포에 사로잡혀 거리가 텅 비었다. 머지않아 모든 사람이 집 안에 머물러 있어야만 했고, 몇 안 되는 소수의 사람들만 일터로 나갈 수 있도록 허용되었다. 그녀의 학교 친구들 또한 더 이상 학교에 가지 못하게 되었다. 소피아는 이 모든 상황을 병실에서 지켜보았다.

그녀는 일주일에 한 번 엑스레이 검사를 받으면서 뭔가 변화가 있는지 점검했다. 그리고 실제로 우리는 성공을 눈으로 확인할 수 있었다. 척추가 펴졌고, 꽉 끼어있던 부분이 풀어졌다. 소피아는 다시 바른 자세를 되찾았고, 임상 증상들도 안정되었다.

이제 우리는 수술 전략을 궁리하기 시작했다. 당연한 말이지만, 나는 이 케이스에 특별히 강하게 감정 이입을 하고 있었다. 소피아는 우리 모두에게 매우 소중한 존재였다. 수술도 거의 이루어지지 않고 병실도 봉쇄되어 있던 팬데믹이라는 특수한 상황 속에서 그녀의 흔들리지 않는 인내심과 어마어마한 정신적 강인함은 병원 직원들의 희망이 되어주었다. 오직 소피아만이 유일하게 병원에서 흔들림 없이 버텼다. 그녀는 불확실함으로 점철된 이 시간 속에서 유일한 고정 상수였고, 부서지는 파도 속에 꿋꿋이 서 있는 바위 같은 존재였다. 날이 지날 때마다 우리는 그녀의 상태가 조금씩 좋아지는 것을 볼 수 있었다. 내가 다른 캠퍼스에서 꼭 해야만 하는 일 때문에 이틀에 한 번씩만 소피아를 볼 수 있게 되자, 그녀의 상태가 좋아지는 것을 한층 더 분명하게 확인할 수 있었다. 소피아, 그리고 소피아의 어머니와 함께 하는 시간은 언제나 즐거웠다.

수술은 매우 까다로웠다. 손상 정도가 이렇게 심각한 동시에 혈관 변형까지 동반된 케이스는 나도 아직 다루어보지 못했다. 우리는 MRI 검사와 CT 촬영 외에 혈관조영술도 실시하였는데, 해당 지점에 동정맥 기형이 무성하게 증식해 있는 것이 보였다. 이전에는 척수 안에 있던 동정맥 기형이 지금은 뼈로 옮겨와 두 번째, 세 번째 흉추를 파괴한 상태였다. 뼈는 사라지고 그 자리에 혈관만 남아 있었다.

그것은 마치 거대한 양모 실뭉치 같아 보였다. 딱 한 번 그 안을 절개하기만 해도 즉시 대량 출혈이 발생할 것이다. 수술을 할 때 그런 출혈이 발생하면 통제가 불가능하다. 따라서 중요한 것은 척추를 다시 똑바로 세우고 나사를 박아 고정하는 것뿐만이 아니라 파괴된 뼈 찌꺼기와 혈관기형을 제거하고 금속으로 만들어진 척추 대용품으로 척추를 떠받치는 동시에 빈틈을 메우는 것 또한 매우 중요했다.

나는 데죄 예센스키에게 혹시 수술을 할 때 나를 도와줄 수 없을지 문의하였다. 그는 즉각 승낙했다. 공동 집도의 자격으로 다시 함께 수술을 하면서 자신만의 비법들을 이용하여 나를 도울 생각에 그 역시 크게 기뻐했다. 그는 흔들리지 않는 낙관론자였다. 그는 이렇게 말했다. "자네가 수술을 하게. 나는 자네를 보조하면서 팁을 알려주겠네. 뭔가 일이 생기면 우리가 함께 논의를 할 수 있을 걸세. 우리는 분명히 해낼 수 있을 거야. 그리고 내가 사용하는 기구 몇 가지도 함께 가지고 가겠네." 그는 취리히에서 수술을 할 때 사용하던 나사 막대 시스템(screw rod system)도 챙겨오려고 했다. 우리는 이 시스템 제작업체 직원을 우리 병원으로 불러 우리 팀원들에게 새로운 기구 사용법을 알려주고 직원 본인 또한 수술에 참여하여 보조 역할을 수행하도록 했다.

나사를 끼워 넣기 전에 우선 동정맥 기형부터 제거해야 했다. 그러자면 먼저 색전술을 시행하여 혈관기형을 폐쇄해야 했다. 나는 카테터를 이용하여 접착제를 혈관 안으로 주입하고 그것으로 혈관을 폐쇄할 수 있기를 기대했다. 5년 전만 하더라도 척수 안에 있는 혈관

기형을 건드리는 일은 지나치게 위험한 일로 여겨졌다. 하지만 지금은 혈관기형이 뼈에 자리를 잡고 있었기 때문에 색전술을 시행하는 것이 가능했다. 수술을 할 때 출혈 위험성을 가능한 한 최소화하기 위해서는 선택의 여지없이 혈관을 확실하게 말려야 했다.

데죄 예센스키가 우리의 친구이자 동료인 촐트 쿨차르(Zsolt Kulcsár)를 합류시킬 것을 제안했다. 신경방사선과 전문의인 그는 예센스키와 마찬가지로 취리히에서 활동하고 있다. 그는 취리히 대학병원 중재 신경방사선과(interventional neuroradiology) 과장이다. 그는 카테터 수술 전문가다. 그 또한 우연하게도 헝가리 출신이다. 그가 합류하면서 헝가리 트리오가 완성되었다. 그리하여 우리 세 사람이 함께 소피아를 도울 수 있게 되었다.

먼저 촐트 쿨차르가 하루 날을 잡아서 동정맥 기형에 색전술을 시행하기로 했다. 이어서 그다음 날 아침에 우리가 수술에 착수하여 소피아의 몸 뒤쪽에서부터 건강한 척추 경계면에 나사를 박아 넣고, 막대를 그 사이로 집어넣은 다음 혈관기형과 뼈 찌꺼기를 제거하고, 척추를 다시 가지런히 정리하고, 척추 대체물을 앞쪽에 배치하기로 했다.

문제는 일종의 작은 바구니라고 할 수 있는 케이지였다. 자동차 잭처럼 돌려서 열 수 있고 척추에 잘 들어맞는 확장형 보형재를 쓸 것인지 아니면 뼈로 채워진 딱딱한 척추 보형재를 쓸 것인지 결정을 해야 했다. 우리는 후자를 선택했다. 왜냐하면 어린아이들은 보형물이 뼈에 뿌리를 내리는 것이 중요하기 때문이다. 다른 종류의 보형재

12. 두 번의 반신마비

는 골가교(bone bridge) 형성이 훨씬 더 어렵다. 그러나 딱딱하고 속이 빈 보형재 안에 신체 자생적인 골재료(osseous matter)를 가득 채워 넣으면 보형재가 뿌리를 내려 뼈를 대체할 수 있게 된다. 이것은 보통 척추뼈가 있는 곳에서 전방 지지대 역할을 수행한다.

우리 헝가리 트리오 멤버 중 한 사람은 취리히 대학병원에서, 다른 한 사람은 슐트헤스 병원에서 올 예정이었다. 그런데 그 사이에 유럽에 전면적인 봉쇄 조치가 시행되었다. 추의 무게가 거의 목표 무게에 도달하여 우리가 구체적인 계획 수립에 들어갔을 무렵 취리히 대학병원 간부진이 쿨차르의 베를린행을 금지해버렸다. 당시에 베를린은 대규모 감염지로 간주되고 있었다. 취리히의 감염자 숫자도 비슷한 수준으로 많았음에도 불구하고, 또 쿨차르가 베를린 여행의 목적을 밝히면서 이번 수술이 얼마나 중요한지 설명했음에도 불구하고 그는 여행 허가를 받지 못했다.

척추에 발생한 동정맥 기형을 색전하는 일은 극도로 까다로운 과제다. 척추는 다수의 다양한 동맥으로부터 양분을 공급받는데, 머리와는 달리 척추동맥들은 접근하기가 아주 어렵다. 특히 무슨 일이 있어도 척수를 손상시켜서는 안 된다.

개인 병원에서 일하는 예센스키는 아무 문제 없이 베를린으로 올 수 있었다. 그렇다면 이제 과연 누가 트리오를 완성할 것인가? 이 분야에서 가장 뛰어나고 가장 용감한 의사들 중 한 사람, 바로 독일 에센의 알프레트 크루프(Alfried Krupp) 병원에서 일하고 있는 르네 샤포(René Chapot)였다. 프랑스인인 그는 가장 어려운 도전 앞에서도 규범에 주눅 들지 않고 앞으로 나아감으로써 분야의 한계를 지속적으로 확장해 나가고 있다. 우리 세 사람은 이런 측면에서 어떤 식으로든 서로 닮아있다. 독일 전역에서 많은 환자가 비행기를 타고 그를 찾아간다. 그는 우리가 계획한 그 수술을 카테터를 이용한 혈관내 수술(endovascular surgery) 형태로 진행하는 것을 선호한다. 우리 두 사람 또한 친구 사이다. 비록 서로 의견이 다른 경우도 있지만, 우리는 서로를 매우 존중한다.

내가 케이스를 상세하게 설명하자 르네 샤포는 즉시 나의 제의를 수락했다. 그는 색전술을 시행하기로 한 날 아침에 기차를 타고 베를린으로 왔다. 피르호 병원에 최신식 혈관조영술 장비가 마련되어 있음에도 불구하고 수술은 베를린 미테 병원에서 진행하기로 했다. 만약 뭔가 일이 잘못되어 즉각 전체 수술을 한꺼번에 진행해야만 하는 경우가 발생했을 때, 베를린 미테 수술실에서만 그 일을 감당할 수 있었다. 때문에 르네 샤포는 구식 혈관조영술 장비를 이용하여 소피아를 다루어야 했다.

색전술에 사용되는 접착제는 검고 걸쭉한 타르처럼 보였다. 냄새도 타르 냄새가 났다. 접착제가 흘러 들어가면 안 되는 혈관으로 이동하는 것을 막기 위해서는 주입된 즉시 신속하게 응고가 이루어져야 한다. 수많은 혈관이 밀집해 있는 협소한 영역에서 색전술을 시행하는 것은 매우 어렵고 극도로 위험한 일이다. 내부에 많은 혈관이 있는 상태에서 혈관기형 부위에 접착제를 주입해야 하기 때문이다. 특히 이때에는 혈관기형 중심부에 있는 미세한 혈관으로 접착제를

12. 두 번의 반신마비

주입해야 한다. 따라서 이것은 특별한 기술이 요구되는 일이다.

르네 샤포와 우리 병원 신경방사선과 과장 게오르크 보너(Gerog Bohner)를 주축으로 한 신경방사선 팀이 각기 다른 영상을 통해서 다양한 유입 혈관과 혈관기형의 구조를 일차적으로 보여주었다. 두 번째 촬영에서 혈관기형의 확장 정도와 그것이 실제로 흉추 상부에 있는 척추체 두 개, 즉 2번 흉추와 3번 흉추를 파괴해버렸다는 사실이 분명하게 드러났다. 르네 샤포가 접착제를 주입하기 시작하자 금세 혈관조영술 장비 전체에서 타르 냄새가 진동을 했다. 얼마 지나지 않아 베를린 미테 병원에 준비되어 있던 접착제 비축분이 모두 소진되어버렸다. 하지만 영상에서는 아직 접착제의 흔적을 거의 찾아볼 수 없었다. 우리는 즉시 자선병원의 다른 분원인 캠퍼스 피르호 클리닉과 캠퍼스 벤저민 프랭클린 클리닉에 연락해 접착제를 모두 가지고 오도록 했다. 이를 더해 모두 24병의 접착제가 주입되었지만 혈관기형 부위 안에는 여전히 다량의 혈액이 흐르고 있었다. 혈관기형을 완전히 말려 버리려면 아직 멀었다. 두세 시간이 흐르자 접착제가 또 바닥났다. 그래서 우리는 주변에 있는 다른 병원에 전화를 걸어 그곳에 비축되어 있는 접착제를 보내달라고 요청했다. 이것으로 모두 32병의 접착제가 주입되었지만, 여전히 충분하지 않았다. 접착제 제조회사 대표까지 그의 자동차 트렁크에 있던 접착제 비축분을 모두 가지고 왔다. 르네는 그것까지 마저 주입하였다. 최종적으로 40병이 넘는 접착제가 그 어린 소녀의 몸속으로 사라졌다. 르네 샤포가 마침내 만족한 표정으로 이제 충분하다고 하면서 작업이 완료되었다고 말했을 때, 소녀의 혈관 속으로 더 이상 혈액과 조영제가 흐르지 않는 것이 보였다.

어쨌거나 우리는 혈관기형 내부에 주입된 모든 접착제가 방사선 불투과 상태가 되었다는 것을 반드시 확인해야 했다. 이것은 접착제 양이 어마어마한 데다가 영상으로 보았을 때 접착제가 여러 층으로 중첩되어 있기 때문이기도 했다. 방사선이 투과하지 못한다는 것은 제대로 된 CT 영상과 엑스레이 영상을 얻을 수 없다는 것을 의미한다. 왜냐하면 해당 부위를 촬영했을 때 온통 두툼한 검은색 미트볼 덩어리 같은 것만 보이기 때문이다. 응고된 접착제는 마치 금속처럼 반짝거린다. 엑스레이 영상에서 그것은 검은색으로 보이고, CT 영상에서는 검은 그림자처럼 보인다. 그 결과 원래의 신체 해부 구조를 더 이상 알아볼 수가 없다. 이때 우리가 미처 알아차리지 못했던 세부적인 문제가 있었다. 우리는 다음 날 수술을 진행하면서 그 문제를 처리했다. 어쨌거나 그 순간에는 혈관기형을 완전히 폐쇄하는데 성공했다는 사실이 너무나도 기뻤다. 그것은 수술을 성공으로 이끌기 위한 첫 번째 전제 조건이었다. 비록 데죄 예센스키가 혈관기형을 완전히 폐쇄하지 못한다고 하더라도 우리는 반드시 방법을 찾을 수 있을 것이라고 말하면서 나를 진정시키기는 했지만, 그럼에도 나는 수술이 통제 불가능한 출혈로 끝나버릴지도 모른다는 걱정을 좀처럼 떨쳐버릴 수가 없었다. 하지만 혈관기형이 완벽하게 폐쇄된 지금 그럴 가능성이 현저하게 낮아졌다는 사실에 나는 홀가분한 마음이 들었다. 이제 와서 돌이켜보면 데죄 예센스키가 어떻게 그렇게 낙관적일 수 있었는지 궁금하다. 그 역시 자기도 아직까지 그런 것을 본 적이 없다고 말했으면서 말이다.

그 사이에 오후 4시가 되어 있었다. 데죄 예센스키는 오후 5시에 테겔 공항에 착륙할 예정이었다. 나는 그를 맞이하기 위해서 길을 나섰다. 수술을 시작한 지 7, 8시간이 흐른 후, 마지막 병의 내용물을 주입하고 있던 르네 샤포에게는 제대로 된 작별 인사를 건넬 틈도 없었다. 나는 그에게 최신 상황을 알려주겠다고 약속했다. 그는 이곳에서 모든 일을 마무리한 후에 다시 에센으로 돌아갈 예정이었다. 제 시간에 공항에 도착하려면 더 이상 지체할 시간이 없었기 때문에 나는 살짝 신경이 곤두섰다. 이미 오후 4시가 지나있었고, 엄청난 출퇴근길의 교통혼잡 속에 꼼짝없이 갇히게 될 것이 불보듯 뻔했다.

나는 생각에 잠겨 테겔 공항 쪽으로 차를 몰았다. 마치 기적처럼 제시간에 그곳에 도착했다. 나는 평소처럼 터미널 A에 주차를 했다. 그런데 주차장으로 진입하는 길에 다른 차가 두 세대 밖에 없다는 것이 눈에 띄었다. 그 순간 나는 그렇게 늦게 출발했는데도 예상과는 달리 정시에 공항에 도착할 수 있었다는 것이 얼마나 기이한 일인지 퍼뜩 깨달았다. 출퇴근길의 교통혼잡 같은 것은 아예 없었다. 도로에는 자동차가 그리 많지 않았다. 많은 사람이 함께 했던 번잡한 수술실 안에서 온전히 수술에만 집중하고 있던 나는 그동안 완전히 다른 세계에 있었다. 바깥세상의 일상은 전적으로 고요했다. 전면적인 봉쇄 조치가 진행 중이었던 것이다. 나는 비행기가 도착하는 곳이 어디인지 한번 확인해 보지도 않고 늘 착륙하던 곳에 착륙할 것이라고 생각했다. 하지만 위로 올라가 터미널 A에 도착했을 때 그곳에는 아무도 없었다. 자동 소총으로 무장한 경찰들이 텅 빈 홀을 순찰하고 있을 뿐이었다. 당시에는 아직 마스크 착용 의무가 없었다. 어느 곳에서도 사람의 모습을 찾아볼 수 없었다. 마치 온몸이 마비된 것처럼 나는 아무것도 할 수가 없었다. 그 순간 모든 것이 원자 폭탄이 투하되고 난 후의 영화 속 장면처럼 느껴졌다. 사람의 흔적을 더 이상 찾아볼 수 없었고, 상점들은 손님들의 발길이 끊겼으며, 음식점들도 문이 닫혀 있었다. 모든 것이 사멸해버렸다. 광고판 불빛도 꺼져 있고, 모든 것이 사라져 버렸다. 생명체처럼 보이는 것이라고는 더 이상 아무것도 없었다. 완전한 디스토피아였다.

약간 정신이 든 후에 나는 데죄 예센스키가 탄 비행기가 터미널 A에 착륙하는 것이 아니라 공항 제일 끝부분에 있는 터미널 D에 착륙한다는 것을 확인했다. 그곳은 예전에는 에어 베를린이, 그리고 지금은 이지 제트 비행기들이 출발하는 곳이었다. 매일 예닐곱 대의 비행기가 시차를 두고 공항에 도착하고 있었는데, 그 비행기들이 공항 외곽인 그곳으로 쫓겨났던 것이다.

문 앞에 서서 예센스키를 기다릴 때 전화가 한 통 걸려왔다. 그 전화를 받은 나는 좌절감에 빠졌다. 소피아가 깨어났지만 두 다리가 마비되어 조금도 움직일 수 없다는 것이었다. 머릿속에 이 끔찍한 소식을 담은 채로 나는 배낭을 멘 데죄 예센스키가 손에 가방을 들고 다

12. 두 번의 반신마비

른 소수의 승객들과 함께 세관 밖으로 나오는 모습을 지켜보았다. 배낭에는 그가 가지고 온 특수 기구들이 들어있었다. 그가 이 기구들을 가지고 온 이유는 수술에 중요한 기구들이기도 했고, 또 이 수술을 하면서 나에게 그 기구들을 보여주고 싶기 때문이기도 했다.

그를 만나게 되어 매우 기뻤던 나는 우선 그에게 진심으로 환영의 인사를 건넸다. 하지만 두 번째로 건넨 말부터 이미 수술 이야기들로 채워지기 시작했다. 나는 그에게 색전술이 성공리에 마무리되었음에도 심각한 장애 증상이 발생했다는 사실을 알려주었다. 터미널 A에 주차해 둔 자동차로 돌아오는 길에 우리는 그런 결과를 초래한 원인이 무엇일지 곰곰이 생각했다. 어쩌면 접착제가 염증을 불러일으킨 것일지도 몰랐다. 아니면 접착제가 응고되면서 뜨거워졌고, 그때 발생한 열기가 척수 손상을 유발했을 수도 있었다. 또는 접착제가 누출되면서 척수에 압력이 가해졌을 수도 있었다. 요컨대 염증, 열 손상, 압력, 또는 피가 혈관에 다시 고이면서 야기된 혈관변형 등이 원인으로 작용할 수 있었다. 혈관에 피가 고여 정체되어도 여러 가지 장애 증상이 나타날 수 있기 때문이다.

그리하여 우리는 장기적인 손상을 방지하기 위해서 곧장 수술을 시행해야 하는 것은 아닌지 고민했다. 내가 그를 맞이한 것이 오후 5시였고, 이제 5시 30분이었으니 아마도 저녁 아홉 시는 되어야 수술을 시작할 수 있었다.

우리의 계획에 따르면 수술은 8시간에서 12시간 정도 소요될 예정이었다. 어떻게 해야 할 것인가? 정말로 한밤중에 대형 수술을 진행해야 하는 것일까? 수술 팀원들, 이식조직 제조사 직원들 등 수술에 필요한 그 많은 사람과 함께 한밤중에 수술을 한다고? 내비게이션 장비와 우리가 계획한 수술 중 CT 촬영, 이 모든 방대한 물품들을 밤에는 완전하게 사용할 수 없을 것이 분명했다.

자동차에 올라타자마자 구원의 전화가 걸려왔다. 소피아가 발을 약간 움직일 수 있고 무릎도 약간 잡아당길 수 있다는 것이었다. 자발적인 회복. 그것은 고무적인 신호였다.

그 전화를 받은 후 우리는 최적의 조건에서 작업을 수행하기 위해 다음 날까지 수술을 기다리기로 결정했다. 병원에 도착하자마자 우리는 중환자실로 향했다. 그곳에 소피아가 누워있었다. 여전히 할로 견인기를 장착한 상태였다. 파괴된 척추를 대신할 보형물이 생길 때까지 할로 견인기 사용을 중단해서는 안 되었다. 소피아의 어머니가 침대 옆에 앉아 있었고, 소피아의 아버지는 신경이 완전히 곤두선 상태로 중환자실 앞에서 대기하고 있었다. 그 사이에 소피아는 누군가가 다리를 건드리면 그것을 느낄 수 있었고, 지금은 침대 깔개에서 두 다리를 들어올릴 수도 있었다. 우리가 아직 차를 타고 이동하고 있을 때 우리과 수석전문의 율리아 온케(Julia Onke)가 휴대전화로 동영상을 보내주었다. 영상에는 소피아가 발을 움직이는 모습과 무릎을 살짝 위로 끌어올리는 모습이 담겨 있었다. 우리가 그녀의 침대 가로 다가갔을 때 그녀의 상태는 더 좋아져 있었다.

그런 순간에 느껴지는 기쁨은 말로 표현하기 어렵다. 하반신마비가 신속하게 호전된다는 것은 좋은 조짐이라는 것을 모두 알고 있었다. 소피아는 치유의 희망을 잃지 않았다. 우리는 어떤 환자를 막론하고 환자의 상태에 함께 관심을 가지고 열을 올린다. 하지만 소피아가 여기 이 병원에서 보낸 그 긴 시간 동안 소피아와 의료진 사이에는 특별한 유대감이 싹텄다. 이처럼 신속하게 상태가 호전되는 것을 보고 모두 행복해하는 것은 당연한 일이었다. 나는 이 순간을, 모두가 기뻐하는 가운데 느껴지는 그 강렬한 친밀함과 홀가분함을 결코 잊지 못할 것이다.

근사한 저녁 식사를 하면서 다시 한번 수술 과정을 상세하게 논의하고 준비하려고 했지만 팬데믹 때문에 그렇게 할 수가 없었다. 어쩔 수 없이 우리는 내 사무실에서 차를 마시면서 수술에 대한 논의를 진행했다. 우리는 소피아의 머리를 메이필드 클램프에 끼워 넣는 대신 말발굽 모양의 거치대에 놓아 둘 생각이었다. 나중에 알게 된 사실이지만 데쵸 예센스키는 머리 위치를 잡는데 오직 젤 쿠션만 사용했다. 메이필드 클램프는 결코 사용하는 법이 없었다. 그는 머리를 자유롭게 움직일 수 있는 편이 더 좋다고 생각했다. 그러나 머리 거치대를 사용하면 장시간 수술을 할 때 얼굴에 눌린 자국이 생길 수 있다는 단점이 있다. 나는 위치를 수정하기에는 메이필드 클램프가 더 좋다고 말하면서 거치대 사용을 반대했다. 그는 가볍게 웃었다. 할로 견인기는 우선 그대로 둘 예정이었다. 그 장치를 장착한 상태에서도 배를 바닥에 댄 자세로 머리를 고정할 수 있기 때문이다. 우리는 내비게이션을 이용하여 나사를 설치하고, 모든 것이 안정화되면 몸 뒤쪽에서부터 혈관기형을 제거한 다음 척추체 대체용 케이지를 삽입하기로 계획을 세웠다.

다음 날 아침, 마침내 때가 되었다. 큰 수술이 목전으로 다가왔다. 일반적으로는 8시에 환자를 수술실로 데려오고, 그로부터 30분에서 최대 45분이 흐른 후에 수술을 시작한다. 하지만 이번에는 모든 것이 지연되었다. 모든 준비를 마치고 마침내 소피아를 수술실로 데리고 올 수 있게 되었을 때 시계가 거의 아홉시 반을 가리키고 있었다. 할로 견인기 때문에 준비과정이 훨씬 더 번거로웠던 데다가 수많은 카테터와 수액 공급 라인, 감시 장비와 만약의 경우를 대비한 수혈 장비를 설치해야 했기 때문이다. 우리가 복도에 서서 기다리는 사이에 데죄 예세스키를 만나기 위해 직원들이 계속해서 찾아왔다. 그는 의료진 사이에 유명인이었다.

이윽고 소피아의 두 번째 대형 수술 준비가 완료되었다. 우리는 그 수술을 통해 제발 그녀를 도울 수 있기를 희망했다. 등과 목덜미의 큰 면적에 걸쳐 소독이 이루어졌고 수술 부위에는 수술용 천이 부착되었다. 보조 역할을 수행하는 이식조직 제조사 직원들이 특수 나사를 준비해 두었다. 그 나사에는 헤드 부분이 긴 스크루 튤립(screw tulip)이 장착되어 있어 그 안에 막대를 고정하고 너트를 끌어당겨 조이면 척추를 막대 가까이로 가져올 수 있다. 이런 식으로 확연하게 뒤틀린 부분도 매우 훌륭하게 교정을 할 수가 있다. 데죄 예센스키의 기구들도 준비되어 있었다. 그는 지난밤에 손수 그 기구들을 소독해

12. 두 번의 반신마비

두었다. 우리과 레지던트 닐스 헤히트(Nils Hecht)가 우리를 지원하기 위해 합류했다. 그는 우리가 하는 일에 대한 호기심과 기대로 가득했다. 우리에게는 그의 도움이 매우 필요했다.

우리는 중심선을 따라 절개를 한 다음 6번 경추에서 6번 흉추까지 척추가 모두 드러나도록 뼈를 따라 긴 구간에 걸쳐 피부와 근육을 박리하였다. 발가벗은 뼈가 우리 앞에 모습을 드러냈다. 이어서 우리는 나중에 내비게이션을 이용하여 나사를 설치할 지점을 대략적으로 지정해두었다. 이를 위해서 우리는 5번 흉추 가시돌기에 마커를 부착했다. CT 촬영이 이루어졌고, 우리 눈에는 아무것도 보이지 않았다. 영상은 접착제 때문에 완전히 빛을 잃고 깜깜했다. 마치 척추에 수백 개의 못이 박혀있기라도 한 것처럼 검은 그림자가 영상을 가득 채웠다. 척수도 척추관도 알아볼 수 없었다. 나사를 설치할 인접한 뼈도 잘 보이지 않았다. 나사를 돌려 넣을 지점이 어디인지 가늠할 수 있는 적절한 CT 영상이 없으면 내비게이션을 사용할 수도 없다. 닐스 헤히트와 엔지니어 얀 슈나이더가 CT 영상과 내비게이션에서 해당 정보를 빼내기 위해 최선을 다했다. 그러나 이 영상으로는 기껏해야 신체 구조를 직감적으로 파악할 수 있는 정도에 불과했다. 첫 번째 후퇴였다.

우리는 다른 무엇보다도 우리의 해부학적 방향감각과 막연한 내비게이션에 의거하여 소위 말하는 척추경 나사(pedicel screw)를 6번 경추와 7번 경추에 삽입했다. 척추경 나사는 뒤쪽에서부터 앞쪽으로 측면 골가교, 즉 척추경을 통해서 척추에 고정한다. 소피아의 케이스에서는 이렇게 하는데 많은 시간이 필요했다. 우리는 지속적으로 나사 위치 교정 및 재조정 작업을 이어나갔다. 우리는 거듭하여 궤도를 수정하고 나사를 설치하기에 가장 적합한 장소가 어디일지 논의했다. 4번 흉추와 5번 흉추에 나사를 설치하는 일은 상대적으로 조금 더 수월했다. 이 부분에서는 척추경 폭이 약간 더 넓어서 나사를 맞추기가 조금 더 용이했기 때문이다. 해부학적으로도 방향을 잡기에 중요한 혈관들이 인접해 있는 목 부위보다는 이곳이 더 수월했다. 목 부위에는 예를 들자면 팔과 다리에 운동 자극을 전달하는 신경근들과 척추동맥 등이 지나간다. 그런 목 부위와는 달리 이곳에서는 나사들이 아주 잘 맞물려 들어갔다.

전기생리학적 모니터링을 통해 척수 기능과 신경 기능에 대한 지속적인 감시가 이루어졌다. 수술을 하는 내내 그 기능들은 아무런 문제가 없었다. 우리는 총 10개의 나사를 설치했다. 나사의 위치를 정확하게 설정하고 고정하는데 나사 한 개당 20분~30분 정도가 필요했다. 나사 상태를 점검하기 위해서 다시 CT 촬영을 실시했을 때는 수술을 시작한 지 이미 4시간이 넘어 있었다. 영상을 확인한 우리는 크게 기뻐했다. 척추관 속으로 미끄러져 들어간 나사가 단 한 개도 없었다. 모든 나사가 뼈에 자리를 잡고서 주어진 사명을 충실히 이행하고 있었다.

데쾨 예센스키가 곧바로 자세 교정을 시작하자고 제안했다. 우리는 매우 조심스럽고 신중하게 막대 두 개를 흉추 아랫부분에 설치했다. 막대는 살짝 휘어진 상태로 경추 부위에 설치된 나사 너머까지 뻗어 나왔다. 우리는 길이가 긴 스크루 튤립을 이용하여 나사 머리에 너트를 끼워 넣고 돌려서 조였다. 그리고 이를 통해서 척추를 막대 가까이로 끌어당겼다. 이제 두 개의 막대가 고정되었다. 하지만 이때 우리는 나사를 끝까지 돌리는 대신 막대가 척추의 상태를 부분적으로 교정하고 안정화하는 정도에서 멈추었다. 왜냐하면 그 이상으로 조작을 했다가는 자칫 막대가 미끄러질 수 있었기 때문이다. 우리는 이 막대들을 자세 교정 막대인 동시에 안전 보장 막대로 활용했다.

동정맥 기형과 척수에 있는 파괴된 뼈를 제거하기 위해서는 1번 흉추에서 3번 흉추 측면을 들여다보아야 했는데, 이를 위해서 우리는 근육을 옆쪽으로, 그러니까 늑골이 시작되는 지점 너머로 배치했다. 늑골은 늑골머리와 함께 작은 늑골척추관절(costovertebral joint)을 통해서 척추와 연결되어 있다. 이제 이 늑골척추관절과 늑골 시작 부분도 4~5센티미터 정도 잘라내어야 했다. 흉곽을 형성하는 늑골은 앞부분이 흉골에 붙어있다. 늑골 부속물들을 제거하고 나면 기구를 이용하여 척추 앞쪽 가장자리까지 절개를 할 수가 있다. 그곳에서 측면으로 시선을 돌리자 분홍색 폐가 보였다. 폐는 폐흉막(visceral pleura)에 덮인 채로 호흡을 할 때마다 위아래로 오르내리고 있었다. 척추를 늑골에서 측면으로 해방시키자 다른 교정 조치들을 적용하기에 충분할 만큼 척추의 움직임이 매우 자유로워졌다.

이제 동정맥 기형을 제거해야 할 때가 다가왔다. 우리는 현미경을 가까이 가지고 왔다. 몇 년 전에 첫 번째 혈관기형을 제거했던 부위에 흉터가 있는 것이 보였다. 소피아의 첫 번째 수술 때와 마찬가지로 이번에도 척추궁을 제거해야 했는데, 이번에는 그 부위가 흉추 1번부터 4번까지였다. 척추궁을 제거하자 척추관이 열렸다. 그러자 팽팽하게 당겨진 척수와 함께 마찬가지로 팽팽하게 당겨진 경막낭이 보였다. 척추관절과 횡돌기를 제거하고 해당 척추체들을 따라 아래쪽으로 절개를 했다.

이윽고 나는 타르처럼 보이는 검은색 접착제로 가득 찬 부위 전체를 노출시킬 수 있었다. 이제 척추체가 미끄러져 내려간 지점도 보였다. 나는 미끄러져 내려간 척추체 또한 앞쪽 가장자리까지 양옆을 노출시켜야 했다. 그 사이에 검은색으로 물든 척추체 두 개가 개방된 척추관 앞에 놓여있었다. 그 광경을 보는 즉시 어젯밤 소피아에게서 마비가 나타났던 이유를 명확하게 알 수 있었다. 척추관을 덮고 있는 뼈와 지방조직, 그리고 인대에 양분을 공급하는 혈관들 속으로 접착제가 흘러들어갔기 때문이다. 척수가 바로 그 혈관들 옆에 놓여있었는데, 접착제가 혈관 속에서 부풀어 오르면서 척수를 눌렀던 것이다.

나는 뒤쪽으로 공간을 마련한 후에 수술현미경을 들여다보면서 접착제를 전부 제거하였다. 부분적으로 딱딱하고 질긴 덩어리들은 촉감이 마치 건조된 고무 같았다. 나는 절삭기와 천공기, 겸자, 펀치 겸자로 접착제를 제거하여 척수와 척추관의 부담을 덜어주었다.

척추체를 제거했을 때 놀랍게도 출혈이 발생하지 않았다. 르네 샤포가 그야말로 탁월하게 일 처리를 해 두었기 때문이다. 나는 부분적으로 큐렛을, 또 부분적으로는 끌과 줄, 콥(cobb)을 이용하여 앞으로 나아갔다. 콥은 예컨대 근육 같은 것을 뼈에서 떼어 놓을 때 사용

12. 두 번의 반신마비

하는 날카로운 기구다. 이 수술에서 나는 척추체들을 작은 조각으로 나누는데 콥을 사용했다. 나는 두 개의 척추체를 단계적으로 긁어냈다. 처음에는 살짝 위쪽으로 올라간 척추체를 긁어냈고, 이어서 아래쪽으로 내려간 것을 긁어냈다. 이렇게 해서 이 영역에 쐐기처럼 박혀 있던 부분들이 하나씩 하나씩 모두 해체되었다. 이제 1번 흉추와 4번 흉추 사이에 커다란 빈 공간이 생겼고, 이와 함께 척추 윗부분과 아랫부분을 움직여 서로 마주 보도록 하는데 필요한 공간이 확보되었다. 만약 이때 막대가 설치되어 있지 않았더라면 이 지점에서 두 부분이 서로 마주 보고 미끄러져 버렸을 것이다. 먼저 우리는 그 두 부분을 가지런히 정돈하였다. 이어서 막대를 이용하여 척추를 다시 제자리로 가져다 놓는 작업을 시작했다. 그 과정에서 우리는 단 한순간도 척수가 눌리거나 막대가 척수에 지나치게 가까이 다가가지 않도록 최대한 주의를 기울였다. 이 작업을 수행하는 데만 또 두 시간이 지나갔다. 데죄 예센스키가 나를 향해 고개를 끄덕여 보였다.

이제 금속 보형물이 투입되었다. 우리는 보형물의 길이를 훼손된 부분에 꼭 맞게 재단하여 그 안을 뼈로 가득 채웠다. 우리는 여기에 필요한 뼈를 장골 날개(iliac wing)에서 가지고 왔다. 그리고 우리가 제거한 뼈 중에서 접착제가 묻어 있지 않은 것도 함께 사용했다. 보형물을 설치하기 위해서 훼손 부위를 겸자로 약간 벌려 확장했다. 나중에 확장된 부분을 다시 제자리로 돌려놓으면 보형물이 훼손 부위에 꽉 끼어 안정적으로 고정된다. 우리는 엑스레이 사진을 통해 보형물이 중심부에 자리를 잡았는지, 혹시 아래로 떨어지지는 않았는지 재차 점검했다. 접착제 대부분을 척추체와 함께 제거하고 난 후에 엑스레이 촬영을 했더니 이번에는 사진이 훨씬 더 선명했다. 결과적으로 모든 것이 완벽했다. 보형물이 망가진 두 개의 척추체를 훌륭하게 대체할 수 있을 것으로 예상되었다.

막대 위치를 다시 한번 수정하자 모든 것이 가지런하고 안정적으로 정리되었다. 봉합을 하기 전에 우리는 수술 부위를 세척하고 배액관을 설치한 다음 가루 항생제를 덧뿌렸다. 어느새 오후 5시가 되어 있었다.

우리는 소피아가 깨어나기를 초조하게 기다렸다. 마침내 그녀가 마취에서 깨어났다. 소피아는 발을 움직이고, 다리를 들어올릴 수 있었다. 전보다 상태가 좋아진 것은 아니었지만 그래도 최소한 더 나빠지지는 않았다. 더할 나위 없이 기뻤다. 소피아가 처음으로 희미하게 미소를 지어 보였고, 모든 팀원은 그저 행복할 따름이었다.

그처럼 길고 어려운 수술을 마무리한 후에 맛있는 식사를 하면서 함께 해낸 이 환상적인 수술과 우리의 성공을 자축해야 제대로 된 결말이었을 것이다. 하지만 팬데믹 시대에 할 수 있는 일은 제한적이었고 우리는 살라미 피자 두 판을 주문했다. 그나마도 한 시간이나 기다려야 했다. 음식을 배달시키는 사람들이 우리만이 아니었던 것이다. 우리는 데죄 예센스키의 호텔 방에 앉아 미니바에서 꺼낸 맥주 한 병과 함께 우리만의 성찬을 즐기는 것으로 만족해야 했다. 호텔 바도 당연

12. 두 번의 반신마비

히 닫혀 있었기 때문이다. 예센스키는 소파에, 나는 미니 주방 설비에 걸터앉아 있었다. 우리는 신과 세상사, 헝가리, 신경외과, 정형외과, 그리고 척추외과에 대한 이야기를 주고받았다. 그날의 축하파티는 분명 가장 빈약하면서도 가장 멋진 파티였다.

소피아는 이틀 후에 일반 병동으로 옮겨졌다. 그때까지는 혈압을 살짝 높여 척수에 유익한 범위로 유지해야 했다. 그 밖에도 척수부종을 감소시키기 위해서 그녀는 최소 24시간 동안 코르티손을 투여받아야 했다. 이틀이 지나자 소피아는 다리를 조금 더 잘 움직일 수 있게 되었다. 그녀는 혼자서 침대에서 내려와 휠체어를 탈 수 있게 되었고, 부축을 받으며 두 다리로 설 수도 있게 되었다. 두 달 후 소피아가 병원을 떠나던 순간은 매우 감격적이었다. 그녀는 이제 프로테니스 선수가 될 거라고 말하면서 그녀가 가지고 있던 테니스 잡지 한 권을 헌사와 함께 내게 선물했다. 그녀가 병원을 떠날 무렵에는 코로나19로 인한 1차 봉쇄 시기가 끝나 있었다.

이어진 재활센터에서 소피아의 상태는 눈에 띄게 향상되었다. 얼마 지나지 않아 그녀는 다시 걸을 수 있게 되었다. 집으로 돌아왔을 때는 이미 몇 미터를 걸을 수 있을 정도로 상태가 호전되어 있었다. 그 후 오래지 않아 나는 그녀가 휴대전화로 보낸 동영상을 받아보았다. 그녀가 정원에서 탁구를 치는 모습과 연신 이리저리 뛰어다니는 모습을 볼 수 있었다. 다만 한쪽 다리가 아직 살짝 끌리기는 했다. 그처럼 힘든 수술을 겪은 후에 그렇게 움직이는 모습을 보게 된다면 제아무리 비정한 사람이라고 하더라도 눈가가 촉촉하게 젖어들 것이다.

그리고 실제로 소피아는 다시 테니스를 치기 시작했다. 그런데 머리 위로 서브를 넣을 때가 조금 걱정이 되었다. 그래서 그녀는 아래쪽에서 서브를 넣는 습관을 들였고, 훈련을 통해서 특별히 간악한 서브 기법을 익혔다. 서브를 넣을 때 공에 회전을 걸어 공이 옆으로 튀어나가도록 만든 것이다. 그 사이에 그녀는 다시 성공적으로 리그전 경기와 토너먼트에 참여하고 있다. 아직은 경기장 측면으로 달려 나갈 때 그녀에게 문제가 있다는 것을 알아차릴 수 있지만, 그것 말고는 아무 일도 없었던 것처럼 움직일 수 있다. 심지어는 다시 한 손으로 포핸드를 할 수 있게 되었다. 오른손의 힘이 확실하게 다시 돌아온 것이다. 그녀의 자세는 양초처럼 꼿꼿하고 곧았다.

에필로그

이 책에 실린 다양한 사례를 통해서 신경외과의 매력과 다채로움이 충분히 전달될 수 있었을 것이라고 생각한다. 우리의 뇌와 신경체계는 성격과 창작 능력을 규정하는 고유한 기능과 관련하여 무수하게 많은 의문점을 던지고 있다. 이 영역에서 발생한 질병을 다룰 수 있다는 것, 그리고 외과 의사로서 신경과학 공동체의 일원으로 존재할 수 있다는 것은 신경외과 의사들만이 가질 수 있는 특권이라고 생각한다. 우리는 우리에게 주어진 역할을 수행하면서 절망적인 상황에 처한 사람들에게 도움을 주는 동시에 이 분야의 발전과 뇌 기능에 대한 이해를 촉진하는데 기여할 것이다.

신경외과가 매력적인 이유는 신경외과 특유의 역동성 때문이기도 하다. 지난 100년 동안 이 분야는 역동성을 바탕으로 맹렬한 속도로 발전해 왔고, 지금도 계속 발전하고 있다. 1991년 로버트 슈페츨러가 싱어송라이터 팸 레이놀즈를 치료한 이후에 신경외과가 이룩한 발전들만 떠올려보아도 이 분야가 얼마나 큰 발전 가능성을 지니고 있으며 얼마나 창의적인지 분명하게 알 수 있다. 불과 몇 십 년 전만 하더라도 상상조차 할 수 없었던 수많은 수술과 인식이 지금은 현실이 되었다. 하지만 신경외과는 여기에서 그치지 않고 계속된 발전을 모색하는 한편 새롭게 적용할 분야를 찾아내려고 거듭 시도하고 있다.

기능 신경외과(functional neurosurgery)는 신경외과 발전의 생생한 역동성을 보여주는 대표적인 예다. 이 분야는 특발성 떨림 증상과 파킨슨병이나 헌팅턴병 같은 운동장애를 뇌 깊숙한 곳에 자리 잡은 목표지점을 정확히 겨냥하여 자극함으로써 치료하는 신경외과적 방법을 사용한다. 여기에 덧붙여 뇌의 가장 깊숙한 영역에 미세전극을 배치하여 신경세포가 모여 있는 중심부를 자극하거나 차단하는 방법도 사용된다. 이 분야에서 이루어지는 연구는 이런 자극 기법들을 계속 발전시키는 것을 목표로 삼는다. 이 기법들을 더 세밀하고, 더 섬세하고, 더 정확하게 가다듬는 것이 이 분야의 목표인 것이다. 미래에는 뇌 심부 자극술(deep brain stimulation)을 이용하여 다른 질병들을 치료하는 일도 가능할지 모른다. 이와 관련하여 현재 코마 상태에 빠진 환자들이나 우울증 환자, 중독 증상에 빠진 환자들을 도울 수 있는 방법이 논의되고 있다. 또한 알츠하이머병으로 인해 소실되어 버

에필로그

렸다고 믿었던 기억들을 되살리는 것 또한 1세대 기능 신경외과 의사들의 목표 가운데 하나다.

복원 신경외과(restorative neurosurgery)는 신경외과에 흥미진진한 미래를 선사해 줄 수 있는 또 한 가지 분야다. 이 분야는 뇌졸중이나 척수 손상 등을 겪은 후에 뇌기능과 척수 기능을 복원하고 재건할 수 있는 방법을 모색한다. 척수 손상으로 인해 오래전부터 휠체어에 의존해 온 환자들을 혁신적인 신경외과적 처치 방법을 이용하여 치료하려는 최초의 시도들이 이루어지고 있다. 사람들은 그것을 가리켜 신경조절술(neuromodulation)이라고 부른다. 최근에 어느 탁월한 국제 보건정책 분야 선구자가 표명한 것처럼 이 분야에서도 역시 '사이언스 픽션'이 곧 현실로 자리 잡게 될 것이다. 신경조절술 외에도 각종 결함을 제거하고 손상된 뇌기능을 재건하기 위해서 몇몇 신경학 연구소들을 중심으로 하여 뇌-기계 인터페이스(BMI)와 나노보트, 뇌 속에 이식하는 마이크로칩에 대한 연구가 이루어지고 있다.

정교한 수술 기법과 괄목할 만한 기술 발달 덕분에 (이 책에서 상세하게 설명한 것과 같은 기법들과 기술들 덕분에) 이미 두각을 나타내고 있는 기존 신경외과 분야에서도 지속적으로 혁신이 이루어지고 있으며, 이를 통해 치료 가능성 또한 점점 확장되고 있다. 미래에는 뇌종양이 발병했을 때 지금보다 훨씬 더 조기에 발견할 수 있게 될 것이고, 암 수술 전략 또한 지속적으로 변화하게 될 것이다. 뿐만 아니라 우리는 여기에서 한 걸음 더 나아가 피부와 뼈를 절개하지 않고서도 종양만을 선별적으로 파괴하고 제거할 수 있는 방법들을 구상하고 있다.

신경외과의 지속적인 발전을 위해서는 우리가 날마다 수행하는 작업들을 탈영웅화화하려는 노력 또한 매우 중요하다. 나는 이 점에 있어서 우리 세대가 이미 눈에 띄는 발전을 이룩했다고 생각한다. 과거에는 신경외과 의사들이 그들이 하는 일을 신비주의에 붙이고 이를 통해서 만족을 얻는 한편, 수술을 찬양하고 영웅화하는 일이 많았다. 반면 현재 세대는 신경외과에 대해서 좀 더 건강한 태도를 갖추게 되었다. 우리 세대와 앞으로 다가올 세대의 목표는 동료들과 환자들, 그리고 대중에게 신경외과를 보다 현실적으로 가감 없이 소개하는 것이 되어야 할 것이다. 보다 냉철한 태도로 신경외과 업무를 수행하기 위해서는 규율과 겸손함, 겸허함 같은 고전적인 가치들이 큰 도움이 된다.

이 주제와 관련하여 나는 뮌헨 공대 신경외과에서 일하고 있는 베른하르트 마이어의 말을 인용하고자 한다. 탈영웅화화 전략의 열렬한 옹호자인 그는 신경외과를 이성적이고 합리적인 자세로 대할 것을 끊임없이 요구한다.

탈영웅화는 우선 우리 과의 발전에 도움이 된다. 신화는 어떤 한 전문 분야가 정체 상태에 빠져드는 주된 원인이다. 원칙적으로 모든 과가 그렇지만, 특히 신경외과나 흉부외과처럼 '영웅적인' 분위기가 자리 잡고 있는 과에서는 더 그러하다. 예컨대 30년 전에 너무 어려워서 오직 '최고들'만 할 수 있는 수술이 있었다고 가정해 보자. 만약 오늘날에도 상황이 똑같다면, 논리적으로 생각했을 때 발전이 전혀 이루어지지 않은 것이나 다름없다. 따라서 30년 전에는 어려운 수술이었다고 하더라도 오늘날에는 곧바로 해 낼 수 있는 당연한 수술이 되어야만 한다. 신화는 (발전에) 방해가 되는 윤리적인 '일탈'을 초래한다.

1. 외과 의사의 자만은 내부와 외부의 비판을 수용할 수 없도록 만든다. 때문에 그들이 어떤 계획을 제시하면 그 근거에 대한 의문 제기가 이루어지지 않을뿐더러 검토 및 진행 과정도 논의의 대상이 되지 못한다. 정체는 그에 따른 필연적인 결과다.

2. 신화는 수술 과정에서도 비효율성을 양산한다. 구식 신경외과 의사들은 곧잘 자신에게 딱 맞게 재단된 다수의 수술 기구들을 필요로 했고, 그것들이 없으면 수술을 성공리에 진행할 수 없었다. 그 결과 간호사들이 수술 도구를 미리 여러 벌 준비해 두어야 했다. 도구에 집착하여 수술실에 지나치게 과한 최첨단 장비들을 성대하게 도입하는 행위 또한 마찬가지 결과로 이어진다. 이것은 새로운 기술은 오직 목적을 위한 수단이어야 한다는 원칙에 위배되

는 행동이다. 새로운 기술은 본연의 과제 수행을 보다 용이하게 하고 개선하는 데 사용되어야 하는 것이지, 과시 하라고 있는 것이 아니다. 업계 파트너들을 설득하여 보다 실용적이고 간소한 방법을 찾는 방향으로 생각을 전환하도록 만들고 싶지만, 이런 오랜 전통 때문에 그렇게 하는 것이 여간 어렵지 않다.

3. 신화화와 영웅화는 자기 자신을 보호하는 수단으로도 사용된다. 왜냐하면 신경외과에 당연히 내재할 수밖에 없는 실패에 대한 두려움을 신화화와 영웅화가 은폐해준다고 생각하기 때문이다. 하지만 실제로는 결코 그렇지 않다. 오히려 다른 문제들을 더 만들어낼 뿐이다. 이런 행동은 인접한 다른 과 파트너들과 담을 쌓는 결과를 초래한다. 특히 치료 분야가 중첩되거나 경쟁관계가 형성되어 있는 경우에는 더욱더 그러하다. 미래 세대는 자신의 행동을 신화화하고 영웅화하기보다는 오히려 자신의 한계를 진지하게 성찰하면서 자기 자신에게 주어진 수술 과제를 논리적인 근거에 기초하여 냉철하고, 신속하고, 깔끔하게 완수하는 데 초점을 맞추어야 할 것이다.

이런 신념을 바탕으로 발전해 나간다면 현대 신경외과 의사들은 굳이 본인이 나서서 떠벌리지 않더라도 그들의 중요한 역할을 모든 사람이 분명하게 알아봐 줄것이다.

신경외과 활동에 대한 탈영웅화의 목적이 중추신경계가 지닌 매력과 신경외과라는 분과를 폄하하거나 인간의 뇌를 대상으로 한 고도로 전문화된 작업을 뭔가 사소한 일로 보이도록 만드는 것이 되어서는 안 될 것이다. 그보다는 오히려 편협한 자기과시를 저지하기 위해서 오만함과 교만함을 미연에 방지하는 것이 목적이 되어야 한다. 미래에는 신경외과 질병에 대한 치료 방안이 한층 더 확연하게 학제간 연구의 특징을 띠게 될 것이다. 그 결과 분야 간의 경계가 사라지고 고도의 상호작용을 특징으로 하는 치료 팀이 탄생할 것이다. 이런 팀의 내부에서는 팀원의 직책이 무엇인지, 또 그 사람이 어떤 교육과정을 거쳤는지가 부차적인 역할밖에 차지하지 못하게 될 것이다. 그들 모두는 팀과 관련된 중요한 영역에서 각자가 보유한 전문 지식을 제공하고 환자들을 치료하는 과정에서 큰 도움을 주게 될 것이다.

따라서 중추신경계에 생긴 질병에 성공적으로 맞서 싸우기 위한 가장 중요한 전제 조건은 장차 이런 새로운 구조 속에서 우리와 함께 일하게 될 사람들이다. 그런 이유로 나는 신경외과라는 분야에 대해서 내가 느끼는 매혹과 열정을 함께 공유하고 앞으로 더욱더 그 열정을 키워가고자 하는 모든 학생과 간호사, 동료 의사에게 마지막으로 호소한다. 용기와 호기심을 가져라. 그리고 뇌가 간직한 비밀들을 계속 연구하고, 새로운 치료 방법들을 찾아내고, 중추신경계에 생긴 질병들을 더 성공적으로 치료할 수 있는 자신의 능력을 신뢰하라.

　뉴욕 레녹스 병원에서 일하는 데이비드 랭어의 말로 마지막으로 호소하면서 마무리하겠다.

나는 25세의 젊은 의학도로서 신경외과라는 분야에 대해서 처음 느꼈던 경이로움을 오늘날까지도 잃어버리지 않았다. 잃어버리기는커녕 해부학 연구소에서 첫 경험들을 쌓은데 이어 살아있는 뇌를 직접 경험할 수 있게 된 이후부터 뇌에 대한 매력은 오히려 훨씬 더 커졌다. 우리가 사용하는 환상적인 기계로 확대한 모습, 밝은 빛 속에서 뇌척수액 안에 몸을 담근 채로 생생하게 살아 고동치는 뇌와 혈관들의 모습은 매번 나를 매료시켰다. 모든 수술 현장은 한 사람의 마음을 사로잡는다. 해부학의 경이로움이 너의 마음을 끌어당기고, 너의 감각을 날카롭게 하며, 너의 정신을 집중시킨다. 절개를 하는 두 손은 가볍게 움직인다. 내가 아는 것 중에 이것보다 더 만족스러운 경험은 아주 극소수에 불과하다. 이 분야에 종사하며 얻은 가장 큰 가르침은 감사함이다. 살면서 이런 경험을 할 수 있도록 허락받은 데 대한 감사함 말이다. 여기에 이 분야 특유의 인간미와 감수성이 더해진다. 그것들은 우리들로 하여금 기술적, 지적인 도전들과 함께 어려운 상황에 처한 다른 존재를 도울 수 있는 감동적인 경험을 허락해 준다. 인류학자 마거릿 미드(Margaret Mead)는 언젠가 이렇게 말했다. 누군가가 어려운 상황을 헤쳐 나올 수 있도록 돕는 것, 바로 그 지점에서 문명이 시작된다. 다른 사람들을 도울 때 우리는 최고가 된다. 이 얼마나 멋진 인생인가.

감사의 말

우선 다른 누구보다도 헌신과 열정으로 신경외과 업무에 최선을 다해 준 자선병원 직원들과 동료들, 그리고 각 분야 전문가들로 구성된 우리 팀과 간호 팀에게 감사의 말을 전하고 싶다. 그들의 탁월한 팀 정신 덕분에 우리 병원 신경외과가 전 세계적으로 매우 훌륭한 평판을 얻게 되었다. 그들이 없었다면 이 책에 소개된 수술들도 불가능했을 것이다.

이 책에 소개된 다양한 사례의 주인공인 환자들과 그 가족들에게도 특별한 감사를 전한다. 그들은 자신들의 경험을 기꺼이 들려주었고, 이 책에 그들의 이야기를 소개할 수 있도록 허락해 주었다.

또한 책의 내용을 보강하기 위해 다양한 주제에 대한 의견을 들려달라고 했던 나의 부탁에 흔쾌히 응해준 신경외과 동료들에게도 진심으로 감사한다. 도야마 대학의 사토시 구로다, 뉴욕 레녹스 힐 병원의 데이비드 랭어, 제네바 대학병원의 토르슈타인 멜링과 카를 샬러, 뮌헨 공과대학의 베른하르트 마이어, 마이애미 대학의 자크 모르코스, 그리고 베를린 인젤 병원의 안드레아스 라베. 신경외과와 관련된 복잡한 질문들에 대한 그들의 신중하고 현명한 의견은 내게 매우 큰 자극과 격려가 되어주었다.

이 프로젝트를 제안한 드뢰머 출판사의 마르기트 케테를레(Margit Ketterle)와 AVA International 에이전시의 로만 호케(Roman Hocke)에게 감사의 말을 전한다. 또 환자들을 만나 인터뷰를 진행하고, 책 집필에 필요한 방대한 사전 작업을 수행해 준 프레트 젤린(Fred Sellin)에게도 감사한다.

현명한 말과 행동으로 나를 지원해 준 기젤라 피히틀(Gisela Fichtl)에게 진심으로 감사한다. 그녀는 나와 긴밀하게 소통하며 원고를 출판하기에 손색이 없는 상태로 작성해 주었다.

나탈리 샤르프(Natailie Scharf)에게 아주 특별한 감사의 말을 전하고 싶다. 그녀는 강도 높은 브레인스토밍과 영감을 불러일으키는 다수의 아이디어를 제공해 주었다. 그녀 덕분에 책을 구상하는 과정이 매우 즐거웠다.

그리고 내가 깊은 생각에 잠겨 다른 어딘가에 가 있을 때 그것을 견뎌야만 했던 내 두 딸들에게도 감사한다. 그럴 때마다 그들은 늘 재치 있는 유머와 농담으로 나를 다시 현실로 데리고 와주었다. 마지막으로, 그리고 다른 누구보다도 내 아내에게 가장 깊이 감사한다.

감사의 말

그녀의 전문 지식과 사려 깊고 현명한 조언과 건설적인 비판, 그리고 그녀의 인내심과 공감 능력이 이 책을 집필하는 과정에 날개를 달아 주었다.

감수의 글

감수 의뢰가 들어왔을 때, 저는 심신이 무척이나 지쳐있는 상태였습니다. 어느 직업이나 성취감과 좌절감의 극단적인 사이클을 몇 차례 돌게 되면 초심은 사라지고, 수동적으로 변하기 마련인데 제가 그런 시기였던 것 같습니다. 이 책은 처음 신경외과 전공의가 되고 드높은 프라이드로 '신경외과 정신(neuro-spirit)'을 외치던 철없던 저의 16년 전을 다시금 떠올리게 했습니다. 내가 왜 그토록 신경외과 의사가 되고 싶었는지, 지금 내가 하고 있는 일이 얼마나 가치 있고 의미 있는 일인지, 살려주셔서 감사하다는 환자들의 인사가 얼마나 소중한 것인지 반추하는 계기가 되었습니다.

저자가 몇 차례 인용한 미국의 의사 애런 코헨-가돌 선생님의 "신경외과는 가장 아름다운 것과 가장 추악한 것 사이의 협정"이라는 말은 신경외과 의사라면 누구나 공감할 것이라고 생각합니다. 이후에 전공의 선생님들과 이것에 대해 얘기하기도 했습니다. 신경외과를 지원하는 어린 후배들을 면접할 때 지원 동기를 물어보면 그들은 대개 죽어가는 환자를 살릴 수 있고, 혼수상태로 병원에 온 환자가 웃으면서 걸어서 퇴원하는 모습을 볼 수 있는 점이 매력적이고 멋있다고 대답합니다. 하지만 아름다움의 이면에는 혹시 '추악한' 것이 될지 모른다는 불안과 의심이 존재합니다. 신경외과 의사는 성적표를 기다리는 수험생의 마음으로 환자가 무사히 깨어나 사지를 멀쩡하게 움직여주기를, 의식상태, 시력, 인지기능, 운동, 감각 등 소위 신경학적 검사 결과에 문제가 없기를 기다립니다. 이 책에 이러한 신경외과 의사의 현실적이고도 인간적인 모습이 고스란히 담겨 있어, 감수를 하는 동안 저자와 같이 기뻐했으며 때로는 같이 한숨 쉬기도 했습니다.

저자의 이야기를 보면서 두 가지 측면에서 크게 공감하였습니다. 우선 대부분의 신경외과 의사가 그러하듯 저자도 철저한 완벽주의자라는 점입니다. 수술 전후에 생길 수 있는 일들을 예측하고 최고의 수술이 되게 하기 위해 만반의 준비를 하는 과정은 독자들에게 큰 감동을 줄 수 있을 것이라 생각합니다. 또 한 가지는 환자를 생각하는 인간적인 마음입니다. 그렇지 않은 의사가 어디 있겠냐마는, 환자를 대하는 의사의 마음과 행동은 어렵고 복잡한 수술 테크닉이 늘듯이 함께 발전해 간다고 생각합니다. 중추신경계에 중대한 문제를 지닌 신경외과 환자들을 대할 때는 환자에게 헛된 기대를 심어주거나 막연한 희망고문을 해서도 안 되지만, 그렇다고 객관적인 정보만 제시하면서 환자가 버티고 이겨낼 힘을 빼앗아도 안 됩니다. 오랜 기간 외래를 방문하는 환자들을 지켜볼 때면, 어떨 때는 정말 가족 같습니다. 그들의 삶을 직접적으로 도와주는 것이 우리의 역할이라는 걸 느끼는데, 저자의 글에서도 저자는 같은 삶의 모습이 보입니다.

신경외과 의사라는 아주 특별하고도 매력적이며 자부심 넘치는 일을 하고 있는 동업자로서 이렇게 멋진 이야기를 들려 준 저자에게 감사합니다. 제 삶의 의미에 대해서도 다시금 생각할 수 있는 기회를 준 데에 또한 감사합니다. 신경외과와 관련된 업무 경험이 있는 독자에게는 생생한 진료와 수술현장이 공감될 것이며, 의료인이 아닌 독자에게는 미지의 세계와도 같은 뇌수술의 현장을 간접 경험하는 기회가 되고, 신경외과 환자의 치료 과정이 가슴 깊이 큰 울림을 줄 것이라 확신합니다.

마지막으로, 저와 함께 근무하는 강북삼성병원 신경외과 팀을 비롯하여, 어려운 상황 속에서도 말없이 꿋꿋하게 환자를 살리고자 수술장 안에서 살다시피 하시는 국내 신경외과 의료진 모두에게 감사의 말씀과 박수를 보내드립니다.

정연구, 성균관대학교 의과대학 강북삼성병원 신경외과 교수

1밀리미터의 싸움

초판 1쇄 인쇄 2024년 1월 4일
초판 1쇄 발행 2024년 1월 11일

지은이 페터 바이코치
옮긴이 배진아
감수 정연구
펴낸이 유정연

이사 김귀분
책임편집 황서연 기획편집 신성식 조현주 유리슬아 서옥수 정유진 디자인 안수진 기경란
마케팅 반지영 박중혁 하유정 제작 임정호 경영지원 박소영

펴낸곳 흐름출판(주) 출판등록 제313-2003-199호(2003년 5월 28일)
주소 서울시 마포구 월드컵북로5길 48-9(서교동)
전화 (02)325-4944 팩스 (02)325-4945 이메일 bookhbooks.co.kr
홈페이지 http://www.hbooks.co.kr 블로그 blog.naver.com/nextwave7
출력·인쇄·제본 (주)상지사 용지 월드페이퍼(주) 후가공 (주)이지앤비(특허 제10-1081185호)

ISBN 978-89-6596-469-8 03850